哈佛燕京圖書館文獻叢刊第四種

美國哈佛大學哈佛燕京圖書館藏明清婦女著述彙刊

1

方秀潔(Grace Fong)（美）伊維德(Wilt L. Idema) 主編

廣西師范大學出版社
GUANGXI NORMAL UNIVERSITY PRESS
·桂林·

責任編輯　雷回興
裝幀設計　杨瓊斌
責任技編　黄珊虎

圖書在版編目（CIP）數據

美國哈佛大學哈佛燕京圖書館藏明清婦女著述彙刊／方秀潔，（美）伊維德主編．—桂林：廣西師範大學出版社，2009.3（2018.1 重印）
ISBN 978-7-5633-8239-2

Ⅰ．美… Ⅱ．①方…②伊… Ⅲ．古典文學—作品集—中國—明清時代 Ⅳ．I214.81

中國版本圖書館 CIP 數據核字（2009）第 002736 號

廣西師範大學出版社出版發行
（廣西桂林市五里店路 9 號　郵政編碼：541004
網址：http://www.bbtpress.com）
出版人：張藝兵
全國新華書店經銷
廣西廣大印務有限責任公司印刷
（桂林市臨桂區秧塘工業園西城大道北側廣西師範大學出版社集團有限公司創意産業園内　郵政編碼：541100）
開本：787 mm ×1 092 mm　1/16
印張：169.25　　字數：3600 千字
2009 年 3 月第 1 版　　2018 年 1 月第 2 次印刷
定價：2900.00 元（全 5 册）

序言一

欣賞與研究的文學寶庫：哈佛燕京圖書館藏明清婦女著述

方秀潔（Grace S. Fong）著　王志鋒譯

在過去的二十年中，西方中國研究最激動人心的發展之一出現在女性文學、女性文化與女性歷史的研究領域。在本書序言二中，伊維德（Wilt L. Idema）教授對英文學界的調查清楚地表明，自上世紀八十年代後期以來，論述前現代中國女性作者及其著作的出版物數量激增。伊維德令人信服地說明該研究領域在西方已經確立爲『中國研究中的重要領域』。衆多因素促成這一令人矚目的發展，尤其是哈佛燕京圖書館的女性著作珍藏，推動了目前這套重印系列《中國歷代婦女著述叢刊》的實現，也是現在與未來研究工作得以開展的核心因素。

女性主義的影響

西方學界新近的努力與活躍，無論直接或間接，應歸功於西方女性主義發展的影響。女性主義以理論化與批評性的研究議題，主張把性別作爲分析的基本類型，引入歷史和文化研究中；對權利、身份和能動力（agency）的基本概念提出質疑；批判以往西方女性主義論述中自身存在的將『第三世界婦女』作爲知識客體的單一結構。這些都對西方學者思考中國歷史語境中女性與性別問題的方式產生影響。① 在受女性主義方法學影響的研究中，歷史與文化特定性的意義得到確認，并帶動相關研究的進行與理論在研究中的實際運用。在文化與文學研究領域，經典價值觀與標準等級受到質疑，甚至被顛覆。那些承認并能證明某些文本價值（主要是男性創作的）的標準與習俗值得受到批評性關注，并曾一度造成研究上的多種限制的界限，現在已經被突破。高雅與通俗、精英階層與普通大衆、支配/主流與邊緣的傳統價值觀和人爲劃分，受到挑戰并被相對化，得以公開進行批評商榷。

爲了開拓以往被忽略的主題或採用新方法對舊的論題進行分析，傳統學科如文學、歷史、人類學和心理分析不斷相互汲取批評方法與理論見解，因而觀念架構、方法學與研究手段朝著跨學科整合的方向發展。隨著（更）新興的（綜合）學科如傳媒研究、電影研究與視覺文化的發展，主體性建構與觀衆/讀者定位理論也不斷擴展深化。無論從正面或反面，有意或無意，所有這些發展或多或少都涉及作爲人文與社會科學研究重要組成部分的男性、女性以及性別問題。

在中國帝制時期的女性與性別的歷史與文學研究領域，研究方法的多樣與研究成果的豐富證明了這些理論思潮與方法學的積極影響。伊維德教授在他全面的考察報告中概述了會議論文、期刊論文、專著章節、研究專刊、論文集、博士論文以及參考書目和研究現狀評論等其他形式的各種出版物。但是，任何歷史與文學研究的關鍵問題，除了研究議題的觀念化表述外，還在於能否掌握原始文本材料和文本來源。難有機會接觸并閱讀中國歷代婦女著作，仍然是影響該領域研究得以進一步發展的主要障礙（筆者將在後文提到這點）。如果沒有胡文楷這位學者志趣貫徹終身的努力，該研究領域不可能發展到今天內容覆蓋如此廣泛的地步。

---

① 有關問題的開拓性和有影響的著作包括：瓊·斯考特（Joan W. Scott）：《性別：歷史分析的實用分類》（*Gender: A Useful Category of Historical Analysis*），《美國歷史評論》（*The American Historical Review*）91卷第5期，12月，1986年，第1053—1075頁；錢德拉·塔爾佩德·莫漢蒂（Chandra Talpade Mohanty）：《西方視野的關注：女性主義研究與殖民話語》（*Under Western Eyes: Feminist Scholarship and Colonial Discourses*），收入錢德拉·塔爾佩德·莫漢蒂、安·盧梭（Ann Russo）和羅爾德斯·托雷斯（Lourdes Torres）編《第三世界女性與女性主義政治學》（*Third World Women and the Politics of Feminism*），印地安那大學出版社，1991年，第51—80頁；朱迪·巴特勒（Judith Butler）：《性別困擾：女性主義與身份顛覆》（*Gender Trouble: Feminism and the Subversion of Identity*），羅德里奇（Routledge）出版社，1990年。米歇爾·福柯（Michel Foucault）有關話語與權力的論述對於上世紀九十年代的女性主義理論化過程有著意義非凡的影響。

胡文楷的貢獻

隨著胡文楷（1901—1988）整輯的《歷代婦女著作考》增訂版在一九八五年的出版，西方的中國研究學者突然開始意識到中國女性寫作的悠久傳統，特别是在最後兩代即明清時期女性寫作的繁榮。① 該著作記録了從漢代至民國初年超過四千種的婦女著作題名，是目前有關中國各個歷史時期女性著作最爲完備的文獻書目，并成爲從事中國歷代女性作者研究必備一册的『聖經』。正如明清女性研究權威孫康宜（Kang-I Sun Chang）所説，胡文楷的歷代女性著作目録使我們意識到『没有任何一個國家出現的女性詩歌選集與别集能比晚期中華帝國更多。』②

這部價值巨大的文獻書目的成書過程令人感慨。胡文楷，江蘇昆山人。年輕時有意於女性著作的搜求與整理，可能是受其夫人王秀琴的影響。王秀琴（1902—1934），浙江紹興人。在二十世紀早期，他們夫妻二人開始致力收集并複製女性著作。不幸的是，王秀琴年僅三十二歲便撒手人寰。在她離世後，胡文楷不僅將王秀琴生前所收集的歷代女性文章匯編成集，還特意將她的名字署爲編者，出版了兩部總集：《歷代名媛書簡》和《歷代名媛文苑簡編》。③ 或是出於對王秀琴的紀念，或是出於自身興趣，胡文楷通過求訪上海和江蘇周邊地區的圖書館和私人藏書，以及通過在北京和其他中心城市的私人關係，繼續系統地努力搜求與編選女性著作。④ 即使原本已不存世，胡文楷也會從圖書館與藏書家目録以及地方志中記載的書目中梳理出中國各個歷史時期、各個地區的女性出版物和寫作手稿的記録。如此辛勤近四十年，這部内容龐大的書目於一九五七年由上海商務印書館出版發行，當時胡

① 胡文楷：《歷代婦女著作考》，上海：上海古籍出版社，1985。該書由上海商務印書館於一九五七年首次出版。在此感謝劉詠聰教授給予筆者分享：她即將出版的對胡文楷編纂女性著作書目及對史學的貢獻所做的深入研究。參見：劉詠聰：《目録繫於史學：論胡文楷編纂女性著作目録之貢獻》，收入李金强編：《横看成嶺側成峰：二十世紀中國史學之回眸研討會論文集》，桂林：廣西師範大學出版社，即將出版。

② 孫康宜（Kang-I Sun Chang）：《明清女性詩歌總集》（*Ming and Qing Anthologies of Women's Poetry*），收入魏愛蓮（Ellen Widmer）和孫康宜編《明清時期的書寫女性》（*Writing Women in Late Imperial China*），斯坦福大學出版社，1997，第147頁。

③ 王文琴編集，胡文楷選訂：《歷代名媛書簡》，長沙：商務印書館，1941年；《歷代名媛文苑簡編》，上海：商務印書館，1947年。王文琴似乎特别鐘情於女性散文文集。參見胡文楷《歷代名媛文苑簡編》中的相關目録，第927頁。胡文楷提及這本總集收録了從漢代至明代女性創作散文一百二十九篇，清代女性散文一〇七篇，但凡是在晚明時期由趙世杰編輯的《古今女史》（第888—889頁）與一八四六年周壽昌編輯的總集《宫閨文選》（第919—921頁）中收録的女性散文都不副選。

④ 參見胡文楷一九五七年版序言，一九八五年再版收入該序，第5—6頁。

文楷在商務已從事編輯工作多年。但那時的中國正經歷激進的變化，并在『文革』時期達到頂點。胡氏書目作爲一部工具書的首次出版没有遇上合適的時機。直到上世紀七十年代末期，持續的學術研究才恢復。正是這時期學術研究的復蘇促成了《歷代婦女著作考》一九八五年增訂版的出版。

根據劉詠聰對兩個版本所做的細心比較，胡文楷修正了一九五七年版中的錯誤與作者身份，并增加了他在初版後陸續新發現的女性著作一百三十種。所録著作從一九五七年版的四千二百六十二種增加至一九八五年版的四千三百九十二種。① 一九八五年版的需求如此之大以至於到上世紀九十年代中期該書已經絶版。② 同時，自一九八五年後，從舊書店、地方圖書館、私人藏書以及現在的拍賣行裏，許多先前未知的女性寫作别集陸續被發現。③ 中國年輕一代的學者們，正如劉詠聰所説，受胡文楷的激勵，不斷用在山西、湖南、廣西這些地區新發現的女性著作作爲胡氏書目的補充。④ 由於認識到這部參考書目不可或缺的價值，南京大學的張宏生教授，一位極具權威的女性文學研究學者，已成功地説服上海古籍出版社再版《歷代婦女著作考》，并在書後附以《勘誤表》和《補遺》。⑤ 該書能够再版真是令人期待已久。就筆者所知，在歐洲各國或美國還没有如此完備的有關西方女性著作的文獻書目。

什麼在文本中？

文化與社會歷史學家高彦頤（Dorothy Ko）和曼素恩（Susan Mann）在爲寫作她們各自的開創性著作而進行的研究過程

① 劉詠聰用表格的形式對每卷增加的條目進行了詳細的分析。參見《目録繫於史學》第11—15頁。

② 出版信息顯示該書印數達到七千二百册。

③ 史梅在她的研究中發現：胡文楷没有見過江蘇地方志中記載的二百多位女性作者。參見：《江蘇方志著録之清代婦女著作考——胡文楷〈歷代婦女著作考〉拾遺》，原載《古籍研究》1996年2期，收入張宏生、張雁編：《古代女詩人研究》，武漢：湖北教育出版社，2002年，第246—260頁；又見：《清代江蘇婦女文獻的價值和意義》，收入張宏生編：《明清文學與性别研究》，江蘇古籍出版社，2002年，第482—501頁。史梅曾告訴筆者，女性文人在清代高度集中在很多常熟這樣的城市中；當地圖書館中至今還收藏著未被胡文楷發現的女性著作。這些女性著作在上海北京的拍賣行中與繪畫瓷器一起被拍賣。這意味著除文學價值外，對於私人收藏者和藏書家來説，這些著作還獲得了與藝術品和文物相等的價值。

④ 參見：劉詠聰：《目録繫於史學》，第24頁。

⑤ 《歷代婦女著作考》，上海：上海古籍出版社，2008年。

中，都曾在中國和日本通過文檔研究發掘女性寫作文本，以書寫她們自己眼中的十七至十九世紀的中國女性文化史。①使用女性寫作文本作爲原始文獻來源以支持她們的論述，爲她們對歷史的修正提供了嶄新的證據和新鮮的視角。數量足够的龐大的明清時期女詩人女作家所揭示的歷史現實，對傳統中國女性受害者的形象提出了挑戰。這些女性一度被稱爲沉默的、不識字的、裹足於深閨、深受儒家父權制的壓迫。這一形象被證明是由二十世紀早期『五四』新文化運動中知識階層的現代化話語創造的陳詞濫調。

因此，在很多重要方面，只有當我們對女性自己在文本中所記録的言語和行爲、情感與生活經歷加以考查，我們才能開始消解過分單化的陳舊觀念以獲得不同的視野，并進而揭示出構成中國社會和文化結構的複雜多樣。孫康宜、管佩達（Beata Grant）、茱林·羅伯遜（Maureen Robertson）和魏愛蓮（Ellen Widmer）以及其他文學研究學者的開創性著述，也通過對中國女性著作的審視，對顛覆傳統中國女性受壓迫的形象作出了貢獻。②通過女性著作的文本分析，有些研究將女性詩歌創作看作與占支配地位的文學傳統之間進行的辯疑（negotiation）與干預（intervention），同時也看作是性别意識與主體性在特定詩歌體裁中的表達。而其他研究關注女性文學實踐和社交關係網絡、編撰文集的慣例和她們的家庭與宗教信仰；所有這些在女性寫作文本中都是顯而易見的。不過，在傳統中國，能够有機會接受家庭教育、精通文學并選擇寫作的女性，只是很少的一部分人。那些有著作存世的女性則少之又少。但是，她們在寫作這一現象本身已經具有歷史意義，現代中國人理應爲這些女性的文學成就感到驕傲。

由於文學研究的學者們特别關注文本産生，他們在有關明清婦女著作的研究過程中不得不面對一些最根本的障礙。首先，最基本的一點就是，不僅因爲這些文本現大都收藏在中國的善本古籍書庫中，而且在女性寫作和出版樣式能被識别前，女性作者文本必須得到挖掘，還必須保證發現足够的數量。在上世紀九十年代，我們所依靠的文本來源傾向於幾部大型明清女性詩歌總集。這些總集比女性個人文學别集更爲人熟知，也較易獲取。③清代女學者惲珠編纂的《國朝閨秀正始集》就是一個重要的例證。出版

① 對於她們二人筆路藍縷的富有創新精神的著作的概括，見伊維德教授在本書序言中對高彦頤的《閨塾師：明末清初的江南才女文化》（*Teachers of the Inner Chambers*: *Women and Culture in Seventeenth-Century China*，斯坦福大學出版社，1994）和曼素恩的《綴珍録：十八世紀及其前後的中國婦女》（*Precious Records*: *Women in China's Long Eighteenth Century*，加州大學出版社，1997）所做的論述。

② 有關這些著作，參見伊維德教授的序言。

③ 參見孫康宜在她開創性的論文中介紹和討論的總集目録。見《明清女性詩歌總集和選録策略》（*Ming and Qing Anthologies of Women's Poetry and Their Selection Strategies*），原載《蓋斯特圖書館刊》（*The Gest Library Journal*），第五期，1992年，第119—160頁。收入魏愛蓮，孫康宜編《中華帝國晚期中的女性寫作》（*Writing Women in Late Imperial China*），斯坦福大學出版社，1997，第147—170頁。

於一八三一年的《國朝閨秀正始集》及其出版於一八三六年的續編《國朝閨秀正始續集》，共收録從一千五百多位女性詩人著作中選取的四千多首詩作。總集，就其性質而言，由選録的作品構成，編纂者根據特定的評判標準選取這些作品。如此預先設定標準的做法，可能使讀者形成曲解的觀點，使原本可以通過檢視别集了解的作者個人寫作實踐的廣度變得模糊不清。盛清時期，惲珠就以對女性的道德見解聞名，她將她的總集編選視爲清帝國更爲龐大的道德教化工程的一部分。作爲編纂者，她選擇符合道德標準的女性詩人，甚至修改她們的詩作以體現她對女性道德的理想。[①] 惲珠修改女性詩作的『極端』例子是她對袁枚之妹袁機的詩作《聞雁》所做的修正，以致該詩主題變成原作不具有的、强調女性貞節與順從的美德。[②]

胡文楷的書目在爲婦女豐富的原始寫作資料提供證據的同時（雖然當時一些作品可能依然存世），也使我們真正意識到無法接觸這些個人别集以利研究。就現在所知，明清時期的社會和文化風氣、經濟形勢、商業化的印刷出版業、家庭出版物的盛行、家庭生活的私人化以及其他因素，都對文人家庭中閨秀教育風氣的日漸盛行有所影響；在某些地區，特别是在長江三角洲地區以及北京、廣州這樣的都會城市，這種風氣尤爲普遍。女性記録下她們努力争取父母給她們在家中接受教育的機會，并且以詩歌作爲自傳性記録的方式，終其一生詩作不斷。這些女性詩作中的許多主題與題材，借鑒模仿了對應的男性角色，即文人士大夫的詩歌創作。對於女性來説，詩歌同樣是私人交流與社會交往的一種方式。女性同樣以詩作應酬題贈、以詩題畫、以詩記載游歷或日常與精神生活，無論是在太平盛世時期的深閨，還是遭逢世亂，作爲逃難者在逃離戰争和叛亂地區的路途中。同時也有特别富有女性性别特征的主題和境况，如吟詠刺繡的詩歌和絶命詩。但是，這些僅僅是我們對中華帝國晚期的女性文本制造進行深入檢視的開始，這很大程度上是由於我們能够接觸、閱讀她們著作的機會實在有限。[③]

---

① 有關惲珠的總集和她通過詩歌提高女性道德的論述，參見曼素恩的《綴珍録：十八世紀及其前後的中國婦女》第三章《寫作》，與李小榮（Li Xiaorong）的《清代性别與文本政治：以『正始集』爲案例》（*Gender and Textual Politics during the Qing Dynasty: The Case of the Zhengshi ji*，《哈佛亞洲研究學刊》[*Harvard Journal of Asiatic Studies*] 70 卷第 1 期，2009 年，即將出版）。

② 參見筆者在『明清婦女著作』主頁所做介紹中的兩個版本：http://digital.library.mcgill.ca/mingqing/english/introduction.htm。

③ 參見筆者論文：《女性之手：中華帝國晚期和民國女性日常生活中作爲知識領域的刺繡》（*Female Hands: Embroidery as a Knowledge Field in Women's Everyday Life in Late Imperial and Republican China*），載《中華帝國晚期》（*Late Imperial China*），25 卷第 1 期，6 月，2004 年，第 1—58 頁；《明清女性創作絶命詩的文化意義》（*Signifying Bodies: The Cultural Significance of Suicide Writings by Women in Ming-Qing China*），載《男女》（*Nan Nü: Men, Women and Gender in Early and Imperial China*），第 3 卷 1 期，2001 年：第 105—142 頁。

女性寫作文本的當代傳播：以西方爲例

由於意識到女性作者文本難以接觸帶來的問題，女性主義學者啓動多項計劃以保護女性著作，也爲研究女性著作提供便利，并且他/她們的努力自上世紀八十、九十年代以來已在西方取得進展。女性主義文學批評發展早期對傳統的、類型化的女性形象的批評和消解，現在讓位於對各個歷史背景中的女性所創造的文本與史料的恢復與挖掘，因爲過去這些文本和史料都處於邊緣和被忽視的地位。女性通過文本發出聲音或在文本中所銘刻的主體意識，即使這些文本被認爲經過語言、文學傳統和意識形態的淡化，仍成爲歐洲傳統中有關近代早期女性研究的一個關鍵部分。女性創作的文本僅僅以塵封在大英圖書館或其他難以借閱的珍本檔案的方式存世遠遠不够，理應通過印刷品或現代科技方式得到傳播。如今，幾種有關歐洲近代早期女性作家的電子資源已經通過網絡得到傳播。芝加哥大學的法語女性作家項目作爲法語文庫美法合作研究項目（ARTFL）的一部分，建立了一個『十六至十九世紀法國婦女著作可檢索數據庫』，并且『目前已經收入四十位女性作者的著作』。[①] 布朗大學同樣也有一項『女性作者項目』和『女性作者在綫數據庫』。該網站稱，這是一個『長期的研究項目，致力於近代早期女性寫作與電子文本的建立。（我們的）目標是從檔案中重現前維多利亞時期的婦女著作，向教師、學生、學者以及普通讀者開放以利於他們的閱讀』。[②] 雖然通過網絡可以免費獲得芝加哥大學『法語女性作者』項目中的四十種婦女著作，但是布朗大學的『女性作者在綫數據庫』中的從十六到十九世紀三百多種女性作者文本資源，祇對付費的機構和個人開放。而且這兩個數據庫都對文本進行文字輸入，因此讀者無法一睹原刊或手稿的真實面目。

另一個重要的項目是《近代早期的英國女性：精選著作影印文庫》——一套多系列多卷册的影印叢書。這套叢書複製的是英格蘭近代早期（1500—1750）女性創作的作品和有關女性的著作，并於一九九六年開始正式出版。在貝蒂·特拉維茨基（Betty S. Travitsky）和安·雷克·普蕾斯考特（Ann Lake Prescott）主持編輯下，這項正在進行的雄心勃勃的出版計劃仍繼續由阿什蓋特（ASHGATE）出版公司負責出版。該叢書主編對英格蘭近代早期的歷史變遷所做的論述同樣適用於我們在中國研究領域目睹的情況：

① http://www.lib.uchicago.edu/efts/ARTFL/projects/FWW/。他們的網站顯示，這是在巴黎的『國家科學研究院』（CNRS）與芝加哥大學之間的一項合作項目。

② http://www.wwp.brown.edu/.

直到最近，研究近代早期的學者們假定英格蘭近代早期不存在朱迪•莎士比亞（Judith Shakespeares）這樣的女性。爲了建構能對當時女性的所讀所寫和所做所爲進行考察的英格蘭近代早期歷史，當今一代學者投入了大量精力。通過努力，當代學者修正了近代早期和當代所建立的有關近代早期女性的傳統表述。近代早期女性研究從而成爲重寫近代早期歷史的最重要一種方式之一，甚至就是最重要的方式。①

他們進一步説明，重印這些女性著作的目的在於『爲研究近代早期歷史的女性主義批評得以發展移除一個主要的障礙，即該領域基礎的文本難以獲取的局限』。②

《中國歷代婦女著述叢刊》這部重印系列，以哈佛燕京圖書館中的明清婦女著作爲發端，有著同樣但更爲廣闊的目標。正如我們所見，從女性視角對中國歷史的重寫早已開始。重印中華帝國時代開始的大量女性著作，是《中國歷代婦女著述叢刊》系列致力於以出版形式複製中國女性寫作的第一部分。從長遠來看，我們期待所付出的努力能起到和歐洲相似的效果，即通過這些從湮沒無聞中重現天日的重要文獻，激勵以多視角對中國文學、文化與歷史進行重新探討和創新研究的發展。這一新舉措有可能根本改變我們對中國豐富歷史的闡釋方式，不僅對中國領域還對人類歷史的研究方向有所影響。

現在讓我們來分析哈佛燕京圖書館珍藏的明清婦女著作的特徵。

女性寫作文本的當代傳播：哈佛燕京文庫與前現代中國婦女著作和出版的形態

一九八三年，羅伯特•哈特教授的後人向哈佛燕京圖書館捐贈了哈特教授私人收藏的近三百種中國珍本古籍，③其中就包括

① 貝蒂•特拉維茨基和安•雷克•普蕾斯考特：《主編序言》（*Preface by the General Editors*），見《近代早期的英國女性：精選著作影印文庫》（*The Early Modern Englishwoman: A Facsimile Library of Essential Works*）之《系列3—近代早期女性研究核心著作：第2部分》（*Series III, Essential Works for the Study of Early Modern Women: Part 2*），阿什蓋特出版公司（Ashgate Publishing Co.），卷8，第vii頁，2007年。

② 同上。

③ 羅伯特•哈特教授與著名的赫德爵士（Sir Robert Hart）并非同一人。赫德曾任清政府中國海關總税務司司長。據哈佛燕京圖書館館長鄭炯文先生（James Cheng）介紹，除了知道羅伯特•哈特曾執教於加州大學伯克利分校，有關他的其他信息知者甚少。

了五十三種明清女性著作别集。① 除此之外，哈佛燕京圖書館另有四十多種女性文學别集的收藏，其中的一小部分收藏於珍本室，其餘收藏在普通中文古籍部。在西方大學圖書館中，擁有如此豐富的女性著作收藏，是獨一無二的；即使在中國，也十分罕見。② 除了若干總集出現在晚明時期，大部分著作的年代可追溯到清代，而且以女性個人文學别集居多。如上面所説，此類女性别集不易發掘，但是對進行深入的研究十分重要。這些女性别集不僅能使我們更好地認識她們的文學才能、風格和創作傾向，某些情況下也能讓我們更能充分了解她們的人生經歷。③ 通常祇有當這些女性的寫作出版或者至少以手稿的方式保留下來，她們的一些詩作才有可能被保存、傳播并收録進總集。因此，爲了能使讀者和研究者能够接觸到這些珍貴的文學遺産，筆者從哈佛燕京圖書館選取六十一種女性文學别集，收人《中國歷代婦女著述叢刊》進行重印。其中的三十一種來自哈特收藏，占全部選録著作數量的一半。

在前現代中國社會，女性作品的出版、流傳和保存的歷史複雜多樣。根據正統儒家觀念，由於女性在家庭中的正當地位和職能是與男性在家庭以外的世界中正當地位和職能相輔的，因此在公衆事務中，女性寫作的地位或社會功能没有得到承認。衆所周知，在中國歷史中，女性被排除在科舉考試之外，禁止做官爲國效力。④ 從十六世紀開始，各種社會和經濟因素鼓勵助長了在家教育女子的風氣。女子受教育被認爲是家境殷實和婚姻門第的象徵，特别是在文化精致經濟富足的江南地區。⑤ 對於士紳家庭來説，在家中給閨秀們某些形式的文學和儒家教育可以實現多個目的：這些家庭可以保持它們的文化精英地位；父母爲精心栽培的女兒安排與自家社會、經濟地位相當的家庭聯姻的可能性更大；如果閨秀們在通過學習《女誡》《列女傳》等儒家婦道教誨以獲得道德教育之外，還在詩歌、繪畫和書法方面受過良好訓練，那麽她們與有學識的丈夫建立志趣相同的和睦關係的機會更多。她們也可

① 其中若干女性著作另有副本。

② 祇有北京大學圖書館擁有更大規模的明清女性著作收藏。

③ 對於由那些女性自己按年代編排的大型别集來説，這樣的看法是可靠的。沈善寶（1808—1862）的别集《鴻雪樓詩選》與甘立媃的别集《詠雪樓稿》就是突出的兩個實例。有關沈善寶的研究，參見筆者論文《書寫自我，書寫人生：沈善寶（1808—1862）性别化自傳/傳記的書寫實踐》，收入姚平（Yao Ping）編《西方中國婦女史研究論文集》，上海古籍出版社，2009年；論述甘立媃的相關章節參見筆者專著《她自身爲作家：明清時期的社會性别、能動性與寫作》（*Herself an Author: Gender, Agency, and Writing in Late Imperial China*）中的第一章，夏威夷大學出版社，2008年。

④ 武則天建立大周（690—704）後的短暫統治時期是例外。

⑤ 參見：高彦頤：《閨塾師》，第一章。

能在處理家庭事務方面成爲有能力的幫手。① 但在同一時期，認爲女性寫作不應流傳於深閨之外的看法仍十分普遍，當時流行的説法『女子無才便是德』便是最好的例證。某些時候，那些强烈反對女性接受教育甚至反對女性識字的人士會援引這句話。

明清時期許多文士家庭的女子不僅接受過讀書和寫作的訓練，同樣也接受詩歌教育。而詩被認爲是一種適合女性自我表達與交流的文體。幾乎無一例外，成年後女性的標準生活軌迹不可改變地指向婚姻和妻子（兒媳）與母親的家庭角色。不同家庭中不同的女性以固定、持續的方式從事寫作的機遇大不相同。婚後丈夫和公婆的態度以及夫家環境往往是決定女性能否或是否願意繼續寫作的關鍵因素。胡文楷所收録明清時期的四千多種女性别集，是這些女性自身努力的成果和堅持寫作的有力證明，也是來自他人，尤其是她們的丈夫、父親和其他男性親屬的支持以及他們爲保護這些女性寫作所做努力的明證。這些男性當中，爲人子者在出版母親著作的過程中起到了突出的作用，無論是母親生前還是身後。

在檢視本重印系列中從哈佛燕京圖書館選取的六十一種明清女性别集時，我們能確定若干出版形式。有三十種是獨立出版物，即使不是原版，也是後來的再版形式。這些别集有可能原本以其他不同的方式出版，例如原是作爲丈夫著作的附録，但後來獨立成集出版。袁枚最著名的女弟子席佩蘭（1760—1829後）的詩集即是一例。本叢書收録的席佩蘭一八九一年版《長真閣集》原附録在其夫孫原湘的《天真閣集》後。但在一九二〇年，掃葉山房將《長真閣集》作爲一部獨立著作分開出版。② 明嘉靖時期女詩人楊文儷的《孫夫人集》原附録在其夫孫陞的《孫文恪公集》後。但本叢書收録的《孫夫人集》是作爲一部獨立的著作，由杭州藏書家丁丙所輯，在光緒二十三年（1897）刊印的《武林往哲遺著前編》中重印出版。還有一例是吴宗愛（1650—1674）詩集的出版所經歷的複雜過程。③ 這位浙江永康的才女生活在明清易代的混亂時期，嫁入徐家後不久即守寡。她的傳記中説，當叛亂者進攻她的家鄉時，她不惜犧牲自己以引開叛亂者，然後自盡身亡。一百七十年後，一位當地官員有感於她自我犧牲的故事，

① 參見：曼素恩：《爲婚姻培訓女兒：清代中期的新娘與妻子》（*Grooming a Daughter for Marriage: Brides and Wives in the Mid Ch'ing Period*），收入華若璧（Rubie S. Watson）、伊沛霞（Patricia B. Ebrey）編《中國社會的婚姻與不平等》（*Marriage and Inequality in Chinese Society*），加州大學出版社，1991年。

② 關於這個版本，參見『明清婦女寫作』網站（http://digital.library.mcgill.ca/mingqing）。

③ 由於後世男性官員出版吴宗愛的詩作，使得她從默默無聞到成爲著名的才女與烈婦的轉變過程，參見華瑋的詳細研究：《從私生活到公衆表演：清初女子吴宗愛的構成記憶與（重新）書寫》（*From Private Life to Public Performance: The Constituted Memory and (Re) Writings of the Early-Qing Woman Wu Zongai*），方秀潔、魏愛蓮編《内闈與超越：從明至清的女性作家》（*The Inner Quarters and Beyond: Women Writers from Ming through Qing*），待出版

收集她當時存世的詩作，并在一八四二年以《絳雪詩鈔》爲題刊印出版。一八四二年至一八五二年間，吴宗愛的詩集曾再版三次。這些版本的木刻底板可能被毁於太平天國時期，正如當時其他許多男性或女性作者的著作遭受的同樣命運。一八七四年和一八七五年，她的詩集以《徐烈婦詩鈔》爲題再次重印。哈佛燕京圖書館所藏正是一八七五年版。吴宗愛詩集出版的獨特過程演示了文人士大夫并不罕見的一種做法。他們被年輕才女的悲劇性生活經歷所吸引，而這些女性歷史存在的真實性經常是模糊的。這些女性還包括宋代的朱淑真，晚明的馮小青以及十八世紀清代的賀雙卿。這些男性願意付出極大努力以記録并出版這些女性的詩作。①

其他女性著作的出版更多依賴於個人生活環境。在很多情况下，才女早亡後，男性親屬負責她們遺作的出版。例如，當最有天分的女兒葉小鸞在十六歲病故後，其父葉紹袁（1589—1648）出版了她的文集。② 在本叢書中，吴秀珠（1808—1827）去世當年，她的詩集《絳珠閣繡餘草》便由其父吴蘆仙付梓刊印。③ 有時爲了慶賀女性作者的生日，她家庭成員和朋友會爲她出版詩集，張綰英（1792—?）刊印於一八四〇年的別集《澹鞠軒詩初稿》就是一例。當時張綰英隨在官府任職的丈夫居住在北京。她的弟弟張曜孫在原籍常州，將他姐姐的詩稿輯爲詩四卷詞一卷，交付家坊宛鄰書屋刊印成集，以祝賀張綰英的生辰。④ 我們能從重印本中看到，詩集中兩篇序言的一篇是由張綰英的閨中密友、女學者和女詩人沈善寶所作。有十六人寫了題跋，其中有些直接恭維她的詩歌

① 有關朱淑真，參見伊維德：『男性幻想與女性現實：朱淑真和陳玉娘以及她們的傳記』（Male Fantasies and Female Realities: Chu Shu-chen and Chang Yü-niang and Their Biographers），收入宋漢理（Harriet Zurndorfer）編《帝制時代的中國婦女：新視角》（*Chinese Women in the Imperial Past: New Perspectives*），莱頓大學出版社，1999年，第19—52頁；有關馮小青，參見魏愛蓮：《小青的文學遺産與中華帝國晚期中的婦女作家地位》（*Xiaoqing's Literary Legacy and the Place of the Woman Writer in Late Imperial China*），《中華帝國晚期》（*Late Imperial China*）第13卷1期，1992年，第111—155頁；有關賀雙卿，參見方秀潔：《十八世紀解構/建構女性偶像：『西青散記』與雙卿故事》，收入魏愛蓮、孫康宜編《中華帝國晚期的女性作家》（*Writing Women in Late Imperial China*）斯坦福大學出版社，1977年，第264—281頁；羅溥洛（Paul Ropp）：《謫仙：尋找中國農婦詞人雙卿》，密歇根大學出版社，2001年。對這些女性存在的歷史真實性，西方學者持一定程度的懷疑態度，認爲她們是由男性在不同程度上創造的結果。而中國學者傾向於接受這些女性在歷史上的真實存在。參見杜芳琴《賀雙卿集》，鄭州：中州古籍出版社，1993年。還可參見伊維德教授的序言。

② 參見：葉紹袁《午夢堂集》，北京：中華書局，1998年。

③ 參見：吴蘆仙序，《絳珠閣繡餘草》。在序言中，吴蘆仙爲極富才華、天性善良的女兒的短暫一生撰寫了一篇感人肺腑的傳記。他提到吴秀珠七歲時與郭蘭芳定親。他的敘述表明吴秀珠在去世前還未與郭蘭芳正式成親。胡文楷將她記録爲郭蘭芳的妻子是錯誤的。（見《歷代婦女著作考》第305頁）

④ 宛鄰書屋是他們的父親張琦的書齋。由張琦好友楊金監撰寫的題跋中提到了該書的出版情況。楊金監本人也是常州人，見《澹鞠軒詩初稿》題跋八頁下。有關張姓家族的論述，參見曼素恩的名作《張門才女》（*The Talented Women of the Zhang Family*），加州大學出版社，2007年。

才能。另有五十五人（其中幾乎半數是女性）獻上題辭。五十五首詩中至少有兩首提到張綰英已經五十歲，其中的一首爲她的妹妹張綸英所作，題爲《題『鞠軒詩稿』即壽孟緹姊五十》。①

凌祉媛（1831—1852）的詩集《翠螺閣詩詞稾》刊印於一八五四年。在她早逝後，她的丈夫、杭州著名藏書家丁丙（1832—1899）精心刊印了這本詩集，以作爲對她短暫一生的深切懷念。傷心欲絶的丁丙將凌祉媛的詩稿整理輯成小册付印并托親友寫了九篇序言，其中的兩篇由杭州著名才女吴藻和關瑛撰寫。這本詩集中也包括了丁丙自己撰寫的《亡婦凌氏行略》，他請求凌祉媛的父執莊仲方爲她撰寫的《傳》，以及他懇請他們夫婦二人的朋友以及當地士紳名媛五十人爲這部詩集所作的題辭。② 此外，丁丙還將自己悼亡詩集《舞鏡集》附録於後。在《翠螺閣詩詞稾》中，凌祉媛的一百多首詩作按年代編排，反映了在短暫一生中她是如何井井有條地精心保護她的手稿的。這部詩集没有分卷，但是按照不同的標題分成幾個部分：《停鍼倦繡集》收録一八四五年至一八四七年間創作的詩歌，《南園萍寄集》收録一八四八年中的詩作，《珠潭玉照集》收録從一八四九年到一八五〇年的詩作，《畫眉餘暑集》收録最後一年即一八五一年間的詩作。《翠螺閣詩詞稾》遵照慣例以詞一卷附録於尾。

在前現代中國，夫妻間的深厚感情建立在許多不同的層面上。婚姻關係不僅聯接兩個個體，而且還聯接兩個家庭，具有法律、禮儀與社會意義。從明末開始，隨著士紳家庭女性接受藝術和寫作教育的人數不斷上升，追求婚姻美滿的理想開始在男性與女性中成爲風尚。如果一位妻子受過良好的教育，因此能與丈夫分享學識、學問、文學和藝術帶來的樂趣，對男性來説這是一件值得向往的事情。也許這能够解釋爲什麽男性將妻子的詩集附録或附刻於自己的著作後的行爲越來越多。在這套重印系列叢書中，正如以下表格顯示，有十三種女性著作附録於丈夫的著作後。如果我們算上最初以附録形式出版的其他女性著作，這些著作將占本叢書著作總數的六分之一强。

妻：姓名　生卒年　籍貫　集名	夫：姓名　籍貫　集名
1. 金至元　（清雍正前後）　河北河間　《蕓書閣賸稿》	查爲仁　順天宛平　《蔗塘未定稿》　乾隆八年（1743）
2. 陸鳳池　（1680—1711）　上海青浦　《梯仙閣餘課》一卷	曹一士　上海青浦　《四焉齋集》　（1750?）　曹氏家刊本

① 《『澹鞠軒詩初稿』題辭》，第二頁上—二頁下。

② 杭州孫佩蘭在題辭部分也獻上了她的四首詩作。她的《吟翠樓詩稿》被本叢書收入。

妻：姓名 生卒年 籍貫 集名	夫：姓名 籍貫 集名
3. 張淑 （1756？—1808） 安徽懷寧 《畹香詩鈔》 熊寶泰 安徽潛山 《藕頤類稿》 嘉慶十三年（1808） 潛江熊氏刻本	
4. 曹貞秀 （1762—1822） 江蘇長州（蘇州） 《寫韻軒小藁》	王芑孫 江蘇長州 《淵雅堂集》 嘉慶二十年（1815） 增刊本
5. 王采薇 （1753—1776） 江蘇武進（常州） 《長離閣集》	孫星衍 江蘇陽湖（常州） 《芳茂山人詩録》 清嘉慶二十三年（1818） 刻本
6. 梁德繩 （1771—1847） 浙江錢塘（杭州） 《古春軒詩鈔》	許宗彥 《鑑止水齋集》 道光二十九年（1849）刻本 據嘉慶二十四年（1819）本重刊
7. 王甥植 （1789—1825） 江蘇江陰 《茗韻軒遺詩》	季芝昌 《丹魁堂詩集》 同治四年（1865） 紫琅寓館刻本
8. 錢蘅生 （1802—1846） 浙江嘉興 《梅花閣遺詩》	張金鏞 浙江平湖 《躬厚堂集》 同治十年（1871） 平湖張氏刻本
9. 錢惠尊 （1792—1817） 江蘇陽湖（常州） 《五真閣吟稿》	陸繼輅 江蘇陽湖（常州） 《崇百藥集》 光緒四年（1878） 合肥學社刊本
10. 湯瑶卿 （1763—1831） 江蘇陽湖（常州） 《蓬室偶吟》	張琦 江蘇陽湖（常州） 《宛鄰詩》 光緒十七年（1891） 宛鄰書屋刻本
11. 席佩蘭 （1760—1829後） 江蘇昭文（常熟） 《長真閣集》	孫原湘 江蘇常熟 《天真閣集》 光緒十七年（1891） 强氏南皋草廬刻本
12. 嚴蘅 （1826?—1854?） 浙江仁和（杭州） 《嫩想盦殘稿》	陳元禄 浙江錢塘 《十五福堂筆記》（收入《娟鏡樓叢刻》乙帙） 民國十一年（1922） 上海聚珍倣宋印書局鉛印綫裝倣宋本
13. 姚淑 （清初人） 江蘇江寧（南京） 《海棠居詩集》	李長祥 四川達州 《天問閣文集》（收入《求恕齋叢書》） 民國十一年（1922） 南林劉氏印本

這份表格上的名單中特別引人注目的丈夫是乾隆嘉慶年間有名的考據學家孫星衍、孫原湘和張琦（其兄張惠言更爲著名）。這些男性將他們妻子的詩集附録於自己的著作具有多層面的意義：維護婦學在復古運動中的合法地位，美滿婚姻的表現，家族的符號資本

(symbolic capital)，地方成就的標志。地域因素超出了作爲考據學中心的常州，在其他如常熟、杭州這樣的長江三角洲地區文化中心，同樣通過合刻的出版方式使夫妻雙方的結合流傳後世，以高度體現婚姻的美滿（筆者將在下面提到地域分布的問題）。

最後，在出版過程中，夫妻雙方的著作『平等地位』現象值得注意。本叢書中，兩位非凡孀婦的著作得以出版就體現了這種情況。季蘭韻（1793—約1848）和左錫嘉（1831—1896）開始孀居時都算年輕。當屈頌滿（1792—1815）在二十三歲去世時，他的妻子季蘭韻才二十二歲。左錫嘉的夫君曾詠（1813—1862）在太平天國時期去世，當時左錫嘉三十一歲。兩位女性獨自撫養她們的孩子成人，而且繼續寫作終生。當她們的著作在其子安排下得以出版時，她們以『合刻』這一有違常規的形式將她們丈夫的生前著作一并收録。季蘭韻和屈頌滿的合刻文集定名爲《墨花仙館合刻》；左錫嘉和曾詠合刻定名爲《曾太僕左夫人合稿》。左錫嘉在她感人的詩中，記録了她從江西前往安徽撿理丈夫的棺柩，然後運往丈夫原籍成都郊外華陽安葬的旅程。最後，她還爲亡夫撰寫了墓志銘。①

有關這些女性作者娘家和夫家如何盡心保護女眷們的文學創作，這套系列叢書中的女性著作爲我們提供了一個視角。袁枚將他三個妹妹的詩集一起出版是我們能舉出的著名例證。其他一些丈夫與家庭成員著作出版的實例包括以下家刻叢書中收録的女性著作：

1. 袁機（1720—1759），仁和人，《素文女子遺稿》一卷，嘉慶間（1796—1820）刻（收入《隨園三十種》）
2. 袁杼（約1727—約1776），仁和人，《樓居小草》一卷，嘉慶間（1796—1820）刻（收入《隨園三十種》）
3. 袁棠（1734—1771），仁和人，《繡餘吟稿》一卷，嘉慶間（1796—1820）刻（收入《隨園三十種》）
4. 冒俊（1828—1881），如皋人，《福禄鴛鴦閣遺稿》一卷，光緒十年（1884）刻本 一册（收入《如不及齋彙鈔二集》35）
5. 梁蘭漪（1727—?），儀徵人，《畹香樓詩稿》二卷，一册，光緒二十一年（1895）飛鴻閣書林石印本（收入《汪氏家集》）
6. 龍黎春熙（清），廣東順德人，《静香閣詩存》一册，光緒戊戌（1898）順德龍氏螺樹山房刻本（收入《螺樹山房叢書》）

福建侯官陳壽鵬家庭女眷著作的出版經歷提供了一個感人的範例。當妻子薛紹徽（1866—1911）與大女兒陳芸（1885—

① 見《冷吟仙館詩稿》，文存，四頁上—八頁下。

1911）同在一九一一年雙雙離世後，陳壽鵬搜集出版她們的著作，并將陳芸的《陳孝女遺集》與《小黛軒論詩詩》附録於其母著作《黛韻樓詩文集》後。陳爲母女二人撰寫了感人的傳記并收録到她們的別集中。

還有一種引人注目的婦女著作出版形式是女性合刻，這些女性是通過血緣或婚姻形成同一家庭：

1. 李星池（1801—1851），湘陰人（今湖南湘陰），《澹香閣詩鈔》一卷，光緒四年（1878）刻本

附刻：

楊書蘭（咸豐人），長沙人（今湖南長沙）。《紅蕖吟館詩鈔》一卷

楊書蕙（咸豐人），長沙人（今湖南長沙）。《幽篁吟館詩鈔》一卷

周傳鏡（1844—1874），長沙人（今湖南長沙）。《小紅蕖館坿刻》一卷

劉德儀（1844—1875），湘陰人（今湖南湘陰）。《小幽篁館坿刻》一卷

2. 《泰州仲氏閨秀集合刻》七種，泰州仲振奎，嘉慶丁卯（1807）

仲蓮慶，清雍正乾隆間人，泰州人（今江蘇泰州）。《碧香女史遺草》一卷

仲振宜（約 1751—1802 前），泰州人（今江蘇泰州）。《綺泉女史遺草》一卷

仲振宣（約 1753—約 1786），泰州人（今江蘇泰州）。《瑶泉女史遺草》一卷

趙箋霞（？—1807），廣陵人（今江蘇揚州）。《辟塵軒詩鈔》一卷

洪湘蘭，清乾隆嘉慶間人，真州人（今江蘇儀徵）。《綺雲閣遺草》一卷

附録：

仲貽鑾（約 1779—約 1806），泰州人（今江蘇泰州）。

張貽鷴（約 1778—約 1797），泰州人（今江蘇泰州）。

3. 《湘蘅合稿》，光緒庚辰（1880），常熟宗氏刊行

宗婉（長女），（清道光至光緒人），常熟人（今江蘇常熟）。《夢湘樓詩稿》二卷

宗粲（次女），（清咸豐同治前後人），常熟人（今江蘇常熟）。《蘅香館吟草》一卷

錢念生（母）（？—約 1877），常熟人（今江蘇常熟）。《繡餘詞草》一卷

4. 《京江鮑氏三女史詩鈔合刻》，丹徒戴氏 光緒八年（1882）

鮑之蘭（1751—1812），丹徒人（今江蘇丹徒）。《起雲閣詩鈔》四卷

鮑之蕙（1757—1810），丹徒人（今江蘇丹徒）。《清娱閣詩鈔》六卷

鮑之芬（1761—1808），丹徒人（今江蘇丹徒）。《三秀齋詩鈔》二卷

5. 姚倩、姚茝，清末民初，虞山人（今江蘇常熟），《南湘室詩草》一卷詩餘一卷，1915 年日本排印本

這些女性合刻所收録的女性作者人數，少至兩到三個同胞姊妹（例 4 和例 5）或者是母親和兩個女兒（例 3），多至五（例 1）到七位女性親屬（例 2）。不尋常的例 1 包括了湖南長沙地區三代母系親屬的詩集：李星池《澹香閣詩鈔》後附録了她的兩個女兒楊書蘭和楊書蕙的詩歌小集，楊書蘭和楊書蕙後又附録了她們自己女兒周傳鏡和劉德儀的詩集。例 2 的《泰州仲氏閨秀集合刻》可能在中國已經不傳與世，哈佛燕京圖書館中的副本可能就此成爲孤本。這部合刻收録了七部女性著作，她們不僅與合刻本編輯者仲振奎是親屬，七位女性之間也有不同的親屬關係。仲蓮慶是仲振奎的姑母，仲振奎著述了姑母夫婿家世代業醫，不解音律，所以他也收録了姑母的詩作。仲振宜和仲振宣是仲振奎的親姐妹，趙箋霞是他的妻子，洪湘蘭是仲蓮慶的女兒，也就是仲振奎的堂姐妹，仲貽鑾是仲振奎的女兒，張貽鷁是仲振宣的女兒，也就是仲振奎的外甥女。仲振奎在爲妻子趙箋霞著作撰寫的序言中表明趙箋霞在他們結婚二十八周年的前一年離世。他的女兒仲貽鑾，他的妹妹仲振宣，還有仲振宣的女兒都已去世。這麼多仲振奎摯愛的女性親人的死亡無疑促使他搜集她們的作品并刊印出版，不論數量多麼少（張貽鷁只有五首詩作），都是對她們的紀念。

儘管這套重印系列叢書中的六十一種著作是清代女性作者的一個極小的和帶有偶然性（偶然性是指這些女性著作恰巧收藏在哈佛燕京圖書館）的實例，但是她們的地域分布與曼素恩根據胡文楷確定的清代三千一百八十一位女性作者的籍貫所做的統計驚人地接近。① 曼素恩對十大地區女性作者人數的統計爲：一、長三角地區的女性作者人數比例達到 70.9%—在清代所有女性作者中出自該地區的女性作者比例最高；二、華北地區的人數比例急劇下降到 6.7%；三、東南沿海地區是 6.0%；四、長江中游地區爲 5.7%；五、嶺南地區爲 3.9%；六、贛—長江地區 2.5%；七、長江上游地區是 1.7%；八、西北地區占 1.4%；九、雲貴地區 0.9%；十、東北爲 0.1%。② 下面的表格提供了本叢書中七十四位女性作者③的地域分布情況（採用當代地名）。

① 曼素恩：《附録：清代女作家的地域分布》（*Appendix: The Spatial Distribution of Women Writers in Qing Times*），見《綴珍録》，第 229 頁—232 頁。

② 同上，表 A—1，230 頁。大地理區域根據施堅雅（G. William Skinner）在《中華帝國晚期的城市》（*The City in Late Imperial China*，斯坦福大學出版社，1977 年）一書中的理論劃分。

③ 屬於明代的楊文儷沒有統計在內。

一、長江三角洲　五十六人（71.62%）

今江蘇句容：一人
今江蘇丹徒：四人
今江蘇常熟：九人
今江蘇常州：六人
今江蘇江陰：二人
今江蘇宜興：一人
今江蘇儀徵：四人
今江蘇吴縣：一人
今江蘇無錫：一人
今江蘇蘇州：一人
今江蘇如皋：一人
今江蘇泰州：五人
今江蘇揚州：一人
今江蘇南京：二人
今上海松江：一人
今上海青浦：一人
今浙江杭州：十一人
今浙江桐鄉：一人
今浙江嘉興：一人

二、華北　五人（6.76%）

滿洲旗人：二人
今河北河間：一人
今北京大興：一人
今山東曲阜：一人

三、東南沿海　三人（4.05%）

今浙江永康：一人
今福建閩侯：二人

四、長江中游　八人（10.81%）

今安徽涇縣：一人
今安徽懷寧：一人
今湖南寧鄉：一人
今湖南湘陰：二人
今湖南長沙：三人

五、嶺南　二人（2.7%）

今廣東中山：一人
今廣東順德：一人

六、贛長江　一人（1.35%）

今江西奉新：一人

七、長江上游　一人（1.35%）

今四川成都：一人

八、西北　零

九、雲貴　零

十、東北　一人（1.35%）

長白人：一人

如上表所示，這其中70%的女性作者來自長三角地區。而在這一地區中，杭州、常熟和常州是女性作者最集中的城市。同時，來自哈佛燕京圖書館的這些著作也顯示了與女性作者在全國範圍内地域分布相似的格局。由於這些女性作者中的很多人生活在十九世紀，她們經歷了兩次鴉片戰争（1840—1842，1856—1860）、太平天國起義（1850—1864），有些人甚至經歷了義和團運動（1900）及其餘波。一八五三年太平軍擊潰清軍建都南京，隨後經過多次進攻，終於在一八六〇年攻陷杭州和蘇州。如果發現她們記録了在這一時期作爲難民和逃亡者的悲慘經歷，我們是不會感到意外的。事實上，至少下面十五種别集中的詩作、序和跋明確地涉及女性在這些灾難時期的經歷：

1. 陳蘊蓮　《信芳閣詩草》五卷　咸豐九年（1859）刻本　四册
2. 袁綬　《瑶華閣詩草》一卷《閩南雜詠》一卷《瑶華閣詞鈔》一卷補遺一卷　同治六年（1867）刻本　四册
3. 錢守璞　《繡佛樓詩稿》二卷　同治八年（1869）刻本　四册
4. 屠鏡心　《爨餘吟》二卷　同治九年（1870）刻本　二册
5. 百保友蘭　《冷紅軒詩集》二卷附詞　光緒元年（1875）刻本　二册
6. 阮恩灤　《慈暉館詩詞草》　光緒元年（1875）刻本　二册
7. 鄭蘭孫　《蓮因室詩詞集》三卷　光緒元年（1875）刻本　二册
8. 張友書　《倚雲閣詩存》三卷　補遺一卷　詩餘存三卷　光緒十二年（1886）刻本　一册
9. 孫採芙　《叢筆軒遺藳》三卷　光緒丁亥（1887）世澤樓木活字印本　一册
10. 孫佩蘭　《吟翠樓詩稿》二卷　光緒十四年（1888）　刻本　一册
11. 吴茝　《佩秋閣詩稿》四卷　光緒元年（1888）刻本　二册
12. 嚴永華　《紉蘭室詩鈔》三卷　光緒十七年（1891）刻本　一册
13. 左錫嘉　《冷吟仙館詩稿》八卷詩餘一卷文存一卷　光緒辛卯（1891）刻本　七册
14. 楊蘊輝　《吟香室詩草》四卷　光緒二十三年（1897）刻本　二册　民國四年（1915）重印
15. 薛紹徽　《黛韻樓詩集》八卷　宣統三年（1911）刻本　六册

蒙古族女詩人那遜蘭保在爲百保友蘭詩集《冷紅軒詩集》撰寫的序言中記録了她的滿族朋友在一八五六年隨子歷任輾轉浙

江金華、婺州和杭州的經歷。一八六〇年太平軍占領杭州，百保友蘭在官邸池塘自沉。女畫家陳蘊蓮的詩作中記録了她遭遇外寇入侵（兩次鴉片戰争）和國内暴動（太平天國起義），反映了她在危亡時期對國家命運的關切。一八三七年她的丈夫到天津謀職，不久陳也去天津與其團聚。一八四〇年鴉片戰争爆發時，她正好有機會回江陰原籍與母親小駐。一八四一年回天津，由於英軍的侵擾，她在寶陽避難的同時，還記録下南方寧波和京口戰况的消息。在一系列詩作中，她記録了太平軍在一八五三至一八五四間對天津的進攻與被擊退後她對清軍勝利的喜悦。① 在太平軍攻打天津那段時期，她同樣也寫下了躲避戰亂逃到鄉下的經歷。一首詩的題目暗示了她通過官府發行的邸抄密切關注事態的發展。② 在一首絶句的自注中，她記録了一八六〇年發生的四個歐洲列强對天津的進攻。這段歷史後來被稱爲第二次鴉片戰争。她清楚地表明來自英俄美法的戰艦已經達到天津港口。③

這些女性和家人一起經歷過戰争，因此在創作中她們記録了戰争的真實情况。暴力時代的野蠻經常奪走她們摯愛的親朋。她們通過詩歌創作，以一種適度的方式，書寫個人生活經歷，表現和控制她們的悲傷，同時也表達她們對親人的懷念。在詩歌的主題、内容和功能方面，這一時期的詩作與相對繁榮、穩定的十八至十九世紀早期（乾隆嘉慶時期）中的那些出版較早的作品相比有明顯不同。乾嘉時期，許多知名女詩人在詩歌創作過程中，更沉湎於詩歌的審美維度。歷史没有過多侵入這些女性的私人生活中。袁枚提倡的『性靈』詩歌理論，也在這時期達到其影響的頂點。這一影響，我們能從本叢書中收入的袁枚女弟子如羅綺蘭、席佩蘭和鮑之蕙的寫作實踐中看到。在十九世紀中葉幾十年的動蕩中創作的女性詩歌，則提供給我們一個不同的看待歷史中性别體驗的視野。太平天國結束後，許多家庭成員試圖聚集所能找到劫後的殘稿餘篇，以詩存人。

無論在和平時期還是在社會結構瓦解、充滿暴亂和戰争的年代，所有這些中國女性的寫作，都是對一個已經消逝而現又重被發現的女性文化的珍貴的個人見證。我們希望，這套中國婦女著作系列叢書能爲理解中國文學、中國歷史和中國文化的新視角提供歷史資料，并在這一令人激動的學術研究新階段中帶動進一步的發展。

① 陳蘊蓮《津門剿賊紀事》，見《信芳閣詩草》，五卷第二頁下——四頁上。
② 陳蘊蓮《閲邸抄鎮江瓜州同時克復喜賦二律》，見《信芳閣詩草》，五卷第一四頁上——一四頁下。
③ 陳蘊蓮《海口紀事》，見《信芳閣詩草》，五卷第一五頁下——一六頁上。

序言二

英美學界對歷代中國女性作家的研究

（美）伊維德（Wilt L. Idema）著　李仁淵譯

當衛三畏（Samuel Wells Williams，1812—1884）——美國到中國最早的傳教士與外交官之一——在其《中國總論》（1857）（*The Middle Kingdom, A Survey of the Geography, Government, Literature, Social Life, Arts and History of the Chinese Empire and Its Inhabitants*；中譯本：陳俱譯，上海古籍出版社，2005）一書中向英美讀者概述他對清帝國的認識時，也論及了中國女性在十九世紀上半葉的文藝活動。對此他給予非常正面的評價：

> 這些女子炫示其對文藝的知識時所表現出來的自豪是很明顯的，這不是一件尋常的事；而同時這些文藝才女所受到的普遍性的尊敬，證明了她們不是非常少見。

要完全瞭解這樣的評價，我們必須要知道，衛三畏在美國的女子學院普及之前就離開了美國，且他對中國女性文藝的看法主要是建立在他在中國東南地區對上層社會婦女的觀察上。十九世紀下半葉，當女子學院在美國已經相當普遍，且傳教士愈來愈轉移其注意力到中國較下層的階級時，他們逐漸形成一種强調中國落後性的論述，以此爲他們來到中國的理由作辯護，即使他們讓中國人改宗基督教的成就相當有限。在這種論述中，中國落後性最明顯的表現在對女性的壓迫上，而這種壓迫則可在纏足的習俗與幾乎所有的女性都缺乏讀寫能力這些方面清楚看出來。到十九世紀末二十世紀初，傳教士這種對中國落後性的論述成爲中國國內改革派與革命派的辯辭來源之一，藉强調中國的落後性以增强其通盤改造中國制度的論點。即使是如同梁啓超（1873—1929）這樣清楚知道精英婦女普遍地從事文藝活動的改革派，仍忽視這些女性的詩文與其他作品，視之爲無關緊要，并將這些女性的才學與少數訓練自美國的女醫之『實學』相比，而給她們負面的評價。從改革派到五四時期對女性作品的忽視，造成的結果是當二十世紀初中國文學史開始發展之際，只有相當少數代表性的女性作家可以在主導叙述中被放在適當的位置上。① 將近一個世紀以來，中國文學一般性的通論中可以看到的中國女作家僅限於班昭、李清照與秋瑾等人。討論其他女性作者的著作與對中國歷代時期女性文學的通論一樣仍相當少見。這樣的著作在一九四九年之後幾乎停擺，直到八十、九十年代方又開始轉變。首先是早期的一些著作重印出版，隨著逐漸有更多相關論著出現，直至二十一世紀初，對傳統中國女性文學的興趣開始成長活躍。從中國本身對女作家的長期忽視來看，實在不能責怪中國以外的學者這麼晚才發現中國歷代女作家所撰寫的詩詞、散文、戲劇與彈詞之質與量。

一九三〇年到一九五〇年間英美學界對中國女性作家的研究

二十世紀上半葉的歐洲漢學傳統爲中國古代史與中國哲學的研究所主導。當海陶瑋（James Hightower）在他一九四九年的《中國文學的論題》（*Topics in Chinese Literature*）中概覽現有西方對中國詩詞散文的研究時，他說：『現有少許的以西方語言對純文學課題做的研究幾乎沒有任何用處。』如果考慮到像亞瑟·威利（Arthur Waley）等人優秀的翻譯與研究，這樣的評論也許失之過苛。然而當時對中國文學的研究與翻譯多數都是由業餘愛好者所作，他們的努力在當時值得欽佩，但如果從後來的角度來看，其作品通常有不少缺失。如果對中國文學的論著都如此有限，那麼對女性文學的論著如此稀少便一點也不讓人驚訝了。

在二十世紀初年，秋瑾（1875—1908）悲劇性的命運引起不小的波瀾。翟林奈（Lionel Giles）首先翻譯了陶成章所寫的《秋瑾傳》（*The Life of Chiu Chin*，Leidn：E. J. Brill，1913），隨後出版了自著的，這位晚清民族主義與女權主義者的小傳：《秋瑾：一個中國女英雄》（*Ch'iu Chin：A Chinese Heroine*，London：East and West，1917）。亦見 *Nine Dragon Screen*，*Being Reprints of Nine Addresses and Papers Presented in the China Society*，1900—1945，London：The China Society，1965，pp. 1—21）。直到蘭

① 亦見 Ellen Widmer（魏愛蓮），「The Rhetoric of Retrospection：May Fourth Literary History and the Ming-Qing Woman Writer（回顧的修辭：五四文學史與明清女作家）」in Milena Dolezelová-Veligerová and Oldrich Král，eds. *The Appropriation of Cultural Capital：China's May Fourth Project*（文化資本的挪用：中國的五四運動），Cambridge MA：Harvard University Asia Center，2001，pp. 193—225。

菁（Mary Backus Rankin）出版她優秀的論文《晚清女性之興起：以秋瑾爲例》（『The Emergence of Women at the End of the Ch'ing：The Case of Ch'iu Chin』in Margery Wolf and Roxane Witke，eds.，*Women in Chinese Society*，Stanford：Stanford University Press，1975，pp. 39—66）之前，翟林奈此書一直是論秋瑾最完整的研究。

這個時期對中國女作者的英語研究主要由兩位美國女學者所作。孫念禮（Nancy Lee Swann，1881—1966）在一九三二年出版了一本專著討論漢朝史家、詩人與道德家班昭，題爲《班昭，中國第一位女學者：中國最著名的女哲人之背景、先世、生涯與作品》（*Pan Chao*，*Foremost Woman Scholar of China*，*First Century AD*：*Background*，*Ancestry*，*Life and Writings of the Most Celebrated Chinese Woman of Letters*，New York：The Century Co.，1932）。這本基於作者博士論文的著作，如同標題上所説，詳盡地呈現出班昭的時代及她的生涯，并翻譯了班昭所有爲人所知的作品。直到近年所見許多關於班昭生涯與作品的論文，都未能取代這本著作。此書在二〇〇一年由密歇根大學中國研究中心重新出版，由當代執牛耳的中國明清女性社會史家曼素恩（Susan Mann）執筆作序。作爲研究班昭及其時代的一部分，孫念禮還發表了一篇論班昭的支持者鄧皇后的論文《鄧皇后傳》（『Biography of Empress Teng』*Journal of the American Oriental Society* 51，1931，138—159）。然而她後來的學術研究轉向了漢代社會經濟史。

金尼微・温莎特（1882—1967）自高中畢業後就離開美國，在一九三十年代的中國展開其記者生涯。在中國時，她學習中文，并根據講述孟姜女傳説的子弟書翻譯了一部鼓詞。她的其他著作包括一本中國皮影戲的研究，以及三本以唐宋女詩人的生涯爲靈感的想像作品。她首次對此類型作品的嘗試以九世紀中因爲謀殺自己的婢女而遭斬首的名妓魚玄機爲靈感。這本《賣殘牡丹：魚玄機的生平與作品》（*Selling Wilted Peonies*：*Biography and Songs of Yü Hsüan'chi*）在一九三六年由紐約的哥倫比亞大學出版社所出版。她的下一本書是關於南宋楊皇后的傳奇生涯。楊皇后是南宋寧宗的妻子，由於宋寧宗心智障礙，楊皇后爲之攝政。此外楊皇后也被認爲是五十首以一年宮内即景爲題之絶句的作者。這本書名爲《桃腮杏眼》（*Apricot Cheeks and Almond Eyes*，New York：Columbia University Press，1939）。接下來温莎特將其目光轉移到唐朝成都名妓薛濤（758—831）的作品與生涯，寫成了《香濤井：薛洪度的生平與作品》（*A Well of Fragrant Water*：*A Sketch of the Life and Writings of Hung Tu*，Boston：John B. Luce，1945）。雖然温莎特這兩本書是由著名的學術出版社出版，其著作幾乎没有多大的影響力，特别是跟與之同時代的賽珍珠（Pearl Buck）和林語堂比較。

一九五〇年到一九八〇年間英美學界對中國女性作家的研究

西方對中國文學的研究在二戰後開始興盛，當時愈來愈多北美的大學以其他語言與文學系所爲模式建立中國或日本語言文學系。這些系所的學者，跟隨其他文學系所的模式，不是研究語言學，就是研究文學。如果是專研文學的學者，他們多半集中在研究傳統白話小説或戲劇，而比較少在研究傳統詩詞上。這種對小説與戲劇的注重，不衹是跟隨當時英美語言文學系所的模式，并且也反映了這些題材在五四運動之後取得的研究地位。然而，無論他們的焦點在哪種類型的作品，從五十年代到七十年代，主要的研究者幾乎都没把焦點放在女性文學上。如果他們研究女性所寫的文學作品（或是被認爲是女性所寫的作品），則多半是在其他非關女性的，更大的研究計劃或學術目的之下。例如，霍克思（David Hawkes）論席佩蘭的簡短但富有見地的文章（『*Hsi P'ei-lan*』*Asia Major* Second Series 8，1959，113—121），可以説是亞瑟・威利早年研究袁枚生平著作《袁枚：十八世紀的中國詩人》（*Yüan Mei*，*Eighteenth Century Chinese Poet*，London：George Allen and Unwin，1956）的注脚。同樣地，傅漢思（Hans Frankel）對蔡琰詩的研究，結論爲這三部作品没有一部爲蔡琰所寫（《蔡琰及據稱爲蔡琰做的詩》『Cai Yan and the Poems Attributed to Her』，*Chinese Literature*：*Essays*，*Articles*，*Reviews* 5，1984，133—156），主要也是他早期樂府詩研究的延伸。①

唯一一位被反復研究的女詩人是宋朝的李清照。胡品清在陶恩世界作家系列（Twayne World Authors Series）中貢獻了一本關於李清照生平與作品的小書（*Li Ch'ing-chao*，New York：Twayne，1965），何趙婉真（Lucy Chao Ho）則在《人比黄花瘦：李清照的生平與作品》（*More Gracile than Yellow Flowers*：*The Life and Works of Li Ch'ing-chao*，Hong Kong：Mayfair Press，

① 路易・艾黎（Rewi Alley）《蔡文姬的十八嘆》（*The Eighteen Laments of Ts'ai Wen-chi*：*Later Han Dynasty*，Peking：New World Press，1963）的出版也許要在一九五十年代中國對此文作者的討論下理解。羅伯・羅列克斯（Robert A. Rorex）與方聞（Wen Fong）的《胡笳十八拍：蔡文姬的故事》（*Eighteen Songs of a Nomad Flute*：*The Story of Lady Wen-chi*，New York：Metropolitan Museum of Art，1974）則是來自《胡笳圖》。

1968）一書中翻譯了李清照的詞。李清照詞的其他譯作還有：詹姆斯・克來爾（James Cryer）的《梅花：李清照的詩詞》（*Plum Blossoms：Poems of Li Ch'ing-chao*，Chapel Hill：Carolina Wren Press，1984）、山姆・哈彌爾（Sam Hamill）的《愛蓮人：子夜與李清照》（*The Lotus Lovers：Tzu-yeh and Li Ch'ing-chao*，St. Paul：Coffee House Press，1985）與王椒升（Jiaosheng Wang）的《李清照全詞》（*The Complete Ci-poems of Li Qingzhao*，*Sino-Platonic Papers* 13，1989）。美國詩人肯尼斯・雷克羅斯（Kenneth Rexroth）與香港學者鍾玲則合作出版了《李清照：全詞譯》（*Li Ch'ing-chao：Complete Poems*，New York：New Directions，1979）。①然而令人好奇的是，著名中國詩研究者劉若愚（James Liu）和孫康宜（Kang-I Sun-Chang）在其開創性的著作中討論詞這種文類在北宋時期的發展時，没有人留一個章節給李清照。

一九八〇年至今英美學界對中國女性作家的研究

對中國女性文學研究相對忽視的狀況在一九八〇年代結束。從六十年代開始的第二波女性主義風潮帶來的影響之一是到了七十年代，學術界的各個領域都興起了女性研究的興趣。女性主義運動不祇受到人數漸增的女性學者歡迎（包括中國研究領域中的女性學者），也讓愈來愈多的男性學者注意到性別議題。特別值得一提的是對於歷史中的女性（及歷史中對女性的論述）的興趣，以及女性主義文學批評的蓬勃發展。到八十年代，中國研究的領域已漸可感受到這些發展的影響，②而至一九九〇年代，對於中國女性史及中國歷代女性作家的研究，已經成爲中國研究中的主要領域之一。許多著名的學者，以及更多年輕一代的學者，開始研究關於女性的課題。一九八〇年代中國的發展亦促進對明清女作家的研究。一九七八年之後，從民國時期以來就已經絶版許久的研究著作被重新發行，許多二十世紀之前的罕見作品第一次被以影印本或排字本的形式重印，幾十年來不對外國學者開放的圖

① 他們已合作過較小規模的選集《中國女詩人》（*Women Poets of China*，New York：New Directions，1972）。

② 早期質疑傳統中國對女性之既有看法的文章爲 Jennifer Holmgren 的「Myth，Fantasy，and Scholarship：Images of the Status of Women in Traditional China（神話、幻想與學術：傳統中國女性地位的想像）」，*Australian Journal of Chinese Affairs* 6，1981，147—170。

書館也再次向外國學者敞開大門。

社會史

第一個出版中國傳統時期女性社會史相關研究的歷史學者是伊沛霞（Patricia Buckley Ebrey）。她的著作《內闈：宋代婦女的婚姻與生活》（*The Inner Quarters: Marriage and the Life of Women in the Sung Period*，Berkeley: University of California Press，1993；中譯本：胡志宏譯，江蘇人民出版社，2004）中有一章是關於女性的讀寫能力與女性在文學中的參與，但這只是她對宋代婦女社會地位之詳盡研究中的一小部分。高彥頤（Dorothy Ko）在她的《閨塾師：明末清初的才女文化》（*Teachers of the Inner Chambers: Women and Culture in Seventeenth-Century China*，Stanford: Stanford University Press，1994；中譯本：李志生譯，江蘇人民出版社，2005）中更將焦點集中在女性的文學活動。高彥頤强烈批評認爲女性沒有讀寫能力的五四觀點，在著作中呈現了晚明清初的女性如何藉由文學活動成功地創造『自己的空間』。爲了證明她的論點，高彥頤特別注重女性作家所構築的社會網絡。起初這些社會網絡幾乎都以家庭爲基礎，到後來這些網絡發展成更具包容性，讓來自不同家庭的女性得以分享其文學與社會活動。關於女性文學活動突然興起的背景，高彥頤研究了明末出版的興盛和晚明對於『情』的看法，且也特別注意到這個時期名妓的活動。然而，做爲社會史家，高彥頤更有興趣的是女性的文學活動，遠勝於她們書寫的文學作品，且她也幾乎沒有更進一步地討論十七世紀女性作者所寫的詩詞散文本身。不過這本著作確實比其他任何著作更能讓中國歷史與文學研究者正視明清時期女性寫作的豐富性與多樣性。

在高彥頤的著作出版數年之後，曼素恩出版了《綴珍録：十八世紀及其前後的中國婦女》（*Precious Records: Women in China's Long Eighteenth Century*，Stanford: Stanford University Press，1997；定宜莊譯，江蘇人民出版社，2005；或譯《蘭閨寶録：晚明至盛清時的中國婦女》，楊雅婷譯，臺北：左岸文化，2005）。書題中的『十八世紀』指的是從一六八三年到鴉片戰爭前夕。這本對盛清時期（精英）女性生活的研究當中，很長的一個章節是『書寫』（『Writing』，pp. 76—120），詳細地討論了十八世紀晚期對於女性從事文學活動的論辯。當袁枚超越他的時代，更明顯地表示對婦女寫作的支持時，章學誠則在『婦學』與其他文章中嚴厲地批判他。接著這個章節詳細地討論完顏惲珠和她的《國朝閨秀正始集》，一本包含一千多名女詩人作品的選集。而在本書題爲『清代女性作家的空間分布』（『The Spatial Distribution of Women Writers in Qing Times』，pp. 229—234）的附録當中，則展現出女作家在浙西蘇南的幾個縣的高度集中。當曼素恩反復地引用女詩人的作品時，多半是爲了支持她在社會史上的論點，很少對這些材料作文學分析。而她所引用的作品大多來自《國朝閨秀正始集》，儘管在最後的結論中她説這個選集『對清朝中期的女詩人呈現了一個過於道德主義的形象』（p. 218）。

近幾年來有更多針對特定朝代之女性生活的論著出版，但没有一本有上述三本著作那樣的影響力。① 歷史家對中國女性史的興趣也造就了數本論文集的出現，當中亦有研究女性作者或者研究男性對女性才學的論辯。其中之一是柯臨清（Christina Gilmartin）編輯的《性别中國：女性、女性文化與國家》（*Engendering China*：*Women*，*Women Culture and the State*，Cambridge Mass.：Harvard University Press，1994），書中凱西・希爾伯（Cathy Silber）的『從女兒到媳婦：湖南南部女書中的描寫』（『From Daughter to Daughter-in-law in the Women's Script of Southern Hunan』，pp. 47—68），是英語世界中最早一篇關於女書的論文。另一本這樣的論文集是宋漢理（Harriet Zurndorfer）所編的《帝國時期的中國女性》（*Chinese Women in the Imperial Past*，Leiden：E. J. Brill，1999），收入了伊維德（Wilt L. Idema）的『男性幻想與女性現實：朱淑貞、張玉孃，與她們的傳記作者』（『Male Fantasies and Female Realities：Chu Shu-chen and Chang Yü-niang and Their Biographers』，pp. 19—52）與管佩達（Beata Grant）的『小維摩詰：江珠（1764—1904）作品中的佛教與詩』（『Little Vimalakirti：Buddhism and Poetry in the Writing of Chiang Chu（1764—1904）』，pp. 286—307）。宋漢理同時也是《男女：傳統中國的男人、女人與性别》（*Nan Nü*：*Men*，*Women and Gender in Early and Imperial China*）這本由布里爾（E. J. Brill）出版社出版，專門討論中國社會性别議題之學術期刊的創刊編輯。此期刊在一九九九年創刊以來，已經出版了許多與女性文學相關的論文。

① 如：Victoria Cass，*Dangerous Women*：*Warriors*，*Grannies*，*and Geishas of the Ming*（危險的女人：明代的戰士、老婦與名妓），Lanham：Rowman and Littlefield，1999；Brett Hinsch（韓獻博），*Women in Early Imperial China*（古代中國的女性），（Lanham：Rowman and Littlefield，2002；Lisa Raphals（瑞麗），*Sharing the Light*：*Representations of Women and Virtue in Early China*（分光：古代中國女性與女德的再現），Albany：SUNY Press，1998；Rowen R. Tung，*Fables for the Patriarchs*：*Gender Politics in Tang Discourse*（父權的寓言：唐代論述中的性别政治），Lanham：Rowman and Littlefield，2000。

會議論文集與選集

另一方面，在文學研究者對女性文學的興趣漸增之下，九十年代早期有數本相關的會議論文集與期刊專號出版。期刊《中國帝國晚期》一九九二年十三期第一號（*Late Imperial China* 13, No. 1, 1992）是由費俠莉（Charlotte Furth）編輯的『中國明清時期的詩與女性文化』（『Poetry and Women's Culture in Late Imperial China』）專號，其內包含了高彥頤、曼素恩、雷麥倫（Maureen Robertson）、魏愛蓮（Ellen Widmer）等人的文章。高彥頤『追求才德：明末清初的教育與女性文化』（『Pursuing Talent and Virtue: Education and Women's Culture in Seventeenth- and Eighteenth-Century China』，pp. 9—39）爲其兩年後出版之專書的先導。曼素恩的『章學誠（1738—1801）的《婦學》：中國第一篇女性文化的歷史』（『「Fuxue」(Women's Learning) by Zhang Xuecheng (1738—1801): Chinese First History of Women's Culture』，pp. 40—62）以大量的引用詳盡地分析了『婦學』這篇文章。雷麥倫的文章『道出女兒事：中國中古與帝國晚期女性抒情詩中的性別主體建構』（『Voicing the Feminine: Constructions of the Gendered Subject in Lyric Poetry of Women of Medieval and Late Imperial China』，pp. 63—110）研究了在古體詩對格式的嚴格要求，以及先前男性以女性之名賦詩的傳統已大致限定女性詩歌之主題與風格的情況下，女性如何用各種方式在她們的詩作中表達她們特別的女性特質。魏愛蓮的『小青的文學遺音與明清女作家的地位』（『Xiaoqing's Literary Legacy and the Place of the Woman Writer in Late Imperial China』，pp. 111—155）翻譯了這則十七世紀傳奇故事的最早版本之一，且記載了她的故事與詩作在當時極爲風行的情形。這個專號的結尾是瑪莉·佛羅林·布魯諾（Marie Florine Bruneau）的比較討論『明清中國與近世歐洲的女學者與女文人』（『Learned and Literary Women in Late Imperial China and Early Modern Europe』，pp. 156—176）。這些文章之所以非常重要，原因在於它們爲女性文學的研究奠定了標準。魏愛蓮與孫康宜編輯的《中國明清時期的女性作者》（*Writing Women in Late Imperial China*, Stanford: Stanford University Press, 1997）則是建立在一九九三年六月耶魯大學研討會中所發表的論文上。這本論文集收入許多研究女性作者的文章，然而多數文章實際上是研究作品勝於研究女性本身。在本文稍後我們會討論到此論文集中的部分論文。

這個研討會發展出一個合作計劃，即出版一本前現代中國女性作者的古典詩選集。這本由孫康宜與蘇源熙（Haun Saussy）合編的《傳統中國的女性作家：詩詞與評論選》（*Women Writers of Traditional China: An Anthology of Poetry and Criticism*, Stanford: Stanford University Press, 1999）最終在一九九九年出版。此選集（大部分是詩與詞）選入超過一百四十位女詩人的詩作，時間從東漢後期到清末。超過六十位譯者爲此前所未見的計劃翻譯。詩詞之後有一節是由女性撰寫的、對女性詩詞的評論（pp. 669—718），還有一節由男性（如章學誠等）撰寫的、對女性詩詞的評論，包括章學誠『婦學』的全譯。這些附録對瞭解傳統上對女性詩詞的評價相當重要。

第二套大型的女性文學選集，由伊維德與管佩達編輯的《彤管：歷代中國女性作家》（*The Red Brush*：*Writing Women of Imperial China*，Cambridge MA：Harvard University Asia Center，2004；revised edition 2007）在五年後出版[①]。如同它的前驅《傳統中國的女性作家》，此選集横跨從班昭到秋瑾間的兩千年。在更嚴格挑選其所包含之女詩人的同時，本選集也嘗試選入一些由女性信衆、尼姑或道姑所寫的宗教詩作。同時這本選集也拓展文學類型的範圍至女性書寫的散文，且有獨立的一章給女性所作的戲劇與彈詞，更有獨立的章節給女性所寫的白話小説、女性的口傳文學與女書。在可能且這麼作有意義的情況下，這些女性的作品以其當初保存的脈絡引介給讀者。例如班昭的許多作品被包含在她《後漢書》的列傳當中。伊維德與管佩達在引介班昭時，翻譯了包含其作品在内的列傳，而非衹翻譯她的作品而摘要其生平[②]。此外各個選文放在連續性的叙述當中，而在叙述中提供了進一步的背景資訊，以此可對譯文有更深的認識。在必要的時候，編者亦討論該作品是否爲女性作者所作的原創性問題。在這兩本大部頭的全選之外，還有一些規模較小、焦點較集中的選集。如管佩達出版了一本歷代女尼的詩作選《虚空的女兒：中國女尼詩》（*Daughters of Emptiness*：*Poems of Chinese Buddhist Nuns*，Boston：Wisdom Publications，2003），琴·拉森（Jeanne Larsen）出版了《柳、酒、鏡、月：中國唐代女性詩歌》（*Willow*，*Wine*，*Mirror*，*Moon*：*Women's Poems from Tang China*，Rochester：BOA Editions，2006）。

公元前一世紀到公元六世紀的女性作者

過去二十年來，大量論及前現代時期女性文學的英文論著多集中在研究明代最後一百年與清代將近三百年來的女性著作。但

① 本書部分建立在伊維德稍早之荷語著作的基礎上，見 Wilt L. Idema，*De onthoofde feministe*（被砍頭的女性主義者），Amsterdam：Atlas，1999。

② 《彤管》中英譯的中文原文可在聖路易華盛頓大學的網站上瀏覽，見 http://digital.wustl.edu。

這不意味着之前的重要作家被忽略了。康達維（David Knechtges）論文『婕妤之詩』（『The Poetry of an Imperial Concubine：The Favorite Beauty Ban』，*Oriens Extremus* 36，1993，pp. 127—144）的主題即爲班昭的祖姑班婕妤，[1]此外他也在英譯版《文選》（Xiao Tong，*Wen Xuan or Selections of Refined Literature*，Vol. 2，Princeton：Princeton University Press，1987，pp. 173—179）中翻譯了班昭的『東征賦』。班昭一般性的討論則見蕭虹（Lily Xiao Hong Lee）的『班昭：其在傳統中國女性控制之形成上所扮演的角色』（『Ban Zhao（c. 48—c. 120）：Her Role in the Formulation of Controls Imposed upon Women in Traditional China』，in Her *The Virtue of Yin：Studies on Chinese Women*，Broadway NSW：Wild Peony，1994，pp. 11—24）與魏而思（John. E. Wills）的『班昭』（『Ban Zhao』，in His *Mountain of Fame：Portraits in Chinese History*，Princeton：Princeton University Press，1994，pp. 90—99）。雖然班昭在序言中已明言其『女戒』是對出嫁前夕之年輕女子的勸戒，『女戒』在翻譯成英文時還是經常被翻譯成『對女性的告誡』（『Precepts for Women』），以至於班昭常常被呈現爲父權意識形態之倡導者的形象。陳幼石（Yu-shih Chen）在她的『班昭《女戒》的歷史樣板』（『The Historical Template of Pan Chao's Nü-chieh』，*T'oung Pao* 82，1996，229—257）中認爲『女戒』是班昭寫給鄧皇后的宮廷權力政治指導書，也許也同樣地偏離主題。[2]夏曉虹在『古典新義：對班昭和《女戒》的各種詮釋』（『New Meanings in a Classic：Differing Interpretations of Ban Zhao and Her *Admonitions for Women*』in Tao Jie et al.，eds.，*Holding Up Half the Sky：Chinese Women Past，Present，and Future*，New York：The Feminist Press at the City University of New York，2004，pp. 1—16）中展現晚清女子教育的提倡者如何在清末首次把班昭視爲女子教育的倡導者，然而接下來她則譴責班昭爲傳統社會壓迫女性的代表。

其後女性寫給女性的道德訓誡的確向婦女宣導身爲媳婦、母親與妻子的責任。《女孝經》已經被易沛霞翻譯成英文（『*The Book of Filial Piety for Women* Attributed to a Woman Née Zheng』，in Susan Mann and Yu-yin Cheng，eds.，*Under Confucian Eyes：Writings on Gender in Chinese History*，Stanford：Stanford University Press，2001，pp. 47-70）。孟久麗（Julia Murray）則

---

① 華茲生（Burton Watson）稍早翻譯了班婕妤的傳記，見他的 *Courtier and Commoner in Ancient China：Selections form the History of the Former Han by Pan Ku*（中國古代的廷臣與平民：班固《漢書》選），New York：Columbia University Press，1974。

② 又見 Sherin Wing，『Technology，Commentary and the Admonitions for Women（技術、評論與《女戒》）』，*Journal of International Women's Studies* 5.1（2003），42—66。

在『《女孝經》與宋代的文本插圖：藝術脈絡與重建的問題』（『The Ladies' Classic of Filial Piety and Sung Textual Illustration：Problems of Reconstruction and Artistic Context』，Ars Orientalis 18，1998，95—129）和『給女性的教誨藝術：《女孝經》』（『*Didactic Art for Women*：*The Ladies' Classic of Filial Piety*』，in Marsha Weidner，ed.，*Flowering in the Shadows*：*Women in the History of Chinese and Japanese Painting*，Honolulu：University of Hawaii Press，1990，pp. 27—53）中討論此書文本與插圖的運用。王蓉蓉（Robin R. Wang）在《中國思想與文化中的女性圖像：從先秦到宋朝的作品》（*Images of Women in Chinese Thought and Culture*：*Writings from the Pre-Qin Period through the Song Dynasty*，Indianapolis：Hacket 2003）當中不祇包含了《女孝經》（pp. 372—390）和班昭《女戒》（pp. 177—188）的翻譯，同時也翻譯了《女論語》（pp. 327—340）。

在接下來的時代，謝道韞仍是最典型的女詩人形象，而其名聲基本上建立在一句即興創作的詩句。蕭虹的《陰性：中國女性的研究》（*The Virtue of Yin*：*Studies on Chinese Women*）其中一章『謝道韞：女名士之風』（『Xie Daoyun：The Style of a Woman Mingshi』，pp. 25—46）即是描寫她。與之相關的是碧翠絲・史派德（Beatrice Spade）的『中國南朝時期的女子教育』（『The Education of Women in China during the Southern Dynasties』，*Journal of Asian History* 13，1979，15—41）。安妮・畢勒爾（Anne Birell）在她的『玉臺新詠』全譯之後，[1]持續出版論五、六世紀女詩人（如劉令嫻等）的著作，如她的『以女性的身份發聲：中國中古早期的情詩』（『In the Voice of Women：Chinese Love Poetry in the Early Medieval Ages』，in Lesley Smith and Jane H. M. Taylor，Eds.，*Women，the Book，and the Worldly*，Cambridge：D. S. Brewer，1995，pp. 49—59）。[2]或許關於五至六世

---

① 即 *New Songs from a Jade Terrace*：*An Anthology of Early Chinese Love Poetry*（玉臺新詠：中國早期情詩選），London：George Allen and Unwin，1982。

② 畢勒爾同時也負責梅維恒（Victor Mair）編《哥倫比亞中國文學史》（*The Columbia History of Chinese Literature*，New York：Columbia University Press，2001）中『文學中的女性』（『Women in Literature』，pp. 194—220）一章的編寫。侯師娟（Sharon Shih-juan Hou）之前在倪豪士（William H. Nienhauser）所編的《印地安納中國傳統文學指南》（*The Indiana Companion to Traditional Chinese Literature*，Bloomington：Indiana University Press，1986）中寫了『女性文學』（『Women's Literature』，pp. 175—194）一節，這篇文章出現得太早以至於來不及利用其後對明清女性文學的豐富研究成果。在《印地安納中國傳統文學指南》第二冊（*The Indiana Companion to Traditional Chinese Literature*，*Volume* 2，Bloomington：Indiana University Press，1998）的『女性文學』這節則附了新增書目（pp. 253—258）。

紀女性詩歌最好的文章還是之前已提過的雷麥倫的『道出女兒事：中國中古與帝國晚期女性抒情詩中的性別主體建構』。從寶唱的《比丘尼傳》[①] 來看，尼姑在南朝精英社會中地位相當突出，然而她們創造性的文學活動似乎較有限。

在七世紀的最後數十年武則天掌握大權。她的生平除了讓如林語堂等作家之外，也讓嚴肅的學者感興趣。魏而思在他的《名山》（*Mountain of Fame*）中有『武后』（『Empress Wu』，pp. 127—148）一章。而在《發明印刷術的女人》（*The Woman Who Discovered Printing*，New Haven：Yale University Press，2008）中，提摩西・巴瑞特（T. H. Barrett）將印刷術發明的歷史與武則天的政治生涯交織在一起，認爲武則天可能運用印刷術來强化她的地位。其他學者則試圖在武則天的生涯中追索女權主義的踪迹。如陳弱水的『武后與中國唐朝的原型女權意識』（『Empress Wu and Proto-Feminist Sentiments in T'ang China』，in Frederick Brandauer and Chun-chich Huang, eds.，*Imperial Rulership and Cultural Change in Imperial China*，Seattle：University of Washington Press，1994，77—116）與柏夷（Stephen R. Bokenkamp）的『中古女權主義對中國世界秩序的解析：以武曌爲例（690—705）』（『A Medieval Feminist Critique of the Chinese World Order：the Case of Wu Zao（690—705）』，*Religions* 28，1998，383—392）。杜希德（Dennis Twitchett）在他的『《臣規》及其他被認爲是武則天所寫的作品』（『Chen Gui and Other Works Attributed to Empress Wu Zetian』，*Asia Major* Third Series 16，2003，33—109）中詳細地研究了許多在官方記載中題爲武則天所作的作品。在武后晚年，宫中最主要的文學能手是她的代筆人上官婉兒。她直到因七一〇年的政變中被殺爲止在中宗朝的宫中仍有權勢。宇文所安（Stephen Owen）在他的『唐朝莊園詩的形成』（『The Formation of the Tang Estate Poem』，*Harvard Journal of Asiatic Studies* 55，1995，39—59）一文中研究了上官婉兒寫的詩。上官婉兒作爲一個曾被當成罪犯黥面的女性，在她的詩裏扮演（男性）隱士的角色，游賞鄉間歡景，正好可以拿來作爲主張八世紀早期詩作中虛構性逐漸增强的典型。

雖然（或許是『因爲』）初唐時期女性在宫廷中掌有大權，唐朝的精英女性在她們的寫作中逐漸遭受要她們撤離參與公共領域的壓力。[②] 在唐末，我們看到第一個女性焚毀她所有的詩作以免這些詩作被散布出去的記録。杜德橋（Glen Dudbridge）在他

① 《比丘尼傳》已經被翻譯成英文，其英文版有 Li Jung-hsi（李榮熙）翻譯的 *Biographies of Buddhist Nuns：Pao-ch'ang's Pi-chiu-ni-chuan*（Osaka：Tohokai，1981）與 Kathryn Ann Tsai 翻譯的 *Lives of the Nuns：Biographies of Chinese Buddhist Nuns from the Fourth to the Sixth Centuries—A Translation of the Pi-ch'iu-ni chuan，Compiled by Shih Pao-ch'ang*（Honolulu：University of Hawaii Press，1994）.

② 亦見 Josephine Chiu Duke（丘慧芬），『The Role of Confucian Revivalists in the Confucianization of Tang Women（儒學復興在唐代女性儒家化的角色）』，*Asia Major* Third Series 8，1995，149—170。

的《唐代中國的宗教體驗與俗世社會：讀戴孚〈廣異記〉》（*Religious Experience and Lay Society in T'ang China*：A Reading of Tai Fu's Kuang-I chi，Cambridge：Cambridge University Press，1995）中，討論了一個年輕女子被男性詩人所附身，在男性的聚會中爲之發聲的例子。杜德橋推測這是一個因爲社會上反對女子寫詩而導引出來的多重人格案例（pp. 1—6），而其他的女子則稱其在夢中獲得出衆才學。在八至九世紀，最出名的女詩人則爲名妓，諸如李冶和魚玄機。琴·拉森在她的《錦江集：唐代名妓薛濤詩選》（*Brocade River Poems*：*Selected Works of the Tang Dynasty Courtesan Xue Tao*，Princeton：Princeton University Press，1987）選了許多薛濤的詩作。大衛·楊格（David Young）與林健一（Jiann I. Lin）合作完整地翻譯了魚玄機的詩，出版爲《行雲歸北：魚玄機全詩》（*The Clouds That Float North*：*The Complete Poems of Yu Xuanji*，Hanover：Wesleyan University Press，1998）。魚玄機在她短暫一生的晚年住在道觀中，柯素芝（Suzanne Cahill）在她的文章『物質文化與道：魚玄機（844—868）詩中的綺羅、寶舟與瑶琴』（『Material Culture and the Dao：Textiles，Boats，and Zithers in the Poetry of Yu Xuanji（844—868）』，in Livia Kohn and Harold D. Roth，eds.，*Daoist Identity*：*History*，*Lineage and Ritual*，Honolulu：University of Hawaii Press，2002，pp. 102—126）當中則討論其詩中的道教層面。①

一九八〇年代以來對女性文學增長的興趣并未如有些人預期的那樣帶來李清照研究的熱潮。宇文所安在他的《追憶：中國文學中的往事再現》（*Remembrances*：*The Experience of the Past in Classical Chinese Literature*，Cambridge MA：Harvard University Press，1984；中譯本：鄭學勤譯，上海古籍出版社，1990）中有一章『記憶之阱』（『The Snares of Memory』，pp. 80—98），爲李清照自傳性的散文『金石録後序』提供了優美的翻譯與詳細的分析。吴兆明（Siu-Pang E. Almberg）譯註了『李清照：投翰林學士綦崇禮啓』（『Li Qingzhao：Letter to the Academician Qi Chongli』，*Renditions* 41/42，1994，79—84），而魏世德（Timothy Wixted）則有『李清照的詩：女作者與女性的作者身份』（『The Poetry of Li Ch'ing-chao：A Woman Author and Woman's Authorship』，in Pauline Yu，ed.，*Voices of the Song Lyric in China*，Berkeley：University of California Press，1994，pp. 107—144）。魏世德在這篇文章中認爲李清照的性别與其文學創作無關，然而方秀潔（Grace S. Fong）在同本論文集中的『賦性别於詞：宋詞中女性的影像與聲音』（『Engendering the Lyric：Her Image and Voice in Song』，pp. 107—144）則持相反意見。

① 關於各時代道姑與其他道教女信衆的總覽見 Livia Kohn and Catherine Despeux（戴思博），*Women in Daoism*（道教中的女性）（Boston：Three Pines Press，2003）。

其他從十一世紀到十六世紀早期的女作者則較少受到注意，而多半關於她們的文章都僅爲介紹性質。張愛東（Aidong Zhang）與韋恩·史列普（Wayne Schelpp）的『蕭觀音：她的悲劇性生涯與憂鬱的詩』（『Xiao Guanyin：Her Tragic Life and Melancholy Poems』，*Journal of Song-Yuan Studies* 28，1998，213—221）翻譯了一位遼代皇后的詩。莫里斯·羅沙比（Morris Rossabi）在『管道昇：元代中國的女藝術家』（『Kuan Tao-sheng：Women Artist in Yuan China』，*Bulletin of Song-Yuan Studies* 21，1989，67—84）中簡單介紹了管道昇的生平。Ch'en Hsiao-lan與牟復禮（F. W. Mote）在『楊慎與黄峨：作爲愛侶、詩人與歷史人物的夫妻』（『Yang Shen and Huang O：Husband and Wife as Lovers，Poets，and Historical Figures』，in Marie Chan et al.，eds.，*Excursions in Chinese Culture：Festschrift in Honor of William R. Schultz*，Hong Kong：The Chinese University Press，2002，pp. 1—32）中較爲詳細地討論了黄峨。而我們之前已經提到伊維德論朱淑真、張玉孃和男性作者如何操作其傳記寫作的論文。謝定華（Ding-hwa E. Hsieh）與雷維霖（Miriam L. Levering）都出版過與宋朝女尼相關的著作。與本文題旨相關的或許是雷維霖的兩篇文章：『妙道與其師大慧』（『Miao-tao and Her Teacher Ta-hui』，in Peter N. Gregory and Daniel A. Getz Jr.，eds.，*Buddhism in the Sung*，Honolulu：University of Hawaii Press，1999，pp. 188—219）與『女禪師：作爲聖人的妙宗法師』（『Women Ch'an Masters：The Teacher Miao-tsung as Saint』，in Arvind Sharma，ed.，*Women Saints in World Religions*，Albany：SUNY Press，2000，pp. 180—204）。[1]

女性文學的第一個高峰期（1580—1680）

明代最後百年到清初幾十年的出版繁榮是刺激女性文學發展的主要原因。由於直到十七世紀初期主要的出版中心是在江南與福建北部，我們可以看到在明代的最後一百年有許多出版商在江南主要城市中崛起，他們的出現主要是應此地因商致富之有閑階層的需要。從十六世紀中葉開始，有愈來愈多的女性著作的選集出現，很快地接著便出現當時女作者的全集刻本。而到十七世紀中葉，這些女作者之一的王端淑（1621—1685）自己編輯且出版了一個大型的女性作品選集。在一六八〇年左右江南的高級印刷工業開始衰落之後，女作家作品的刻本也隨之大量減少，直到十八世紀下半葉方逐漸恢復，女性的作品才又被大量地印刷出版。

---

[1] 徐素鳳研究男性寫的序文如何以《詩經》來爲女詩人辯護，見 Xu Sufeng，『The Rethoric of Legitimation：Prefaces to Women's Poetry Collections from the Song to the Ming（正當性的辯詞：從宋到明女性詩集的序文）』，*Nan Nü* 8：2（2006），255—289。

孫康宜在她的「明清女性詩詞選集及其選擇策略的介紹」（「A Guide to Ming-Ch'ing Anthologies of Female Poetry and Their Selection Strategies」，*The Gest Library Journal* 5，1992，119—160）中詳盡地調查了現有的明清選集在推動明清女作家的研究上扮演的重要角色。這篇介紹後來重新收入孫康宜與魏愛蓮合編的《明清時期的女作家》（*Writing Women in Late Imperial China*，Stanford：Stanford University Press，1997，pp. 147—170）中。① 安・沃特納（Ann Waltner）與徐碧卿（Pi-ching Hsu）的「餘香：屠瑶瑟與沈天孫的詩」（「Lingering Fragrance：The Poetry of Tu Yaose and Shen Tiansun」，*Journal of Women's History* 8 No. 4，1997，28—53）討論了屠隆（1542—1605）女兒與媳婦的詩，她們的詩作爲屠隆所刻印。葉紹袁（1589—1648）的妻子沈宜修（1590—1635）與其女兒們，以及葉紹袁對她們作品的刻印，在高彦頤的《閨塾師》中有詳盡的討論（pp. 179—218）。② 仕女沈宜修與名妓柳如是（1618—1664）選編詩文集的活動則在戴瑞・博格（Daria Berg）的「中國明清女性的自我塑造：仕女和名妓如何編輯她的故事與歷史」（「Female Self-Fashioning in Late Imperial China：How the Gentlewoman and the Courtesan Edited Her Story and Edited History」，in Daria Berg，ed.，*Reading China：Fiction，History and the Dynamics of Discourse，Essays in Honour of Professor Glen Dudbridge*，Leiden：E. J. Brill，2006，pp. 238—289）中被拿來比較。高彦頤在《閨塾師》中的「家務之際：拓廣女性領域」（「Margins of Domesticity：Enlarging Women's Sphere」，pp. 115—142）叙述王端淑的生活與時代。魏愛蓮則在《儒家眼下》的「王端淑短篇作品選」（「Selected Short Works by Wang Duanshu」，in *Under Confucian Eyes*，pp. 179—196）中翻譯了王端淑的短篇散文，而之前她已在「十七世紀才女的書信世界」（「The Epistolary World of Female Talent in Seventeenth-Century China」，*Late Imperial China* 10，1989，1—43）中觸及了王端淑的文學活動。③

在明朝的最後一個世紀，名妓再一次在女性文學活動上扮演可見度極高的角色，這部分是因爲她們與當時一些江南主要士人之間

① 亦參考 Grace S. Fong（方秀潔），「Counter-Canon Effects：Anthologizing Women's Poetry in the Late Ming（逆典範效應：晚明女性詩詞選集的編選）」，*Chinese Literature：Essays，Articles and Reviews* 26，2004，129—150。

② 亦見伊維德與管佩達的《彤管》，pp. 383—414。葉紹袁的女兒葉小鸞死後的名聲見 Anne Gerritsen（何安娜），「The Many Guises of Xiaoluan：The Legend of a Girl Poet in Late Imperial China（多面小鸞：中國明清時期一個少女詩人的傳説）」，*Journal of Women's History* 17，2，2005，38—61。

③ Maureen Robertson（雷麥倫），「Changing the Subject：Gender and Self-Inscription in Authors' Prefaces and Shi Poetry（改變主體：自序與詩歌中的性別與自我銘刻）」，in Ellen Widmer and Kang-i Sun Chang，Eds.，*Writing Women in Late Imperial China*（Stanford：Stanford University Press，1997，pp. 171—217.）。

親近的關係。在《中國明清時期的女性作者》中，高彥頤、[①]李蕙蒽（Wai-yee Li）、[②]羅溥洛（Paul S. Ropp）[③]的章節都討論晚明的名妓文化，但這些章節談得比較多的是關於名妓的（男性）作品，更勝於名妓自己寫的作品。對主要名妓的生活作更詳細的描繪的是徐素鳳（Sufeng Xu）在麥吉爾大學二〇〇五年發表的博士論文『蓮生淤泥：晚明名妓與其詩作』（『Lotus Flowers Rising from the Dark Mud：Late Ming Courtesans and Their Poetry』）。她討論最多的名妓薛素素，同時也是博格文章『女戰士、藝術家與冒險者：一個中國明清時期的名妓』（『Amazon, Artist, and Adventurer：A Courtesan in Late Imperial China』, in Kenneth J. Hammond and Kristin Stapleton, eds., *Human Tradition in Modern China*, Lanham：Rowman and Littlefield, 2008, pp. 15—32）的主題。[④]晚明最有名的名妓當然是柳如是。她的畫作在高居翰的『柳隱的畫』（『The Paintings of Liu Yin』, in *Flowering in the Shadow*, pp. 103—121）中被討論。孫康宜在《晚明詩人陳子龍：危機、愛與忠誠》（*The Late-Ming Poet Ch'en Tzu-lung：Crises and Love and Loyalism*, New Haven：Yale University Press, 1991）中討論柳如是在陳子龍（1608—1647）一生中扮演的角色，并認爲她激起陳子龍對詞的興趣。在孫康宜的『柳如是與徐燦：女性特質或女性主義』（『Liu Shih and Hsü Ts'an：Feminine or Feminist』 in *Voices of the Song Lyrics in China*, pp. 169—187）中，她比較柳如是與徐燦的詩詞，後者因她在一六四四年明亡後寫的忠節詞而聞名。[⑤]陳寅恪論柳如是的大作則在葉文心的『史家與名妓：陳寅恪與《柳如是別傳》之作』（『Historian and Courtesan：Chen Yinke and the Writing of *Liu Rushi Biezhuan*』, *East Asian History* 27, 2004, 57—70）中被討論。

如果明亡之前最活躍於寫作的是名妓，十七世紀中則是女尼最突出。十七世紀禪宗的內在發展與此時不穩定的情況，都造就了這些女尼寫作的高度可見性，且幾乎都在江南區域。部分女尼的語録（也包括她們的詩作）在《嘉興藏》中被保留下來，這些女尼和她們的作品爲管佩達所研究。她第一篇關於女尼的文章是『宗派中的女性支柱：臨濟禪宗大師祇園行剛（1597—1654）』

① 『The Written Word and the Bound Feet：A History of the Courtesan's Aura（寫字與纏足：名妓氣氛的歷史）』, pp. 74—100.

② 『The Late-Ming Courtesan：Invention of a Cultural Ideal（晚明名妓：創造一個文化理想）』, pp. 46—73.

③ 『Ambiguous Images of Courtesan Culture in Late Imperial China（中國明清時期名妓文化的曖昧形象）』, pp. 17—45.

④ 論薛素素，亦見 Tseng Yu-ho（曾幼荷），『Hsüeh Wu and Her Orchids in the Collection of the Honolulu Academy of Arts（檀香山藝術學院收藏的薛五與她的蘭花）』, *Arts Asiatiques* 2. 3（1955）, 197—208。

⑤ 關於她的生平故事與她的詩選，見伊維德與管佩達的《彤管》, pp. 431—437。關於徐燦，亦見 Li Xiaorong，『Engendering Heroism：Ming-Qing Women's Song Lyrics to the *Tune Man Jiang Hong*（賦性別於英雄主義：明清女性所賦之《滿江紅》）』, *Nan Nü* 7. 1（2005）, 1—39。

(『Female Holders of the Lineage：Linji Chan Master Zhiyuan Xinggang (1597—1654)』, *Late Imperial China* 17, 1996, 51—76)，接下來在『遁入空門：中國明清時期的女尼詩』(『Through the Empty Gate：The Poetry of Buddhist Nuns in Late Imperial China』, in Marsha Weidner, ed., *Cultural Intersections in Late Chinese Buddhism*, Honolulu：University of Hawaii Press, 2001, pp. 87—113) 中則討論這些女尼的詩作。管佩達將她對這些知名大師的研究集結於其新作《高尼：十七世紀中國的女性禪師》(*Eminent Nuns：Women Chan Masters of Seventeenth-Century China*, Honolulu：University of Hawaii Press, 2008)。在前兩章介紹一般性背景與佛僧寫作中的女尼形象之後，剩下的七章每一章描繪一位女尼的生平，且大量地引用她們的詩文。①

儘管十七世紀女性文學中名妓與尼姑的可見性很高，此時大部分寫作的女性絕大多數是仕女，特別是蘇杭地區的仕女。之前幾段我們已經提到不少討論個別女性（或一群女性）作者的著作。杭州女詩人，特別是當時的女詩壇領導人物顧若璞與蕉園詩社是許多研究的主題。高彥頤在《閨塾師》『社會與公共群體』(『Social and Public Communities』, pp. 219—250) 一章中討論這些詩人，且在《儒家眼下》中翻譯了『顧若璞（1592—約 1681）的「示諸兒」』(『*Letter to My Sons* by Gu Ruopu (1592—約 1681)』, in Susan Mann and Yu-yin Cheng, eds., *Under Confucian Eyes*, pp. 149—154)。博格在『協商風雅：十七世紀江南的蕉園詩社』(『Negotiating Gentility：The Banana Garden Poetry Club in Seventeenth-Century Jiangnan』, in Daria Berg and Chloë Starr, eds., *The Quest for Gentility in China：Negotiations beyond Gender and Class*, London：Routledge, 2007, pp. 73—93) 中研究了蕉園詩社。方秀潔在《儒家眼下》中翻譯了女性作者季嫻自傳性質的散文『季嫻（1614—1683）的《前因記》』(『*Records of Past Karma* by Ji Xian (1614—1683)』, pp. 135—148)，後來在『內闈中的隱士：詩人季嫻（1614—1683）』(『A Recluse of the Inner Quarters：the Poet Ji Xian (1614—1683)』, *Early Modern Women：An Interdisciplinary Journal* 2, 2007, 27—39) 中對她的生平與作品提供了更詳細的研究。

十七世紀中動蕩的數十年可能提供某些女性（如王端淑）更大的行動自由，如同高彥頤在《閨塾師》『家務之際：拓展女性領域』中所討論的；但是當時的戰爭也帶來不少流離喪亂而被女性記錄在詩作中，如孫康宜在『女性的詩證：晚明與晚清的例子』(『Women's Poetic Witnessing：Late Ming and Late Qing Examples』, in David Der-wei wang and Shang Wei, eds., *Dynastic*

① 亦見 Beata Grant（管佩達），『Severing the Red Cord：Buddhist Nuns in Eighteenth-Century China（斬斷紅綫：十八世紀中國的女尼）』, in Karma Lekshe Tsomo, Ed., *Buddhist Women across Cultures：Realizations*, Albany NY：SUNY Press, 1999, pp. 91—103。

Crisis and Cultural Innovation:*From the Late Ming to the Late Qing and Beyond*, Cambridge MA:Harvard University Asia Center, 2005, pp. 504—522）中的討論。有些女作者成爲新政權鎮壓反滿文字的受害者，如同艾倫·巴爾（Alan Barr）在『個人回憶與公共記憶中的《明史》案』（『The *Ming History* Inquisition in Personal Memoir and Public Memory』, *Chinese Literature Essays Articles Reviews* 27, 2005, 5—32）中所呈現的。女性在絶望之下或自盡之前在墻上寫下（或據説在墻上寫下）的詩在清代早年被熱切地收集且流傳。蔡九迪在『絶望之詩：題壁與憂喪』（『Disappearing Verses:Writing on Walls and Anxieties of Loss』, in Judith T. Zeitlin and Lydia Liu, eds., *Writing and Materiality in China*:*Essays in Honor of Patrick Hanan*, Cambridge MA:Harvard University Asia Center, 2003, pp. 73—132）中研究這個現象。[1]

關於小青應該特别值得一提。根據十七世紀早期流傳的故事，小青是一個來自揚州、窮困但有文采的少女，被一個杭州富人買作爲妾。由於富人善妒的太太不準她住在丈夫的家中，只得自己住在西湖的鼓山。在鼓山她即刻憔悴下來，以絶句、律詩、詞與信表達她的情感，而部分作品在她於纖弱之齡逝去時意外地被保留下來。比起幾乎任何一個十七世紀的女詩人，我們知道更多關於她短暫一生的細節，而雖然從很早開始其作品的真實性就被質疑，而她一生的故事也被蔑斥爲假造，但仍不妨礙她的故事大受歡迎。我們之前已經提到魏愛蓮對小青傳奇的詳細研究。[2] 此外在史鎮林（1693—1781）爲雙卿及其詩作所作的《西青散記》中，有許多段落模仿或發展了小青傳奇中的許多主題。雙卿被描繪成一個貧農的妻子，藉在村塾窗外側聽習得讀寫，而她寫在花瓣上的精巧卓越的詞，則被其士紳仰慕者所熱心收集。至今雙卿已成爲兩本專書的主題。Elsie Choy 在她的《祈禱之葉：十八世紀中國農婦賀雙卿的生平與詩作，史鎮林〈西青散記〉選譯》（*Leaves of Prayer*, *The Life and Poetry of He Shuangqing*, *a Farmwife in Eighteenth-century China*, *Selected Translations from Shi Zhenlin's West Green Random Notes*, Hong Kong:The Chinese University Press, 1993）中追隨許多中國學者的意見，認爲她是一個歷史人物，然而羅溥洛的《謫仙：追索中國農婦詩人》（*Ban-*

---

[1] 亦見 Grace S. Fong（方秀潔），『Signifying Bodies:The Cultural Significance of Suicidal Writings by Women in Ming-Qing China（兆示身體：明清女性自盡書寫的文化意義）』, *Nan Nü* 3（2001），105—142。

[2] 小青故事在民國時期的再發現見 Haiyan Lee（李海燕），『The Poetess Diagnosed』, *Revolution of the Heart*:*A Genealogy of Love in China*, 1900—1950. Stanford:Stanford University Press, 2007, pp. 190—199。

ished Immortal, *Searching for China's Peasant Woman Poet*, Ann Arbor: University of Michigan Press, 2001）站在質疑的角度，認爲雙卿是史鎮林想像出來的產物。羅溥洛將他對《西青散記》的翻譯與他的旅行記録交織在一起，描述他尋找雙卿居所的嘗試。① 最鞭辟入裏討論那些被視爲雙卿所做的詞的是方秀潔的『解/建構一個十八世紀的理想女性』（『De/Constructing a Feminine Ideal in the Eighteenth Century, *Random Records of West-Green* and the Story of Shuangqing』, in Ellen Widmer and Kang-i Sun Chang, eds., *Writing Women in Late Imperial China*, pp. 264—281）。另一件作者有爭議的是作品是《三婦合評牡丹亭》。吴人（吴山），一位知名的劇評家，在一六九四年出版了吴顯祖這部劇作的評點本，一開始以他的名字流傳，而作爲他過世的未婚妻陳同（1650—1665）、第一任亡妻談則（1674年過世）與他第二任妻子錢宜三人的共同成果。這個評點本是蔡九迪『共夢：三婦合評《牡丹亭》的故事』（『Shared Dreams: The Story of the Three Wives' Commentary on the Peony Pavilion』, *Harvard Journal of Asiatic Studies* 54, 1994, 127—179）一文的研究主題。

女性文學的第二個高峰期（1775—1875）

如果從一五六〇年到一六八〇年一百多年的時間，可以如伊維德與管佩達在《彤管》一書中所作的，將之標誌爲女性文學的第一個高峰期的話，從一七七五年後開始的一百年，可以視爲中國女性文學的第二次高峰。在這個時期，名妓與女尼在女性文學活動中最多只扮演邊陲的角色，而在另一方面，一些主要的男性文人，包括知名的詩人袁枚，則被當成女詩人的導師或贊助者。在這一百年間，女性大幅地拓展她們寫作的主題與類型：有些女性探向學術或批評的領域，有些則探索以戲劇與彈詞表達自己、完成心

① 羅溥洛曾是女性文學研究的先鋒學者之一。參考他的 Paul S. Ropp,『Love, Literacy, and Laments: Themes of Women Writers in Late Imperial China（愛情、文采與哀嘆：中國明清時期女性作者的主題）』, *Women's History Review* 2（1993）: 107—142。他對女性文學的興趣可追溯到他早期對《儒林外史》的研究。他的《中國近代早期的異議者：〈儒林外史〉與清朝的社會批評》（*Dissent in Early Modrn China: Ju-lin wai-shih and Ch'ing Social Criticism*, Ann Arbor: University of Michigan Press, 1981）一書中包含一章『男人眼中的女性：《儒林外史》與女權思想』（『Women in Men's Eyes: *Ju-lin wai-shih* and Feminist Thought』, pp. 120—151）。

願的可能性。[1] 女性各種文學活動的可見性大增，因此形成了關於女性才學的辯論，而關於這場辯論已有曼素恩[2]與劉詠聰（Clara Wing-chung Ho）的詳細研究。[3]

袁枚是十八世紀末十九世紀初支持女性詩人的男性中最有名的。[4] 孟留喜（Liuxi Louis Meng）的《作爲權力的詩：袁枚女弟子屈秉筠》（*Poetry as Power：Yuan Mei's Female Disciple Qu Bingyun（1767—1810）*，Lanham：Lexinton Books，2007）不僅研究了屈秉筠的生平與作品，同時也對袁枚的女弟子們做了簡介。袁枚女弟子中最獨立的或許是駱綺蘭。羅賓·漢彌頓（Robyn Hamilton）在『求名：駱綺蘭（1755—1813?）與十八世紀女性才學的辯論』（『The Pursuit of Fame：Luo Qilan（1755—1813?）and the Debates about Women and Talent in Eighteenth-Century Jiangnan』，*Late Imperial China* 18，1997，39—71）中對她有所

---

① 亦見 Maram Epstein（艾梅嵐），『Bound by Convention：Women's Writing and the Feminine Voice in Eighteenth-Century China（成規所束：十八世紀的女性書寫與女性的聲音）』，*Tulsa Studies in Women's Literature* 26-1（2007），97—105。

② Susan Mann（曼素恩），『Classical Revival and the Woman Question：China's First Querelle des Femmes（古典復興與女性問題：中國第一場『女性爭論』）』，in *Family Process and Political Process in Modern Chinese History*，Vol. 1（Taipei：Institute of Modern History，Academia Sinica，1992），pp. 377—411；Susan Mann（曼素恩），『「Fuxue」（Women's Learning）by Zhang Xuecheng（1738—1801）：China's First History of Women's Culture（章學誠（1738—1801）的《婦學》：中國第一篇女性文化的歷史）』，*Late Imperial China* 13（1992）：40—62；Susan Mann（曼素恩），『Talented Women in Local Gazetteers of the Lingnan Region during the Eighteenth and Nineteenth Centuries（十八十九世紀嶺南地方志中的才女）』，《近代中國婦女史研究》3（1995）：123—141；Susan Mann（曼素恩），『Women in the Life and Thought of Zhang Xuecheng（章學誠思想與生命中的女性）』，in Philip J. Ivanhoe，ed.，*Chinese Language，Thought，and Culture，Nivison and His Critics*. Chicago：Open Court，1997，pp. 94—120.

③ Clara Wing-chung Ho（劉詠聰），『Conventionality Versus Dissent：Designations of the Titles of Women's Collected Works in Qing China（成規與異議：清代女性詩文集書題的意義）』，《明清研究》3（1994）：47—90；Clara Wing-chung Ho（劉詠聰），『The Cultivation of Female Talent：Views on Women's Education during the Early and High Qing Periods（女才的培養：清初與盛清時期對女子教育的看法）』，*Journal of the Economic and Social History of the Orient* 38（1995）：191—223；and Clara Wing-chung Ho（劉詠聰），『Encouragement from the Opposite Gender：Male Scholars and Women's Publications in Ch'ing China（來自異性的鼓勵：清代的男性學者與女性的出版品）』，in Harriet Zurndorfer. ed.，*Chinese Women in the Imperial Past. New Perspectives*. Leiden：E. J. Brill，1999，pp. 308—353.

④ 袁枚的母親與姊妹也是詩人。論袁枚與其母親姊妹的關係見 David Pollard（卜立德），『The Life of Yuan Suwen，*as Told by Yuan Mei and Yuan Shu*（袁素文的一生，根據袁枚與袁樹所述）』，*Renditions* 64（2005），58—69. 在同一期雷麥倫翻譯了袁枚的妹妹袁機（素文，1720—1759）的詩，見『Eight Poems by Yuan Ji』（袁機的八首詩），*Renditions* 64（2005），70—77。

研究。袁枚主要活躍於南京，而蘇州最主要的女詩人支持者任兆麟及其和女弟子的互動關係，則在高彦頤的『門下女學者：十八世紀蘇州性別關係的實踐』（『Lady Scholars at the Door ; The Practice of Gender Relations in Eighteenth-Century Suzhou』, in John Hay, ed. , *Boundaries in China* , London : Reaktion Books, 1994, pp. 198—216）中有討論。之前提到的管佩達所研究的江珠也是他的女弟子之一。此外管佩達也出版了一篇論文論與江珠同時的、虔誠的佛教詩人陶善，見『孰爲是我孰爲渠：十八世紀佛教女居士的詩』（『Who is This I ? Who is That Other ? The Poetry of an Eighteenth Century Buddhist Laywoman』, *Late Imperial China* 15, 1994, 47—86）。

一些更有學術傾向與批評傾向的女作者也已被研究。宋漢理在她的『王照圓的「常世」：十八世紀的女性、教育與正統』（『The *Constant World* of Wang Chao-yüan : Women, Education, and Orthodoxy in 18th Century China ; A Preliminary Investigation』, in *Family Process and Political Process in Modern Chinese History* , Taipei , Institute of Modern History , Academia Sinica, 1992, pp. 579—619）中研究了山東女學者王照圓；方秀潔則在『書寫自己與書寫人生：沈善寶（1808—1862）性別化的自傳／她傳書寫』（『Writing Self and Writing Lives : Shen Shanbao's (1808—1862) Gendered Auto / Biographical Practices』, *Nan Nü* 3 (2000) : 259—303）中研究了評論女性詩作的女作者沈善寶。沈善寶同時也是方秀潔新作《作爲作者的她：中國明清時期的性別、能動性與寫作》（*Herself an Author : Gender, Agency and Writing in Late Imperial China* , Honolulu : University of Hawaii Press, 2008））第四章『性別與閱讀：女性所作詩論中的形式、修辭與社群』（『Gender and Reading : Form, Rhetoric, and Community in Women's Poetic Criticism』）中的主要人物。這本有啓發性的著作開頭第一章題爲『詩中的一生：甘立媃（1743）的自傳／傳記』（『A Life in Poetry : The Auto / biography of Gan Lirou (1743)』, pp. 9—53），接下來一章『從邊緣到中心：侍妾的文藝使命』（『From the Margin to the Center : The Literary Vocation of Concubines』, pp. 54—84）[1]主要爲沈彩

---

[1] 此主題見 Grace S. Fong（方秀潔）的『Writing from a Side Room of Her Own : The Literary Vocation of Concubines in Ming-Qing China（從側室寫作：明清侍妾的文藝使命）』, *Hsiang Lectures in Chinese Poetry* Vol. I, edited by Grace S. Fong (Montreal : Centre for East Asian Research McGill University, 2001), 41—63。

（1752年生）的詩，她是李淑儀的妾，其夫出版了她的作品。第三章『創作的旅程：旅途中的女人』（『Authoring Journeys：Women on the Road』，pp. 85—121）則是論女性所寫的游記。①

另一本相當有原創性的近作是曼素恩的《張家才女》（*The Talented Women of the Zhang Family*，Berkeley：University of California Press，2007）。在這本很吸引人的研究中，曼素恩建基於自己對這個時代的廣博知識與對這些女性作者作品的閱讀之上，很有想像力地重建了三代女性的經歷與感情。這本書分爲三個部分，分别題爲『湯瑶卿，閨秀（1763—1831）』（『Tang Yaoqing，Guixiu（1763—1831）』，pp. 9—61）、『張縉英，詩人（1792—1863後）』（『Zhang Qieying，Poet（1792—after 1863）』，pp. 62—129）與『王采蘋：導師（1826—1893）』（『Wang Caipin，Governess（1826—1893）』，pp. 130—164）。她之前則在『女性化的傷感與政治危機：十九世紀中張縉英的詩聲』（『Womanly Sentiments and Political Crises：Zhang Qieying's Poetic Voice in the Mid-Nineteenth Century』，吕芳《無聲之聲：近代中國的婦女與文化（1600—1950）第一册，臺北：『中央研究院』近代史研究所，2003，198—222）中討論過張縉英。湯瑶卿是常州張惠言（1761—1802）之弟張琦的妻子。她們的女兒張縉英是十九世紀相當出名的女詩人。而王采蘋則是湯瑶卿的孫女。儘管曼素恩起先是因爲這三位女性各自都留下一本詩集而作此研究，在書中所介紹與分析的詩作事實上却很少。

女性最早在十六世紀末便開始創作戲劇，但是除了一些片段之外，在『第一次高峰期』祇有一部作者爲女性的戲劇被保存下來。在『女性文學的第二次高峰期』，愈來愈多的女性向戲劇創作的領域探索。第一個注意到這個現象之一的學者是華瑋。她早在一九九四年發表的『失意才子的悲歌：分析明清時期三齣女性所寫的戲劇』（『The Lament of Frustrated Talents：An Analysis of Three Women's Plays in Late Imperial China』，*Ming Studies* 32，28—42）中注意到許多女性所作的戲劇中的扮裝主題。在到臺灣之後，華瑋繼續發表對女性戲劇的研究，而她的重要研究都以中文發表。第一位留下整部傳奇的女性劇作家是王筠，她的《繁華夢》首次出版於一七七八年。戲劇中的女主角在夢裏化作男人，并享盡最令人稱羡的社會與愛情生涯。這部戲劇由武慶雲全譯，連同詳盡的介紹與全部原文出版爲《繁華夢：王筠的劇作》（*A Dream of Glory*（*Fanhua meng*）：*A Chinese Play by Wang*

① 亦見 Susan Mann（曼素恩），『The Virtue of Travel for Women in Late Imperial China（中國明清時期女性的旅行修養）』，in Bryna Goodman and Wendy Larson，eds.，*Gender in Motion：Divisions of Labor and Cultural Change in Late Imperial and Modern China*，Lanham：Rowman and Littlefield，2005，pp. 55—74。

Yun, Hongkong：The Chinese University Press, 2007)。[1] 在她的介紹當中，武慶雲形容本劇爲女同性戀烏托邦。

中國女性劇作家中，目前所知只有吳藻的劇作被演出過。她的單幕劇《喬影》有三個以上的英譯本：韋書菲（Sophie Volpp）翻譯的『飲酒讀離騷：吳藻（1799—1862）的《喬影》』（『Drinking Wine and Reading Encountering Sorrow：A Reflection in Disguise, by Wu Zao（1799—1862）』, in Susan Mann and Yu-yin Cheng, Eds. , *Under Confucian Eyes*, pp. 239—250）、伊維德與管佩達翻譯的『喬影』（『The Fake Image』 in *The Red Brush*, pp. 687—693）與魏淑珠（Shu-chu Wei）翻譯的『喬影』（『*Qiaoying*（The Image in Disguise）, by Wu Zao』, *Chinoperl Papers* 26（2005—2006）, 171—180）。吳藻亦擅長作詞。麥大偉（David McCraw）在『走出閨房：商人階層女同志與循高就嫁滿州女子之歌』（『Out from Qing Boudoirs：Songs by a Merchant-Class Lesbian and a Hypergamous Manchu』, in Cristina Bacchilega and Cornelia N. Moore, eds. , *Constructions and Confrontations：Changing Representations of Women and Feminism, East and West, Selected Essays*, Honolulu：University of Hawaii Press, 1996, pp. 121—139）中討論吳藻以及顧春（太清）的詞。

女性被戲劇吸引，也許是因爲這種文類的虛構性比起詩詞來讓她們有更多的餘地表現其他我（alter ego），而在詩詞中一般預想的是以自己的聲音説話。如此説來，彈詞應該更具有吸引力，因爲這種文類結合了更明顯的虛構性與較低的聲名。有些女性受這種文類吸引是因爲她們不需要與其他精英男性作者競爭。許多女性所作的彈詞都非常長，且西方圖書館很少有好的收藏，這些限制了對這個文類的研究。很長時間，對女性彈詞唯一的研究是 Toyoko Yoshida Ch'en 於一九七四年在哥倫比亞大學的博士論文『儒家社會中的女性：三部彈詞叙述的研究』（『Women in Confucian Society—A Study of Three T'an-tz'u Narratives』）。Ch'en 主張這些作品基本上的性質爲儒家的，而宋秀雯（Marina H. Sung）在她的《再生緣的叙述藝術：傳統中國社會的女性主義觀點》（The Narrative Art of Tsai-sheng-yüan：A Feminist Vision in Traditional Chinese Society, Taipei，『CMC』Publications, 1994）對陳端生的作品有更積極的看法，儘管如此，她也不認爲主角孟麗君具有革命性。即使這樣，孟麗君還是因爲不孝而被嚴厲批評。而魏愛蓮在她的『有才之擾：侯芝（1784—1829）與她的彈詞《再造天》』中，很有説服力地認爲曾經編輯過陳端生《再

[1] 亦見 Qingyun Wu（武慶雲），『Daring to Dream：Wang Yun and Her Play *A Dream of Glory*（敢於做夢：王筠與她的《繁華夢》）』, *Renditions* 64（2005）, 83—106。

生緣》的侯芝，自己創作較保守的《再造天》以作爲《再生緣》的補救。現今唯一專注於研究女性創作之彈詞的學者是胡曉真。她在完成哈佛大學博士論文之後回到臺灣，繼續女性彈詞的研究，發表了一系列的文章并出版了一本極佳的專著。目前她唯一一篇論女性彈詞的英文作品是「女子觀點的國難：《天雨花》和女作者對晚明的建構」（「The Daughter's Vision of the National Crisis: Tianyuhua and a Woman's Writer's Construction of the Late Ming」, in David Der-wei wang and Shang Wei, eds., *Dynastic Crisis and Cultural Innovation: From the Late Ming to the Late Qing and Beyond*, Cambridge MA: Harvard University Asia Center, 2005, pp. 200—231）。

許多十八與十九世紀的女性創作了相當龐大的叙事韻文，然而她們很少寫散文性的小説。《紅樓夢》與《鏡花緣》的出版讓稍早未成爲讀者的女性成爲熱心的讀者。從十九世紀早期起，女性漸漸以不同的方式參與小説創作。博學的汪端燒了她可能是小説，但也有可能是彈詞的《元明遺史》。女性所寫的小説唯一一個被保存下來的是著名滿洲詩人顧春撰寫的《紅樓夢影》，但由於她成功地隱藏她作者的身份，以至於最近她才被確認爲本書的作者。女性與白話小説的關係是魏愛蓮近著《美人與書：十九世紀中國的女人與小説》（*The Beauty and the Book: Women and Fiction in Nineteenth-Century China*, Cambridge MA: Harvard University Asia Center, 2006）的主題。本書的第一部分題爲「接觸：一八三〇年左右的女性、小説與印刷文化」（「Contiguities: Women, Fiction and Print Culture Circa 1830」），而第二部分是「接續：《紅樓夢影》與其十九世紀的背景」（「Continuities: *Honglou meng ying* in Its Nineteenth-Century Setting」）。①

清末最後數十年

太平天國對傳統上爲女性文學中心的江南地區造成很大的損害。在整個十九世紀，我們看到其他女性文學區域中心的興起，如北京或廣州。如同開頭所説的，十九世紀末許多改革者開始譴責對女性的壓迫：天足會開始組織起來、女子學校也創辦起來了。

① 亦見 Ellen Widmer（魏愛蓮），「Ming Loyalism and the Woman's Voice in Fiction after Hong lou meng（《紅樓夢》之後小説中的忠明觀念與女性的聲音）」, in Ellen Widmer and Kang-i Sun Chang. eds., *Writing Women in Late in Imperial China*. Stanford: Stanford University Press, 1997, pp. 366—396。

而女性在現代中國的角色開始成爲一個熱門的辯論主題，由此產生了許多文章，并有許多針對女性讀者的期刊創刊。① 長期以來，愈來愈多的女性加入這個女權運動，要求男女之間的完全平等，以此拯救中國。

這些女性中沒有人像秋瑾（1875—1907）那麼有名。她短暫而耀眼的革命生涯使她即刻成爲名人。徐兆鏞（C. Y. Hsu）的『革命烈士秋瑾』（『Ch'iu Chin, Revolutionary Martyr』，*Asian Culture Quarterly* 22（1994）：75—94）爲其生平小傳，并比較了對其行動的不同評價。② 胡纓出版了數篇文章論秋瑾的重葬與其朋友在她死後的活動：『書寫秋瑾的一生：吳芝瑛和她的家學』（『Writing Qiu Jin's Life: Wu Zhiying and Her Family Learning』，*Late Imperial China* 25. 2（2004），119—160）與『秋瑾的九次葬禮：塑造歷史紀念與公共記憶』（『Qiu Jin's Nine Burials: The Making of Historical Monuments and Public Memory』，*Modern Chinese Literature and Culture* 19 No. 1（2007），138—191）。③ 艾美・杜林（Amy D. Dooling）與克利斯丁娜・托吉森（Kristina M. Torgeson）合編的《現代中國的女性作家：二十世紀早期女性文學選》（*Writing Women in Modern China. An Anthology of Women's Literature from the Early Twentieth Century*, New York: Columbia University Press, 1998, pp. 39—78）選譯了秋瑾未完成的彈詞《精衛石》。④ 秋瑾作品最完整的翻譯則見伊維德與管佩達《彤管》第十七章『被砍頭的女權主義者』（pp. 767—808）。王玲珍（Wang Lingzhen）的《個人之事：二十世紀中國的女性自傳書寫》（Wang Lingzhen, *Personal Matters*:

---

① 對於女性角色的辯論近年在學術上很受到關注。然而有許多這類的辯論文章爲男性作者所作，不在本文的討論範圍內。在此我僅略提幾本最重要的著作：Paul J. Bailey, *Gender and Education in China: Gender Discourses and Women's Schooling in the Early Twentieth Century*（中國的性別與教育：二十世紀早期的性別論述與女子教育），New York: Routledge, 2006；Hu Ying, *Tales of Translation: Composing the New Woman in China, 1899—1918*, Stanford: Stanford University Press, 2000；Joan Judge（季家珍），『Reforming the Feminine: Female Literacy and the Legacy of 1898（改造女子：女性識字率與1898年的遺緒）』, in Rebecca E. Karl and Peter Zarrow, eds., *Rethinking the 1898 Reform Period: Political and Cultural Change in Late Qing China*（Cambridge MA: Harvard University Asia Center, 2002），pp. 158—179；and Joan Judge, *The Precious Raft of History: The Past, the West, and the Woman Question in China*（歷史寶筏：中國過去、西方與女性問題），Stanford: Stanford University Press, 2008。

② 亦見 Gong-way Lee（李恭蔚），『Critiques of Ch'iu Chin: A Radical Feminist and National Revolutionary（對秋瑾的評論：一位激進女權主義者與民族革命家）』, *Chinese Culture* 32（1991）：57—66。

③ 亦見 Eva Hung（孔慧怡），『Three Poems on the Burial of Qiu Jin（三首關於秋瑾葬禮的詩）』, *Renditions* 64（2005），111—114。

④ 《精衛石》第五章法文全譯早在一九七六年出版：Qiu Jin, *Pierres de l'oiseau Jingwei, femme et révolutionaire en chine au XIXème siècle*（精衛石：中國十九世紀的女性與革命分子），trad. Catherine Gipoulon, Paris: éditions des femmes。此譯本亦附有秋瑾小傳。

Women's Autobiographical Practice in Twentieth Century China, Stanford: Stanford University Press, 2004）的第一章『女人、作者、烈士：清末秋瑾的一生與其自傳作品』（『Woman, Writer, Martyr: Qiu Jin's Life and Autobiographical Work at the End of the Qing Dynasty』, pp. 27—60）即在分析秋瑾。顏海平（Yan Haiping）在其《中國作家與女權想像，1905—1948》（*Chinese Writers and the Feminist Imagination, 1905—1948*, Abingdon: Routledge, 2006）中的第二章『秋瑾與其形象』（『Qiu Jin and Her Imaginary』, pp. 33—68）亦視秋瑾爲中國現代女性文學的先驅。①

然而秋瑾遠非清朝末年唯一的女性作者。許多女作者與秋瑾同樣關心國運，只是很少人像她一樣以身犯險。錢南秀在『政治改革中的詩界改革：晚清女詩人薛紹徽（1866—1911）』（『Poetic Reform Amidst Political Reform: The Late-Qing Woman Poet Xue Shaohui (1866—1911)』, *Xiang Lectures on Chinese Poetry* Vol. III, edited by Grace S. Fong, Montreal: Center for East Asian Research, McGill University, 2005, 1—48）中討論陳壽彭（1857—約1928）的妻子薛紹徽。陳壽彭與其兄陳季同（1851—1907）在巴黎呆了很長時間，而薛紹徽通過他們兩人接受不少來自國外的影響。其他女性如單士釐（1858—1945）跟著她的丈夫旅游海外。魏愛蓮在『女性眼中的旅行：地方與全球觀點下的單士釐《癸卯旅行記》』（『Travel through a Woman's Eyes: Shan Shili's *Guimao luxing ji* in Local and Global Perspective』, *Journal of Asian Studies* 65:4 (2006), 763—791）中討論她。② 有些女性則如同秋瑾曾經到過日本，如沙培德（Peter Zarrow）『何震與中國的無政府女權主義』（『He Zhen and Anarcho-Feminism in China』, *Journal of Asian Studies* 47 (1988): 796—813）中的討論。近年來論吕碧城（1884—1943）生平與作品的文章反映出對這位期刊編輯、教育家、詩人與活動家重新燃起的興趣。在其漫長而精彩的一生中她持續作詞，其中有的以新穎的、或外國事物爲主題。其研究見方秀潔的『另類現代性，或現代中國的古典女性：吕碧城（1883—1943）生平與詞作的精彩軌迹』（『Alternative Modernities, or a Classical Woman of Modern China: The Challenging Trajectory of Lü Bicheng's (1883—1943) Life and Song Lyrics』, *Nan Nü* 6:1 (2004), 12—59）與吴盛青（Shengqing Wu）的『吕碧城詞作中的「舊學」與現代空間的重新女性化』（『「Old Learning」 and the Refeminization of Modern Space in the Lyric Poetry of Lü Bicheng』, *Modern Chinese Literature and*

---

① 論魯迅與秋瑾的關係見 Eileen J. Cheng, 『Gendered Spectacles: Lu Xun on Gazing at Women and Other Pleasures（性别透鏡：魯迅論對女人的凝視與其他喜悦）』, *Modern Chinese Literature and Culture*, 16 No. 1 (2004): 1—36。

② 亦見 Hu Ying（胡纓）, 『Reconfiguring Nei / Wai: Writing the Woman Traveler in the Late Qing（重定内外：晚清對女性旅行者的書寫）』, *Late Imperial China* 18 (1997): 72—99。

Culture 16:2 (2004), 1—75)。

女性口傳文學傳統與女書作品

中國歷代女性的讀寫能力很久以來限制在精英階層的女性，或是如女尼與名妓等高度訓練的專業女性。然而同時亦存在女性所作或爲女性而作的，豐富且多樣的口傳文學傳統。例如女性哭嫁歌與哭喪歌的傳統似乎曾在中國許多地方盛行，然而不幸的是這些傳統多半在來不及爲後世所保存或記録前就消失了。對此傳統目前我們有所記録的是香港的新界與上海的南匯。

香港地區由新娘所唱的哭嫁歌曾爲許多人研究過：柏樺（Fred Black）的『哭嫁歌中的死亡與虐待：中國新娘的詛咒』（『Death and Abuse in Marriage Laments: The Curse of Chinese Brides』, *Asian Folklore Studies* 37 (1978): 13—33）；賀玉英（Yuk-ying Ho）的『香港鄉村的哭嫁歌』（『Bridal Laments in Rural Hong Kong』, *Asian Folklore Studies* 64 (2005), 53—87）與華如璧（Rubie S. Watson）的『中國哭嫁歌：孝女的聲明』（『Chinese Bridal Laments: The Claims of a Dutiful Daughter』, in Bell Yung et al., eds., *Harmony and Counterpoint, Ritual Music in Chinese Context*, Stanford: Stanford University Press, 1996, pp. 107—129）。香港的哭喪歌則是伊莉莎白・强斯頓（Elizabeth L. Johnston）數篇文章的主題：『爲死者傷，爲生者傷：客家女性的哭喪歌』（『Grieving for the Dead, Grieving for the Living: Funeral Laments of Hakka Women』, in James L. Watson and Evelyn Rawski, Eds., *Death Ritual in Late Imperial and Modern China*, Berkeley: University of California Press, 1988, pp. 135—163）與『詠離傷亡：客家女性對聚散的表達』（『Singing of Separation, Lamenting Loss: Hakka Women's Expression of Separation and Reunion』, in Charles Stafford, Ed., *Living with Separation in China*, London: Routledge Curzon, 2003, pp. 27—52）。

安・麥克拉倫（Anne McLaren）已出版許多對南匯哭嫁歌的討論：『中國女性的口傳與儀式文化：南匯哭嫁歌』（『The Oral and Ritual Culture of Chinese Women: Bridal Lamentations of Nanhui』, *Asian Folklore Studies* 59 (2000): 205—238）與『母親，女兒與中國新娘的社會化』（『Mothers, Daughters, and the Socialization of the Chinese Bride』, *Asian Studies Review* 27, 2003, 1—21）。她最近剛出版以此爲主題的專著《表演悲傷：中國鄉間的哭嫁歌》（*Performing Grief: Bridal Laments in Rural China*, Honolulu: University of Hawaii, 2008）。在本書的第一部分『南匯的哭嫁歌』（『The Bridal Laments of Nanhui』），她

首先詳細地討論了晚清與民國南匯的社會狀況、女性的生命循環，接著仔細討論由南匯年長婦女潘彩蓮根據記憶表演的、一整套典型的哭嫁歌。第二部分『中國的哭泣與表演：歷史與儀式』（『Lament and Performance in China：History and Ritual』）則是研究中國歷史上哀泣慟哭的傳統，以及適當表演哀泣的儀式性力量。本書同時也包括潘彩蓮哭嫁歌近乎完整的翻譯。

在湖南最南邊的江永縣，當地女性不僅有相當豐富的口傳文學，同時也發展了自己的表音字符，用以記録詩作與歌謠。女書的發現一開始引起不小的震撼。① 中國學者已花費很大的努力收集、編輯與譯寫女書書寫的文本。② 長篇的自傳訴苦歌與『賀三朝書』爲傳統鄉村社會農民女性的生活提供了獨特的視野，而那些被當地女性轉寫爲女書的材料使我們可以評估哪些傳統故事讓女性特別感興趣。最早論女書的英文著作之一是前述凱西・希爾伯（Cathy Silber）的《從女兒到媳婦》。姜葳的《『我們倆懂這文字；我們倆是好朋友』：從語言與社會層面看中國湖南南部的女書》（「*We Two Know the Script；We Have Become Good Friends*」，*Linguistic and Social Aspects of the Women's Script Literacy in Southern Human*，China. Lanham：University Press of America，1995）爲女書提供了一般性的介紹，并選譯部分女書文本以爲說明。近年臺灣的人類學家劉斐玟以田野工作與對女書的深入閱讀爲基礎，不祇以中文，也以英文發表了不少關於江永傳統女性社會的重要論文：『貞操與生育的衝突：湖南江永中的女書、女歌與女性農民對守寡的概念』（『The Confrontation between Fidelity and Fertility：*Nüshu*，*Nüge*，and Peasant Women's Conceptions of Widowhood in Jiangyong County，Hunan Province，China』，*Journal of Asian Studies* 60（2001）：1051—1084）；『讀寫能力、性別與階級：湖南南部鄉村的女書與姊妹情誼』（『Literacy，Gender，and Class：Nüshu and Sisterhood in Southern Rural Hunan』，*Nan Nü* 6：2（2004），241—282）與『從存在到生成：女書與中國鄉村群體中的感情』（『From Being to Becoming：Nüshu and Sentiments in a Chinese Rural Community』，*American Ethnologist* 31：3（2004），422—439）。

女書中的叙事歌謠爲劉守華與胡孝申合著的『中國女書中的民間叙事文學：令人驚奇的新發現』（『Folk Narrative Literature in Chinese Nüshu：An Amazing New Discovery』，*Asian Folklore Studies* 53（1994）：307—318）與伊維德『湖南南部女書類

---

① 女書的發現是華裔美籍作家麗莎・席暢銷小說《雪花與密扇》（*Snow Flower and the Secret Fan*，New York：Random House，2005）的創作靈感來源。

② 收集與編輯女書主要的中國學者趙麗明對女書及其作品的介紹見 Zhao Li Ming（趙麗明），「The Women's Script of Jiangyong：An Invention of Chinese Women（江永女書：中國女性的發明）」，in Tao Jie et al.，eds.，*Holding Up Half the Sky：Chinese Women Past，Present，and Future*. New York：The Feminist Press at the City University of New York，2004，pp. 39—52。

型中的『唱本』」（Wilt L. Idema,『*Changben Texts* in the Nüshu Repertoire of Southern Hunan』, in Vibeke Bordhal, ed., *The Eternal Storyteller. Oral Literature in Modern China*, Richmond：Curzon, 1999, pp. 95—114）所介紹。安・麥克拉倫在其『女性聲音與文本性：中國女書書寫中的貞節與誘拐』（『Women's Voices and Textuality. Chastity and Abduction in Chinese *Nüshu* Writing』, *Modern China* 22（1996）：382—416）與『論研究不可見的女性：中國女書書寫中的誘拐與冒瀆』（『On Researching Invisible Women：Abduction and Violation in Chinese Women's Script Writing』, in Antonia Finnane and Anne McLaren, eds., *Dress, Sex, and Text in Chinese Culture*, Clayton：Monash Asia Institute, 1999, pp. 164—179）中比較了出現在十五世紀詞話版本中的『賣花記』與女書中同樣主題歌謠內的誘拐故事。最後，伊維德翻譯的女書中的一些勸善文字與自傳訴苦歌（以已出版的漢文譯寫爲基礎）將在二〇〇九年初由華盛頓大學出版社出版爲《江永女英雄：中國女書中的敘事歌謠》（*Heroines of Jiangyong：Chinese Narrative Ballads in Women's Script*）。

結論

中國歷代女性文學在英語世界的中國文學研究中已經成爲一個重要領域。持續不斷的文章與近來大量專著的出版都證明了此領域的熱絡狀態。然而，這其中也有一些問題可能會影響到未來的發展。其中一個是近來中國文學領域研究對象的明顯轉變，從研究前現代文學轉移到研究二十世紀文學、電影或更廣義的文化研究。另一個問題是材料的不足。許多西方的東亞收藏只有很少部分的原始材料與歷代中國女性文學研究相關。儘管近幾十年來大量的重印再版計劃某種程度上緩解了這個情形，但是這些計劃少數包含研究者所需要的、大量女性作者的文集。在西方的中國收藏中，哈佛燕京圖書館相對來說收藏了較多女性著作。本彙刊的一個貢獻是藉由重印哈佛燕京圖書館收藏的稀見女性文集，讓中國歷代的女性著作更容易爲大衆所閱讀。在此期待中國或其他地方的圖書館也加入這個計劃，讓中國曆代女性作者的著作，包括詩詞散文、戲劇小說，爲全球的學者閱讀。讓原始資料更容易獲得，是使中國女性文學的研究得以持續發展繁盛的基本先決條件。

總目録

第一卷

《繡餘吟》六卷附録一卷　馮思慧　乾隆二十九年（1764）刻本　二册
《聽秋軒詩集》三卷　駱綺蘭　乾隆六十年（1795）金陵龔氏刻本　一册
《虛窻雅課》　佟佳氏　嘉慶己丑（1805）跋　清刻本　二册
《清娱閣吟稾》六卷　鮑之蕙　嘉慶十六年（1811）寸草園刻本　二册
《绛珠閣繡餘草》二卷　吳秀珠　道光七年（1827）刻本　一册
《茶香閣遺草》二卷　黄婉璚　道光十年（1830）刻本　一册
《繡餘續草》五卷　歸懋儀　道光壬辰（1832）刻本　五册
《澹鞠軒詩初稿》五卷　張緡英　道光二十年（1840）宛鄰書屋刻本
《詠雪樓詩存》五卷附一卷　甘立媃　道光二十三年（1843）徐心田半偈齋刻本　六册

第二卷

《月蕖軒詩草》一卷　袁鏡蓉　道光二十八年（1848）刻本　一冊

《翠螺閣詩詞稾》五卷附舞鏡集一卷　凌祉媛　清咸豐四年（1854）延慶堂丁氏刻本　四冊

《信芳閣詩草》五卷　陳蘊蓮　咸豐九年（1859）刻本　四冊

《瑶華閣詩草》一卷《閨南雜詠》一卷《瑶華閣詞鈔》一卷補遺一卷　袁綬　同治六年（1867）刻本　四冊

《繡佛樓詩稿》二卷　錢守璞　同治八年（1869）自刻本　四冊

《爨餘吟》二卷　屠鏡心　同治九年（1870）刻本　二冊

《芸香館遺詩》二卷　那遜蘭保　同治十三年（1874）寫刻本　一冊

《冷紅軒詩集》二卷附詞　百保友蘭　光緒元年（1875）刻本　二冊

《慈暉館詩詞草》　阮恩灤　光緒元年（1875）據咸豐四年（1854）武林沈氏刋本補刋刻本　二冊

《徐烈婦詩鈔》二卷　吴宗愛　清光緒元年（1875）雲鶴仙館刻本　二冊

《蓮因室詩詞集》三卷　鄭蘭蓀　光緒元年（1875）刻本　二冊

第三卷

《韻香閣詩草》一卷　孔祥淑　光緒己丑（1886）刻本　一冊

《倚雲閣詩詞》三卷補遺一卷詩餘存三卷　張友書　光緒十二年（1886）刻本　一冊

《叢筆軒遺藁》三卷　孫採芙　光緒丁亥（1887）胡氏世澤樓木活字印本　一冊

《吟翠樓詩稿》二卷　孫佩蘭　光緒十四年（1888）刻本　一冊

《佩秋閣詩稾》四卷　吳茞　光緒十四年（1888）　刻本　二冊

《曇花閣詩鈔》四卷　劉慧娟　光緒十六年（1890）刻本　三冊

《紉蘭室詩鈔》三卷　嚴永華　光緒十七年（1891）刻本　一冊

《吟香室詩草》四卷　楊蘊輝　光緒二十三年（1897）南海縣署刻本，民國4（1915）　重印　二冊

《古歡室詩詞集》八卷　曾懿　光緒三十三年（1907）刻本　六冊

《黛韻樓遺集》八卷　薛紹徽　宣統三年（1911）刻本　六冊

第四卷

《素文女子遺稿》一卷　袁機　嘉慶間（1796—1820）刻（收入《隨園三十種》）

《樓居小草》一卷　袁杼　嘉慶間（1796—1820）刻（收入《隨園三十種》）
《繡餘吟稿》一卷　袁棠　嘉慶間（1796—1820）刻（收入《隨園三十種》）
《福祿鴛鴦閣遺稿》一卷　冒俊　光緒十年（1884）刻本（收入《如不及齋彙鈔二集》35）一冊
《畹香樓詩稿》二卷　梁蘭漪　光緒二十一年（1895）飛鴻閣書林石印本（收入《汪氏家集》）一冊
《靜香閣詩存》　龍黎春熙　光緒戊戌（1898）順德龍氏螺樹山房刻本（收入《螺樹山房叢書》）一冊
《臥月軒稿》三卷　顧若璞　光緒嘉惠堂丁氏刻本（收入《武林往哲遺著前編》）一冊
《緯青遺稿》一卷　張綰英　光緒十五年（1889）江陰金氏校刊本（收入《粟香室叢書》）一冊
《孫夫人集》一卷　楊文儷　光緒二十三年（1897）嘉惠堂丁氏刊本（收入《武林往哲遺著前編》）一冊
《德風亭初集》十三卷　王貞儀　民國五年（1916）蔣氏［國榜］慎脩書屋校印本（收入《金陵叢書》丁集30—31）二冊

《芸書閣賸稿》　金至元　附錄於查為仁《蔗塘未定稿》　乾隆八年（1743）精刊本　一冊
《梯仙閣餘課》一卷　陸鳳池　附錄於曹一士《四焉齋集》　（1750?）曹氏家刊本　一冊
《畹香詩鈔》　張淑　附錄於熊寶泰《藕頤類稿》　嘉慶十三年（1808）潛江熊氏刻本
《寫韻軒小藁》二卷續增卷　曹貞秀　附錄於王芑孫《淵雅堂集》　嘉慶二十年（1815）增刊本　一冊
《長離閣集》一卷　王采薇　附錄於孫星衍《芳茂山人詩錄》　清嘉慶二十三年（1818）刻本　一冊
《古春軒詩鈔》二卷　梁德繩　附錄於許宗彥《鑑止水齋集》　清道光二十九年（1849）刻本　據嘉慶二十四年（1819）本重刊　一冊
《茗韻軒遺詩》一卷　王甥植　附錄於季芝昌《丹魁堂詩集》　清同治四年（1865）紫琅寓館刻本　一冊
《梅花閣遺詩》一卷　錢蘅生　附錄於張金鏞《躬厚堂集》　同治十年（1871）平湖張氏刻本　一冊
《五眞閣吟藁》一卷　錢惠尊　附錄於陸繼輅《崇百藥集》　清光緒四年（1878）合肥學社刊

本　一冊

《蓬室偶吟》一卷　湯瑤卿　附錄於張琦《宛鄰詩》　清光緒十七年（1891）宛鄰書屋刻本

《長真閣集》六卷　席佩蘭　附錄於孫原湘《天真閣集》　光緒十七年（1891）强氏南皋草廬刻本　二冊

《嫩想盦殘藁》　嚴蘅　附錄於陳元祿《十五福堂筆記》（收入《娟鏡樓叢刻》乙帙）　民國十一年（1922）上海聚珍倣宋印書局鉛印線裝倣宋本　一冊

《海棠居初集》　姚淑　附錄於李長祥《天問閣文集》（收入《求恕齋叢書》）　民國十一年（1922）南林劉氏印本　一冊

《楚畹閣集》十二卷　季蘭韻　《墨花仙館合刻》刊本　道光二十七年（1847）刻本　六冊

第五卷

《冷吟仙館詩稿》八卷詩餘一卷文存一卷　左錫嘉　《曾太僕左夫人合稿》刊本　光緒辛卯（1891）刻本　七冊

《陳孝女遺集》二卷　《小黛軒論詩詩》二卷　陳蕓　附錄於薛紹徽《黛韻樓詩集》　宣統三

年（1911）刻本　二冊

《澹香閣詩鈔》一卷　李星池　光緒四年（1878）刻本

《泰州仲氏閨秀集合刻》七種　仲蓮慶　仲振宜　仲振宣　趙箋霞　洪湘蘭　仲貽鑾　張貽鷴

嘉慶丁卯（1807）　泰州仲振奎

《湘藹合稿》　宗婉　宗粲　錢念生　光緒庚辰（1880）常熟宗氏刊行

《京江鮑氏三女史詩鈔合刻》　鮑之蘭　鮑之蕙　鮑之芬　光緒八年（1882）丹徒戴氏刊行

《南湘室詩草》一卷詩餘一卷　姚倩　姚茝　1915年日本排印本

附録：本彙刊所收著述作者生卒年及籍貫

馮思慧　約1748—1774　大興人（今北京大興）

駱綺蘭　1756—?　句容人（今江蘇句容）

佟佳氏　1737—1809　滿洲旗人

鮑之蕙　1757—1810　丹徒人（今江蘇丹徒）

吴秀珠　1808—1827　涇縣人（今安徽涇縣）

黄婉璚　1804—1830　寧鄉人（今湖南寧鄉）

歸懋儀　約1762—約1832　常熟人（今江蘇常熟）

張綸英　1792—?　陽湖人（今江蘇常州）

甘立媃　1743—1819　奉新人（今江西奉新）

袁鏡蓉　約1805—約1848　華亭人（今上海松江）

凌祉媛　1831—1852　錢塘人（今浙江杭州）

陳蘊蓮　清道光咸豐間　江陰人（今江蘇江陰）

袁綬　1794—1867後　錢塘人（今浙江杭州）

錢守璞　約1801—1869　虞山人（今江蘇常熟）

屠鏡心　清道光前後　宜興人（今江蘇宜興）

那遜蘭保　?—1873　蒙古人

百保友蘭　?—1860?　長白人

阮恩灤　1831—1854　儀徵人（今江蘇儀徵）

吴宗愛　1650—1674　永康人（今浙江永康）

鄭蘭蓀　約1819—1861　仁和人（今浙江杭州）

孔祥淑　1847—1886　曲阜人（今山東曲阜）

張友書　1799—1875　丹徒人（今江蘇丹徒）

孫採芙　1825—1881　儀徵人（今江蘇儀徵）

孫佩蘭　清道光咸豐間　錢塘人（今浙江杭州）

吴茝　1838—1874　吴縣人（今江蘇吴縣）

劉慧娟　1830—約1880　香山人（今廣東中山）

嚴永華　約1841—1890　桐鄉人（今浙江桐鄉）

楊藴輝　1832—1914　金匱人（今江蘇無錫）

曾懿　1852—1927　華陽人（今四川成都）

薛紹徽　1866—1911　侯官人（今福建閩侯）

袁機　1720—1759　仁和人（今浙江杭州）

袁杼　約1727—約1776　仁和人（今浙江杭州）

袁棠　1734—1771　仁和人（今浙江杭州）

冒俊　1828—1881　如皋人（今江蘇如皋）

梁蘭漪　1727—？　儀徵人（今江蘇儀徵）

龍黎春熙　清　順德人（今廣東順德）

顧若璞　1592—1681　仁和人（今浙江杭州）

張綑英　1792—？　陽湖人（今江蘇常州）

楊文儷　明嘉靖間　仁和人（今浙江杭州）
王貞儀　1768—1797　江寧人（今江蘇南京）
金至元　清雍正前後　河間人（今河北河間）
陸鳳池　1680—1711　青浦人（今上海青浦）
張淑　約1756—1808　懷寧人（今安徽懷寧）
曹貞秀　1762—1822　長洲人（今江蘇蘇州）
王采薇　1753—1776　武進人（今江蘇常州）
梁德繩　1771—1847　錢塘人（今浙江杭州）
王甥植　1789—1825　江陰人（今江蘇江陰）
錢蘅生　1802—1846　嘉興人（今浙江嘉興）
錢惠尊　1792—1817　陽湖人（今江蘇常州）
湯瑶卿　1763—1831　陽湖人（今江蘇常州）
席佩蘭　1760—1829後　昭文人（今江蘇常熟）
嚴蘅　1826?—1854?　仁和人（今浙江杭州）

姚淑　清初　江寧人（今江蘇南京）

季蘭韻　1793—約1848　常熟人（今江蘇常熟）

左錫嘉　1831—1896　陽湖人（今江蘇常州）

陳芸　1885—1911　侯官人（今福建閩侯）

李星池　1801—1851　湘陰人（今湖南湘陰）

楊書蘭　咸豐間　長沙人（今湖南長沙）

楊書蕙　咸豐間　長沙人（今湖南長沙）

周傳鏡　1844—1874　長沙人（今湖南長沙）

劉德儀　1844—1875　湘陰人（今湖南湘陰）

仲蓮慶　清雍正乾隆間　泰州人（今江蘇泰州）

仲振宜　約1751—1802前　泰州人（今江蘇泰州）

仲振宣　約1753—約1786　泰州人（今江蘇泰州）

趙箋霞　?—1807　廣陵人（今江蘇揚州）

洪湘蘭　清乾隆嘉慶間　真州人（今江蘇儀徵）

仲貽鑾　約1779—約1806　泰州人（今江蘇泰州）

張貽鷫　約1778—約1797　泰州人（今江蘇泰州）

宗婉　清道光光緒　常熟人（今江蘇常熟）

宗粲　清咸豐同治前後　常熟人（今江蘇常熟）

錢念生　?—約1877　常熟人（今江蘇常熟）

鮑之蘭　1751—1812　丹徒人（今江蘇丹徒）

鮑之蕙　1757—1810　丹徒人（今江蘇丹徒）

鮑之芬　1761—1808　丹徒人（今江蘇丹徒）

姚倩　姚茝　清末民初　虞山人（今江蘇常熟）

第一卷目録

《繡餘吟》六卷附録一卷　馮思慧　乾隆二十九年（1764）刻本　二册…………一
《聽秋軒詩集》三卷　駱綺蘭　乾隆六十年（1795）金陵龔氏刻本　一册…………四五
《虛窻雅課》　佟佳氏　嘉慶己丑（1805）跋　清刻本　二册…………七五
《清娱閣吟稾》六卷　鮑之蕙　嘉慶十六年（1811）寸草園刻本　二册…………一〇三
《絳珠閣繡餘草》二卷　吴秀珠　道光七年（1827）刻本　一册…………一七五
《茶香閣遺草》二卷　黄婉璚　道光十年（1830）刻本　一册…………一九七
《繡餘續草》五卷　歸懋儀　道光壬辰（1832）刻本　五册…………二四一
《澹鞠軒詩初稿》五卷　張𦈡英　道光二十年（1840）宛鄰書屋刻本…………三二九
《詠雪樓詩存》五卷附一卷　甘立媃　道光二十三年（1843）徐心田半偈齋刻本　六册…………三七七

繡餘吟

馮思慧

繡餘吟

繡餘吟

繡餘吟序

詩之為義上原風雅不獨文人學士流連景物陶寫性靈即閨閣名媛亦往往按節循聲抒思逸響故不必盡有卷軸之輔江山之助而追其為之既久好之篤而詣之深其博綜典要曠覽方輿雖文人學士莫或過焉是蓋以自適者瀹其天和非復強而赴之遂能猝有所獲也余亡室馮夫人少隨其先人宦粵東遂家嶺表母胡太君博學工詩舊

有紅鶴山莊之刻夫人自其六七歲時即解音韻太君授以経兼及史事夫人朝夕手一編吟詠弗輟年十九歸余歸八載以甲午夏卒於京余時于役駐蜀西徼外家問不以聞嗣戎事凱旋還成都適司馬徐芷堂以秋海棠唱和徵詩海內卷中閨媛十六人夫人遺稿四首與焉余既為之引其端惟念夫人生平日不廢吟箋中所藏甚富久思點訂向所存本以公事忽忽且十年未暇及今夏兒

子寶箋鈔録全集請定正為删其半将付剞劂因思古昔名媛不乏人迹其所傳詩皆發乎情止乎禮義然則今茲之有是刻也非敢謂夫人之詩希宗風雅第披誦之餘其澄思逸致即方之文人學士卷帙中實有不可磨滅者凡以夫人承母訓具夙因卷軸輔其性靈而五嶺風煙三江勝概往来於扁舟帆影間故有渺然於塵俗之外者矣惜乎天之不永其年則又以才奪之也閱竟為之泫然

乾隆甲辰仲秋之月竹軒劉秉恬書於滇南使署

繡餘吟目録

卷二　七言律詩四十四首

卷三　七言律詩四十三首

卷四　五言絶句一十六首

七言絶句三十二首

卷五　七言絶句五十六首

繡餘吟目錄

繡餘吟卷一

五言律詩

鑑湖馮思慧睿之稿

古硯

傳來何代硯鄴瓦競稱堅采發紅絲秀光含金線
妍醉嬌誰捧侍郎重想磨穿快志從揮洒雲霞出
素牋

晚霞

暝色沉山後餘霞散碧天素輝明遠浦文綺耀前
川籠樹驚歸鳥穿林睽暮蟬紅綃浮瑞彩一縷曳
晴煙

初夏

轉眼逢初夏閒閒歲月過庭前飄敗絮池畔發新
荷乳燕翻紅日游魚戲淥波風來簾幕靜門外落
花多

荷

芙蕖爭放好十里散芬芳驚雨翻新豔搖風蕩遠
香輕盈誇國色綽約妒宮妝一葉花叢去歌聲送
夕陽

新月

窗外一痕月纖纖如玉鉤微雲風澹掃皓魄冷含
秋色貴千山白光涵萬象幽清輝猶未滿影散碧
池頭

月下聽促織

皓魄當窗照堦邊促織鳴啾啾吟露冷軋軋弄風
清旋動秋孀感時深嬾婦驚更闌人倦聽細韻襍
碪輕

池塘乳鳧

鶩性生宜水由來習慣成新翎浮浪碧弱蹠弄波
清尚怯雛爭食應邀雁訂盟脫胎雖未久也自解
呼名

木芙蓉

萬木凋零後芙蓉獨占芳淺深籠曉日濃淡暎斜
陽帶露紅新吐含風綠半藏任君誇豔色不及羲
人妝

夜雨

雨氣侵人冷蕭〻良夜何漏聲和斷續蛙鼓襍滂
沱洒竹依簷落敲窗傍枕多無端驚客夢鞭日待
羲和

喜晴

初收天際雨爽氣漾晴空霽色連雲翠霞光暎樹
紅花開殘照裏鳥喚暮煙中何處吹長笛凴欄興
未窮

秋山

天際山光秀青〻秋色橫泉聲流石冷雲影傍峰
清野鳥投林噪村童採藥行此中無限景遥望寂
闃情

遠浦飛雲

一片蒼茫裏遥看出岫幽參差舒水際縹渺暎霞
流擁日波光絢垂天瑞彩浮銀河濯細錦極目思
悠〻

秋帆

孤帆天際外斜挂夕陽邊暎水拖紅葉侵雲拂翠
煙碪聲催棹緊漁火隅林偏極目秋江上茫〻一
色連

夕陽秋樹

夕陽籠遠樹斜照漾晴空影射楊枝瘦光搖槲葉
紅荒山歸野鳥寒渚落飛鴻依檻頻舒眼江天一
望同

暮雨寒江

孤舟何處宿暮雨正瀟〻已見添新漲還看助晚
潮煙深封古渡花落綴溪橋飄泊堪憐也離人魂
夢消

霜林落葉

賓鴻天外度漸覺晚涼侵霜染踈林醉風凋落葉吟殘紅依樹杪遺響和秋碪二月花應遜秋思更莫禁

天半飛霞

織出天孫錦携將繼落暉光浮秋水動彩散碧天微翔鶴籠丹頂飛鵜拂絳衣涼風吹不盡满目絢煙霏

空庭夜月

天際開奩鏡流光動兩楹色凝霜地白影抱露珠明靈桂横空舞飛鴉繞樹驚關山秋正好吹笛韻偏清

邨舍晚煙

墟落寒煙鎖歸鴉噪夕陽樵歌隅山郭漁笛隱滄浪遠舍鐙微現荒邨樹半藏犬聲驚異客長吠板橋旁

遠浦歸帆

扁舟天際遠寒水夕陽邊帆破穿雲脚篷開透晚煙青山連野渡漁火襍星天乍逐秋鴻急離魂落照前

新春

細雨催春早煙深鎖落暉殘梅香馥馥新柳綠依依幽谷鶯初出南天雁欲歸階前雙舞蝶繡幕往來飛

花上露

撿點花叢裡香飄夜露中蕊含珠錯落瓣綴玉玲瓏葉底滋新翠枝頭潤粉紅不知誰見妒凝淚訴東風

晚妝

雲鬢鬆參差垂簾月上遲素容重照鏡青黛再描眉袖染奩香满風催花影移倚欄閒眺處碧水逞芳枝

寄蕙亭八姊

偶向窗前立庭花拂面香每思當日景幾度斷柔腸畏路關山遠尋聲笛韻長愁心對明月無限使人傷

春遊

極目春郊外萌芽襯馬蹄平疇交野闊隄岸築沙低柳軃迷幽境花緐蔟曲溪聞聲不見鳥静裡聽黃鸝

送春

催春留杜宇此別又經年紅紫成零落韶華識變遷柳陰迷曲徑草色拂長天莫負衡寒信相期庾嶺邉

落花

花落無人掃翻成錦繡堆餘香留馥郁飛蝶尚徘徊片〻鋪芳逕紛〻點綠苔可憐風雨妒狼籍委塵埃

新燕

新燕當春社重來覔壘栖候迎寒食雨香帶落花泥對語過煙徑雙飛逐柳隄幾回驚午夢簾幕影高低

春柳

春色歸楊柳垂條翠欲流拖煙籠晚照拂雨繫孤舟縷〻牽新恨絲〻織舊愁巧鶯枝上轉不盡韻悠〻

題訪真圖

超然忘俗慮訪道入幽岑松竹山中韻煙霞世外心焚香天籟遠習静化機深小結茆亭處仙蹤尚可尋

鳴蟬

蟬噪情何苦清吟向夕曛食單含白露衣薄負青雲似有悲秋意寧關送暑殷乘風聲振遠高潔自超羣

芙蓉出水

秋至花爭發妝成錦繡叢朱顏吐嫩白嬌態潤新紅冷豔凝寒露清芳醉曉風一枝初放蕊瀟洒有誰同

立秋

荏苒流光速清商又報秋嫩涼生薄袂大火轉西流梧葉飄金井新篁暎畫樓雨餘殘暑散一抹淡煙浮

賦得露從今夜白

秋高白露下今夜氣偏清乳菊明珠綴疎桐玉液傾濕階痕較潔滴草冷無聲漸逐西風緊泠泠散碎瓊

桂花

窗下亭亭桂深秋獨吐奇影留明月夜香散晚涼時露浥黃金蕊風搖碧玉枝清芬誰可侶應有傲霜姿

秋雨連宵

何事連宵雨瀟瀟檻外聲點和殘漏滴響襍候蛩鳴寒逼書窗冷秋深旅客驚短檠光閃爍簾幕貯風清

晚眺

凭眺舒青眼江邨薄暮天柴門依翠竹茅屋傍清泉煙鎖林間寺人爭渡口船漁歌斜照裡鷺影白雲邊

秋江晚眺

夜泊秋江上西風漾客槎野蘆棲旅雁衰柳噪寒鴉白浪翻新月青山帶落霞渡頭漁唱晚煙水渺無涯

秋晚

金井梧飄葉涼風拂面吹悲秋蟬噪急送暑雁來遲池上花初落階前草漸衰刑官司肅殺初荏已如斯

賦得滿城風雨近重陽

風雨迎佳節淒〻撼暮城寒聲迷野樹秋意入空楹採菊花爭媚囊萸山未晴試看誰送酒不識白衣名

瓶菊和韻

籬菊凝踈蕊秋光滿膽瓶緑窗揺秀質繡戸靄餘馨曉逼霜凌葉夜寒風到庭幽香如對語領略酒初醒

殘荷

秋来荷已敗零落夕陽中妝卸金塘露容消碧沼風輕鷗傍老翠新漲浴殘紅隔斷凌波夢相看楚岸楓

立春和韻

韶光應律換轉眼又逢春凝暖條風發辟寒靨日新陽和調地脈泮氣布天津歲〻藏梅酒携尊慶此晨

觀劇和韻

多少興亡事於斯見古人聲留千載曲形繪百年身為吐英雄氣還傳風雅神浮生空色相泡影總非真

繡餘吟卷一

繡餘吟卷二

鑑湖馮思慧睿之稿

七言律詩

春曉

融〻淑氣正良辰滿院東風滿院春曲檻海棠紅
漸放小庭芳草綠初勻雪消已覺梅花老雨過應
添柳色新欲捲珠簾寒尚怯忽聞鶯語似呼人

山居

茆屋清幽依翠巔山中寒暑不知年數峰煙霧孤
猿嘯半嶺松花野鶴眠暎日嵐光含秀色遶門溪
水碧漪漣白雲深處行人少峭拔千層夕照邊

雨中聽黃鸝

簾外纖〻涼雨輕曉窗妝罷聽流鶯風傳巧舌緜
蠻語煙裊歌喉宛轉聲柳塢尚含求友意花間猶
帶惜春情于飛自怯金衣濕喚綠啼紅欲待晴

江樓遠眺

登臨乘興上江樓景物無邊望裏收四面煙光天
漠〻一簾風月水悠〻行雲出岫隨舒卷素練橫
空任去留萬疊青山含翠色笑看沙渚起飛鷗

登五羊城

穗城登覽景無窮放眼炎荒一望中海接珠江翻
浪白天連五嶺暎霞紅神仙餘迹雲根秀豪傑殘
塋石獸雄徙倚西風為懷古蘆花頭白老哀鴻

賦得花發多風雨

倏經天意減芳叢檢點春園枉費工曲檻頻窺濃
蔭綠蒼苔亂落碎香紅飄零只為連宵雨狼藉難
勝一夜風蜂蝶有情尋舊迹依〻欲戀故枝空

聞笛

長笛悠揚近畫樓誰調律呂譜清秋音留餘響情
偏切風透涼襟韻倍幽幾曲奏殘猿鶴夢數聲吹
破古今愁夜深側耳凭欄聽飄落梅花尚未收

瀑布

劈破髙峰最上頭玉龍噴吼下潭湫横空百丈銀
河瀉挂壁千尋素練浮濺雪飛雲楓葉老穿崖度
壑翠巒秋誰来濯足飛泉裡洗盡紅塵萬里流

荷池納凉

簾捲蝦鬚透晚凉閒来避暑到金塘煙籠翠柳風
中軟露滴紅蕖水面香兩部池蛙吹碧岸一鈎新
月浸迴廊松聲竹韻無人和洗筆題詩倚石牀

書樓遠眺

何處清風集畫樓古今圖史一齊收山圍曠野天
垂幙雲遶都城地湧流吳隱墓前荒草白越王臺
上曉煙浮誰堪俯仰成陳迹落照霏霏暎渚鷗

羊城八景

珠江秋月

一天爽氣大江秋皓魄横空漾碧流踏月僧歸林
外寺舒懷人倚水邊樓聯珠排浪蟾光皺雙鏡凌
波素影浮蕩槳蘭舟獨長嘯恍疑身入廣寒遊

白雲晚望

浮雲散盡現羣峰暝色蒼茫滴翠濃人坐小橋幾
樽酒僧歸遠寺一聲鐘鳴泉石底流深澗野鶴枝
頭喚古松樓閣參差山寂靜夕陽影裡晚煙封

大通煙雨

珠海潮回水拍天溟濛四野遠相連一溪新漲迷
朝雨兩岸荒邨鎖暮煙牧笛依稀孤嶼外漁歌斷
續大江邊微茫樹木渾難辨古道千年近五仙

石門返照

金鼇西沉散彩虹石門高峙插天雄絲絲碧浪紋
生錦片片文鱗影射紅返照遠凌千里外回光直
貫兩山中漁舟隱隱幽巖下獨對殘陽理釣筒

金山夜泊

微風嫋嫋水生紋夜泊金山暮色分歸路行人頻
問渡投林野鳥解呼羣柴門寂靜遮邨竹古刹清
幽隱白雲極目煙波杳無際疎鐘餘響月中聞

蒲澗濂泉

寂靜深巖水一泓穿雲滴月冷無聲松琴斷續傳仙韻竹籟清幽寄野情疊々樓臺臨澗秀層々花木暎泉明小橋人立斜陽裡指點浮雲傍岫生

波羅浴日

曉日初升挂海潯紅輪赫々漾波心影穿細浪千層錦光射扶桑萬點金華耀凌空隨上下靈輝逐水共浮沉雲消霧捲天如洗一道炎威仰照臨

景泰僧歸

半鉤新月挂山霽古寺僧歸曲徑遥石洞雨晴猿獨嘯禪關雲鎖鶴相招空中卓錫飛青冥嶺際芒鞵遠市囂流水潺湲人寂靜挑經扶杖過溪橋

山居偶成

亂山深處結茆廬爲厭塵囂避俗居笑傲乾坤一樽酒消磨歲月五車書人情似夢都歸幻世事如雲總屬虛枕上松風眠白晝半生寄迹擬樵漁

早梅

五出爭傳嶺嶠回一枝先占百花魁芳姿綽約冰爲態素豔清高玉作腮偏向歲寒霜後發却偷春信臘前開林逋夢入羅浮早管領東風着意培

雁字

排成圖篆絶塵埃羽翰翩々別體裁書破碧天星斗燦陣衝江浦浪花開一行畫斷雲偷度幾點橫空影暗催日晚平沙渾印迹封題帶月塞邊來

煙籠淡月

雲藹霞沉溥暮天冰輪乍擁畫樓前青霄漠々涵輕霧碧落迢々鎖暗煙清影朦朧憐皓魄浮光黯淡惜嬋娟美人小立欄杆望惆悵塵蒙金鏡懸

雁來賓

征雁相呼度畫樓叫雲音咽楚江秋影沉寒渚他鄉水聲斷衡陽故國愁幾陣遠臨紅蓼岸一行橫挂白蘋洲翱翔萬里長爲客北去南來不自由

柳

長隄弱柳發新苗裊娜臨風舞細腰青眼乍開秋水秀翠眉初展黛痕嬌鵞黄淡染拖金縷鼻綠輕勻拂板橋帶露含煙垂紫陌春光揺漾淌柔條

賦得棃花帶雨開

棃花輕素裛宜人倚檻相看迴絶塵帶雨半開千點雪揺風初放一枝春玉容含淚冰魂濕粉臉蔵嬌冷色新淡質不爭桃李豔洗妝林下更精神

賦得苔痕上階綠

幽齋寂〻無人到階際苔痕叠翠叢石髮雨餘呈嫩綠土花風過襯殘紅門連野徑何嫌僻地積青錢不濟窮分付家童莫輕掃待留冷豔透簾櫳

雨後看花

春雨初晴晩氣寒新詩吟罷捲簾看嬌紅半放穎添色嫩蕊初含濕未乾數朶輕盈臨曲檻幾枝綽約暎雕欄芳叢檢點痕猶在不爲潚〻過後殘

落花

片〻飛花拂畫樓翻紅墮粉倩誰收緜華狼籍隨風舞豔影飄零逐水流只剩香魂留葉底難喪春色到枝頭鶯歌蝶舞歸何處芳草斜陽鎖暮愁

山居即事

閒居地僻得從容野色蒼茫詩思濃繞屋數竿君子竹迎門幾樹大夫松白雲一片遮芳徑素練千尋挂遠峯靜裡俗塵俱不染深林何處響疎鐘

遠眺

嵐光雲氣挂蒼厓滿目山川一放懷石徑雨餘迷竹影深林風過落松釵聲〻疎磬荒村外兩〻沙鷗碧水涯幾度遲留花下立欲題新句費安排

小園避暑

潚洒幽園一徑深臨流倚石坐花陰紅蕉葉底眠馴鹿碧藕池邊浴水禽消俗靜觀前代史忘機偶拂未燒琴茶煙半榻餘清晝滿院薰風伴我吟

賦得秋山風月清

絕頂煙霞翠色橫碧天無際徹虛清千峯夜靜猿啼穿萬壑松濤鶴夢驚蕭颯似聞砧杵響微茫一任塞鴻征疎枝搖動嬋娟影疑是人間不夜城

杏花

名園點綴費春工豔質輕盈自不同幾朶淚凝疎雨後一枝笑舞晚煙中羞爭柳絮紛紜白却占桃花淺淡紅綽約濃妝多少態芳姿無那倚東風

春曉

融和淑氣豔陽天曙日微曛繡幕邊倚檻桃花紅帶雨侵階芳草綠含煙黃鸝枝上歌聲巧紫燕梁間舞態妍睡起深閨無一事曉妝對鏡綺窗前

春晝

庭軒寂〻日當天簾幙風清倦欲眠曲徑落花紅簌〻半池芳草綠芊〻嬌鶯隔樹千般語垂柳迎窗萬縷煙金鼎香濃消永晝新詩書付彩雲牋

賦得秋月正中天

團圞明月正當空皎潔清輝處〻同楊柳梢頭金瑣碎梧桐枝上玉玲瓏餘光直送千山外萬象都歸一鑑中坐對碧天渾似洗閒唫深夜興無窮

菊花

黃花爛漫遶籬東蕭洒孤芳自不同新放緐英含玉露半舒紫蒂舞金風層〻細蕊浮疎梗冉〻清香散滿叢家是小庭秋色好一枝開向傲霜中

秋日書懷

繡簾深處裊爐香落葉紛〻秋思長歸夢鄉園隔山水行蹤異地老風霜寒蘆傍渚翻新白野菊沿岧綴嫩黃無限客懷消不得瀟〻微雨漸生涼

深秋桂尚無花

桂叢猶未吐新黃庭院蕭條風露涼仙蕊不開遲晚節天香獨斬耐秋光梢頭湯許分三種葉底何從識五芳攀客未逢猶有待故教醞釀廣寒鄉

秋山暮雨

愁雲藹〻雨濛〻煙鎖秋山暗碧叢殘葉滋餘微徑綠剩花沾及遠林紅一聲孤雁瀟〻裡四野寒蛩漠〻中冷逼羅衣添客思不堪淒楚逐飄蓬

夜泊

日落孤邨夜泊船幾多秋氣滿山川一江漁艇然新火兩岸寒碪度遠天敲竹涼風聲颯〻照人明月影娟〻篷窗兀坐舒青眼萬疊峯巒挂晚煙

賦得江上晴雲襍雨雲

嵐氣山光作野雲煙波江上帶斜曛織成錦繡妝天際變就溟濛覆水濆飛鳥窺晴任来往斷虹招雨藹氤氳扁舟一棹拖長練坐對微風散縠紋

秋江罷釣

煙波萬頃駕扁舟滿棹斜陽罷釣遊一水滄浪三峽靜幾聲欸乃五湖秋遠邨楓樹栖山鳥遶岸蘆花宿野鷗收拾絲綸歸去晚載將明月過江頭

舟夜蟬聲

滿耳淒〻夢不成疎林蕭颯一蟬鳴枝頭餘響音猶遠葉底悲吟韻轉清斷續頻添遊子淚悠揚能動旅人情幾回襍噪寒蟲裡雲淡長空月正明

繡餘吟卷二

繡餘吟卷三

鑑湖馮思慧睿之稿

七言律詩

舟中野望

長天飄渺暮雲低古樹蒼〻水拍堤一幅酒旗花徑外幾家茅屋板橋西夕陽漸下千山麓釣艇橫依隔岸溪間倚篷窗舒倦眼無邊煙景望中迷

賦得寒衣處〻催刀尺

處〻寒聲響暮砧天嚴氣肅月沉〻風高漸覺涼侵袂露重纔知秋已深促織悲鳴驚旅夢擣衣韻急動愁吟遥思杜老當時詠白帝城邊萬古心

即景

幾家邨舍掩柴門日暮寒煙兩岸分遠水近天〻接水歸雲擁樹〻穿雲綠楊影裡人爭渡紅葉林中鳥喚羣此夜輕舟何處泊漁歌隔浦静相聞

金陵懷古

二百餘年王氣終故宮禾黍但秋風一朝俎豆同浮梗幾代衣冠類轉蓬帝業荒涼天闕舊鴻圖蕭索海門雄渡邊五馬歸何處浩〻長江夕照中

西施

會稽空保五千兵不敵姑蘇歌舞聲一曲留來勾踐地片紗浣去闔閭城春山縹渺浮湖翠秋水澄清射鏡明回首苧羅村際月黃昏猶照舊臺情

項羽

不渡江東為赧顏英雄落〻出人寰氣消亭長空扛鼎力奪儒生枉拔山一曲悲歌來楚帳八千壯士散秦關數年伯業歸何處應悔彭城衣錦還

虞姬

子弟生亡伯業空美人烈性報英雄魂銷楚帳歌聲裡骨冷烏江劍血中鼓角殘時秋月白旌旗散後夕陽紅絕憐巾幗鬚眉氣草木知名拜下風

楊妃

滿目干戈一戰場六軍不發美人亡紅顏零落棠黎萎白骨拋殘古驛荒羅襪拾來留舊蹟錦囊殉處尚餘香雨霖鈴曲添新恨歸去無心作帝王

春日即事

風敲庭竹碧琅玕寶鼎香沉午夢殘新句偶從閒裡得名花時向靜中看黃鶯睍睆啼芳樹紫燕翩翻掠畫欄欲拂鸞牋書錦字幾多春色上毫端

雨後望西山

雨散遥天開黛髻西山一色綠新浮煙迷古寺蒼松老路入深崖曲徑幽倒浸東湖千嶂翠斜臨南浦數峰秋長林草木渾如洗獨倚欄杆憶舊遊

寄懷蕙亭姊

蕭蕭獨夜帳離羣坐久更殘漏獸聞不信淚紅還看燭儘教腸斷自挑文臨風對月君思我涉水登山我憶君兩地關情人不見落花飛絮正紛紜

春日誌事

春光冉冉鳥聲寒庭院無人清晝殘竹影半簾搖鳳尾落花幾片拂雕欄繡窗香裊金猊暖曲徑棋敲石磴寬妝點東風顏色好滿園紅紫耐人看

春遊

携琴載酒踏春遊處處行來景物幽遣興偶尋芳草渡抒懷斜倚夕陽樓一灣溪水流無際半嶺煙霞望裏收坐久頓教忘俗慮每回歸去爲遲留

春遊晚歸

踏春偶向夕陽天柳色迷離帶晚煙堤畔叢花開豔冶門前畫索架鞦韆一聲睍睆鶯歌巧雙翦參差燕羽翩乘興莫辭歸路遠照人明月正高懸

有竹軒即景

紛紛紅紫繞亭栽畫檻紗窗面面開芳草一池迷曲徑青蕪幾簇暎霞杯常聞好鳥啼花下時有清香入座來偶步深陰閒佇立松風竹韻共徘徊

落花

萋〻芳草怨王孫寂〻春光掩院門粉褪香銷埋國色紅稀綠暗葬殘䰟玉樓寂寞悲踈影金谷蕭條認舊痕風雨無情任狼籍空山杜宇叫黄昏

初夏

簾閒人静暑初長滿院薰風草樹芳飛絮漫〻飄亂雪落花片〻散餘香呢喃新燕翻文羽睍睆殘鸎送夕陽心境頓消塵俗慮石床高枕卧羲皇

晚望

翩〻鷗鷺共忘機頹借陽戈指落暉試聽樵歌来谷口還看牧笛出林扉浮雲依石連青冥啼鳥爭巢隅翠微江上夜深千點火漁燈如月照人歸

湖上觀花

湖上花開照眼紅芳姿和露醉東風冰壺冷浸臙脂萼玉鏡光涵錦繡叢一水暗香羅綺内兩隄春色畫圖中繁華妝點無邊景盡是天機造化功

詠紅白雞冠和韻

雄冠朶〻列盈庭瀟洒幽姿却衒香朱頂月籠霞冉〻白頭風滴露瀼〻曾偕楓葉摇文錦堪與梅花鬬素妝絳幘何須勤報曉滿瓶彩羽擬鸞凰

九日對菊和韻

佳節重陽風景清坐看籬菊綻金英囊萸不盡他鄉意酌酒聊舒故國情逸興每從詩裡得幽香疑向袖中生登高倚石人〻醉會聽長空白雁聲

秋日憶諸姊弟

關河疊〻思依〻夢裡相逢淚濕衣雁影參差鄉信杳離情撩亂素心違倐来薊北三年别那更天南萬里歸滿目風煙仍是昔追思往事已全非

詠秋海棠和芷齋汪夫人原韻

寂寞秋深獨豔妝不留顏色為春傷芳心未許葵傾日弱質何輸菊傲霜瀟洒有情憐逸態輕盈無力想柔腸怪他閒麗姮娥妒直貴寒輝照夜堂

亦欲携壺為洗妝却嫌冷露濕銀床情含朗月留

光照影動西風耐夜涼穠豔不誇資蝶粉妖嬈寧
必藉蜂黃看花頻探秋消息一院梧陰玉漏長
霧鬢雲鬟秀復娟臨風掩映覺天然漫詩題品應
超界究戀塵緣未證仙婉轉豔情疑有恨嬌柔媚
態劇堪憐蕭疎莫怨終無伴江上芙蓉秋正妍
不隨春色媚春皇半倚欄杆半倚牆自是名花能
解語漫從國色更求香含顰帶笑參差舞挹露籠
煙淺淡妝檢點寒叢無限意那堪砧杵搗秋涼

歸雁

翩翔遠向海門飛萬里東風送北歸幾陣橫斜兮
碧嶂一行嘹唳破晴暉海棠魂落鸎歌巧楊柳絲
牽燕翦微南國還須隨候渡秋高莫負稻粱肥

菊屏

滿屏紅紫獨呈奇秋色迷離吐豔遲一架高低爭
綽約幾層瀟洒鬬參差漫沽濁酒酬寒蕊且詠新
詩賦逸姿彷彿北窗陶處士名花掩映遶東籬

菊花

一枝瀟洒映朱欄嫩白輕黃仔細看九日難逢陶
令酒三秋空憶屈平餐移來小徑供吟筆開向東
籬耐歲寒香散月明風露冷羸將佳句入詩壇

梅花

冰肌玉骨絕纖塵肯下瑤臺寄此身風逗暗香因
破臘月留踈影為傳春羅浮曾入詩人夢庾嶺常
教處士珍一種孤芳誰作侶惟同霜雪鬥精神

題鴛鴦戲蓮圖

冉冉荷香一水通鴛鴦兩兩拂薰風紅幢罩羽翻
波外綠蓋遮眠戲浪中繡采遠穿花幾簇綺文遙
襯葉千叢共遊沙渚斜陽暮無限機心若個同

元夜

晴空雲斂月娟娟燭共清光對影圓風度笙歌遲
玉漏香浮羅綺滿瓊筵銀花火樹長春景貝闕珠
宮不夜天樽酒良宵堪一醉踈簾飾影射金蓮

春初牡丹花

名花不肯殿春生却占羣芳次第榮一簇絳紗攢碎錦幾層綠綺發奇英水仙羅襪輸芳步梅蕚冰心鬥麗情富貴莫嫌多冷淡携將柏酒醉餘英

春夜

無聊不寐倚熏籠十二珠簾燈影重楊柳風微聲細〻梨花月澹夜溶〻杯傾綠蟻情懷爽夢入池塘詩思濃睡覺乍驚清漏永一聲疎響五更鐘

芍藥花

迎風浥露倍精神一種奇葩獨殿春爛漫開餘三月景妖嬈羞效百花顰坐看婪尾爭妝巧斜映欄杆舞態新桃李何須鬥顏色芙蕖應願結為隣

擬四時詞

大地陽回初解凍捲簾尚怯春寒重枝上流鶯恰恰啼午窗驚破幽人夢睡起閒庭日半曛爐香幾縷譪氤氳欄杆十二東風遍斜倚妝臺鬆綠雲

紫燕穿簾初學語雙飛漫舞參差羽一榻茶煙清晝長滿庭綠蔭濃如許曲檻芳塘納晚涼風來水面菡萏香深叢盪入小舟去落將花瓣驚鴛鴦

梧桐別院風蕭索黃葉紛飛滿階落薄羅衣冷漸侵肌籬邊菊綻黃金蕚一行鴻雁掠雲輕銀漢迢迢秋月明冰簟夢回良夜靜寒蛩唧〻聲淒清

霏〻瑞雪凝妝白拂面朔風〻凜冽漫扶小婢過溪橋尋梅為探春消息袖冷肩斜還迤歸繡帷低

放怯寒威新韻吟成呵凍筆圍爐酌酒聊忘機

九日遇雨和韻

山寺登高興未闌滿天風雨作秋寒遠楓不盡翻時豔瘦菊偏宜浴後看應節囊萸隨處佩放懷縱酒獨成歡瀟〻無限他鄉意裁罷新詩自倚欄

秋曉

霜月西沉透曙光夢回曉起怯秋涼未開匳匣梳青鬟且向金猊注好香滿院露華聲寂靜一行過

雁影微茫夜来惟恐花憔悴呼婢開簾看海棠

松聲

風揺雪榦影森森彷彿宮商奏遠音露冷虬枝秋月白霜凝翠盖暮煙深悠揚乍覺如鳴珮斷續還疑是弄琴虛籟一天良夜静蕭蕭清韻滿疎林

冬日即事

寒威陣陣逼朱櫳深閉重門畏朔風楓葉凋零堆石徑雪花飄漾舞晴空釀成春甕松醪緑初換熏

爐獸炭紅呵筆欲吟頻輾轉愧無好句入詩筒

繡餘吟卷三

繡餘吟

卷四　卷五
卷六　附録

繡餘吟卷四

鑑湖馮思慧睿之稿

五言絕句

竹

翠竹攢雲秀疎竿逗月来生成君子性不許俗人栽

梨花

梨花開小院素影寂精神蛺蝶雙雙舞飛来却傍人

對鏡

曉對菱花鏡相看月裏人清輝曾不減日日照妝新

竹影

翠色侵階秀清陰掃不開迎風搖碎影隨月入窗来

聽鸎

風送鸎聲巧歌喉轉綠陰曉窗頻側耳嚦嚦弄嬌音

月影

細影篩庭竹流輝射遠林穿簾疑碎玉斜整拂花陰

一丈紅

染就臙脂萼嬌紅透豔春朱欄剛五尺容我半藏身

江干夜泊

江畔輕舟泊風飄兩岸碪秋山雲影秀歸鳥噪楓林

雁銜書

江上蘆花白秋風夜月寒一行憑塞雁關外報平安

楓葉

瑟瑟西風緊楓搖夕照紅辭柯飛不去零落御溝

中

新燕

海燕應春社知尋故壘歸繡簾長不捲來往弄晴暉

醒後口占

月明秋夜闌窗透梧桐影唧唧寒蟲聲羅幃夢初醒

寄蕙亭八姊二首

一別何時見相逢魂夢中關山太迢遞難覓寄書鴻

滿地黃花放無聊晝掩門那堪風雨夜蕭颯斷離魂

聞蟬

曉起對菱花新蟬鳴遠樹清韻覺悠揚聞聲不知處

曉起看花

夜半夢初回惜花驚風雨凌晨入小園檢點餘芳去

七言絕句

焚香

花氣清幽夜更薰閒燒龍腦和氤氳風吹澹蕩餘煙裊疑是蓬山頂上雲

種竹

移得琅玕劚綠苔亭亭翠色已成堆知君素負凌雲質不惜殷勤著意栽

灌花

惜花惟恐花憔悴故把山泉潤眾芳洒去如珠圓顆顆豔紅紅上學啼妝

釣魚

隱隱青山一抹霞小舟泊處近蘆花清波影裡長垂釣釣得江魚日又斜

賦得花前笑語聲

滿院芳菲照眼明偶然閒步聽流鶯東風偏是多情者送出花間笑語聲

月

良宵休問夜如何皓魄涵虛暎碧波萬里騰空懸寶鏡長流清影照山河

護花

為惜花枝小院中芳菲易落莫教空金鈴呼婢殷勤挂休惹流鶯損殘紅

雨催花

雨聲點滴響簾櫳聒耳瀟〻潤翠叢曉起推窗見蜂蝶羣芳一院放新紅

雨中海棠初放

小庭春曉雨濛〻嫩綠枝頭吐豔紅渾是太真初被放柔情無力泣東風

剥新蓮子

十里滄波水面香紅衣脫盡見蜂房採花無興歸来嬾剥出新蓮取次嘗

秋扇

庭樹蕭條秋又至冰紈棄置暗生塵違時偏惹西風妒莫謂無情怨主人

雁聲

江岸蘆花變白頭數聲嘹唳過高樓天涯何處傳家信明月秋風動客愁

九日

籬菊花黃客思悠重陽風雨一城秋登高且飲陶家酒笑把茱萸插滿頭

秋日偶成

天邊鳴雁不堪聽落葉蕭〻下小亭惆悵綠窗秋色冷拈毫猶憶一簾青

秋宵聽雨

四壁寒蟲鎮夜鳴清宵異地宦闕情不堪窗外瀟瀟雨更滴芭蕉葉上聲

芰草

萬紫千紅鬥豔春那容蔓草占芳塵呼童芟盡蕪蘼種留得春光分外新

雁來紅

一聲雁過色添新葉染臙脂片々勻性耐風霜頰不減偏逢老去更精神

新橘

秋色蕭條橘已黃芳馨猶帶洞庭霜枝頭磊落垂金顆劈破冰齊冉々香

欲雪

曉霧濛々四野遮朔風凜々透窗紗滿天雪意寒雲布巧釀瓊林六出花

過舊宅

空居寂々景猶存階草凄々長綠痕滿院花開人不管一簾風雨鎖重門

寄蕙亭八姊

幾番春色透湘簾回首當年已不堪兩地相思隔嶺嶠離魂夜々繞天南

梅花

開向瑤臺避俗塵素姿應與雪為隣不同桃李爭領色獨占人間第一春

新春試筆

春色芳菲映畫簾草芽初染綠纖々小欄閒倚書新句贏得韶光到筆尖

鸎語

曉聽鸎聲遶上林垂楊深處弄嬌音歌喉婉轉如簧巧恰々風傳透綠陰

畫眉曉唱

巧樣朱籠金縷垂迴廊長挂近深閨一聲曉唱驚殘夢喚起佳人學畫眉

春寒

寂々春寒花較遲東風凝雪綴瓊枝漫沽濁酒敲

新韻爐火焚香翠幙垂

春雨

珠簾料峭怯東風恰恰嬌鶯細雨中九十韶光留不住滿園新翠襯殘紅

曉起

翠帷睡起怯春寒露滴花梢濕未乾昨夜海棠開也未低呼小婢捲簾看

晴

春雨初晴百草萋風飄弱柳絮沾泥惜芳徹步深陰裡黃鳥窺人枝上啼

花前小酌

移樽小苑興偏饒雅令閒徵自解嘲微醉不知天色晚月華斜浸海棠梢

落花

怪煞無情一夜風芳菲轉眼半成空青苔狼藉誰收管落盡深紅復淺紅

掃落葉

風吹殘葉作秋聲零落階前無限情欲掃幾回更惆悵可憐辜負傍枝生

繡餘吟卷四

繡餘吟卷五

鑑湖馮思慧睿之稿

七言絕句

春草

萋〻芳草滿隄邊一片迷離帶曉煙好是春朝遊女過羅帬碧色鬪鮮妍

殘柳

垂柳絲〻葉半彫寒蟬淒咽短長條摧殘一夜西

風緊楚女含愁減翠顰

孤雁

露冷風淒雁影孤一聲嘹嚦宿寒蘆更殘驚起他鄉客夢裡消魂聽寄奴

紅葉

一夜霜零草木知滿林楓葉染臙脂御溝猶是當年水曾見何人再賦詩

秋夜

雲薄天高雁影沉蕭條落葉響空林夜深穿〻幽齋靜月冷風清何處砧

寒夜

風敲庭竹作寒聲挑盡青燈夢不成漏轉三更霜月冷梅花瘦影小窗橫

蠟梅

寒英翦素綴容新先占名園第一春蠟蕊半開香暗度鵞黃嬌色最宜人

落梅

片〻飛花遶畫欄暗香零落有誰看最憐墜盡枝頭雪不向春風伴夜寒

題畫菊

花隨筆底放秋光寫出孤芳瘦影長一任霜風搖不動冷煙常繞素殘香

春遊即景二首

行來曲徑野花幽處〻春山翠色浮長嘯一聲深

谷裡白雲溪水共悠〻

深林詰曲路西東漠〻輕陰淡〻風滿地松花人不見一聲清磬白雲中

春郊二首

垂楊一帶遶閒門滿地平蕪長綠痕風送樵歌聞別浦酒帘高颺杏花邨

乘興閒遊繞郭行無邊春色遠相迎嬌鶯也識風光好飛上花間喚一聲

春夜

一鉤淡月照簾櫳十二朱欄柳絮風寂〻夜闌人不寐梅花吹入笛聲中

山居即事

亂山深處晚風微門外疎林挂落暉坐向溪邊消俗慮閒看鷗鷺自忘機

月夜

清宵萬籟寂無聲女伴遥分百感生院宇深沉人不寐梨花枝上月三更

春深襍詠四首

曲池新漲草萋〻靜掩重門日又西滿地落花人不掃綠陰成幄亂鶯啼

萋〻芳草夕陽斜暮靄空濛曲徑遮洞口春深人不見忽聞仙犬吠桃花

春事闌珊盡掩扉小園紅瘦綠添肥鶯聲喚醒幽人夢一院東風柳絮飛

東風擘柳翠眉顰原上離〻草似茵花落繽紛紅雨亂杜鵑啼老一年春

燕來

明媚春光透翠微燕來猶傍畫簾飛穿花度柳庭前舞兩翅輕翻杏雨肥

夏夜聞笛

白羅衫襯芰荷香明月如秋晚景涼何處倚欄吹玉笛一天爽氣滿芳塘

夏夜二首

紅藕池邊月正明夜闌人静寂無聲小牕花氣侵書幌一枕松風鶴夢清

涼生人静小窗虛皎月斜侵半榻書偶向荷池臨水照香風冉冉襲衣裾

聽促織

促織報秋鳴四壁珠簾低放夜沉沉憐他也識寒将至泣露吟風和遠砧

秋夜

隔院梧桐月色清夜深燈影半昏明新吟未穩難成寐四壁寒蟲唧唧聲

寄蕙亭八姊

回首關河路渺茫南天不見雁成行那堪月白風清夜兩地相思一斷腸

燕辭巢

差池海外認烏衣紫燕辭巢傷我飛来往年年渾似客每逢秋社便思歸

将之都門留別謝吟絮

芝蘭何幸挹清芬丰度飄然迥不羣謝絮才高人已遠西堂今又得逢君

雲亭側畔借幽居相聚今經一載餘無那別君江上去彩箋莫忘付雙魚

雙槳軽摇欵乃聲匆匆南浦別君行不堪回首西江月堤柳絲牽兩地情

雲樹蒼蒼疊翠巒扁舟一葉路漫漫蘆花夜月征鴻老江上秋風客夢寒

山行

四面春山翠色浮籃輿咿軋度清幽深林處處聞啼鳥滿澗紅桃漾碧流

舟中閒望

茫茫綠水少人家遠望江光似碧紗深樹鴉啼秋色冷白雲一片隱山花

舟中憶蕙亭八姊

山長水遠路漫漫兩地離情欲話難一葉孤帆天際去遥知香閣獨凭欄

舟中晚眺

歸鴉幾點翅翩翩山下孤邨藹暮煙人倚篷牕簾半捲落霞紅襯水中天

蓼花

淺翠輕紅映客舟江天夾岸鬥清秋蕭蕭碎翦斜陽外妝點西風古渡頭

江行遠望

嶺雲邨樹兩悠悠萬里長江晝夜流點點篷窗舒望眼冷風疎雨一扁舟

即目

輕帆江上挂西風隔岸荒邨夕照中獨倚篷窗天際望一番秋色老芙蓉

觀瀑

合沓巉巖千萬重遥空匹練挂高峰飛流疑是銀河瀉劈破青山走白龍

賦得霞影沉波緑

霞影紅光照緑波溶溶灩灩意如何却疑春至桃源水贏得桃花色幾多

漁父

欸乃江湖寄興長年年生計水雲鄉滿船明月歸來晚秋染蘆花一岸霜

江上讀楚騷

倚醉沉沉讀楚騷一樽蒲酒想蘭皋絲絲纏得忠魂在湘水千年捲怒濤

歲暮舟中口占

拋殘針線歲寒天轉眼韶華又一年行客不知春信至梅花暫見小橋邊

柳四首

細織鶯梭上緑條絲絲煙鎖黛痕嬌如何陶令門

前種日向東風舞楚腰

嫩綠輕黃萬縷垂隄邊綽約鬥芳姿春來不識愁
多少逢著東風但斂眉

何處傳來羌笛聲陽關無奈別離情憑他飛盡花
如雪還折長條解送行

婆娑無復短長條憔悴西風困舞腰青眼輕眉留
不得滿天霜月正蕭蕭

步虛詞八首

竹徑松關嘯野猿逍遙蓬島脫塵煩深山採藥歸
來晚半嶺煙霞鎖洞門

世外飄然日月長酴醾爛醉白雲鄉松林偶共羣
仙語一陣天風拂草香

日暮雲遮古洞深丹爐火息鶴歸林呼童掃淨溪
邊石竹月松風任嘯吟

松琴謖謖枕清流山石泠泠野鶴幽偶倚洞門吹
玉笛一聲韻徹海天秋

詩酒生涯樂有餘逍遙久與世相疎山中甲子無
人問林下翛然讀道書

相攜仙伴採琪花處處浮雲物外家遊罷五湖歸
去晚崑崙頂上醉流霞

玉草瑤花散遠芬爐香幾縷裊餘薰一聲長嘯千
峰外仙犬驚人吠白雲

脩竹千竿幾樹松洞門寂靜白雲封飄然海島乘
鸞去更上蓬萊第一峰

繡餘吟卷五

繡餘吟卷六

鑑湖馮思慧睿之稿

七言絕句

睡起口占

睡起慵〻倚繡床幾回無力理新妝怪他驚夢堂
前燕何事呢喃入畫梁

送春二首

一池芳草綠初肥流水無言對落暉小院春殘花

已老那堪杜宇更催歸
年來歲月去如梭九十韶光暗裏過幾度留春留
不住綠陰深處落花多

聞蟬

綠窗香細坐調琴何處新蟬發遠音深院寂寥清
韻冷湘簾不捲晝沉〻

新秋曲十首

池塘瀲灩浮新碧零落荷衣半欹側寒蟬一樹噪
斜陽依隄楊柳黃金色
白露稀微深夜靜涼風吹入羅衣冷窗前淅颯撼
秋聲碧梧落葉飄金井
催涼碪杵鳴秋早黃深淒迷牆畔草涼風瑟〻雁
南歸滿階落葉無人掃
壁巢紫燕頻回顧呢喃細把離情訴閒垂紅袖倚
欄杆珠簾低捲雙飛羽
荒蕪凝露侵臺榭滿耳清商木葉下一聲玉笛遠

飛來階前蟋蟀吟深夜
碧天雲淨秋光秀暑散風涼微雨後低呼小婢捲
珠簾籬邊新浴黃花瘦
西風兩岸蘆花白水落潮平山橫石一天涼月叫
寒螿秋雲江上連波碧
木落草枯山骨瘦飛泉石底蒼龍吼幾家茅屋遠
村煙小橋深處紅霞透
雨滴芭蕉聲斷續西風瑟〻敲庭竹寒氣侵人枕

簟涼吟成新句挑燈讀

蟲聲唧々鳴東壁月照空庭凝地白數株梧葉戰
秋風蕭々紛落階前石

紅梅

盈々額點漢宮妝幾擬嬌顏是海棠却恐隔簾人
錯認一枝紅豔獨凝香

十九歲初度竹軒贈詩四章依韻次荅

大江風送片帆遲恰值寒梅吐豔時水面煙波杳
無際滿船明月載金卮（謂客歲途中）

沽來邨釀酒花香淺酌深吟對繡妝春色小園開
也未愧無好句贈芬芳（余生嶺南每當初度梅花盛開故憶之）

蠟炬紅燈射綺櫳親幃定省與君同昊天恩極渾
難報秪向紅毹一拜中

黽勉同心樂有餘半臺香茗半床書蘭閨隨倡情
何極十九年前鞠育初

買書和韻

烏啼隔院夢初回落葉西風翠作堆買得新書饒
雅韻拈毫莫待雨聲催

和少農裘公四首

孤芳瀟洒許誰同雪裡凝妝香暗通夢入羅浮林
處士滿山春色月明中

文林學海愧無知柳絮因風負所期茗椀香猊清
晝永閒揮斑管寫烏絲

燕釵斜掠鬢邊絲十二珠簾月影遲桃葉渡頭江
上曲麝薰和墨譜新詞

江南春色易探尋植得名花伴獨吟新句傳來披
錦繡憐香半是古人心

並蒂芍藥二首

綽約凝香露粉腮芳姿疑是降天台不隨羣卉爭
顏色獨殿春風並蒂開

一種煙葩壓眾芳故標爛漫擬花王向人並立嬌
無語醉倚風前鬥豔妝

詠梅妃

寒月斜拖踈影痕暗香寂寞鎖長門冰肌玉骨天然質何必珎珠伴夜䰟

題剪絨菊花

誰家剪綵奪天工點綴秋光尺幅中巧手裁成新色樣未應渲染許闘仝

寄蕙亭八姊四首

憶君情緒向誰陳夜〻離䰟夢裡頻寄爾平安書一紙切須珎重莫傷神

西風蕭颯雁離羣惆悵惟看塞北雲迢遞關河千萬里每逢佳節倍思君

雲山渺〻信音疏惜別今經三載餘忽訝長空征雁過如何不寄一行書

憐君飄泊滯他鄉珠海燕雲去路長每向燈前思往事冷風寒雨斷離腸

偶步迴廊值雨

瀟〻秋雨響空齋滿地新痕浸兩階擬入深閨閒覓句步遲猶恐濕弓鞋

中秋和韻二首

佳節登樓憶去年長空雲散月華圓徘徊斜倚欄杆望爲愛清光不忍眠

踈簾不捲藕花風桂魄高懸漾碧空皎潔清暉千里共江山都隱玉壺中

襍詠四首

拈毫怕露玉纖〻竟日閒牕下繡簾寂靜無人清晝永日光篩影射牙籤

蕭條苔徑落桐花風急天高雁影斜午夢乍迴妝閣靜一杯香泛兩前茶

坐對金猊意渺然深秋聲撼小窗前無聊倚案頻翻閱檢點新篇與舊編

竹林風冷透簾踈滿目淒〻草不除贏得消閒無俗事囊中綠綺篋中書

弔丹霞姊四首

人間天上兩茫〻歸去蓬萊鶴夢長慧業靈根無處覓芳魂應在白雲鄉

風雨無端葬玉魚香魂飄渺赴清虛遺笛秪有神仙種不見瑤池女較書

珮冷香銷湘水裙玉樓十二屆修文那堪一誦招魂賦月地雲階杳不聞

小劫消餘夢幻身月明何處叫真〻冰弦聲斷知

音杳綠綺年來久掩塵（姊善鼓琴）

春日偶成

池塘水滿綠蒲浮春色闌珊細雨收寂〻小窗簾不捲一聲鸎囀過高樓

初夏四首

落花如雨點苔衣院宇深沈晝掩扉寂是可人梁上燕呢喃故〻繞簾飛

香沉寶鼎篆爐煙晝永拋書倦欲眠轉眼鸎花春

已老小池荷葉疊青錢

窗外微風動午薰沿階花氣繞氤氳低垂繡幕無人到閒聽時禽噪夕曛

草色如煙望裏迷一春好景愧無題拈毫欲續花前句別院槐陰日已低

題山居圖二首

山色扶蘇翠影微幾竿脩竹蔽柴扉藤蘿挂石峰巒秀風捲浮雲片〻飛

啼鳥聲〻曲徑幽數間茅屋對清流山中寂靜無塵慮四面煙雲散不收

七夕

雲漢西風路正遙銀河無影鵲成橋雙星為問何時渡玉露冷〻秋半宵

初秋偶成

滿院梧陰秋漏聲沿階黃葉亂蛩鳴綠窗夜靜風蕭瑟十二珠簾挂月明

新秋襍詠四首

海棠庭院已秋初天際浮雲任卷舒繡罷綠窗人寂寂怡情惟有案頭書

日暮尋巢鳥亂呼朱欄倚罷索人扶誰家吹笛危樓上併作秋聲入井梧

明窗瀟洒淨無塵满架牙籤照眼新閒聽秋蟬鳴小院晚風蕭瑟最宜人

蝦鬚簾捲透新凉一帶朱欄落照黃偶立小園芳徑外煙籠疎柳鎖池塘

憶諸姊弟

萬水千山人兩地秋聲蕭瑟倍無聊不堪日暮凭高望黃葉西風去路遥

殘菊

風雨瀟瀟作夜寒曉来秋色半闌珊餘香满院雖收拾倚徧欄杆獨自看

看梅二首

日暖晴初踏雪来满山春色透寒梅攜樽花下徘徊處風逗餘香落酒杯

幾株瘦影委横斜月色凝寒上碧紗曉起開簾見春色枝頭雪綴兩三花

繡餘吟卷六

繡餘吟附録

詩餘

玉樓春

早春

鑑湖馮思慧睿之稿

家喜東風花信早深得柳條黃徧了花開滿院静無人緑陰深處憐芳草　濃濃春色誰能曉紗窗一炷沉香梟無聊倦倚畫屏閒懨懨自覺腰圍小

楊柳枝

柳

黛色鵝黃萬縷垂緑煙迷輕盈弱質欲斜欹態依依　笑暖顰寒無意緒含嬌處臨風輕裊舞腰肢翠眉低

虞美人

梨花

冰肌潔白宜清畫素豔含嬌秀小庭閒立倚欄杆正是瀟瀟微雨做春寒　頻洗臙脂後粉面輕勻瘦玉容凝淚學啼妝為愛冷香風度透霓裳

杏花天

曉起

春眠倦起身何懶控却金鈎簾不捲臉霞印枕紅凝淺風裊遊絲如線　聽别院歌喉宛轉侵階芳草紗窗畔桃花雨滴臙脂綻隔樹啼鶯聲喚

如夢令

落花

何事春光歸早煙鎖連天芳草一夜惡東風摇落嬌紅多少誰曉誰曉枝上流鶯啼老

玉樓春

春歸

賞春不識春來處忽聞杜宇催歸去落紅萬點緑添肥簾前陣陣吹花雨　鸎聲啼老難留住東風亂舞垂楊絮空餘芳草碧連天倚欄目送斜陽暮

南鄉子

夏杪雨後

荷敗小池塘颯〻西風冷碧窗遥見穿雲鴻雁影成行煙鎖千山古樹蒼　楓葉染新霜籬畔清幽菊蕊香蟬咽踈林聲韻切淒凉滿目蕭條秋思長

玉樓春

即事

横陳爽氣收炎後淡〻碧天雲影秀凝眸秋色寄

吟情欄杆小立垂紅袖　雁聲嘹嚦西風逗簾捲霜華寒漸透蕭〻踈雨又重陽東籬掩暎黃花瘦

憶王孫

舟中晚眺

江天日暮湯凝眸千疊雲山翠色浮蕭〻風冷白蘋洲水悠〻漁火如星暎渡頭

憶江南

江行

舒眼望茅屋幾人家兩岸荻花栖旅雁一隄煙柳帶歸鴉山外夕陽斜

浪淘沙

春晝

對景豔陽天緑娟紅妍柳絲輕裊繡窗前寶鼎香沉春晝永閒整花鈿　雙燕舞梁間翠羽翩翻芳菲滿院鬥嬋娟睡起幾番舒倦眼草色如煙

前調

坐月

秋色滿庭中月上梧桐小窗默坐意溶〻敧枕欲眠〻不穩起聽踈鐘　落葉響簾櫳燭影摇紅凉侵衣帶覺寬鬆四壁蟲聲唧〻一院西風

玉樓春

秋夕

簾紋如水風吹縐寒氣侵人明月逗孤鴻嘹嚦向晴空玉肌輕減胥圍瘦　猛然聽徹殘更漏新詩

吟罷頻回首簷前鐵馬韻悠〻小庭翠竹風輕扣

繡餘吟附録

聽秋軒詩集

駱綺蘭

庚戌之秋京江駱夫人佩香
幣來曰蘭幼讀先生詩而愛之
且學爲之顧私淋不如親炙之
益也先生其許之乎余念孺悲
無介而闖然以至殆奇女子耶
已而果嚴粧款門王母容顏殆

三十許矣出所爲詩才理清新
藝林中祀而弁者無此人也嗣
後余過京江輒主其家佩香司
脩瀡盥饋脫肉作魚事罔或不
涓雖孝息之事其所生無以過
也余因謂之曰今之詩流往往

文而不采有聲而無音殊非惻
隱古詩之意惟京江夢樓先生
論詩與余意符居與汝鄰盍往
學焉佩香從之從此思愈清才
愈雋所存若干首皆先生所刪
定也目論者動謂詩文非閨閣

所宜不知葛覃卷耳首冠三百
篇誰非女子所作况爲少女而
聖人繫之以朋友講習離爲中
女而聖人繫之以文明麗乎天
詩之有功於陰教也久矣然而
言者心之聲也天機废則律呂

不調六情和則音節自協以余觀於佩香媞媞然淋愼其身溺苦於學其高識遠見視大男子裁如嬰兒而且赴義若熟能為人之所不能為假使戴尺五皂紗學荀灌娘救父於危城學韓

蘭英獻中興頌於齊國何古人之不可及而生命不辰嫁未多年所天不祿僅課一螟蛉女以代蠶織而遺餘年吁其可悲也已然春秋二百四年中守節者寥寥只共姜栢舟一篇與清廟

生民詩並垂千古彼夫身坐魚軒受泥封而衣翟茀者無慮萬萬數而大概生時則榮歿則已焉能如佩香之名聲若日諸名公卿題詩遥贈者有幾人哉余今年八十矣明知佩香之學問

後進無涯而余則暮景頹光前塗有限故勸其板而行之以及於吾身親見之也即書此意以序其卷端

乾隆六十年六月望日隨園八十叟袁枚撰

歐陽公嘗謂詩必窮者而後工豈獨丈夫為然即女子亦多有之聽秋軒詩集女弟子駱綺蘭作也駱氏居句曲世業儒綺蘭少通典籍能吟咏適金陵龔氏子世治龔氏故多名宦其君舅

如山官粵東携子世治隨任綺蘭性厭喧雜不欲偕往家居輒手一編華膴之處皆弗顧至世治自粵東歸挈之遊廣陵因卜居焉綺蘭好為詩世治兼好為詞廣陵繁華之地綺蘭與世治

獨日夕閉門相倡和然終厭其喧雜旋遷居丹徒之西郭外不幸世治早世矣門巷蕭然食貧自守顧所為詩益工今所存之詩多世治遊後作也綺蘭讀書明大義具卓識無世俗兒女子

態亦不治之為資生計親族間有大事羣謀不決綺蘭一言而衆輒伏家雖貧常能以財賙緩急人扶危濟困有烈士風所為詩忼爽高邁丈夫之雄傑者不能過也嘗受業錢塘袁子才太

史及予謂予二人之詩非世間餖飣常語故愛之深且願師之予每與論詩輒心解其義或有所彈擊尤悅服不可言噫士夫言學問者往往存自是之心一聞貶斥即赧顏不欲聞予不能面諛人故從遊者甚寡綺蘭一女子耳獨能虛懷愛學如此此豈易得者哉顧其詩益進其境益窮白屋孤燈夏日冬夜塊然煢處與物無求古所稱固窮之君子不意於巾幗中遇之至於

遊歷山川流連景物意之所適寢食輒忘窮之中又有通者存焉殆非有得於中者弗能也柳綺蘭少時即愛靜坐近復稍稍從事於釋氏安心之法果如是將心之所處與身之所歷悉超然於窮通得喪之外而詩之工與不工又何足較耶予序其詩亦欲兼以著其為人也乾隆六十年乙卯夏五月既望丹徒舊史王文治撰并書

聽秋軒集句曲女史駱綺蘭所著也余嘗從其師夢樓老人見其秋燈課女圖題絕句云一燈雙影瘦伶俜窗外秋聲不可聽兒命苦於慈母處當年有父為傳經駱得詩故以聽秋名其軒

也嗟乎鶗鴂啁哳楚南生宋玉之愁牧馬悲鳴塞上發李陵之慨憶佳人兮製曲落葉哀蟬感客子以懷鄉霜天聞鴈蕭蕭木下誰堪多病而登臺唧唧蟲吟或且廢書而成賦悲哉秋也忍

復聽之況夫蘇蕙多才班姬蚤寡孤掩青鸞之鏡哀吟黃鵠之歌傷伯道之無兒空占烏鵲謂中郎其有女又是螟蛉燈影幢幢照一雙之瘦骨書聲嫋嫋度三五之明輝宜其桐樹心孤金

風易感楓林淚染玉露先傷矣乎若乃愁緒抽絲啼痕濡墨製桃花之頌字字皆馨成柳絮之吟篇篇有致戴山老姥持竹扇以求題道蘊小鬟障青綾而屈客託興則春江夜月巧窮文士

之心放懷則前代故都豪有丈夫之氣此則文迴錦字未能罄彼才思體艷香奩曷足方茲大雅非但不櫛之進士竟同文陣之雄師僕也省識畫圖曾賦湘妃之曲枉貽篇什謬推元晏之文歎寒女之秋心比才人之騷怨傳之後世目其前行不媿門風四傑賓王之裔試詢居里六朝帝子之都盱江曾燠序

聽秋軒詩集目錄

聽秋軒詩集卷一　　句曲女史駱綺蘭佩香

古今體詩七十六首

棲霞德雲菴題壁

數椽碧峰下半出青松間明月常到戶白雲不出山中有棲禪人蒼蒼氷雪顏心將繁華謝身與猿鳥閑門前有流水趺坐聽潺潺

雨花臺春望

山色接平蕪高臺入望無不聞僧說法唯聽夜啼烏金粉空前代烟波積後湖月中漁唱起野艇出菰蒲

晚泊龍潭

薄暮雨初霽空江日已斜沿堤孤客舫近水幾人家野浦螢還飲山田稻自花涼風天末起秋氣滿汀沙

登木末樓

載酒獨登樓憑闌四望收江光初過雨山意欲成秋霸業隨流水孤城起暮愁微茫烟樹外帆影落瓜洲

重九後二日同左畹鄉夫人北郭看菊薄暮泛舟江上

落葉蕭蕭一徑通幾家黃菊夕陽中瘦如我骨花應惜淸到君才月許同出樹鐘聲來北固穿雲雁影下西風海門燈火揚州近更擬紅橋放釣篷

送介亭伯父歸金陵

江柳千條挂夕陽片帆西去水茫茫孤舟今夜宿何處明月蘆花客夢涼

綠萼梅

梅格已孤高綠萼更幽絕古幹蟠瘦蛟數朶點蒼雪尤愛未開時碧意枝頭結宛似空谷姝倚竹無言說水邊澹蕩風庭際昏黃月誰無惜花心春來莫輕折

素心蘭

芳草春已歇素心將遺誰一枝綻庭畔微香透書帷我見不忍折移栽白定甆置之几案邊靜對覺相宜斜日茗飲後晴窗晨起時與爾結素交無言心各知重重護簾幙勿使東風吹

白桃花

素質明流水瑤英漾月光秦人如解種應不引漁郎

白秋海棠

寂寞古牆陰月高人未睡亦解怨秋風不肯灑紅淚

舟泊丹陽

露氣清於水孤篷月色微夜寒村酒釅秋老稻花肥遠樹連雲暗流螢藉草飛誰家門未掩燈影候人歸

擬唐人獨鵠歌

莫愁湖邊春水生莫愁湖上春花明雙鵠雲中振羽下雙飛雙止湖之濱一旦分張隔江海綠波依舊金堂改何能隻翼奮秋風空使高情溯晴靄鵰鳥銜雛志不平鴛鴦得意還相輕舉頭咫尺覺天近時向白雲唳一聲離羣脫侶由來慣亭亭危立孤松畔扶搖萬里會有時

直駕神仙上霄漢

小松吟

我聞長松百丈蟠虛空影動九天聲撼風如何咫尺碧窗下亦有虬枝細堪把古榦青銅瘦可憐貞心一寸寒娟娟孤根結向磐石底春去秋來常爾爾屈抑干霄蔽日材短柯自爲拂塵埃白雲在庭不肯去遠從嵩華來相護直待寒冬翠色深月中試聽蒼龍吟

菊影

高致誰能共幽懷宜獨看秋窗纔剪燭瓶水欲增寒鏡裏人同瘦風前蝶亦乾霜毫拈在手擬繪一枝難

倩山樓對雪

登樓對雪嬾吟詩閑倚闌干有所思怪底世間人易老青山還有白頭時

春閨二首

春寒料峭乍晴時睡起紗窗日影移何處風箏吹斷線飄來落在杏花枝

樓外簫聲喚賣餳江城花柳近清明東風忽送雲頭雨催得詩成却又晴

秋閨二首

蕉陰梧葉響蕭蕭一卷金經伴寂寥何必窗前有明月秋燈自愛坐深宵

人間離合飽曾經天上花開也易零玉露金風等閑度更無情緒看雙星

雨中望惠山欲遊不果

幾日梁溪夢看山興轉孤片帆涼雨重千澗濕雲鋪樹影濃還積泉聲咽欲無何時復攀陟倚檻眺平湖

橫塘

輕舟出胥江回頭望官渡渺渺闔閭城蒼蒼在烟霧長
堤橋臥虹遠寺雲迷樹夙昔慕吳中今夕橫塘路

遊靈巖

帆挂一峰青懸崖望杳冥高臺琴響寂廢苑屧聲停佛
火曉猶見松門晝不扃夷光魂若在應解聽談經

登天平山憩中白雲菴

身在雲中不見雲登臨忘却日將曛回頭欲辨來時路
惟有泉聲隔樹聞

吳江夜泊

寒江湖落泊孤蓬點點漁燈隔岸紅夜靜滿船明月影
吳歌疑在夢魂中

西湖雜詠十四首

偶同女伴泛西湖眞個西湖似畫圖水浸天光晴亦雨
雲迷山色有還無

渺渺平湖漠漠烟酒樓斜倚綠楊前忽來一陣催花雨
錦帶橋頭盡泊船

葛仙嶺上日朝暾南北高峰樹尚昏曉倚湖樓貪遠望
花陰亭午不開門

扁舟買得繫門前隨意輕橈泛碧漣佳處何能遊覽遍
尋春風味在沿緣

三邊漾水一邊城無數青山水上橫十里琉璃明似月
樓臺高下映分明

巍巍祠廟鎮湖濱紅紫多應護惜頻偏是春來風雨急
憑誰傳檄問花神

白傅堤邊春草綠雷峰塔外夕陽紅南屏山上雲如縷
却伴鐘聲出梵宮

辨才退院居龍井良友無過米與秦欲剔蒼苔尋斷碣

長廊行遍不逢人

聞說西湖可采菱菱花開處碧波澄小舟盪入菱塘去
路隔垂楊綠幾層

蘇小當年油壁車花開花落送年華只今殘照西泠路
猶有銜春燕子斜

路轉湖灣內六橋桑麻深處綠陰饒杭人風氣多淳樸
蠶事三春暮復朝

天竺香花二月宜村莊男婦鎮相隨冷泉亭外斜陽斂
正是燒香歸去時

蘇隄桃花世所稀春來紅雨日霏霏最愛垂楊緊相間一緋一綠互因依棲霞嶺後多巖洞紫雲金鼓接無門隔斷紅塵杳如夢雲堂竹屋自朝昏

孤山謁林處士墓

先生棲隱處臨水挹清芬衣濕疑沾雨巖深但住雲青山留故宅芳草沒孤墳惆悵寒梅落空亭又夕曛

雨中渡江

兩岸蘆花浪接天西風一葉下寒烟江頭誰唱吳娘曲

暮雨蕭蕭送客船

花朝前二日將歸金陵留別畹鄉夫人

還家擬在杏花前偏是河橋細雨天春燕逢人如惜別秋鴻爲客又經年多君贈答能相慰嘆我飄零只自憐離緒歸心兩難遣征衫都被柳絲牽

夏夜納凉

牕開四面小庭空團扇輕搖竹下風多恐來朝天更熱月光初吐一輪紅

偶成二首

小院風清竹影涼一簾秋思入瀟湘閒來鈔罷新詩句短榻茶烟午夢長

攤書滿案不停披花落花開總未知典盡春衫研盡墨無人來買遣愁詩

秋燈

獨坐影爲伴閒牕對短檠照人雖冷淡觀我倍分明焰小知風急光寒避月盈欲挑還住手無語聽殘更

秋燕

引雛欣漸熟歸思忽茫茫塞北晴沙遠江南夜雨長綴

飛尋故壘細語惜斜陽莫負明春約還來舊草堂

秋扇

入夏頻持玩經秋思悄然暑消新雨後人因晚涼天撲蝶遲花徑當歌謝舞筵雖同明月好無柰物情遷

秋帆

小艇浮空碧蒲帆一葉飛遠隨秋水去輕拂荻花稀江月懸來冷樵風掛處微蒼茫天際影應送幾人歸

題黄夫人秋山讀書圖二首

山氣蕭森木葉疎白雲深處見茅廬柴門一帶臨溪水

中有幽人愛讀書

難得閨中有畫師清才絕世少人知雲巒缺處題詩滿寫出蕭蕭葉落時

送裕初三弟歸金陵

風急天寒鴈失羣江南江北路難分關心更上層樓望看到孤帆入暮雲

茶烟

鎮日渾無事閒牕小試茶竹爐燒柿葉氷碗泛蘭芽裊處籠青鬟輕時漾碧紗午餘清夢破松杪一痕斜

初春

院外濃雲合微寒欲雨天殘梅三兩樹如雪落牕前

送畹鄉夫人歸潤州

三年客舍共相依今日扁舟獨早歸酒盡河橋相送處楊花如雪點春衣

廣陵寄懷畹鄉夫人

湖堤疎柳繫歸舟屈指相依已二秋遙望雲山江樹外不知何處是粧樓

新蕉

臨風才種竹帶露又分蕉枕簟餘清潤簾櫳伴寂寥鹿疑前夢短墨驗宿痕消預計秋來雨挑燈聽夜遙

新荷

微風動碧波鈿葉展新荷瑤席涼猶薄銀塘露未多奩開中婦鏡櫂倚女兒歌記得跳珠處西泠驟雨過

新蟬

蕭齋破午眠忽送一聲蟬高樹晴移日餘音遠在烟吟情渺何處入耳又今年欲和條寥意臨風拂素絃

新鴈

乍驚霜信至忽見鴈行過遙憶楓林外瀟湘秋始波隨風度關塞帶月拂星河何處彈瑤瑟平沙幽恨多

送費夫人

明日河橋別扁舟繫柳枝勸君休更折恐惹淚如絲

歸家即事

日暮扁舟泊還家啓竹扉梅花纔半放應俟主人歸

插柳

植柳非關贈別情山齋最愛綠陰生春光未遍風初暖二月窗前早聽鸎

湀雲菴

空翠檻前落春雲衣上生竹烟穿徑碎山影逼潭清露
重花陰濕聰開野色平飯餘僧課歇把卷聽流鶯

三月四日過雲根山館時左畹鄉夫人歸寧見
千葉桃盛開題壁一絕

寂寂園林日未斜一庭紅影上窗紗主人難免花枝笑
如此春光不住家

病起

綠窗冉冉度殘春檢點羅衣怕上身明月滿庭圓未足

想應留待倚闌人

秋夜對月

金風掃盡碧天塵皎皎空中掛一輪自是姮娥孤處慣
秋來倍顯玉精神

暮春過揚州舊宅

書樓一別已三年此日重來意愴然惟有階前兩梅樹
重重青葉夕陽邊

自嘲

小年性格愛豪粗惹得人稱女丈夫若戴兜鍪向邊塞
恐教麟閣把形圖

約畹鄉夫人暨蘭城表弟遊棲霞

遊山須要趁秋殘萬木經霜盡染丹寄語詩人休誤約
再遲幾日恐天寒

棲霞看紅葉過德雲菴用壁間韻

穿雲破蘚入僧家禪板初開靜不譁塵夢盡銷黃葉雨
仙樓都擁赤城霞澗邊曲水洗清梵林外疎鐘起暮鴉
好煞秋光唯薄暮石欄倚過夕陽斜

棲霞遇雨同畹鄉夫人

青山重伴筍輿遊澗水潺潺不斷流何事連宵風雨甚
爲君特地釀新秋

隨園謁袁簡齋師二首

柴門一徑入疎筠爲訪先生到水濱絕代才華甘小隱
名山從此屬詩人

閭閻聞名二十秋今朝纔得識荆州匆匆問字書䆫下
權把新詩當束脩

題簡齋師隨園雅集圖

昨從畫裏遊命題圖中句圖中共五人邱壑各分布先

生獨撫琴趺坐倚高樹面目尙依稀鬢蒼已非故勝會詎偶然存亡慨天數圖中沈歸愚蔣茗生兩先生俱已下世只今小倉山烟雲萬重護我無班左才握筆不敢賦遍讀琳瑯詞鏗鏘奏韶護況得米顚書龍蛇走縑素卷中有夢樓先生題咏當共西園圖壽齊金石固

將返潤州留別諸姊妹

話別西窗月影殘一聲秋鴈過江寒臨岐不敢輕垂淚忍到孤舟獨自彈

自題秋燈課女圖

江南木落鴈飛初月色朦朧透綺疏老屋半間燈一盞夜深親課女兒書

聽秋軒詩集卷一終

聽秋軒詩集卷二

句曲女史駱綺蘭佩香

古今體詩六十五首

紀夢詩八首 并序

余幼時多奇夢覺後記忘各半昔人云夢者兆也想也余之夢多是想所未及若云兆則尤無可兆也暇日取其能憶者作詩紀之癡人說夢還自哂爾

夢入層霄上星冠著羽裳傳書唯附鶴行步必驂雲桃結千年實瓜分五色文金盤青玉案天酒酌芬醞

夢到幽閑處風光似早秋奚童遙引導是我讀書樓素壁題新句朱扉似舊遊牙籤三萬軸掩卷誦如流

夢作青衿客徵才赴選場公車走迢遞文陣吐光芒瀛署衣更綠天門榜掛黃看花騎馬過十里暗塵香

夢到棲禪地深林覆一菴草堪名忍辱花似綻優曇古洞風雲出清池星斗涵從茲謝人事習靜我猶堪

夢入萬花庭瑤宮晝不扃雲霞開殿閣珠翠擁娉婷衣薄如雲艷眉長似岫青相迎含淺笑邀我誦金經

夢到無人處茫茫大海邊無須用舟楫已度萬重烟忽

爾樓臺現乘之卉草妍居人皆皓首招我學長年

夢領貔貅隊欃槍掃霧霾師疑霆電下陣是鳥蛇排闢塞抒雄略雲霄寫壯懷鐘聲忽催覺依舊着弓鞋

夢到耕桑地茅簷三五家依牆瓜正熟臨水稻初花稚子知炊黍閨人盡績麻終朝勤力作溪日不曾斜

侍夢樓師雪中登西津閣

太史清遊興偶乘雪光江影共澄澄欲憑慧眼窮千里須上瓊樓第一層王氏家姬原入畫歐公野簌竟如僧耆英叨許聯吟社咏絮才華媿未能

題杭州孫恭人梅花小照二首

頻年湖上幾經過此日開圖識素娥滿地蒼苔人獨立一雙白鶴下梅坡

夢醒羅浮夜正涼赤欄干畔月昏黃閑來更取蘭英嗅惹得春衫分外香

謝蘭城表弟惠芭蕉

移來蕉葉綠初生一片新陰晝不成從此小庭風雨夜頓教窗外有秋聲

題簡齋師給假歸娶圖

不意杖朝日重披合巹詞詞林增故事海內補新詩官馬穿花疾宮袍拂柳遲只今圖畫裏如見少年時

送簡齋師歸金陵二首

小坐纔邀荀令香如何又欲舉離觴長干不是并州路卻認長干作故鄉（先生世居錢塘官於江寧因占籍焉）

頻年飄泊竟何依問煞江鄉舊釣磯若問昔時春燕子隨園今日是烏衣（余家本金陵今僑寓京口）

秋夜

四壁蛩聲不斷鳴闌干倚遍下階行桐陰滿地無人賞偏是今宵月倍明

擬玉溪生燕臺四首

栗留學語楊枝軟鴨眠莎草金塘暖千丈游絲搖遠空青天不動行雲嬾王孫驕馬嘶長堤飛花膩人人未知踏春只看閒桃李冰崖誰問梅魂死百舌嘈嘈枝上喧冷血濺開紅杜鵑蒼帝颷輪霎時返惟有綠陰如舊年

右春

含風八尺鋪象牀綠蕉千丈遮紅廊蝦鬚簾子冷波熨鎮心冰齒瓜如蜜美人夜起摩訶池繁星滿池蟾影低

釵橫鬢亂倚闌立照見薄羅紅玉肌丁丁銀漏梧桐院
日光淡吐黃金線玉井飄黃莫報秋暗裏流光急如箭

右夏

西風吹庭草猶碧千山萬山秋一色蒼梧大野如織空
洞庭波時月微白長宵涼露凋桂馨殿頭九子搖金鈴
金蟆蘸水寒兔濕嫦娥獨向青旻立牽牛織女限河梁
弄玉吹簫清怨長人間天上永相望又見紅日生扶桑

右秋

重幃深深覆金屋蘭焰無輝弄寒綠瑤琴澀縮絃如冰

彈向青天不成曲女龍雌鳳慣孤棲閑凭赤闌日又西
銅壺似通東海水冷月上窗不肯低犀觿難解丁香結
一寸芳心鑄成鐵枯松千丈欲何爲女貞青玉凌霜雪

右冬

題奇麗川中丞江左歡聲詩冊二首

今春吳下買舟行一路爭傳德政名果是天心稱人意
卿雲依舊護江城

十載旬宣久道成建牙重此慰蒼生閭中也解香盆祝
日轉彌陀百八聲

寄懷夢樓師楚遊

記曾折柳暮江頭一葉風帆漾碧流每聽鴈鴻增遠思
應搴蘭芷憶前遊求書墨染瀟湘水作賦人懷鸚鵡洲
獨有寒閨女弟子離騷吟望楚天秋

秋日登焦山海雲樓

買棹來初地尋幽上此樓綠蘿垂古壁黃葉下孤舟山
翠連雲卷江聲帶月流故鄉何處是望斷白門秋

答楊瑞齋明府見贈二首

函谷關頭紫氣明一朝飛舄到江城人居輞水題詩處

政繼先賢折獄名北固行春賓從盛中泠酌水長官清
槐衙試聽黃鸝囀也解綿蠻學頌聲

官閣山光綠映袍公餘猶自領風騷潘仁善賦栽花遍
張旭能書判牒勞鶴夢琴聲盡春色冰衡玉鑒察秋毫
謾言江左多英俊還向公門作李桃（時署中童子試方畢）

並蒂蘭二首

無心移得並頭枝植近書牕倚硯池誰向瀟湘彈一曲
二妃出聽月明時

應是春風作蹇脩無情小草也綢繆人間莫怪癡兒女

辛苦花前憶並頭

花問樂府題詞

自翻曲譜界烏絲一卷吟成絕妙詞多少神仙離別事
春來惟有百花知

謝奇麗川中丞題秋燈課女圖 幷啓

中丞位本列星降由喬岳淵然道德之氣蔚乎經籍之光詩題紅藥早占清華墨灑黃麻便成愷澤日旰而簿書初畢更展縹緗夜深而鼓角將沉尙聞吟咏始則屏藩望重十載旬宣繼而

棨戟門高八騶擁衛化雨已霑於四國甘棠仍蔭乎三吳幸卿月之常圓慶慈雲之永覆綺蘭寒閨陋質甕牖殘材滴露研朱匪工藻翰晨書暝寫略識之無詠絮情慵那得高超羣季晝眉筆弱何能橫掃千人前隨園師見示江左歎聲之冊妄題數語略寫鄙懷熟耳於黃童白叟之謠掇詞於剩粉零香之畔深愧掇蕪詞於下里豈能讚功德於河沙頃者見蘭課女之圖忽有鴻章之錫言言錦綺字字珠璣鸞翔鳳翥之文騰輝卷軸戛玉鏗金之響仰遏風雲須信夔龍本是黃虞才子何期燕許卻爲南國風人蘭寡鵠聲殘孤燈焰小藏之蓋篋常爲蓬蓽之家珍播之藝林允作名山之盛事更成四韻用展微忱

轅門鼓角日初西想見披圖染翰題深幸女星依福曜
何期卿月照寒閨陶嬰志苦吟情嬾裴相功崇慧業齊
自獲驪珠盈百顆鍼箱硯匣每常攜

題伊述之公子一窗晴日寫黃庭畫卷

手汲春泉滴研池偶來牕下拂烏絲拈毫寫到通神處
鶴唳數聲清晝遲

夏日納涼

試卷湘簾看月光碧天如鏡絳河長助人清興風隨扇
觸我歸心燕在梁更遣侍兒鋪竹簟閒看嬌女試羅裳
今朝疑有秋聲至瑟瑟芭蕉送嫩涼

夜來香

秋夜風來枕簟涼流螢點點亂花光疎籬欹處低牽蔓
新月臨時漸吐香曉鏡雅宜青玉案晚粧曾映素羅裳

深閨獨向三更坐不耐重簪兩鬢傍

女伴中有以香奩雜詠詩見示者戲爲廣之得十六首

釵

斜插雲鬟出畫簾倚闌翹首看新蟾嫌他金重防他墜不覺花間露玉纖

釧

盤龍刻鳳巧成雙偏向羅衣暗透光爲愛臨池愁腕弱幾回卸卻置書牀

耳環

桃花雙靨乍融酥妥珥低鬟映玉膚卻笑羅敷粧太艷釆桑猶自綴明珠

指環

笵金琢玉製成雙春曉纖纖不耐寒骰子拈時仍裹手不知雕鏤倩誰看

粉

六朝傅粉屬郎君面藥唐家賜近臣偏是蛾眉能淡掃佳人原自有天眞

脂

倭髻梳成粉罷調朱櫻微注更嬌韶月明吹徹江南曲多恐輕紅染玉簫

黛

屈戌重重閉畫樓強因新月起梳頭饒伊染出春山色不助新粧只助愁

香

彈指鶯過紈綺年衣香汲井手親湔深宵別有閑滋味一炷旃檀繡佛前

髻

盤龍新樣似雲垂曾記臨窗學母爲讀到漢宮飛燕傳轉思通德背燈時

帕

愁痕怨縷織千條春夜秋晨共寂寥千古傷心唯默會不須紅淚染冰綃

鞋

弓鞋未審始何時嬴得閑堦小步遲行到花陰深逕裏蒼苔滑處自支持

裙

簇蝶留仙韻自饒甲煎香氣幾時銷蘆簾一幅梁家布
不與荆宮鬬細腰

鍼

東鄰嬌女始扶牀私向牕前理繡囊自是多情天付與
金鍼早解刺鴛鴦

線

縷金錯采爛生光紫鳳天吳列兩行莫道香閨才技小
手中別有五文章

繡牀

千朶花枝半幅收規方盈尺似文楸唾絨誤點銀屏上
燕子銜將出畫樓

鏡

韶光別我速如輪閑展菱花又一春心事年來無說處
相憐惟有鏡中人

侍女文琴嫁某郎一載聞爲大婦所錮且虐使太甚以金贖回作詩二首示之

調粉熏香十二春無端別去最傷神誰知身似梁間燕
一載重依舊主人

舊衣還稱小身材清曉依然侍鏡臺從此塵緣須自懺
好隨粧閣繡如來

九日聞夢樓師攜家姬臨東亭度曲

西風江閣卷晴濤一曲清歌潤彩毫羸得他年傳故事
白頭紅袖共登高

題伊迹之公子洗研圖

官閣詩成夕照殘偶來林下聽風湍閒將小研池邊滌
卻被魚吹起墨瀾

餐英閣看菊贈可泉主人

自從陶令杖藜尋冷落黃花直到今何幸孤芳千載下
風流重見晉人心

謝畢秋帆尚書題秋燈課女圖

扶輪重望冠蓬瀛閨閣皆知仰盛名偶寫艱辛寄圖畫
何期題咏到公卿四言直紹風人脈三楚遙瞻嶽氣清
他日江鄉邀節制蘆簾寒女亦蒼生

謝繡佛夫人暨令姪女蓮艇夫人題秋燈課女圖二首

瑤臺氷雪仰丰神敢向騷壇躡後塵千載金閨添韻事
謝家三代有詩人張太夫人詩集海內共推今繡佛暨蓮艇皆工詩計三世矣
偶將圖畫寄粧臺多感題詩費妙才穉女也知新句好
項項燈下誦千囘

新月

娟娟新月舉頭看不覺羅衣生暮寒乍掃餘霞歸海嶠
略添遠黛上眉端樓高每恐銀鈎墜簾捲翻疑玉漏闌
自是嫦娥羞覿面一毫微意逗來難

答鮑浣雲夫人

詩名前已十年聞林下風標果不羣難得簪花閨裏格
自書香茗卷中文曹昭望重偏憐我劉氏才多只愛君
逸識鱣堂桃李盛絳帷兼拜女參軍浣雲適吾句曲儒學徐廣文

題胡黃海聽詩圖二首

才子從來愛別離遊裝貪得送行詩丹青寫出臨岐意
不用長亭折柳枝
司勳才調最翩翩小住揚州忽半年畫把人間二分月
一齊相贈入新篇

題高青士雲笈山房夫婦雙修圖二首

結廬斜傍碧山巔別有人間小洞天試問雙雙修鍊處
丹成畢竟是誰先
爲覓仙家不死方欲從天上學劉綱若非斬斷紅塵事
爭得齊眉日月長

暮春

睡起慵無力開簾日正中遊絲與花片盡力向東風

四月三日鮑茝香夫人招至飲綠山堂觀劇即
席賦謝

綠陰庭院雨初晴多謝君徵掃逕迎佳日難逢櫻筍節

名園況聽管絃聲山横高閣鈎簾坐花映長廊挽手行
莫怪燒燈淸話久十年前已仰才名

聽秋軒詩集卷二終

聽秋軒詩集卷三

句曲女史駱綺蘭佩香

古今體詩七十七首

乾元觀

千古棲眞區近傍茅峰闕臺殿匪崇高煙霞自閑適松檜晝生寒天光同一碧麏麚愛客至鸛鶴隨人食緬懷昔高賢芳蹤此焉息餐霞桓法闓著論陶貞白丹成爲上仙平地生羽翼俯視人寰中榮枯盡駒隙驂鸞如有分應許躡靈迹

登茅山絕頂

舊聞三茅峰縹緲在雲外中峰尤聳秀直與青霞會余生句曲里日夕仰蓊薈苦爲巾幗縛無由踐仙界今春諸女伴名香肅齋戒相約共朝眞夙願得一快始攀遠頗紆漸上觀方大仰首逼星辰下視但烟靄樹遙平若薺雲過垂如蓋疇昔鳥居籠今朝舟出隘世人困塵務觸處成障礙賢智同羈囚況我裙釵輩仙家有夙因名山復相待終當謝世緣長此餐沆瀣

玉晨觀

地肺開金闕天文應玉晨靈風宵步斗旭日曉朝眞階淨松能掃門閑鶴自巡碑應鐫碧落路已隔紅塵紫誥雲邊下黃庭案上陳山中陶宰相世外魏夫人果熟猿知採丹成虎亦馴華陽仙洞裏好領四時春

宿華陽洞衣雲閣題壁

地僻紅塵遠牕虛白晝閑寒松深澗月芳草夕陽山採藥雲披袖焚香鶴閉關桃花與流水一路送人還

茅山禮眞風雨未歸承夢樓師以詩見寄次韻有作

洞天偶擬采雲英濕翠迷空不放晴習靜卻貪聽雨坐尋芳應負踏莎行綠陰似海歸途晚碧澗通潮畫舸輕多謝王喬瓊笈降一時鸞鶴下山迎

題吳蘭雪新田十憶圖十首

花院奉觴

生恐高堂鬢易華南陔春暖酌流霞詩人甘旨無他物祗借紅桃萬樹花

草堂詩句

落盡梨花戶不開空堂一夜長青苔眼前無限詩中意自有吟魂入夢來

柘塘春步

柳外濛濛雨乍停穿花閑步水邊亭試抛一片殘紅落
驚散魚苗入綠萍

蕉陰茗話

羅衣初試晚涼天並坐蕉陰不忍眠話到牆東明月上
竹爐猶自裊茶烟

桐屋讀書

西風庭院漏迢迢桐葉秋來尚未凋一盞疎燈半牕月
好憑書卷伴清宵

蘇山秋望

偶築茅茨傍翠微千山紅葉醉斜暉西風愁煞悲秋客
吟到黃昏尚未歸

石溪鷗伴

溪上無人獨往還芒鞋踏破蘚痕斑紅橋鎮日臨清沚
惟有白鷗相對閑

牛坳吹笛

寒松夾逕草萋萋牛背人歸鳥亂啼短笛臨風吹一曲
斜陽已在萬峰西

烟隴探梅

小溪清淺雪初晴乘醉尋梅夜獨行月下忍寒閑立久
烟光花影不分明

稻田聽水

平田千頃接芳塘雨後泉聲靜裏忙偶值農夫問農事
空林閑坐到斜陽

題蘭雪杏花雙燕圖二首

酒罷河橋落日斜一鞭走馬到京華青袍綠似天街草
沾得新紅燕蹴花

閨中徐淑本能文鮑妹丹青更絕倫（謂令政蕙風夫人暨令妹素雲女史）
轉眼曲江春讌罷折花先報兩才人

題周湘花女史繡吳蘭雪夫婦石溪看花倡和詩卷

千樹桃開近水枝石溪三月看花時試憑一幅天孫錦
繡出金閨倡和詩

吳素雲女史寫秋芳圖寄其仲兄蘭雪法時帆學士見而寶之以曹墨琴女史所書十三行素冊易去墨琴復題二十八字弁屬題卷尾率成

一絕

偶將妙筆染秋紅換得簪花楷法工他日名傳書畫史
才人佳話盡閨中

寄懷鮑茝香夫人

羨君福慧有誰如鎮日金閨樂事餘花院養姑春奉酒
篝燈課子夜鈔書舊傳詞翰留名久新起樓臺攬勝初
獨我他鄉飄泊甚鏡中愁見鬢蕭疏

揚州寓館呈夢樓師暨達有師母

記曾負笈到餘杭又訪揚州水竹鄉尺五瑤天星斗聚

三千佛地雨花香葛衣風動飄飄舉玉笛雲廻裊裊長
自愛麗門多道氣欲捐人事禮空王

達有師母招同玳梁夫人泛舟湖上觀荷時夢樓師亦招吳蘭雪伊沭之兩公子令孫壻汪詣成同遊作詩紀之

翠羽明璫漾碧漣一行公子更翩翩荷花香裏開詩社
楊柳陰中繫畫船白首風流看幾輩絳紗絲竹宴羣仙
湖山到眼懷前度小別揚州又十年

舟泊高詠樓荷花更盛

溪光過雨碧溶溶蓮葉參差際遠空出水千花紅日裏
到門雙槳綠陰中廻波忽聽新歌艷佳景難逢勝賞同
更喜絳帷湖上捲乘閑常許領春風

送吳蘭雪歸西江秋試和夢樓師作

江干柳色太匆匆十幅蒲帆又向東別酒暫傾荷葉露
征衣先染桂花風文章少日名原重海嶽遊來眼更空
他日高車臨海國也應勳業繼南豐（謂賓谷都轉）

題曾賓谷都轉西溪漁隱圖

玉堂有仙人雅志慕林泉七十二峰外悠然聆扣舷漁

莊兩岸羅梅花萬樹鮮春雲綠到地湖水青於天先生
愛此景廿載常流連今朝一弭節夙願酬從前偶倩丹
青寫重以文章傳披圖挹清曠讀序逾纏綿（先生自製序文冠於卷首）古來白雲與多被蒼生牽英年謝安石勳業何巍然
東山宴絲竹西溪隔雲烟且待功成後重理釣魚船

湖上口號

畫舫歸來月正明荷花萬頃送還迎此身自喜輕如鶴
佳處飛過偶一鳴

重過揚州舊宅二首

維舟重到綠楊城門巷蕭條轉眼更鄰嫗相逢應識我
隔牆曾聽讀書聲
曾將粧閣作詩壇每日聯吟到夜闌十二年前題壁句
一時和淚拂塵看

白蓮同夢樓師作

月殿敲文疏羣仙盡素裙誰教花藏界頓現白雲居香
過襟先透波澄影若虛流螢如有意高下點清渠

夜靜聞鄰家對奕

夜深燈影上牕櫺清夢多從局後驚誰道兩家爭勝敗

隔牆人聽轉分明

大鏡歌簡齋師命作

鏡長八尺廣稱之張松園方伯自粵東購得隨
園先生遊武林見而愛之方伯遂以相贈先生
喜甚攜歸隨園張向小倉山房命諸門下士作
詩

松園方伯有大鏡規方八尺雪花瑩隨園先生武林遊
見此無端發淸興方伯重友視物輕慨贈聊伴歸裝行
艨艟巨艦載寒魄海波滉漾蛟龍驚歸來張向廣庭中
六月颯颯生秋風皎潔似濯揚子水光明那數秦人銅
隨園林壑本幽曲鏡裏招邀都入屋好花掩映萬重春
遠岫溟濛千點綠況燒千百琉璃燈虛明洞達爽氣澄
銀漢無聲落星斗居人疑向蟾宮升先生心鏡照千古
寶燄流輝衆所覩蘇門學士皆奇才涉筆層層綺霞吐
江水浮空月滿樓冰壺朗朗開高秋直將大地山河影
盡向圓靈一鑑收

七夕大雨和曾賓谷都轉作

靈烏應是駕橋難牽惹雙星淚不乾風雨無端兼晝夜

神仙也自有悲歡閨中鍼線誰能巧秋後衣裳乍怯寒
遙想讌遊東閣盛一時惆悵舉盃看

雨霽臨東亭納涼

水烟漠漠遠峰攢古木連陰暗畫闌暑退雲添羣嶺碧
晚來雨過一江寒月因索句窺朱箔螢解親人近素紈
歸去茶烟猶未散遙靑數縷繞簷端

落日

落日滄江外烟波動客思西風正蕭瑟惆悵鬢成絲燕
去知秋到山高見月遲砧聲何太急況乃未歸時

月夜較奕次韻

蕉陰分韻罷棋輿月中生黑白仍如舊贏虧卻屢更思深情轉惑靜極子無聲局盡天將曉殘星數點明

題管夫人墨竹

閨閣才名不易顯弄墨然脂唯自遣風流詞翰照人寰古來誰似吳興管夫人繪事善傳神霧籜風篁尤絕倫當窗閒展鵝溪絹婀娜柔梢影弄春低鬟輕搦畫眉筆半日沉吟工取格匀調螺黛半奩香揮灑琅玕萬枝碧有時悞染口邊脂幾點湘妃淚痕赤當年韻事出閨中

夫婦由來絕藝同射覆花間傾酒釃聯吟燈下擘牋紅吮毫作楷矜妍媚俱法山陰結搆工星移物換流光速此日殘縑把芳馥春筍疑抽十指纖晚峰似掃雙蛾綠一代紅粧占盛名憑將淨慧消清福玉臺才子盡能文佳話千秋卻遜君芳魂此日歸何處化作瀟湘一片雲

吳門陳竹士以其亡室金孺人手書詩幅見贈題後五首孺人名逸字纖纖詩才冠絕一時今春病卒

刻月雕冰一卷詩吳天渺渺繫人思豈風吹送鸞牋到已是雲英化去時

東風弱柳損纖腰道韞牆邊綠暗消一縷藥煙簾不捲強扶殘夢咏花朝

浮生百事總堪傷鳳泊鸞飄枉斷腸如豆秋燈梧葉暗把君詩句就螢光

春去秋來草滿廬潘仁鎮日賦閑居謂竹士瑣窗月色仍如舊從此無人伴讀書

青苔一院不開門遺挂殘書總淚痕留得梅花千樹在年年春雨弔詩魂

杏花

梅落已將盡欣看杏一枝小樓朝雨後村店日斜時膩粉窺書幌微紅漾酒旗青樽吹笛處悵觸隔年思

梨花

溶溶夜月透窗紗欲起仍將繡幕遮忍聽枕邊風雨驟祇愁簾外損梨花

題陳竹士虎山尋夢圖二首竹士與其配金纖纖聯吟於虎山之畔纖纖逝後竹士欲繪圖紀之適得前明劉淵所作圖因乞余題

重到名山訪舊遊斷烟荒艸纜孤舟分明當日聯吟處
嗚咽溪聲似淚流

欲繪丹青妙手無難從夢境寫模糊何期三百年前客
豫譜傷心入畫圖

三弟歸里

鴒原分手最傷神況值江頭柳色春上馬不須吹玉笛
恐教愁殺路傍人

女遊仙詩二十首

神仙之事嵇叔夜以為必有韓昌黎以為必無

自書契以來人之與仙接者多矣至於女仙世人尤艷稱之余雖為女子而凡胎陋質諒無仙分顧沖舉之念時繫於懷讀曹堯賓小遊仙詩輒飄飄有凌雲之意自愧才地淺薄弗能如堯賓之落筆千言擬作僅二十章皆述女子仙遊之事亦聊以志私心之景嚮云爾

誰懸明鏡畫樓前一片清光萬古圓不是姮娥拚獨處
何人領袖廣寒天

為愛蓬萊日月長丹心涙鎖玉階涼天台仙子知何意
郤向花間會阮郎

瑤臺女伴笑聲譁同赴金池阿母家傳道東華祇從過
一時相邂入桃花

蘭香下嫁到人間了卻塵緣返舊班女隸忽提前世事
佯搓裙帶匿朱顏

青女亭亭絕世姿霜華飛上白榆枝仙宮高迥無人見
逞盡嬋娟只自知

彩鸞性愛謫貧家羞與諸姬鬬麗華歸到瑤宮唯閉戶
依然寫韻作生涯

直入芙蓉雲外城千年始得訪瑤英鸞驂暗囑停城外
生怕花前遇曼卿

玉妃赴召入瑤宮金醴千巡宴未終扶醉歸來眠未醒
忽驚海日半腮紅

身輕愛著五銖衣非錦非紈識者稀偶駕赤鸞空裏過
人間祇道彩霞飛

虛皇欲御袞龍袍半載天孫機杼勞特敕來年銀漢水
比教往日淺三篙

濁世都將愛慾耽便疑天上也應貪那知七夕靈烏會

只共仙郎半刻談
杏花影裏共調笙昨夜新翻一曲成悄命雙鬟花外立
恐人偷取步虛聲
碧天如水玉繩垂閑共星娥夜賭碁黑白縱横爭局罷
人間星斗一時移
女伴桃源鎮日閑無端漁父叩仙關從今牢鎖東流水
不送飛花到世間
瓊宮帝女好年華學繡初飛綵線斜偶棄唾絨紅一點
人間開作半年花

呼龍勅鳳駕雲旌玉輦金輪任送迎裏就雙趺蓮瓣似
不曾一步下階行
梳罷雲鬟整翠鈿焚香處誦始青篇空中鸞鶴咸來聽
滿集丹墀玉樹前
自別紅塵上玉墀此心無處寄閑思半欹雲鬢睡初覺
忽憶當年鬬草詞
星文斗篆爛如銀懶學天章役鬼神猶有舊時餘習在
簪花愛仿衛夫人
自登仙籍入增城閬苑風光一例清畢竟未知金母壽
來朝擬問董雙成

練湖

一片白如練湖光接遠空三篙紅蓼雨萬頃綠楊風鴈
影荒村外漁歌夕照中晚來吟謝句又見綺霞紅

望洞庭山

溶溶萬頃鏡光開多少閑鷗浴日回雨點青螺雲外立
仙人何處御風來

題蔣立崖司馬與王宊人春寒倚檻圖二首時
宊人已下世

春寒料峭不開門滿地殘紅總淚痕腸斷夜深明月下
只留梅影弔詩魂
昨從繡谷買舟行（司馬居名繡谷圖）碧草蒙茸曲檻平想見玉
人曾倚處夕陽脩竹尚含情

題王子乘惜花圖

開遍桃花掩碧扉臨風親折一枝歸游絲也解留春住
牽惹殘紅不放飛

綠水橋訪江碧岑夫人

綠水橋頭訪素娥扁舟一葉雨中過讀殘新句重回首

道韞牆邊柳色多

侍夢樓師暨達有師母餐英閣看菊

碧空吹下鳳鸞聲仙侶相攜采菊行窗外秋山臨閣迥籬邊曉露著衣輕地雖近市塵偏遠詩為持齋骨愈清夢樓師與師母皆奉長齋笑問花枝應識我醉翁十載女門生

贈餐英閣主人

秋光深護好樓臺牆外青山一角來遙聽轆轤聲漸歇朝雲親手灌花回姬人吳姓亦愛菊

題汪心農南園春色圖兼寄碧珠意珠二姬人

曩讀夢樓先生詩心慕南園春色麗揭來吳下寓虎邱郤望金閶咫尺地二珠匿我何太深心農納二姬人一碧珠一意珠皆學書於夢樓師聰慧過人此南園圖所由作也未肯柔橈下衡泌譬如寶玉必三襲燭漢榮光肯輕示那知奇艷難久藏畫裏窺覷如面值羨汝慧齊福亦齊玳瑁雙栖天所賜葛藟兼逢大婦賢梨栗還添阿侯戲我如獨鶴常孤鳴援筆題詩轉增媿詩成鄭重寄粧臺翰墨有緣終把袂

心農試硯齋圖

古人愛臨池千金購佳硯端溪日雕搜良材不可見君從何處求割得紫雲片細朶涵青花微紋界金綫高齋鋪麥光初陽照幽院奚童新洗滌鴝鵒星眸現知君本嗜書對此增眷戀淋漓草隸兼體勢鍾王變況復金閨裏染翰雙名媛碧珠意珠二姬人俱善書連臂南園中東風紅紫遍裁箋吟與長握管墨花濺春水一泓溫晴雲五彩絢愧余蚯蚓體展卷空相羨乞君試硯時為我揮東絹晨夕仿數行弱腕或能健

寄謝蘇州太守李寧圃先生

橫塘憶昨泊蘭舟親見隄前擁列騶才子蜚聲空玉署

詩人出守慣蘇州久聞甘雨隨車轍新共朝雲讌畫樓余前在吳門荷公簉室孟夫人招飲沾溉恩波非一日柴門舊住白門秋公曾守江寧

聽秋軒詩集卷三終

虛窻雅課

佟佳氏

虛牕雅課 初集

我
朝文治光昌涵濡百有餘年之久
上之喜起賡歌揚休廊廟下之江山風月
流韻騷壇以至繡户香閨紅牋錦字莫
不摛麗藻而播新聲惟
睿恪親王太福晉系隆貴胄位重天潢
詩禮家傳淵源有素偶因感發輒
寓謳吟而忠孝節義之概時露於楮
墨行間則又其德性之陶淑者深也
承以虛窓雅課見示焚香盥誦覺自
然樸秀之中具垂楷範非徒以謝絮
才高蘇機思巧付之棗梨足堪不朽

緣叨葭末漫擬數言以誌佩服之私衷云爾

姻愚姪慶桂頓首謹叙

虛窻雅課初集

和碩睿恪親王福晉佟佳氏著

偶述 二首

回頭苦海感閻浮世諦空華擬便休愁緒新添千尺壘歡場已破廿年漚多情自屬三生障大義寧忘一死酬寄語重泉應待我此身肯爲利名留

其二

失意看春也似秋閒思往事水東流中年哀樂相循至半世文章只助愁猶自忝顏延歲月聊憑小句寫煩憂從今不擬爲天問身世虛如不繫舟

述懷

素粧倦理淚痕新靜對黃花冷夕曛爲問知音知得否半思父母半思君

其二

花箋懶寫斷腸吟鳳折鸞離惹恨深惟有盈盈
寒夜月隔窗偏照苦人心

其三

瑟瑟西風睡起遲曉鐘敲斷默無詞夢中無限
慇懃語欲寫難成費我思

其四

楓林霜後雜青黃極目蕭條倍慘傷寒菊也知
人意懶慢開金蕊過重陽

枕上聽雨

枕上聽殘雨孤燈倍黯然風華原是幻景物迥
非前已悟空中色難尋夢裏緣愁中無限事總
付淚涓涓

秋日偶成

梧桐葉落氣蕭森逝水光陰感更深九日黃花
空寄興中秋明月未知心休將昔日談今日自
此聯吟苦獨吟欲向靜中參妙相楞嚴十弓費
推尋

自歎

人生誰不惜餘生我惜餘生忍負盟半載艱辛
誰與訴千行輿慶但虛榮孤飛影瘦眞如鶴愁

緒心攻果似城轉眼中秋佳節至起眠無那淚
盈盈

述懷

寂寞空閨漸解禪鏡花水月憶前緣四恩接引
非無地三乘菩提好自詮未報劬勞生有恨踐
盟結髮死應先皈依欲向慈雲拜誰渡迷津覺
路船

偶成

長夜偏無寐孤燈暗復明雲欺寒月淡竹弄細風生腸斷愁難斷潮平意未平惟餘千點淚欹枕若爲情

述懷

湘簾高控對青山明月穿窗印素紈沙畔閒鷗隨水泛林間野鶴翥雲寬愁看天畔銀河淡坐到花間玉漏殘此際情懷淸不寐仙心縹緲欲驂鸞

有感

夢回窗月上欹枕數殘更寂靜燈垂焰凄涼淚暗生無眠氷雪淨有鑑玉壺淸悟後身心淡非關强制情

其二

最是銷魂處鐘敲五夜心雞鳴寒月落衾薄曉涼侵嚼蠟知滋味茹荼畏苦吟綱常多少事巾幗一肩任

涼月

皎皎金波徹夜明閒庭梅放月三更光涵今古山河影世閱盈虧苦樂情涼露洗來侵袂冷斷雲收盡逼人淸支頤坐久渾忘倦幾度敲詩字不成

述懷

寒逼孤幃更漏長芸編倦啟獨徬徨窗虛蠡殼迴文影爐燼龍涎萬字香燈欲淚時人拂淚月生涼處意俱涼曲欄十二今重倚風景依然黙斷腸

有感

春仲促花天思君倍慘然鳥喧驚午夢柳懶弄三眠觸景悲今日關情憶昔年惟餘兩眼淚愁對夕陽前

檢律知寒食中心如亂絲春愁飛夜雨淚眼娥花枝露冷侵心冷情癡和夢癡崢嶸吾志氣其奈命參差

清明有感

清明節近痛生辰徹夜銀釭伴此身淚眼已乾腸復斷死灰俱燼泡非眞海塡精衛愁難畢塚並鴛鴦志可伸一自知音人去後兩年誰說有芳春

謁塋

測測春寒拂柳枝素車白馬路偏遲一杯淨土愁雲外四野荒林夜月時試想今生難再會每逢佳節輒如癡堂前膝下雙悽切爲問泉台知不知

病中有感

遊戲浮生四九春回頭彼岸了前因艱難尚欲存先業辛苦猶當勉後人悔過纔知微補過忘身豈復惜羸身邇來頗擬尋君去泉路相逢欸語眞

有感

世間榮辱總經過從此工夫細琢磨冷淡場中尋意味筠霜松雪憶岩阿

正襟危坐幾迴腸參透人間富貴場除却定中三昧趣不知極樂是何方

楞伽心印入枯禪不但長齋繡佛前好俟靈崖輕撒手散花兜率證前緣

離情不奈久艱辛借得枯禪解宿因已礪此心
堅似鐵梅花是我意中人
孤雲無意託遥天若個皮囊住百年夢醒大千
空世界一香一茗定中禪
塵封兩鬢頰常紅何物情懷奈此衷素面近來
無喜怒都緣法界在胸中
聚散人生傀儡場去時各自有家鄉笑他形影
無知甚敢向心神論短長

七夕

自從永訣兩經秋懶向今宵看女牛天上生離
歡有日人間死别會無由風前蠟淚兼人淚空
外雲愁更雨愁那得黃泉比銀漢斷腸默默向
鍼樓

秋夜

秋夜連綿雨聲聲動我愁思深因别苦夢屢是
情稠夜淨心偏亂鐘殘恨未休燈寒人寂寂倚
枕數更籌

有感

典籍全抛執筆難年來贏得病傷肝情從歇絕
情偏重死得團圓死覺歡夜靜寒梅開小閣夢
回涼月沁空欄支頤滿腹多愁緒弱影臨風不
忍看

重陽

瑟瑟西風報晚秋黃花滿逕淚凝眸向時嘉會
人安在今日孤燈我獨愁處世惟餘春夢尾離
情偏結五更頭此生欲死難輕得身外繁華何
必求

三忌日有感

忝居人世總凄然隱恨何能達九泉鬱鬱情懷三忌日哀哀生死四經年衣衫欲剪心先亂刺繡親成淚欲漣路隔陰陽無可寄君如有鑒自相憐

除夕

今歲今朝盡明年明日來浮生眞迅速往事總嗟哀意共梅花冷心同柏子灰思君何所遣揾淚句難裁

詠松子數珠

珍珠百八未云工懷袖親携六歲中誦佛有時隨指屈哦詩負手與渠同光猶赤玉光尤潤色比塗硃色更紅寄語後生須鑒此功深何事不成功

紙鳶

借得兒童一線絲春風遊遍綠楊天影橫落照疑爲鴈聲徹行雲宛若絃小技欺人人戲弄乘時作態態翩翩年來滿腹牢騷事欲訴蒼穹倩爾傳

哭姑 四首

曾說茹荼苦我姑苦獨眞半生端節志一世總眉顰守子翻哭子思親未見親吾姑三歲父亡五歲母歿臨終無一語痰結恨難伸

其二

年來方寸已成灰姑氏而今又夜台舊淚未乾新淚續苦心已碎痛心摧廿年訓語垂慈愛半世深恩視女孩地下若逢兒聚首定憐孀婦夢魂哀

其三

永絕慈親春已秋盈盈血淚總凝眸事繁家計
誰堪惜氣值狂奴誰與謀對鏡支持憐瘦影問
天漠漠恨難收此詩莫作尋常看一字吟成一
字愁

其四

最愛黃花懶插頭湘簾曾不上金鉤思親更比
思夫切雨打閒堦滴滴愁

送四妹出京

不忍相看話別行欲言執手淚先傾家鄉風味
心應念山水吟懷氣和平敬戒須遵父訓語寬
容休負母儀名鱗鴻若肯時常寄慰我同胞姊
妹情

偶撿舊函有感

坐銷蘭晝果如年撿點遺函淚欲漣萬里平安
當日字半生惆悵夢中緣關情語在人安在腸
斷誰憐我自憐織錦迴文心繚繞可能將得到
黃泉

對菊有感

靜對瞻瓶菊無端意慘然寒香能耐冷素蕊詎
爭妍簪鬢今無分拈枝昔共憐人如花影瘦題
句報黃泉

看經偶成

盡日愁千縷看經制性情心安除妄念意靜任
浮名榮辱身俱澹涵容氣漸平詩書嚴課子以
此度餘生

送秋

世人多喜春惟恐春光速余性與人殊酷愛清
秋獨傲骨挺霜英丹楓映修竹月倍清且明穿

窻入我屋四壁聽蟲吟挑燈課兒讀拙哉留春人可能駐紅綠試倡送秋篇悲歌笑丞叔

述懷

月明更漏徹長夜病中身轉輾不能寐熹微漸向晨心灰猶未燼命蹇或前因遣興惟詩草逃儒即佛隣逢迎非素志俯仰愧依人精衛愁塡海扶桑欲繫春重泉音問杳衷曲阿誰伸反羨

長眠者超凡出世塵

偶句

悵望西風抱悶思蓼紅葦白斷腸詩荒疎舊圃從新葺搜索枯腸較昔遲行斷更飛孤鴈苦聲停還續晚砧悲誰憐我爲秋來病獨把茱萸感歲時

思父

回憶深閨嬌小時此身都累父憂思承歡未有長葩養灑泣徒成風樹悲伯道無男誰復信曹娥有碣愧難期哀哀頻向蒼天告願與來生復作兒

見子課句喜而賦此

見汝課詩句吾心少覺寬文思新近境武備已堪觀須繼先人志當知母教難慇懃期努力篤

學是承歡

見子長成喜而勉之

明歲已成童須知孝與忠詩書陶冶細騎射熟嫺功責已心休暗容人量必洪謙光兼謹愼勉守世遺風

對菊

節物近重陽風光應接忙一林楓樹老三徑菊

花黃寒影添愁劇孤吟寫恨長年來心意懶强
整舊羅裳
靜對黃花坐吟哦興欲狂參差燈弄影深淺座
分香佳色仍含露孤根獨冒霜誰言花事了耐
久勝春芳
和梅軒原韻
誰道芬芳不再來東籬好景又相催花神有意

迎詩興不待重陽放菊開
述懷
死別如泡影三生盡一生歡腸難再憶佛地證
前盟夢破方知夢情癡始見情緱山人去後消
息渺層城
詠桂
爛熳三秋景誰傾八月觴雲裁千葉綠粟散萬

花黃不比人間種分來月裏香慚予閨閣筆無
分折枝芳
詠水僊
依約凌波步僊姿出自然醞香寒更潔翙佩翠
適妍入夢蘭香憶知音蕚綠憐洛神誰作賦對
此欲逃禪
余連年苦患肝脾之症兒女輩深以爲憂

詩以廣之
當年別汝父是我種愁時勉力持家計苦心督
課兒炎涼久不問生死淡何悲我命由天命庸
醫何必醫
見梅軒詩中有詩不成兮夢不成余酷愛
此句故信筆書此四絕
詩不成兮夢不成寒窻倚枕度長更少時樂事

消除盡逝水年華負此生
瓶梅對坐一更更詩不成兮夢不成悟徹色空
空色相南華開卷自分明
萬木號風寒欲裂捲簾遥望梅堆雪詩不成兮
夢不成迴腸九曲如絲結
孝未能行烈未行慚余深背母儀名傷心追憶
當年事詩不成兮夢不成

自述歌

癸酉之歲余十七兩姓相歡結琴瑟父命之曰
遵敬戒母命之曰宜家室君本英資百行純愧
我四德慚多闕齊眉舉案效梁鴻如友如賓雅
化風承歡膝下樂融融誰知世態有迎逢甲戌
十八君仕朝雞鳴戒旦負春宵春宵花柳增嬌
媚馬背年年值此朝從此驅馳無閒暇

君恩稠疊翻驚訝金章紫綬倍加身司馬兵符親信臣
桓圭入侍
君王側馬足車塵不可論壬午晉封分列土從今顯耀
光門戶上感
君恩與祖功下慰慈親廿年苦祟堦五級步青雲保泰
持盈帶書紳不近笙歌與絲竹性厭繁華喜素
樸炎凉世態不關心安富尊榮樂且足誰知福

盡禍旋生霹靂掀天惡夢驚歲居庚寅三十四
君染微疴是聚積庸醫不效奈如何割股無靈
竟不起此際傷心輾轉難恨無妙計可回天身
心久已同灰燼生不相安死到安君知病入膏
肓絡含淚殷殷語錯謬兒承祭祀母哀年付汝
艱辛休負託一聞此語魄魂驚宛轉哀思志不
成慟到情真難作語此身何惜爲君生天乎天

乎眞永訣不願同生願同穴母啼兒哭不忍聞
拊心一慟甦復絕盡日無言血淚流他生未卜
此生休重歸朱邸渾無路欲見君兮惟塚樹哀
哀生死見無期目覩荒林意似痴榮辱不堪回
首處可憐身歷是蛾眉舊邸重歸景蕭索可歎
人情似紙薄消磨歲月暫隨緣清白遺風無愧
怍浮雲已破廿年懽幻夢應知覺後先身似春

蠶絲未盡寒燈挑盡不成眠靜院無人竹影重
遲遲更漏滴壺銅縱知夢境幻中幻隱恨惟餘
訴於夢心似死灰身似木任他水盡山窮處爲
感君恩移簀言故教嘔血方成墓晨夕慇懃志
不倦相覩慈帷意眷戀君歸何處背慈親孺慕
分明夢裏見嗟乎嗟乎欲問天情知苦海果難
塡癸巳三月十三日母病倉卒竟不治呼天愴
地兩無靈眞耶夢耶將吾棄手扶弱體淚紛紛
痛母恩君五內焚廿二年來恩罔極此生無計
報慈親寸斷柔腸撥不開夫服未除母服來家
徒四壁縈懷慮方寸千回與萬回値此石人亦
生感抱恨終天情最慘哀哀父母枉劬勞養生
送死俱從儉自別親容兩渺茫含悲鎭日獨徬
徨依依膝下恩愛歇歲月愁中果更長自此身

心茫無主思親翻較思夫苦丸熊劃荻課孤兒
忍淚慈嚴勉力輔乙未之歲兒十五娶媳閨閫
名門女
恩綸入侍在
乾清盡職慇懃切切語果然否極泰來眞
聖主洪恩及小臣爵至親藩居第一百年勳業一時新
殷殷執手囑兒言休負

君恩與母恩謹守謙和須敬慎莫持安富與崇尊家門
國史名垂萬古芳泉下有知應亦喜祖功重覆子封
重整姓名揚
王十年苦辛愧成名教子持家未敢輕數載愁
城今已破此番誌喜意崢嶸受夫受子兩榮封
佳婦佳兒膝下奉一家和氣致祥多熙熙嗥嗥
樂雅頌年來無事勉為歌自笑無文語句多不
是閨中閒弄筆聊將心事記吟哦

虛牕雅課

二集

盧牕雅課二集

和碩睿恪親王福晉佟佳氏著

賦得花香入夢魂

栩栩眞如蝶名花引興長心超塵外潔身惹幻中香巳燦生花管彌廻吐鳳腸曉鐘清夢醒枕畔尚悠揚

偶見舊園花有感

山桃仍放昔時春紅到林梢又水濱别後空憐十載夢折來偏覺數枝新含清暉畔誰爲主致爽軒中我是賓花若有知花寂寞也應常念植花人

其二

春色仍如舊人非地亦非問他樑上燕可認畫堂歸

送春

一夜姤花風閒堦墮落紅呼童不忍掃惆悵意無窮

菊影

秋色認朦朧寒芳斗室中檠燈披遠近窗月畫玲瓏不借丹青筆潛移造化工詩禪分頓漸色相總歸空

述懷

拈筆漫題珠泪月擎杯難洗寸衷灰此心寧似丁香結費盡東風吹不開

新月

碧如螺黛曲如鉤淡掃春雲不繫愁何事閨中倍惆悵年來無夢望刀頭

壬寅二月十有二日偶占

簾閣清疎靜不喧遲遲紅日正酣眠三春半過

多七日百歲平分欠四年往事追尋眞倏爾新吟欲試更凄然於今識破滄桑夢任解前緣與後緣

述懷

相見誠難夢亦難此情誰識泪潸然天邊惟有淸宵月照我冰心十二年

春晝偶成

明牕靜几絶纖塵淑氣潛催景物新殢我一簾紅杏雨繫人千縷綠楊春心持淡泊諸緣靜境謝繁華萬念頻淸白家聲無愧怍悠然鸞鶴契天眞

集二花名

垂絲西府憶當年笑靨偏宜誇麗娟木筆漫題楊柳月金錢難買杏花天凌霄有志終消忿棠棣無緣泣杜鵑自是 椿萱相棄久斷腸百結恨綿綿

集美人名

綠窗初試薛濤箋帖仿曹娥寫未全飛燕不知人意苦雙飛只自語娟娟

花名詩三首

園林曉起探春光誰染胭脂到海棠蝴蝶滿園

花似錦忘憂鎮日坐匡牀

其二

迎春未久又春歸千縷垂絲繫不回獨坐丁香亭子畔薜蘿月上自徘徊

其三

姊妹相逢話舊時綠窓含笑共哦詩課餘初試金錢卜爭賦梅花第一枝

輓希光鈕祜祿氏

守志故云難死節誠不易存孤殉烈間泰山鴻毛異忠孝丈夫心節義女子事希光本世家天懷自篤摯要爲節能甘豈在終不字徇夫却遲遲以盡存孤誼二女賦于歸弟妹皆安置捨生固有時矢死終不二栢舟語共聞漆室音誰嗣芳名史筆傳綽楔標　恩賜稿遺述志詩寫哀

伸苦志捧讀甚傷心慚愧因而至我亦箇中人濡遲乏斷制生前未相識安得瑶華寄長言敢曰詩聊備管彤誌

送五妹又之荊州卽用前韻

相會無多日匆匆又遠遊與君一夕話破我廿年愁憶弟心同苦思親泪共流餘年猶有幾執手意悠悠

偶成

鎮日倦臨粧豈爲無膏沐雙眉久不描反見眞面目

丙午元旦

時憲繙從第一行朔逢午日報徵祥梅花放蕊迎春早栢子焚烟爆歲香過去光陰憐易度未來歲月喜偏長屠蘇酒共辛盤獻兒媳團圓慶畫堂

秋山

秋陰慘淡暮雲齊叠翠層層望轉迷衰柳無情牽别恨一林紅葉隔峯西

秋風

凉秋消息到梧桐簷馬聲敲冷月中自笑忙忙多少事百年人耐幾秋風

秋雨

瀟瀟細雨報深秋滴到閒堦點點愁竹簟靜聽人寂寂數聲哀雁過南樓

秋夜

秋衣不奈夜深寒細讀華嚴妄念安皓月一牕三徑菊靜中滋味淡中看

秋燈

一簾秋色夢初回燭影輕搖意轉哀蠟淚未乾人淚老幾多心事總成灰

和梅軒女史弔鶴詩原韻

寂寂松陰尚有痕花間無復睡黃昏烟霄誰警三更月雲水難招萬里魂遊罷子瞻空泛艇賦成明遠孰乘軒華陽眞逸書難繼瘞以元纁佳話存

春陰

花事連朝懶去尋氤氳天氣鎖芳林桃開淺淡微含露柳不分明半作陰蕩漾簾櫳鶯語燕迷離烟樹度鳴禽春光放眼皆詩料費我長吟復短吟

春日述懷

春光一半度陰雲語燕流鶯總未聞杏蘤乍開

紅幾點柳枝已展翠三分閒憑畫幛添新句未許書籤冷舊芸時序催人留不得落英幾日又繽紛

清明

清明節屆柳初黃今日思親我倍傷家祭無人惟數女一杯遙奠自彷徨

春郊遇雪

何處梅開可去尋連朝釀雪作春陰層層玉樹看遥岫片片冰綃隔遠林非雨非花隨淨土無聲無色悟禪心元逢甲子豐年兆樂此長吟復短吟

今歲春寒花開較遲故有此作

四十五天春已深嫩寒何事鎖芳林柳枝未展迷鶯語桃蕊初含費蝶尋莫歎五旬催甲子可

知一刻果千金東皇有意留花晚好待歸來細細吟

賦得無聲玉滿堂

中庭忽訝雪平鋪慢啟湘簾聽轉無望去竹陰拋碎玉折來梅蘂墮盤珠方圓圭璧隨形得高下湖山入畫圖萬籟寂然人靜悄禪心久已注冰壺

夢中得句

淨土須知念要堅來來去去有何緣露珠滴破歸何處木有本兮水有源

對月感懷

世人未識愁我自俱經歷此衷訢誰知過去心難覓

對鏡

相對五十春歲歲容顏換色相本非真況此幻中幻

春日偶成

何必傷春與惜春去來春送去來人兒時手植堦前樹今日花開倍憶親

述懷

心灰餘燼已歸禪任爾催人年復年最是無情

天上月向人月月月空圓

送別福四奶奶宦杭州

相親未久話悠悠醫別無方又遠遊西子湖中添雅句蘇公隄上覓清幽心隨擬向錢塘路枕畔神追烟雨樓山水無緣增百感不禁思慕仗詩酬

杏林春雪

連日春寒睡起遲淡雲驅雪到花枝已爭梨蕊三分白借得梅花一種姿香在有無疑粉黛色分濃淡濕胭脂天開圖畫描春富幾欲吟哦句反思

偶句

老大徒傷花月時廿年心力勉相爲箇中滋味誰堪識不是情痴是義痴

其二

知命之年今過四老之將至欲何爲朝聞道夕死可矣莫患人之不已知

其三

嚼蠟如茶已廿年志之不就枉憂然年來識破盤中謎回首浮生亦幻緣

其四

格物之學俱可知誰言閨閣不能爲富不驕人貧不諂此心端不讓鬚眉

贈鮑女史南行

梅雨荷錢漾碧漪灞橋楊柳入詩篇眉山秀色春如海洛水文瀾月在天綵筆喜題鸚鵡句素章懃和豹囊全相逢未幾愁離緒聚散難期亦有緣

咏牡丹

國色偏宜映紫紗小闌馥郁綻新葩漫誇京洛重重錦獨占園林朶朶霞山靜日長增絢爛風清雲淡助韶華一株手植年年茂玉樹庭前蔚共嘉

敬讀　祖詩誌感

祖詩未展已眉顰捧讀聆音倍惻神報國忠親徒有訓傳家禮樂嘆無人遺篇零落誰堪惜字跡分明我倍珍痛恨自身偏是女徒勞哀泣意難伸

十一月初十日述懷

知命年加五徒傷老大情羡君超上乘任我羈浮名一寸心常苦千同志不成萬緣俱已淡無奈義難輕

賦贈駱石蘭女史

相見頻握手雲山可勝遊四年雖兩晤一見豁千愁秀句經重讀佳章我未酬從來交欲淡豈奈意深投

次石蘭女史見贈原韻

芝蘭淑範夙深欽南國名媛慕德音博學尙文稱女史會新成艷占儒林燕城邂逅思猶昔粤海離悰值到今幸晤眉山花破臘暗香環繞對瓊簪

其二

脂粉叢中自不羣谷蘭徑草別猶薰鏡臺黃卷懷今古銀燭青編載博聞笥册數華城北闕囊詩藻絢海東雲金釵愧學窓前繡莫煥珠光大雅文

偶句

欲貉無上法刦障是眞詮心波千疊涙何處覓
珠圓

丙辰春暮至園途中漫興

暮春天氣遠芳塵瀲灩韶光望眼新草嫩緑添
三月雨花飛紅減數枝春波揺日色星千點雲
蘐山容翠一垠造物染成眞畫境愧予不是畫

中人

述懷

眼病纏綿苦捫心檢點知未來無妄念過去滅
愁眉受想原倶幻情縁信是痴欲貉無妙相豈
奈俗根遲

哭四妹四首

吾妹素有志于歸意苦煎相夫遵女訓孝母法
前賢半百抛塵世一生事業捐泉台見父母先
我沐慈憐

視病慇懃語今成永訣辭窆何臨穴痛斂未俯
棺悲病眼難爲淚心傷勉強支同胞惟姊妹今
更雁行衰

半百難言老一朝與世離忍抛夫婦義棄捨雁
行悲大夢偏爾覺浮生剩我痴情縁終有盡先

別自便宜

遥望西山處神馳倍慘然楓林霜葉老石徑古
苔鮮憶妹情尤苦思　親意更煎孤魂今夜月
可了宿塵牽

和子次先月樓詩韻

銀漢遥連亞望仙不教蟾魄夜遲延乍看滄海
騰烟際試捲珠簾入檻邊幾處黃昏思共照詩

人題咏意何偏高情直欲浮槎上漫許爭傳此
月先

不寐

徹夜偏無寐惟餘夢不親窗虛花弄影簾靜月
怡人病眼書辭我波心慮慰神年來頗自檢涵
養性天眞

除夕

老去年華不自痴咲同兒女話燈時歌銷臘酒
三杯復燭候東風五夜知爆竹聲中除舊歲宜
春帖上寫新詩傳杯膝下歡娛慶爭薦椒盤喜
不辭

見故園有感

憶我故園好何期廿載逢假山含昔態古木似
情濃曲檻迷行跡庭垣失舊踪含清暉尚在獨

立動吾衷

七夕雨

相傳七夕夜牛女渡銀河此會年年有何須雨
淚多

先王去世子方十齡今已廿八年感昔喜
今故書此以賜子 戊午

慈嚴兼訓掌中珍今已成名近四旬不諂不驕

遵古道友仁友善帶書紳斑衣事母無違志克
職承歡是性眞誌喜一番無可賜願兒福壽倍
加身

秋夜與子談禪喜而賦此

西風瑟瑟意徘徊竹影橫窗去復來明月照人
空昔夢黃花對我又新開心存素志年催老學
負詩名筆不才與爾談禪忘夜永後生可畏果

然哉

九日

今朝九日與偏嘉勉力登樓望眼賒幾處霜林楓染葉數叢黃菊蝶憐花詩空索句思工少酒不傾樽笑量差最愛夕陽殘照裏油油禾黍話農家

和子次雛鳳樓原韻 得乂字

詩篇檢點意如麻底事年來筆不花一切有爲眞泡影任他吟思落誰家驚寒雁陣迷雲浦唱晚漁舟繫斷楂見爾奚囊佳句好模糊病眼細圈乂

偶句

憶我少年日珠擎掌上時禮經時切訓內則戒無違多病常憂母深恩視若兒回思鞠育德孺

慕却無期

雁字

橫空誰弄淋漓筆次第穿雲入望時作字無心傳有象來賓有信豈無知落霞留影隨雕篆嘹嚦因聲感客思自古詩人多妙句慰余吟管得新詞

咏破寺

古剎年深遠無僧靜掩門墻頹幾堵立瓦破數椽存簷墜鈴仍繫碑橫字抹痕莊嚴雖是幻與敗又何論

戲咏募化僧

不解眞經不悟禪沿街募化化何緣須知巳背金經旨無我無人要甚錢

何須暮鼓與晨鐘過午參禪罔費功自是本來

無一物鏡心一鑑總俱空
淨髮歸佛界應知自在觀明心明處悟見性性
中參無我無人想非空非色禪本來無一物何
必化諸緣

猢猻戲

彼性辟山谷初調入市游向人學踞傲假面作
嬌柔錢菓姿貪取衣冠不自羞祇緣誇巧技相

看滿街頭

踏燈辭

正陽門內市千條火樹銀花透九霄鼎沸歌聲
歡會處燈光月色兩爭嬌
燈月爭輝月倍明遊人如蟻慶昇平聽他街市
兒童韻瓜子飴糖徹夜聲

詩者持也所以持其性情衷於禮義也
所持旣正雖履變而不渝於常先王用
以厚人倫美風俗而閨門其造端也我
和碩睿恪親王福晉佟佳氏秉質醇懿
動循女箴及笄嬪於
王甫一紀而

王甍守節撫孤近四十年積其冰雪之
氣發爲金石之音所作詩若干卷篤摯
深婉皆足以明其志之所存可謂變而
不失其正者矣昔衛共姜以守義自誓
而柏舟之詩傳聖人首取以冠鄘風然
唐孔氏疏謂綠衣日月以逮泉水竹竿

諸篇述衛女夫人之事惟馳載一章許
穆公夫人自作則其詩亦武公時人所
爲共姜之能詩與否固未可知禰晉遭
遇
聖朝得從容以完其節荷天之祐貞與
壽兼又能發爲詠歌自表其從一之義

以垂示子若孫　嗣王及諸孫皆賢孝
克承　祖父令緒以揚清芬斯集既
出有稗於風化者甚厚豈非柏舟之遺
音也耶

嘉慶乙丑冬月英和謹拔

清娛閣吟稾

鮑之蕙

清娛閣吟稾

清娛閣合刻詩序

夫合璧必須雙耀偏絃不可獨張當天下有道之時我紱子佩喜家室和平之日鼓瑟吹笙典籍所傳人風可愛然而星明織女不近文昌鳥號鳴鸞或隨啞鳳盤中伯玉後無嗣響之音天壤王郎轉有不平之歎得毋兩美不許齊眉天豈無情人偏有憾乃予讀清娛閣合刻而有異焉合刻者京口張舸齋居士與其室鮑茝香夫人所作也一則江夏黃童天資超絕一則宋家若憲質性靈明未納

幣而戚里稱才已結褵而房中有曲女兮窈窕士也婆娑或吐石含金共作雙聲之奏或鈎心鬬角爭爲一字之師拈毫則合竹雲飛聯句則並頭花發既切磋於枕上遂偕老於詩中眞可謂異曲同工雙烟一氣者矣雖然言者心之聲也辭者意之表也倘片時目反則眉黛難描六鑿情乖則宮商不應作者俱能含章司契抱德煬和夫憐而熨體分涼婦淑而拔釵欵客親調美膳人游護世城中勸散義錢名播金蘭簿上當其茶烟濕鬢梨雨催

妝邀月圍棋折花射覆（皆詩中語）問字於掃眉才子妻
卽先生徵文於坦腹郎君卿眞吟伴寄遠則裴棉
恐後當歌則得句爭先（亦詩中語）若非福與慧兼才同
情擅者豈能兩集編成三公不易也哉僕桑榆之
景暮矣通家之誼久矣初與步江居士韓孟聯交
繼與雅堂省郎紀羣作友今歲再遊天台弭節京
口又得見蔡氏文姬劉家快壻夔牙並奏孔雀羣
翔是有緣焉何其幸也更蒙推許謬誇題辭嗟乎
雖文通夢中之筆久被郭璞催還而玉臺新詠之

篇敢不徐陵作序乾隆壬子重九日隨園老人袁
枚撰年七十有七

清娛閣吟稾序

予與鮑君雅堂同官都下每當直廬告返竹所徑
造官程無廹吟事斯興凡有一言之奇隻字之雋
互相嗟賞欲忘寢食偶見其黏壁之作魚緘甫脫
鴛杼猶新金聲遠鏗玉色四照問之知大雷之書
未寄絮雪之詠先催才乃左妹慧誇劉妹固早已
羨咳唾之非凡並心形而俱服焉後予乞假南還
設講邗上始獲交於張子舸齋舸齋卽雅堂之妹
壻也兩姓合好雙心齊秣鄭姬警旦廹之以翺翔

繁搽定情通之於契濶琴瑟自明其靜好閨房不
涉於燕私凡有倡酬動關雅故嘗以烟波共泛圖
屬題雲綠四面花紅一波吟亦同聲影無獨笑沙
鳥每移情而立游魚且窺豔而來此則高柔賢妻
不嫌愛玩劉綱佳儷羣謂神仙翩翩乎浩浩乎直
欲共餐沆瀣而凌太清也日月不居芬華易歇吹
霎之風倏起抽心之草旋生舸齋言卽傷神淚恒
承睫撿瑤篇於藎篋搜翰蹟於湘紈輯其遺詩都
爲六卷編彤有待題墨先煩索我一言因之三歎

夫九陽代燭不聞繫景之繩百川合流曾少駐蓱
之壑前身佛國偶現優曇此日天宮催簪白柰在
達人之識或悟眞空而秋士之胸寧禁騷怨矧善
心爲窈淑風載鮮早洗鉛姿獨標瑶想豈可不發
明端緒解釋沈哀亦見夫言緣質而乃文旨以葩
而彌正罕別離之況故中央四角之語有謝乎綢
繆絶嬉戲之緣故初七下九之期不煩乎省記追
國風君子之慕補房中樂府之遺千古可期九原
何恨豈比雙聲子夜十索丁娘僅同士女之圖敘

備婦人之集而已哉僕宿草之感念良友之云徂
壬戌雅堂下世蒙楚之嗟又我躬之不閱先妻以去秋卒重承諉
謙竊自思維海上不死之方難徵奇帛人間可哀
之曲聽過慢亭徒有慨於桑榆亮莫爭乎泡電而
幸此綵雲留影寶華積空敢黃絹之題八言願烏
絲之書百本莫隨仙子羅裙化蝶而飛定笑阿兄
竹杖隱形而去嘉慶辛未夏六月錢唐吳錫麒撰

序

予與論山郎中交三十年而論山詩凡數變予嘗
語論山曰君之詩以未第前作爲佳茲不及也論
山駭然曰君言何與吾妹莅香言脗合因得聞莅
香夫人說詩之旨論山歿後始與舸齋先生通尺
素令嗣澂試京兆往來旣洽令姪深庚午科發解
江南與兒子桂馨又得稱同年於是盡讀清娛閣
吟稾憶前明孫文恪陞繼配楊夫人詩稿附文恪
集行世楊修撰用修室黃安人長句小詞藝林稱

誦王元美云用修有詩答婦又別和三詞皆不及
也楊黃兩媛雖爲世稱而篇什寥寂長篇鉅製不
聞茲清娛閣各體俱臻醇粹七古尤合唐音當與
織雲樓媲美餘家多難抗手獨念論山歿已久詩
文皆未刻行其子遵十六七年前錄科成均文筆
已自超卓拔俗聞近日貧且病思之可傷更念論
山與予乘騎尋翠微平坡諸勝馬上誦莅香詩不
下數十聯嘗書其詩後曰老兄欲退避三舍故王
夢樓嘗稱莅香詩律工細過於其兄今舸齋工詩

好游家有賢子弟兼能慎於決擇斯集之成予固
先睹爲快且以慰其兄論山於地下云時嘉慶十
六年歲次辛未八月朔日前國子監祭酒法式善

序

丹徒張君潄子門下士也姿儀温偉言辭清拔庚
午試順天報罷京洛蓉枯江鄉楓冷蓴鱸之思起
於秋飇屺岵之瞻迫於星夕急裝抵里而母夫人
已卽世嗚呼刀環入夢客路心馳機杼停聲慈雲
望渺邱吾子之涕淚風木無寧孟東野之衣裾春
暉難再靈椿雖健誰和瑤琴祝牧之歌畫荻空存
但期錦里瀧阡之表忽如過隙深可悲乎越歲夏
張君以母夫人所著清娛閣詩郵示於予予受而

讀之其旨雋其詞潔其慮審其藻芬靚粧麗服不
耀采於纖穠素練輕綃匪溺情於靡曼梅花修到
應是前身柳絮名高無慚曩製雖謂駢衡沈宋並
軼韋陶絜短度長未爲泰也昔之白燭摛吟春椒
製頌雅善華辭罕聞專集他如曹家東觀魏氏南
征織句疊編鏤辭盈帙而中情悽惋每工愁苦之
音長句流連殊乏倡酬之詠夫人以鮑照女弟張
揆令妻蒂芳臭於苕岑抒清詞於蘭抱每當寶鴨
香温冰蟾色皎牙簽遞韻銅鉢催聲松丸落而珠

零楮葉飛而錦粲花生鏤管妙手齊拈草對瓊釭吟肩並聳分杯卻扇蘭成寄婦之篇攬鏡執釵徐淑贈夫之什盍所謂唱予和汝相對相當者也今裒厥遺編付諸剞劂藏之篋衍傳於大都玉臺首寂重披孝穆之書紗幔經寒倘識宣文之號撫栝棬而太息誦卷軸以流連嘉哉志補白華允矣芳垂彤管嘉慶辛未歲仲秋吳烜撰

序

三百篇詩如葛覃勤儉卷耳求賢尚已下至國風燕燕爲千古贈行之祖雄雉則勗德行戒忮求以思念其君子何其辭之悱惻雅正也至若雞鳴戒旦御琴瑟而靜好解雜佩以問遺千載下猶想見古賢夫婦相警戒之衷倡和之雅令人愛慕無已焉邇者京口張舸齋先生與尊閫鮑夫人茝香並擅詩才閨中聯詠已見之袁簡齋前輩所撰清娛閣合刻詩序爲一時佳話矣庚午歲夫人辭世其

子澂輩搜輯遺稾思付剞劂別爲一集以誌弗忘郵寄至都讀之凡集中流連光景憑眺山水諸作無一語涉香奩體無一字染脂粉氣和平渾雅化雕鏤之跡而一歸自然固已卓然名家矣至於敘同氣之情悼長兄之逝則語語從至性中流出愷惻動人雖古大家不是過昔論山先生以詩古文辭流播藝林膾炙人口今讀茝香夫人作乃歎江左風雅萃於一門洵不愧參軍之後也予於詩律未得窺古人門徑而頗愛正聲讀是篇乃覺三百

篇中幽閒貞靜之風温柔敦厚之旨去今未遠也
爰志欽慕之忱如是並質之舸齋當以予言爲不
謬也時嘉慶辛未仲春日婁江李錫恭撰

序

清娛閣吟稾予仲妹茝香作也妹幼聰慧善吟咏
卷帙紛披雜羅於妝臺奩具間儼然弟子員也自
歲乙酉　先徵君捐館舍戊子春予闋服補官京
師逾年謀迎養是時大妹畹芳已出閣茝香偕季
妹浣雲以壬辰五月奉　太恭人至京邸歡聚一
室吮毫含思不輟予退食餘閒與之徵引掌故討
究法律賡倡迭和無虛日於是妹之詩已日進及
笄適同邑張舸齋司馬舸齋性倜儻工詩喜遊覽

素淡宦情而以閨門相屬和爲樂屢以詩郵示予
予嘉其有秦嘉徐淑風戊戌丁　先太恭人內艱
歸里讀妹詩已裒然成集欲序之未遑也其後匏
繫於官十餘載嘉慶丁巳請假省墓歸遂得與舸
齋茝香朝夕過從乃置酒張筵鬮題角藝於清娛
之閣斯時諸甥皆成立俱能詩擅家法每於酒闌
燈灺搓熱掌熨醉眸纔一篇成而和篇旋盈案矣
予笑謂茝香曰妹苟處芬芳豊足之中而無虀鹽
澹泊之致必將爲世情俗務攖其心撓其志烏能

相夫教子使風雅萃於一門乎又烏能專門名家使噪時閨秀望風而靡乎妹之樂妹之福豈可與華榮炫赫者同堂而語妹傳人也此稾淵雅冲和深情逸致具有六代三唐之遺韻其必傳於後也奚疑獨予既貧且老以宦爲家不獲與吾妹多相唱喁以抒暮懷而清娛之樂又不知繼之於何日是足歎耳爰撮其梗概以爲序而付之梓嘉慶辛酉二月既望論山漫叟兄之鍾書

後序

清娛閣吟稾六卷古今體詩四百餘首族姑茝香夫人作也夫人爲海門公中女農部雅堂先生妹姊畹芳妹浣雲皆工詩擅家法夫人適張舸齋先生才調相儀匹閨閣中鳴宫應徵有秦嘉徐淑風農部官京師桂星以從子禮見因得誦夫人詩舸齋先生以庚申遊黃山相見於歙丁卯夫人遺其子瀲北上從予遊益以知夫人詩法之詳昨冬桂星視學來楚北瀲方落解聞其急裝馳返潤心訶

之頃得書乃知夫人已厭世瀲與諸弟忍淚寫遺詩爲清娛閣吟稾如前數郵楚乞桂星一言桂星受而讀之律細而神超辭文而旨遠謬乎其清也藹乎其和也莊莊乎其雅正也温柔敦厚導源於三百篇而奄有六代三唐之勝豈獨尋常閨秀所不逮抑操觚握槧號聲律專家者所遜謝不如也夫古今女子能詩者衆矣然吾家參軍僅傳女弟劉家三妹惟徐悱妻最清拔然悱先卒閨中倡和罕聞焉若夫人者以海門雅堂兩先生爲之父若

兄以舸齋先生爲之偶以潡兄弟爲之嗣璇源一本淑儷雙璧諸子人人有集隋珠卞璞照灼於軒墀庭廡間江左門才夐乎稱獨步矣又況其詩之必傳於世不疑乎然則修短存亡今昔俯仰之感皆無足言而舸齋先生琴瑟之悲與潡兄弟梧棬之痛亦可因吾言而少慰矣爰謹書其後而歸之

嘉慶辛未孟陬族姪桂星拜手序

清娛閣吟稾目錄

清娛閣吟稾目錄終

清娛閣吟稾卷一

丹徒女史鮑之蕙茝香

古今體詩六十七首

暮春

三月芳菲節韶光半已非林花經雨散梁燕引雛飛着水楊枝瘦沾衣竹粉微聲聲聞杜宇莫漫促春歸

穀雨後三日過百鶴道院牡丹已殘

欹斜山路菜花黃清淺池塘碧草長儘有豪家園

繡幄何如雲屋貯天香繁華祇剩三分色婀娜還餘半面妝寄語仙風莫相妬數枝葉底正含芳

柳絮

黃鳥聲中雪影飄江城到處舞蠻腰輕如粉蝶飛無力細似冰花煖不消榆甲零星鋪地軟萍踪浩蕩接天遙多情未共春歸去送盡行人過灞橋

晚烟

夕陽纔下遠峯巔漠漠平蕪起暮烟深鎖花魂金谷裏暗飄香篆玉樓邊寒生白屋催鴉返濃罨青溪失鷺眠最是滄江收釣處溟濛無際落霞天

夏夜同浣雲三妹集畹芳大姊起雲閣納凉

日夕消煩暑凭高一解顏松身當徑直溪影抱門灣叢葉明微露輕烟抹遠山羨君三畝宅半在水雲間

河低高閣外人坐妙香中樹雜疑聞雨窗虛覺有風分題搜險句接席話離衷玉漏休頻促團圞幾度同

和笙山兄寶蓮精舍納凉原韻

料得探幽客翛然興不窮月邀深竹裏秋借小樓中冰簟沿池展荷觴隔座通晚凉吟眺遠帆定一江空

新秋夜坐偶成

閒齋新雨後清簟晚凉初樹影漸蕭瑟蕉心時卷舒風輕紈扇薄月淡紙窗虛瀹茗話今夕何須賦索居

紅蕉館詠物

梨花

靚妝冷艷絕纖埃冰雪爲膚玉作胎檐月昏黄庭綠暗誰家靜女立蒼苔

垂絲海棠

豔質豊肌約紫絲嫣然最是半開時二分淺睡三分醉斷雨零風力不支

繡毬

新綠如幃護綺寮麥秋天氣晝迢迢是誰呵手團晴雪抛上風枝暖不消

牡丹

春陰釀足錦雲窠遲日温風國色酡可是華清沈醉後到今紅暈未消磨

荷包牡丹

垂垂新艷着花初國色芳名合付渠貯得一苞風露足綠窗紅女有誰如

虎耳草

翠葉含芒貼砌勻却殊卷耳欲懷人紅輕白小繁英碎也占年時一度春

罌粟

紅藥開時見米囊繁華相與殿春光詩腸清不勝烟火欲折花枝當裹糧

夜來香

綠淺枝繁韻自幽靈芸曾與結芳儔此花亦有清涼癖香散庭除雨乍收

秋海棠

綽態柔情本恨人秋風秋雨暗傷神偶揩清淚勻朱粉小度西堂八月春

蝴蝶花

剪綵裁綃製舞衣秋風籬落一枝枝西園八月飛黄蝶幾度端相兩不疑

秋葵

道家裝束太寒生瘦減腰肢畫不成滿院霜華人寂寂玉階凝送步虛聲

和晩芳姊春日寄懷

一簾雲水滿帆風遠樹烟開晩照紅客裏懷人緇舊簡愁來縱目感歸鴻婷婷弱柳依村店欵欵游絲上釣筒迢遞燕山千里外春光猶與故園同

舟次天津登望海樓

帆趁西風溯急流名藍弭棹暫淹留銀濤晴灑松門雪黃霧晨開海國秋樓影墻含鮫蜃氣鐘聲遙落鳳麟洲登高回望江南遠一髮青山雁外浮

春暮有懷

輕暖輕寒燕到時春愁寂寂雨絲絲江南芳草青多少游子天涯總不知

侍　家慈北上抵論山兄邸舍喜作

水宿淹三月收帆及夏初山川瞻　帝里骨肉共

親盧相值猶疑夢曾聞不易居且斟重午酒蘐草緣階除

玉蝀橋觀荷

瀲灩銀河駕玉虹車聲侵曉聽隆隆接天碧遠烟痕淡出水紅疎日氣通山過城頭朝送爽塔浮樹杪午凌空朱華翠葢尋常見託地清高自不同

簟

微月疎簾下盈盈八尺長水明渾不暮碁罷覺生涼夏室留清氣秋燈背冷光酒闌清睡穩好夢到瀟湘

秋日寄懷畹芳姊

迢遥銀漢向西流一葉驚飛冀北秋記得去年今夜月捲簾分座寫蠅頭

彈指辭家半載餘到今離緒幾曾舒南來儘有鱗鴻便底事從無一紙書

一束蠻箋擘五雲殷勤數語報君聞長安近日無多景秋色三分雨二分

九日登陶然亭

荒亭九月朔風顛霜色蒹葭滿路添南去雁行翻夕照西來山翠落虛檐此間頗動江湖思回首俄驚歲月淹話到昔賢觴詠盛欲將遺事問冰蟾

聞砧

砧杵聲中木葉稀金風淅淅入羅幃遥思鶴髮高堂上近日天寒可授衣（謂祖慈張太孺人）

城南看菊

長安行樂信非虛屢共安仁奉板輿古寺日斜人散後小檐霜淺露凝初詩無瘦句吟難好客有秋

懷澹或如忽憶寶蓮庵外路寒香冷豔遠烟墟吾鄉北郭多菊

盆松

數本婆娑歲月遷森森叢碧老秋烟曾凌澗底清冬雪乍映窗間綠字篇雲影亂鋪銀燭外濤聲寒到畫屏前勿嫌寸土無奇節會見蒼鱗起硯田

瓶梅

歲宴山城萬木衰一枝標格讓瓶梅心清自愛冰壺映影瘦偏宜斗帳偎鑪暖蕭齋春已覺香飛角

枕夢初回重簾不捲宵如水安穩何愁雨雪摧

法源寺看花

丹鳳城南春十分鬧春冠蓋望如雲精靈瘞處塵難到鶯燕飛邊日易曛素豔淡宜青玉案紅妝妬煞石華裙　帝京未賦花應笑漫說髫年解好文

花影

五架三間結構新小窗幽卉結爲鄰月扶骨相燈扶態合倩松煤替寫真

南旋次潞河留別論山大兄

京洛纔逢話別離那堪又折綠楊枝蒲帆日去長安遠剪燭西窗未有期

霏霏梅雨送歸舟岸上舟中各轉頭休憶江湖舊蓑笠五雲深處足清游

月夜寄懷玉亭大嫂

清光如水浸窗紗回首長安路已賒別後乍逢今夜月知君思我亦思家

昨宵有夢到京華紫陌仍聯繡幰車共喜相逢何太易一聲柔櫓忽嘔啞

舟中寄論山兄畹芳姊

扁舟南下太匆匆十幅蒲帆落照紅燈上荒城初起角柳衰大道正歸鴻風沙薊北程堪計烟水江南夢易通料得今宵三地影夜深併在月明中

三月十四夜坐月有懷用白香山起句

三月十四夜江鄉月正明花殘憐影瘦人靜覺寒輕愁是春將去詩應酒釀成無煩事刀尺拈韻記閒情

夏夜同三妹坐　先君詩譜亭聯句

星河耿耿漏聲遲○蕙 風冷閒亭有所思○高樹不寧蟬咽露○芬 故巢堪戀鵲移枝○家藏蠹簡餘先澤○蕙 恩重金鑾誥此時○謂論山兄 一閉泉扉千載恨○芬 淚痕重濕草堂詩○蕙

送浣雲三妹入京

黯黯江雲拂柳絲離亭樽酒强同持衣沾殘淚添新雨花逐東風別故枝驛路迢遙魚雁杳鄉園岑寂夢魂遲相期寄我和鳴曲更附泥金慰所思妹于歸同里徐孝廉彬時寓北通州

積雨感懷紅蕉館同畹芳姊分韻

凝雲壓屋雨如塵匝月扃扉了却春舍北溪平堪打槳階南草綠漸成茵承歡夢杳追難再詠絮庭荒別正新剩有畫梁雙燕子故巢相對語頻頻

先君忌日誌感

慈親去不返屈指三十年書樓閉綠苔掛壁餘塵絃風號樹難靜草長春已旋生我何劬勞棄我何杳然襟上涕淚痕晝夜空漣漣孤冢冷白楊枝葉多連蜷松楸日云遠德業何時傳續稿未付梓 霜天泣慈烏雨夜悲啼鵑傷哉椎牛心何以答重泉

春夜懷三妹

閒闔人靜酒初醒慵啟文疏對月明楊柳有絲寧繫別海棠無語最含情三春雁少書難寄屢夜愁多夢不成遙憶客途風景好滿懷詩思共誰評

登凌江閣有懷

辛夷花放柳如絲江閣登臨又一時風助雲帆開遠渚日烘沙鳥上晴枝舊遊觸處俱堪憶往夢回頭不可追九十春光三地客佳辰多半感睽離

春分日得笙山兄手書同舸齋聯句代柬

霪雨經旬薄霽餘舸 蓬門忽送數行書扁舟去憶鴻賓後莚 深院閒驚燕到初小別豈知成久客舸 盼歸尤勝乍離居看雲雷岸鄉音迴莚 詠絮風簾酒盞疎芳草一坪重極目舸 綠波千里更愁予西窗剪燭期難定莚 北固垂綸興每虛新句聯交應爛熳舸 故山入夢復何如因將尺幅舒愁緒莚 水滿春江付鯉魚舸

己亥二月廿七日 祖姑吳太宜人壽辰侍

游鴻鶴山莊

板輿春曉破蒼苔園倚南山進壽杯四面晴嵐迎几榻一灣新水動樓臺當筵小部鶯酬和繞屋繁花燕剪裁願祝高堂比王母年年此日宴蓬萊

清明日衆香院辛夷花發

衆香仙史院高閣倚和風江影一簾外花先四照中抽毫如向客蘸粉欲書空恰好春暉承輕輿歲歲從是日侍家姑薛太宜人游此

內史探春興吟袍拂柳行雨當佳節霽花競靚妝

明夢樓先生攜家伶素雲至絲竹東山盛文章北海名今朝天氣朗更比承和清

雨中有感

長空日日散輕埃深掩簾櫳晝不開往事却同春夢覺閒愁偏被雨聲催選樓唱和何時續客里音書尚未回碌碌渾忘三月暮忽驚門外賣玫瑰

雨晴登凌江閣懷論山兄浣雲妹

東風吹暖賣餳天細草成茵柳脫綿新水又如前度綠好花仍向故枝妍遥山映日螺痕淺虛檻依雲亞字連因憶昔年曾此地舟中岸上各潸然

題賞雨茅屋圖伯翁此亭公命作

江南五月黃梅熟濕氣蒸雲暑彌酷先生快雨招朋儔茅屋三間傲深竹玉壺買春春滿巵主人勸客客不辭殷雷動處雲墨色飄瓦已覺非絲絲俄驚銀竹落無迹散作飛湍瀉崖石長風駕海走天中欲爲人間普膏澤虛檐奔溜濺階碎尺水茅堂瀠向背灑然心地頓清涼綵筆能開風雨晦先生雅尙繼司空人品詩品將毋同妙境猶嫌看不足

命客揮毫入橫幅要令赤日黃埃中九夏甘霖常在目

論山兄典試黔中書此寄賀

昨夜文星動九霄果然佳氣滿蓬蒿翱翔華省推鳴鳳浩蕩黔江快釣鼇紅勒經心憑玉尺烏絲得意走銀毫　新恩應慰泉臺意不負傳經十載勞

二

皇華那計驛程遙小暑初鳴　上苑蜩絳節牙旗擁天使碧雞金馬導星軺詩增滇楚千山色文障

牂牁百丈潮從此　恩綸還疊荷卿雲舒卷在丹霄

夢中得句寄浣雲妹

秋風動簾影桐子墮階聲此二語夢中作因憶吾家妹詩多夢裏成

月夜有懷

月滿中庭冷雁鬭閒階如水靜無紋風搖樹影移虛幌笛弄秋聲入遠雲客舍連宵應惜別蘭閨何日共論文離情欲對姮娥說銷盡鑪薰夜已分

清娛閣晚眺懷浣雲妹

高梧過秋雨虛閣消煩暑開軒覽夕暉奇雲倚容與紛紛林鳥歸凄凄候蟲語今夕獨關情天涯渺何所有妹十年別尺素經年阻不念雁行單翩然事高舉憶昔垂髫時深閨日爲侶偷翻案上書夜促窗前杼細字寫紅蕉新詞題白苧兒女逼人來歲月蹉跎去汝自廿別離安知別離苦長安在日邊相去復幾許天高雁不來日暮空延佇

送鴻起姪游越

井梧葉脫涼飇發庭際蛩吟殘暑歇流光倏忽正愁人聞說阿咸將適越越東勝地名栝蒼山重水複塗修長嗟爾廿載未爲客束裝一旦離高堂應知富貴致身早男兒何必故園老且將秋柳贈秋征莫遣春暉盼春草吾家奕世風塵中支離聚散猶萍踪青年更喜有雛鳳詩才俊逸承家風茲游與爾開鬱塞巉巖邃谷搜奇特儘收荒怪入奚囊焜耀歸裝壯行色慚予學殖等雕蟲年來鬢髮將如蓬臨歧數語意未盡斜陽帆影何匆匆若耶從

古多佳麗看花切莫忘歸計須知日暮倚閭人夢逐征塵到天際

同舸齋登北固山

孤亭矗起欲凌雲足底驚濤木末聞高揖金焦眞鼎立平吞吳楚有江分尋秋客訪南朝蹟弔古人稱北府軍對此茫茫無限思數行烟鳥落斜曛

題駱秋亭女史秋燈課女圖

冰心玉映本天成虛室秋清誦有聲河汎柏舟情獨訴樓觀滄海句誰爭芸窗新授中郎業絳帳堪

承白傳名秋亭爲隨園先生女弟子有女未能諳姆教可容遥
夜共寒檠

感懷寄三妹
判袂西津渡流光忽六周年如朝近午才似葉經
秋有月難忘別無春不惹愁相逢在何日莫待雪
侵頭

贈閨秀王玳梁時將出閣
江左風流自昔誇芳閨又見茁蘭芽丰神不肯儕
凡豔儒雅眞堪接大家摩詰天機傳沒骨右軍標
格擬簪花秦郎正好相酬唱江上春回共泛槎

仙卉圖成絕點埃前身應是住蓬萊十三已奪鍼
神巧二八人知女史才爭羨輕螺供妙腕定資博
議出新裁樓頭寶鏡明如水雙照鴛鴦戲玉臺

玳梁和詩
俊逸才名奕世誇鳳生雛鳳玉生芽成書他日
傳爲史新詠今看自立家謝絮吟來千里月濤
箋揮處一庭花戲詢天上張公子夙世應乘織
室槎

蘭香方許脫塵埃德曜惟堪隱草萊每對牙籤
慚失學乍拈斑管敢言才瓊瑤過尺難爲報錦
繡盈機豈易裁安得化身成脉望常餐奇字近
粧臺

代嘉淑小姑和塾師除夕元旦二首
詞客長愁歲易凋一年剩此可憐宵賣癡隔巷聞
終夜餽歲圍爐坐達朝虎榜新恩方待士龍門
舊業綏歸樵先生從此開襟抱莫漫臨池歎寂寥
二

凍蕊凝香褪淺紅枝南朝日正曈曨寒消五夜辛
盤裏春入千門爆竹中詩到新年應更富經傳奕
世詎言窮絳紗立盡殘冬雪林下欣從攬蕙風

清娛閣吟稾卷一終

清娛閣吟稾卷二

丹徒女史鮑之蕙茝香

古今體詩六十五首

三十初度自述

卅載韶華過隙駒雙親早謝鹿門車雁行聚散期難定驥子聰明願莫虛游跡舊曾經 上國詩名敢望著南徐年來學殖多荒落偷取餘閒讀父書

早春

東風日夕釀氤氳林壑餘寒綠未分幾處炊烟消殘雪二分柳色入江雲看來燈市千紅幻頌就椒花百和薰遥識相如官舍底銜杯終日愛微醺謂論山兄

揚州湖上遲月

試燈風細綠波平曲岸維舟待月生垂柳和烟欹水影亂鴉如雨入林聲紅橋客散衣香度畫舫人迴笛韻清却憶板輿花裏過湖光應識舊時情壬辰春余侍 先慈太恭人北上經此

湖上雜詩

傳柑節過雨新晴出郭春光照眼明梅蕚開初香雪小湖冰消盡水風輕

假山高下幻雲巒間柳遮梅欲畫難應識繁華藏靜地綺樓深處鎖春寒

細草成茵蕨有芽波翻嫩綠鴨羣譁最宜曲岸迴舟處柳外湖光一道斜

一角遥峰選佛場至今故老說隋皇風流頓盡溪山改抔土青青冷夕陽

笙歌燈火冶游人歲歲迎春到送春泛舸湖心撈素月肩輿陌上動香塵

名園鱗次暗相通水榭歌臺間梵宮韶景泥人留十日梅花風換杏花風

平山堂

小別平山近廿年風光差勝舊時妍千尋松落峰前瀑十里波明鏡裏天出樹輕帘招酒伴沿隄新柳綰歌船依稀記得曾遊處先訪淮南第五泉

竹木參差一徑通廣陵名勝蜀岡東晴波瀲灩流殘照香雪繽紛散暖風虹飲溪橋三曲折獸眠山

石四玲瓏幽堂寂靜塵囂絕太守當年景物同

鞦韆曲

芳園四壁花光圍鞦韆動處朝霞飛美人妝成對花立欲上不上嬌無力攖身一舉穿林梢流鶯驚起花旛搖翩然反側妙容與隱隱紅潮上眉宇藕絲裙輭冐游蜂杏子衫輕濕香雨拖烟約霧東風顛珠翠彷彿雲中軿琤瑽仙珮漱鳴玉蘭香萼綠相齊肩紅纆雪腕綵索勁綠鬆雲髮金釵偏小鬟扶下日初轉徙倚花陰息嬌喘栩栩魂猶夢蝶驚

行行足訝蒼苔輭美人會得春難駐不放芳華等閒度來日清明風雨多落紅滿地奈愁何

春草

幾日東風釀積陰忽看到處燒痕醒着來屐齒輪苔輭望去裙腰帶郭青漠漠黏天愁遠道萋萋極浦黯離亭寸心縱未當春展猶得秋深化冷螢

新柳

何處春先洩化機陌頭江上自依依籠烟弱未勝鴉隊障日黃難辨蝶衣旖旎向人偷眼角芊綿拂檻逞腰圍章臺莫謂無消息此日青青是也非

海棠

探春何處得春饒庭院沈沈鎖阿嬌夜照啼粧燒絳蠟曉憐笑靨暈紅潮柔絲過雨三分重薄醉禁風一半消多恐睡餘驚冷露爲施錦帳護深宵

隔院梨花

只隔池亭不隔春霏微一片壓垣明猜詳燕子雙棲穩省識蛾眉淡掃成吹起銀雲渾似夢飄殘玉雨寂無聲多情月姊憐香影扶過牆陰當寫生

春陰曲

凝雲壓空無近遠欲破層陰風力輭千家簾幙晝沈沈登樓極目愁難遣林外烟痕作水鋪溟濛遠綠春糢糊天低樹頂曉逾重啼煞枝頭飢鵓鴣晴光一線動庭宇嫩日花陰翳復吐鶯聲細澀囀珠喉蝶夢惺忪冐紅雨風雨年年寒食多零香斷粉隨流波釀成懊惱不成曲其奈天涯游子何

夜雨不寐懷畹芳姊

廉纖新雨深春夜似昔南窗罷繡時近砌折花供

射覆捲簾邀月照圍棊光陰虛擲渾如醉哀樂無端未是癡不寐挑燈裁尺素知君此夕更如之

快晴登凌江閣

綠潑江村雨後天垂垂新柳半含烟嵐開遠岫杯中落帆曳晴雲鳥外懸鶴影似人癯倚檻花光如海豔當筵關情最是將雛燕接翅歸飛暮靄邊

重過鴻鶴山莊

藥欄竹塢晝陰陰日漏蒼苔滿地金三月晴紅開畫本一池新綠繪園林板橋曲折通漁舫澗水清

泠奏石琴地近南山宜獻壽年年卮酒對花斟是日祖姑吳太宜人壽辰

春暮閒居

一春芳事去匆匆幾日繁英小徑封午院柳烟迷夢蝶晴窗花氣醉游蜂篋多書債償難了案積愁緘答每慵三十未能名一技半緣兒女半才庸

餞春

朱櫻初熟青菱嫩斑筍纔尖細菌肥四月江鄉風味好却和新釀餞春歸

春日園居有感

春光底事太倥偬偶爾窺園百感重燕剪斜風勤補綴蝶衣避雨苦惺忪扶牀兒女催年長插架琴書笑客慵自分不才無過想停鍼閒作硯田農

舸齋搆草堂落成喜賦四首

數畝西園地稍舒寸草心誅茅安石磴種竹護窗陰院敞迎涼早庭空貯綠深得酬潘岳志一任白駒侵

撿點閒蓑笠烟波興不窮古梅移白下香草買吳

中野逸饒生趣經營洽化工自禁寒食雨百卉盡蘢蔥

好趁春暉永佳時未可忘對花朝把卷留月夜稱觴竹徑輸張廌蘆簾愧孟光却邀名彥筆珠璧滿虛堂

閣開羣木末徙倚絕囂煩貯酒期同賞藏書好共温一區楊子宅五畝白家園卽此堪娛老何須向鹿門

題玉嫺女史采采蘋蘩圖

菱歌蓮唱土風存雲水江南處處村爭似大家修內職獨來南澗采蘋蘩

瓜皮撐出碧泱泱十里新流鑑素妝偶向綠楊灣裏住柔黃一掬水俱香

閨閣賢聲戚里稱吉蠲孝享雅尤能儒家菽水饒風味合取溪毛入豆登

德曜天教事伯鸞評詩讀畫兩情歡語兒溪上堪偕老烟水鴛鴦夢亦安

四月三日駱秋亭過小園有詩見贈依韻答之

三徑蓬蒿剪乍晴雲軿合藉管絃迎才除道韞無兼美詩繼賓王有正聲爲感虛懷深繾綣每逢良會與論評如何賺得生花筆消受人間不朽名

秋亭原倡

綠陰庭院雨初晴多謝君繳掃徑迎佳日難逢櫻筍節名園況聽管絃聲山橫高閣鉤簾坐花映長廊挽手行莫怪燒燈清話久十年前已仰才名

和秋亭春日寄懷元韻

消閒誰似女相如棊局茶烟逸興餘緗卷舊傳班氏業絳帷親課左芬書（左蘭城妹爲秋亭弟子）聲華十載神交久風雅三春把晤初慚愧頻年忙裏度吟懷差共鬢絲疏

秋亭原倡

羨君福慧有誰如鎮日金閨樂事餘花院養姑春奉酒篝燈課子夜鈔書舊傳詞翰留名久新起樓臺攬勝初獨我他鄉飄泊甚鏡中愁見鬢蕭疏

和論山兄新居對月原韻

曼倩東華宅庭除滿綠苔雨餘初月淨林下一尊開古劒含龍氣高桐養鳳胎閒齋吟玩處南望幾徘徊

論山兄原作

新僦東華宅開門閉綠苔兩邊鄰樹合一道月波開冷浸冰壺玉清含老蚌胎四更人語靜攬袂獨徘徊

題虎山尋夢圖

吳門陳竹士與其室金纖纖女士虎山唱和甫及歲餘而纖纖物化欲作虎山尋夢圖以寄意適得陸定子畫幅若預爲留贈者翰墨因緣非偶然也爰題小詩紀之

虎山重訪舊遊踪山自嶄岏柳自濃惟有冰魂無覓處淒涼孤棹夢惺忪

珠聯玉和幾經秋佳偶人間罕白頭不用披圖思往事斷雲流水總增愁

和論山兄主試粵東途中見寄之作

纔卮　鑾輿踏玉塵又持絳節動朱輪　九重舊識量材尺三載頻爲奉使人粵海蛟龍投巨餌蘭臺鸞鳳結芳鄰德樹堂學士同往五羊城月珠江雨綵筆而今倍有神

論山兄原倡

陌上槐黃捲作塵涼陰如水送征輪三年兩奉皇華使百歲猶爲綠鬢人予年四十又七未見二毛以百歲計之猶爲少年也處處爪泥來印跡寓館多舊曾宿處翩翩鸞鳳許爲鄰先後同德樹堂恭蘭岩兩太史酒樽詩卷隨行具依舊清狂自在身

三朵花次韻

婪尾生來自不羣重重翠幄護卿雲豔殊蜀錦秋三醉香淡揚州月二分底事萬花開白社浪誇四照媚紅聽直同金帶圍呈瑞他日台階兆使君

清娛閣看雨

江城五月晴難卜梅雨朝朝灑茅屋買春一斗滌煩襟竟日開軒看懸瀑催詩非鉢富千篇到耳疑

珠傾百斛鋪成濃墨雲如海織出斜紋斷還續金蛇電影掣江天玉虎雷聲震巖麓迷漫溪水沒荒蒲浩渺秧田飛野鶩家家濕烟罨黔突處處村農叱黃犢幽情此際有誰知剝啄無聲儼空谷斷虹掩映入殘霞好鳥間關語深竹翛然自謂羲皇人能得餘閒是清福

偶得雨餘暫借早秋天之句足成一絕

綠陰如幄一樓懸樓外奇峯半化烟蕉葉有聲荷氣淨雨餘暫借早秋天

夜坐

桐陰缺處半規生寂寂空庭夜景清秋氣暗侵河影淡露華寒逼候蟲驚光陰冉冉臨風燭身世匆匆向曉更千里長安同此月雁行零落總牽情

辛亥中秋前二日三妹歸自都門集紅蕉館剪燭夜話仍叠前感懷書寄元韻四首

七十纔過半分行歲十周霜鴻中夜枕叢菊幾番秋易覺相逢夢難緘寄遠愁還憑一輪月雙照話從頭

憶歎潘年近流光又幾周不才心更懶多病鬢先秋問字兒娛目穿鍼女慰愁未防靑鏡裏霜色暗侵頭

福慧君雙得聲華冀北周人中羨騏驥堂上富春秋喜沐　新恩澤頻消舊別愁春來楊柳色無復鎖眉頭（客秋妹倩選句曲廣文先自都門歸）

舍北漣漪水鷗羣一帶周異鄉三地客同惜故園秋（時笙山兄歸自江北鴻起姪歸自浙東）會巧翻疑夢宵深足話愁團欒有今夕酒甕問牀頭

小春望後二日同畹芳姊浣雲妹集詩譜亭適鴻起姪歸自浙東夜話聯句

越水燕雲聚首遲（畹）歸舟剛值小春時竹林韻事新重整（茝）蓮幕才名久擅奇池草十年惟有夢（浣）桂花一折尙無期雁行且喜巢邊歇（鴻）驥足終看日下馳世事難憑休慷慨（畹）塵容無改慰相思飛花共試生紅筆（茝）映竹同斟泛綠巵賦茗初心聊復爾（浣）穿楊壯志笑徒爲慚叨雋譽矜頭角（鴻）回感華年惱鬢絲歡會恰憐風轉燭（畹）團欒欣對月

盈規遺書插架何能讀（茝）往跡從頭不可追寒燠循環人漸老（浣）萍蓬飄泊歲空移聯吟鄭重良宵永（鴻）殘臘分攜未可知（畹）（三妹將赴句曲學署）

隨園先生道過里門以臥病未獲晉謁口占一律奉呈

早歲心儀在鯉庭廿年天半仰文星管中豹影虛窺測海內龍門自典型學步正思親絳帳問奇何日讀元經高軒轣轆過江郭只許愁人枕上聽

隨園先生見惠翠柏黃楊二盆走筆奉謝

卅載清陰愛護存却分風月出隨園畫屏髹几春常在翠羽金支態不繁渾似晤言親麈席久隨桃李傍龍門應知無限栽培意好與流傳到子孫

題仲蘭四姑小照

幼耽詩史愛閒居此日幽懷尙不虛同侍輕輿行樂後天香濃處惜三餘

玉樹成行鬢未華半生福慧兩家誇深諳過眼流光速抛却牙籤即對花

題四姊桐陰課子小影

早年花月歎蹉跎此日佳辰靜裏過一卷南華空萬慮心澄如水淨無波

桐陰如蓋覆庭除抛却牟尼課子書徃復不辭親口授嚴師慈母兩非虛

祝隨園先生八十壽同舸齋聯句

歲逢 聖紀周花甲 鋐 剛值先生慶八旬料峭風先度寒食 蕙 融和天爲閏花辰千秋已定無雙譽 鋐 五福應推第一人合巹華筵開海屋 蕙 世兄郎於先生壽日完姻 齊眉鶴算閱靈椿晚栽瓊樹成連理 鋐 早著

高文欲等身北部鶯花供彩筆 蕙 南朝山水結芳鄰交逢故舊情逾重 鋐 客遇清貧意更親白傳裁詩還示嫗 蕙 陳公投轄喜延賓三吳名媛爭趨謁 鋐 一代才人企選掄薦士蓬蒿皆振翮 蕙 休官婦孺盡攀輪金鞭紫陌忘前夢 鋐 紅粉青山藉葆眞壽永任憑推甲子 蕙 骨仙何用守庚申遨遊名勝皆闢福 鋐 供養雲烟信有神投贄忝隨桃李末 蕙 操觚深荷品題新 壬子秋蒙賜清娛閣合刻詩序 曾聆廣樂開先路 鋐 先生有八十自壽詩十首索和 敢步陽春拜後塵惟願年年

逢上巳 蕙 瓣香遙祝秣陵春 鋐

題二喬觀兵書圖

名姝天遣助英雄一卷陰符綺歲同今日丰神矜畫手恍疑私語笑曹公

江行望京口三山同舸齋作

濤捲西風海色昏篷窗洞啟看朝暾渡頭馴象眠蒼靄鏡裏雙螺動翠痕上界鐘聲隨鷁落中流塔影帶潮奔家山處處堪娛老莫道驅車向鹿門

舸齋客秣陵廣陵以紀遊詩見寄戲答二首

秣陵僧院廣陵船處處關心寄彩箋選勝情同狂
杜牧謂郭厚庵題詩格是小游仙二分明月扶殘醉四
美佳辰趁少年珍重宵深風露冷征衫多半未裝
綿

經旬小別休言別底事當歸又不歸繞砌寒蛩吟
思苦一庭凉月賞心違湖天夜泛烟波濶刀尺宵
停刻漏稀安得中年婚嫁畢扁舟同問舊漁磯

重陽後一日作代柬舸齋

菊花留客過重陽想見連宵酒態狂書到爲言歸

不遠秋深翻覺晝偏長定知風月增吟夢却忘蓴
鱸美故鄉知否高堂髮垂白倚閭鎮日盼輕航

雁來紅

豈是諳鴻信妝成候不差盈盈飽秋露葉葉勝春
花破寺明殘照疎籬護翠霞依稀園主問何計駐
年華此花一名老少年

瓶中臘梅

冷豔陳緑几相娛卒歲時晴窗烘嫩日曉鏡折横
枝心素知春早香柔破臘遲燒燈傳畫本還藉紙

屏移

雪後遊竹林寺同舸齋

萬竹響天風蒼蒼雪徑通峰陰沍殘白春色動晴
紅燈事城中過蔬盤世外同邱園眞可老廡下笑
梁鴻

花徑

徑勢千迴曲花光四壁圍綠天低地暗紅雨到晴
飛流水濺裙濕新苔印屧肥山翁聞客至白板啟
雙扉

竹籬

蕭瑟村邊路低圍衆木陰屋山藏不住溪水暗相
侵烟蔓牽無縫風燈望轉深小橋荒店外隱隱出
寒砧

苔井

無波何代井荒甃蘚花乾淺淺眉痕照深深月氣
寒秋風填落葉春蚓上危欄蕭瑟景陽路銀牀已
半殘

藥圃

剩有閒田地多栽藥一畦桑麻原不礙雞犬或同
棲辨種能知性尋苗淺劚泥華陽雖可採荷鍤費
攀躋

清娛閣吟稾卷二終

清娛閣吟稾卷三

丹徒女史鮑之蕙茝香

古今體詩六十九首

自題烟波共泛小照

嘉游幾度惜蹉跎却笑無端鬢欲皤失學漸看千
卷廢承歡差幸廿年多心憐兒女成行易眼見繁
華等夢過中饋暫教新婦任好隨漁艇泛烟波
憶昔垂髫侍母時逾淮涉汶向天涯疎慵性癖輕
鐘鼎山水緣深重別離共載圖書酬夙好同盟鷗

鷺遂心期滄茫萬頃紅塵外細雨斜風到處宜

立春前二日秋亭索小園垂柳有詩見酬依
韻答之

植向瑤臺遇好風朱欄掩映畫簾重未舒青眼應
知喜較勝荒園伴阿儂
釀春連日雨風兼萬縷千條亂拂簷從此河樓烟
影綠過門人說女陶潛

春日寄懷浣雲三妹

每逢花月怕登樓花月無春不惹愁百里華陽天

樣遠賺人一別兩春秋

咏絮庭荒咫尺家歸程偏似客程賒可憐荊樹榮春暮枝北枝南各自花

題左蘭城銀河洗筆圖

賦就三都思邈然拈毫更浣絳河邊斯人何必曾經海尊師夢樓先生曾遊海外此筆真堪獨掞天學到丁年名已重花生午夜夢皆妍而今應笑乘槎客片石攜歸未是仙

答秋亭謝贈碧桃花原韻

燕返新巢花綴枝一天風雨絎離思分將皎皎當窗色換取幽人白雪詩

揮毫尚憶菊花前睽隔清芬又一年想見春風歸腕底深紅淺白各爭妍

美人風箏次韻

飄然飛燕舞雲端廿四番風取次餐萬里鵬程憑一線兒童莫作等閒看

霞裾月袂裊晴絲進退飄飄有所思生恐東風太輕薄隻身欲寄最高枝

臨東亭納涼用少韞姪女韻

孤亭萬頃立蒼茫暫滌塵襟愛晝長入座江聲清酷暑排空林蔭淡驕陽半天風色將成雨三伏炎蒸忽變涼用句憶奉板輿探菊信佳游難再獨霑裳去秋隨先姑太宜人訪菊過此

少韞原倡

臨東東望正蒼茫詩思偏宜夏日長碧樹蟬聲消溽暑晴江雲影淡斜陽久承風範如時雨又侍清談到晚涼笑道竹林添韻事山陰亭上盡

羅裳

清娛閣同鴻起姪舸齋看雨得二蕭

風滿山樓暑頓消片雲翻墨黯層霄烟低遠渚江天合電掣長空霹靂驕澎湃只疑鄰澗壑溟濛渾莫辨昏朝不須投轄留佳客漠漠平原沒斷橋

七夕立秋用李玉溪辛未七夕韻

莫是黃姑恨別離遂教白帝促佳期人間一葉驚飛早河畔雙星待渡遲良會却當初永夜輕裾可怯乍涼時應憐明日分攜淚盡作新秋細雨絲

題淡香小影詩冊後

秋水爲神絕點埃星眸生小識英才從來佳耦齊眉少越是名花越易摧

清才花貌幾能并十九齡垂絕世名莫怨此生春夢短祇緣冰雪太聰明

芳魂寂寂孤村外逸韻生生尺幅中淒絕淡香樓上月一窗花影鎖東風

綠葡萄

繁英絡架結蓬廬深貯明璫百斛餘一碧釀應勝

竹葉千房子恰異芙蕖驪珠濃染秋波後馬乳青含曉露初解渴不須思啖蔗飽餐差足愈相如

佛手柑

殘照西風野衲家黃金一樹飽霜華低垂輪掌尖猶斂深染旃檀篆未斜隔葉纖纖疑指月向人欵欵欲拈花折來緜几供清玩送臘迎春歲月賒

芭蕉

蕉林十丈覆山堂葉葉晴開露氣香日映玻瓈千片碧雨翻樓閣一天涼陰垂永晝彈棊靜綠暗匡牀引夢長裁作斜箋供染翰淋漓不礙草書狂

夾竹桃同浣雲妹作

仙源綺麗客迷津況復淇泉綠蘙新日暮鬢紅幾秋士天寒倚翠一佳人渡江淼淼休歌葉映箔疎疎不是筠別有清芬異麤俗那同李杏鬪韶春

放梢破豔總嬝娟淡淡紅粧倚暮烟但覺此君同我瘦何曾薄命受人憐涼敲桐雨音微度暖醉荷風色倍鮮三兩枝吟坡老句笑他春媚遜秋妍

浣雲作

源水湘雲若問津放梢時見著花新閨中逸韻兼林下君子風懷託美人簌簌清陰籠笑靨蕭蕭紅雨濕香筠門牆立處宜高節不是尋常陌上春

涼韻猶敲佩玉聲燕脂乍洗粉粧明其華南國憐之子載楫春江錯喚卿流水夕陽休悵望去年今日不關情薰風嘯詠軒窗下自有芳香烈更清

王少林先生過訪山堂艤齋留飲分韻得清

字

何來仙客叩柴荊廿載雲泥覿面驚詩卷定增當日富名言不減舊時清薊門風雪孤吟與（謂論山兄）句曲烟霞滯旅情（謂浣雲妹）安得一朝同聚首西堂連袂拜先生

少林先生過訪山堂分韻賦詩夢樓先生因余與舸齋即席有作以爲一時佳話更賦一首兼懷家論山兄余同舸齋聯句奉和並呈少林先生

子猷子敬舊齊名　鉉　杖履聯翩此地停賴有參軍誇勁敵　蕙　喜偕鴻婦拜荒庭縱毫墨海翻秋月　鉉　紅燭江樓聚德星莫歎天涯頭共白　蕙　餘霞飛處暮山青　鉉

夢樓先生原倡

誰能夫婦擅詩名不負高軒此暫停縱筆鮑家今姊妹（茝香爲雅堂令妹姊妹三人皆工詩）烏衣王氏舊門庭閨中擊鉢才如雪花下開尊鬢有星重話揚州春禊事只餘湖柳尚青青

和隨園先生越遊得女弟子五人喜作元韻

年逾八十鬢方皤早脫朝衫住薜蘿種柏曾分盈尺本著書兼惠等身多（先生以盆柏並隨園全集見惠）自操井臼供炊爨無復蟲魚任切磋慚愧樗材生勝地栽培多恐負東坡

隨園先生原倡

夏侯衰矣鬢雙皤桃李栽完到女蘿從古詩人高壽少於今閨閣讀書多畫眉有暇耽吟詠問字無人共切磋莫怪温家都監女隔窗偷覷老

東坡

古重陽日夢樓先生偕諸弟子集飲綠山堂秋亭詩先成即次其韻

快對黃花酒緩斟風簾低捲碧波深藉將荒圃烟霞色靜愜高人水月心佳日更親韋母範（謂達有黃太夫人）新題還共大家吟欣看滿目琳瑯列慚愧霜華兩鬢侵

再題烟波共泛小照和舸齋韻

游跡年來逐釣航佳時多在水雲鄉春衫共染江

烟淡風葦同聽夜雨狂好趁中年酬素志試從閒處泥流光雙鷗莫笑霜侵鬢身外無求任鬢霜

舸齋原倡

頻年踪跡託漁航來往鱸鄉與酒鄉風物及時從夙好雪泥隨處寄清狂敢期覽勝追宗炳差喜聯吟有孟光向夕莫依荒荻岸飛花黏鬢恐成霜

賀王少林先生生孫

江左風流歲月長石麟更得小王郎明珠在掌身

猶健丹鳳雛雛氣自昂夢裏神仙貽綵筆眼前蘭玉繼青箱消閒却羡先生樂擲果分甘鎮日忙

秋亭邀論山兄畹芳姊浣雲妹讌集草堂即席有作同次元韻

樓外山光潑黛濃莫教佳日去匆匆虛名笑我輸劉妹健筆推君敵杜公（家兄稱秋亭詩筆似杜）棠棣蔭連前夜雨忘憂花放午晴風廿年芳草天涯夢暫喜吟尊此日同

秋亭原倡

高閣臨山萬綠濃知音話別太匆匆（浣雲將返句曲）啟窗雲外飛青鶴傾蓋花前識鉅公（謂雅堂先生）詞翰舊欽蘇氏筆言容常接謝家風相逢莫怪相親重難得金樽此日同

次日再集山堂用秋亭韻

萍蓬喜踐昔年期（謂大兄三妹）花徑重開待女師倚馬共推安道筆（西席蓮塘戴公詩先成）登龍爭賞右丞詩（夢樓先生適至）廚供晚筍青成束酒泛飛英綠滿卮老去自慚霜管秃浮名廿載被人知

秋亭原倡

恰值西園雅集期騷壇牛耳得吾師征衣待拂凌江浪綵筆曾吟渡海詩把袂重教聯舊雨（師與雅堂先生垂髮至交）尋春可憶少年時鮑家三妹才難敵文讌山堂絕世奇

折早梅一枝寄論山兄詩以代柬

疎疎凍蕊綻林梢持贈高齋慰寂寥應識今宵紅燭下一枝春惹客心遙

月夜同論山兄畹芳姊浣雲妹話舊

阿兄弱冠我垂髫問字朝朝近綺寮看寫烏絲傾白墮晳研墨瀋賦紅蕉燈前伴讀書聲遠堂上承歡樂事饒彈指忽過三十載相逢莫怪鬢絲凋

此生端覺別離難廿載方成竟夕歡佳日儘多塵事擾故巢雖近雁行單青年江上頻分袂華髮花前共倚欄莫放深宵明月去鄉園容易得同看

雪後得閨友詩走筆和答

鎮日山扉掩綠苔愁多偏覺雁聲哀寒梅報到幾枝放好句奇爭六出開作答兼旬容我嬾揮毫頃

刻讓君才果然詩思清於雪拂拭瑤篇絕點埃

論山兄過山堂看梅出憶舊詩十六首見示頃大雪盈尺作長句紀之

忍寒兀坐開重幃林梅爛熳香侵衣倏明倏晦晝欲暮阿兄策杖敲荊扉一篇示我不堪誦掩卷汍瀾涕痕凍芳華十載事如塵風色滿簾天若夢振衣高閣共徘徊銀沙萬斛橫空來須臾盈寸復盈尺天葩繞筆爭春開縈迴交錯逞風勢白遍層巒渺無際望窮江海眩雙眸清絕乾坤銷點翳大公作意逞瓌琦欲索參軍雋逸詩莫辭燒燭團欒坐兒童滿斟金屈卮

雪晴山堂梅花正開遲論山兄不至戲柬二絕

殘雪初消襟抱開遲君花裏獨徘徊驕兒會得予心事隔院伴呼阿舅來

一林香雪媚春暉好鳥嬉晴逐隊飛問訊耽吟狂杜牧佳時底事賞心違

新正三日論山兄過草堂小集走筆成詩即

步元韻

消寒留客酒先茶正好圍爐剪韭芽春戀酡顏遲夕照天教健步訪梅花歸鴻印雪蹤無定古柏凌霄歲自加祗爲居貧難退食依然薄宦滯天涯

論山兄原倡

一樽檐外對紅茶草已蒙茸柳已芽藹藹停雲浮竹徑霏霏香霧濕梅花春憐歸客來偏早老怯新年到漸加莫厭頻過還泥飲明正此日又天涯

題晴江春曉圖

三高名譽重當年風雅襟懷學散仙不共棋枰爭勝負却從泉石結因緣

一幅春江萬里晴江天寬處欵柴荆忘機只有閒鷗鳥會得先生物外情

丁卯橋

一幅春帆逐暝烟荒村何處訪前賢青青只有橋邊柳猶自臨風綰客船

丹陽道中

夾岸平蕪綠際空布帆安穩趁西風辭家百里寧爲遠入耳鄉音已不同

華陽道中同畹芳姊聯句

倡玉聯珠事久非 畹 得閒今喜扣仙扉蒼顏雙映晴波朗 蓮 禿筆重賡雋語稀風送岸花香入硯 畹 春融嵐翠煖侵衣仙姑莫笑朝眞晚 蓮 路經仙姑廟 垂老烟霞願不違 畹

登大茅峰

大茅峰頂暮烟昏一氣茫茫覽八垠紺殿切雲開澒洞石欄和月倚嶙峋披衣香細臨芝閣逼面星寒近玉宸恍見青童君欲下擬攀鶴背御飈輪

月夜坐乾元觀玉蘭花下

清絕山中夜翛然隔世塵露濃花墜地牆矮竹窺人不寐貪看月遲歸爲惜春搜奇詢羽士來日試朝眞

游洗心池過仙人橋入績麻洞

三山搜勝蹟登頓亦勞止十步五步間清景紛莫紀籃輿道旁歇小坐深松裏幽幽石窟間瀉出一

泓水云是洗心池千載清如此且滌衣上塵臨風禮仙子是時日亭午更訪石橋址峩峩高跨空冠裳切雲起迤邐入幽洞陰寒浩無底不逢芝朮秀空餘土花紫感此重徘徊仙蹤渺難企

白雲觀

樓臺金碧隱巖阿路轉峰迴拗客過嶺上白雲從古好此間偏覺占來多

華陽洞

連峰亘百里精靈聚仙府事蹟溯華陽烟霞洞天

古下窺絕無路巖隙白雲補黝黑怖潛龍猙獰疑伏虎冥搜更爇火投足無全武氣陰春自寒泉滴晴如雨乍似撥琴絃又疑促箏柱盤紆一里餘欲入更傴僂仙人焉可逢丹砂亦難取長嘯出壺天松林日亭午

垂雲洞

蛟龍春後不藏洞窟宅烟開如鑿空我攜竹杖鞠躬入雲脚四垂寒欲凍初猶顯敞漸深黑地底殷雷走相送泉流翠竇時有聲石湧天衣叠無縫五

色迷離卷復舒朵朵芙蓉問誰種石鼓頹然巨十圍桐魚一應千峰泉我聞福地七十二第一華陽無伯仲到山已是入青霄況此垂雲作檐棟人間奇境覽方知塵勞一覺游仙夢

舟中口占

幾日松風得暫閒浮生依舊逐囂氛夢中已過金陵道衣上還沾玉洞雲花柳光陰三月暮仙凡世界一宵分終當了却紅塵累共訪丹砂問隱君

晚泊

歸途經百里繫棹日將晡回首華陽道三峰半有無酒仍沽野店身已隔仙都清景奚囊富何須紀畫圖

閨友屢寄佳什未克賦答率成四絕即以代柬

好風忽送五雲箋錯認餘霞落硯田掃地焚香供靜玩連篇月露墨花鮮

清福清才足並誇裁雲縷月度年華丹青更奪天工巧頃刻開成没骨花

心情早歲誤雕蟲涉獵殘篇斷簡中未料半生經世故却教雙鬢已如蓬

屢邀佳什慰離悰想見含毫逸思濃料理答君將一月半緣塵累半才庸

隨園先生輓辭

髫齡開卷仰鴻名直到中年始識荊投贄一朝邀雋譽論交兩世結詩盟（先生與先徵君暨論山兄皆交好）貞松遠贈秋烟碧仙荔分將玉液清（甲寅秋先生以古柏鮮荔見惠）常恐衰年來日少每過江郭滯行旌

歲晏鱗鴻跡杳然朔風栗烈黯江天乍聞凶耗還疑夢不見仙顏祇隔年涕淚無端零散帙瓊瑤何以答重泉（先生寄詩索和未報命即聞訃）倉山雖遠心能至一束生芻奠碧烟

題陳繪川表兄小照

當年名譽重京師意氣曾教貴冑知回首望雲思就養飄然一棹返江湄

壯志都從閱歷降杜門謝客任行藏歸裝莫笑無多物一卷傳詩兩鬢霜

老著萊衣二十年承顏課子樂陶然安貧近日如君少合與蓮花結淨緣（手折白蓮一枝故云）

題句曲學博馮墨香自在舟漁笛圖

先生官舍小於舟壁水涵烟靜不流閒譜新詞橫短笛一聲吹動已山秋

半牀書畫足移情常似乘風載月行著述盈囊身健在天留行已領耆英

才方屈宋夢羲皇蔬圃饘堂歲月長官冷儘容人問字華陽桃李半門牆

送舸齋游黄山

翩然揮手謝煩囂紅杏將花柳弄條奇句原非塵世有壯心頻倩勝游消綠波春淺拏舟穩黄海雲深覓路遥登遍峯頭三十六銀鐙可憶坐清宵

晚笋

薦新時已失入市價應低饌想春盤上陰憐夏室齊獨醒過醉日完節拔靑泥遲暮翻爲福猗猗渭水西

夏日過八公洞見　先徵君畫松小幅

紙窗積陰開幽巖動清興輕輿趁早凉暗蘚踐樵徑朱華池已冒紫筍籬猶迸精廬眼先明短幅松陰淨午炎退泉聲濕翠入僧定淋漓筆所到雷雨山根應始知畫與詩神妙心互競久坐度微颸餘響歇孤磬宛宛龍蛇生潭影白晝映

和論山兄暑窗四詠

蟬

幽棲穩占碧陰濃嘒嘒新聲遠近通清飲那愁無曉露高吟端不藉秋風綠槐掩映冠緌見黄葉飄

蕭鬢影空客豈知音偏愛聽柴門倚杖夕陽中

螢

稻畦閃閃入烟墟綺閣熒熒正夜初應識此心含寸草莫孤冷餤燭奇書輕兼葉度風飄軟涼繞花行露下徐唐殿隋宮寥落後多情常爲照蓬廬

蚊

連宵惱煞臥雲身多似恒沙攪若塵成市有聲如卜夜負山無力但侵人纖羅却抵堅城隔利觜殊嫌聒耳頻直到商秋全掃蕩鯉魚風起雁來賓

蠅

玉塵輕揮去復來營營終日費疑猜癡鑽窗紙終無路輕點屏風頓有埃千里漫誇隨驥尾一時都厭上螺杯寄言拔劍驅除客轉眼清霜徧草萊

論山兄原倡

冠綏天遣出塵中流響眞疑碧漢通已是啼殘九秋月不禁凄斷五更風翳憑一葉藏身易丸轉三生結習空好語人間小兒女莫將機巧事黏筒　蟬

隋宮唐殿已邱墟歲歲螢光點碧虛敢向檐楹亂星宿暫將光影借琴書綠莎雨重穿簾溼羅扇風輕度閣徐最是杜陵愁見汝滄江白髮憶吾廬　螢

長喙偏能飽細身輕於蛣蚋巨浮塵碧紗幬裏侵齊主青草湖邊困麗人繞鬢有聲來乙乙切膚如語訴頻頻莫矜夜出從蚊母一掃秋風有雁賓　蚊

暫時麾去復飛來無事煩人最可猜逐處不須

銅有臭點成能使玉生埃淋漓偏喜沿池墨齷齪何堪上酒杯也怕炎涼時節換一般癡凍隕蒿萊　蠅

清娛閣吟稾卷三終

清娛閣吟稾
卷四 卷五
卷六 附評跋題辭

清娛閣吟稾卷四

丹徒女史鮑之蕙茝香

古今體詩六十五首

生孫誌喜

廿載勞勞鬢已絲喜從中歲見孫枝牽裾尚有隨肩女繞膝尤多問字兒架上芸篇期並課階前竹馬待爭騎小園梨栗經秋熟他日分甘樂事宜

和浣雲妹詠梅四首

梅心

朔風吹雪凍漫天獨抱冬心晚益堅淡不言時孤月印寂無人處一枝傳虛宜修竹同新契素與幽蘭結舊緣中有靈犀冰樣冷肯隨春態鬬芳妍

梅骨

九疑仙子冠羣芳玉骨珊珊拗雪霜誰信一寒能入髓果然竟體總含香瘦如白鶴凌雲健傲比黃花冒雨凉自是君身有高格謾將皮相說龍翔

梅夢

風晴巖暖氣氤氳花蘂酣時夢欲紛雪壓松龕僧

獨覺春濃紙帳客平分鶴聲忽破孤山月蝶影同尋庾嶺雲人世華胥恒苦短游仙一枕孰如君

梅魂

淡淡黄昏寂寂宵横斜浮動望中遥半林香月勾初返五夜凄風黯欲銷招處帳宜裁紙薄斷來鈴可怯金搖杏花開後尋難見一縷空將艾納燒

浣雲妹原倡

梅心

早春獨步得其天冰雪爲憑一點堅淡處只邀明月印静中自有妙香傳芝蘭素結生前契水竹清留世外緣似笑無言誰更會風簷不動境超然

梅骨

負骨從知異衆芳生來傲雪與經霜何須錯節方爲鐵莫道開花始有香健筆撐雲三折瘦縞衣浸月五銖涼千年風格詩中見沈病潘愁孰較量

梅夢

寒林香霧鎖氤氲睡去朦朧夜色紛庾嶺神迷天一線揚州幽會月三分黑甜鄉裏吹成雪翠羽枝頭散作雲大抵浮生同此境勞勞塵網却輸君

梅魂

三生幻跡可憐宵渺渺羅浮續夢遥幾個黄昏禁得斷一番風信黯然銷悄寒欄角和香返細雨簷鈴怯珮搖只恐有情難遣此留連素影燭頻燒

和論山兄假滿北上渡河却寄元韻

憶昨相逢悲喜并倏辭鄉國又遐征年華冉冉看銀鬢花事匆匆到紫荆千里風塵人獨往連江烟靄雨方晴關情最是同巢燕從此慵窺舊畫楹

征帆渺渺度關津戀 闕思家夢寐頻山帶斜陽青不暮水添新漲綠難勻郎看名譽傳當代何憾文章誤此身好待遂初他日賦風泉竹露淨緇塵

論山兄原倡

江雲燕樹迥難并垂老孤篷又遠征兩地關心

俱骨丹百年回首有柴荆牛邊草色猶新土時葬
先慈甫畢雁外霞光正晚晴惆悵遂初何日賦小樓
重閉鎖書楹
沙鳥風帆幾問津揭來相喚渡河頻春流未復
灘猶露夏麥將登雨正勻落日知途存老馬半
生識字誤吟身一辭南國鶯花去依舊東華踏
軟塵

初夏別論山兄後書懷四首

乍晴乍雨熟梅初屆指君行十日餘月滿黃河帆

穩渡幾時重寄大雷書
經旬不見猶相憶千里相違奈若何廿四番風三
五月幾時常向故園過
情知聚首無多日故戀冰蟾臥每遲夏始春餘寒
未減幾時重與話當時
辛勤念我多塵累慰藉頻勞數往來彷彿小園花
柳問幾時尊酒對君開

月夜懷論山兄二首

風和月滿晚晴天散步長廊思悄然應識客途無
限意辭家乍見一回圓
一載鄉園樂事賒別來蟾影又窗紗無心更醉端
陽酒始信忘憂但有花

夏至後二日同鴻起姪舸齋暨澂湲兩兒山
堂坐月聯句奉懷論山大兄

霽月明如許鴻遙知客未眠心猶戀鄉國茝身已
隔山川野店雞鳴夜舸孤舟日暮天馬因搜句緩
澂帆是載書偏候吏驚稱字湲當關早認仙遙青
瞻泰岱鴻垂白向燕然憶昨過蓬徑茝連朝肆几

筵園蔬欣上箸舸梁燕替銜箋話到三更後澂尊
開晌午前晝長人不倦湲夜永影相憐觸緒詩如
海鴻飛觴酒似泉豪情老逾健茝道氣困彌堅玉
樹誇羣稚舸樗材愧少年藏鉤邀撫掌澂負劍喜
凭肩渭館方懸榻湲津亭忽繫船辛勤爲兒女鴻
去住任因緣別思縈朝雨茝愁懷寄晚烟重檐歸
宿鳥舸高柳咽新蟬野竹全舒籜澂盆荷尚似錢
濕螢流扇底湲涼露滴吟邊徑僻陰疎密鴻廊修
步後先風迴蘿壁裊茝星帶草堂懸有美依欄檻

舸

伊誰弄管絃緘書訛舉燭 澂 把釣欲忘筌爭進竿尋尺 澐 何辭斗十千支笻餘傲骨 鴻 搦管惜華顛欲報投桃意 茝 難賡詠絮篇阿咸仍接席 舸 无忌敢隨鞭急景頻移節 澂 清輝又上弦幾時還捧袂 澐 重對一輪圓 鴻

夏夜即事寄論山兄

一規低映一身閒竟日無多竟夕安綠野蛙聲欹枕聽綺窗花影背燈看荒疎萬卷年空長靜領三餘夜又闌忽憶杜陵清不寐四更風露葛衣單 兄有句云不是杜陵清不寐四更山月有誰知

舸齋小住攝山招予同游口占一律

耽吟欲笑伯鸞狂幾度題書寄草堂塵事暫交新娶婦征衣旋裹舊游裝香殘金粟看無分果熟霜橙好共嘗願祝天公助清興莫教風雨近重陽

將游攝山晚泊金山寺登塔

夕陽欲下江波紫一棹沿江溯葭葦舟人笑指攝山遙咫尺鼇峰當面起峰根江底插半天一枝靈塔搖秋烟絕頂孤高礙飛鳥金鈴自語風當巔手攜稚子忽冲舉江妃解珮馮夷鼓翺翔真欲到扶桑指點猶能辨吳楚岷源萬里下金陵石城蟠寒潮平紫金牛首總培塿瀰漫一抹蒼烟橫下方鐘魚晚相促高吟且住凌雲躅海霞入袂亂飄紅空翠礙眉輕掃綠御風忽復下蓬萊紺殿蘭堂次第開臨行更欲恣幽討青絲纜解孤帆催舟人打鼓乘潮去淡月橫江渾欲曙推篷四顧但漫漫塔在銀濤最高處

幽居

蕭辰風日佳游興復栩栩曳杖越重岡濃陰蔽朝煦入門不見僧時聽幽禽語衰柳鎖寒烟松毛落深塢上樓雲作梯墮瓦泉爲雨遺跡訪蕭梁殘碑摩夏禹翛然幽谷中一步一延佇即此足棲尋寧須事高舉

話山亭示兒子澐

危亭俯衆壑萬木高撐空層崖疊飛浪修橋眠彩虹泉流漱深谷竟日聲淙淙斜陽照金粟香溢隨天風丹黃雜蒼翠點綴疑神工呼兒事幽討一覽

開塵容汝父獬烟霞素與漁樵同我年未半百鬢髮將如蓬終當遂初心共泛烟波中爾曹年尚稚學業宜力攻窮達非所知但求明德崇試看古傳人何分士與農

春雨橋和舸齋韻

雲罨羣峰秀橋通衆壑春綠飛千尺雪清洗四山塵約水烟絲重投林鳥語頻危欄吟望處多半惜花人

舸齋原倡

壑滙千峰雨橋留萬古春送花過別礀惹夢到紅塵蒼翠望都合行歌不厭頻欄邊凝思者疑是畫中人

紫峰閣

絕壁憑空斷藤蘿過雨殷堆烟千佛髻如夢六朝山閣外松濤急雲邊塔影閒無波一池水清淺豁塵顏

玲峰池

烟巒樓閣望玲瓏始信蓬萊鎖梵宮絕磴欲爭飛鳥上一泓不藉細泉通松鳴遠岫排空碧檻繞澄波倒影紅薄暮明霞晴散綺飄飄疑在五雲中

桃花澗

浪疊層崖樹抱谿翠微深處石橋欹桃花流水今何在冷落當年舊品題

蒼藤蜒蜿走靈蛇夾徑楓林散綺霞有意吹來塡澗壑幻成錦浪作桃花

九日同舸齋登最高峰

攝山靈秀古所傳况逢佳日窮其巔商飆颯沓走

沙石籃輿曲折衝嵐烟濃霜幾日滑如洗數里楓林散霞綺穿雲不覺近丹霄謖謖松濤喧脚底蘚磴一線盤蒼寒人與猿猱爭往還飈梯伶俜躡未半十步九折行逾艱豁然奮身倚天柱萬里江光橫匹素險絕何堪病骨躋蔦蘿端藉喬松附舉頭翠釜懸穹窿耳邊浩浩唯天風黃花泛酒酹白日銀杏擢幹騰蒼龍須臾夕陽照峰紫滄海盈盈一杯耳愧無健筆似班昭但聽狂歌樂平子揚帆我欲登蓬瀛弱水三萬不可經臨風忽憶少陵句俯

仰今古難爲情

黃葉

山高霜信早黃葉滿疎林古澗一泓水斜陽萬樹金柴門孤衲掃石磴白雲深隱約遮蕭寺相期策杖尋

夕陽

泉壑晚烟起歸鴉已滿枝秋痕如水淡寒景隔林移壯士愁無極空山又此時樵人乘月返踏葉故遲遲

住德雲精舍紀興四首

清秋偕仲蔚幾日住名山風勁寒偏早林深綠未斑寺傳千葉上僧夢六朝間得遂烟霞志何須藥駐顏

閣對高峰最檐排老桂雙天香飛臥榻空翠滴吟窗沙渚模糊辨齋鐘斷續撞亂泉通衆壑隨處聽淙淙

亭開林壑外松撼古今秋暝色遲遲見嵐光面面收重檐巢蝙蝠頹檻上蝸牛徙倚渾忘返天闉月一鉤

偶占林泉福翛然百慮空尋碑三代上得月衆香中句憶參軍好隔歲論山兄經此有作燈挑稚子同匆匆理歸棹淸興付詩筒

歸舟有作

半規新月送歸航蘆葦蕭蕭引路長徙倚篷窗不成寐四圍天淨水雲凉

扁舟淺水苦難行好待江潮午夜生月與詩人消旅思今宵更比昨宵明

病中偶成

一臥經旬日深深晝掩門病魔噓冷暖藥餌易饔飧胃渴思吞海裘輕欲負暄竟須支瘦骨扶杖過西園

羸軀如鳥倦長晝與年齊侍婢諳情性驕兒任笑啼有方驅瘧鬼無計覓刀圭嘹唳天邊鴈聲聲到枕低

不寐

久病睡難着披衣夜未央燈寒蘭焰短霜重布衾

涼隱隱聞街柝遲遲待曙光劇憐羣動息開卷味殊長

冬日聞夢樓先生偕諸詩人集飲綠山堂懷家論山兄卒成一律

煮芹留客坐論文落木蕭蕭亂夕曛冀北星霜驚晏歲江鄉鸞鶴賦離羣白頭戀　闕容方朔綵筆裁書感右軍安得高枝棲倦羽一宵歡聚慰殷勤

臘月十五與舸齋山堂對月夜話同用八庚

庭空地白兩心清閒數人間不朽名惟願吾曹常

笑語何須兒輩作公卿寒輕此夜春將至來日立春圓到今番客倍驚謂論山兄坐待明輝徧林木好隨疎影繞廊行

舸齋作

今年月剩此宵清但飲何求死後名樂志有妻同北郭閉關無客訪元卿烟霞娛老人寧姤詩酒藏身夢不驚憶得獨游天海夜相期秋半共君行黃山光明頂中秋看月爲最

辛酉新正三日懷論山兄即以代柬

早梅開徧向南枝送臘迎春又一時戊午是日兄過山堂留飲有作每到佳辰慵對酒更緣衰鬢懶吟詩花仍破雪香多減蔬已登盤味較遲差喜阿孫能學語紅燈竹馬慰愁思

送幼芬姪女入都二首

草長花飛感鬢絲可堪道韞別家時早明詩禮承庭訓乍歷關河繫夢思上國　恩波看並渥客途况味憶曾知計程到及端陽後紅藕香濃太液池

二

福慧吾家讓爾全莫將離思恨風烟蘭閨兒女成雙璧燕寢椿萱正壯年强飯漫勞慈母念寄書時到阿翁前爲言京洛韓康伯鄭重功名早著鞭

答茅藥仙女史

鷗波夫婦久名齊詞翰爭傳管仲姬贈我新詩逾尺璧深慚裁答太遲遲

操觚技拙自髫時塵累蹉跎鬢已絲偶閉蓬門吟下里賞音何幸有鍾期

舊交兩世比金蘭先徵君與令祖交家論山兄與尊甫耕亭先生又稱世好燕

隔雕梁接翼難聞道若莘年尚㓜公卿稱羨滿長
安
南北神交十載餘落花滿徑挽雲車清談永日聽
風度林下閨中兩不虛
嗟予忽忽過中年清福清才羨爾全北里親庭雙
鶴健膝前雛鳳更翩翩
里居咫尺抵關山語笑依依夢想間艮晤幾回交
臂失參辰應是夙緣慳

藥仙贈詩

參軍家學舊知名况是君徽藝更精花骨輕裁
春鬭碧銀毫細舞月同清秘書筆硯偏傳妹賦
茗才華不讓兄若列紗幃親講授心香一點願
輸誠
記從膝下赴都門閱歷關河稾半存燕北雲山
多寄跡越東烟水又銷魂家姊赴任浙東書緘見說親
猶健衫袖常教淚有痕詩到別離情更切對君
羞把句深論
㓜同弱弟學塗鴉載酒裁衫入絳紗廿載琴書
成往事一時鴻雁各天涯身因多病才俱拙心
為謀貧願轉奢筆墨年來疎懶甚任他開落滿
園花
我家小閣對青山仲蔚園亭指顧間掃徑未能
迎霧駕採梅曾記欵花關林端樓占三分小壁
上箋題十樣蠻自恨結緣真太淺何時尊酒拜
芝顏

題錢鶴山詩稾後

公子韶年骨相奇翩翩才調我曾知蓼莪篇苦垂

髫廢清白門衰隻手支逸少法書摩詰畫文通彩
筆謫仙詩藝林他日傳佳話三絕推君冠一時

題雲根山館詩鈔後

張范交情奕世論早聞聲價重龍門先徵君論山兒暨外子與君家契好三世子又同出隨園門三都逸響推君嗣一技無成笑
我存筆浣明河除點翳詞宗太白有根源閒居已
遂潘仁志日日輕輿奉小園

題戴氏雙節卷尾

青青連理樹一夕被霜萎已抱餘生痛何堪弱妹

隨草同悲獨活經遞課孤兒孝笋心原苦干雲信可期

披圖題句徧未讀已聲吞矢志同懷少磨笄異代尊寥寥冰雪操杳杳脊令魂他日標彤管清風著一門

題紅蕙圖

笠澤風烟弱不支托根幽圃伴袁絲素心多恐無人識略點胭脂為入時

七月廿九日同舸齋清娛閣坐雨得腥字

暑釀雲陰重鵲喧風滿庭怒雷衝地起猛雨挾龍腥窗潤生虛白山低歛暮青相於深竹外靜夜一燈聽

即事仍用腥字

三餘時共惜庭戸晝常扃暑入秋彌酷蘭無風自馨墨雲翻屋角白雨亂檐鈴陡覺炎凉變惟聞草木腥

題袁節母竹柏樓圖

花落樓空晝掩門至今人仰母儀尊春暉寸草乖初願夜月慈烏泣斷魂鐵榦參天標勁節霜竿洗雨認啼痕可堪十五年燈火獨守遺經付子孫

送逸雲三姪赴閩

一帆東下水天遙卮酒離亭興強豪游子夢多鄉國戀征鴻心為稻粱勞晨星落落嗟吾輩雛鳳翩翩盼汝曹此去客程堪自慰椿萱甲子未云高

書劍頻年事故侯又隨甘雨赴漳州清霽亭觀察昔守吾郡拔取逸雲冠軍師弟相得後歷任俱從游天教彩筆江山助我羨仙鄉少壯游射策他年看入洛囊錐此日暫依劉雪峰

霞嶼多靈境待爾題詩最上頭

題卷施閣集後

曾侍蓬萊近玉清一枝椽筆破空行獨操旗鼓開生面徧歷華夷著盛名黃髮猶深風木憾丹心惟向太陽傾奇才不是天成就萬死何能得更生

曹墨琴女史書扇聯見贈率成四絕報謝

大姑風範未能攀妙詠曾經見一斑今日法書勞遠贈衛夫人果在人間

幽院春殘長綠莎臨池功到墨成波箏箋想見奇

兒侍文武傳家母教多壘琴次子以承嗣夫先生襲雲騎尉聽
文吳寫韻綵毫纖玉府花深歲月淹俯視紅塵應
一笑孟光夫婦守蘆簾
自笑耽吟句未工漸看元鬢似飛蓬何時更放烟
波棹會向楞伽拜下風

和論山兄詠鳳仙花二首

天上佳期正鵲橋司花剪拂肯辭勞幾枝綽約依
兒女五綵離褷振羽毛細雨桐階零翠珮斜陽苔
院曬金絲前身趙后紅樓在唱斷風裙一曲高

爛熳休嫌細蘂紛一花一葉九苞文根依阿閣三
珠樹夢到蓬山五色雲血染春葱螺透甲髻盤秋
砌鶴爲羣含情何處逢簫史滿地商飈白日曛

論山兄原倡

繁於仙杏豔於桃不藉東君點染勞著子已成
鸚鵡粒向人如詡鳳凰毛離披帶雨垂紅綬爛
熳臨風散錦縧玉砌雕欄誰貴汝祇應相伴老
蓬蒿
輝輝鳳羽九苞紛小草猶能燦五文好與雞冠
聯舊雨輸他鴨脚上秋雲虛名紫閣難爲樣唐文有鳳閣樣短翅丹山惜離羣繞砌重吟還細把不堪
惆悵對斜曛

清娛閣納涼時瓶中夜合花正開同舸齋暨
兒輩各賦一律

開到青棠晝似年小樓珍重晚涼天橫瓶素朶剛
窺月度閣幽香欲化烟有子成行歡自合無才問
世忿難蠲此花名合歡一名蠲忿浮生百歲蹉跎久肯使艮
宵付醉眠

清娛閣吟稾卷四終

清娛閣吟稾卷五

丹徒女史鮑之蕙茝香

古今體詩六十四首

西湖四首

西湖佳麗冠東南一水溶溶萬象涵仙佛古來留勝蹟林泉到處盡名藍光搖半月橋橫六影臥中流塔浸三正值清秋風日好游人不飲興先酣

面水林亭却枕山陰晴併在畫圖間柳邊朱檻緣隄曲沙際青蕪抱郭彎花鳥四時供客賞烟波千頃讓鷗閒鯉魚風緊霜飛早楓近西泠葉已殷

處士墳前竹木稠風光宜曉更宜秋亭依疎柳搖波面船趁初陽出渡頭嵐靄重重開畫艪管絃一一占歌樓忽看兩鏡明於洗裏外湖澄宿霧收

游雲吹盡午晴餘天水空明塔勢孤到眼總非塵世界置身疑在小蓬壺憑虛樓閣丹霞麗環郡芙蓉紫翠俱自有白蘇賢太守至今風景未曾殊

雨中同舸齋泛湖聯句

烟波夙願在名湖 舸 細雨斜風興不孤鮭菜蓴羹甘淡泊 茝 黃花白酒足清娛溟濛烟岫新圖米 舸 遠近沙隄舊姓蘇萬頃水雲歸路杳 茝 野航合與孟光俱 舸

同舸齋聯句酬和野雲姪見贈游越原韻

蓴鱸初美柏初丹 舸 秋淨明湖綠半竿勝地偕游寧易得 茝 華年如夢欲追難岱雲燕雪期同踏 舸 野雲將子北上 約 越水吳山不共看早晚東風雙鯉便 茝 先將詩草寄吟壇 舸

野雲贈詩

舸齋姑丈暨茝香姑母詩名震耀久徧海內山水之興本乎性情今秋復買棹東游同尋吳越諸勝烟波共泛用踐前言古今韻事莫是過矣因口占長句贈行以誌嚮往

高秋放棹葉初丹共向烟波理釣竿山水是眞兒女幼 時姑母有殤女之慼故云 偕游容易兩賢難江潮海日奇爭賞香霧清輝笑並看何用摩崖題姓氏早傳佳話滿詩壇

龍井

高秋選勝來錢唐鑑輿取道經風篁嶺名竹陰四合上無路泉聲百道迴崇岡昔聞玆山有龍井井底蒼龍眠不醒更聞高僧有辨才月林結客無塵埃有龍則靈僧則典瀹茗終年駐軒冕碑碣模糊蹟半湮林泉森邃名尤顯我來風日正清幽策杖捫蘿終日留三面嵐光沐微雨四圍霽色明吟眸丹黃蒼翠紛巖腹天爲游人開穠谷亭前奇石作雲房山外明湖消霧縠殘僧掃葉煮寒泉一甌著手清可憐坐覺幽香襲眉宇不知衆壑生蒼烟何來

鐘聲落空碧昏鴉陣陣催歸客還期十日曉霜濃停車一覽千林赤

錢塘觀潮

錢塘九月楓未凋澄波如練秋旻高游人夢覺先鳥起應候來看江頭潮俄聞隆隆振坤軸畫天一線銀光遙濕烟迷離越峰失烈霆震蕩吳山搖須臾黑飈吹海立颯沓似策扶桑鰲靈胥怒乘雲霧至素車白馬紛翔翱初疑水犀練烏喙六千君子戈矛鏖又疑陽侯弄風雨揚波激浪撼斗杓舟人闞險逆潮上回檣滾滾隨飛濤喧豗澎湃沸天半雪花百丈搏風驕憑欄但覺雙目眩毛髮聳立神魂飄回頭風定片帆出水天一色烟雲消

錢王祠

老樹鴉歸碧殿昏霸圖渺渺弔忠魂生降潮水韜弓弩死愛湖山長子孫姓字不隨烟浪逝功勳猶見蘚碑存至今陌上花開日緩緩人還唱墓門

六和塔

峰頭古塔出紅塵舊跡還來訪月輪到頂鳥看飛

下界倚風人欲御蒼旻千山入越秋逾秀萬弩翻濤海有神信是巍巍龍象力夜燈終古照迷津

湖樓即事二首

朝來把卷暮憑欄匝月樓居旅思寬南國烟花娛倦眼晩菘滋味勝春盤湖邊秋鴈櫓聲起霜裏芙蓉練影寒欲寫西施眞貌出含毫幾度坐更闌

舟可頻呼酒可賒一篷時向水雲涯世間極樂皆如夢客裏能安即是家四序風光秋最好中年目力晩初差從知盛覽無多得夜夜開簾待月華

六一泉

寒泉清見底韻事話歐陽水榭空三面萍池綠一方雨餘松子墮秋後蘚花蒼照影湖天晚晶奩淬月光

曉晴買舟看霜葉

北風徹夜連天吼橫掃陰霾疾於帚起看雲斂四山青湖水平隄漾疎柳舟人侵曉叩荆扉報到山衣盡賜緋爪皮雙槳輕如燕擊破玻璃掠水飛沿洄疑入丹霞谷潑眼千花萬花簇頓教人世變繁

華圖畫天然開一幅維舟乘興過南屏涼影飄蕭步屢停一片白雲千點鴈夕陽人立最高亭

湖樓偶成

積雨欣朝霽澄波直到門烟消山脊露日出渡頭喧吹浪魚知樂嬉晴鳥互言櫓柔絃管細絡繹向名園

僦居闤闠外一室置身安檐敞看山遠窗低近水寒曉風香藻荇暮色醉林巒晏息侵晨起終朝逐雨丸

由九溪十八澗憩理安寺

九溪十八澗瀠洄山勢如屏摺復開絕磴鳥爭雲上宿夕陽人自畫中來寺浮綠海疑天近松響晴濤認雨催歷徧西南無此境停車林下故遲回

小有天園

小有蓬壺勝兼旬兩度經樓臺浮蜃氣竹木狀山靈春色輸霜色南屏即畫屏尋碑緣曲磴日暮杖還停

水樂洞

太古無宮商聞泉似聞樂千秋無賞音此淵終不涸幼讀坡仙詩即欲窮斯壑今秋事幽討不憚徑犖确蒼巖肖巨獸猙獰勢尤卓策杖俯谽谺雲璈暗中作更聆虛竇音金石相交錯泠泠悅塵耳不覺日西落

虎跑泉用坡公韻

慈雲山僻野花香夾徑松風逼面涼虎井一泓僧眼碧霜巒四合錦屏長塵勞未畢嗟華髮勝地能來覽上方讀罷坡仙舊題句竹爐佳茗喜同嘗

韜光

石磴高無極迂迴萬竹叢陰崖含雨氣疎磬落天風吳越窺烟外江湖入座中溯泉登絕巘蘿洞禮韜公

靈隱寺

岧嶤鷲嶺與雲齊海日江潮入望低一自理公埋骨後至今峰下少猿啼

冷泉亭

泉冷亭閒俯澗阿冰奩今古照人多任他衆壑爭

歸海此水終年靜不波

飛來峰

西竺飛來一角山和雲和樹落人間靈峰也識明湖好小住千年徑不還

龍泓洞

靈窟高窺一穴天重淵深與越江連瀲清不用禪心制抱得明珠自在眠

玉乳洞

巖戸玲瓏面面通何年鬼斧鑿秋風泠泠石乳晴猶滴當日呼猿或此中

射旭洞

理公巖穴晝冥冥霧裏蓮花萬朶青一線中分晴射日尚留片石記翻經

雲棲

夙慕雲棲勝松篁不計年層嵐中有寺一碧外無天懺室香成霧齋厨筧引泉死生同日决部署至今傳

玉泉觀魚

淨院依山麓文鱗鏡裏行琉璃如不隔荇藻自交横豈羨江湖樂何愁網罟驚天機微活潑予亦愜幽情

石屋洞

昔聞巨靈擘華斷山脉未聞鑿山充梵宅曠然廣厦羅朱龕巖竇玲瓏貌窗格紅蘿成幄松爲關蒼蘚鋪茵佛鐫石涓涓足底閟靈泉淅淅懸崖迸雲液我疑此窟非人工應是鴻濛以前闢却慚雙鬢已如蓬始識寰中有奇蹟

紫雲洞

新晴乘筍輿透迤緣霜岑丹黃背朝旭錦障明千尋行行入邃谷隔林聞梵音俯觀斷崖底黝黑百丈深四時不見日萬古常陰森涼飈透巖隙石氣秋鬢侵上列古松檜濤起如龍吟還期屆盛暑相與清煩襟

金鼓洞

越嶺盤崖角交空竹徑灣犬眠門晝掩已識道人閒雲窩支丹竈茶烟簇翠鬟不聞金鼓響惟有水潺湲

吳山同舸齋登大觀臺

秋老吳天鴈叫霜同臨絕巘覽晴光錦屏霞抱緣湖曲雪練烟銷界越長隱隱靈潮喧古堞曈曈海日出扶桑徘徊憶到歐公記勝槩如登有美堂

同舸齋泛舟西溪聯句

古蕩秦亭路屈盤舸 北高峰北水雲寬舟從碧葦叢中出蓮 山向丹楓缺處看過客自來憐境僻舸 居人於此託身安登樓秋雪飛如許蓮 詩骨今宵分外寒舸

孤山

孤山不與衆山俱獨背繁華占裏湖擬酌寒泉薦秋菊空林何處訪林逋

四圍烟水小亭收放鶴人遙蹟尚留何用文章傳不朽一抔今古擅風流

雷峰塔

不占天中占水涯酡顏終日醉烟霞李流芳句雷峯倚天如醉翁 游人莫笑光芒禿幾度滄桑閱歲華

檇李道中

石門城古帶隄遙城上寒雲黯不消漾水霞如金鯉赤飽風帆似玉驄驕十分楓葉增吟興兩岸蘆花隔市囂來日鴛鴦湖畔過相於佳處駐蘭橈

雨中登烟雨樓

一篷涼雪泊菰蒲烟雨空濛景頓殊近海樓臺疑蜃市蕩舟兒女愛鴛湖汀邊楊柳欹逾重天際蘆花淡欲無日暮憑欄更凝睇茫茫何處是前途

吳江夜泊

舟抵吳江驛收帆值晚晴寥空孤月白荒戍一燈明隱隱垂虹渡蕭蕭敗葦聲水窗淸不寐次第聽寒更

夜抵吳閶

風定夜潮平眠遲夢未成飛霜吟枕覺達曙水窗明關近更尤急舟多語不淸微聞臨滸墅知是闔閭城

山塘泛舟歷虎邱諸勝

快晴一棹泛淸秋竟日山塘作勝游金粟香殘叢

菊早吳閶隨處儘淹留

雨餘新漲碧於螺畫舫香輪絡繹過賣到秋花聲未斷水窗七里捲簾多

嵐收孤塔出溟濛柳引長隄落鏡中到處青山開白社飛樓千載仰蘇公

幾處砧聲亂鴈聲深宵打槳薄寒生誰家暮雨瀟瀟曲月浸高樓一笛淸

斟酌橋通白傅祠祠邊歌吹夜歸遲仰蘇懷杜詞人盛合繼劉郎唱竹枝

碧磴丹梯望不窮一峰孤湧寺當中秋花開滿眞娘墓點點都成血淚紅

半臨阡陌半臨城迤邐樓臺逐勢成花外青旗烟外舫朝朝不斷管絃聲

闔閭墳在劒池間蒼蘚層層翡翠斑霸業等閒拋逝水一坏嬴得占名山

一角飛軒架壑牢松風足底響寒濤人家十萬蒼烟裏半日登臨遠市囂

短簿祠新迹已陳巖花澗草互爭春游船日日祠

前過不識名山舊主人

游華山

鷲嶺霜融曉氣澄鮮妍畫幛展層層踏殘黃葉剛逢寺飛盡白雲纔見僧風度前溪傳梵唄堂開深竹隱龕燈振衣擬躡蓮峰頂徧覽仙蹤興尙能

偕舸齋遊天平山

天平山勢何崔巍孤峰屹立千峰圍蒼蒼烟靄望不盡霜楓古檜交柯枝昔聞茲山有松日華蓋根蟠石縫勢高大又聞掛壁有名泉一線銀光走雲

外我行木末參井捫伯鸞引我登龍門洞庭兩點儼鬟髻太湖一鏡涵乾坤更踏懸崖覓遺蹟清磬聲聲日將夕秋氣陰寒石氣青隱隱刺天皆草棘吁嗟乎人生樂事不易求光陰百歲如奔流修名未立身已老與君何處尋丹邱君不見范公節義垂邦族高塚千秋絶樵牧他日能完偕隱心埋骨茲山願應足

游秦氏寄暢園

爲訪名園一繫舟小春天氣似殘秋霜催紅葉爭

花豔牆放青山露佛頭琴筑聲聞松外澗簾櫳涼捲水邊樓主人軒蓋何時駐佳日偏容過客游

送舸齋游天台

一年一度越東游已慣天涯不賦愁黃海詩成剛脫稾綠梅花謝又登舟名山志果追禽向仙境蹤應遇阮劉料得桃源今尚在洞門雲水日悠悠

送野雲姪選貢入都

行蹤奕世等雲烟話到將離便黯然身重固難拋老幼家貧豈易戀林泉關心　聖代新恩早回首

慈顏舊夢懸（壬辰春予侍太恭人入都）爲語相如今病酒（論山兄近患酒痟）好安眠食慰華顛

招隱寺題壁

霜重林疎路寂寥招提勝賞愜今朝松盈樵擔輕饒雪雲附僧衣遠過橋虎跡舊餘泉石泠鶯聲春憶管絃嬌塵中堪笑勞勞者十載重來鬢已凋

蓮花洞

蒼苔老逾厚一徑入幽竹不知烟嵐深古佛全身綠

洞門氣幽幽花密人難進樵婦日斜來秋紅簪兩鬢

長兄訃至誌慟四首

哀鴻徹夜不成眠凶耗驚聞淚似泉半世功名從此了全家老幼仗誰憐承　恩信得彌留際（客冬應推陞內閣侍讀學士）赴召魂歸借壽前（上元日同大姊等具疏禱神爲兄借壽已是卒後十日矣）慟絶尺書貽小阮（兄與鴻起姪書明春或可一面）豈知一面竟無緣

憶卜瀧岡乞假還鄉園一載極悲歡祇因擔重肩

難息縱使身閒夢不安蟻泛花前嗟老至鴈飛天外竟行單（兄每與蕙等聚首思及笙山兄輒淚下）傷心歷歷言猶在肯信歸骸寄一棺

一官粉署十三年百不營求總信天菱角寧磨成芡實柳條肯屈作桮棬生前已是全名節死後何須問佛仙幸有千秋遺業在流傳况得子孫賢

疎散襟懷迥出塵守官守道自安貧情真每寄書中夢（蕙素多病兄每憂之有夢必寄書致問）俸薄常留座上賓猶子久聞如己子抽身終未遂吟身追思往事俱成淚忍對荊花歲歲春

王夢樓先生輓辭

正苦思歸櫬（論山兄卒於京邸柩尚未歸）俄驚萎哲人上清同應召大雅孰扶輪撒手心無礙從頭跡未陳曠觀滄海日早占玉堂春宦績追袁紹（紹爲臨安太守時人呼爲佛子）文章駕穎濱西湖開講席　北闕念詞臣摩詰休官早香山結社新黄壚時貰酒白舫偶垂綸椽筆空前代囊書著等身逃禪求戒律顧曲養天真望擬荊州重交惟鮑叔親憶予操末技總角接清塵謬以同音許（廿年來先生每閱蕙詩輒云近時詩律之細唯爾能之亦惟予知之）嘗叨問字因遽聞歸淨土誰復指迷津業自傳千古名猶噪八垠騷壇無領袖絳帳乏傳薪砥柱淪江漢靈光圯棘榛齊眉泣龐母離膝慟安仁（時令嗣君入都謁選）獻壽詩猶欠（先生七十壽辰蕙擬作小詩爲壽未成）招魂願莫伸思量知己感染翰總傷神

清娛閣吟稾卷五終

清娛閣吟稾卷六

丹徒女史鮑之蕙茝香

古今體詩八十三首

壬戌寒食聞長兄柩出都誌感

風雨逢寒食關情涕淚俱梨花春事冷麥飯旅魂孤終被浮名繫都緣半畝無如何隔生死入夢總模糊

寄三妹

怡情觀物化觸處轉依依已恨連枝少何堪聚首稀錦鱗江上杳元鬢鏡中非書到須料理秋期莫更違

四月九日同人登北固山樓晤秋亭女史

女伴招予興強乘肩輿直上最高層扣關却喜班姑在入座同憐白髮增極浦青浮羣岫小飛樓晴納一江澄家山依舊人何在話到遺篇感不勝（論山兄北固山樓放歌末云逝將買舟載妻子相與故山勝處長追游）

經舊宅

故宅兒時出門庭卌載違尋花三徑在問姓四鄰非樹老春疑少梁空燕尙歸悲涼無限意不語對斜暉

過江上諸道院小憩凌江閣看牡丹

閒來何處著吟身不在山巔即水濱嵐湧一筇黏翠濕潮平雙槳剪波勻風能醉客非關酒物盡愁人豈爲春百歲光陰哀樂半肯教枯坐負芳辰

衆香院靜閟巖阿滿地春深長綠莎花壓一欄酣酒豔樓開三面得江多日斜帆影飛窗戶風暖天香度薜蘿羽士莫嗤游跡少板輿懸後懶經過（自憶太宜人去世後未經此）

夏日遣懷十首

小有山林趣聊除心地煩殘紅紛雨徑蒼翠合蘿垣岫遠窗間列濤驚樹裏翻養閒能半日亦足濬詩源

早年耽識字老大復温經時雨連朝足林陰覆屋青氣蒸烟尙濕風過草俱馨來日晴難問蝸牛上戶庭

潑眼皆新綠聞聲半野禽簾疎通雨氣蕉短可窗

陰展卷忘長晝裁詩乏賞音。論山兄與夢樓先生俱已厭世 閉關
無箇事不啻入山深
向暮息煩暑無邊秋意生戰風檐馬脆織雨候蟲
清塵淨中庭敞涼歸細葛輕預鈎簾八尺延月入
書楹
追涼過仄徑覓句繞長廊洞啟窗三面平鋪月一
方烟蘿酣蝶夢風柳亂螢光露坐貪清夜時聞菡
萏香
靜極翻多慨蒼茫感歲時幼年悲失怙暮齒重連

枝惜別驚春早看雲怪鴈遲誰知一分手後會渺
無期
半生遵婦道插架負牙籤易見兒孫長難求福慧
兼匆匆逾旦暮瑣瑣問虀鹽鄭重逢長夏功夫較
昔添
衰髮經梳落愁腸藉酒融任勞知我拙不敎爲兒
懵籬豆秋方結山花晚自紅何須勤灌溉榮謝總
天工
朝課偕張仲宵吟憶阿咸聲華傳 上國塵土撲

征衫祿養因貧就鄉書帶淚緘天應昌節孝雨露
點頭銜 懷野雲姪都下
句澀才將盡心勞鬢易蒼曝衣防雨久織素禦秋
涼風木知難靜詩書肯暫荒弄孫娛暮景差勝駐
顏方
舸齋寓邗上補作台宕游草將歸顛風斷渡
三日戲柬一絕
貪取湖山入笥中淋漓筆墨吐長虹何期潛被天
工妬三日歸帆竟阻風

清娛閣新秋懷野雲姪
愛月攜兒輩宵分更上樓松篁三面影風露一天
秋遠岫歸雲杳高枝獨鶴投長安渺何所凝望總
悠悠
茫茫天地意終古困才人落葉清秋夕高堂倚望
身齒於潘岳長家較馬卿貧喜有凌雲筆 新恩
沐小春 聞廷試在九月杪
野雲和作
寒月臨燕塞新霜照 鳳樓夢回砧外樹心去

鴈邊秋才短書空上途窮筆欲投薦衡今孰是
人事總悠悠
裘馬長安道相逢半故人浮雲原過眼塵海獨
嫌身狂在非關酒愁多不爲貧數行知已淚辛
苦盼陽春

癸亥正月四日長兄忌辰誌感

酸風苦雨繐帷寒滿壁哀辭不忍看泡影一年悲
逝水夢魂三月離長安霜枝拗鐵凋零易梁燕辭
巢補綴難何地可傳無限恨海中空說返魂丹

孤棺猶未卜新阡底事精魂竟杳然澹泊心期盟
白水蕭條家具剩青氈亦知浮世皆如寄爭奈衰
門失所天淒絕書樓春雨冷好花容易過華年謂愷
閨姪

上元懷野雲姪

驚心節又到元宵去年今日同大姊禱神爲兄祈壽正野雲北上前一日黯
黯層陰雪意饒懊惱人難勝醉夢瞢騰天易越昏
朝春聲幾處喧燈市夜雨經旬變柳條有客隻身
千里外鄉愁此際若爲消

郭蘭池過山堂探梅值予與舸齋閒坐蘭池
有詩贈舸齋次韻和之

中年嗟序促同惜釀梅時藥裡連朝凍禽窺向午
枝詩脾晴日健花信閏春遲清極香中韻偏宜小
杜知

蘭池原倡

新正無事日幽院峭寒時覆砌冬春雪交檐向
背枝人如空谷坐月較上元遲梁案催花句東
風昨夜知

舸齋和作

畏寒朝晏起臘盡試燈時客響尋春屐禽嬉破
凍枝影雙搔鬢短時蓓香在座句澀放杯遲養拙耽
閒趣偏宜舊雨知

上元後一日澂兒寄閱梁溪游草喜書卷首
以示

一卷吟成改歲華慰予望眼倚閭賒喜添詩筆酬
先志先舅南原公工詩早卒病革云予好詩天不假我以年願子孫能繼予志差有
詞鋒繼外家客久漸能安旅況年輕原未慣天涯

歸帆若趁東風便繞屋山梅正著花

春日偶成寄舸齋

閉關無客訪梅花花自闌珊柳自芽積雨垣苔侵屋角認巢梁燕啄窗紗詩情偶爲閒居得春意偏宜閏月賒聞道竹西風日好可將奇句鬭繁華

舸齋和作

春寒二月見梅花花信初番草始芽湖舫得詩多信口儈盧好事替籠紗薄游一水淮南近小別經年冀北賒謂野雲非是佳辰耽寂寞懶將衰鬢對繁華

同愷園姪暨兒輩雨霽登清娛閣同用新字

風恬日暖健吟身雨歇高樓物色新鵲噪雲陰開北屋蝶隨花氣過東鄰輕雷乍破羅浮夢細草都成翡翠茵即此一尊堪共賞底須游思寄郊闉

愷園姪止宿山堂有詩見贈即次原韻

苔淨庭空不受塵一天霽色作濃春窗延遠翠晴橫榻花釀香風暖醉人白戰難逢坡老再論山兄有登清娛閣看雪詩綵毫喜見仲容新百年佳日鄉園少莫厭深宵喚酒頻

愷園原倡

嫩柳飄烟動麴塵步過芳徑始知春天容落檻青收雨日氣烘花暖健人楚客幽懷香草共坐有盆蘭甚茂謝庭佳詠玉臺新却慚覽舉疎詞筆强逐鶯簧學呀頻

叔淵姪有園花爲風雨所傷諸作藉誌悼亡之感爲題卷尾慰之

珠璣和淚迸吟箋絕似潘仁悼往篇應識穠華消歇易尋香弔影總徒然

清明有感

融風霽景賣餳天一度清明一黯然酒盞難澆泉下土松陰易冷墓門烟夭桃昨日輪今日華髮新年勝舊年寸草心舒春已老可堪更讀蓼莪篇

書近狀

眼昏神憊惡煩囂刀尺還須手自操任事猶能追稚齒新霜不覺上顛毛略參浮世盈虧理不羨朱門意氣豪家計粗安兒女大此心拚向讀書勞

愷園姪阻雨山堂留飲有作

春寒陰易釀病骨倦難支只覺催詩易偏於阻客宜花遲過節發柳弱受風欹轉眼韶光換深杯莫更辭

劇憐春晝永可奈雨風兼篆石蝸文古穿籬燕筍纖苔深游屐印窗潤落花黏愁見緣階草紛如白髮添

晚晴招愷園姪小飲仍疊見贈原韻

沐徧林陰雨似塵閉關留不住韶春雜花次第俱成夢時鳥殷勤學勸人（鳥語得過且過）曲和鞦韆斑管禿樽開琥珀玉鈎新巡檐遲爾探驪句裙屐休嫌出郭頻

和愷園過山堂看花原韻

留春無計駐飛花多謝新陰作意遮風竹敲窗碎珠玉壁蘿引蔓走龍蛇沈烟蝶板輕輕下疊徑苔錢片片加薄暮憑高縈遠思有人書劒滯天涯（謂雲野姪）

夜讀自嘲

浮生百歲只須臾轉眼顛毛黑白俱婉娩未忘慈母訓龍鍾忽倩阿孫扶縱能學業三餘足難補詩腸一半枯堪笑癡情同老驥日斜猶自取長途

偶成書示兒輩

半生閱世學癡聾敢以聰明挽化工百慮營成終是幻雙眸閉處信皆空隨緣自覺貪嗔滅混俗何妨水乳融會得人間安樂法此身不厭住塵中

培孫上學

憶昨生初喜復悲（時太宜人去世未及見）須臾已到受經時隨行有伴諸姑小共課無爭幼叔癡（洵涵三女皆在家塾四子湉十二歲亦同學）頭角未堪誇子輩聰明猶及見孫枝但能世守青緗業敢望囊錐脫穎奇

初夏即事寄舸齋

日長鐲俗慮把卷適閒情春去天無雨陰成樹有聲朱櫻迎夏熟斑筍遶階生撿點新詩句期君仔細評

和舸齋自廣陵歸山堂小集原韻

志和春盡始還家汲取中泠佐試茶窗護膽瓶留

芍藥砌分拳石點蘭花烟波家世閒能繼詩酒襟懷老未差儘有笙歌娱暮景底須佳日厭繁華

舸齋原倡

浪游隨處便爲家櫻筍時過始鬭茶一棹夢牽京口月三春看徧廣陵花乘閒合藉吟情遣垂老何曾酒量差新綠焦巖陰正好肯拋清靜戀繁華

送春曲

幾度留春春不住一朝背我堂堂去香輪畫舫寂

無人榆甲柳緜空滿路今年春較往年好黃鳥聲中花事了風雨妬花不惜春一春愁煞惜花人相期明歲來宜早一度相逢一回老

雨窗小酌拈得庚韻

積雨經旬不放晴麥秋時節太寒生園花春去猶爭豔梁燕巢成懶更營樹密竟無天漏影庭空只有鳥同聲乘閒且進杯中物一卷難憑身後名

喜晴見新月

碧玉竿頭繭紙輕綠楊陰裏蛾眉生浮雲天末來更去散帙窗閒縱復橫兼旬積雨晚方歇入夏初番月放晴喜看穉筍繞欄出霜鬢清輝相對明

寄三妹代柬

去歲君來秋欲暮黃葉飄蕭滿江路傷離痛逝淚不乾刻未成歡君復去別後有書曾寄君尺書偏仄情難申感君遺我箋一束中有新詩綴珠玉淵明去後東籬荒三復燈前淚相續今年春至人依舊各對春風感楊柳一事報君爲我歡春閨得詩三十首

送舸齋游匡廬

塵緣參破易忘機野鶴閒雲任意飛台嶽春吟天姥月匡廬秋問遠公扉因山到處諳禪味作客頻年負釣磯此去西江霜氣早重陽時節換寒衣

塵居

駒影太駸駸塵居日廢吟惜花方曉起飛絮又春深時鳥爭調舌新篁自出林因循過半百偕隱負初心

寄舸齋時客邗上

君行方匝月春事已全非徑軟楊花毯窗陰薜荔幃雨惟今歲久笱較去年肥一樹玲瓏玉遲遲待客歸庭前繡毬正開

久雨遲三妹不至因寄

送春霪雨太無情滴碎懷人竟夜心庭院落英飛片片海天歸信尙沈沈時在靖江學署舊家燈燭還期共在夢團圞不可尋課逕遺篇蕉館月白頭相對思難禁

和秋亭積雨無波閣疊韻四首

仲蔚蓬蒿徑仙人縹緲樓無波心似水中夏室含秋博藝稱三絕清詞達九州雨餘紗幔卷佳句靜中求

占晴祈稔歲惡濕起層樓大暑猶梅雨輕寒似麥秋檐楹飛瀑水村落變汀洲漂泊嗟禾黍三農何所求

憶昨清和月同登北固樓歡難窮永日別已隔三秋班左今名媛時畹薌夫人在座江山古潤州一時心欲醉艮醞不須求

寄興唯開卷懷人懶上樓蒼顏過壯歲華髮脫先秋舊約違蕉館歸帆盼荻洲時浣雲妹將歸里門但能捐別恨身外本無求

夏日園居即事同舸齋聯句四首

濕雲吹盡碧天空舸傍晚登樓逸興同山擁晴嵐沈鳥外茝樹留斜日鑑窗中課惟長夏功能足舸詩笑當年語未工偷得紅塵閒歲月茝勞勞仍作蠹書蟲舸

開卷連朝俗慮忘舸愔愔深院晝偏長蠅蟲作陣

乘時出茝草木非花過雨香悅我心情還仗酒舸醫人貧病竟無方大裘廣廈誰能任茝萬物浮生夢一場舸時邑中平糶指貲不足

一般節物有參差舸長養寧關造化私積雨苦花當路早茝背風蟬韻出林遲綠陰垂屋蕉宜夏舸錦籜穿籬笱過時觸處無端傷老大茝爭教吟鬢不成絲舸

翳空濃綠晝冥冥舸缺處山光遠送青靜境能安無貴賤茝醉鄉深住有門庭積陰墨瀋滋苔沼舸

乍霽爐烟出綺櫺早晚盼歸京洛客 茝 小樓夜雨
一燈聽 舸 時野雲將歸里

見郭蘭池秋夕偶成之作次韻書慰愷園姪
江楓葉脫荻飛緜緗卷青燈又一年滄海珠光沈
暮雨豐城劒氣黯秋烟風盲易鍛摩空羽囊盡難
償責卜錢自古良材終晚遇何須搔首問青天

丙寅二月廿七日同舸齋歷江上諸道院登
銀峰聯句
夜雨朝晴天意好 舸 偕游莫放春歸早筱輿隨處

扣花關 茝 紅滿石壇晨未掃千帆楚榜走天涯 舸
一角僧樓挂林杪峰腰磴仄挈童孫 茝 籬腳烟深
留宿鳥高樓縱目須臾間 舸 渺渺歸鴻送雲表金
鼇一塔戴吳天 茝 白馬層濤懷越嶠滄桑過眼同
興廢 舸 登覽前賢富文藻百年泥爪亦寥寥 茝 一
雨桃花悲草草蓬萊弱水不可期 舸 此生喜共家
山老 茝 是日予五十初度

輓張淨因女史
文吳夫婦古稀年多少才人羨謫仙蓮幕尚虛草
毋席 夫人嘗設帳阮芸臺中丞節署 蓬山忽返彩鸞軿遺篇不惜
三更讀 予讀緣秋軒稾竟夕不忍釋手 一面還期後世緣歸去雲
霄亦無憾教成雙鳳已翩翩
慧業編成絕妙辭清才不愧女宗師廣陵花月供
陶寫閨閣文章仗主持書畫並傳雙管健姓名空
使十年知 與夫人神交已久未能一晤 何當放棹邗江上桂酒
臨風奠一巵

題曲江亭閨秀倡和詩後次江瑤峰女史韻
仙居江上遠紅塵唱玉聯珠字字新林下高風今

未歇卷中奇句尚驚人
韻事都歸少女風錦心繡腑一家同江亭花柳春
如海盡入詩囊畫稾中
勞勞塵累謝詩魔巴曲還賡白雪歌慚愧劉家三
姊妹頻年會少別離多

酬翠屏洲王愛蘭子一子莊季如蘭諸女史
見懷之作
江左風流歲月賒桃源久住卽爲家閨中秀擢三
珠樹筆底吟成六出花似月冰紈爭撲蝶打頭紅

雨礙盤鴉無由縮地逢仙侶空有詩情寄晚霞

和曲江亭諸女史初夏見懷原韻四首

積雨春過盡蘿垣疊翠屏伊人仍契濶新綠又林亭江影迢迢碧山光面面青右丞家法在詩句繪烟汀

縠紋南浦浪卯色晚晴天一自知音尠無心理七絃老深風木慼早廢蓼莪篇多謝諸名媛殷勤寄彩箋

壺隱三椽小園居十畝陰衰年將作繭佳日且停

鍼喜得閨中友頻調匣裏琴好風時惠我鸞鳳總清音

芳洲何處所渺渺隔江烟易阻游仙路初長入夏天無花常晏起有月慣遲眠笑我詩情減因君更擘箋

原倡

王　瓊愛蘭

偶見雙飛燕銜花繞翠屏翻書消永晝遣興到江亭雨過溪流白烟開岫歛青忽驚春事了芳草滿前汀

王廼德子一

陰晴俄頃異又是熟梅天柳外流鶯囀天風弄管絃閒吟思舊雨懷古有殘篇爲憶清娛客江魚寄錦箋

王廼容子莊

愛聽黃鸝語長貪坐綠陰微風吹柳線細雨碧秧鍼適興閒裁句懷人懶撫琴江鄉好風景所惜渺知音

季　芳如蘭

殘紅落已盡芳草綠如烟愛此清和日兼逢櫻筍天懷君如中酒對月不成眠欲寫相思意殷勤拂素箋

戊辰中秋前一夕偶成書寄澂湲灝三男

木犀交蔭晚庭深一院香吹匝地金角枕惺忪通夜月棘闈南北此時心前程努力年俱少衰鬢耽吟雪半侵得失總由天意定無煩日者論升沈

哭浣雲三妹四首

昆李全凋老淚乾又聞凶耗涕汍瀾餘年已恨隨肩少永訣誰知再面難山水一囊工刻苦虀鹽半世歷辛酸傷心膝下多麟角轉眼飛騰不及看少時骨月痛分張往事追思欲斷腸失恃閨中君最小依兄京邸日偏長北征吟寄愁千疊南雁書迴淚數行能得幾時親舍底一燈圍坐話滄桑憶從冀北返江城廿載匆匆節序更已伴貧官嗟落拓可堪多病累聰明繽紛早著聯吟卷妹閨中倡和嘗用繽紛合稾小印刀尺常參督課聲句曲嶺雲東海月至

今遙望總淒清年來聚首太蹉跎空約秋期老屋過只有尺書勞問訊恨無雙翼越關河荆花凋盡愁難了池草荒餘夢更多痛哭孤棺江上返暮雲黯黯水增波

偕舸齋過蒜山禪院聯句

寥天萬里大江澄舸 佳日斯樓每共登丹桂有香秋氣肅茝 青山無恙鬢絲增同修淨業言何易舸 欲謝塵緣喜漸能百歲光陰俱過半茝 放懷隨處信烏藤舸

晚眺聯句

足底滄波樹杪樓舸 雙筇高處倚清秋連村早稻千畦熟茝 半嶺斜陽萬井稠遲暮何堪傷爾我舸 江山不厭共勾留莫言醉眼糢糊甚茝 望裏還能辨五州舸

甘露寺聯句用蒜山晚眺韻

載酒來登北固樓舸 西風幾日變涼秋襟天匹練無邊白茝 覆隴黃雲萬頃稠塔建衛公神倘護舸 庵圖米老蹟常留江山第一推斯地茝 竟欲逃名

老故邱舸

庚午二月廿七日同舸齋暨李汝霖郭繡谷兩壻登凌江閣即席有作

此地經過四十年春風情話又江天登樓人白清冰似染翰才誇潤璧聯桃葉宜家吾有望霜花點鬢爾何先賞心樂事應須記要聽同賡白雪篇索汝霖繡谷同和

秋日同晚芳大姊游焦巖率成三絕次壁間王夢樓先生韻

晴江萬里暑無風嵐翠重重蔽梵宮曲磴緩隨青
鳥上鐘聲飛出亂雲中
象嶺青青對閣眠山容依舊客華顛松寥信宿拋
塵事飽看朝霏與暮烟
游踪屢踐信前因得識茲山面目真欲賦天風海
濤曲知無奇句繼先人

松寥閣感舊追悼論山兄

髫齔隨兄侍板輿卅年回首只須臾空餘老眼尋
泥爪知否焦仙識我無

猶記丁年乞假歸故山到處總依依爲言欲遂菟
裘願畢竟蒲團住翠微
三山奇句題將徧朗誦精靈尚可呼（先君嘗論山兄三山留句最多）
我欲摩崖嗟腕弱留名敢望百年俱

佳處亭同晼芳姊遲月用先論山兄東昇樓
韻

佳處亭空最上層家山暮齒快同登滄江入夜風
濤靜曠宇經秋氣象澄挈伴清游差有幸追歡往
夢復何能（昔嘗隨論山兄侍太恭人游此）百年良夜寧多得須
待冰蟾碧海昇

男 灝 澂 澐 湉 校字

清娛閣吟稾卷六終

諸家評跋

袁枚簡齋

詩話補遺云夫婦能詩古今佳話近今如張舸齋之與鮑茝香尤其傑出者也

又云二八才調相匹故知秦嘉徐淑不得擅美於前

又云五七古公然老手今體音節清蒼兼饒神韻閨中之白太傅也

王文治夢樓

情深意鍊骨重神清詩學之深近時所罕

深穩中時露佳句古體安章頓句俱有成法近時名家所難不意於閨秀得之歎服

予嘗謂夫人詩律細於令兄令兄不服今細玩尊稾益覺予前言非謬

七言古最難在章法如登金山塔一篇前後勻稱雖大名家亦不多有

七夕立秋之作清和細切他人縱能運巧不能有此韻度

題銀河洗筆圖詩起句思邈然三字便含全題此用筆之妙非尋常餖飣家所知通首妙絕古今不僅爲此題絕唱也

王嵩高少林

閨秀詩總有習氣非調脂弄粉剪翠裁紅失之纖小即粧臺鏡閣剌剌與婢子語俚俗尤多讀茝香世妹大著巾幗中乃有名儒眞大家以後一人其詩譜亭聯句一首孝思藹然紅蕉館剪燭夜話四律可續棠棣之篇答舸齋二首代柬一首讀之令

人增伉儷之重至于讀書教子才德所著如天籟自鳴篇中往往流露嵩高與雅堂交卅年餘久耳熟焉今獲讀於飲綠山堂敬佩歎服不能已已時乙卯秋九月

洪亮吉稚存

予與論山交二十年欲作一詩挽之讀茝香夫人寒食誌感一篇爲之閣筆論山每誇諸妹才筆信不虛也他若老至示兒等篇沈鬱眞摯豈特無脂粉氣習恐經生爲之亦無此獨到耳丁卯人日訪

梅樵山與舸齋劇談竟日因暇讀此以誌欽挹

法式善時帆

詩話云鮑茝香之蕙海門先生次女張舸齋室登韜光寺云陰崖含雨氣疎磬落天風湖樓云簷敞看山遠窗低近水寒探梅云蕊褪連朝凍禽窺向午枝懷論山兄云惜别驚春早看雲怪雁遲坐雨云窗潤生虛白山低歛暮青西湖泛舟云柳邊朱檻綠湖曲沙際青蕪抱郭彎七夕立秋云人間一葉驚飛早河畔雙星待渡遲良會却當初永夜輕

裾可怯午涼時王夢樓嘗稱茝香詩律工細過於其兄

王芑孫鐵夫

詩於淵靜之中自出生新之致比來閨閣中好句至多然取境眞而寫意到則未有如是者也乙丑歲暮假寓江深草閣遂過飲綠山堂辱示此編因識

陳超曾柏亭

閨閣詩字字清雅如讀端人正士之作爲自來名媛所未有

胡翔雲黃海

茝香夫人大著純乎唐音其揣摩於長慶諸大家者多矣

陸繼輅祁生

新柳詩爲此題絕唱春草詩哀音逸思悽婉動人寄令妹古體詩王夫人神情散朗有林下風致正於此等處流露嘉慶乙丑立春日同鎮洋彭兆蓀吳門金學蓮陽湖董士錫自邗上至潤州舸齋司

馬留飲山堂同讀一過歡喜讚歎不盡繼輅並識

顧鶴慶弢庵

近時江南北作春草詩者甚夥從大處寫失之粗空處寫失之滑未有如此熨貼者細而不纖是爲大雅

鞦韆曲靠實發揮却又旁見側出總由筆妙故足達難顯之情

送春曲一句一轉一字一轉轉轉入妙清空夭矯求之古人集中亦正未易多覯

短七古順文叙事一轉一折無字不諧是老於格者

寄三妹詩四十字當作一句讀而紆迴曲折却不使一直筆此等消息解人最難

送游匡盧詩風調極佳於舸齋先生高情逸致淡語寫出令人神往

郭琦蘭池

渾然一氣聯句之作最為擅場

古體中雄健之筆直似坡公森秀奇峭又似岑嘉

州才人之筆無所不有

和論山先生主試粵東一篇典貴極似劉夢得

錢塘觀潮七言古奇情錯出硬語盤空非此巨筆不能扛此題向閱黃仲則二詩已歎為異才今讀是篇又爽然失矣

龍井篇整麗之中兼饒跌宕是高岑王李一派

水樂洞起法極為超妙是東坡極意摹仿太白文字

茅桂芬蕊僊

集中佳處妙在從性情中來深得三百篇旨趣迴非時流俗派嘲風嘯月者所得窺其堂奧

兄之鍾論山

從性情中流露而書卷之氣盎然深得詩人温柔敦厚之遺

七言古詩沈鬱頓挫中更兼妥貼排奡具有杜韓之長眞傑作也

七言律詩最多清空如話轉折無痕格律渾成絲絲入扣皆作者慘淡經營沈思渺慮而出百鍊鋼

化九轉丹成臻斯境地老兄欲退避三舍

祭尊姑太宜人文直寫胸情自然整暇大家東征以後此堪嗣響不徒作祭文觀也

姊之蘭畹芳

吾妹質性端謹和平渾雅故所為詩適以肖其為人集中詠物詩多有寄託而文有內心渾含不露絕不以尖刻纖巧之語取勝此養福之徵也

詩本性情所以可貴近人多以華縟為富堆垛為博艱深為古空廓為雄謂清折者近於弱淡遠者

近於淺情韻勝者謂其聲調不高格律細者謂其町畦未化持此論詩而性情汨沒多矣集中賢夫婦相倡和以及與兄妹從子輩贈答往來之作俱從至情至性中自在流出清而能腴淡而彌旨渾脫超妙名貴高華兼擅六代三唐之勝為近今名家所難蓋其性情有過人者矣

遊攝山西湖兩集為中年以後脫化之境蓋性靈中自具山水而登高臨深仰取俯拾耳目與山水相激盪而性靈益以濬發故能狀難寫之景於目

前含不盡之意於言外其詩可備志乘其筆可當著書勿作尋常遊草讀也

妹之芬浣雲

情眞則其言有物法老故圓轉如環可知胸中無所云云而勉强以求佳搆者難矣醞釀深醇定推名手

聯句詩力均聲同珠聯璧合

棲霞諸作眞乃洗盡鉛華天然風趣登金山一首尤為超絕古人

經舊宅五律前半如話後半如畫大歷人得意之作

清娛閣坐雨詩三四雄健五六幽秀兼而有之

寄芬五律一首起句云怡情觀物化觸處轉依依蓋因觸事生悲所以怡情以觀物化乃觀物如此而仍多愁緒其所遭者可知矣二句緊相貫注轉字下得靈活而有力是謂工於發端情事兼盡樸老矣而又曲折由其發端之空濶也俗工開口便盡則無此紆徐矣此等詩斷不在初唐以下

姪文達野雲

格律靜細深穩辭意朗潤清腴寢食三唐而本乎性情以自闢蹊徑故能戛戛獨造

詠物詩頗思雋句大巧無纖由其制意勝也侔色揣稱不足以概之

文如其人于詩亦然姑母冲和渾雅具讀書養氣之學故其詩清而不浮華而不縟斂才就律淳意高情深得唐賢神韻求之近世邈焉寡儔

詩本性靈又須資以卷軸乃能比附濬發盡意而

止姑毋中年以前未持家政手不釋卷凡課選樓清娛閣兩家藏書繙閱殆遍誠如昔人朝經暮史晝子夜集以自立課程者四十以外披覽日疏然閱歷既深則書卷之氣合同而化見道極大入理極深至於運用渾脫比擬確切特其餘事其根柢深厚有如此者

敬讀寄示諸作詩律之工不待言卽論書法秀潤天成循循規矩中而風神彌復俊永求諸時賢惟石庵先生近之乃以家政所累日漸荒棄須知百世後賴以不朽者不在兒女輩也願不遺葑菲毋厭喻縻乾隆壬子六月廿一日姪文遠謹識

竹鄰老人若筠

詠物詩無描頭畫角之態家數故高

詠簞五律體物瀏亮夏室一聯憶丙申秋論山酒間曾向予誦及時衡帆在座亦極賞之

不事雕琢而婉暢精刻自是本色好詩

卷中諸作聲調清婉自出頴思不愧海門先生雅堂中翰家法年來抄撰京口詩人蒙拾集獨名媛篇什惜不多見循覽是帙乃知閨中之秀近在吾家謝庭柳絮正不得專美於前爰喜而題其後乾隆庚子正月廿五日飲綠山堂偶書時簷雪初融研冰都釋

諸家題辭

趙懷玉味辛

笙磬同音卌載和庭階玉樹况交柯望廬莫重黃
門悼福慧人間已占多
大雷書久讀難兄老去尤於詩律精今日從頭展
遺卷秋窗風雨帶愁聲

劉嗣綰芙初

江樓風日爲開襟一卷清娛閣上吟箏笛到來都
洗耳瑟琴難得此希音每從世外窮瑤想爭向人

間羨錦心今日令徽泉路隔鮑家詩對淶鐙深
倡隨雙賭筆玲瓏悽斷連環解脫中諸子學會經
幔授一家詩賸壁紗籠海門暨雅堂兩先生代以詩名江左齋頭疏
栗才原亞屋底牽蘿計未終慚愧徐陵華思減清
詞輸與玉臺工

陳燮理堂

飲綠山堂裏清才聚一家語皆關至性名不借簪
花小艇烟波約前因仙佛誇從知梁孟隱多事避
紛華

趙擢彤晬堂

麗句清辭費剪裁下簾聲自半空來畫眉應倩生
花筆賦茗何慚詠絮才好與三唐爭格調曾無一
字到塵埃名媛今古詩多少新得奇篇老眼開
閨門鷗侶洛川神今日南徐破見聞文字名超關
進士淵源學本鮑參軍不爭繁豔花中鞠獨出新
裁錦上雲自是珠璣堪絕世游絲兼可換鵝羣

李珍竹居

冰雪聰明絕世奇吟箋字字見新辭壻如京兆稱

雙美家本參軍震一時自昔名姝原有數只今閨
秀更推誰窺來豹影心先折可得全斑一示之
洗脫陳言務瘦生筆花燦處使人驚倘逢蘇蕙應
爭席肯讓班姬獨擅名雪上難尋鴻爪跡雲間惟
聽鳳鳴聲自慚俗吏非風雅片錦看來眼倍明
好倩閨中大雅扶名媛端不讓名儒阿兄真喜誇
三妹異代何妨號大家姑讀如質本芝蘭香自馥胸
多錦繡味皆腴也知珠彈非輕擲肯許明光到老
夫

錢之鼎鶴山

總角嬉游慣曾依阿姊邊（宜人爲先姊小姑）閒憑粧閣靜
酌字拂吟箋顧我眞如弟清才渺若仙鮑家詩格
好不讓大雷傳
白首終郎署清操古所難（謂姊夫雅堂農部）情親分骨月
死別愴心肝紫電催年換（雅堂下世已十餘載）黃沙攬夢寒
（辛未予入都訪雅堂舊寓不可得）憂來頻展玩一讀一汍瀾
花擁清娛閣年年醉酒過（舸齋丈每於花開時招諸同人讌集）新詞
連日和勝友昔時多（在年嘗偕應地山鮑野雲張寄槎李東崖顧弢庵戴廉石

集於閣下今東崖已物故餘各散游於外）有壻聞湖海全家隱薜蘿佳
兒皆玉立（哲嗣晴初昆玉皆才俊時鈔夫人遺稾將付梓）鐫石徧巖阿
天與湖山興長流粉墨香（宜人偕舸齋丈遊西湖詩並皆佳妙）夫妻
同載鶴烟月滿輕航此地曾仙尉如予亦古狂叨
蒙三絕獎（拙稾曾蒙宜人題詩有書畫詩三絕之獎）拜手奉瑤章

顧鶴慶弢庵

江南詩派舊傳家讀罷惟思護碧紗一字細於香
吐篆全神清到月無華感懷終古空郎署（卷中多懷令兄雅堂先生及哀輓諸作）結契平生有釣槎共向烟波酬好句（曾寫烟波共泛圖照）匡盧飛雪赤城霞（舸齋歷游黃山台宕匡盧諸勝卷中俱有贈行詩）

郭琦蘭池

綠楊樓閣曙烟殘把卷高窗忍薄寒山水頓驚眞
貌出見聞都作好詩看掃眉麗筆憑誰擅繞指精
金似此難風外妙香雲裏瀑一時飛遍畫闌干
吳山花草段橋亭舊是君徽步屧經十載人尋蝴
蝶路三春簫斷鳳凰翎又看風絮沿湖白記謁金
閨荷眼青知否伯鸞同到此連宵佛火話熒熒（辛未

仲春偕舸齋先生寓西湖僧樓始獲覲夫人全稾奉題二律）

絳珠閣繡餘草

吴秀珠

絳珠閣繡餘草

詰灑然而寤次日女生先繼
憲〻喟然曰是殆有根氣但
恐不永年耳甫八月能學
語太夫人絶愛憐之週歲
斷乳隨太夫人飲食起居四

二

歲太夫人課以女孝經內則俱
能成誦尤喜曼聲長咏先
繼憲〻間授以杜詩數過輒
背誦如流七歲許字河内郭
靜齋農部子蘭芬十二從

五弟學詩詞時有警句十五隨先繼憲公南旋侍尊長盡禮靈兄弟姊妹無間言暇時喜讀唐宋以來詩文歲乙酉仲兄以祿養故奉侍太夫

三

人入蜀於是始離膝下隨五弟還京師共女輩習女紅時復唱和得詩詞百數十首五弟顏之曰繡餘草又善尺牘命司筆札均曲中窾要其從兄簫南

有不櫛進士之目余乞假生都委以家務亦井井有條迨郭倩以時來謁女方食聞之輟食泣胸膈間覺氣塞逾時乃嘔先是女素患肝氣余以舊疾偶發

四

不甚介意十七日延醫診視猶謂小病可勿藥十八日起坐梳洗言笑若平時夜將半忽哀呼嗚嗚持母永訣以今生未能報德為憾余急迫視僅奄奄一息

玉十九日日昳垂玉枉而逝嗚呼傷哉先總憲公不永年之傳玉是竟驗矣豈西方化人慣作無情之狡獪耶抑洞宮赴召此心不戀居人世耶曇花一現誤墮埃塵閬苑前緣空歸淨業斯人斯疾夫復云何嗚呼傷哉余春秋四十有七齒牙動搖心力就頹視茫茫而髮種種堪覩此寶盌金甌

五

之摧折哉茲其女弟請刊遺稿余略為刪存濡筆拭淚而縷述其顛末如此時道光七年八月下浣蘆仙敘

六

補餘艸敘

古來銘勳林蘋詩作柳絮判未名未若
玉面譜玉臺之新詠者比比也綠珠補餘
草何為而刊之而傳之哉或曰墨花傑
現頓失掌珠死足惜也誰其累累葬塚
中青年才士雖未抱仗齋志湮沉者
七
不可勝悼聊以傳稱自古云難造物
忌才大率如是女子亦何獨不然或又
謂其聰俊無似綠興為靈祗天之遣
人太甚不其年壽之修短數也卜者
之遲速係也時日之吉凶相值又烏足
者夫寶筏宗來金光通體廣受修

為玉質練顏蓮經所載寶籙所傳法
法微乎其異異特未之信也今見綠珠
屬纊時鼻中玉柱兩兩下垂顏色猶
秀色異乎昔抱其所誦經經三藏而
斂脫在塔寄天在物利宮者謙和安隱
也綠珠乎仙耶佛耶吾惡乎知之耶
八
夫而後知其有也前身蓮葉不滅陳泥
天全之天根從之也夫而後知死可惜而又
不又惜也夫而後者光化羽而去人間
捷讀之者其生生前之性靈死後之神
異與補餘草不得不刊之而傳之也余
其于事而敘之并為之誄曰

嗚呼天俾爾才而促爾年何高明所遭神
惡而蒼蒼者不憐抑前身因來生果
歷歷安而暫墮九胎斷塵世而一擲倏流
光之作梭飯蘭以佳質孟閨闈以終年
悵噩夢之亦徵兮知所來之不凡藐兹
苑之偶現兮乃永訣乎塵寰匪沉沉而

九

夜黑兮風蕭蕭而遠骨肉母手而長訣
兮吾生平所歉往已矣都霜天寒兮月輪
虧乍去塵埃兮人安所依墨未壽而智先
夭兮乃天道之如斯松悲鶴怨草泣
蟲鳴神光離合燈影淒清秋來
易感秋風滿樹二十年來浮生一度

道光七年九月既望翁南藕中於吾門
梓館之小雲窩

十

空堦點滴破苔痕綠竹扶疎半掩門閒撿琴書消晝永
小樓冥色又黃昏

聲聲窗外響芭蕉陣陣寒添更寂寥記得去年風雨夜
舟橫臥聽廣陵潮

哭毓秀妹

杜鵑開候到如今藥餌無靈病漸深昨夜忽聞君已逝
幾回哽咽淚沾襟

溫柔情性惹人憐況復相依已判年此際痛無慈母淚
重堂白髮更淒然

數日牽懷夢不成螢啼夜月暗心驚可憐黃土埋幽骨

從此泉臺傍母兒

咏絮才華獨占先何因撒手謝塵緣騎鸞應是歸天上
小謫人間十四年

東西屋枕雨溪湄小別纔經半月期詎料與君成永訣
挑燈和淚寫哀詞

秋晴

山外斜陽淡漁人綱小舠雨餘流水緩雲盡碧天高野
寺傳清磬寒松起暮濤泬寥天萬里一雁下晴皋

秋夜偶成

匝地藤陰薄相看月滿庭雲依孤嶺白燈逼一窗青竹
榻驚風冷荷香入戶馨夜闌深院靜草際閃流螢

幽居

幽棲風景好松竹綠成陰築屋三間小栽花一徑深看
山添逸興對月滌塵襟乍喜新凉至閒彈幾曲琴

見月

庭外月如水中宵漏欲殘雲隨孤雁遠露襲夾衣單四
壁蟲聲急一窗燈影寒不知諸弟妹今夜可同看

秋夜聽雨

秋風吹雨急飛溜瀉迴廊一枕不成寐深宵還怯涼病
多身更懶詩瘦意偏長翹首燕山路階前菊又黃

秋閨雜咏

蕭騷景物倍淒涼落葉紛紛覆石牀只有階前數叢菊
孤高還自傲寒霜

峰擁螺鬟碧四圍沿溪楓葉夕陽微登樓遥見山村外
幾處漁人把釣歸

清霜寒逼九秋天園柳蕭條鎖暮煙讀罷新詩隨手錄
雁聲嘹唳畫樓前

晚來又見月當樓曲徑風篩竹影幽為愛清光不能寐
小鬟偏促下簾鈎

病起

嗚呼天俾汝才而促汝年胡高明所遇神
惡而蒼蒼者不憐抑前身因來生果
歷歷實而皆隨九賅脩塵世而一擲倏流
光光作旋歸蘭以桂質孟閨闈以終年
惶噩夢之而徵兮知所來之不凡嗟其
花之偶現兮乃永訣乎塵寰而沉沉而
夜黑兮風蕭蕭而遠背拋母手而長訣
兮長生之術法已矣都霜天寒兮日輪
虧虧之塵塵兮人安所依黑表壽而智者
夭兮乃天道之必然松悲鶴怨草泣
蟲鳴神光難合憐我淒清秋夜
易蕭秋風滿樹二十年來浮生一度

九

道光七年九月既望書南閨中於蕉門
棲館之小雲窩

十

絳珠閣繡餘草

涇上吳秀珠蘊吉著　妹 寶珠 麟珠 校字

題畫

丹青一幅畫初成山色空濛水色清中有漁人三兩個
散涼鷗渚夕陽橫

墨竹

掃來百尺捲寒煙枝葉槎枒墨色鮮不必桃紅誇媚態
虛心一樣有人憐

送別陶靖大姊

幼年隨侍各西東今日相逢樂意同不識何時重握手
挑燈共話五更風

才聞別語動離情愁緒緜緜淚欲傾從此閨中分袂去
山巒遙隔暮煙橫

侍　祖父母南旋留別蕊珠大姊

形影相隨事事親而今偏作遠行人江南此去雲山隔
風雨中宵入夢頻
萬山萬水眼前看白髮含飴奉侍歡爲我高堂勤定省
莫遲寫竹報平安

桃花

一簾紅雨曉晴初粉臉迎風畫不如莫向溪邊誇艷色
防他誤引武陵漁

社日

逢逢撾鼓競虔祈小醉新醪挈伴歸宴罷雞豚村社散
桑陰人坐夕陽微

秋夜即事

雲散天高萬境空颼颼翠竹響微風宵深坐對窗前月
桐影橫斜小院東

秋雨初晴

秋雨蕭蕭晚乍晴山光疊翠竹風清蟲聲四壁悲殘夜
似向人前訴不平

送別姑丈兼呈姑母

數聲風笛早春天一舸輕帆古渡邊此去維揚三百里
解裝料在試燈前
悵望雲山別思增一鉤新月伴行滕寄言大母身強健
莫爲閒愁感不勝

水仙

漫擬凌波步盈盈翠帶長淡粧添秀色素艷壓羣芳錯
認冰綃薄疑紉玉佩涼羨他仙子侶合住水雲鄉

牡丹

占得無雙品花開第一枝天香酣蝶夢國色鬬燕脂獨

冠羣芳譜眞成絕世姿臨風舒似錦富貴豔春時

落梅

一聲羌笛晚風斜冷落孤山處士家料得春光留不住
空餘數點上窗紗

春晴

紅桃灼灼柳依依紫陌新晴燕子飛愛煞江南風景好
遊人一路看花歸

憶母

去年隨侍帝城邊弟妹依依繞膝前今日思親身遠隔
燕雲吳樹路三千

春風又送夕陽斜兩地迢迢望眼賒輸與天邊數行雁
一年一度到京華

憶黃姨

數載相依意最親深閨笑語兩情眞而今翹首燕臺路
盼到音書倍愴神

春曉

金猊香燼夕陽天綠葉陰濃鎖暮煙小燕不知春已晚
喃喃對語畫簾前

春晝 迴文

香風嫋颺翠簾疎豔豔花開曉雨餘長日靜吟清興健
觴傾綠酒佐盤蔬

春閨

春來天氣日初長幾樹花開巧樣粧只有海棠嬌不語
繡簾低挂透清香

夜來風雨逼殘更怯怯輕寒寐不成最是畫樓春乍曉
枕邊聽得賣花聲

柳垂金線竹籠煙靜坐幽閨思悄然忽聽隔牆喧笑語
小園姊妹戲鞦韆

閒拋針線步迴廊粉蝶尋香過短牆女伴相呼同鬥草
故將身向柳陰藏

春月 連理文

簾櫳淡淡月光明傍晚晴窗翠潤竹陰橫

送春

留春無計送春歸芳草連天半掩扉杜宇聲聲啼不住
落花和雨撲簾幃

久雨

茅簷積雨響潺潺池水新添碧一灣徙倚畫欄遙望處
濃雲如墨半遮山

模糊煙樹望中收野外鳴鳩喚不休百道奔泉飛弩下
溪聲撼屋險如舟

空堦點滴破苔痕綠竹扶疎半掩門閒檢琴書消晝永
小樓冥色又黃昏
聲聲窗外響芭蕉陣陣寒添更寂寥記得去年風雨夜
舟橫臥聽廣陵潮

哭疏秀妹

杜鵑開候到如今藥餌無靈病漸深昨夜忽聞君已逝
幾回哽咽淚沾襟
溫柔情性惹人憐況復相依已判年此際痛無慈母淚
重堂白髮更淒然
數日牽懷夢不成蛩啼夜月暗心驚可憐黃土埋幽骨

從此泉臺傍母兄
詠絮才華獨占先何因撒手謝塵緣騎鸞應是歸天上
小謫人間十四年
東西屋枕雨溪湄小別纔經半月期詎料與君成永訣
挑燈和淚寫哀詞

秋晴

山外斜陽淡漁人網小舠雨餘流水縠雲盡碧天高野
寺傳清磬寒松起暮濤泬寥天萬里一雁下晴皋

秋夜偶成

匝地藤陰薄相看月滿庭雲依孤嶺白燈逼一窗青竹
搨驚風冷荷香入戶馨夜闌深院靜草際閃流螢

幽居

幽棲風景好松竹綠成陰築屋三間小栽花一徑深看
山添逸興對月滌塵襟乍喜新凉至閒彈幾曲琴

見月

庭外月如水中宵漏欲殘雲隨孤雁遠露襲夾衣單四
壁蟲聲急一窗燈影寒不知諸弟妹今夜可同看

秋夜聽雨

秋風吹雨急飛溜瀉迴廊一枕不成寐深宵還怯涼病
多身更懶詩瘦意偏長翹首燕山路階前菊又黃

秋閨雜咏

蕭騷景物倍凄凉落葉紛紛覆石牀只有階前數叢菊
孤高還自傲寒霜
峰擁螺鬟碧四圍沿溪楓葉夕陽微登樓遙見山村外
幾處漁人把釣歸
清霜寒逼九秋天園柳蕭條鎖暮煙讀罷新詩隨手錄
雁聲嘹唳畫樓前
晚來又見月當樓曲徑風篩竹影幽爲愛清光不能寐
小鬟偏促下簾鉤

病起

微風細颺藥爐煙早起依然懶欲眠小婢不知人意倦
隔簾爭報菊花妍
窗前小立怯衣單差喜今朝放眼寬不信園中秋已老
滿林霜葉盡成丹

秋夜懷蕊珠大姊

滿庭落葉月華低嘹唳長天雁影齊眞個夢魂不怕險
幾回飛過大江西
看雲徙倚夜闌時一種離懷兩地知記否深閨人靜後
燈前共讀少陵詩

題書種園册子

青山横屋角白石枕溪頭宅是高人住門當老樹秋稻
香田野潤書韻草堂幽獨抱林泉樂輕他萬戶侯

秋望

小院木微脫秋風又一年水清寒浸月山遠碧黏天鶴
影空塘度鐘聲野寺傳前溪燈隱約應是釣魚船
晚來呼伴侶散步小園東風荻連汀白池蓮墜粉紅雁
聲蕭瑟裏蟲語寂寥中惟有天邊月清輝處處同

廬陽阻雨

簷外瀟瀟雨天公懶放晴積雲連嶺白新水漲橋平行
李全侵濕村鳩不住鳴遙遙千里隔何日達 神京

舟中玩月

江村罨畫晚煙横湧出氷輪氣倍清隔岸深林驚宿鳥
誰家短笛起孤城漁歌唱徹三更夢候汐潛添五夜聲
迴首鄉關何處是波光帆影動離情

道中清明

韶光釀出百花濃客裏清明興未窮兩岸笙歌邀落日
半溪煙柳舞春風關心南北郵程遠滿眼雲山別思融
獨坐小舟無箇事漫將新景寄詩筒

雨後卽事

空亭雨後暑全收一徑風清景物幽枝上鳴禽爭弄舌

窗前修竹欲生秋雲開煙鎖横靑髻水漲荷池戲白鷗
好待夜闌新月上珠簾且莫下銀鉤

七夕會諸姊妹於二栁齋 慈命作此以記其事

銀河耿耿碧天清佳節欣逢倍暢情竹葉樽開香氣馥
金爐煙裊晚風輕中庭瓜果陳今夕別院笙歌逼曙更
遙望西江千里隔憑闌應看巧雲生謂蕊珠大姊

寄懷伯姊是日白露

銀漢西横斗轉杓窗前清露滴芭蕉閒拈弱管描花勝
靜對殘燈理翠翹疎漏暗催蟲語急尺書稀至雁行遙
故鄉風景猶如舊何日聯牀慰寂寥

十一月十六日接讀　祖母寄懷詩二章敬成二絶

重堂千里寄雲箋捧讀迴環思渺緜想得燈前和淚寫吟成一字一潸然

尙憶春初拜別時臨歧執手語遲遲道兒莫怨輕離別自有華裾後會期

二伯父奉　祖母攜眷口赴川感賦二絶

蜀道間關路七千煙雲深鎖萬峰巔遙知白髮長途裏翹首京華思渺然

憑誰一路勸加餐小妹含飴繞膝歡定卜來春郵寄便開緘字字報平安

同寶珠三妹夜話

月影橫窗漏滴頻挑燈夜坐影相親早梅得氣花先放瘦竹經寒色更勻話到投機多敘舊詩緣解意始生新四時景物俱堪賞隨意淸吟適性眞

梅花

暖風吹放玉階春冷蕊疎花絶點塵竹石爲鄰松作友一生不愛豔陽晨

遮莫三春桃李花嬌姿豔質鬬繁華誰知別有高人格暗透幽香疎影斜

讀董姊丈京臺小草得二絶

淸才瀟灑思無窮秀色天成奪化工漫說歐蘇推一代眼前名士亦豪雄

陽春白雪愧難評燕北江南已著名把卷燈前吟誦遍銀毫到處百花生

箭南大兄以歲暮雜感詩六首見示并屬和韻白慚學步初成不能奉和用其二五元韻勉成二律以謝之

鎭日咿唔興已窮慚予枵腹本空空書逢掩卷渾難記詩到聯吟愧未工月色中天逾皎潔松枝歲暮益蘢葱勸君莫作傷春語花好原無四季紅

多少名途失意人當年季子早遊秦倉公妙藥難醫俗杜老奇才不救貧緣竹虛心原勁直寒梅傲骨本精神終朝咄咄成何益且飲屠蘇待好春

春寒

春風裊裊拂闌干花氣惺松露未乾曉起薄寒禁不得嬾將春色隔簾看

春曉

遲遲日影透窗紗深院沉沉寂不譁小婢隔窗輕報道曉風吹放海棠花

春陰

淡雲漠漠柳含煙一逕深沉繡閣邊應是東皇勤護惜陰陰故作養花天

春晝

繡餘小院自徘徊五色花枝歷亂開不信鄰家春色好一雙粉蝶過牆來

謝惠荷包牡丹 代作

輕暖輕寒欲雨天誰傳芳訊到門前分來春色心驚艷別樣天香骨更妍怕有風侵深自護雖無月映亦堪憐感君雅意誠難報漫寫蕪詞寄綵箋

惜花

沙氣溟濛日易斜紛紛紅紫點窗紗天公何苦無情甚一任風姨送落花

暮春即事

萋萋芳草綠盈隄柳絮隨風東復西雨後樹陰人影亂繡鞋踏遍落花泥

送春

懨懨小病爲花愁幾度留春不肯留無奈也隨諸女伴送春歸去強登樓

初夏雨後

曲徑松陰颼晚風凭闌吟賞興無窮水深小沼添新綠花老閒堦積落紅好鳥枝頭歌雨霽野人棚下話年豐那堪春去無多日已覺園林景不同

連日陰雨悶坐無聊回憶去春買舟北上江山勝景漁村樂趣因補題八絕以記其事

一葉輕帆逐浪游大江千里送行舟篷船堪笑才容膝最怕無情風打頭

沿途景物望中舒水色山光畫不如最是夜深人語靜月華明透一窗書

輕風淡蕩送人行流水橋邊牧笛聲日暮滄波煙樹外高峰疊翠遠相迎

鄰船喧笑賣魚蝦少婦紅裙半面遮借問家鄉何所住水雲深處是生涯

咿啞兩槳過橫塘樹底鶯聲轉夕陽推出篷窗看山色野田風送麥花香

汯汯四野水連天白鷺羣飛過陌阡忽地風吹波浪湧個中閒煞釣魚船

湖隄草色碧參差最是撩人楊柳絲憶得前邨待沽酒綠陰深處繫多時

離人怕聽雨連宵一卷新詩破寂寥舊事不堪回首憶

雲山千里夢魂遥

消夏雜詠

黃梅天氣半陰晴雲去雲來漾太清憶得故園新雨後倚闌遥聽漲溪聲

竹搖碎影送微涼繡倦拋針覺日長爐裊篆煙簾半捲風吹荷氣上衣香

疎櫺紙帳午風清小院參差樹影橫一局棋枰消永晝鸚哥窗外喚茶聲

斷續蟬聲噪綠槐闌干倚徧自徘徊輕羅扇子閒拋却竹裏涼風冉冉來

流螢數點晚涼天羌笛一聲人未眠茉莉花開香到枕簟紋如水帳如煙 用東坡句

春風才過又將秋花謝花開逐水流只有天邊一輪月清光常照最高樓

次韻又院弟夜雨

幾番細雨幾番風燈火熒熒小閣中四壁蟲聲催夜漏一天雲影暗歸鴻涼生簾幙人初睡愁聽芭蕉夢欲空準擬晚來山色霽倚闌憑眺賞心同

月夜懷伯姊蕊珠

雨餘庭院透微風獨坐懷人夜景中月上忽看驚宿鳥詩成每欲托飛鴻一泓明漢拖清淺幾點疎星淡碧空翹首西江添悵望情懷應識兩心同

雨後納涼

一雨消煩暑天空斗柄橫卷簾邀月上欹枕背燈明村犬時聞吠池蛙不住鳴滿庭松竹影小坐倍娛情

喜晴

曉起忽新霽開窗豁遠眸水光紅日暈雲影碧天流野浦蛙聲歇深林鳥韻幽愛他山翠潤約妹共登樓

西海子看荷花

尋芳同騁目菡萏蕩清風鷺立平沙外鷗眠夕照中山

巒遥入畫殿閣欲飛空車馬頻來去游人興不窮

和家嚴雨窗元韻

小窗寂寂易黃昏靜坐焚香晝掩門荷蓋翩翻花有淚柴扉剝啄屐畱痕竹聲解籜風侵榻雲氣迷漫雨瀉盆對此莫嫌無興趣也隨阿母醉清樽

偶成

文能造命竟何常杜老閒吟一草堂桃種御園原足貴蘭生幽谷不聞香浮雲爭似人情薄小雨能添世態涼是是非非終有定任他口吻效雌黃

即事

輕風宕漾柳歆斜流水橋邊三兩家僻地人過驚睡鹿
平林秋老不藏鴉閒雲作意將成雨野草無名亦著花
堪歎酒帘最多事依依勾引客愁賒
無邊風景滌煩襟水繞山環入望深一抹長隄渾似帶
數竿修竹自成林村童也識論興廢野叟偏能辨古今
莫道郊居無逸興逍遙不受俗塵侵

和家嚴後湖看荷元韻

紛紛結伴過前溪撲鼻花香閶苑西輦路崎嶇朝駐馬
人家環繞午聞鷄山鬟高聳輕雲護柳綫低拖翠黛齊
興盡歸來天欲暮耳邊時聽亂鴉啼

見荷花口占

不染塗泥不受憐幽姿濯濯映漪漣艷殊桃李香偏靜
清似梅蘭韻更妍縱有畫師難繪影常邀騷客聳吟肩
一枝相對消長晝絕勝蓬壺小洞天

立秋夜雨憶故園諸姊妹偶賦二絕

金井桐飄節序更蕭蕭風雨暗殘檠離懷愁緒憑誰訴
怕聽簷前鐵馬聲
爐裊香煙一縷清懷人頓起故鄉情光陰彈指無緣駐
剪燭何時話舊盟

秋夜偶成

竹簟生凉夜氣清階前蟲語咽初更雲迷澹月人無影
露冷空庭雁有聲幾處金風搖落葉誰家玉笛起閒情
約同小妹西窗下戲賭圍棋拭石枰

秋夜聞笛

風靜雲閒河漢流幾聲長笛弄新秋高樓易斷幽人夢
永夜難禁覊客愁蟲語驚人紅葉徑雁聲暗起白蘋洲
嫦娥亦覺聽忘倦滿照湘簾不下鈎

有感

深秋萬木起寒煙小坐抛書思悄然舉世窮通原有數
一生福慧總由天隄邊弱柳經霜老澗底寒松傲雪妍

太息光陰駒過隙虛名從古幾人傳

秋日書懷

白雲紅葉兩悠悠今古閒吟總寄愁每怕登樓看山色
銷魂疑是故園秋
景物經秋倍黯然行行雁字寫長天巴山雲樹邗江水
常在離人魂夢邊

探菊

西風昨夜到庭隈曉起階前步綠苔最是黃花可人意
殷勤乞得幾枝來

種菊

羨君清艷自芳菲手植甆盆露葉稀不學淵明杯酒共
閒情傲骨兩忘機

玩菊

繁英爛漫繡窗前午夜停針倦廢眠怪煞多情如月姊
不能常照此花妍

評菊

秋光猶有傲霜枝避却繁華故放遲清絶一生殊寂寞
等閒未許蝶蜂知

春遊

遠峯擁髻柳舒眉清景撩人信步遲野鳥不知春色好
杏花鴿落兩三枝

春色

韶光換出一番新嫩綠酣紅不染塵畢竟繁華能醉客
春來到處憩遊人

春山

山光淡冶翠眉橫點綴微雲氣倍清多少畫工描不出
天然丰骨本難成

春水

平湖一剪綠波齊小立蒼苔入望低蕩漾忽驚光不定
白鷗暖戲畫橋西

春雪

開窗乍見眼模糊粧點乾坤入畫圖嶺上寒梅香正好
清姿應否勝詩癯

春雨

絲絲細雨濕簾鈎又爲花添幾許愁寄語鄰家諸女伴
今朝誤却踏青遊

春風

水晶簾動暗飛香剪剪輕風拂面凉莫怪春來多料峭
幾番消息爲花忙

春月

娟娟月色上窗紗窗外闌干影自斜冷浸中庭偏皎潔
却疑殘雪映梅花

春草

春光又入去年蹊一路青青恰到門莫道平蕪三月好
綠波人去最銷魂

春燕

翩翩掠水詎嫌寒舊壘新營得所安似恐清香留不住
故啣花片立闌干

戲作問落梅

冰肌獨占歲寒香底事春來減素光想是世情捐不得

敢畱清潔守孤芳

落梅答

也曾覩助壽陽粧敢信孤標傲雪霜不奈春風驕避俗
羞他桃李鬬芬芳

雨中

池水漲新痕風捲閒雲住燕子不歸來荷氣橫塘暮

雨後

閒步小園東雨過花猶重濕雲斂日光好鳥聲相送何
處倚樓人故把琴三弄

詩餘

十六字令　聽琴

聽譜出高山流水聲鍾期往何處覓知音

又　雁

看朔雁紛飛盡向南人人字寫在白雲端

如夢令　雪後

簷外梅花香冷點綴山村小景閒步下庭階樹樹交輝
雪影勝境勝境添我幾番詩興

西江月　移竹

最愛蕭蕭翠竹移來栽向窗前幾回坐聽晚風喧響雜

花間漏箭　生就虛心勁節湘妃淚點纏綿夜闌人靜
有誰憐引得蟾光一片

前調　詠雪

何處吹來柳絮飄飄亂點窗前迷離水月寫長天大地
紅塵掃遍　樓閣平鋪一色遠山半捲疎煙梅梢壓重
更爭妍暗透寒香滿院

憶江南　烹茶

深院靜竹裏試煎茶春雪一壺香乍暖清風兩腋興逾
賒奇品勝蘭芽

菩薩蠻　春眺

夕陽欲墜煙籠岸垂柳絲絲風攪亂蝴蝶戲花前雙雙繞繡簾　鶯啼窗外早故把春光惱悄地倚欄看東風尚未闌

清平樂 春景

春光細膩引得人如醉香徑籠雲花滿地都是深紅淺翠　畫橋楊柳輕柔碧波戲逐沙鷗半晌欄杆獨立小鬟放下簾鉤

虞美人影 桃花

幽窗細細微香透園外天桃開候一色燕成錦繡不比寒梅瘦　妬花昨夜風偏驟片片香盈苔甃幾處綠肥

紅皺把酒消春晝

偷聲木蘭花 春遊

小橋流水垂楊繞花花深處聞啼鳥細雨如絲似織輕羅護好枝　鞦韆院內歌喉送燕語鶯愁驚客夢帘影橫斜紅杏陰中賣酒家

十六字令

愁怕聽聲聲水亂流關山近何日返扁舟

吳山青 重陽

盼重陽正重陽簾捲西風陣陣涼況兼秋雨長　酒盈觴句盈囊瘦比黃花費較量黃花瘦更香

憶江南四首

江南好春景最繁華細雨乍晴抽嫩草香風送暖摘新茶高樓叫賣花

江南好夏景最夷猶兩岸垂楊青似黛一溪野水碧於油競放采蓮舟

江南好騁目到晴郊遠浦煙橫紅葉晚板橋霜冷碧天高鴻雁下寒皐

江南好最好讀書齋梅吐暗香清到枕月移疎影白侵階把酒暢幽懷

哭女絳珠蘆仙四兄之次女也其生也有自其死也有因蘆仙序之詳矣今觀其繡餘詩草雖係初學未臻大成而幽閒靜一敦厚和平不失詩人本旨非特以才女稱也且夫名花香草珍奇寶藏凡爲世所罕覯者必有一種清芬之氣靈異之姿以超越乎尋常而後爲人所鍾愛雖極諸氣衰物故而有心人或託諸畫繪寄諸咏歌必使其生氣常凜凜於人間始不負造物鍾毓之深心而永爲人世所艷羨茲繡餘草豈特傳絳珠詩乎獨歎其聰明靈秀卓有仙姿其未嫁也寬以二十年而有餘其將嫁也迫以一二日而不足此豈天之逼人太甚哉必如是而後得歸眞返樸也甚矣亦奇矣江右橫浦蔡玉山氏跋

小住塵寰二十年幽閒婉娩女中賢由來姻婭推知禮況有才同咏絮妍

女紅嫻習更攤書多少鬟眉總不如吟到蘋姑仙子句人間煙火自難茹

聞說前修秉慧燈偶來南國覓金繩塵緣已畢須回首此去還參最上乘

電光泡影本無常化去何須重黷傷留得大家文字在千秋彤管有餘芳

皖桐倚江張鴻楠題

姪女性聰慧善詩詞自幼相從未嘗暫離今年二十矣已擇吉八月二十日迎婿入贅忽於十八夜痰結不醒閱八時玉柱下垂而歿珠沉秋水玉碎香塵其靈夢之信有徵耶抑聰明之果不永年耶不可解也詩以哭之

已曾涓吉賦于歸詎料明珠夜隕暉病到瀕危猶強起生徵噩夢或先幾（姪女生時先總憲公夢有女冠入姨室嫂於是夕亦夢有一女子搴帷入自稱淨瓶侍者）聰明性本遭天忌幽靜心原與俗違玉柱雙垂還淨土吟魂從此永皈依

愛爾平生錦繡腸空遺佳句滿詩囊持家能代雙親瘁寄驛難禁大母傷肘後苦無靈藥餌殮時未著嫁衣裳燈花夜半吹殘影冷照孤帷焰不長

少小相依未暫離獨余情性爾深知飄零每慰窮途哭督勸常憐阿弟癡回首音容疑是夢爲安眠食緩延醫誰知竟作曇華現一慟中腸更覺悲

叔石仙哭題

校秀姊遺詩讐閱未竟淚隨聲下因題數絕以當一哭

前身信是玉池仙不著鉛華筆自妍盡夜秋燈寒不寐

一回展讀一潸然
燈前曾記受書時幼時俱隨祖母讀兩小肩隨未暫離此日泉
臺成永訣傷心可有見君期
人琴已杳景全非蜀道艱難夢欲飛祖母就養川署此去吟魂
何處寄白頭大父好相依
斯人斯疾復云何最是傷心老淚多遙想夜臺聞太息
此時應有淚滂沱

又阮弟嗣宗哭題

繡工纔罷又敲詩一卷閨中絕妙詞種得靈芝偏早謝
此中消息總難知

熊象階讀并題

接家書聞絳珠姪女病殤欲詩哭之而不能口占
一絕

一語傳來竟畢真封書未拆已銷魂紅箋尚寫平安字
子細行間有淚痕

伯湘南寄題

接家書聞　秀珠從妹於八月十九日病殤　諸
叔父哭以詩文余悲懷莫釋爰成七律六章非
敢言詩聊以當哭

一紙書來痛莫捐那堪令妹隔重泉驚心永別三千里

屈指空生二十年靈夢有徵還淨土吉期將居委遺鈿
死生只在嚴慈側若爲天教女道全郭妹倩八月二十日入贅妹十九日
逝

曾記髫齡見面初重堂侍杖返鄉閭妹生京師壬午始隨侍先大父旋
里
一門叔父憐聰慧三載家庭奉起居却愧花箋藏篋
笥余嘗代妹鈔錄詩詞祇應麥飯薦郊墟懸知大母傷心甚封就
家書不敢書仲父迎養大母於川署

豈是今纔永訣期已曾三歲隔容儀鴻飛衞國留遺迹
烏返華京慰遠思乙酉春妹隨五叔父由衞源返都門家政代親勤井井
女工偕妹扣絲絲才名未必能妨福痛定癡心轉自疑

我曾稱藥兼量水詎料微痾竟作殃瘦骨本來多疾病
緘書猶自說安強生無他嗜惟千卷死有佳篇剩一囊
聞道棗梨將鏤版吟魂會否識推詳

玉筯雙垂返碧池前身應與幼微隨論才我獨慚聞秀
問字兒猶憶女師妹在家嘗課諸姪兒女讀自別大雷疎尺翰祇餘
冷月照空帷最憐旅櫬成凄楚苦雨酸風寄古祠妹櫬暫寄厝尼庵

烏號柏樹烏鳴荆一載重教羽翼分伯姊亦於去秋八月二十日病逝
愁絕郴州曾作誌情深靖節復爲文桐棺骨共三秋冷
繐帳香難一瓣焚剪紙招魂魂不應江天悵望哭燕雲

兄裕宗寄題

戊子夏季　嚴命校閱繡餘草展讀一過不知涕從何來爰誌二十字於後

一讀一悲酸挑燈子細看每逢情至語不覺淚闌干

妹寶珠敬跋

靈慧本天生妙語天成曇花一現幻中身留得幾篇繡餘草還證前因　便是有前因畢竟無情刹那頃衰廿年八自古有才多不壽何苦聰明

右調浪淘沙

立侯董承祺謹跋

茶香閣遺草

黃婉璚

女士茶香閣遺草

茶香閣遺草序

先兄花耘以能詩名湖湘間其長女葆儀幼而慧嘗樂聞其父與座客談詩然先兄足迹半天下家居時甚少未嘗教以讀書識字十歲時見案頭一帙問何書先兄曰名媛集也葆儀曰名媛天生邪抑人爲之果人也兒獨無愧邪請學詩先兄訓之曰女子之德不在能詩且能詩而享厚福者少戒勿學葆儀[illegible]不以是說爲然遂逢人問字漸通聲韻辛巳春先兄偶見其草頗有絕佳者因爲指正得失未及半年先兄偕余北上而葆儀之詩詞已成帙矣明年適歐陽氏又明年而先兄歿葆儀遂無意於詩改而學琴其思親傷逝之心嘗拂拂出十指間故詩不多作作亦無由質其是否往往自焚其草今遺篋所存强半皆在室時作也其壻雨舟伉儷甚篤悼亡之餘不忍遺弃欲付梓以傳屬余爲汰其半而序之夫先兄能詩而不永年葆儀繼之其年更促然則先兄所謂能詩而少厚福者蓋不獨爲葆儀示戒而葆儀則竟中其言矣使葆

儀之詩能如其父卽奪以厚福吾知其無悔也乃學猶未成年已不永余嘗題亡室陳梅仙遺集曰昔人云造物忌才必才也而後忌則無才者可不忌矣卽有才而未成彼造物者亦豈肯屑屑焉忌之近日人才不逮古人而造物之眼孔亦差小矣故不及待其才之成而遽忌之是說也蓋有所激而云然然以數年之中一門之內屢見此少亡之婦遺草之存則前言亦未必非至論也爲女子者固不必能詩凡有才而欲享厚福者皆當引吾兒之言以爲戒豈獨女子爲然哉又豈獨葆儀爲然哉眥

道光十年歲在庚寅嘉平上澣季父本驥虎癡氏書於三長物齋

葆儀行畧　　季父本驥虎癡撰

葆儀名婉璚姓黃氏寧鄉人故城步訓導諱本騏之長女年十二失恃極爲祖母劉太君及訓導所愛繼母楊嘗刲臂以療太君疾葆儀感之及楊疾亦刲臂以進年十九適瀏陽拔貢生歐陽道濟舉女子子四人殤其一卒於道光十年十月乙巳得年二十有七拔貢前娶長沙李侖圃編修女遺男女子各一撫之如己出李氏之大父若母若編修弟雙圃觀察皆愛敬之忘其爲異姓子嘗迎至其家出重貲備其匳歲時饋遺與母家等其事翁姑得歡心奉夫以敬接娣姒以和御僕婢以恩有小姑適周氏者少而嫠嘗與之篝燈講女誡相得若師友故病革時其翁汪門封翁爲往返百餘里親市藥扶掖奔走之勞人人盡力而歿後之行哭失聲者徧門內焉葆儀在母腹時其母劉孺人持三月齋繡白衣大士像以祈男及誕女也性甚慧飲食不御肥醲人咸以爲具佛子性年十三能爲五七言詩及長短樂府訓導故無子而有二女季

曰潤儀亦粗識字訓導嘗曰慰情勝無紙筆之好足傲陶家五男矣于歸日盡以所蓄古今名人詩詞充其笥歲癸未葆儀適歸寧而訓導卒遂請於翁姑留侍祖母者竟一歲有湖州沈素生者其季父虎癡從之學琴葆儀嘗隔幔竊聽之甫數日能成聲旋卽精其藝指法微妙處若夙喻者得瀟湘水雲霜天曉角及塞上鴻等十餘操遂使中表妹唐慧儀及潤儀共學焉其時虎癡婦陳梅仙工篆書小兒女能爲雙陸戲夜闌燒燭侍劉太君座隅

墨香茶話聞四壁琴聲與雙籌聲琅琅相雜索逋者過戶外蓋不知虎癡爲貧士云素生在長沙學琴者且數十人得其傳者惟湘潭張蓉裳敎諭及葆儀二人而已敎諭與訓導齊年視劉太君如母訓導卒時虎癡方偕計都門敎諭爲經紀其喪太君遂命葆儀出拜以諸父事之敎諭因爲點定其詩諸城王香杜太史嘗主虎癡家見其草亟賞之太史虎癡師也因呼爲小弟子著有茶香閣詩詞各一卷今年二月劉太君棄養葆儀方孕第四女且病百里之隔不能歸視含斂默然神傷及女生病以加劇遂長侍太君於地下矣嗚呼葆儀有志助夫而未竟有志以詩學繼其父而未成欲待其妹之嫁敎其前子女及已女之成立而皆未遂所謂具佛子性者固當如是耶是亦可傷也已拔貢喜讀書處分家事非所習得葆儀如左右手於其卒也甚悼之以翁姑在堂不能成禮卜日丁未合葬於李孺人兆域虎癡有舊琴爲葆儀所愛將之去者數年臨歿日以歸吾叔虎癡不忍見也命納

諸壙以爲殉且乞銘於新化鄧湘皋學博蓋其臨歿時所自請者虎癡爲函致之且書其狀如此

側贈孺人歐陽君繼配黃孺人墓誌銘

新化鄧顯鶴撰

余旣爲吾友黃虎癡銘其繼室陳孺人及其母劉太孺人墓有以其適歐陽氏女葆儀之病告者余曰是又將以文累我也已而女病且死虎癡以狀暨書來乞銘且曰此兒女臨卒時所自請者不忍拂也終以累吾子嗚嘑余文不足以庇身而孺人

乃欲託之於身後亦大可哀也已按狀孺人姓黃氏名婉璚字葆儀寧鄉人父本騏城步縣訓導年十九嫁瀏陽縣拔貢生歐陽道濟爲繼室凡生女子子三以道光十年年二十七十月乙巳卒於夫家越三日丁未拔貢以禮葬於前室李孺人兆域孺人生而明慧性至孝十二歲喪母哀毀若成人劉太孺人暨訓導兄弟極鍾愛之訓導故無子教兩女如男子子稍長工吟咏能爲五七言詩與樂府諸體有風格書法娟秀訓導益喜既歸歐陽氏

撫前室子男女各一如已出歐陽氏之姑及前室李氏之黨咸曰爲人婦當如黃氏女孺人嫁之明年訓導死孺人大痛請於舅姑歸依叔父侍劉太孺人竟歲劉太孺人旣喪子益愛孺人不欲少離故孺人歸寧時恆多虎癡嘗偕其友湘潭張教諭家架學琴於湖州沈生孺人嘗隔幔竊聽之遂精其藝以授其妹婉琳戚里閨秀爭從之學其指法微妙未有得者教諭亦自以爲弗及道光八年余權長沙郡學教諭以事來主余值孺人歸孺人自

其幼時父事教諭又以余與訓導雅故以父執出拜教諭且還走別孺人固留坐爲彈塞上鴻曲音甚哀若預知別後之不復見者教諭蹙額語余曰是不祥噫孰知其言之竟踐耶吾自訓導之歿嘗疑之以爲其人事母孝愛弟篤文采蔚然宜若可顯於時不宜以卑官早死且死而無子或曰語云衰門之女徵之孺人益信而不謂其併此而奪之也宜虎癡傷之以書來丐銘凡四至而不倦也先是劉太孺人之喪孺人以方娠又病不能歸視含

斂茹痛蘊憤旣娩病益篤遂以不起後太孺人卒僅八閱月云余於黃氏一門始銘陳孺人繼銘劉太孺人今又書孺人之事於石宜言無不詳矣狀又云孺人繼母楊孺人嘗封臂療姑楊病孺人感之亦封臂以進余修楚寶時實主黃氏凡近事類是者得附書獨遺孺人母女至行其家不自言無由聞用是知黃氏閨門雍肅媺行懿德不爲世所知者多矣余忍不銘孺人在母腹時其母劉孺人持齋繡佛像以祈男孺人痛其母早卒亦持齋繡

所自書心經供佛絕工緻云以資冥福茲事狀不載余於張教諭詩中見之孺人有茶香閣詩詞各一卷虎癡爲刻行於其葬也以所蓄古琴爲殉云

銘曰婉娩孺人椒流戚里發言在韻動容依禮具佛子性無不壽理胡弗永年鰥爾夫子或云才累兼以孝死衆萬之生莫知其紀豈無姬姜齊眉齯齒孰云老壽而必嬉俚矧外母族尤戚哀毀孺人之明當不坐此嗚嘑命耶孰究所以高不可呼幽不可啓我銘斯藏哀此女士

茶香閣遺草題詞

湘潭張家榘蓉裳

哭葆儀五首卽題其集

飄風西南來音響何其悲朝聞折瓊玉經旬意猶疑去年寄書至消息稍得知方虞老夫病惻惻無見期豈意葆衰幹卻忽摧女枝引首問蒼冥涕下如綆縻

昔在羊之年如月上巳日而公倏殂逝而叔羈京邸我時閔倉卒絞衾代經紀凡民尙扶服風誼況

兄弟賢哉而祖母子我以猶子謂齊而公年親我命女爾衰絰扶出拜掩面悲不止自茲逾骨肉無異屬毛裏胡爲八年中三世歌蒿里傷心退之志何欲久不死

我有膝前女五齡與母訣秀慧略如汝操絃解音節長因聚閨壼把袂情親熱晨妝同脂沐夜語熏迷迭年時各分散遠嫁傷離別樅陽二千里相送江天雪存者方離憂死者永歇絕庭前姊妹花觸我腸寸折

開篋理牋素驚心見遺詩翩然擅標格不類粉與脂其他長短句珠玉紛交披所恨促年命徒欲託棗梨不見田舍女光采生門楣名汝實啬汝安用文字爲何如議酒食寂寂無非儀

吳興有沈遵彈琴專古調我從三年學頗許極幽眇汝時設紗幔亦遂傳諸操閒雲流瀟湘離鴻悲絕徼松泉幽澗落漁樵互清嘯爾後賞音寂一官形影弔如何千里遠復此奪同好招魂調朱絲寒月夜來照吁嗟廣陵散今古空悲悼

沅陵李沆訓彝卿

題集詩并序

茶香閣詩詞二卷寧鄉女士黃葆儀著葆儀既歿其季父虎癡孝廉憫其學詩未竟梓而存之葆儀爲花耘學博長女幼慧口授詩詞輒能記誦年十二學爲古近體聞倚聲皆有精思肖其父及笄後適瀏陽歐陽拔貢爲繼室生女子子三而卒年二十有七余與花耘爲文字至交同有鄧攸之慼兩家女皆明慧故又同有譽女癖余長女佩玉字蘭仙亦能詩往隨余寓長沙與葆儀心相善陰相競欲一角藝而輒止蓋女子各讓其名慮相形或絀也余以愛女故年既長始得會同上舍梁生爲壻亦繼其室嫁亦八年舉男子一三歲而殤蘭仙爲哭子詩十章遂攖疾不起得年亦二十有七嗚呼女子有才果爲造物所忌邪抑輕塵弱質不能長駐邪不然葆儀蘭仙何慘遇之同也顧葆儀有季父梓其遺集雖死不死蘭仙之歿也余客吳門逾年而其

壻亦卒殘脂賸馥無人愛惜且以爲不祥之物拉雜摧燒之此則蘭仙所不能如葆儀者蘭仙已矣余因是集之刻不禁慨然而牽連書之也既識其緣起仍繫以詩

黃君貽我書滿紙紛淚痕太息兒子爲異物傾倒篋笥接遺文噫嗟兮聰明易招造物忌女子何須多識字身後縱傳微薄名何如飽閱人間世我昔頤園聽鼓琴悲感曹娥慟父心讀詩未竟淚沾臆七條寒玉流哀音我與若翁有同病慰情惟以女

爲命淸吟解續玉臺篇但期福與才相稱我女能詩亦早卒屈指流年皆廿七蘭因絮果何匆匆才命閨中兩長吉我女卒時我客遊賸墨零縑嗟散佚喜汝有叔眞不癡能於歿後刊遺詩傷心我愧爲人父忍見人間幼婦詞

上元陳元富子言

香雪曾傳影裏梅葆儀叔母陳梅仙有香雪閣梅影集一門閨閣舊多才遺編又見茶香草惆悵燈前未忍開

開卷增余宿草悲故人有女勝男兒如何未補中郎集黃絹空留絕妙詞

南豐譚錫洪梅臣

孝爲閨行首文藝亦餘波摘句空凡豔揮絃養太和由來傳世永不在享年多遺挂塵生璧桼嘉奈若何

叔也無雙士今之第五倫挑燈曾問字掩卷獨傷神班史杳能續中郎緒未淪銘幽椽筆在長此壽貞珉

善化湯蟠仲潛

疏簾淡月

風蘆颭白帳六六滄灣故人長隔尊甫花耘先生著有三十六灣草廬草竹韻江流竟爾響沈秋笛生前綺語憐伊最又一編紅閨筆格雕瓊句在瘦金字小慧心猶識想繡閣孤吟自惜更遠地思親離愁如織幾幅苔牋染得湘痕都碧曇華見處爭彈指剩淒淸花外歌拍夜燈相對懷人鉛淚恁教重滴

善化湯蠖叔尺

青玉案

父書能讀中郎女有舊製花閒句信是才多天也妒鮑家香茗謝家風絮彩筆還輸與　十花零落詞仙去十花詞尊甫花耘先生著蕙草香銷楚江暮欲過頤園愁幾許不聞琴韻漫將綺語漁笛教重譜

善化湯彝叉村

辛卯正月五日衡山道中阻雪集靖節句題

開歲倏五日當往志無終翳翳經日雪任道或能通南嶽無餘雲陵岑聳逸峯天際去此幾何必升

華嵩顧瞻無匹儔實由罕所同鼎鼎百年內區區
諸老翁昔在黃子廉遶宅生蒿蓬歷覽千載書曲
肱豈傷沖弱女雖非男聊得長相從言詠遂賦詩
賦詩頗能工取琴爲我彈含薰待清風商音更流
涕自值孤生松黯爾俱時滅縱浪大化中但餘平
生物既沒傳無窮

善化勞崇光辛階

菩提勝果幾生修蕙質蘭心第一流贏得香閨主
壇坫優曇小現已千秋

詞場披幟憶曾陪（余與雨舟爲選拔同年）錦字常聞繡閣才
今日玉臺留剩馥廣陵殘調不勝哀

中郎才望近今無有女能文緒不孤巾幗尚逢天
意妬何須思舊弔黃壚

紅牋百首總翩翩道韞詩情劇可憐豈意謝公垂
老在却教風絮檢遺編

長白長啓星垣 時年十四

遺編讀罷月黃昏落葉蕭蕭夜打門剩有茶煙香
一縷洞陽何處弔吟魂（瀏陽洞陽山爲道書第廿四福地歐陽氏世居也香雪夫人陳梅仙嘗爲孺人作洞陽仙館四篆字額其彈琴之室）

俗樂難教耳暫明蘭閨獨抱古人情一琴又向秋
原瘞（葬以古琴爲殉雯山翁爲繪一琴圖遺像）誰復揮絃作雅聲

上元王錫疇夢厓

瓊華深處蕊宮仙小謫紅閨廿七年畢竟清才勝
庸福三湘傳誦玉臺篇

中郎有女冠清流一縷琴心萬疊愁夜月魂歸環
珮冷侍吟三十六灣秋

湘陰李星沅石吾

慧心紈質總輕塵繡佛當年證淨因早識曇花無
住相一龕水月悟前身

又隨香雪點春波斷墨零星冷翠螺便到蛾眉天
亦妬文人何苦說才多

洞陽山色助淒涼黯黯妝樓奉倩傷一自冰絃和
玉葬篆煙如夢裊琴牀

簪花人亦解賡酬（內子笙愉有簪花閣詩草）但願聯吟到白頭
却對遺編共愁絕此生清福要雙修

湘潭女士郭潤玉笙愉

紀夢詩郎題遺集

相見緣參商人琴長往矣中夜讀遺編紅淚溼吟
几忽忽夢君來情與故交似索我新製句披我舊
書吏取琴爲我彈一操水仙子蕭蕭落葉鳴拍拍
驚鳥起惜我非知音指妙入詩理詩心與琴韻一
一判悲喜悲喜拉雜開執手歎生死君言後會難
愁心滿湘水我欲少留君共話眞如旨君魂不我
留琴聲猶在耳夢破梅花寒月光墮牕紙

茶香閣遺草卷一 詩

寧鄉黃婉璚葆儀

望嶽

蒼茫滿一望萬笏排衡陽雲湧白無際煙凝青有
光春流環九面秀色墮三湘絕頂夢飛上身騎赤
鳳皇

桃花樹下作

呢喃燕子語花間紅雨紛飛晝掩關不羨漁人春
引路尋源一棹武陵還

春晴

晝闌干畔晚晴天出沼荷錢箇箇圓燕語鶯歌聲
不斷夭桃穠李豔無邊落梅玉笛調三弄流水瑤
琴奏七絃笑我愛花長罷繡題詩幾度掃苔甎

聽雨

潤物如酥響未停一簾夜雨隔牕聽明朝添得春
多少洗出遙山朵朵青

試新茶

綠滿階前細草生鷓鴣百轉柳簷晴旂槍欲品新

風味活火紅泉矮脚鑴

明吉藩宮故址

風雨城隅路欲迷吉王宮畔草萋萋當年歌舞歸
黃土牘有羣烏繞樹啼

春暮

尋春踏遍半庭煙萬紫千紅色色妍燕啄香泥花
尚豔蜨黏飛絮粉逾鮮兒童鬥草芳階底姊妹藏
鉤畫檻邊過限韶光如逝水漫收風景入蘭牋

月

片月明如水空庭荇藻交倚闌人不寐清露滴花
梢

閒階

斂蟲剔盡短檠殘覓句閒階夜氣寒坐久不知明
月上送將花影過雕闌

對月

灩灩芳池暎月明月光水影兩澄清秋容一鏡磨
新碧澹瀉金波夜有聲

夜坐

戸外傳金柝添香繡幙開瑤琴彈落鴈雲破玉盤
來

雨牕

拋鍼倦繡鐸聲殘雨灑紗牕遍坐寒一點秋燈光
似豆照吟新句寫烏闌

雪

凍灑遶空影同雲漠漠遮九天張玉戲四野茁瑤
葩冰綴簷前篘寒催嶺上花有香飛柳絮吟賞謝
娘家

鏡

繡閣綠陰遮晨牕拓碧紗髻雲臨鏡挽紅颭一簪
花

花魂

一縷香飄繡閣東輕盈倩女笑春風長留幻影芳
非外莫記眞容爛漫中幾度依依停翠陌多時冉
冉趁游驄銷殘最是東皇別欲斷難招牘數叢

唐慧儀 婉珠 同作

恰逐嫣紅姹紫開暗中旖旎倩人猜離從金谷

應鞶笑游向瑤臺自去回不借清風和影動偏
宜皓月共神來佳晨良夜增幽賞羯鼓眞如夢
裏催

鳥夢

樹色陰陰暮鳥啼恬然夢境息塵機不隨望帝鵑
聲咽乍逐莊生蝶影微飲啄儼從幽壑集回翔恍
向夜雲飛酣游想自槐安國一覺南柯是也非

慧儀同作

好共梨雲幻影看一枝棲處倦初安本無幽思

離巢外似有癡魂繞樹端掠徑已忘花竹暗驚
弓猶覺羽毛寒欲知覺後聲聲喚得句西堂興
未闌

納涼

皓月新磨鏡光涵畫檻東晚涼生水閣香逗藕花
風

聽笛

露竹搖珠綠風蓮墜粉紅流螢光引路聽笛步樓
東

聽琴

待月焚銀葉樓簾捲幾層松風飛雅韻絃脆七條
冰

蜀葵

燦爛張雲錦傾心向日開捲簾人對詠飛豔上妝
臺

蘭

幾叢開次第臭味話同心采采紉秋佩幽馨入素
琴

竹

荷鍤劚春雨移栽草閣西幾竿生爽籟涼颸綠雲
低

燕將雛

燕將雛纔出殼燕飛飛雛喔喔般勤銜食何處來
哺向巢中供飽啜往還千百無停時觜爪已倦心
未疲兒漸肥時母漸瘦呢喃猶恐兒腹飢吁嗟乎
羽毛已長習難住雙雙徑向花陰去花影迷離故
壘空從此天涯無覓處

松

高頂危巢落鶴毛虯枝盤屈翠迴遭泠然坐鼓瑤琴曲謖謖風吹午院濤

夜坐

簷鐵聲中送晚涼談深姊妹坐昏黃閒牕待月珠簾捲風遞庭花斷續香

種花

移花庭畔種紅簇幾枝芬無限東風夢參差化綵雲

雨

花圃紅開甲蔬畦綠長苗小牕一夜雨淸響在芭蕉

五月菊

栖花開處見金英簇簇東籬綻幾莖素節尚邀人自淡白衣未至酒先醒冷香不爲炎風暖幽豔能令暑氣淸多是芳華恐遲暮故傳霜信到長嬴

潤儀 婉珠 同作

百舌聲殘菊滿枝開當高臥北牕時荷風細引香三徑槐日陰連影一籬豈待經秋誇晚節何妨觸熱顯幽姿柴桑處士如相見酒熟菖蒲定不辭

燈花

照壁搖紅影花開簇簇新蜨魂應入夢香嗅短檠春

鸚鵡

畫閣春深樹影濃風搖簷玉韻丁冬落花滿地無人掃鸚鵡簾前罵婢慵

月下聞歌

庭竹延秋色樓高貯月多銀箏彈拉雜宛轉遞新歌

並蒂蘭

黃奁叢綺石花放蒂相連照影瀟湘水英皇恰比肩

涼夜偶吟

初月挂簾鉤淸吟倦倚樓七絃調鴈柱涼入一襟秋

題畫

遙山一髮影青蒼渺靄煙嵐澹夕陽茅屋人家臨水住疎林葉染半溪霜

蟬琴

涼蟬高咽露清奏樹間琴落葉傳哀曲枯桐曳遠音么絃和月冷短調破煙深不羨仙蟲社絲絲宛轉吟

江亭望雨

望極蒼茫倚畫檽山雲裹絮影冥冥翻江浪湧千

層白鎖樹煙環兩岸青估客揚舲歸遠浦漁人散網聚迴汀風流太守應留譃銀牓高題喜雨亭

秋海棠

嫣然開遍老牆根篦斂紅搖滴淚痕秋冷難勝嬌欲睡臨風疑是美人魂

雞冠

宛爾羣雞立嫣然透頂昂雄心飛草徑怒影鬥花闌露濕珠冠聳煙籠絳幘攢無聲能報曉亦耐五更寒

茉莉

購得波斯種花薰半箔涼襲衣蒸晚露點茗助清香錯落珠攢蓓葳蕤玉簇妝銀絲篸串串影顫月昏黃

紅蕉

數本階前植娉婷豔不分倚風搖綠扇裊露舞紅裙色共朝霞泣聲非夜雨聞渾疑綃裹淚影化辟靈芸

素馨

玉鈿斜冷月黃昏碎瓣搖香浥露痕南漢繁華春一夢幽馨留得美人魂

蟋蟀

照壁燈殘夜不眠幽吟斷續破秋煙豆棚花老苔牆澀寫入巖桐咽冷絃

昭君怨

琵琶哀怨曲難終恐向胡沙憶漢宮穹帳年來憔悴甚春風不及畫圖中

班姬怨

長信宮中日月長秋風團扇棄無妨見幾不愧女
君子免受他年謠諑傷

梅妃怨

莫恨長門夜漏遥玉顔豈讓阿環嬌馬嵬幸不埋
香骨勝賜珍珠慰寂寥

姊妹花

有女如雲小圃前縈葩相次蒂相連香浮畫閣眞
同氣豔倚雕闌恰比肩浥露英皇斑共染翻風秦
虢馬同旋飄零一任封姨妒嫁與東君了夙緣

蝴蝶花

生前性本戀花枝化入芳叢品自奇乍露檀心鬒
欲動徐開粉瓣翅仍垂簪來合倩滕王畫賞處須
吟謝逸詩栩栩梢頭疑欲活誤將紈扇撲嬌姿

蟬

細雨聲偏急斜陽響更頻自鳴還自已非是悅時
人

筍

斑點湘妃淚影添籜衣新褪玉纖纖森然挺立孫
枝秀涼露搓珠綠上尖

苦熱

燒天火繖張坐甑類蒸煮安得雨滂沱洗盡人間
暑

玉簪花

森森玉植小牕陰麝粉氷篇沁素心壓髻一枝橫
淡月天然香裊碧瑶簪

薝蔔花

幽林時透午風香六出攢枝鴿羽翔絶似優曇花

湧鉢拈來微笑禮空王

松下圍棋

松下呼童埽石枰蚪髯謖謖午風清手談一局消
長夏山靜惟聞落子聲

夏夜聯句

斗室可促膝（葆儀）宵分興不窮飲醇非酒椀（慧儀）吟癖
有詩筒白鳥撩紈扇（潤儀）青蛾隱畫櫳牕紗疎鏤月
（葆儀）檐鐵碎吟風繞屋傳更柝（慧儀）當階響候蟲竹深
煙羃歷（潤儀）樹暗影濵濛簟展黃璃滑（葆儀）琴彈綠綺

工茸茶濃瀹碧慧儀仙李簇沈紅艾把香微馥潤儀蘭膏熘遠烘插瓶花自羃葆儀蘸筆墨初融斗覺涼蕭爽慧儀全消暑蘊隆家庭有貞樂潤儀韻事許誰同葆儀

竹牀聯句

閒坐稱幽意葆儀新成銷夏牀幾竿裁秀竹慧儀八尺列虛堂密節排來翠潤儀浮筠拭後蒼繩聯應少潤葆儀藤製總輸涼未若檀欒好慧儀偏隨輾轉良平安眞可報潤儀儉樸用能常弄笛花邊設葆儀彈琴月下張龍孫眠恐化慧儀鳳尾夢疑翔簟展桃笙淨潤儀簾

依蕙帶香最宜鋪水閣葆儀雅似聽風篁自具東南美慧儀誰分上下行相將北牕裏潤儀閨夢到羲皇葆儀

步月

良夜月初出溶溶上太清光烘雲破障影散地生明薄露滋花氣微風碎竹聲吟餘還徙倚疑在玉山行

雨中望瀑布

林雲漠漠雨霏霏萬仞懸流下翠微濺玉跳珠天際落一條晴挂白龍飛

賞荷

橫塘淰淰綠雲遮倚笑含愁十里花搗練香邊憐越女盪舟煙際唱吳娃迎風翠羽搖涼月墜露紅衣浴晚霞無限秋心人對詠碧筩吸盡酒難賒

白蓮

花滿銀塘浥露清天然淨植弄輕盈半奩曉夢驚鴛睡一櫂秋心訂鷺盟香入微波添晃瀁影搖淡月不分明洛妃風態依稀見羅襪無塵蹴浪行

白芍藥

脫去紅綃著素紈幽姿雅可殿春殘風清花市香逾潔月滿虹橋影自寒入座雖無金作帶當階疑是玉為盤欲將貞白誇溱洧留待尋芳士女觀

竹徑

引得薰風作意吹青鸞尾動影參差談深玉麈留賓坐一徑雲涼暑不知

池上觀魚

風牽荇藻綠差差寸寸紅鱗躍小池興到頓增濠濮想秖容魚我兩相知

瀟湘夜雨

蒼茫九轉水沄沄墨湧江天萬疊雲叢篠蕭騷斑竹暗雨聲多處弔湘君

洞庭秋月

湖平月滿泛輕舟八百煙波浩渺流倒影螺峯青十二浮金沈璧一輪秋

平沙落鴈

雲沙漠漠白無邊鴈影參差下遠煙一曲瑤琴臨水奏秋聲響落七條絃

山市晴嵐

野氣遮山渺靄生飛嵐青撲午時晴藏林闤闠參差見空翠滇濛樹影橫

煙寺晚鐘

百八疎鐘空際傳聲聲清響出秋煙蒼茫梵宇知何處撞破枯僧入定禪

漁村夕照

紅銋斜挂岸頭山漁子漁孫住幾灣濕網家家臨水曬穿魚換酒唱歌還

遠浦歸帆

天際帆歸一葉舟蕭蕭木落洞庭秋還鄉載得征人夢無復江風怨石尤

江天暮雪

萬里江雲漠漠同混茫一白水連空寒敧客枕衾如鐵舟重無聲雪壓篷

洋海棠

扇葉青搖老屋東珠胎串串吐瓏璁分明石尉園中見茁地珊瑚七尺紅

送春曲

蝦鬚簾外春如許細雨霏霏織南浦一片飛花逐曉風枝頭剩有流鶯語羅幃驚起移殘釭熏香小坐閑紗牕韶光欲去留不得閑情且倒紅玉缸

鴈聲

楚塞雲橫鴈陣翔一聲叫破曉天霜驚殘旅夢關山遠萬里傳秋到故鄉

落葉聲

秋情寂寞可憐宵霜到桐軒碧影凋小閣殘燈留

短焰幾回欹枕聽蕭蕭

讀書

緗籤縹帙阜羅廚綠護垂楊室北隅盡日幽閨簾不捲七篇女誡讀班姑

臨帖

洗硯雲蒸墨一池濤牋滑淨界烏絲銀鉤細倣簪花格筆陣重憮衛茂漪

放鶴

清唳聲聲澈碧天秋山日暮縱胎僊影隨一片孤

雲去掠徧晴皋下遠煙

調琴

茅廬深住白雲間松徑盤紆石磴斑流水泠泠秋月冷一聲幽籟響空山

焚香

槐陰綠暎小䆫前焌爇金爐噴紫煙繡閣畱香簾靜妥雲沈寶篆裊龍涎

煮茗

頭綱新試火前芽午院松風聽煮茶矮鼎乞湯翻綠雪羊腸詰曲轉山車

蒔花

嫣然紅爛幾叢芳籬畔花含晚露涼短鍤自鋤明月下秋風暗襲一襟香

觀稼

擢穎莖莖穗吐黃野風時逗午塍香如雲穲稏流膏潤築圃平開稌穯場

新柳

碧雲萬縷拂春郊嫩葉驕抽踠地條一瞬乍迴青

帝眼三眠猶怯楚宮腰如膏雨過濃疑沐似翦風來細易搖寄語鸝鶊莫飛上未堪攀折已魂銷

湘妃竹

湘水迴環抱九疑竿竿玉立影參差青舒鸞尾輕煙鎖秀挺龍孫晚露滋錦籜間斑增悵望蒼雲搖淚寫相思黃陵千古餘幽怨慘綠蕭騷帝子祠

屈子蘭

騷情流怨滿瀟湘分植黃瓷綺石傍九畹清滋宵露冷幾叢光汎晚煙涼美人望斷秋何處香草魂

銷水一方采采江皋宜作佩半襟幽思襲芬芳

懷素蕉

陰靜幽林綠障天蒲團茗椀坐談禪千文草學書家聖萬本蕉裁扇子仙葉葉生凉搖屋角瀟瀟雨雨滴牕前紙材好備臨池種不數雲藍十樣牋

茂叔蓮

說著濂溪仰昔賢波間淨植影翩翩光風霽月凝秋水翠羽紅衣浴晚煙香遠益清參鼻觀塵飛難染印心田天然不愧稱君子千古名同道統傳

牡丹花下放歌

蘭閨燕語青春深飛花片片辭芳林一陣香風入簾幕瞥看萬朶開庭陰濃豔纔敎粉臉暈輕紅漸覺脂痕侵雨餘初日正相照招邀姊妹同追尋爛如石尉開步障重重錦繡遥相向又如王母居青琳樓臺百尺雲霄上嬝娜欹側難具詳蘸露籠煙各殊狀一杯酒一曲歌花前不樂當奈何太眞麗質成塵土清平有調空摩挲吁嗟世事眞恢詭富貴繁華皆爾爾眼前快意且狂歌銜杯共醉香風裏

簾鉤

簾額朱繩繫雙懸畫閣東光搖金宛轉響徹玉璁瓏曲挂纖纖月斜垂乙乙風忽驚歸燕蹴泥罥落花紅

簷鐸

蕭瑟鳴秋籟簷牙鐸韻長珊珊隨玉漏冉冉度雕廊警澈霜千戶驚回夢半牀還如斷鐵騎邊月冷沙場

蕉衫

和露纖纖劈蕉分萬縷長青畱雙袖潤翠織半襟涼衹合垂蘿帶何須製芰裳晚風生竟體小步儘徜徉

竹笠

斸竹分輕縷編成一笠圓籠頭圍翠靄側頂聽溪泉垂釣青蓑雨尋山綠縛煙風流圖畫在千古拜坡仙

晚步迴文

薰風拂扇一天涼曲徑花隨步履香雲接樹青浮遠岫日沈波碧漾迴塘欣欣自適多幽賞脈脈何思寄遠望醺飲小憩開悶意熏籠倚處爇蘭芳

梭鞋

細擘千絲馬尾梭織成雙履踏秋風苔階有跡尋新綠花徑無聲踐落紅製葛徵嫌詩客儉編苢署與野人同閒居未暇朝天子差勝厭鞋杜老窮

朴齋外祖得孫有詩次韻

松齡鶴髮偓佺倫慶洽含飴喜抱孫藜閣傳芬應紹祖蕊宮注籍肇名恩（乳名恩生因是秋值恩科也）庭階預植三公樹湯餅香遲九日尊從此一經緜世澤不將詩譽博河豚（明詩人有劉河豚以詠河豚詩得名者）

贈徐嫦生大姑并送北行

畫史書仙拜女師蘭心蕙質吐新詩淋漓竹石生紈扇今日重逢管仲姬（嫦生善畫）

梅花風裏送香鞭薊樹湘雲路幾千唐韻寫成三百部彩鸞從此是神仙

枇杷

恰隨梅雨熟林端萬顆炎精一樹攢色比蠟丸惟貯核味同金橘不含酸匀圓手弄王孫彈錯落盤堆羽士丹借得琵琶名自異上林佳果喜分餐

聞鴈

流響長空鴈數行傳將秋信到衡陽蕭蕭落木邊城冷漠漠西風楚塞涼聲澈清霜橫極浦驚殘旅夢客他鄉蘆灘蓼嶼羣棲泊留戀湖天足稻粱

菊二首

擘蟹筵前酒一觥花光濃澹影縱橫幾叢露浸疎籬短三徑香留晚節清簾卷西風人比瘦琴停夜月客餐英木樨開盡芙蓉老殿得秋芳秖獨榮

小圃叢開澹澹黃一枝幽韻破秋荒蕭踈籬外煙痕冷屈曲闌邊夜氣涼席地酣澆高士酒參英盤鬥美人妝霜中磨鍊精神出獨向西風傲晚香

菊影

菊影參差上短牆誤驚蝴蝶夢中忙輕分三徑秋容瘦幻寫千層月色涼畫稿迷離新潑墨煙痕濃淡暗聞香未堪采折盈纖手掠鬢燈前自忖量

登定王臺

憑高吟眺定王臺黃葉紛紛墮酒杯湘上煙凝秋色晚歸帆遙帶夕陽來

秋望

蕭蕭飛木葉秋色上荒臺遠水千帆盡長空一鳥回江樓寒翠合林驛夕陽開百感蒼茫集消除託酒杯

夕眺

江干寒浪湧天盡片帆遮野徑飛紅葉疎林噪晚鴉波明秋色遠煙澹夕陽斜眺極蒼茫裏吟餘逸思賒

江樓野望

危闌人倦倚望斷楚雲秋鴈落青天外帆懸赤岸頭煙光明極浦暝色上層樓何處砧聲急無端起暮愁

送　家大人偕　虎凝叔父計偕北上

送親兼送叔繞膝語依依歡餞臨歧酒愁牽欲別衣杏花開上苑萱艸壽重幃珍重南來鴈家書盼早歸

曉起

曉箭催殘漏疎煙澹碧牕曙星沈遠浦寒焰暗晨釭書渺紅鱗六籙開紫燕雙闌邊斟卯酒倚醉倒銀釭

春日同慧儀刺繡偶吟

繡課邀閨伴光陰小閣中春融珠箔靜日暖綺牕紅瓣瓣盤金縷纖纖擘綵絨鍼尖生五色花鳥笑東風

月夜聞笛

幽牕人寂拓輕紗徙倚芳階曲檻斜玉笛誰家三弄月一聲清脆落梅花

柳

昨夜東風作意吹長條踠地綠垂垂流鶯巧囀新陰候紫燕輕穿細雨時萬縷煙絲縈客恨一聲羌笛引離思請看裊裊河橋畔折贈行人無盡期

疎煙

疎煙細雨鎖池塘流水潺湲遶畫牆聞說昨宵春

信到東風吹綠上垂楊

海棠

丰姿嬌怯類神仙錦障橫陳畫檻邊似白還紅新著雨將開半斂暗凝煙臙脂淡染枝枝豔猩血勻塗朶朶妍浴罷楊妃春睡足倚風無力笑嫣然

牽牛花

花放浴籬曉露收葳蕤涼颭紫雲浮餳霜新譜薑芽嫩小字香分渚上牛

祀竈夜次 家大人韻

斜捲參旗插屋高宵深歡坐不知勞錢因厭歲穿文縷酒爲辭年貰濁醪飼鼠戲拋牀下果迎神親供竈前餻團圞繞膝酬新唱笑倚熏籠寫韻豪

初歸歐陽氏 大人以詩見賜和韻寄呈

含淚別吾父神傷不語中晨昏修婦職早晚盼郵筒檄捧猺山遠（大人將之城步學署）饈承子舍空衿鞶申夙戒敢愧舊家風

賜作

弱女初離膝憐深絮語中嬌啼牽別袂凝淚滴

吟筒蘿蔦欣能託門楣望不空勗哉林下範莫忘大家風

思祖母

重幃曾記廿年歡小別慈顏淚未乾最羨膝前諸弟妹一燈環侍話團欒

思親

猺山司冷鐸夢不到都梁（城步古都梁地）落葉秋無限西風鴈數行層雲遮遠岫一水隔清湘嚴訓留篋篤緘封未敢忘

題唐瓶山姑丈瞻衡圖二首

華陰嶽色接衡陽陟屺情深客夢長松樹萬年蓮十丈擕將靈植奉高堂

宋玉茅從宅畔誅白雲深處樂愉愉從今莫與山靈別更寫蘭陔養志圖

雪

凍結同雲厚蕭蕭落地輕塵聰明到曉夜枕聽無聲短熖銀釭澹寒稜翠被生灑空飛不斷人在玉山行

梅二首

老梅幾樹伴孤村玉綴苔枝縐粉痕清影臨溪寒照水幽情倚竹靜無言

東風消息到前村姑射招回雪窖魂殘月參橫嗚翠羽羅浮夢醒曉煙昏

春夜聽雨

小院溟濛雨涎痕壁畫蝸紅開花綻蕾緑滿草抽芽香爇銅鑪暖寒生錦幔遮翦燈聽不倦添火自燒茶

採桑

林莛紅垂曉露含桑田生意緑酣酣柔枝采取青盈掬春日融和學課蠶

採茶

新歌宛轉唱村娃緑展旂槍放茗芽煙雨盈筐生意滿春香一掬摘頭茶

稻花

絶似沾泥絮欲飛花繁應識稻苗肥野田風過日當午饁婦歸來香滿衣

納涼

蟾魄流輝鏡啓函微風涼透紫羅衫瓮花清裛荷盤露緑乳香烹火一枚

豆花同外分韻作得涼字

藤垂屋角咽寒螿棚底陰深客話長秋色滿籬花爛漫蛾眉月映二分涼

雨舟得村字

乙乙藤梢挂月痕蛩音催遍短牆根無端觸我相思夢秋到江南紅豆村

聞鴈

鴈字排雲出離人夜倚闌可能傳尺素爲我報平安

答慧儀寄懷詩次韻

曾眼湘雲一片横離愁振觸百端生何當午夜驚歸夢起看疎牕月影明

何處春先到分賦一首

何處春先到春先到鳳城雲開雙闕曉塵輭九衢平上苑鶯猶澀華林柳漸榮杏花消息近香送馬

蹄輕

牡丹

錦爛雲霞檻外陳繁華高冠洛陽春一枝窈窕姚黃瘦幾朶嫣然魏紫新酒暈微酣朝雨濕香痕細染晚煙勻名妃捻處留金粉千古風流屬美人

夜坐

小坐何人共蕭然欲暮時亭空花氣滿院靜月陰移偶以心無礙因之樂不疲琴餘還擫管清興有誰知

與潤儀琴話

與汝成閒坐清談見素心春深花吐豔日午竹移陰鳥語忘天地琴聲悟古今此中有妙理何處覓知音

紫牡丹

種得雲英吐異芳嬌姿何事羨姚黃翻風作舞昭容袖貯露初懸謝客囊亭北翩翾迷燕掠枝頭縹緲訝鸞翔靈根直比商山草笑彼唐宮一捻妝

潤儀同作

飛來瓊島蕊爭開爛漫疑從九陌栽纔見奇姿誇北勝忽驚瑞氣自東來雕闌可否通蘢禁錦障依稀接鳳臺富貴不須嫌閒色嬉春且泛彩霞杯

睡起

一枕游仙夢覺來仍故吾悠然生妙悟萬有盡歸無

聞王香杜先生有見賜之作時將歸劉陽寄此索之（先生時令黔陽）

閨中唐勒仰師資摘豔居然附楚辭我亦曾熏香一瓣鴻篇諾惠敢嫌遲（唐勒謂慧儀先生有詩贈之呼爲女弟子）

拜別重慈未忍歸從今惟髻守荊扉夜郎西處多明月應有新詩到大圍（大圍劉鍾山也）

詠鏡二首

腰懸一鏡小如錢出土經今五百年寸鐵莫嫌苔繡澀照魔兩篆呂喦鑴

先生磨鏡小游仙賺得囊中買藥錢施罷金丹無箇事倩人扶傍酒家眠

梅

倘無一花坼矮枝纔過人鐵笛出短袖吹開天地春

紅梅

天然門繁富枝枝紅瑪瑙不受凍風吹春信吾廬早

綠萼梅

萼華降羊權舊說殊荒誕東風吹作花笑作仙姝看

蠟梅

處世戒多言斯花亦磬口香影動尊罍欽欽黃如酒

絳桃

仙子絳羅襦家住天台頂一夢落凡塵春風吹不醒

題沈素生山人畊琴圖 集陶

有客有客淡焉虛止抱樸含真田園不履搔首延佇遙遙三湘何以寫心清琴橫牀有風自南載彈載詠日夕氣清我愛其靜黃唐莫逮中心悵而沮溺結耦庶其企而

香杜先生出芙蓉樓踏雪圖索題樓在黔陽縣王少伯送辛漸處因集少伯句成詩十韻

仙館留清才（留別張少府）騰光難爲儔（留別岑參）衡湘鬱沿越（次汝中）豈是娛宦遊（出郴山口）副職守茲縣（留別岑參）文墨當何求（放歌行）摘取芙蓉花（越女）林外登高樓（東京）高樓多古今（酬裴主簿）況乃瀟湘秋（送胡大）涼風洗修木（秋興）清

溪聞遠流（宿裴氏莊）刻意吟雲山（觀江淮名勝圖）響苔隨興酬（出郴山口）便以風雪暮（留別岑參）望盡黃蘆洲（九江口）天地寒稜稜（大梁途中）羈鴻去悠悠（出郴山口）但營數斗祿（放歌行）豈不驕王侯（留別岑參）

洞庭櫂歌

角子湖邊灣復灣扁山對過是君山湘妃曉起開妝鏡綠挽煙螺十二鬟

湘江櫂歌

駱駝背外鼓鼕鼕開船曳起一帆風狡獪湘流阻

行客順流翻作倒流泓駱駝背在長沙下五里有水倒流名逆流泓

送外之都門

男兒志四方安居身不貴長安實人海文采占炳
蔚戣網聚珊瑚雲羅張翡翠願君爲國華豈但拔
鄉萃奪得錦標歸庶使親心慰臨歧酒一杯勿灑
兒女淚

虎癡叔父續娶嬸氏陳梅仙詩以誌慶

向暖花開第一枝幾生修到件瓊姿憐香解學林
和靖始信吾家叔不癡

聞外以 朝考報罷將由金陵旋里

偶拈花片卜征驂消息眞從鏡裏探愁殺緇塵京
洛客又聽春雨到江南

與周氏小姑夜坐

蘭膍燈影暗花翦一枝青寄外詩難就歸家夢易
醒偶將前代史讀與小姑聽時姑新寡以柏舟自矢嘗舉往事勗之
坐久忩宵短雞聲出遠垌

杏花

明媚韶光最可人杏花紅鬧幾枝新輕勻臙粉開
嬌靨澹染燕支點絳脣曉雨一林沾酒旆東風十
里逐香塵繁華爛漫張雲錦占盡江南二月春

題 虎癡叔父雲陽樓看山詩畫冊

一桁湘山色隨人上市樓有誰詩壓卷莫負酒盈
甌畫補黃花節琴傳白鴈秋何時陪阿叔詠雪續
前遊

鄧湘皋先生以斑管彩箋琴絃佛手見贈卽
用先生東湖酬唱開卷詩元韻志謝

少小聞鄉評知公實邦哲倒屣驚王侯所至名必

達儵然鸞鳳姿豈肯老圭篳屈爲青衿師藉以成
著述昨訪臣叔廬値我歸寧日惜非男兒軀敢立
程門雪瓣香拜南豐棗栗憁脩潔宿草憶故交生
死幾時節文姬讀父書欲比未敢竊遺草付誰傳
念此心忽忽辱以雅貺投文采爛滿室湘東斑竹
管書賢操陟騆假我詠齊紈能餘秋風熱簪花雖
未工栩栩亳欲活持此弔英皇寸穎濡淚沫副以
薛濤牋百番勞贈掇能軍愧木蘭當戶徒唧唧廢
織學操觚曾借金篦刮囊琴久未彈古調加已蔑

泠泠絃七條塵封泠如鐵素絲緪冰蠶再鼓席敢避佛果鑄黃金堆盤到眼瞥一指悟禪機十手嚴鈇鉞木奴眞奴才佳產重南粵所贈皆奇珍一一萃可拔欲卻嫌不恭藏弆焉敢失吾家天壤郎搆思頗帖熨逐隊鏖文場搴旗未可必何時孫陽門肯容駑馬迹請業願與偕光霽瞻風月衰門無奇男進士嘗不櫛吾門衰更奇未卜虺夢吉幸邀臣叔憐才短譽嘗溢叔母穎川姝嗜古勝飢渴琴亾篆僅存名與冰斯埒公爲銘其幽字字霏玉屑片

石傳茂漪幽潛光煥發（先生近撰先叔母陳孺人墓誌）父執張文昌（謂蓉裳先生）文瀾匯瀛渤一氈寄公鄉祭詩窮覓佛不謂師曠聰賞及秋蟬咽導我以正聲彩授江淹筆綺麗薄齊梁質鈍苦難別公與文昌交許身皆稷契詩學辨淄澠隻字爭華實寶藏聚波斯未許貧兒乞始知東施顰態度慙姜姑聞公稾新刋蘭茝隨所挈讀史香薰班擬騷豔摘屈幽居卜南村雅與陶公匹（先生近刻南村草堂集）赤幟樹吟壇餘子敢同列況我壁上觀未陣已亂轍請率娘子軍爲公帳下卒長隊領吳娃共守孫武律不爾焚筆研毋徒嘔心血

李星房二兄（家驥）外前室兄也以詩見贈次韻奉答

人生各有緣造物巧位置暫聚亦前定烏能測所至少小居深閨篝燈坐隅侍曾聞父與叔敘及通家誼潭潭讁仙府盛名遠相饋棣蕚輝駢枝連鑣奮高志　天衢斷雁行雲路鎩鵬翅名父及家公兩地埋經笥愧我非男兒質魯學未粹君家不櫛

弟巾幗鬢眉比生前四德齊嫁亦六禮備何期蕙蘭姿鏡破奩封翠遺物存纍纍仙綹韞香匱幸留兒與女任若爲余遲舅姑懷幼心夫壻悼往淚兩者縈於懷惻然念所自事育媿未能不容辭以義攜幼詣兄家大父視無二拜母母子之請以家禮事感此氣誼長不別薰蕕器兄賢嫂亦淑殷勤皆一致小住逾浹旬晨夕羅酒食舊姻我重締新媾女許字（謂長女字兄姪慶）臨別惠瑤篇語重心先施譬之元方才令我難爲季片言非相酬聊用博嘲戲

贈作

骨肉本天然化工費安置人定能勝之名至實亦至嗟余同懷生少小共歡侍先後就外傳弟兄師友誼余妹得所天順正主中饋俯仰數年耳相繼俱賷志落我全樹花翦我淩雲翅風雨暗連牀巾櫛淹塵笥允矣廬陵子璧潤擬精粹再下玉鏡臺占遇坤之比新康舊世家德言容功備末俗驕紈綺靜好嗤珠翠咳唾爲明珠錦繡裁金匱今肯惠然歸足慰十年遲上堂拜阿

母一顧一揮淚有妹復妹誰無妹妹奚自𢹂素乃世情遞嬗尋常義恍惚前後身非一復非二琴書一藝耳詩詞其餘事甥也劬岐嶷玉之以成器小女昔襁褓長且饒風致毛裏視無歧教誨兼飲食論功起九京育恩遜撫字新締聯朱陳更許蔦蘿施顧我敢隔膜敬愛同昆季請著嫁衣裳權作老萊戲

張蓉裳先生以三分水二分竹一分屋額其齋即用其自題詩韻寄呈

無何鄉裏三間屋水在東頭竹在西儘有閒情招客至更留隙地讓雲棲筆牀茶竈煙波舫蟹舍魚莊雪月溪不羨吾翁詩逸甚羨翁占得好詩題

蓉裳先生以近作賞牡丹詩見寄和韻奉呈

黃鸝紫燕紛紛語無計留春春且去旭日紅蒸瑪瑙盤韶光豔射珊瑚樹東家巷口衣仍烏名花如故主人徂當時有酒不肯飲芳辰坐擲成錢愚京兆詩人老名士惜花未許延斯須呼朋挈榼興瀟灑青鞵何惜衝泥塗偶聞姚魏鬥黃紫一日看遍

千羅綺新詩脫藁句亦香似有蜂鬚粘嫩蕊不須富貴歎煙花人世繁華盡如此東風吹綠湘江波思歸未得愁緒多我欲隔簾分席賞其如花時聚散難定何

彈琴

薄暮滴殘雨蕭然風滿堂蟬聲下高樹竹影過短牆音籟出太古衣襟生微涼一琴靜相對煩暑坐中忘

七月八夕詠牛女事

當頭銀漢碧悠悠依舊平分兩岸秋少婦不知離
別恨今宵還上曝衣樓

雨舟作

盈盈一水亘遙天纔得重逢又隔年此夜綦巾
相對坐笑渠徒結暫時緣

此五年前同蓀儀在頤園分韻之作今附存
遺藁之末以見人閒之綦巾對坐其緣更暫
未可以唐突雙星而暫時緣三字竟成今日
之讖矣可慨也 雨舟記

蓀儀以名家子歸余九載勉善規過相得若良
友能詩及琴其餘事也今人琴俱亾而遺草具
在其季父 虎癡先生爲刪存其半刻而傳之
亦可於銘椒詠絮之餘想見其性情之所在夫
婦人固不以文字重然房中之樂可被管絃則
文字亦未必不可以見婦德也余行年三十有
六再娶而再鰥恨無散騎之才徒灑悼亾之淚
從玆以往有善誰勉有過孰規盍於是刻之成
益增伉儷之重矣文字云乎哉雨舟道濟又識

茶香閣遺草卷二 詞

寧鄉黄婉璚蓀儀

夢江南

閒階悄更轉漏聲闌瑞腦香銷金鴨冷闌干倚遍
靜無言雲破露蟬娟

浣溪沙 初秋

露井高桐落葉疎黄花消息鴈來初夜涼風透碧
紗幮 幾曲紅闌人倚倦湘簾窣地妥眞珠龍涎
香燼博山鑪

滿庭芳 江樓晚眺

雲擁遙青山拖殘碧暝色飛上層樓柳絲搖夢分
綠挂簾鉤何處書傳錦字南來鴈聲斷蘋洲蕭疎
甚煙棲岸樹蒼染半江秋 凝眸天渺渺帆搖楚
尾心遠吳頭算多少征魂空載扁舟怕聽湘騷寫
怨銷不盡香草風流蒼茫裏愁痕界破飛起一汀
鷗

醉花隂 蟬

宵碧隂沈天欲暮煙斷夕陽路一曲奏清商樹冷

頻移暗曳煙深處　闕城搖落斷涼露更月殘荒
戍薄倖怨齊姬飛入瑤琴彈盡秋千縷

楊柳枝

寂寞閒階夜悄時漏遲遲傳秋一葉井桐知雨如
絲　殘夢闌珊人倚醉釵斜綴香銷瑞腦冷金猊
畫簾垂

江城子 秋花

秋花錦簇畫堂空露濃濃影重重闌干九曲紅袖
倚人慵輕暖輕寒簾不捲雲淡淡月濛濛

醉花陰 茉莉花

翠袖冰肌搖澹月萬蕊豔晴雪沆瀣滴花梢點入
茶瓶綠乳澆銅葉　涼熏瞑淊香清絕正倦梳妝
髮偎枕夢醒時玉顫葳蕤絲紐珠毬纈

踏莎行 玉簪花

分植飔陰森森立玉天然澹竚幽闌曲香勻麝粉
沁冰篇長鬢細冐黃金粟　露冷煙涼丰神幽獨
風姨月姊貪妝束枝枝琢就白瑤篸髻邊斜綴搔
頭綠

更漏子 睡起

碧天澄清露滴花外數聲殘笛金鴨冷玉屏空滿
庭秋影重　新睡起鳳釵墜簾捲月光如水羅袖
薄晚寒輕小闌人倦凭

應轉曲 送春

春去春去無計挽留春住飛來飛去晴霞千樹萬
樹落花花落花落天涯數聲殘角

踏莎行 中秋

一幨長天影涵秋水月磨明鏡冰壺裏金波瀲灩

碎光流嫦娥妝就新梳洗　秋色中分秋心萬里
闕城望斷秋風起香飄丹桂入玻瓈良宵拚得簾
邊醉

鳳棲梧 秋聲

乍暖還寒秋欲暮不斷蕭蕭萬籟生庭樹寂寞莎
階蛩碎語西風暗度殘更午　一桁簾垂深院宇
靜對銀燈焰短留殘炬葉響芭蕉聲最苦瀟瀟幾
陣黃昏雨

十六字令

醒聽得檐前灑雨聲纔驚夢欲記不能眞

漁家傲

著意留春春又去海棠落盡紅如許睡起紗窗天正午愁無主銷閒只共鸚哥語　小院游絲飛縷縷淒涼又聽芭蕉雨憶得家庭春栩栩今索處惱人更有騃兒女

閒中好

閒中好深夜對銀釭琴語松風細羅衣生嫩涼

七娘子 七夕

閒庭永夜金風細看銀灣共說雙星會好夢今宵離愁隔歲兩情脈脈從頭記　明晨還向璇宮裏算聘錢應悔黃姑貰畢竟仙家不同人世一年一度雲軿至

南歌子 夜雨

琴潤音初澀香寒篆易消涼夜雨瀟瀟窗前清可聽沒芭蕉

黃金縷 送春

庭院深深聞杜宇無計留春拚送春歸去問春畢竟歸何處桃花亂落楊花舞　回首家山曾小住鬭草尋芳姊妹歡如許不道而今離緒苦尊前唱斷黃金縷

桂殿秋

鶯睍睆燕呢喃聲聲有意鬧春天窗前喚起閒人夢斷句吟成秪自憐

臨江仙 秋蟲

何處勞人薄暮誰家思婦深宵牆根屋角太無聊喚愁煙欲暝攪夢月初高　乍聽還兼斷續徐尋

只益蕭條莫將絮聒漫相嘲鳴秋原有職非是故嘵嘵

南歌子

小雨穿澄練輕風蹙淺漣寒似早春天單衫依舊怯換吳棉

踏莎行 盆蘭

碧綻花含青抽葉布階前羣卉應相妒幽香陣陣撲人衣更不怕重簾隔住　數點檀痕幾珠清露等閒肯把芳菲度爲憐憔悴囑東風黃瓷綺石般

勸護

搗練子 落葉二首

飄上下落西東霜林樹樹不禁風一葉先驚秋信到教人長是恨梧桐

依岸積逐溪流故枝無計暫相留若比春花還後落算渠耐久到深秋

西江月

良夜風來小院遥天月到疎櫺相攜姊妹且同行踏碎一庭花影　細葛衫黏宿汗輕羅扇撲流螢

人間暑氣霎時清身在廣寒仙境

鳳棲梧 重九

落木蕭蕭愁永晝秋雨秋風佳節逢重九餻字尋常難賦就風流帽落何人又　簾捲清香盈兩袖黃壓疎籬菊短秋容瘦幾度花前開笑口一杯酣醉茱萸酒

搗練子

銀蠟燼寶香凝夢轉紗窻坐曉晴門掩棃花深院靜流鶯時送兩三聲

錦堂春

柳外斜陽門掩花開曲水橋通小亭西畔疎籬短步屧儘從容　鴨唼浮萍聲細蜂黏落蕊香濃池邊小立微涼透一陣藕絲風

南歌子

柳暗蟬聲靜花深蝶夢酣碧天如水月光寒更有何人同倚玉闌干

好事近 長春花

移傍玉闌栽幾簇花開秋曉雨潤臙脂勻染點枝

頭紅小　嫣然錦爛鏡中妝朱顏四時好不斷繁英如許算春光難老

憶江南

閒庭悄小步晚涼生雨過桐陰天欲霽偶來花下聽流鶯入耳便關情

浪淘沙

節序忽驚心重九將臨四時悲樂總由人若使椿萱今健在佳節堪欣　椿樹又凋零一載悲生黃花開處最傷神從此莫將佳節喚喚作蕭辰

憶江南 元日

天漸曉簾外聽啼鵑紅濺梅花樓外雨碧籠楊柳
陌頭煙春色又今年

調笑令

啼鳥啼鳥催得碧牕侵曉枕邊香汗微紅噩夢驚
來起慵慵起慵起又是暮春天氣

鳳棲梧 秋暮

靄薄煙昏添暝色叫斷歸鴻何處傳書帛庭院荒
閒秋寂寂離愁無限砧聲急　亞字迴闌人竚立

短鬢寒生幾陣西風逼碎響空階疎雨滴暮山一
帶凝愁碧

如夢令

一帶晴山如沐十里濃花似簇雞犬靜無聲幽絶
水邊茅屋搖綠搖綠門外數竿修竹

前調

曉向高樓凝望遠樹枝枝紅釀睡起眼朦朧道是
芙蓉初放霜降霜降那是丹楓江上

甘州子

乍寒乍暖暮春天梅豆小麥花妍風梳碧柳一村
連遠岫抹晴煙殘照外啼鳥和流泉

行香子 寄表妹唐慧儀

相別多時相見無期記從前闔坐深閨藏鉤覘北
刺繡樓西正月初明雲初斂雁初飛　亞字闌迴
丁字簾垂夜將殘寒透羅衣欲譜瑶琴難寄離思
悵嶽雲遙湘水隔錦鱗稀

憶江南 詠梳

修琢巧犀象竝檀槽掠遍香絲珂響細颼憑纖手

月痕高紅浸半規潮

鳳皇臺上憶吹簫 聽潤儀彈琴

如水新秋稱心良夜無端詩思盈囊正碧天雲褪
月朗東廂聽得松風竹籟一聲聲飛墮琴牀移情
甚處中嚼徵空際戞商　餘音入耳琅琅只冰絲
幾縷手語都香念千秋塵網頃刻滄桑賴有寒泉
瘦玉儘忘卻華屋黃粱聊共汝塵襟頓爽消受清
涼

集中以江樓晩眺為壓卷之作一片宮商讀之

使碧桃如笑紅蘭欲泣丰神骨力直欲突過前人 抱樵居士張家榘評

詞雖不多大致幽秀使天假以年所詣正未可量然閨秀中得此已足不朽矣 質吾湯蟠評

附錄

花耘送葆儀歸歐陽氏歸途諭函

二十年父女一旦分開五中盡碎矣昨午撒手卽行不再見汝實心傷不忍別汝也為人家作子婦與在家作閨女定要改弦易轍隨時隨事小心和

氣孝翁姑敬夫子和妯娌慈待前子女不負汝祖母及我平日所語寒暑飲食刻刻自愛免令祖母及我罣心我侍祖母到船水淺灘高行五六里卽泊祖母念汝一夜不能成寐汝幸體帖此意不必牽挂家中為人作賢婦卽是為汝父立榮名也翁姑及女壻前為我道謝灘舟搖動手顫心煩不多及

花耘將之城步教官任留諭葆儀函

汝今成家將屆一月翁姑及女壻妯娌一家風氣想已體帖熟悉諸事總要小心檢點務使上下大小都喜歡和悅汝離家未久寒煖飲食或有翁姑女壻關照不到之處總要刻刻自愛我有近作數詩及表妹慧儀懷汝之作寄汝一閱所要靈飛經此本甚佳撿出付汝須珍收之我行期忽卒心緒甚煩不能詳述家事惟望女壻學業日進汝和順相之使我放心前去明春祖母接汝歸寧多住幾月我三月內或能請假歸家又可一見也

虎癡題沈素生耕琴圖卽送其歸湖州序

自諸城王香杜先生 金策 至長沙而詩盛自湖州沈素生山人 堅 至長沙而琴盛詩有上元陳子言 元富 臨桂李竹谿 光瀛 湘潭張蓉裳 家榘 及先兄花耘 本騏 為之倡琴有蓉裳及兒子葆儀 婉璚 為之徒余拙而懶於詩願學焉而工力不足以相敵於琴則不耐竟學而止二者皆無所得但覺良師益友吟哦撫弄之聲不絕於耳涵泳其性靈陶汰其俗累將願學者可以竟學不耐竟學者亦可徐徐焉以卒業也及花耘死葆儀歸其夫家子言竹

谿各歸其里詩聲琴韻漸就銷沈然猶幸香杜先生及素生尚在長沙有蓉裳往來其閒或不至騷壇偃幟廣陵絕彈今夏自五箄歸逆知盛極必衰聚久將散風晨雨夕過從尤頻甫及數月香杜先生浩然有歸志蓉裳一片寒氈亦將捉入官裏將別未別殊難爲懷然猶幸素生去家廿載旅況久安或不卽作歸計尚得於琴聲中兼領詩趣骨肉之死者歸夫家者師友之歸里而入官者皆得於素生十指間一發其懷人傷逝幽憂抑鬱無聊不

平之鳴而困處長沙跬步不能出閭巷者倘不至踽踽獨行倀倀乎無與共語也乃素生又以思歸之引觸其懷鄉之情一日挾耕琴圖卷及所撰琴律推原一編款門索題且告以將歸之故余謂琴之爲藝在古人鼓弦歌風與詩並重今之以鶉紅刻翠見長者既不知詩之旨又安知琴之趣乎挾此藝以奔走衣食業不抵販脂技不值辯絖昔人謂詩窮人吾恐窮人者不獨詩也尚何原之推而耕之穫乎香杜先生子言竹谿蓉裳或以官或以

客皆能詩而善窮花耘則窮且死矣素生獨不顧時俗之忌抱此枯桐如操耒耜其將躬耕於廣莫之野乎抑將歸耕於無何有之鄉乎不爾耕益力琴律益精吾恐其窮益甚也素生聞而笑曰子何不達之甚也以予所識如栗仲沈君道寬鶴林松君峻之書雯山闞君嵐樸齋錢君璽香伯邵君梅臣小吾湯君巙之畫南滇嘯厓兩朱君鵬彪之摹印鶴舟陳君瀾之醫各工一藝皆卓卓可傳然皆窮何獨詩又何獨琴乎因取壁閒琴爲彈碧天秋思

一操泠泠然如泉鳴澗謖謖然如風過松蕭蕭然琅琅然如木葉脫於山巔漁籟起於水上彈未及半蓉裳在坐急起而掩之曰香杜去而詩亡素生歸而琴絕矣緜緜渺渺徒亂人懷吾不欲聞之矣虎癡其書此別緒貲之香杜且以寓諸子言竹谿葆儀以爲然否余承其指援筆敘之卽以題耕琴卷末

葆儀琴學得於素生此文雖爲素生而作錄附葆儀集後亦以見淵源之所在也虎癡并記

虎癡爲葆儀敘念慈冊

先嫂氏劉孺人奉白衣大士甚虔嘉慶甲子歲手繡大士像一軀逾月而姪女婉璘始誕在腹時母以繡佛持齋故婉璘自少至長不茹葷味魚蔬之外無他嗜也性頗聰穎粗識文字於琴律尤精審或亦具佛門慧性歟其于歸歐陽氏也距母歿且數年矣念母之心無時或釋今歲歸寧見繡像在龕乞爲改裝成冊展對鍼迹如親見慈氏於菩提法界中余嘉其用意肫篤屬其婿氏梅仙爲篆念

慈二字於冊端爲敘以歸之且以甲子舊題像贊系於敘末贊曰善哉大士水月精神於尺五絹現丈六身紫竹在側綠楊在瓶菩提阿耨如是云云

雨舟寄葆儀函

近聞同虎癡叔父學琴甚善甚喜此余平生歉事學而未成不期今日得之閨友將來所學既精友我者直師我矣但初學不可過多得三五操更番鍊熟馴至指與物化不以心稽熟乎此即可通乎彼三五操便可抵數十操矣我蚤歲正中貪多之弊一日夜務盡數操卒之一無所獲卿蕙心蘭質學必有成以此奉勉

蓉裳致葆儀函

近日琴學當大進矣添有新操否綠牕珠箔煮茗焚香動操餘閒吮毫題詠紅閨韻事何樂如之愚十指如椎別來數月不惟一操未增即舊學亦毫不加進固由生性之懶天分之低亦人事牽掣無閒暇工夫故也賤軀近益善病偶一讀書則倦而思睡偶一握管則眩暈難支四五月中得詩不過

數首而題圖之作無月無之不見性情枉拋心力此豈可謂之著作耶葆儀詩雅練工緻固所擅場而詩餘一種尤覺風流蘊藉豔不傷雅巧不傷纖每至極工處即在南宋名家中亦當高置一座將來集成付刊愚當綴題簡末或得附閨集以傳名字也內人及第四女皆懶不理琴剔抹勾挑都已付之流水葆儀得暇可作檄討之

又函

別一載矣疎懶不時作書然詩情琴韻無時不繫

余懷也近喜尊夫子拔萃清瀏當爲解頤一笑愚今春殤一幼子坐此益悵惘無聊琴或不能終操詩雖閒作亦不能工然恐由此積唐因學爲頑皮傻笑凡有花處不論人家僧寺必與素生諸君聯袂往看或攜琴往游酒酣動操大有旁若無人之槩義山云未妨惆悵是清狂自是行樂之一法因念去年此日與香杜明府在劉秀才宅賞牡丹拈詩甚爲諸公所賞今年香杜遠在千里劉氏牡丹寥寥才數蕊樹猶如此則又不覺生感總之中年哀樂無端葆儀有慧心者當有以進我

又函

在都中晤雨舟詢知階蘭有徵體亦佳適爲慰愚勉強偕計去衝風雪歸冒溽暑病軀不勝勞勩雖倖博令宰終以懶病改就冷曹旁人或非議之或恚惜之而我用我法終不以此自悔惟念尊公以大材屈一氈愚亦踵其後豈吾葆儀分應作教官子卽寄父亦如是耶茲於六月廿日到家精神倘不甚憊柰世情勢利多被白眼相看行市中往往以扇障面所恃二三知己如子言香杜者日集賦詩氣得稍伸耳素生健在每與之會琴道及渠歸有期倘有好琴數操不及彈入清聽愚聞之而黯然蓋愚囊琴走萬里路人多不識爲何物始歎知音之可貴也愚得官約在今冬既辭富居貧卽不計其美惡惟怕路太險遠則攜累爲難亦無因時至省會晤吾葆儀耳此生大槩可知矣將坐冷署中點檢平生焚餘詩草勇改勇定以一二百篇災棃亦不虛此改官之舉他無所事事也

又函

前歲一別本不意今秋復會乃天半罡風忽散忽聚人生窮通得失香火際遇大槩類此在省六十日數日必一見面藤陰閒話花底鳴琴殊不悔此行之無謂惟瀕行爲榜人促迫竟未再奏別操至今倘呼負負然安知非有餘不盡爲異日更證因果耶抵署後感受河風喘咳數日因念尊體亦時復有恙彈琴最好調攝毋作輟也愚近來興致索然懶於握管琴學尤少同調時常束之高閣念吾

葆儀相隔太遠若一二百里猶可抽空一視旣已不能望時惠好音仍需手書爲要

葆儀復函

今夏歸寧得接塵訓實出意想之外不獨詩思琴趣開拓心胸卽一二笑語寒暄都令人增益智慧拜送後此中怏怏昨得賜箋知清況如舊惟霜風作惡肺病未除應酬詩文不能不作然亦不宜多作埽室焚香一琴相對此養生家無上藥也璹自八月杪爲壻家促迫而歸旋爲李

雙圃觀察家以續命之女迎往聚晤至月之廿日始返鄉居傖寂駃女環纏琴塵又寸厚矣逈念頤園夜靜涼月在庭七弦冷冷與吟聲相雜不知何日復有此聚造物者以一冷官縛吾寄父以一窮家縛吾癡叔而又以羣稚鄉居縛璹使不得稍圖歡聚以遂平生志願兩大人文望在鄉宜爲所忌若璹之無才受縛委屈極矣茲因家足之便附報寸箋心緒棼如不及覶縷

香杜詩話

黃婉璹字葆儀寧鄉花耘孝廉本驥之長女慧而好學有父風英偉之氣時見眉宇幼工詩詞尤清麗而琴最著嘗從湖州沈素生隔簾學琴未及一年已盡其藝女弟婉琳字潤儀年才十歲亦切宮商諧競病矣葆儀有中表妹曰唐婉珠字慧儀善化受堂太守業謙之女幼失母葆儀大母劉孺人字之如葆儀閨中倡和相伯仲孺人嘗延余內室使諸女孫出拜各以琴詩爲贄適余友湘潭張眘裳學博家槃女同在亦淑而文又嘗學琴於葆儀撫弦搴袖冷冷渢渢信幽閨之雅韻已

彝卿題茶香閣詩

故人消息牘荒廬弱質猶能讀父書滿目江東豚犬子才名誰似女相如

我女思爲絕妙辭妃豨學語尙支離湖湘閨閣開壇坫牛耳應須讓爾持

又聽葆儀彈琴因懷其尊人花耘學博詩

故人忽忽成千古半生心血傳嬌女聰明自是小相如妙解天倪入琴譜初彈淒切不成聲中有曹

娥萬古情清商濁徵緩復急聲聲似寫孤兒泣修篁拂雲無弱竿霜鐘遠出秋林閒枯蟬過樹曳餘響長江不風生微瀾有時亂流忽一束石罅紅泉漱鳴玉心能忘指指忘絃隨意所至皆天然我聞此曲忽不懌如見故人三太息故人萬卷蟠心胸陶鑄文章游八極營嫁初畢向平願囊書遽赴鄭虔席心精欲洩今古奇朝露誰知年命逼中郎此女有父風濡毫學語羞雷同編排麗藻薄細翠組織文綺成機紅彈琴亦欲矜獨步斜抹輕挑忘旦

暮低垂簾幙爇爐香學成不畏文姬妬猶憶乃翁誦好詩常將弱女驕羣兒可惜琴聲比詩好難起故人同聽之

雙圃復虎癡函

令姪女叔我聞其病篤亟欲一往候因事中止家嫂得噩耗自謂一異姓女不能容號哭竟日內子於牀頭揪被亟起撲地令姪女之賢能令人繫懷如是不知我花耘何以得此報也

子言復虎癡函

前聞令姪女疾劇方代為危頃得來書幷衆香閣詩詞二冊始知其疾竟不能起嗟哉天於才媛福命例有靳耶承囑代為點勘前經蓉裳彝卿閱定者評皆確當竊謂令姪女清麗之筆不愧家風當其存時存詩宜嚴以方進未已也亦既溘然逝則所存宜寬以其次者猶可敵尋常人上選也至詞之存者雖不多似較詩為尤優元於此事未嘗加意而性喜吾家檢討之作謂多慷慨豪宕每放筆效之冀得其萬一自來長沙與令兄花耘交嘗聞

其論詞執律最嚴每於一字一韻陰陽清濁必屢加審度不可爽以毫釐今見令姪女詞愛其筆致芊緜得詞家正宗亦閒為慷慨頓挫之響若與吾家檢討有相近者蓋得於庭訓為優其亦眞有異聞邪噫冥漠固不可知葆儀豈欲隨侍其尊人於地下一就正其作耶茲讀詩詞既竟聊綴短章於卷端見鄙意且以識慨

湘臯復虎癡函

疊奉手書得令兄女葆儀凶耗悵悵於懷銘墓事

重以亡者之託及先生鄭重諈諉之意亟欲勉強執筆以報尊命而慰幽魂乃齒痛不可耐得第四書知欲乘栗仲先生書石此第一佳事拙文得栗翁書可以增重因盡一日夜之力鼓勇為之及文成而齒痛若失得非賢淑之靈有以相之邪栗翁此番來省適與書誌事湊合亦一奇也廿四夜夢與栗翁登山見絕壁有古篆栗翁為余講神仙服食之術以長鑱劚地得仙朮纍纍盈筐大如椀剖食之甘美非朮味栗翁曰此雲腴也覺而芳甜猶

津津在口次日得手書得非金石文字之祥邪擬作一詩寄栗翁望先白之當面談也

辛階致李石吾函

得來書知歐陽年嫂黃葆儀竟死聞之於邑其短命天為之其慧根亦天為之予以慧根即不當厄以短命然既予以慧根即未有不厄以短命者此宇宙不可解之理然亦不易之理天下慧根人何分男女大都一鼻孔出氣論及此使千古清才同聲一歎

湘皋再致虎癡函

葆儀詩詞俱清麗有風格有氣力使天假以年進而不已非第閨閣之雄而已惜哉然得一門叔父為之綴輯付梓視世間老壽男子泯然澌滅與草木同腐者相去遠矣集中有用拙集東湖酬倡首韻見辦之作不可不追和以慰長逝者之魂歲事逼迫卒卒無暇要當俟之異日耳

蓉裳復虎癡函

得手書聞葆儀凶耗為慘然者累日此女才德迥

絕巾幗固知為造物所忌甚矣人之不宜賦異也其所作詩詞應為付梓以存一種傷心公案弟辱其以文道見事當為題辭以紓悲緒讀大作行略轉思人孰不有一死此女轉得不沒矣

又致湘皋函

拙作哭葆儀詩五首亟為磵東翁所賞先生深於情者敢以質之大作墓誌幽峭往復古味盎然銘尤沈痛讀之數十遍不覺老淚盈把葆儀若不早死安得有此傳文復轉悲為幸矣（湘皋云幽峭往復四字甚愜鄙）

懷下筆之始成文之後頗有如往而復之意幽峭則未敢當也

梅臣復虎癡函

葆儀年嫂人可傳詩詞安得不傳觀其與蓉裳書不惟筆墨了無俗韻而其志節高遠爲尋常閨秀所未夢到吁可惜也

雨舟悼亡詩四首（臘月廿二日立春作）

自君爲我婦百事賴經營苦樂相依倚眞醇具性情何知成永訣休更問他生負負嗟奚補幽明淚共傾

以我室中泣知君泉下悲吞聲惟有恨偕老向何期瑣屑留遺物頻番入夢思歲闌催短景茹憤復誰知

年事匆匆過春來人未來無心聽臘鼓獨坐撥寒灰掩面涕雙隕縈腸日九迴難堪諸幼擾中夜起徘徊

點檢平生事多端日擾侵方期君後死得遂我初心痛哭原無益愴懷只自禁惟餘素琴在何處覓知音

慧儀七憶詩 有序

葆儀大姊歿後虎癡舅父以所撰行畧寄示因憶昔年瑣事爲行畧所不書者作詩七首以志悲緒

憶君鬮韻翦春鐙七字吟成錄剡藤（辛巳春虎癡舅氏以百字爲鬮每夕拈一二字命姊與余各成七言詩十餘句皆以所拈之字爲韻擇其工者錄爲翦鐙吟）愧我奩師逢勁敵夢中猶恨力難勝（余得句稍遲常夢中自恨無以過之驚啼而寤）

憶君賭記古琴章梵語何曾隻字忘（琴曲有釋談章佛書之最詰曲者姊能一遍成誦）恨不爲男誦周易定能追繼舊書香（花耘舅氏八歲誦周易九日而畢）

憶君秋水淨雙瞳乞巧鍼穿瀉月中（每歲七夕姊必限寸香對月穿繡鍼七枚以驗目力眾輸其速）却怪天孫偏愛拙不容慧眼獨瓏瓏

憶君隔幔理冰絃指法何須藉口傳（事見行畧）兩夕鐙聰成雅操座中輸卻李翩翩（有學水仙操三月不能成聲者姊對譜獨彈再夕而竟李翩翩其寓名也）

憶君雙陸鬬靈思百變戎機一戰知（虎癡舅氏自山右攜雙陸

具歸姊初終一局卽精其技諸弟妹皆從之學舅日此雖戲具已傳數十人矣一局卽精者惟武陵陳生及葆儀二人而已但使夫人張錦繖有誰能出此軍奇雙陸譜云敵不可縱孩不可虛推其術可以行兵制勝

憶君性喜蒔名花月季開時爛似霞今日頤園春又至不勝風雨泣瓊華舅家頤園姊在室時所植月季至今榮盛

憶君愛我勝同懷少小相隨長與偕兩地分飛成永訣碔砆無恙玉先埋余適王氏五年數歸舅家皆與姊不相值僅去秋聚八日耳

雨舟妹周輓葆儀聯

人生難得眞知己天下傷心死別離

虎癡撰雨舟元配李孺人墓誌銘

孺人姓李氏長沙故翰林院編修諱象鵠之女年二十歸瀏陽拔貢生歐陽道濟舉男女子各一人男曰敏學女曰珊英以嘉慶二十四年歲在庚辰五月戊午卒得年二十有六越三年拔貢復娶甯鄉黃氏爲繼室道光十年十月黃氏又卒拔貢將合葬於孺人墓次自爲狀請於黃氏之叔父本驤曰道濟不幸再鰥繼室之墓旣以叔父之寵乞鄉先生之能文者銘之矣前室李亦淑人也葬時未及納銘於壙乞推循子之愛爲一言以遺於後本驤曰婦人從人者也從人而不爲所從者重雖偕老有反目者矣孺人歸拔貢僅六年今距其卒十有一年爲之壻者尚思之不置則婦行之淑可知父母之愛其女而推及於女之壻情也又推及於壻之後婦則必其女實有可愛而爲其壻之後婦者又善撫前室之子若女故爲之父母者愛其女而忘其女之異遂視異姓女如己女而不啻其女之存也余兒子于歸後孺人之大父燮亭封翁健在嘗迎至其家以女孫視之因拜其母王夫人及兄嫂皆得以家人禮見踰年孺人之叔父雙圃觀察奔封翁喪歸里復迎至其家敘循子誼且出重金爲備其奩李氏之推愛及異姓女如是則孺人爲女之淑又可知是不可以不銘據狀孺人性柔順識文字荆釵裙布有大家風雖系出貴胄而紡績井臼必躬自操持相夫子伉儷甚篤事舅姑待娣姒叔妹及臧獲輩孝敬和婉一出於至誠拔貢

嘗病瘧湯藥必手奉衣不解帶者兩閱月又嘗病痲疹幾殆爲持齋禮佛願損己年以益壻竟賴以痊貌豐腴而善病彌留之際盥沐更衣口中喃喃作佛偈時敏學甫晬珊英才三月耳呼乳者抱至前撫摩久之危坐而逝卽以其卒之三日辛酉奉舅姑命卜葬於樹林鋪丙寅坳丙首壬趾之原銘曰

隴西賢媛四德無愆于歸得所不永其年及余兄子爲壻繼室所遺子女視如己出子入於塾女仍

字李將教育之以報阿姊蒼蒼者天不遂其志嗟令子女再失所恃春風秋霜蕭蕭白楊纍然雙冢左娌右姜年雖不永德則可久我銘其幽貞吉无咎

繡餘續草

歸懋儀

歸佩珊女士繡餘續草

余頃過安亭宿震川書院詢及先生後人無知者或云常熟女史歸氏佩珊卽其裔也佩珊名懋儀爲上舍李學璜之室以詩名數十年窮老且病吟咏不輟聞爲人延請教閨秀皆井井有法度所著繡餘草聽雪詞皆有刻本兹所見繡餘近草其續著也余惟婦德不出閨門詩非所急然古女子皆嫺詩如關雎鷄鳴等篇皆出於古人之手而葛覃之章　妃所自作其詩曰言告師氏知古女子皆有師長而猶敬禮焉漢唐以來如曹大家宋若

憲姊妹皆以博學多聞爲女子師然則歸氏之以其學教於閨閣方之於古爲有徵矣近日閨秀如蒙城張參戎之女襄號雲裳者其父與夫家與余皆有香火緣襄天才亮拔有聲吳下參戎病時割股和藥以進長適湯公子爲時名儁閨門之内若金玉計所遇有勝於佩珊者然佩珊得名尤早其詩則先後勁未易瑜亮也昔人云覩名賢之功烈慨然思識其子孫吾訪震川先生子孫未獲而得悉其後有才女亦足慰榛苓之思也爰灑筆而

爲之序道光戊子花朝安化陶澍

往予聞笠澤顧劍峯廣文西江吳蘭雪中翰論詩往往稱海上歸佩珊女士兩君者皆以詩名當代矜慎不妄許譽獨於女士詩不去口道光乙酉秋出守雲間其冬以海運至滬瀆潘梧亭觀察許榕皐大令復嘖嘖言女士詩時方課士敬業書院李君復軒適以文字相賞過從歡甚於是始得盡讀女士所作間有篇詠輒辱賡和名章俊句凌紙煥發復軒之文如幽燕老將氣韻沈鬱傑然爲東南名宿女士則天才挺張蕭蕭跨俗襟靈飈發筆舌

爭妙所居蘆簾紙閣白首相對簞瓢捽茹有以自樂而著作爛然葢不知黼黻之足榮而金屋之爲貴也予惟前明范參議允臨偕其夫人徐淑山居倡和稱豔一時董文敏爲題詩畫圖所謂鹿門不獨偕麗隱彤管還聞續楚詞者也而趙凡夫娶陸師道女卿子則又才藻相高夫婦同隱至今擕殘瘁墨若璆琳然復軒毋楊恭人以能詩著錄邑乘今女士繼之是尤足見承平士大夫家禮義陶淑之久詩書浸灌之深房敫矢音無忝風雅後之視

今猶今之視昔蓋必傳無疑也戊子初夏解監司
篆將還吳門爰書以為別鄂渚陳鑾芝楣甫書

道光壬辰秋余權知上海輿邑中諸君子采訪孝
貞節烈請旌於　朝時上舍復軒李君出示其夫
人常熟歸佩珊繡餘續草驚彩絕豔難與竝能簿
書之暇去其重複釐為五卷觀察吳公大令溫君
先後助資因付剞劂其評隲詩品羅舉世系鉅公
序之甚詳茲不贅云是歲十月之望雲和魏文瀛
若汀記

繡餘續草目錄卷一

繡餘續草目錄卷一終

繡餘續草卷一

琴川歸懋儀佩珊

題叢桂讀書圖

風搖翠竹響蕭蕭露挹芙蓉色更嬌最好新涼微雨夜詩情一半寄芭蕉

風雨無寐枕上作

涼意侵羅幕疎鐙閃淡光窗前一夜雨枕上九回腸逝水應難挽浮生徒自傷曉來青鏡裏添得一痕霜

長至前二日

遙憐嬌女卜鐙花佳節偏教值歲華未免被他僮僕笑偶然小別也思家

遊華亭沈氏嘯園

臺榭巧回環風月俯而就脩廊迤邐行居然入巖岫清景足低回蒼翠沾襟袖

遊沈氏古倪園

攬勝不厭貪相形乃見妙結構互爭奇異音實同調終覺野趣長臨流恣遐眺

題畫

漫將臭味與蘭爭低襯斜陽最有情笑我愛花空有癖看花多半不知名

祝止堂侍御賜示悅親樓詩集題後

文章乃與運會通元氣結撰根化工代有巨手闢混濛藝林崛起昌 皇風偉哉間世得我公渤水天目靈秀鍾丹鳳一聲徹九穹少年馳譽推終童哲匠鑑賞珍璜琮乘風直到蓬萊宮垂鞭杏苑十里紅賦成鸚鵡磚影中自從使蜀才更雄筆蟠西南千萬峯高攀井絡穿蠶叢力脫少陵窠臼空眼前忘却漁洋翁歸來館閣仍雍容著書未厭屋棟充縑緗四庫氣亘虹校讐五夜漏鼓鼕獺祭還嗤商隱窮頻年玉尺量章縫輶軒四出西復東江山勝概羅千重百寶同歸一冶鎔石渠簪筆閱春冬霜臺洊歷道氣濃稜稜風骨千丈松名流槃敦時相從荀鳴鶴兼陸士龍雄師獨張茶火容赤幟一麾走羆熊翩然挂冠理蒿蓬還攜桂檝游吳淞阜比講學曠發蒙更振東南風雅宗九峯晴翠浮鬱

蔥滄溟東注波沖瀜混茫一氣無始終總助詩筆開心胸詩家支派多異同性靈規格畫境封自爽偏勝無全功惟公生平力專攻眞力到處萬象融鏗訇如撞萬石鐘繁音細響調絲桐嘶予闒管等困矇辱荷宏奬施磨礲區別高下告以忠如椽揮洒遺郵筒鋪張筆力隨橫縱直令小草生華丰新編盥誦豁兩瞳當前頓現千芙蓉題詩自稔才力庸願隨驥尾傳雕蟲

題孫子瀟孝廉把酒祝東風種出雙紅豆圖

欲種三生未了緣頻添玉液酹情田可憐兩點懷人淚紅染枝頭顆顆圓

留將顏色表丹誠結就團欒証夙盟珍重年年釃酒祝一雙長當掌珠擎

東皇著意護情芽洗出雙丸帶露華但使紅芳長不歇勝他旦暮合歡花

雨夜感悼

鶯花狼藉過清明天爲人愁不放晴有限弱魂消暮雨大都妄想逼深更夜臺翻遂含飴志風樹還

增悼玉情痛絶昨宵殘夢裏依然歡敘似平生

蕭寺凄凉寄一棺何時丹旐轉鄉園望深後起知無極慟切彌留少一言返哺不如枝上鳥哀吟空學嶺頭猿他年負土成墳日依舊承歡侍九原

即事述懷

萬種傷心蝟集時況兼貧病費支持典殘釵股空存篋減盡腰圍瘦到詩溫語聊將嬌女慰淚容生怕侍兒窺鏡臺曉日分明甚照見星星鬢上絲

題小立滿身花影圖

惜花心性與凡殊那管輕寒逼繡襦只恐天風吹欲去御教萬朶采雲扶

珊珊素佩踏芳菲人瘦翻嫌花太肥月姊若憐梳洗淺替描水墨上秋衣

題陳寶月夫人詩畫便面

家國茫茫感萬端聊憑花月寄清歡繁華轉眼都成夢收拾湖山畫裏看

佛火蒲團結淨因定知明月是前身數椽老屋東臯築始信閨中有逸民

吳竹橋太史賜題拙稿次韵誌謝

伶傳瘦骨怯風尖提甕終慊腕力纖慚愧持家稱健婦篋中祇剩舊零縑

故山多少錦機才未敢肩隨倚玉臺偏是宗工寬鑒賞江河肯擇細流來

和囀鶯簧怨泣鵑湖田新製錦雲篇林泉詩酒蕭閒甚羨殺蓬瀛老散仙

月旦由來屬偉人兩家交誼倍情親還期細剖風騷旨藝苑千秋辨等倫

題張韞山女史晚香樓詞

晚香聲價殿秋英林下閨中總擅名偏是好花分並蔕陽春一霎變商聲

題畫

約畧風光三月天橫塘新漲綠於煙文禽似避驚鴻影不敢雙飛傍畫船

題孫子瀟孝廉天眞閣詩集即次惠題拙稿韵

元音千載留奇才間代作生關風雅運不惟儲館閣世業事詩書英年勤楮削文應攀相如詩還陋沈約逸興寄雲霞芳情懷杜若公明談原雄仲宣體寔弱嬌嬌天閑龍亭亭瑤島鶴揮灑風泉流咳唾珠璣落從宦西北遊眼界萬里拓醫巫攬名勝山海見雄畧蒼茫萬古胸慷慨寄所託一棹歸虞山晝眉共行樂趙管有替人懷抱同澄廓玉洺芳蓮開翠簾雙燕掠擘牋互門奇焉知名利縛高韵軼塵埃至味孕元泊懶走金臺車却下廣川幕新編得盥誦珠光射眼膜如玉逢良工如病逢良藥

山館薰風來坐對庭花灼

題海虞吳定生女史飲冰集

秉禮惟守身卓識能讀史不是女才人竟一奇男子

幽蘭揚清芬霜筠挺勁節寒冰貯玉壺千秋心共潔

其操良已堅其遇何太酷哀哉決絕詞嗜嗚不忍讀

賢母節既高難弟學更著靈秀鍾一門掩卷深餘

慕

逸園即事

九曲腸回不暫停晝常如夢夜常醒三春花事愁中過十部蛙聲枕上聽荏苒光陰消蠹卷飄零心跡感浮萍眼前好景添惆悵孤負遙山日夕青

韶華轉眼太匆匆香徑人稀徧落紅倦鳥欲棲還繞樹夕陽小立不禁風愁多感夢心常怯病久拋書句不工庭下榴花紅照座又看令節近天中

虞山歸棹奉懷　兩大人

庭幃悵望幾經秋相見凄然別更愁欲識愛憐情切處白頭扶杖送登舟

風靜波恬綠滿陂蓬窗閒眺且哦詩午餐頓減尋常味憶著高堂侍膳時

貪看雲煙變態奇夜深風露漸難支多情明月來相送引動鄉心月不知

絕無甘旨奉昏晨貧病遺憂到老親料得草堂今夜月更深猶自說行人

晚泊

扁舟晚泊水雲鄉細數清宵漏短長別後家山猶戀戀眼前生計總茫茫纏綿愁緒紛於草宛轉河流曲似腸幾處漁歌聲斷續勞人心事劇凄涼

高陽夫人招賞牡丹賦贈

一欄紅影漾䆫紗宿雨初晴絢彩霞莫倚東風矜國色玉樓人更豔於花

天香幾陣醒微醒風過遙聞鈴索聲㝡好夜深燒燭照花光人面倍分明

謝家風絮美才華品到羣芳興倍賒我道春花顏

色好玉人偏是譽秋花

扶上肩輿帶醉歸濛濛濕翠尚沾衣宵來化作花間蝶猶繞雕欄玉砌飛

佳種流傳出魏家一枝分插膽瓶斜祇愁茅屋荒涼甚不稱名園富貴花

題戴蘭英夫人秋燈課子圖

銜寒獨雁一聲傳月冷空堦夜似年課罷詩成題素壁墨痕淚點尚新鮮

篝鐙五夜閉霜幃猶似長安望信歸生就才人情

㝡重夜臺到底遂雙飛

平遠山房消夏八咏

插秧

微雨種秧天農歌聞四野燦如巧女花疎客布高下搖風翠穎輕拂水針苡惹農婦競提筐邨兒學騎馬

繅絲

千繭投沸湯摻手操一縷始知春蠶心纏綿乃如許譬諸下筆時宛轉抽妙緒渲染成文章用以供

纂組

曬藥

中年苦多疾刀圭貯滿籠可堪積雨久常盼朝陽紅甘苦試一嘗滋味恐失中何異曝殘編開函走蠹蟲

造醬

今年梅雨多調劑劇辛苦略攙紅豆子浸入青甕滷曬趁朝陽紅露當月亭午家貧食指繁聊用雜虀腐

買冰

敲碎玉玲瓏安置高堂上坐令心目清頓覺胸懷曠寒光凝太陰冷氣逼亭障玉壺貯已多瀹茗供清享

折荷

女伴競折花儂愛青荷葉萬柄出水中清氣早相接何當拗一枝掐涼當蕉箑驚走盤中珠化作波心月

浮瓜

青門有佳種戲以投諸井還慮井泉深汲之乏脩綆蕩漾波心中參差見圓影幷刀剖紅玉消此炎日永

洗竹

晨興梳洗罷簾捲曲欄東金剪修綠筠玉泉灌碧筩清風入疎宕明月搖玲瓏勁節凌青雲豈在枝葉濃

贈何春渚徵君

苾廬靜掩夕陽斜忽報門停長者車四海論交老

名士六橋選勝舊詩家追隨杖履千山月環繞壺
觴三徑花鶴詔徵來辭不赴角巾未肯換烏紗

感懷

欹枕夢頻驚殘釭暗復明愁多天地窄情重死生
輕浮世原知幻諸魔未易平秋蟲爾何苦斷續和
悲鳴

羣動有時息蠶絲日夕營常深知已感慣抱不平
鳴受德非初意酬恩惜此生無聊背鐙語惆悵到
深更

題美人舞劍圖

恩仇看得最分明鍊就雙丸脫手輕一片清光圍
豔雪雲鬟不動佩無聲

較似驚鴻更耐看霜花錯落影珊珊美人俠骨雙
龍氣蕭颯空堂六月寒

題美人折柳圖

曉風江岸月茫茫不是離人也斷腸惆悵年年攀
折處美人情比柳絲長

長短亭前送遠行枝枝葉葉總含情東風省識離
愁苦莫向柔荑折處生

紅線圖

虎穴輕身請一行金鈴解處鬼神驚安危反掌眞
良算十萬蒼生坐賴卿

功成身隱杳難尋聽到驪歌感不禁執拂共誇奇
女子羨他能報主恩深

初秋述懷

星河耿中夜秋氣颯然至徘徊幽砌下撫景益愁
思寒衣旣無備織紝成廢棄疾病逼困窮憔悴昧

生計舉白慚孟光不堪廡下寄弱息苦伶俜環坐
恰成四長者性誠樸淡泊厭珠翠旦暮苦營營事
親極勞悴我慚返哺勞對之增涕淚次者秉質柔
天眞雜兒戲被服羨芳華折花當鏡戴嬌憐罷呵
叱亦各從其志幼者甫月佳笑啼恃人愛姊妹守
一鐙學識之無字最幼歲未周啞啞足萬態對之
良慰情家貧苦多累勉盡鞠育勤藉償劬勞債夜
靜羣動息空庭生遠籟羅袖怯微涼永懷愁不寐
且剔短檠明讀書以養氣

題馮實庵給諫種竹圖

濛濛空翠撲人寒疑有青鸞振羽翰勁節直凌霄漢上虛心只在水雲端飽經霜露千枝瘦薙盡蒿萊三徑寬頭白歸來青瑣客行囊攜得萬琅玕

贈錢香卿夫人兼謝香茗蘭煙之惠

傳聞垂玉筯此誼等耶山余中年乏嗣君望之甚殷今春又弄一瓦聞之泣下蓬矢關心切明珠入掌難感茲意悱惻添得淚沈瀾君亦虛蘭玉余懷幾日寬

相違不盈咫相見每嫌遲薄病憐君瘦長愁笑我

癡永懷知己德深負故人期難得萍踪合追歡好及時

采采最高峯緘開綠一叢論交如水淡得氣與蘭同清浣三湘露香生兩腋風枯腸憑藉滌賦讓令暉工

偶學餐霞術勞卿繫念深噓來消積懣吸處滌塵襟辨味憐同氣聞香識素心雲烟常繞座好伴夜燈吟

張筠如夫人爲其郎君喬香岑茂才畫鴛鴦團扇屬題

鯉魚風起水雲涼飛出花房錦翅香識得美人情最重合歡扇上畫鴛鴦

題李松潭農部觀姬人繡詩圖

鎖骨翩翩出世姿含香畫省製新詞美人鄭重憐才意欲繡平原先繡詩

絡秀風標本大家薰香慣侍碧窗紗嫣紅姹紫都拋却獨愛才人筆底花

青蓮詞采五雲蒸洛下徒誇紙價增昨夜新詩初

脫稿看人早繡上吳綾

絕代容華絕代才萬花齊向鏡奩開錦袍早拜嫦娥賜不用卿卿費剪裁

雙眸剪水最聰明一縷烏絲脫手輕繡到錦囊長吉句停針低誦兩三聲

前生福慧羨雙修韻事閨房孰與儔紅袖夜涼司秉燭合教小宋讓風流

紫蕉衫薄稱腰柔半嚲雲鬟韻更幽知否畫眉人視久金針度徹不回眸

鏡臺端合拜針神，持較簪花格更勻。從此香閨悩不了，題詩還贈繡詩人。

次劉芙初孝廉見贈韻

吟情生計總闌珊，遞到清詩客乍還（祁生攜至）。萬里天風吹海水，滿空宿霧捲秋山。聆來郢曲巴音掩，繡出新花舊樣刪。指點樓頭纖月好，也憑仙斧削成環。

自笑塗鴉浪得名，天教半世住愁城。看來花月都成夢，話到滄桑似隔生。慧劍百磨終折鋭，靈丹九

鍊竟難成。千山送暝高樓倚，腸斷西風畫角聲。

爲方式亭大令題月波夫人小影

埽眉才子簪花筆，灼若芙蕖映初日。遥婿新開樓上窗，求凰難得人中傑。宵來忽夢乘玉龍，平明門外嘶金埒。疎簾宛轉逗嬌波，一見俄教寸心折。細向高堂詢姓名，爲言家世本宣城。曾馳匹馬長安道，多少侯王倒屣迎。跨鳳早諧秦弄玉，薰香尙少薛瑤英。憐才一念堅於石，不枉頻年持玉尺。高捲流蘇出拜時，月輸光彩花無色。蘭麝香和玉屑飄，

清言絕似味醇醪。乍聞花底新鶯滑，細認風前雛燕嬌。聆來語語含深意，一縷柔情如髮細。客路無心更看花，看花無奈苦思家。誰知碧玉情偏重，特遣冰人致絳紗。深閨竊寃才無匹，願抱衾裯侍君側。青錢萬選非等閒，遠勝名注蓬山籍。笑向冰人遜不遑，殷勤爲我謝紅妝。書生無力營金屋，琴劍蕭條赴壹囊。片言既出重千金，其奈香閨屬意深。白璧頓高名士價，黃金難買美人心。蕭郎從此心

生感，柔絲縛定春蠶繭。輕諾從來志士羞，蹉跎生怕流光轉。淨洗紅妝請待君，青雲志在須勤勉。客邸盤桓倏五旬，片帆一夕渡江津。天涯回首仙源隔，臨水登山總愴神。試倩龍眠好手描，寒鐙孤館伴無聊。待他花滿河陽日，迎取桃根趁曉潮。

畫蘭

十分香在有無中，后瘦苔深見幾叢。最憶月明湘水夜，獨披清露立當風。

九畹丰神貌出難，臨風想像倚闌看。美人從古居空谷，清佩珊珊翠袖寒。

閒居

到眼名花次第看劇憐風月一凭欄傳來險韵賡還易拾得零珠串扆難小住故鄉渾似客淺斟濁酒不成歡瑣窗昨夜瀟瀟雨獨起閒愁有幾端

春晝

簾外輕寒小困時篆烟裊裊日遲遲喚回好夢禽無意吟盡春風花不知鏡裏垂楊新畫本壁間殘墨舊題詩廵檐碎踏瓊枝影蛺蝶成團故故隨

霞莊十兄見示梹影舊什叠韵奉答

澹埽眉痕樣逼眞空明水月絶纖塵金刀玉剪裁無跡南浦西風句有神采筆繪將三起態錦囊貯得六朝春不須聞笛牽吟思灞岸芳踪夢有因

晚眺

古塔亭亭插遠天晚霞如綺繞樓前東風吹暖剛新霽已有人家放紙鳶

不怕輕寒透袷衣凭欄人自愛斜暉開簾誤放東風入一紙新詩化蝶飛

戲贈二妹

懶拈彤管事微吟鎮日蘭閨度繡針朔望晨興梳洗畢小樓稽首拜觀音

春衫窄窄剪輕紅時樣梳妝兩鬢鬆憑爾金針無限巧玉顏終勝繡芙蓉

東皇著意門繁華開徧庭前姊妹花每到綠窗攜手處亭亭瓊樹倚蒹葭

長袖翩躚影也妍夜深鐙下聳吟肩添香自撥薰鑪火愛誦周南十一篇

贈三妹

雁字排來卿扆幼鶯雛燕弱未笄年聰明易領名師訓嬌小長陪阿母眠學繡紅蕖初出水新畱絲髩恰齊肩持齋爲祝高堂健禱向慈雲大士前

爲次女作

掌中喜見兩珠旋覓果分甘繞膝前暑解誦詩知母意每因小慧受爺憐書齋受業師初拜總角簪花姊比肩恰喜生辰同大母高堂添慶祝團圓

舟行雜咏

匆匆小住又辭家行李無多一擔賖添得描金新

匣子半安詩稿半盛花
唱罷陽關解纜行風前愁聽鷓鴣聲一雙天外浮
圖影船尾船頭遞送迎
薰風力薄夏初交滿地楊花似雪飄遠樹微茫雲
顯澹離魂都向此中消
青山隱隱暮烟浮新月娟娟掛樹頭十里陂塘青
草路分明鼓吹送行舟
川原風物望中舒遠境青蒼畫不如半嶺雲濃半
巘淡一邨樹密一邨疏

四圍綠樹間邨庄小麥青青大麥黃一種田家隨
唱樂農夫負耒婦提筐
江天一色水瀰漫白鷺羣飛過蓼灘兩岸綠陰人
不見溪頭閒却釣魚竿
數聲牧笛訴斜陽水面輕風送薄涼開謝百花春
去久野田蝴蝶尚尋香
扁舟來往送年華琢句篷窗日易斜幾處山庄工
點綴隔籬紅出刺桐花
聽得雙鬟笑語譁自開鈿匣檢簪花舟人指點三
义路明日侵晨準到家

新葺小齋作

西風颯颯動江干小葺軒齋好辟寒恰稱日華當
戶照最宜花影隔窗看門通始覺經過便地窄全
憑布置寬術士不煩頻指引心安時即是身安
粉垣整潔掃紛華紙閣蘆簾處士家竹牖開臨脩
禊帖瓦盆初放傲霜花舊移壁畫雙飛燕新置窗
糊六扇紗同是眼前供點綴畧翻新樣與偏賖
憔悴西風强自支興來握管尚凝思參苓價重難

除疾花月緣深苦費詩攬鏡幾回憐瘦影捲簾先
自怯輕飈房櫳草草安排好面向南窗冷暖宜

聽雨

香燼金猊恰五更羅幃掩映一鐙明夢回斗覺秋
衾薄雨打幽窗作碎聲
流光過眼太匆忙四壁蟲聲伴夜長凋盡井梧秋
色老雨中消息近重陽

病起

怯寒猶未換春衣藥竈茶鐺不暫離病起正逢寒

食節詩成多在夕陽時枝頭好鳥聲聲囀簾外輕
雲冉冉移閒撥薰爐試龍腦一痕眉月透踈帷
愁中歲月暗消磨荏苒春光已半過閱世最憐同
調少繙書且喜會心多窗前殘杏飄紅雨簷際輕
風響玉珂向晚小樓頻極目一行征雁度關河

又

病餘無力曉妝慵笑指梅花瘦略同拂去鏡臺塵
一片朝來人面對春風

題李湘帆毋舅金川瑣記後

西南地勢雄厚坤亘億萬載離照昏　聖清式廓
揚赤旛誕歸怙冒涵渥恩偉哉造物不可論奇奇
怪怪驚心魂眞宰變幻曾無言雕鏤不著斧鑿痕
丈夫苦如駒伏轅要當匹馬驅塞垣手尋銅柱追
馬援叶不爾下筆傾詞源指顧萬里風雲奔吾舅
風骨矜鳳鶱文章聲價珍璵璠焦桐終爨斯誠寃
掉頭忽駕征西軒大吏器之畀以繁絕塞冰雪無
春温嗢咿嘔啞日夕喧須知性命同一原行循吏
事志倍敦驅策虎豹馴鹿猨雲山萬狀歸朱幡暇
時還將竹素繙詳載節目及本根體例嚴肅文不
煩運意名雋詞精渾千秋文章肇厥門後來著述
皆子孫大關經濟綏元元細及名物一一存珊瑚
木難射朝暾疑泛珠海登崑崙嗟予闚觀守愚菴
忽驚眼界開無垠豈惟八九雲夢吞

詩塚歌

千古詩魂呼不起采雲歸漢星沉水慘淡誰憐一
片心飄零剩有幾張紙詞壇宗伯擅扶輪校覈精
嚴淘洗眞已將新本光梨棗忍把陳編付東薪由

來糟粕精華寓珍重流傳舊縑素蓬島難邀仙馭
回雲煙尙認紗籠護不須石槨復金棺香土埋藏
耐歲寒樹上應栖青鸑鷟岡頭合長翠琅玕海內
詩人盛壇坫名高各把青山占何如此地聚文章
萬堆玉骨同時窆招魂何必遣巫陽黃土蒼天翰
墨場秋夜猶鳴當薤露春朝花雨是杯漿一抔馬
鬣千秋擁行人下馬皆心動土花尙帶管花香佳
城直比長城重藝林此話古來稀首見毘陵珠玉
霏夜半九天瑤鶴集金鐙煜爚閃雲旂

讀唐宋六家詩

青蓮

手攀北斗語思與朵雲飄翩然如威鳳和鳴下九霄古之倜儻人百代垂清標要其氣葢世豈惟文章高沉香賦新詞逸響調雲璈赫赫高將軍奔走若奴曹掉頭歸故山萬乘不可邀偶然過釆石于焉寄逍遙想其胸次曠何處著塵囂所以揮珠璣風格薄雅騷雄放才自恣深遠神彌超至今百尺樓俯視長江濤長庚或重來懷古心忉忉

少陵

元氣孕渾淪磅礴亘萬古大哉杜陵詩涵茹包寰宇三唐盛詩歌各自立門戶公獨作揔持精華于焉聚平生困閒關悲歌意良苦豈徒鳴不平期於風教補忠孝本天植經濟優建樹盡收入篇章浩浩化規矩至其拔風華萬象供傾吐神功妙鈞陶生趣徧角羽作詩必如此乃非虛車取後來摹擬徒刻畫或莽鹵惟公精神存豈受蚍蜉侮爲問詩人中幾能稷契伍

昌黎

太華聳天半絶壁不可上巉岩萬古青削成無寸壤想見昌黎公精神逈森爽宏開百家苑獨縱千秋鞅惟公以道尊探源洙泗廣惟公以文著起衰八代仰其詩如其文奇崛不容倣周誥與殷盤古音屏羣響和矢與兌戈古色龍萬象吉甫史克閒異代迭雄長或言少委蛇要自絶氛埃騎鯨下大荒籍湜何從彷

香山

風謠何所起乃以宣人情古來里巷詞釆之比公卿白詩索嫗解脱口妙理生其妙轉在淺渾然合天成當年致身早中外遞策名間被遷謫憂旋膺膴仕棠蘇杭二州地烟月風花清山平無嶂阻水恬無浪驚恰與公詩宜訟閒偶彈箏晚年更學道琴尊左右横楊枝與駱馬來去隨處盈七旬千首詩能兼壽與名問公何由然曰惟和且平其詩早見之斯爲詩正聲

東坡

化工無停機天巧遞呈秀詩豈以唐限陋儒苦株守東坡大才人自闢詩宇宙平生負忠義浩氣涵星斗磊落千萬篇琳瑯雜錦繡有如長江流千里決一瀉山石赴曲折瀠洄自成紛嬉笑怒罵間中有大文富方言併佛乘拾取供雕鏤嗚呼宰相才流放不自救希范情徒殷和陶志不疚蜀中古多才眉山鍾靈厚

劍南

古來詩篇富未有如放翁逍遙八十年窮力追天

工果然牙齒鮮萬花燦成蕞前人所蘊蓄至此無餘功未免雜淺近或且前後蒙正其詩界澗萬象供牢籠公非徒詩人慨然志英雄南渡缺恢復悲憤情無窮長劍倚耿耿氣欲吞華嵩往來戎馬間壯懷付雕蟲秋風老學庵一鐙伴寒蛩高吟家祭詩千秋緬英風

繡餘續草卷一終

繡餘續草目錄卷二

古今體詩

繡餘續草目錄卷二終

繡餘續草卷二

琴川歸懋儀佩珊

題李是庵女史水墨花鳥卷

李因字今生號是庵明海昌葛侍御徵奇姬也徵奇字無奇嘗云山水姬不如我花鳥我不如姬卷爲毘陵趙味辛司馬所藏題詞者都一時女士也

詩中三昧畫中參春色秋光次第探想見潑妝人絕代一簾花雨寫優曇

鳥韻花情總化工凝眸半晌立東風捲簾悄索宣城管鈎取香魂入卷中

管領羣芳絕豔才墨雲幾朶護妝臺美人原是名花影夫婿從何及得來

百年遺跡見應稀墨暈猶含香氣微最是賺儂凝睇久防他輕燕受風飛

趙甌北先生賜詩次韻却寄

學吟粗解辨甘辛仰止高山悵隔塵一瓣心香偏許我同時絲繡豈無人辭因過譽翻增愧句到神奇不過眞却笑含毫吟思澁墨痕狼藉屢沾唇

附原作

騷雅中誰識苦辛正難物色向風塵何期白首新知己翻在紅顏絕代人綉出弓衣傳唱遠拂來羅袖愛才眞拙詩背誦如流水多恐汚君點絳唇

屠子垣茂才見示和韻對雪詩即次其韻

詩人詩筆銳且尖驅策神鬼來風簷經營慘淡布律嚴金鐘灑酒海水添華嚴樓閣信手拈天涯倚

劍意未恢塡胸萬卷書味厭經腴史液供烹㶿入口不辨辛與甜壯骨那受時人砭春風健翮悵久淹哦詩鎭日垂湘簾庾清鮑俊一手兼翩翩文采穿花鶼

胥燕亭大令亦以和韻詩見示用前韻答之

春痕濃上紅杏尖濛濛絲雨撲畫檐先生游戲筆陣嚴壯遊萬里豪情添客裏逢春花笑拈銜杯作達心常恢梅花香雪味獨厭萬年何用供調㶿新詩味過崖蜜甜深閨腕弱思自砭病中出拜偏遲

淹春光如許不卷簾春衫料理寒暄兼絲窗課繡雙鶼鶼

花朝三用前韻

春風吹到羣花尖一枝紅杏斜拂檐譬諸嬌女晨妝嚴采籌齊向錦幄添諸天歡喜爭來拈多愁似我心亦忺春濃於酒誰能厭羣公高會誇炮𤇺行厨新薦筍蕨甜詞鋒凌厲相攻砭深閨長夜詩思淹空庭寂寂風掀簾六街鼓吹鐙月兼驚他枝上春眠鶼

題廖織雲夫人芙蓉秋水圖

美人昔在水之涯相思愁對芙蓉花美人今乘扁舟來風前把袂心顏開展圖依舊隔秋水眞耶幻耶還疑猜昔年隨宦蓉江側妝成日坐琉璃國承歡惟藉詩供養佳句天然去雕飾回首西風起白蘋花開總帶消魂色紅香冉冉春復秋美人日暮還生愁半窗脩竹弄寒影羅衣如煙耐秋冷

題錢師竹廣文深林月照圖

碧天無雲淨於洗有客高吟橫綠綺琴聲上天月墮水素娥笑躡青鸞尾調絃不須勞十指泉聲竹籟隨風起空山無人伯牙死只愁難入箏琶耳夜深倘有鶴來尋人在濛濛空翠裏

同織雲夫人賞荷索詩口占

喜結神仙侶芳園寄勝游風來萬花舞波動一亭浮樹密蟬聲遠廊空暑氣收相期弄明月同上采蓮舟

追輓莊磬山夫人

九峯巒峩峩藝林競馳轡猗歟閨房秀表見誠不易昔聞莊與廖織雲並擅雕龍思作圖互主客心跡千秋寄春蘭秋菊間想像神仙致而我隔一方相思無由遂烟霞宛謀面風月違聯臂獨絃空復張幽懷常自閟文字缺磋磨孤陋自知愧停雲十載情耿耿未嘗置揭來天風吹仙舟申浦莅織雲時來海上冰心映朗徹蘭言蘊淳懿妙手敵天孫果然愜夢寐因敦存者歡益增亾者淚吁嗟玉樹埋頓使風流墜想望寸心同離合一朝異並世成千秋愴絕平生意月明脩竹間瑤鶴幾時至摩挲遺墨留

光華勝珠翠況乃伯鸞賢緋緗耀名字

恭和　家嚴大人自壽原韻

手搴芝草頌延齡願似長松歲歲青健筆文章貽後輩淸風家世紹前型身無點滓應憐鷺目有眞光豈藉螢萬卷叢中常兀坐平生一念鎮常惺

曳杖東皐及令辰關心晴雨要調勻（屢奉慈諭惟詢申江農事而已）升沈不作歧途視物我眞同一體親愛聽農歌消永日閒招野老當嘉賓北堂更喜萱枝茂春酒良宵取次陳

附原作

日爲改歲又增齡對鏡還餘兩鬢青不治菟裘已息老要留先澤式儀型相逢共訝今如昨夜讀猶貪雪作螢俗慮消除人事少襟期澄澈得長惺

爲傳春信及芳辰小朶鴉黃淺沒勻不速聯翩惟弟姪如蘭披拂有交親解寒需酒頻謀婦序齒登筵暫作賓滌潔罇罍中後約長篇自壽侈橫陳

吾國遲織雲夫人

赤日不肯下美人期未來相思對楊柳顧影空徘徊淺沼荇長滿幽庭花亂開臨流照顏色且一滌塵埃

新秋

愁來每倚睡爲鄉枕簟連朝怯嫩涼披冷想裁雲作絮身輕合製芰爲裳錦囊句好關心記巧鳥聲多過耳忩病骨怕逢搖落候秋風幾日鬢添霜

懷吳竹橋丈郎次前唱和原韻

片帆乍喜故山停感遇懷知夢又醒獨抱斷琴難入調可能識曲再來聽（公和詩有淸切難逢識曲聽及浮生萬古海中萍句）公偏早返蓬山棹我恨仍飄大海萍記得草堂瞻拜日雙眸如鏡照人青

咏庭中瓔珞柏呈　家大人

古柏如幽人蒼蒼多逸致霜雪不改容獨秉堅貞氣老幹迎疾風柔絲裊新翠時發太古香綽有千秋意高堂解組歸卜居得斯地南窗日寄傲昕夕相依倚一訂歲寒盟永結忘年契

老少年

閒庭花事漸闌珊却喜新晴一倚欄歎我窮愁頭早白憐渠遲暮面還丹添將秋色渾無際照到斜陽最耐看天意若教娛晚節山林點綴錦成團

逸園中秋呈　家大人

萬里金風桂子秋家家此夕宴瓊樓素娥捧出新磨鏡侍女同騎白鳳游

金樽釃酒慶團圞笑語喧闐到夜闌爲報姮娥須賀我今宵月在故鄉看

滿庭花氣露華浮却喜朝來雨乍收萬朶采雲扶月上有情天解作中秋

夜深漁火逗林端冷浸金波竹萬竿爲戀清暉貪覓句滿身風露獨憑欄

帆影

蒲帆葉葉漾中流界破滄江一片秋萬頃眉波半洲月替人細細寫離愁

題畫紫藤

春風態度最蹁躚斜搭偏宜碧樹顚一種可憐好顏色紫雲妝罷戲秋千

有懷香卿夫人

亂蟲圍定一鐙吟把卷秋窗夜漏沈別久不堪追往事途窮容易念同心緘來密字難頻寄折得名花忍獨簪紅袖倘留當日淚指將潭水比情深

賀孫子瀟太史兼贈道華夫人

驅風掣電鬼神愁才調原居第一流傳到泥金還替惜名高偏不占龍頭君鄉會試皆居第二

秋江蘭槳送還家閨閣聯吟興倍賒料想捲簾人

得意西風憔悴笑黃花

河汾講席門嬋娟名冠瑤池壓衆仙却笑秦嘉才絕世一生低首鏡臺前

道華夫人用前韻送別畣之

開緘滿紙總離愁月色潮聲捲夢流彷彿江天雲樹裏有人凝望倚樓頭

空言歸去等無家烟水蒼茫別路賒追逐不如雲際雁飄零眞似雨中花

花影玲瓏竹影娟昨宵夢裏拜金仙多君助我歸

裝富羅列珍珠繡榻前

附原作

一斛珍珠十斛愁草堂雙管門風流女媧若
使開金椷應點娥創作狀頭

西風草草送還家愧我金釵酒未賒歸采珊
瑚滄海上不知紅豆幾時花

吹氣如蘭是麗娟瓊樓無福拜神仙思君只
看樓頭月遠在天涯近眼前

歸舟誌感仍用前韻

暮霞散作一天愁愁擁江潮變急流最是不堪欹
枕聽十年前事到心頭

和碧崖丈

一篇珠字遞元亭珍重憐才眼最青窮甚也疑詩
作祟病來眞覺藥無靈品題語抵千金重酬和詩
多廿載經此日朗吟添喜色一雙雛鳳膝前聽

碧崖丈見示近作和韻

片雲掩雨過山巔靜掩紅牕思悄然歲暮光陰憐
短晷苦吟心事託殘箋梅花影裏香成海蓮漏聲
中夢似烟一種幽懷消未得工愁多病自年年

再用前韻答碧崖丈

詩篇傳唱遍旗亭姓氏行看照簡青笑我才疏難
入彀羨君語妙竟通靈踏殘花影還尋夢掃罷眉
痕更授經爲報高吟須仔細防他碧玉背鐙聽

寒夜三用前韻

西風殘照下荒亭閃牖鐙光一點青病起裁詩多
黯淡神虛造夢總空靈多愁懶覓長生訣了願思
繙貝葉經最是消魂霜月夜數聲橫笛倚樓聽

四用前韻答碧崖丈

新聲度出韻亭亭珍重紗籠墨暈青寸管奇花生
幻夢幾生慧業到眞靈音諧金石慚同調唾落珠
璣歎未經山館夜涼人寂寂踏殘梅影鶴來聽

馮實庵給諫惠題拙稿次韻

鏡臺懶整舊花鈿除是難拋翰墨緣却喜點金逢
妙手文心細膩樣新鮮

蓬瀛仙侶老詞壇月樣光明冰樣寒多感殷勤持
玉尺肯開青眼一雙看

典盡金釵與翠鈿摧殘骨月舊因緣詩成那禁愁
如海潑墨如烟色不鮮
朵雲一朵降仙壇吹作金天曉角寒見示秋鷹諸作多恐
調高難屬和對花維誦背花看

雪後用亭字韻簡諸閨友

昨夜吹窗月滿亭萬琅玕失舊時青成堆畧似吳
鹽積造想終輸謝女靈薄照應憐貧士讀嚴寒虧
殺老梅經裁詩與起袁安臥定有陽春奏與聽

六用前韻答金咢舟茂才

冷雲如絮壓茅亭遮斷遙峯一抹青天女散花純
潔白仙山嵌玉最空靈添將活火晨烹茗分得藜
光夜照經想見鏡屏鐙影裏玉人停繡隔簾聽

七用前韻答碧崖丈

傳書雁叉轉郵亭添得雙眉一倍青珠在毫端偏
宛轉風行水面太輕靈暫抛柿管加餐飯快讀新
詩當誦經多感良規貽藥石療愁無計也須聽飯要
健餐詩要減良方寄與
謫仙聽來詩中語也

咢舟茂才贈詩有僮僕貧來與不靈句愛其

雅切事情因廣其意八用亭字韻

夜深繁響起空亭扶病敲吟鐙不青句到頌人終
近俗書因乞米每無靈瘦憐賈島眞同調貧過黔
婁未慣經最是殘年閒剝啄關心先自隔簾聽

題美人詩意圖

筆自聰明態自閒璇璣待製費循環空廊久立渾
無語詩在春山秋水間
鏤雪裁冰著意箏夕陽庭院潑秋心香閨縱有生
花夢吟入西風瘦不禁

周聽雲觀察歲除賜金誌謝

頒來錦字墨生光分得廉泉到草堂裘著多年還
想贖債因無息要先償盤飧卒歲經營早珠桂殘
冬料理忺從此放懷親筆硯感恩惟有炷名香

聽雲觀察歲除賜物賦謝

蕭蕭暮雨掩柴門吹到春風滿室温海國清芬斟
綠醴仙厨珍味試炮豚飽餐玉粒能輕骨暖入梅
花也返魂多感恩暉隨處照替籌珠桂及盤飧

感懷

帶雨鐙光淡停針喚柰何艱辛成我老貧乏負人多累到中年重愁添病骨磨半生眞草草容易展雙蛾

寒雪消將盡東風㮆漸舒時逢禁烟節恰值斷炊初解渴一甌茗忘饑數卷書何須嗟濩落造物有乘除

竟夕推敲苦慵慵氣力微毫枯無藻采語拙少天機聊以破幽寂終難辨是非詩成何處寄珍重賞音稀

僕婦輩辭去誌感

遇物呼名總黠然去留亦係小因緣當前未必皆如意。過後思量盡可憐。託足早求嘉樹蔭。銜泥曾傷畫梁邊。瀕行欲贈難爲贈。檢點空囊無一錢。

寄贈苕川徐秉五女史

樓頭纖月妬脩娥樓外風高怯綺羅畫意詩情兩奇絕人間合喚女維摩

碧紗香裊日遲遲想得妝成出繡帷笑擲鴛鴦河畔水憑欄寫取並頭枝

萬卷牙籤擁畫樓一簾花韻控金鉤香閨玉尺嚴如許鄭重何年許狀頭

題周雨蒼公子小樓春杏圖

釀得詩情艷十分一樓四面裹紅雲風流原有前因在小宋才名早軼羣

霏霏薄霧弄輕寒無數遙峯繞檻青想見著書勤秉燭一簾疎雨夜深聽

題顧春洲茂才詩稿

一卷新詩寄性情虎頭三絕舊知名看來秋水清

無滓掇到冰絃脆有聲作客情懷鐙黯淡惜花心性夢分明海棠帶淚芙蓉笑乞得仙毫替寫生

憶荷

芳心合受水仙憐解佩江皐憶往年料得夜涼成獨醒一池香影讓鷗眠

水雲鄉裏著卿卿絮果蘭因證舊盟一種相思忘不得野塘風定月微明

題虢國夫人早朝圖

傾城傾國共誰論姊妹同時受主恩人掃淡眉辭

綉闥馬馱香夢入宮門曉風漸透霓裳薄宿雨微
添玉頰温料得海棠濃睡足華清奏曲倒芳尊

喻少蘭畫史見儀題虢國圖詩卽作圖見贈
云於海棠花下爲之口占誌謝

傾城顏色古來難大好風神馬上看合蘸海棠枝
上露繪他扶夢上雕鞍

疏簾清簟晝遲遲試拂生綃寫豔姿骨肉停勻肌
裏細先生畫筆少陵詩

立秋後二日雨和韻

添得一分秋秋心帶雨幽雲歸千樹出暑散萬荷
收離緒風前栁詩情水面鷗綠牕涼意滿鐙影送
新愁

七夕和韻

盈虛消息定千秋拙女安閒巧女愁看取天孫翻
樣巧乘龍舊例換騎牛

銀河悵望兩相憐只隔形骸不隔緣對面恍同千
里遠人間却又羨天仙

悲歡頃刻景全非水自東流月自西不獨璇宮驚
好夢萬愁人怕一聲雞

親薦花前瓜果茶暴書樓啟景偏賒天孫定割機
頭錦來換蕭孃筆底花

年年粟帛富三秋上帝還攜豐歉愁爲怕人間閒
過日天孫織錦婿牽牛

星期一度一相憐多少人間未了緣安得采橋長
萬丈渡他平地盡登仙

璇宮飄渺景全非月到良宵未易西聽說星期烏
鵲管紅牆不唱汝南雞

采縷金針共品茶深閨兒女豔情賒蛛絲也是纏
綿甚綢出同心並蒂花

爲常州臧孝子禮堂作

孝子母病刲股禱天母病旋愈人莫知也
年三十卒左股瘢痕隱隱難兄西成上舍
私諡爲孝節處士徵詩

文章重根柢。至性定纏綿。刲肉朝和藥。焚香夜告
天。但求親疾愈。生怕孝名傳。身後終難諱。斑痕尙
宛然。

生離猶不忍況復死長辭料得魂歸日依然戀母時慟添慈竹淚哀感紫荊枝珍重遺書幃芳名青簡垂

秋牕

秋牕幽夢斷長簟暗生涼疎雨閒門掩蒼苔古砌荒臨風懷往事撫景感流光無限憑欄意相思雲水鄉

何處送繁音牀頭絡緯吟愁多生趣淺病久鬼情深夢竟辭人去詩偏繞枕尋綠窗鐙暈小涼影鑑

秋心

聞姜明府 貽經 沒於川沙感賦二律

黃金散盡剩空囊俯仰平生氣慨慷旅館無聊惟覓句風懷垂老尚憐香當前花月愁千縷過後繁華夢一場收拾殘棋眞草草英雄末路太淒涼

塵封硯匣久慵開又爲天孫苦費才 易簀前數日猶和七夕詞 善病客難禁夜永傷心人怕入秋來酒添綺思和愁湧花簇吟毫被恨催料得海棠香夢醒也應紅淚滿蒼苔 有海棠開字韻複詞劇佳

題沈瘦生山人攜幼圖

候門入室慣相依樂事天倫總化機名士久聽傳瘦沈鳳雛毛羽却豐肥

送別李十四世兄 味莊先生幼子

忍見瓊枝小麻衣似雪飄淚隨紅葉墮魂傍素旂銷霄漢前程遠關山別路遙逢君定何日悵我鬢蕭蕭

也解隨行拜啼聲最愴情嬌憐猶戀母勤學好師兄囊有書千卷家無金滿籯古來賢達者多半早

孤成

題錢師竹廣文望雲思親圖

白雲浩茫茫游子思故鄉堂有遲暮親兩鬢如秋霜家貧無以養負米游遠方道遠不得歸心共雲飛揚枝頭返哺烏對之心悽惶積思感宵夢身逐雲翱翔行行指故里未及登高堂家近情愈迫旦夕心徬徨俄聞訃音至慟哭摧中腸有身不能贖有願何時償雲出有時歸此恨終難忘

上聽雲周觀察

春風吹到碧雲端雨雪休愁度歲難最憶星軺乘曉發關心猶念草堂寒

宵來展玩春洲見示詩詞語淺意深愁多歡少占此奉慰

病骨經春更怯寒中天月好未曾看劇憐幾闋淒清句吟對梅花字字酸

萬種離愁對夜釭黃昏纔近掩紗窗來詞有黃昏近也掩紗窗句鏡中花影須參透收卻懷人淚一雙

折盡青青楊柳枝才人大抵總情痴月華尚有盈

虧候人世安能免別離

不須顧影暗神傷冷到梅花透骨香莫放愁多吟鬢換好留顏色奉高堂

有懷王褋玉夫人却寄

官閣聯吟逸興多河陽無事但絃歌江南二月聽春雨千里懷人喚柰何

夫壻清才第一流鄭虔三絕更無儔閨中多恐牽鄉思畫幅家山當臥游

春日

綠窗深掩度芳時靜處沈吟暗裏思入夢尚抛知己淚看書爲憶古人癡詩能損胃常忘食花可娛心想折枝身世蒼涼剛打疊春光如許又與悲

憔悴東風減帶圍不須辟穀已忘飢爲看花落愁成夢漸被春寒逼入帷願有難償期再世詩還未就戀斜暉剪刀風裏陰晴換看女當窗理素機

和香浦弟

伏枕不成寐披衣坐五更漏催殘月墮風激破窗鳴愁重縈方寸宵長抵半生殘鐙分曙色黯淡若

爲情

花朝感事和韻時以幼女紺珠出寄

一縷柔情欲化綿懶將枯管鬥人妍花生偏值傷心日春好難回離恨天魂易斷時剛破夢淚難忍處是當筵韶華有限愁無限月缺何時望再圓

殘菊和韻

片紙吹來落照邊秋殘如許亦淒然當頭有月還愁看此後無花更可憐但使高情留萬古肯將晚節入新年春風雖好非吾戀直待西風了此緣

曉枕和韻

枕角涼於水終宵不肯乾亂愁和淚湧曉氣助春寒慷慨捐生易纏綿割愛難蓼莪篇最苦忍痛幾回看

汪籍庵廣文贈詩次韻

半生賦命冷於秋境到傷心夢亦幽躭咏未能緣病減惜春多半替花愁昏鐙影裏頻拈線殘漏聲中靜掩樓一種纏綿兒女愛辛勤笑比力田牛

郡伯鄭玉峯世丈見示塞上吟題十絕句

細柳營開殺氣浮刀光如雪玉關秋深閨不識蠻陬路讀遍新詩當遠游

積雪深山六月寒羊腸鳥徑路千盤青蓮縱有驚人句未必深知蜀道難

虹橋廿四渡蒼生不用衝波踏浪行風月廣陵春似海笑他空是占佳名

馬出林梢宿霧間橋通竹索險難攀共驚司馬行軍速五百脩程一夕還

幾番虎帳請王師百八蜂巒授首時想見如虹奇氣在馬頭橫槊賦新詩

腰垂錦帶佩吳鉤躍馬千山賦壯游祇把丹誠酬聖主功成原不計封侯

崎嶇水陸運舟車檢點芻茭儘有餘贏得三軍齊鼓腹有人辛苦護儲胥

頹垣廢井野花芳太息平原禾黍荒似此倉皇戎馬際關心猶自念農桑

卅載西陲靖虎貔蠻煙瘴雨倘牽思知公燕寢香凝日猶夢蠶叢格鬥時

五載邊庭著績多偶然投筆便橫戈鬚眉底用圖麟閣好句奇功兩不磨

上聽雲先生

年來憔悴倍難支多謝春風著意吹感極不禁雙淚落受恩偏在掛冠時

殘春

碧羅窗薄逗輕颸漸覺寒生不自持怕惹離愁遲就枕又扶衰病強裁詩謀生疎懶人嫌拙到死纏綿自笑癡添得鬢邊絲幾縷一鐙聽雨送春時

雨雨風風又送春雪泥重認去來因深愁比酒還難醒短夢如煙記不眞筆落總兼秋士氣詩成慣惹美人顰近詞數闋諸姊妹見之俱淚下瓣香欲把情根懺佛火蒲團寄此身

謝沈女史贈蘭

孤芳出空谷入室感同心香近人何遠神交契更深一枝初浣露九畹乍分林鄭重相貽意中宵費苦吟

爲徐醉吟居士題拾香草

風流徐騎省高會集郡賢錦評篇篇麗珠眞顆顆圓煙霞情自逸金石契常堅流水高山意千秋託素絃

周聽雲先生有玉關之行却寄

仲夏草木長嗟公遠行役蕭條理行裝蒼莽渡沙磧男兒四方志放逐意亦適肯效兒女悲踟躕岐路側惟餘戀闕心時有淚沾臆公家起長沙詩書承世澤一門敦孝弟累世守淸白雞窗十載勤寧爲暑寒易一朝薤榜開名註金門籍桃李盈階除春風扇几席時張鐵網收恐有遺珠獲搜羅尺寸才珍過連城璧領郡來三吳愛民如保赤輿誦徧江鄉甘棠雷澤國蹉跌亦偶然生性本孤直吾家申浦曲阿翁淹宦績作吏二十年家徒餘四壁孤寒無所賴溝壑在旦夕公敦靑雲誼珠桂代籌畫夫壻守一氈談經隨赤舄深閨弄柔翰仰荷持玉尺慕公未見公翹首靑雲隔作歌送公行感激動魂魄

題洗硯圖

紫玉晶瑩絕點埃墨花噴處浪花開有時逸思如雲滿笑倩奚奴快捧來

弄筆西牕午夢餘研田宿滓未曾除自憐白腹吟情澁不及池邊飽墨魚

落花和韻

憑欄脈脈感流光生怕東風入夜狂香閣離魂悲倩女荒臺尋夢泣襄王重賡懊惱新翻曲莫奏淸平舊樂章飄泊已非眞面目當時曾助玉人妝

烟啼露泣損紅嬌故向愁人眼底飄萬種相思風

影亂半宵殘夢雨聲饒能禁幾度銷魂别盼到重
逢隔歲遙回首仙源初識面金樽檀板坐相邀
沾茵墮厠欲何之一種珊珊意態遲未必濃華能
炫我却緣飄泊轉憐伊高樓客散微吟後小院簾
鈎獨立時眼底與衰正無限情懷脈脈強支持
滿院斜陽送六朝當前風景太寥寥曾經銀燭更
番照忍聽金鈴不住搖幽恨已教迷綠浦柔情猶
自戀紅橋誰將九陌芳菲節付與春江一夜潮
飄零向覺態婀娜如此韶光付逝波三月繁華愁

裏度六朝金粉夢中過誰家流水斜陽外是處疎
風冷雨多到底人間勝天上催歸其柰杜鵑何
紅裙未必妬丹榴底事凌波去不留芳艸夢回迷
極浦玉簫聲斷掩高樓嬌鶯倦蝶三春怨别館荒
園一片愁最是綠窗岑寂處侍兒相勸莫懸鈎
舊時門巷景全非彷彿湘江泣楚妃小院風微猶
緩緩情天路遠故飛飛劉郎兩度應嗟老杜牧今
番又賦歸滿眼殘紅飄不定怕看梅豆壓枝肥
亂點斜飄墮粉墻者番苦雨最難當剗憐燕子爭

芳久忍看楊枝帶恨長夢斷更闌風力緊客來猶
覺馬蹄香莫因小别傷懷抱轉眼園林又豔陽

遊東湖登弄珠樓次壁間韻

蒼涼臺榭幾經秋萍跡匆匆一繫舟座有詩仙同
弔古手攜神女共登樓清游底用窮三島名勝居
然占一洲憑眺那禁身世感水流不盡古今愁
簪山與好恰逢秋旬日東湖兩放舟柳外人家都
近水波心塔影正當樓待看碧月生鮫浦送盡風
帆下荻洲清磬數聲塵夢醒亂雲又擁一天愁

奉寄聽雲先生塞上

西風落日慘離顏。衰柳長亭不可攀。願借嶺頭雲
一片。隨風送過玉門關。
皎皎當空月一丸。憑欄無語幾回看。誰憐今夜關
山月。踏破濃霜馬足寒。
征鴻昨夜度關河。尺素傳來感慨多。賺我兩行知
己淚。金閨此際更如何。

繡餘續草卷二終

繡餘續草目錄卷三

繡餘續草目錄卷三終

繡餘續草卷三

琴川歸懋儀佩珊

月英夫人舟過申江諸女伴凝妝以待雲軿之降久之芳信杳然知歸心甚切獨不念微茫烟樹中有人倚樓凝望耶猶幸明珠雛鳳雙降草堂舉止周詳風神秀逸雖未把臂而瑤英風度想見一斑矣率成斷句三章以誌景仰

畱仙不住轉生愁。望斷行雲古渡頭。怪殺春申潮

信促。匆匆催放玉人舟。

瓊樹纖纖秀出行。逢人揖讓禮周詳。掌珠別擅天然貌。約略風神似阿娘。

鐙前相與計歸程。吹到仙雲恰二更。料得東坡老居士。鑪添獸炭候門迎。

書信尾寄外吳門

一點鐙光照影微。愁多減盡舊腰圍。病原可療難求藥。寒不能勝尚典衣。夢裏也知身是幻。鏡中頓覺貌全非。無聊暗把金錢卜。只望征人得意歸。

碌碌憐君又自憐。牽蘿辛苦逼殘年。生原少福難求佛。命本如雲敢咎天。燕已去巢情尚戀。珠雖辭掌夢仍牽。挑鐙手錄傷心句。冷到薰籠猶未眠。

夜雨和餘瀾堉韻

傾耳不成寐空堦漸作霖聲繁催短夢寒重壓香衾氣偪鐙無燄風翻柝欲沉寸心凄絕處衰病共愁深

隨風時斷續亂捲入林喧滅燭來山鬼哀吟和嶺猿抱愁拋蝶夢覓句返梅魂待到晴明日來尋紅

杏村

殘春聽雨和韻

夜靜虛廊人語幽瀟瀟風雨下重樓香消粉褪紅成陣只有東皇不解愁

復軒將攜家往吳門古愚雲賡奕山餞別李氏吾園有賦

驪歌一曲集芳園竹塢禽喧客到門酒爲送春須痛飲花因惜別也消魂三生文字緣還淺一霎山林日易昏多感年來交誼好題詩記取雪泥痕

寄卷勺園劉瑞圃居士

自別仙源悵隔塵記曾親訪綠楊津才名浪得眞慚我青眼如君有幾人香徑行來俱入畫殘篇讀罷暗傷神生平舊詠嗟零落珍重搜羅玉案陳

家貧憐我病膏肓參朮殷勤遠寄將終古青雲才子誼從來幽谷美人鄉花明繡幕懷仙侶月滿瓊樓夢謝娘衰病逢秋眠更少吟聲時答漏聲長

寄陳雲伯明府

雲水渺無邊衙寒夜放船斗山遲一面文字感前

緣入靜潮生浦風高雁叫烟今宵蓬底客詩夢繞江天

贈壯烈伯浙江提督李忠毅公輓詩

礮石聲連哀慟聲西風一夕將星傾天邊刁斗音俄斷海上萑蒲膽尚驚報國身常先士卒裹屍志已遂平生知公一事添惆悵瞑目猶餘戀闕情

功業應同馬伏波一時將士感恩多短衣射虎朝馳馬赤手屠鯨夜渡河鐵甲經年蓬鬢悴風旂千

里陣雲摩凱歌指日膚功奏大樹飄零奠柰何敢圖麟閣姓名留養士儲糧爲　國謀一點孤忠昭白日半生壯志托浮漚重泉讀　詔魂應斷邊塞聞風淚盡流臣節重勞　宸翰紀不煩史筆載勳猷

崇祠合與岳于鄰鼎足千秋廟貌新蕭穆衣冠猶似昨從容籌筆早如神但教遺畧能除寇何必成功定及身盡瘁久忘家室計子孫偏得沐　深仁

贈陳古愚姻丈

征途念風雪珍重尺書裁愧我無新句如君最愛才病中攜藥到遠道寄詩來消受難爲報惟餘感極哀

天涯逢歲暮客子感何如落葉和愁積西風埽病除徐娘傳錦字覇子讀藏書處士家風好梅花繞故廬

小寓吳門連朝陰雨占此自嘲

待去偏教作小留連朝雨腳不曾休涼生虛幌催殘夢冷滴空堦助旅愁天氣乍寒還乍暖風光疑夏復疑秋金閶自古繁華地黯淡人來未許游

晚眺

春衫新換怯微涼庭院深沈又夕陽樹底殘紅餘幾點天邊歸鳥不成行偶隨飛絮來吳苑何處營巢覓畫梁昨夜雨聲敲夢碎去留心跡兩茫茫

贈宋浣香世嫂

尙書紅杏久傳聞閨閣憐才又見君不羨謝娘風絮句吐辭淸麗總成文

幾載相思隔遠天相逢雙拜繐帷前萱親早世慈

姑沒同調憐卿又自憐

曉枕

曉枕聞雞候尋思事事灰乾坤原是寄身世有餘哀對酒眉成結看花眼倦開病魔偏戀戀小出又隨來

次張掖垣太史見贈韻 張名星煥湖南人庚辰庶吉士

旅館無聊午睡起一片清光射眸子云是文通筆底花出水亭亭炫其美天生賦手整且工才人豈必終奇窮干將無須費磨洗寶氣突出塵埃中鬼

斧神工巧相競落筆與酣製新咏杜詩驅鬼豈浪傳陳檄從來可療病先生家本湘水濱美人香草疑前身遨遊四海不得意看花未免愁青春傳經絳帳懸蘇臺五花雲采時飛來眼前有圍解不得當時道韞徒稱才扶病吟成嬾拈管乞得靈飛仙露盥何意鴻文取次投頓教塵壁珠璣滿傾蓋天涯便訂盟照人肝膽生光明酒腸較似詩腸窄怪底襟懷水樣清

題徐節母周夫人傳後 雪廬孝廉尊慈也

獨抱松筠操青青耐歲寒殘膏勤夜課冥鏹換晨餐公子經綸富慈親菽水歡一身支兩姓婦德古來難

旅窗

月落紗窗午夢殘鐙挑旅館夜潺潺怕人提著心頭事清淚留將枕上彈

十分憔悴苦吟身刻翠裁紅過一春世上功名無我分芸窗也受墨磨人

答道華夫人

愁看隴首亂雲飛感舊懷人淚濺衣祇恐青山笑漂泊故鄉雖好未能歸

題桐陰展卷圖

點筆桐陰思悄然秋光如水句如仙茶從瀑布聲中沸日向蒼松頂上圓避俗可無書遣日種花還取菊延年山中老鶴饒清福永結逍遙泉石緣

讀聽雲山館詩集題後

月如潑水夢成烟聽到雲璈輒廢眠胷次天機眞洒落毫端至性最纏綿消魂杖履千山隔得意聲華萬口傳知否故園鐙影裏有人珍重諷新篇

潘榕皐先生惠並蒂蘭賦謝

靈風仙露董帷栽花效文心四照開移供綠窗香入夢夢中親見二妃來

青琴三疊感知音入室還存處谷心底用湘皐尋舊夢滿身香露繞花吟

葑山舟次有作

一洗愁千斛來登青翰舟江空星欲墜水濶岸疑浮遠火微明浦清風早作秋徘徊葑山月良夜正

悠悠

蒔山道中呈簡田先生

雲水叢中樂有餘世間煩溽盡消除天低螢亂星光密岸斷人隨鐙影踈客踞船唇聞笑語風回水面襲襟裾先生分與清閒福竟把深愁當草鋤

月落空江曉色分閒愁枕上又紛紛從公且放花中槳顧我何殊水面雲病胃好憑清露盥詩腸要借白荷薰勝游幸接神仙侶沙鷺汀鷗也作羣

蒔山觀荷絶句十首

水邊翡翠語啁啾雲氣微茫露未收人爲看花侵曉起碧波如鏡照梳頭

雪作肌膚臉暈霞冰壺照影綠鬟遮不須更訪支機石快睹天孫錦上花

廿里紅霞不斷頭風光殘夏已先秋雲深水濶香成海定有仙人來往游

路轉帆回又夕陽臨風頓覺苧衣涼分明人在瑠璃國四面山光接水光

沿堤紅蓼接青蕪垂柳陰中看浴鳧寫景苦無摩詰管蓬窗隨意補新圖

雲烘霞襯翠斑斑螺髻新梳態靜閒爭朶芙蓉涉秋水更無人看兩湖山

紅塵隔斷水雲寬翠袖能生六月寒惆悵葦深花間阻美人終是隔簾看

風回波面替花涼淺白深紅浴後妝十里陂塘香不斷賺他水鳥往來忙

落日扁舟小住時蓬窗分韻賦新詩晴波光射霞千點筆鈍翻嫌境太奇

莫釐縹緲兩爭雄難得湖山載酒同三日清游忘不得幾時重泛水晶宮

客中遣興

此心如月挂天邊愁似浮雲夢似烟善病每憑經作懺多生幸與佛爲緣纏綿藕緒終難盡辛苦蓮房却倒懸極欲相將賦歸去還山苦乏買舟錢

蘭徑風清月白時國香零落有誰知向人怕訴平生事脫口吟成自在詩舊夢如雲容易散流光似水詎能追蕭踈性合居空谷懶向紅塵寄一枝

涉園雜詠

空桑三宿佛難捐回首鴻泥總黯然睡起曉窗無氣力綠楊影裏聽秋蟬

畱得華嚴刼後身園林小住亦前因山靈相見應相識魚鳥爭迎前度人

低遮畫閣拂銀塘帶雨梳風倚夕陽閱遍芳堤千萬樹㝡風流要數垂楊

蒹葭掩映翠森森水榭雲房耐細尋泉石太幽風露重秋心病骨兩難禁

風聲漸緊鳥飛回塘外輕雷隱隱催萬綠乍搖千葉響雲頭明滅雨初來

祇覺清遊興太孤數帆閣外片帆無天敎一洗窮愁境來看湖山潑墨圖

漁舟簑笠棹歌回湖面烟消霽色來恰似美人新沐後眉痕淡埽鏡初開

玲瓏怪石枕虬枝書帶堂前翠靄滋可惜小山多桂樹我來偏不及花時

新涼

涼意孤雲覺秋心老樹知露深蟲警候風定月明時故國魂長往高樓夢不離浮生多感慨中夜起裁詩

數帆閣晚眺

濃蔭當窗萬綠環流連清景不知還高樓風月眞無價一面湖光一面山

涉園早起聞桂香喜而有作

一枕新涼曉夢回天風吹送妙香來嫦娥也是多情甚丹桂先支一月開

和九春帆舍人游涉園韻

歸心漸逐暮雲收如此溪山却倦游詩要求工難著手境因太好也回眸凌波斗覺身如寄對鏡無端淚欲流老樹風聲連雨壯暮天帆影捲烟浮竹緣性直終存節蟬爲吟多㝡感秋詞客欵門還埽徑月華照水强登樓吟情縹緲愁風偪露氣淒涼怕景幽憶訪同儕過畫閣每扶衰病上蘭舟去畱難準應輪燕晴雨無常試聽鳩陳跡有情偏結夢行期太廹又添愁吾生祇合長休矣勝地能容再

至不天似見憐花早放人逢同調句爭畱欲賡險韻思先澁待賦悲懷腕太柔九畹清芬原自遠一篇白雪詎能酬已甘荆布仍無托不戴南冠也似囚塵世悲歡終是幻晶簾且玩月如鈎

已巳中秋客居吳下次月滿樓丁卯中秋家晏韻

一樣銀蟾幾樣光最難骨肉聚家鄉思親頻見三更夢憶女新添兩鬢霜丹桂枝頭香正烈廣寒宮裏夜方長今宵暫忍牛衣淚笑說齊眉一舉觴

雪中用尤文簡公集中入春半月未見梅花詩韻

雪壓山阿水凍池暗香消息殢南枝韶華半月虛拋卻春色三分未許支漠漠嶺雲添悵望珊珊環佩訝來遲返魂賴有何郎筆獨對空林細咏詩

人行曲岸鶴窺池未破東風第一枝幾度巡簷空索笑相思見月已難支湘臯帝子臨妝晚洛浦明珠墮掌遲昨夜茅茨風雪緊紙窗無伴獨吟詩

薄薄春冰淺淺池忍寒獨探竹邊枝品居最上何嫌晚骨縱禁寒也不支等徧空山人小困踏殘明月鶴歸遲隴頭流水相思意收拾愁心付小詩

闌干六曲俯清池寒雀啾啾踏凍枝傍嶺樹猶愁偃蹇看花人亦強撐支十分香韻因誰斂一樣春光怪底遲畱得歲寒心跡在與君把酒共敲詩

題查查客先生把酒問青天圖即次其韻

大聰明帶幾分癡翹首青天笑問之萬古長懸雲外月百年不竭手中巵霓裳曲好憑欄聽玉宇寒多繫夢思一種曠懷誰會得風流坡老最相知

癖愛風騷也算癡如斯清景偶逢之胸羅珠斗瞳如鏡酒瀉銀河月當巵一角欄杆成獨倚九天宮闕最關思憑高人有淩雲想塵世紛紛那得知

青天無語白雲癡把酒還邀月共之陣陣天香清拂袂娟娟玉露暗添巵幾多獨立蒼茫感不盡淩虛縹渺思夜半興酣歌水調調高祗恐少人知

有情異代笑同癡事隔千秋心印之試問何年栽桂樹幾時生月侑瓊巵人間寒暑從教換天上春秋卻費思十二玉樓消息近置身高處定應知

夜坐

烏啼鐘動助人愁感昔傷今易白頭此日苦吟還自累他年遺稾定誰收黃花瘦極香應淡蠟炬灰時淚尚流惆悵三吳好山水憂無情緒豁雙眸

周聽雲先生塞上書回知儀前寄詩札晉將軍見之歎賞命付裝池自維下里巴音得流傳萬里之外且邀鉅公識拔自幸抑自愧矣口占二絕

黃沙漠漠路迢長。辛苦傳書雁帶霜。聽說將軍躭翰墨。蕪詞傳唱到遐荒。

坐鎮西陲洗甲兵。風高虎帳月三更。誰知一曲清商調。吹入軍門鼓角聲。

題梵福樓所藏栁如是畫像

絳雲樓閣久成薪萬卷藏書委刧塵惟有玉人魂不化披圖重現去來身

俠骨清才窈窕孃如花標格繡心腸尚書不死緣卿戀此意還須畧諒郎

美人情重抵兼金玉碎先存報主心汗簡有名才筭壽還將一死答知音

㓜白風流現後身河東姓氏又重新畫圖珍重藏金屋異代憐才更有人

奉題慶蕉園方伯泛月理琴圖

和平琴德本天然作楫應須涉大川夜半調高催月上蛟龍來迓使君船

政餘養性愛攜琴天外青峯亦賞音最喜恩波徧南國一輪卿月照江心

破浪眞乘萬里風抱琴彈向水晶宮使君心迹明於鏡合在澄波皓月中

持節人來感昔年甘棠手澤尚依然一琴慣和南薰曲三世黃扉相業傳

秋夜感懷寄外

驚心風木痛何如親薦蘋蘩婦職疎一第未能酬厚望廿年猶自守遺書孤雲應悔輕離岫海燕還憐久寄居客館有人同不寐高梧葉落報秋初

憶外

十二瓊樓璧月瀓懷君獨夜畫欄凭得依鴻案原

眞樂同卧牛衣愧未能此日三吳分課讀當時雙管共挑鐙賃舂執爨慙賢婦未免從人乞斗升

題羣芳呈瑞圖爲張丈作 卷中羣卉係女公子合作

漫誇咏絮謝家才紅紫紛紛筆底開添得阿翁詩界濶一羣天女散花來

一枝花當一籌添姊妹承歡樂事兼沒點胭脂濃傅粉十分春色在毫尖

月夜貽汪小韞夫人

金鑪沈水夜深焚仰視青天無片雲消到花魂餘

一縷照來人影瘦三分飄蓬身世君憐我多病心情我憶君執手匆匆纔數語暮霞殘照又離羣

奉題韓桂舲中丞種梅圖即次元韻

且攜雅嘴種梅花莫認孤山處士家龍節虎符新宦蹟凍雲晴雪舊生涯

且攜雅嘴種梅花管領春光總不差嘗到和羹滋味美摘將青子笑呼娃

且攜雅嘴種梅花桃李紛紛未放芽一片冷香清到骨翻將雪海洗塵沙

且攜雅嘴種梅花萬玉叢中聚一家脩到幾生仙福好山靈看見也嗟呀

且攜雅嘴種梅花幾疊青山水一涯仙侶同心雙種玉笑他兒女種胡麻

且攜雅嘴種梅花借寇人多歸願賒鐵石心腸愛冰雪廣平詞筆世爭誇

殘臘見雪

殘臘始見雪數點飄橫斜須臾厚盈寸壓滿梅槎枒錯疑風信早未春先作花冰霜凜冽中浩蕩春

無涯

薄陰猶釀雪日暮還添衣病人常苦寒凍雀常苦飢煩憂逼短景積思如亂絲鯉魚僵不起江上尺書稀

寒鐙沒無燄紅鑪火力微清光偪戶牖夜氣侵簾幃誰家盛歡晏歌舞中宵嬉念彼遠行客歲晚嗟無衣

薄雲不漏日雪意方徘徊小園偶屬目千樹黎花開隔籬人煑茗一童持帚來清景良足惜隱憂不

能裁

西風

西風撼樹亂鴉翻冷印中庭月一丸枯管吟餘知夜永敝裘典盡怕秋寒夢防成讖關心記書隔多年著意看檢點輕裝楓落後故園歸去暫盤桓

九日憶吉雲

重九無風雨登高及令辰感時還憶舊懷古獨傷神酒待白衣餉萸簪青鬢新黃花情太薄送盡看花人

送秋和韻

淒清況味逼中年縱不傷離亦黯然看到霜花魂易斷照來絲鬢鏡相憐滿庭黃葉辭殘夜一縷商聲曳遠天轉眼送春秋又去陌頭還憶柳吹綿怕聽騷客訴三生景太蕭條賦不成清角驚殘香閣夢西風吹老玉關情迎來一片寒潮急送過千山暮靄横剩有秋心灰不盡又從紙上起秋聲

題楚中熊兩濱進士鵠山小隱詩集

一卷琳瑯咏千秋屈宋心曠懷淩太古逸調發元音久仰天門峻初窺學海深欲窮微妙旨鎮日對花吟

新詩憑雁足流韵滿江南妙句風行水清心月映潭花封榮不慕苜蓿味原甘想見談經座蕭然老學庵

題顧劍峯廣文寸心樓詩集

清詩語語性情流慧業從知夙世脩想見心花隨意放古香吹滿讀書樓

懷鉛終歲客他鄉收拾江山貯錦囊猶有如虹豪氣在牀頭雄劍吐光芒

高唱新傳鸚鵡洲辭家王粲獨登樓武昌楊柳吳宮月望遠應牽兩地愁

痕藉青衫舊酒痕虎頭三絕至今存公卿倒屣爭羅致肯放空山獨閉門

小韞夫人贈詩次韻

三復高山調中宵起夢思同心悵離阻歎息此良時

浮世原難合微生感受知嗟彼獨活草願附喬松

枝感君珍重意古調思翻新我有同心侶天生絕代人

幽棲次韵

天高雲氣薄林靜鳥聲譁花味如人澹詩情得酒華溪光當檻照山影半樓遮向晚鈎簾坐微風燕剪斜

坐久鐙花落書堂寂不譁蕭閒親翰墨遲暮惜年華兩鬢新霜點雙眸薄霧遮長宵不成寐河漢又西斜

湘水吟紀夢

孤鐙耿耿秋夜長夜夢恍惚游瀟湘眼中望見江漠漠耳畔似聽聲湯湯白雲靉靆沒我足輕風飄颻吹我裳南泛洞庭掬湘月一片空明沁人骨江流九轉石不移中有忠魂抱石泣美人香草春蒼茫嶺猿哀嘯鵑啼血天風浪浪清到心木葉微脫山櫺慘心情幽渺凄欲絕神分恍降江之滸老蛟怒吼翻水窟霹靂震空山欲裂疾風倒捲雪浪飛城郭高低出復沒俄驚控鶴仙人來鐵笛一聲山水開三湘烟光如鏡澈九嶷山色橫江排青鸞白鶴向空舞仙人招我登瑤臺瓊漿一飲傀儡盡還挹湘水添金杯醉中不記身世事秋夢苦短雞聲催雞聲催我萬慮起明滅殘鐙照窗紙巴陵衡嶽舊游蹤往事回頭卄年矣人世悲歡柰若何夢外風浪知還多不堪重憶平生事搔首風前誦九歌

立秋日作

濛濛綠雨雲不開雲中隱隱聞輕雷井梧一葉下

幽砌颼颼秋向林梢來秋魂一縷細于髮隨風飄蕩往復回我抱秋心向秋訴枝頭遙答涼蟬語只知秋氣助人悲茫茫未識秋來處秋風纔動生嫩涼秋鐙耿耿懸清光別有秋情秋不管半宵清夢落瀟湘

茜州孝烈靈妃廟碑書後

有吏有吏司運鐵鐵沈吏亦安求活長風捲浪水拍天茫茫何處求骸骨伶傳弱女十六齡獨立江頭淚流血呼天天高天不聞奮身一躍赴水窟水

窟蛟龍不敢吞化爲雲氣千秋存昭昭至性出巾幗浩浩正氣彌乾坤野有專祠朝有封名垂孝烈聲隆隆雲旗縹緲捲宿霧時有靈爽憑空中猨啼鵑泣湘竹裂洞庭落日生悲風秦代去今幾千載古祠剝落精靈在吾翁揭來守此邦鳩工百日煥新釆路人憑弔鼻欲酸萬姓香烟浩如海弱弟同時亦捨生一門雙孝並垂名至今湖上寒流急猶似當年喚父聲

初秋用壁間韻

荏苒韶華逝水流入秋景物倍淸幽喜聞乾鵲喧檐際怕聽哀蟬訴樹頭憶女二三千里外問年五十四回周吳宮舊是傷心地殘照西風冷荻洲

星星螢火逗疎簾曲曲明蟾掛畫檐涼意三分生枕角秋心一點到眉尖鬢絲漸恐烏成白身世難期苦盡甜得句閒書團扇上墨痕狼藉滿霜縑

呈潘榕皐先生

重陽前二日至三松堂適王綺思夫人來先生命即席賦詩爲贈 儀素不習入法先生偏譽以工書諸夫人兼爲磨墨伸紙爰賦小詩二章以誌愧

鐙前驚見走龍蛇一代書名仰作家愧我未曾磨鐵硯絳帷人莫笑塗鴉

較他餓隸更酸寒琢句還愁字未安賺得墨痕霑翠袖金閨親爲試螺丸

題李紉蘭夫人茶烟煑夢圖

蕉陰試茗拂吳縑小困無端筆懶拈詩向夢中尋得好茶從睡起飲來甜風泉隔竹聲聲沸花氣和

烟漸漸添生恐晚涼侵瘦骨更無人與下重簾

萍蹤聚散太匆匆別後相思有夢通我望彩雲懷舊侶誰扶倩影出芳叢情牽遠水遙山外詩在輕烟淡靄中一種怕愁躭睡意近來况味畧相同

歸舟寄小韞

數聲柔櫓促歸程兩岸丹楓解送迎萍本無根憐我命水流不盡見君情

王渡阻風

咫尺家山路渺茫五年陳跡費思量孤舟一夜瀟

瀟雨靑鏡明朝鬢有霜

贈宜園張夢蘭夫人

年來常苦病愁侵息羽空思返故林白髮易添中歲感黃金難買美人心亭亭姿比秋花瘦欵欵情同江水深一種傷心還自慰紅閨又喜得知音

舟泊泖湖望月

獵獵西風刺骨寒孤舟今夜泊江干鑿開萬頃琉璃界湧出一輪白玉盤雲氣盪胸詩境濶酒杯入手旅懷寬淹留莫切窮途感閱歷方知行路難

吳江舟阻

咫尺吳山入望遙殘冬景物太蕭條風高極浦冰還合日上沿灘雪未消稍有邨墟隔烟霧絕無鷗鷺罷漁樵不饑那畏晨炊斷擁被長吟暮復朝

蒲鬋出塞圖爲快亭郡博題

帝子憐才早受知聲華奕奕塞垣馳書生儘有平戎畧寸管橫當百萬師

馬上征袍映日殷長吟投筆出邊關時平不用書磨盾飽啖黃羊飽看山

角聲吹起玉關秋十萬貔貅夾道周但取風雲酬壯志男兒何必定封侯

長城萬里落尊前快讀先生出塞篇認取當年鴻爪跡萬山青擁一髯仙

當年絕塞請長纓虎帳諸王聽論兵今日絳帷風雨夜時聞雄劍壁間鳴

記從草閣拜詩翁萬仞山頭又遇公知否寒閨驚喜甚賞音人是大英雄前寓沈巷公偕兩壻過訪又曾見儀顥慶方伯瀟湘一曲圖冊以爲此壓卷作也

題趙承旨畫馬

神馬依然在王孫何所之千秋留駿骨異代見英姿珍抵兼金貴榮邀國士知壯心如未已風雨起天池

老僕熊秀樸實謹愼相隨五年能効奔走之勞雖遠途亦無倦容今秋忽有懈意疑其有去志未幾疾作奄然長逝爲之泣然僕無親屬爲薄斂而瘞於葑門外酹之以酒且系以詩

白頭漂泊計原差念爾馳驅歷歲華每爲劾忠常諱疾漫言得主竟無家勞能致病終歸死酒可扶衰且自賒我過中年易悵觸詩成擲筆一長嗟

雪中有懷王玉芬夫人

五茸城畔悵離羣幾度相思對暮雲詩到消餘魂一縷愁來只欠死三分情超蘇蕙璇機錦才壓江淹雜體文昨夜茅齋風雪緊紙窗無伴最思君

每到良辰憶舊游果然一日抵三秋篋中紅豆雙雙淚句裏珍珠字字愁憐我無家偏有累如君於

世更何求中年哀樂應須節莫放清霜點黑頭

題王女士靜好樓詩集

天與千秋業人欽林下風彩雲驚易散仙樂聽難終格比梅花好詞追柳絮工三生遲一面曇影太匆匆

滴盡思親淚頻裁送遠書生離猶未慣死別更何如掛壁朱絃斷投懷玉燕虛紅閨諸姊妹悵望各唏噓

堂北腸應斷黃門鬢欲絲人尋當日夢花發去年枝釀酒都成淚開奩只剩詩幾時笙鶴返仙佩降瑤池

殘臘偶吟

蠹殘一卷手親刪鐙火長宵歲序闌勝境當前從我選遺編他日定誰刊愁無可解頻澆酒病漸成眞屢減餐撥盡銅鑪燒盡燭稜稜霜氣偪人寒

吳印芳夫人見招出示翠筠軒詩鈔賦贈

白雪傳高唱寒梅發古香清音洗凡耳哀痛結中腸骨肉情緣淺艱辛次第嘗空幃三十載兩鬢點

新霜

夙慧也前修聰明鮑謝流神情原散朗性格最溫柔名豈關天忌才偏與命讎一編纔到眼雙淚不能收

老我筆先頹多君青眼開家風原愛士閨閣亦憐才珍重聯新侶殷勤舉杯萍踪欣乍合臨去復徘徊

聞蟬次駱丞韻

涼蟬聲嘒嘒曉枕客愁侵白露沾衣重青天抱葉

吟調高搴籟寂唱罷衆星沈元髩有時換淸眞獨
此心

咏馬次工部韻

桃花名字好玉勒錦裝成得意春風疾酬知性命
輕千金何足重一顧快平生超出塵沙外橫空自
在行

秋山

十分娟淨暴朝陽閱過繁華漸老蒼世外高撐名
士骨鏡中淡寫美人妝霜消皎皎林如立雨洗稜

稜玉有光我欲憑高挹淸爽碧芙蓉頂任徜徉

秋水

遠接寥天月有聲盪胸洗眼太空明望中脈脈渾
無語掬處盈盈最有情傾國回眸留一顧太阿出
匣鬥雙淸文章妙處原無跡只許南華署卷名

秋蟲

一觸繁音便感秋秋鐙如豆夜悠悠霜濃廢井頻
驚客月冷空庭漸逼樓伴我無聊中夜讀爲人添
到十分愁影斜河漢天將曉爾已吟殘我未休

秋花

小院黃昏月正華寒香和影上窗紗劇憐詩亦淸
于水不信人還瘦過花淡淡霜容留獨賞紛紛繁
豔莫輕加生來傲骨崚嶒甚合種柴桑處士家

秋窗

小院西風緊冷冷透碧紗露華涼似水人影瘦於
花新雁一聲落殘鐙半扇遮金釵挑燼罷坐看月
痕斜

秋圃

雨過苔痕滑霜濃菜甲肥幽花隨意放瘦蝶趁晴

飛蒔菊臨淸渚牽蘿傍翠微行行覓歸路斜月半
柴扉

秋野

極目郊原濶眞堪入畫圖天光間晴雨草色半榮
枯紅樹連村合黃雲徧地鋪稻粱生計足童叟各
相娛

秋濤

作勢橫空至中宵捲月流魚龍爭出沒星漢共沈

浮倒影翻蛟室憑空結蜃樓錢王眞有力一弩退潮頭

秋鐘

打破繁華界同聽清淨音飄來紅寺遠響入白雲深一杵醒塵夢千聲印佛心凌霜冣超越萬籟總銷沉

秋鈴

不是護花聲愁心暗裏驚閃窗鐙一點淋雨夜三更旅館勞人聽霜橋羸馬行凄清別有調來和候

蟲鳴

示袁琴南壻

話舊燒殘燭幾條相看如夢覺魂消十年蹤跡分南北難得清尊共一宵

羨爾聲名早逸羣倘憐駿足滯風雲才多亦足爲身累好把英華斂幾分

弱蘿宛轉附喬松大好門楣屬望隆萬里雲程須穩步才能善用是英雄

有兒頗肖父聰明用硯須教付與耕記否傷心遺跡在秋鐙影裏讀書聲

泛舟秦淮

打槳新從湖上遊斜陽淡寫六朝秋借他一曲秦淮水浣盡風塵又浣愁

蘭橈無數掠波行幾樹垂楊管送迎水面琵琶樓上笛不禁棖觸故鄉情

九曲紅欄十二樓湘簾多半上金鉤明妝翠袖知無數不識何人是莫愁

秦淮風景類金閶畫意詩情費較量一樣湖山佳

絕處淡妝畢竟勝濃妝

金尊檀板按紅牙指點前頭賣酒家爭度青溪新譜曲更無人唱後庭花

水雲樓裏暫盤桓高樹鴉翻夕照殘可惜今宵無月色湖山須向鏡中看

題淵如先生六十四歲小像

畫公宛似畫喬松秀骨蒼髯倚碧穹此外不須多著筆仙山樓閣在胸中

面目常隨詩境新披圖一笑見天眞神龍天馬行

空慣不現全身現半身

題馬守眞畫蘭

國香零落委風塵脂盝開時硯匣親莫訝繪來神活現阿儂原是此花身

題薛素素畫蘭

風味應同九畹清疎疎潑墨寄幽情鏡臺一笑停湘管寫到香心憶小名

遊棲霞六首

緣厓不見曉霞明碧草茸茸繞澗生從古仙蹤原

是幻桃花如夢水無聲　桃花澗

天涯鴻爪偶留痕得到名山也宿根底用身登千佛嶺心頭時現佛千尊　千佛岩

仙掌分明瀉夜光掬來難助美人妝名山風月原無價賴有珍珠萬斛量　珍珠泉

一葉清萍淚裏浮紅塵碌碌怕回頭著書只有名山好卜宅無如此地幽　幽居寺

層嵐叠嶂翠參差海立潮翻作勢危識得山靈文字好峯頭更比淚頭奇　叠淚崖

誰持玉斧白雲邊劈破懸崖一朶蓮如線清光來眼底兩峯罅處露青天　天開崖

過莫愁湖題莫愁小影次前人韵

江亳潑潑覩春痕夢裏分明玉再温水月是空還是色鏡花留影不留根名香豕結生前契小字頻招湖上魂我是萍蹤曾一顧冷烟疎雨近黃昏

驚鴻飛過偶留痕袖手頻將往事温對著青山摹黛色挽將碧水洗愁根萬花影漾三生夢雙燕愁銜一縷魂慧業人還歸淨業鐘魚佛火伴晨昏

記取當年粉黛痕金鑪誰爇瓣香温先超塵境歸仙境生種情根本慧根半壁江山王者氣一湖烟月美人魂臨風憑弔增惆悵回首蒼茫暮靄昏

一片愁痕化淚痕千秋豔骨可能温好從淨土勸脩果莫向柔鄉再種根筆妙自能傳倩影花深何處覓香魂行人到此歸須早莫待高樓月色昏

劍峯先生贈詩次韵

百年鼎鼎夢中身多少英雄困米薪身世多愁還作客乾坤無恙又回春朱絃睨我慚眞賞青眼如

翁得幾人月滿垂虹爭載酒騷壇壁壘又重新

題清河夫人遺挂爲盧谷司馬作

彷彿書聲隔樹聽披圖驚見影亭亭星眸一點明於月照出千秋汗簡青

玉人慧業本天成萬卷叢中過一生讀到月高風定後抽毫也要賦秋聲

涓涓白露下青桐小現曇花逐曉風惆悵佩環聲漸遠吟魂猶在月明中

石琢堂先生賜示晚香樓詩集賦呈

新詩三復夜窗幽妙諦應離色相求三逕秋容淡如許晚香一瓣占千秋

擁書獨學味蕭閒分付奚童早閉關偶向百花頭上放高情畢竟愛空山

書生毫氣亘長虹會掣風雲掌握中虎帳月高清讌啟雄談一夕動元戎

經世文章劇老蒼手操椽筆擘天狼定知身臥藤蘿月清夢時時到玉堂

久已無書抵玉京水雲叢裏愛逃名東郊倚杖看春稼猶自關心計雨晴

憔悴靈和柳一枝招魂逆旅有心知珠零錦碎三千首鄭重丹黃手勘時（時方校刊船山太守詩集）

吳宮花月絳帷春壇坫東南壁壘新庭下三千桃李樹能傳衣鉢定何人

琉璃硯匣墨香浮小字簪花格更遒傳得阿翁家學好埽眉人亦占龍頭（公子敦夫善詩婦席夫人工書）

機線才勞著意量簡端畱得夜珠光詩情敢詡清於鷺公是丹山老鳳皇

園林蕭散水雲寬福慧如斯脩到難桂子桐孫爭繞膝花開富貴竹平安

次季湘娟同學見懷韵郤寄（湘娟琴川人同邑屈子謙室子謙工書畫早卒無子）

仙山遙隔水中央蝶夢時過青粉牆詩到賞心吟不厭人逢同調話偏長緘來客字珠成淚琢就連城玉有光擬買扁舟乘暖浪論文重到讀書堂

良辰無邪感離居花正芬芳柳正舒嗟我飄零終已矣較卿憂患更何如文章不信能憎命慧業難

总只有書他日瓊樓聯袂上廣寒宮闕本清虛

寓居葑溪隣家李花盛開感賦

曾見隣牆玉貌嬌輕烟微雨過花朝東風似剪寒
猶峭疑是經寒雪未消

小立斜陽病起纔忍寒相對暫徘徊羅浮夢杳梨
雲散一樹琪花獨自開

蟠根只合五雲中卻向優曇悟色空斜日短垣欹
縞袂看他含笑倚東風

誰將仙露灌芳根雪樣柔條壓短垣惆悵年年孤

館裏白頭人看最消魂

一片凝雲罨遠村輕寒惻惻近黃昏東風忽送簾
纖雨清淚微沾襯粉痕

春光如夢復如烟彈指花開又一年玉屑飄來香
影瘦陌頭待看柳吹棉

題北郭夜吟圖

輕寒剪剪漏遲遲北郭先生覓句時文字緣深難
作佛利名心淡只耽詩侯門陶子能勤學舉案鴻
妻善執炊助得幽人吟興好團圞月上最高枝

繡餘續草卷三終

繡餘續草目錄卷四

古今體詩

八絕以歸佩珊人說女仙才八字分冠其
首口占誌之
次外見懷韻
附原作
紅雨樓觀桃有懷舊侶
十憶詩寄圭齋夫人江右
春日病中懷圭齋妹
寄懷牧祥妹浙中
贈穎川夫人

枕上作
觀察潘吾亭先生賜和鄙詞仍用前韻申謝
許玉年孝廉見和拙作再用前韻奉答
郡伯陳芝楣先生賜和鄙詞再用前韻申謝
燦霞寄女以和詩來仍用前韻作答
附和作
咏雪用前韻
吾亭先生權臬蘇臺適檢篋中賜詩舊稿已
歲琯兩遷矣感而有作仍用前韻

白薔薇花
題嘐城黃級蘭女士詩卷
答家心庵農部次韻
再答心庵
圭齋妹具林下高風擅閨中詠絮情同膠漆
誼篤連枝別經兩載夢想爲勞離緒如緣
亂愁若絮爰繪折柳圖以贈并系以詩
題餘生閣集
贈許玉年孝廉

題玉年孝廉室比玉徐夫人手繪遺冊
閨中銷夏詞十首
題吳蘋香夫人飲酒讀騷圖
題蒙城張雲裳女士錦槎軒詩稿
晚春
題葉覺軒山人琵琶聯唫冊次韻
新秋
玲瓏山館冊題詞爲葛秋生明經賦
繡餘續草目錄卷四終

繡餘續草卷四

琴川歸懋儀佩珊

蠟梅

誰將花骨鑄黃金破蠟牕前伴瘦吟我有牢愁不能吐與君相對話同心

檀心磬口泼鵞黃不學江妃時世妝相對不禁珍惜甚一般清瘦歷冰霜

庚辰九日次三松老人韵

陽春一曲調偏高落帽風前氣自豪入社又開新

壁壘等山已換舊宮袍簪萸客至還題句送酒人來又餽糕愧我推敲吟未穩蕭蕭短鬢不勝搔

縣車翰墨當生涯安樂窩中歲月賖閒尹清尊酬令節魏公晚圃放秋花蒼茫雲水遊蹤遠稠疊詩篇寄興遐採得茱萸成薄醉一枝笑插帽簷斜

雨窗

擬將枯管寫牢騷目眩鐙昏意憚勞正苦欲眠眠不得西風一雁叫平臯

欲覓華胥一枕安幽懷應得暫時寬昨宵夢醒追前事觸起新愁又幾端

吳門寄懷淑齋師海上

陰晴易寒暑眠食近何如海國涼生早吳江楓落初消愁調小鳳遣興托蠧書更喜籬花放宮袍捧綵輿

人生知已重閨閣賞音難度出金針細量來玉尺寬看花常富貴指竹頌平安幸托喬松廕相依共歲寒

客中逢令節顧影且徘徊畫閣三秋別黃花兩度

開春風原浩蕩小草感栽培夢裏尋鄉路時還拜玉臺

代簡寄定庵居士吉雲夫人

公子金閨彥英年泛斗槎豔才驚古佛妙想托蓮花清極醒無寐愁來氣吐霞衣冠偏質樸胸次絕紛華

仙舟來往數幾度接清塵蓬梗偏憐我春風每及人襟懷原浩蕩談笑見經綸此日名山業書成早等身

舉案人如玉幽閒蘭蕙姿柔毫書繭紙織月寫蛾眉善慰高堂意能將中饋持三生脩福慧雙鍼鳳麟兒

客中雨夜無寐寄小韞

又是吳江楓落天擁衾聽雨不成眠暮年作客原非計末路求名亦可憐外子猶復俛首帖括遙夜鄉心易悵觸入秋衰病倍纏綿知卿亦抱幽憂疾終歲蕺殘手自編

吳宮

羅綺銷爲瓦礫叢鷓鴣聲裏霸圖空秪應惟有東門目炯炯清光照故宮

又是梧宮葉落時與亡轉眼劇堪悲美人巧笑孤臣泣試問君王屬意誰

七姬祠

七姬同志更同棲報主心難舉室齊指點當年埋玉地一羣杜宇隔花啼

三高祠

沼吳廿載悵歸遲敝蹝功名笑脫時自愛五湖風月好閒情端不屬蛾眉

京洛緇塵染素襟蓴香鱸美觸歸心秋風落日推篷看脫網魚遊江水深

門鴨欄邊放釣船一生夢不到釣天唱酬更有皮從事收得茶租當酒錢

又咏范少伯

一棹扁舟泛五湖黃金鑄相亦餖飣烟簑雨笠秋江上誰識當年范大夫

梅

冰綃新製五銖衣倚竹娟娟瘦不肥買到春光珠覺賤照來香影月增輝人行曲岸雙扉掩雪霽深林一鶴歸曾向孤山訪遺跡前塵如夢是耶非

東風一夜度關津瞥覩明粧照眼新瘦影臨波添韻致斜枝入畫㝡丰神歲寒久盼傳芳信道遠何由贈美人生與此花同臭味羅浮仙蝶或前身

蘭

香韻花中莫比倫滋培風露幾經春生從空谷原初志偶植當門亦夙因名重楚詞偏寫怨祥徵姞

夢竟通神不言幽意無人會靜對湘波自寫眞

竹

青鸞尾翠綠雲涼新粉飄殘實又芳直節早看凌碧漢虛心偏是耐清霜堪爲伴侶惟松柏到此棲遲只鳳凰冣是好風良月夜半天幽韻戛宮商

菊

寒香幾陣撲窗紗開到陶家得意花秋士風神清有骨伊人顏色玉無瑕能禁霜重枝偏瘦縱受風多影不斜未必有心眞傲世從來逸客遠紛華

杏

閒關好鳥送佳音嫩日烘開色淺深十里豔迷遊子騎一枝紅映美人襟青帘低拂霑香雨烏帽斜簪醉上林幾度買花前巷過玉樓春睡尚沈沈

繡毬

丰姿原不受塵埋合掛玲瓏白玉釵拋去依然珠在掌捧來渾似月投懷化工洗滌春風淨寶相圓明仙露揩素手搴來還一笑團圞佳讖贈同儕

白牡丹

冰綃初試玉肌涼小立芳叢夜有光不御鉛華眞國色獨標高格是花王飛來瑤島春無跡舞到霓裳月亦香卻笑江梅太清瘦替他姑射助新粧

春暮偶成

峭寒蹤雨偪清明九十韶華幾日晴啼鴂聲中爭舊夢落花風裏悟三生珠光一任融成水蜃氣從他幻作城波面浮萍簾外絮輸他解脫去來輕

青鐙影裏獨長嗟景物炎涼換歲華一種愁心抱明月滿庭香雪葬梅花情天許補三生過法界難

容一線差彈罷瑤琴魂欲斷白雲芳草思無涯

寄琴川季湘娟同學

渺渺相思寄綠波璇閨眠食近如何人當離別情懷惡節近清明風雨多卿要蓮觀參水月我因衰病戀巖阿榮枯一瞬尋常事贏得芳名永不磨

寄題武昌小滄浪館四絕

小滄浪館勝蓬萊四面波光擁月來曲好不須愁和寡高吟正對伯牙臺

青邱詩格匹梅花仙吏同乘湖上槎白袷烏紗塵

外賞一時騷唱靜無譁

筆床茶竈此句留有客高吟獨倚樓坐擁青山圖畫裏風流誰得似隨州

月湖風月四時新多少名流競問津吳苑滄浪荒廢久臨流應待濯纓人

次杏垞題小滄浪亭七律原韻

三千里路往仍還昨夜明明夢度關好景有緣容我到浮生若夢幾人閒濯纓濯足樓前水宜笑宜顰湖上山指點名流觴咏地萬重雲水屋中間

從來名士半林邱終古神仙住十洲兩岸菰蒲雲作障四圍烟水屋如舟月明鸞鶴齊聽曲風起蛟龍欲上樓浮世紅塵飛不到一竿漁唱萬山幽

病中口占有贈

飄蓬茂苑久棲遲幾度秋風換鬢絲歸棹急偏衝暮雨還山病又過花時三生要證菩提果九死難忘文字知難得萍蹤風裏聚草堂尊酒待論詩

定庵過訪談詩見贈次韻二律

翩翩公子過吾門雪比聰明玉比溫脩到優曇原慧果種成仙杏本靈根水中見月曾無跡鏡裏看花不著痕歸去草堂重煑茗歲寒心事共評論

風風雨雨掩重門香燼薰爐火不溫幻夢幾時登覺岸多生未免種愁根刪除盡箧閒詩稿湔洗春衫舊淚痕絮泊蓬飄成底事客中情緒不堪論

王烈女詩

覿面偏無比翼緣入門先受舅姑憐嚴霜一夕摧連理斷送芳華十七年

澣卻麻衣血淚斑見人猶是掩羞顏羨他荊布田

家女一死居然重泰山

題枝園感舊圖 淑齋師與其姪女錢夫人論詩感舊夫人錢謝庵吏部室也

枝園小葺傍蘇臺高臥東山別墅開爭羨謝庭多樂事一門詠絮擅雙才

佳耦分曹著政聲看花先後到蓬瀛當時京洛聯吟地閨閣爭傳二阮名

天香吹滿月輪圓話舊重聯骨肉緣最喜椿萱同矍鑠雙斟春酒祝長年

十年姑姪悵離羣。宦迹真同水面雲。話到鴻泥頻感觸。論詩煑茗坐宵分。

高年離合最關心。想見揮毫寄意深。今日披圖倍惆悵。數行遺墨重兼金。

聯吟同坐散花天。此會千秋豈偶然。悵我緣慳遲識面。未曾雙拜繡帷前。

讀七姬碑誌題後

美人至性自天成大義明時生死輕試把瑤琴彈一曲條條都作斷腸聲

觀局從知心早灰臨危何事更遲回同心姊妹同時死底用檀奴著意催

題再生緣傳奇

合歡花向筆端開雅調新翻出玉臺世上良緣多缺陷補天煞費女媧才

緣淺緣深喚奈何愛河底事起驚波鏡分鸞影終須合紅葉傳情事豈訛

手種三千桃李花蛾眉簪筆草黃麻量來玉尺精嚴甚儘許檀奴拜絳紗

摛毫春殿擁仙班貌出觀音水月顏不是玉容沈醉後肯教容易露機關

巾幗叢中第一流鬚眉合讓女班頭不貪富貴天家樂到底關睢遂好逑

再生緣竟結今生好訂三生金石盟月自團圓花並蒂人間安得盡如卿

為江韜庵明經題蓮花小影

彼岸分明指回頭路不賒禪心證秋水寶相現蓮花東海聊為客西方別有家塵勞應念我碌碌送

年華

三教原歸一名儒半佛門借花憑寫照觀月不留痕淡泊全天性文章本宿根浮雲多幻境萬古此心存

題明妃出塞圖

圖畫無端誤酖媒長門風雨長青苔翻因瀚海無期別博得君王一顧來

獨抱琵琶出雁門馬頭斜月又黃昏王顏拚為風沙悴未得承恩且報恩

不藏金屋走交河命薄緣慳喚柰何一點丹忱化青塚美人從古熱腸多

寒透豐貂馬不停玉顏光照塞山青琵琶聲裏如霜月少个知音此際聽

秋花

花到秋花耐久看看花每怯越羅單半窗疎影蟲聲冷一笛高樓月色寒香徑客來泥爪換西風簾捲鬢絲殘銀塘幾陣瀟瀟雨滴碎愁心入夢難

秋河

一泓清淺衆星羅悵望遥空秋思多是處幾人來問渡羨他終古不生波獨憐牛女經年別多事天公設此河鵲駕未成仙鯉杳迢迢良夜柰愁何

題畫

連朝細雨濕香泥紅鬧枝頭入望迷爲報玉樓人未起翠禽休傍綺窗啼

七夕次閨友韵

銀河清淺不生波又送天孫夜渡河畢竟佳期天上準人間良會易蹉跎

銀漢迢迢繡幄開穿針煞費謝娘才天孫已被聰明誤肯向人間送巧來

歲暮訪怡園次壁間韵贈怡庵主人

飄蓬兩度値殘年鴻爪還尋六載前新婦惠貽機上錦阿翁分贈杖頭錢詩逢勍敵難成句骨爲嚴寒屢聳肩明歲準隨新燕到相期同醉杏花天

用前韻贈玉芬夫人

相思歲歲復年年半在花前半月前顧影尋詩誰作伴療愁買醉不論錢清虛洞府原無耦辛苦虀

鹽獨自肩提甕曉行深雪裏冰心耐得峭寒天

石門道中

征途偷得幾朝閒小艇夷猶雲水灣生怕峭寒侵病骨篷窗擁被看青山

密密編籬短築牆野梅零落賸餘香從知儉樸鄉風好不種垂楊只種桑

落日平原野雀哀江梅纔謝野棠開森森松柏誰家墓華表長留鶴不來

天光雲影照人明纔近西湖水便清日日扁舟橋

下過橋多偏不記橋名

斷續茅茨傍水邊濛濛幾處起炊烟日斜湖上歸來晚半啟柴門泊釣船

莫悵回風引棹遲天教細讀畫中詩雲籠峯頂成奇態樹近溪坳多好枝

舟過海昌哭簡田先生

矯首人天路渺茫平生知己最難忘西風亦有年墨淚今夜扁舟過海昌

紀夢

寒食纔過零雨濛墓門蕭瑟起悲風夢中彷彿慈顏喜袖得新詩上阿翁

題閔夫人荷淨納涼圖照

娟娟清露冷銀塘花外分明見靚粧試向鷗波亭上望鴛鴦飛處總成行

蓮花蓮葉總關情並蒂同心過一生料得比月人似玉歌來水調盡雙聲

寓巢園主人有平湖之行忽憶嘉慶丁卯偕海上沈吉雲女士同舟往訪東湖夜半余已熟寐而吉雲朗吟二語云輝煌鐙燭照花眠今夕渾疑欲上天余夢中驚醒續云夢醒不知江月墮濤聲飛到枕函邊翊日微雨蓬窗共眺吉雲吟句云辛苦篙人簑笠肩濛濛細雨滿江天余又續云與卿好比成行雁雙宿蘆花淺水邊于是同登弄珠樓次壁間樓字韻詩時簡田先生適至亦有和章冉冉已十載矣先生近歸道山而吉雲亦早下世感而有作仍用前韻吉

雲詩才敏妙遠出余上小楷雅有董香光風格其年尚未三旬蘭摧玉折可慨也夫

東湖昔日棹扁舟往事眞同逝水流神女青琴虛夜月詩人白骨冷荒邱三生夢影迷烟雨十載萍踪寄水漚殘稿飄零何忍讀不堪重上弄珠樓

女生徒以扇頭蟋蟀索題爲題二絕

秋陰蟋蟀鬥新涼花下安排小戰場只有歡娛無警備風流較勝半閒堂

閒調蟋蟀坐芳叢罩薄羅衣怯晚風莫向个中爭

勝負卿卿都是可憐蟲

咏猫

客窗岑寂似枯禪獵獵西風欲雪天惟有貍奴解人意薰鑪軟褥共周旋

花磚日暖睡初安稍得餘腥亦自歡知道主人書有癖不教饑鼠損籤殘

雨夜述懷

春半寒猶侶鐙殘夜未央艱難踈骨肉衰病客殊方風雨排愁陣晨昏墮醉鄉翩翩雙燕子來往傍

雕梁

風光交上巳宿雨釀陰寒牆角日初上樹頭花半殘客衣經幾換病骨護應難屢誤尋山約遊心亦小闌

花朝汎舟西湖遊淨慈聖因諸寺

遠景青蒼入望迷水禽拍拍傍人低春山似黛描剛就新柳如烟剪未齊飛閣參差籠夕照畫船高下泊長堤遊人指點南屏路早聽鐘聲度隔谿

帆卸蒼茫落照邊歸途新月正娟娟如斯花鳥添留戀似與湖山有宿緣好景易生今夕夢癡心待放再來船料應姊妹紅窗底同話清遊夜不眠

偕馮月波過松顛閣有贈

籃輿小駐白雲鄉湖上花應避靚粧半日清言消我暑一泓秋水浸人涼脩蛾早帶三生慧秀骨宜薰百和香怪底高堂憐惜甚生來情性最溫良

軒窗瀟灑絕纖塵吹到芝蘭味自親脩竹千竿圍古寺好山四面擁佳人詩題后壁留陳跡會預龍華總宿因記取松顛高閣上一尊同醉玉壺春

遊理安寺香泉上人出冊索詩即次原韻

古剎連雲起林深靜掩關窗搖萬个綠松繞四圍山熱惱片時掃塵勞到此閒叟逢知己話閨友適至坐久不知還

上方鐘磬寂結夏晝長關佐茗嘗新栗憑軒看好山烟霞原澹蕩魚鳥自蕭閒落月蒼茫裏清風吹我還

幽絕隔塵境清遊偶叩關泉香分法雨寺古借青山熱客全消熱閒雲倍覺閒晚鐘聲動處人去鳥

飛還

松影微茫裏幽居此閉關脩蘿寒掛壁飛閣瘦嵌山浮世醉難醒高僧夢亦閒分明彼岸在度得幾人還

汪劍秋茂才以扇索題次韻

悲秋人向花前老水濶雲深愁浩渺香銷粉墜夜涼時相伴寒蛩吟到曉

屠琴隖太守屬題潛園吟社圖

君是天池鳳飛鳴下九衢掛冠開別墅閉戶學潛

夫舊邑甘棠滿春風桃李敷壺觴開北海醉遣萬松扶

湖山清絕地有幸得瞻韓讀畫銷長日吟詩訂古懽風神清似鶴姓氏馥於蘭未必容高臥蒼生望謝安

海棠

穠姿憔悴倚芳叢已是嬌多不耐風枝上幽禽無賴甚夕陽影裏啄殘紅

虞美人花

當日深宮豔綺羅明妝綽約占春多名花亦抱興亡感歲歲風前泣楚歌

開時宛似返香魂落處還疑漬淚痕失漢可憐無尺土美人姓氏至今存

孤山道中

夢想西湖已廿年遊蹤得到亦前緣人來滄海探春早花到孤山得氣先暖日烘開三里霧凍雲銜破一溪烟湖光如鏡山如黛掩映虬枝分外妍

岳墓

南宋興亡事已空巍巍祠宇仰英風仙鄉兩度飄蓬過既拜靈山又拜公

孤墳三尺峙烟村碧血千秋今尚存到底不埋家國恨墓門風雨泣忠魂

謁岳忠武祠恭和

仁宗皇帝御製詩韻

獄成三字太無由難洗當年宰相羞破敵未能酬素志報恩何暇問私讐月明北地魂難返風撼南枝恨肯休祠廟煌煌留

御墨碧天雲淨正清秋

詔下金牌豈自由一人飲恨滿朝羞貪將半壁江山好忘卻平生君父讎刁斗嚴時軍莫撼旌旗捲處局全休黃金白鐵同時鑄憑弔郊原草木秋

雪後天竺道中

凍合西湖水不流衝寒又作雪中遊我來客路霜侵鬢却笑青山也白頭

圖畫天然一幅横匆匆過眼未分明回頭落日蒼茫際高下樓臺玉琢成

贈喬妹仙夫人

記得清秋卸客裝庭前金粟正飄香此身好比營巢燕雙宿君家白玉堂

僥倖三生種宿因何期閨閣見斯人仲姬才調曹姑法巾幗鬚眉迥出塵

廉吏風清門第高家貧井臼每親操河東三鳳人爭羨五夜丸熊不憚勞

秦嘉遊學遠離鄉添得中閨一倍忙卅六鴛鴦連夜繡小姑要製嫁衣裳

舉案人誇梁孟儔十年琴瑟最和諧秋來擬得泥金報又累紅閨拔寶釵

征衫單薄怯秋涼客裏吳棉早替裝憐我病餘餐屢廢更勞辛苦製羹湯

温如良玉臭如蘭知己平生報稱難帶水迢迢勞遠念尺書珍重祝加餐

吳門喬八妹書來言及江西歐陽君（堅）賦詩八絕以歸佩珊人說女仙才八字分冠其首口占誌之

歸帆一卸又經時乞米無書久絕炊難得西江歐永叔編將姓字入新詩

次外見懷韵

遠書珍重意綢繆似水新詩替浣愁孤僻任人嘲仲子長貧還自比黔婁憂無可解惟賒酒瘦不禁寒尚典裘多感賞音頻索句擁衾吟到五更休

天邊霜月似潮來落葉聲乾下砌苔兒女情深原是累功名分淺莫論才苦寒人漸如蟲蟄積久詩還當債催聽說春光今歲早幾時同探嶺頭梅

附元作

西窗旬日話綢繆忽漫江天起別愁三載積
痾思仲景十行親札慰黔婁海山待覓千年
藥家事眞同百衲裘爲怯寒威貪伏枕依然
筆墨不能休

越水吳山幾往來故園又長昔時苔便爲海
國雙寒士成就虞山一秀才帶水也知洄溯
易殘年其柰雪霜催雞蟲得失渾無盡且向
溪邊問早梅

紅雨樓觀桃有懷舊侶

幾番絲雨幾番風釀得夭桃分外紅病起尋春春
較晚籃輿扶入萬花中

對花宛轉惜韶華心事無端亂若麻如此濃春偏
獨賞同遊人悵隔天涯

一枝高出粉牆東認得仙源有路通含笑似迎前
度客無言都帶可憐紅

嬌花多恐易摧殘節過淸明尙苦寒分付東風休
作惡好留顏色再來看

十憶詩寄圭齋夫人次韻

正是輕寒乍暖時春風吹面動相思憶君羅襪纖
纖步行過花蕺蝶不知

幾陣尖風送嫩涼濛濛淡月下回廊憶君一種天
然致半舊羅衫勝豔妝

恨我生平酒力微相逢滿酌醉忘歸憶君一種詩
書味愛聽樽前玉屑霏

遠勞青鳥到連番風雨瀟瀟白屋寒苦憶荒厨珍
味少盤餐頻餽勸加餐

花前月底共徘徊憶得逢君懷抱開冰雪聰明蘭
氣息班超有妹果奇才

十分哀毀廢眠餐自失慈闈淚不乾憶得縞衣長
慟處梨花一樹雨中看

蘭閨姊妹列成行憶過君家意味長爲惜將離貪
暫聚經營茶點替安牀

知己深憐范叔貧憶君推解最情眞掃眉人帶鬚
眉氣不吝黃金贈故人

脫口唫成絕妙詞笑拈斑管寫新詩憶君天性耽

[illegible]

靜穆閨幃息是非幾生脩得到青衣憶君生就和平性歡喜常多嗔怒稀

春日病中懷圭齋妹

同心睽隔路迢迢別後相思早晚潮猶恐離魂消未盡風風雨雨過花朝

香徑無人長綠苔夕陽影裏獨徘徊韶華九十渾如夢桃李無言依舊開

長記分題到繡窗愛君健筆獨能扛留將滿篋鴻

泥在一寸愁心那得降

聽得風前笑語聲知君歡喜遠相迎當時只作尋常看此境重逢要隔生

病骨經年懶下床聽風聽雨總回腸欲知別後愁深淺鏡裏添將滿鬢霜

寄懷牧祥妹浙中

人生聚散本難怼況值良辰好景光記得年時湖上住奚童來往送詩忙

高擎玉腕探驪珠如此韶華定不孤料得一春唫

筆健看花憶舊故人無

詩篇酒盞與全刪臥病朝朝靜掩關海角陰多春易老輸君占得好湖山

贈潁川夫人

酸寒骨相近衰年珍重金閨月旦傳靜女風神原秀逸玉人心性本纏綿頻投縞紵慙難報得挹容儀亦宿緣豈有雙瞳剪秋水荷卿青眼十分憐夫人譽余未聯戲及之

枕上作

西風蕭瑟欲霜天九月衣裳未製綿一縷新寒欺病骨半宵苦雨警愁眠胃枯偏懶求靈藥眼澁還貪近蠹編事到心頭拋不得厨荒漸漸斷炊烟

聽盡風聲又雨聲秋衾如水夢難成關河寥落疎音問骨肉凋零隔死生鏡裏自傷容鬢改愁邊不覺歲華更命中磨蝎相隨慣消息何須問子平

觀察潘吾亭先生賜和鄙詞仍用前韻申謝

一聲新雁度寥天鐙影朦朧思邈綿好句半宵扶夢讀寒香滿室對花眠儘多清課親刀尺分取流

光入簡編他日青雲如許附不教姓氏化秋烟
洸洸宵柝不聞聲半晌含毫句未成嗟我身遭塵
網縛誦公詩覺道心生松身蒼翠能多壽玉性堅
貞永不更一代梅花推賦手翻從鐵石見和平

許玉年孝廉見和拙作再用前韵奉答

籬花憔悴作寒天茅屋荒涼雨脚綿秋氣黯消魂
一縷病軀渾似柳三眠忽來蓬島青雲答出示神
仙綠玉編半日清言消俗慮縱横劍氣欲凌烟
八龍美譽振家聲一席名山業早成嘘到春風纔

頭銜飄來青眼定前生雲牋快覩珠璣滿月旦新
加氣象更料得他年懸鐵綱合教士氣一時平

鄒伯陳芝楣先生賜和鄙詞再用前韵申謝

乍辭玉署下巺天襟帶滄瀛路亘綿竹馬朝迎八
頟手花屣夜靜戶安眠鎖闥昔仰冰壺照彩管新
成海運編章白風流遥繼美香凝燕寢一鑪烟
學唫自愧未諳聲多感名公與玉成自昔交瑩聯
四海每從文字憶三生雲牋光燦才雙絕黍谷風
和景一更願附輿歌傳美政陽回葭管樂承平

燦霞寄女以和詩來仍用前韻作答

一種聰明賦自天清於白雪軟於綿詩如浣露花
初放人似臨風柳乍眠刺繡餘閒親翰墨承歡多
半藉詩編瓣香爲祝高堂健長裊金鑪壽字烟
恍聽天邊機杼聲七襄雲錦製初成高山流水慙
同調玉樹瓊葩許寄生風絮吟餘梅有信屠蘇酒
熟歲將更銷寒九九紅窗下簷鵲連朝報太平

附和作

霜落風凄秋暮天最關情處葉纏綿銀鐙光

冷閒方坐珠箔香殘靜未眠綺思重重聞繭
紙清言娓娓綴瑤編揮毫珠玉眞難並攬勝

齊州九點烟

無端絡緯自聲聲相助愁人夢未成雲際哀
鴻風正緊庭前白草露初生到頭世事滔滔
去彈指年華漸漸更卻喜新吟蘇倦眼一宵

雅頌奏承平

咏雪用前韻

散花仙子下瑤天海水傾來盡化綿裘敝多年還

想著衾温無力不成眠閉門且學袁安臥索句難同謝女編此際頹垣茅屋裏人家幾處未炊烟

寒生肌粟不聞聲昨夜璇機織練成大海瘦蛟吹水立小園枯樹訝花生愁來稍覺吟情減老去還驚歲序更差喜牽蘿容婢嬾玉塵十斛砌階平

吾亭先生權臬蘇臺適檢篋中賜詩舊稿已歲琯兩遷矣感而有作仍用前韻

翹首鄉雲隔遠天闔閭城畔草芊緜柏臺漏盡晨先起霜簡鐙青夜未眠早有清風傳遜聽慚無健

筆紀新編分明皓月高懸處照徹吳淞萬井烟

檐前鈴鐸送凄聲排悶裁詩草草成瘦蝶依花爭淺夢涼蟬警露感微生人傷離別春秋換病怕炎涼旦暮更斜日捲簾微雨歇一庭碧草襯階平

白薔薇花

誰向小庭栽年年滿架開久將仙露盥時有妙香來沒怕胭脂染清愁粉蝶猜最宜臨皓魄與月共徘徊

題嘐城黃紉蘭女士詩卷

與君同調最相親我亦無兒老更貧舉案已推高士偶耽吟還現秀才身語關風化何嫌樸詩到流傳不過眞洗盡人間脂粉習藐姑仙格迥超塵

答家心庵農部次韻

雨雨風風又送春客窗珍重苦吟身襟懷似水常能達世事如雲莫認眞癖愛湖山容寄傲早辭榮祿久安貧新詩捧到挑鐙讀共訝先生筆有神

高臥東山意若何功名原未筭蹉跎閒嘗新茗邀僧話笑把新詩對佛哦嗟我謀生常苦拙如公同

調亦無多縢前雙鳳亭亭立會看凌霄健翮摩

再答心庵

笑語歡承一室春客中定省鎮隨身佳兒頭角天生好老子雖黃未必眞太白豪吟猶有興孟光舉案不言貧會看老圃風光美秋到黃花别有神

虛擲年華柰病何平生事事總蹉跎雨如有約連朝至詩不求工信口哦陳迹渾隨流水去新愁還較落花多茫茫苦海憑誰度願乞如來聖手摩

圭齋妹具林下高風擅閨中詠絮情同膠漆

誼等連枝別經兩載夢想爲勞離緒如絲
亂愁若絮爰繪折柳圖以贈弁系以詩
相思悵望短長亭幾見飛花撲遠汀只有春來楊
柳樹照人兩眼似君青
每到芳時憶舊遊風光觸目總生愁離情較勝風
前柳只有纏綿無盡頭
鏡中玉貌卷中身彷彿風前笑語親蘋藻辛勤兒
女累可能不減舊丰神
一幅新圖遠寄將迢迢烟水阻河梁白頭人倚東

風裏一度攀條一斷腸

題餘生閣集

節並松筠古詩同鮑謝傳蛾眉偏少福皓月不常
圓釵折悲青鬢珠沈感盛年餘生無個事細續柏
舟篇

贈許玉年孝廉

青眸一寸剪湘波冰雪胸中孕太和筆自如仙心
是佛平生寶筏濟人多
扶植風騷出至忱春風噓處散重陰長裘廣厦詩
人志後樂先憂宰相心
七百年來此異才詮情半寄水之隈攜將第一生
花管詮徧孤山萬樹梅
細分畫品彷司空豈但丹青奪化工妙諦統賅文
字海由來萬派一源同
示我清詮一卷開銀河滾滾自天來驅風掣電驚
人筆壓到千秋庾鮑才
甥館曾吹兩度簫人間快婿苦寥寥風流遠勝周
郎福佳偶閨中有二喬　君兩娶於徐

題玉年孝廉室比玉徐夫人手繪遺冊

傾描湘管寫春山寫出花枝妬玉顏獨惜芳魂歸
上界采雲一片墮人間
賸粉零脂總惹愁三生豔影鎮長留羣芳都仗追
魂筆一縷仙魂招得不
茅檐秋雨散如麻眼底俄驚爛若霞惆悵三生緣
尙淺未能識面只看花

閨中銷夏詞十首

紅窗日上破朝眠草草臨粧鏡檻邊忽聽鴉鬟簾

外報玉池新放並頭蓮
蘭閨永晝愛臨池試展雲牋下筆遲一種嬌癡憐
弱妹手攜紈扇索題詩
雞聲喔喔到窗前一枕薰風破午眠小汲井花調
桂露貧家不費買冰錢
紅欄六曲俯銀塘新換幬來浴後粧幾陣瀟瀟疎
雨過撲襟花氣送微涼
湘簾多半上銀鉤露下高梧夜景幽小爇爐痕憑
畫檻每因見月動閒愁

吹到炎風入伏時陽烏如炙晝遲遲深閨姊妹停
針線煮茗蕉窗共賭碁
一縷蟾光隙際穿清歌宛轉綺窗前納涼姊妹深
宵坐羅帳低垂獨早眠
泥痕洗盡玉枝枝盥手金盆雪藕時底事玲瓏難
解脫并刀截不斷荷絲
約伴追涼三伏天相攜同上采菱船厨荒正苦無
珍味釣得脩鱗好薦先

雲幕初張翠幄開穿針樓上共徘徊一生守拙無
長技敢向天孫乞巧來

題吳蘋香夫人飲酒讀騷圖

離騷一卷寄幽情樽酒難澆傀儡平烏帽青衫鐙
影裏共看不櫛一書生
換卻紅妝生面開銜杯把卷獨登臺借他一曲湘
江水描出三生小影來

題棠城張雲裳女士錦槎軒詩稿

虎帳談兵晝漏遲將軍韜畧重當時金閨喜有如
花女筆底風雲更出奇

騷唫人每倦調妝樂府唫成第幾章一樹玉梅初
吐蕚清芬早已壓羣芳
眉如新月筆如花鎮日清唫坐碧紗占斷吳宮山
水秀西湖講席譽昭華　詩係玉年孝廉攜來
展卷唫殘漏盡時慕君還恨識君遲深情一往才
如許細讀璇閨哭婢詩

晚春

啼鴂聲中餞晚春風光又換一番新曇花淺夢悲
身世細雨幽窗憶故人衰病經時親藥餌僻居差

喜遠囂塵榮枯得失皆前定一卷金經了宿因

題葉覺軒山人琵琶聯唫冊次韻

花間薄醉撥鵾絃惹得同儕爭向前皓月一輪更定後荷香十里雨餘天未曾入調心先契縱不知音聽也憐共賞新聲聯舊侶莫將幽怨訴當年

新秋

長簟逢秋夜不眠新涼最怕雨餘天虀鹽瑣屑經多病門戶零丁值暮年境類煮砂難作飯人憐辟穀未成仙雙雙弱息還依母相對窮愁臥榻前

典盡衣裳篋笥空驚心最是遇秋風鏡中鬢影全消綠池上蓮衣半卸紅舊夢茫茫難盡記新題草草不求工白頭猶有同心侶收拾光陰盡卷中

玲瓏山館冊題詞爲葛秋生明經賦

誰唱黃河遠上詩知音從古屬蛾眉不輕嬌笑偏多媚生就鍾情莫諱癡來似行雲常緩緩去同落葉故遲遲玲瓏山館玲瓏月譜出玲瓏絕妙辭

美人韻致本天生周昉當年貌未成才子最難除綺語好詩多半寓閒情偶看荷露盤中轉笑當珍珠掌上擎一枕蘧蘧仙夢破衣香人影不分明

繡餘續草卷四終

繡餘續草卷五目錄

古今體詩

繡餘續草目錄卷五終

繡餘續草卷五

琴川歸懋儀佩珊

金補之大令之官豫州留別同人外子次韻同作

癖愛風騷興未闌凌雲筆健有誰干廿年月窟高枝折幾度天門立馬看冷落家山懷舊友風流花縣得儒官關心他日培桃李贏得名流爭識韓

宦情淡處別情濃冉冉流光幾度逢同調相憐比笙磬通家交誼似雲龍閉門老圃空籌菊放棹秋江正釆蓉從此天衢馳駿足青山紅樹路重重

傳世文章費汰陶儘拋心力不辭勞人如古劍鋒常斂詩比明珠價自高天女定然工製錦庖丁爭許善操刀政成博得椿庭喜更藉仁風起鳳毛

專城百里古諸侯策馬中原賦壯遊書卷依然存本色循聲行見動豳州雲思爲雨徐徐出水不生波緩緩流載得新詩千首富虹光一路擁仙舟

張氏外孫桐遠寄窗課見其文筆清新綽有成人架度口占八十字答之

憶爾垂髫日聰明早惹憐長途隨阿母歸省返吳

天夙慧能文字飛騰及少年祇愁相見少我老不
如前
尺書憑雁遞道遠恐沈浮骨肉長年隔關河滿目
愁佳音頻盼望往事怕回頭寄到芸窗課清宵豁
病眸

寄長女寶珠楚中

兒殤弟不育長女當嬌兒遠嫁違千里歸來定幾
時辛勤每念汝老病欲依誰兩妹雖常聚空教益
我悲

飽歷飄蓬境深諳行路難親知半寥落身世劇辛
酸汝性能敦睦余懷畧放寬翁衰姑又沒努力視
眠餐

爲鄭稼秋司馬題母夫人曹太淑人摯孝圖

奕葉名門後娥江舊有碑引刀封臂肉和藥奉慈
闈孝婦心如搗衰姑命若絲倉皇難自諱終被侍
兒知
遠遊謀祿養八載客長安子職眞能替親心常喜
歡堂前護萱草庭下灌芳蘭至性通神鬼如斯壼
德難
夫子黃堂貴佳兒司馬賢令名傳後世純嘏錫從
天金石文章壽家庭忠孝延披圖深仰止如拜講
帷前

題太原女士倚樓人在月明中圖照

湘簾高捲月當頭佳偶秦徐共唱酬想見畫欄人
共倚一聲新雁過妝樓
梅花標格玉精神冰雪襟懷絕點塵昨夜月明如
潑水臨風想見倚樓人

香霧濛濛濕鬢鬟就唫人倚畫欄干獨憐詩骨同
花瘦多恐清宵風露寒
訒唫人每戀黃昏月滿中庭靜掩門夜久一聲長
笛起倚樓人聽也銷魂
七字傳來當寫眞還從句裏見風神何時一泛清
谿棹寫韻樓頭拜玉人

題梅花雙美圖

紅霞白雪鬥新妝鼻觀微聞蘭麝香看到羅浮春
色好人間珠翠總無光

笑攜仙侶下瑤池來賞橫斜竹外枝商略香奩新得句玉梅花底立移時

丙戌臘月二十五日　先慈太恭人忌辰感賦

地慘天愁日回頭六十春（儀五齡失恃今六十一年矣）傷心懷大母哀慟過生辰（外大母生辰即是日也）未識離親苦惟知索果頻自憐憔悴質當日掌中珍

阿母彌留日　嚴親應試歸傷心終夕話竟作畢生遺蠹剩殘詩稿孝存斷玉徽空餘鸞鏡在擲地

黯無輝

次韻答吳怡庵廣文

經時衰病輒高眠孤負風花雪月天塵世回頭同一夢靈山不到已三年林泉有主纔能樂瀟灑如翁即是仙晚歲杜陵詩律細定知腰腳健於前

頭刻牢愁一掃空半宵仙夢駛天風詩顛素壁篇篇錦花放瑤池樹樹紅鏡裏蛾眉開巧笑壺中樓閣奪天工雞聲唱罷晨鐘動身在寒窗紙帳中

丁亥三月二日外子生辰適赴繁昌詩以寄懷

衰年底事走紅塵大海茫茫試問津三月鶯花縈客夢孤舟風雨度生辰拈毫曾記同題壁打槳還思共采蘋安得薄田營數畝茅檐作箇太平民

客中消息竟如何陌上番風次第過屈指幾時還梓里計程今日度淮河從來瘠樹開花少自古羈人失意多手把長鑱獨歸去此翁猶不免悲歌

敬題守拙老人遺照（公蒙古人備兵江南因聽雲先生一言之托十年庇之）

翻來遺蹟淚如絲往事從頭仔細思公賦遊仙剛十載猶能拯我斷炊時（公賜有二百金一擲陸續取用今猶存什之一也）

題趙夫人照

數聲嬌鳥隔花聽日影遲遲度廣庭翻出十眉圖樣好門他七十二峯青

泛宅吳宮跡已陳感君珍重話前因萍蹤重聚知何日一臥空山秋復春

題美人倚竹圖

香霧朦朧濕鬢鬟金波冷浸碧琅玕美人自愛居

空谷清佩珊珊翠袖寒

萬重寒碧影娟娟涼透羅衣人未眠只恐天風吹欲去看來如霧復如烟

篝詩慣愛坐深更香影微茫淺月明賺得雛鬟無覓處篔簹蕤裏辨吟聲

爲茝林方伯題重脩滄浪亭冊

一曲滄浪碧玉流中吳童冠紀來遊溪山天借南園勝觴咏名偕北郭曹異代登臨懷子美百年文獻緬商邱而今喬木逾蒼秀總爲東南棠蔭稠

題汪海門蜀棧圖

纔見雲從足底生又看山向馬頭迎茲遊大快平生志詩好從無一筆平

岧郤崎嶇行路難蒼厓碧澗磴千盤馬蹄得得穿雲疾特爲奇峯一駐鞍

買牛龔遂政新傳叱馭王尊繼昔賢賴有壯遊供健筆快看繭紙滿雲烟

越國傳家舊有聲披圖歲月十年更祗今回首褒斜驛峭壁胸中岍未平

一病

一病俄驚秋復冬披衣起聽五更鐘主人默坐添愁思婢子垂頭帶倦容深感故人存問數劇憐衰質報章慵同心侶與佳山水此境還期夢裏逢

一窗風雨夜沉沉夢破挑鐙擁被唫衾敝峭寒偏易覺病深薄醉已難禁殘詩慣向愁邊續舊事多從枕上尋遥憶嶺頭梅信早難憑驛使寄同心

春朝閨友見訪有作

冰霜叢裏又回春窗旭朝開景物新濁酒薄施償

婢僕瓣香虔爇謝天神病來常恐爲新鬼喜極還能見故人雞骨自憐扶不起幾時健足履輕塵

歲暮雜咏

紙窗曙色尙朦朧試撥薰鑪火尙紅連日雪飄茅屋底一分春逗雨聲中虀鹽瑣事刪難盡身世牢愁洗不空竟夕藥鑪鐙影裏殘年光景太匆匆

歲云暮矣雪霜寒人過中年感萬端善病時時求上藥躭吟往往廢晨餐翻來陳跡心如醉溯到離情鼻亦酸淒絕朔風催雁陣蕭蕭木葉下江干

許淞漁明經枉和鄙章再用前韻酬之

飄來郢雪破嚴冬縹緲如聞太華鐘思入風雲原善變氣吞湖海總能容才人花管言情妙姑射仙姿著色慵細向寒窗扶病讀高山古調喜初逢

風透疎帷玉漏沉好詩一讀一微唫寒催朔氣春歸早瘦到梅花冷可禁渤澥珊瑚還待採蓬瀛島嶼快追尋雲龍上下相勤勉鐙火雞窗夜夜心（外子時同肄業書院）

范愛吾茂才以青梅見餉賦贈

難得詩人蠟屐經一籬微雨晝冥冥人間已過黃梅節不道傾筐子尚青

陶雲汀中丞五十初度即用集中丙戌十一月三十日遊焦山用借廬上人韻自壽八律元韻

政事文章兩絕稀志存温飽計原非東南山水仁風遍松鶴交親道貌肥曾向懶殘分半芋肯從湘浦戀閒磯綺齡早占瀛洲籍威鳳翩翩捧日飛

不妨華袞伴袈裟筆可通天似古媧秋水一泓心作鏡朗雲萬里境無遮雄繁重鎮今為最治行長沙昔所誇偶向松寥題妙墨龍蛇飛舞態橫斜

堅持道力足降魔架上青緗手自摩特簡頻傳資外擢名山幾向望中過蜀輶記補魚鳧闕皖口碑揚忠烈多抵得鱷魚文一紙驪珠擘出鎮豬婆（元唱曾及豬婆灘故云）回首

溫綸幾度除廿年勛績不勝書功宣轉漕馮夷格鑒著掄材竹箭餘陳臬方停壺口旆觀風又駐宛

陵車試看棠蔭家家徧借寇何人願不虛

勤民何必輟清遊疾苦周咨每一留勘水淮徐踰柏嶺紓籌渤海渡蓮兜（吳俗謂浜為兜）當年巨猾曾潛跡此日澆風又轉頭竹木開來頻檢點未須弦管為銷愁

到眼瘡痍著力醫斡旋意外始稱奇百年創舉酬宸眷萬里恬波副衆期東道人來欣有主南針車去更無疑祇今五十平頭日半壁經綸一手支

江天放眼舊時曾振袂親捫百歲藤詩好總成無

上偈官高仍是在家僧南山頌處民齊慶東閣開
時客快登況遇劉樊仙侶儁雲梯同上一層層
祥雲瑞靄筆端縈合與湯陳並令名從古風謠採
輿頌未妨民乍附鐘聲一時規畫垂諸簡千古勳
庸載在盟早卜熾昌綿奕禩聯將萬戶祝長生

臥病三月辱香輪吳夫人過訪口占以贈

老我衰頹甚沉綿三月中藥鑪煎午夜病骨怕西
風忽荷雲軿降傾心茗椀同桂輪香正滿宿世本
瑤宮

夫子風雲略天南萬里馳艱難隻手扺門戶兩家
支椒絮新詞斂丹青古法遺靈心眞四映餘事究
軒岐

交臂恒相失人生一面難及茲欣把晤恨不早言
歡滴露毫摛錦臨風氣郁蘭多應慙地主草草具
盤餐

讀韻樓學唫稿題詞　吳門女子洪德琴著

一卷挑鐙讀中宵感復哀早知埋玉驟何苦嘔心
來小住原多事深閨惜此才無多文字在聊以慰
泉臺

示次女慧珠

留怕當前食指繁竟催汝去我何安貧窮倍覺分
飛苦兒女無多割愛難早歲得甥情略慰暮年無
子影長單劇憐爾父衰頹甚老淚縱橫相對看

題沈種榆夫人寒鐙課子圖

鏡臺人靜一經橫夜夜聽雞到五更簾外月高霜
滿地機聲軋軋和唫聲

石麟頭角本稱奇畫荻丸熊仰母慈兀坐寒窗標

句讀儼然嚴父又名師

雲汀中丞見儀詩句宏獎有加并欲延課女
公子猥以抱恙未赴謹賦小章呈謝

隨車甘雨洗輕塵行部南國正好春魚鳥欣欣迎
使節風光初過百花辰

月漾金波萬頃開每從河海見雄才使君身是中
流柱直障洪瀾千里回

景勝全憑健筆扛使君才調更無雙好花也解迎
旌旆明月隨人送過江

豫園桃李久成蹊騶騎重來認雪泥揮洒春風一枝筆湖山佳處徧留題

畧識之乎手一編苦唫往往類寒蟬明公竟許開東閣自喜三生種福緣

何處能求肘後方感公垂手引慈航皈依倘遂平生願長拜西天大法王

次雲汀中丞吾園觀鐙紀事八首元韻

如此良宵興若何魚龍隊隊浴金波自公采筆標題後更較揚州明月多

喜聽羣黎慶歲亨風光宜雨又宜晴開尊對月掀髯笑長共蒼生樂太平

火樹沿池列作行莊嚴七寶座中央華鐙影裏文星現花木同霑翰墨香

爲重神功補聖媧（園右新建黃婆祠）好教比戶課棉紗翻新更有丁家樣不是人間錦上花

萬里帆檣景象恢臨高憑眺首頻回金鐙影裏歡聲沸知是民情愛戴來

鐙光月影互相差剪紙玲瓏門色絲自有新詩傳勝事不須絃索譜龜玆

碧桃千樹夾溪濱魚鳥相隨意自親忽吐長虹光萬丈戲鴻書法媲前人

正是吳淞奏績時勸人樽酒有花枝祇愁紅旆匆匆甚又送仙舟返劍池

奉題雲汀中丞皖城大觀圖照次韻

皖城開府雄吳楚山枕高墉曲抱龍千里巖疆作舟楫半江秋水采芙蓉蒼烟莫辨襄陽戍暝色遙傳建業鐘談笑雍容資坐鎮一時草偃樂風從

濛濛雲氣生峯頂浩浩江流擁臥龍此日山靈迎節鉞當年人鏡探芙蓉鴻名早勒千尋壁高唱如聞萬石鐘遠樹蒼茫帆影外使君憑眺衆賓從

又次自題七絕元韻

紅亭恰對翠峩峩旌蓋來時照碧波文采風流今似昔一生遇合勝東坡

奉題雲汀中丞采石登樓圖照次韻

景星煜煜臨斯土虹采輝輝起一樓帝重巖疆資擘畫人從曠代接風流來遊采石磯

頭月去剪澄江水面秋更喜時平息征戰萬家鐙火繞蘆洲

拄笏臨江登釆石仰天呼月上高樓心懷文字三生契目送滄波萬里流危檻捫星清夜永餘霞散綺碧山秋畫圖勘石留遺愛種得甘棠滿荻洲

陳梅岑先生倉山高弟今日歸然爲魯靈光蒙題倚竹小影敬賦五言二律申謝

靈光崇九甸清話備三朝永憶倉山叟風流未覺遥題詩徧湖海結伴

渺松喬就養宦齋樂瓊枝格並超時就養哲嗣通州少府官舍

茅屋秋風景多蒙珠玉題殷勤勞哲匠甄拔到巾閨辭足追陶謝人還侶阮嵇江頭遲擊汰何日訪丹梯

贈浚筠張夫人

綠窗人靜一編開甲乙丹黃細勘來自愧酸吟同絡緯孀娥偏不秉凡材

翠袖亭亭倚暮寒庭前湘竹淚汍瀾憐君早歲歌黃鵠扶病吟來鼻亦酸

佳兒習禮又明詩教育辛勤賴母慈卻笑冬烘迂太甚公然南面作經師

胡倉亭山人以移居映水樓詩見示次韻

飲罷天漿帶醉還手揮玉麈下人寰鐘鳴鼎食公侯貴那及神仙一字閒

眼前風月浩難量不是花旁即柳旁日向水晶宮裏坐詩成都帶妙蓮香

葉牽翠荇無邊碧花襯明霞分外紅水閣晝長簾盡捲憑欄人在鏡屏中

月明風細雨餘天池面平鋪萬朶蓮金谷輞川成底事笑他枉費買山錢

題程母戴節婦傳後

便死終無益存亡兩未安立孤綿厥後忍淚博親歡節孝昭千古艱辛歷萬端彌留垂片語讀罷鼻猶酸

奉次芝楣先生上巳前一日南園即事詩元韻

朱甍碧瓦麗層霄路傍城南半里遥楊柳風微宜

入畫魚鱗浪細欲通潮雲山似障排臨水蜂蝶隨
人飛過橋聽說愛才當代少欣欣爭赴使君招
桃花如笑柳初眠觴咏怡情緬古賢選勝又逢脩
禊節采風剛值快晴天和光四照心同佛麗藻紛
披句欲仙會待青青梅子熟調羹更上慶雲巔

題顏崑谷別駕江邨垂釣圖照

淸福無過一字閒本來胸次海天寬紅塵熱惱知
多少莫怪先生戀釣灘
釣灘風味竟如何山自青青水不波別有經綸歸

掌握臨淵豈羨得魚多
輕衫稱體勝爭裘目送飛花上釣鉤行客往來頻
指點逃名誤認子陵流
漁弟樵兄莫浪猜濟時懷抱出羣才誰知紅蓼灘
頭客多少公卿倒屣來

范令雨明府枉過草堂荷頤倚竹小影次韻

多感憐才一寸心桃花潭水比情深何期垂光茅
檐下快聽天邊鸞鳳吟
出塵懷抱濟人心句自纏綿意自深潮信匆匆催
畫槳拈髭猶是對花吟
殘春風雨警愁心釀得膏肓漸漸深漂泊不禁身
世感夜長還對一鐙吟

肖亭山人以詩訊疾次韻

病到春歸尙擁衾五更還怕曉寒侵多君珍重裁
新句露盥香薰仔細吟
斟暖量寒幾换衾詩魔還被病魔侵硯田活計年
來慣累重虀鹽雜苦吟
嫩涼漸漸透重衾夢破幽窗月色侵抱得蒼茫身

世感遣愁無計托微吟

用韻有懷圭齋

驚看樹底綻山榴往事眞同逝水流節屆天中人
海角可能飛夢到瓊樓

寄呈芝楣先生夾門

捧得仙雲出玉堂七襄雲錦爛生光慙無鏤雪裁
冰句難副東風第一香　時以梅花卷子命題
清和時節送蘭橈屈指流光三月遥滌得炎歊消
郤疾新詞一卷遣昏朝

地當衝要稱長才管領湖山生面開可念南園花月夜幾多魚鳥盼公來

五色蝴蝶和韻

青陽初轉見來稀忽訝林間一葉飛拾翠暗翻游女袖采藍新染侍兒衣春噙花細銜鬚瘦瑣闥苔深側翅肥香逕未迷河畔草等芳時向柳梢歸 青蝶

黃金散盡菜花稀猶傍芳畦貼貼飛郁裏來時分菜色枝頭掠去誤金衣穿從香徑魂初定舞入秋

林體不肥勝似蜜房諸伴侶經營花事不曾歸 黃蝶

赤闌干外見依稀誰剪朝霞片片飛木芍枝頭酣繞夢石榴花底飯侵衣自饒香豔臙脂濕不愛清酸梅子肥一抹紅妝芳草路夕陽影裏逐塵歸 赤蝶

白粉墻低風信稀趁晴時見一痕飛亂飄柳絮難尋跡細舞梨花不觸衣夢裏仙姝全縞素眼前公子笑輕肥南園草綠香塵暖紈扇頻搖晚未歸 白蝶

黑甜鄉裏世情稀栩栩誰教兩腋飛入夢眞看園是漆探花偏仗鐵爲衣沙堤影拂烏紗貴妝閣香憐鴉鬢肥欲繼元嬰親潑墨爲君寫照早言歸 黑蝶

讀雅卿姪鏡花樓吟草

蘭閨傳好句冰雪闘清思小刼三春病長城五字詩愁生疎雨夜吟困夕陽時細把蕉心剖誰言屬和遲

繡餘續草卷五終

澹鞠軒詩初稿

張縉英

澹鞠軒詩四卷 詞一卷

宛鄰

道光庚子十二月
宛鄰書屋栞本

澹鞠軒初稿序

曉華竊聞午丈張宛鄰先生論詩之旨以爲詩者思也苟攖其心必動乎情情動則思思久而情益深一旦身之所接目之所見忽若與吾相感觸而有以寓其不能言之情故詩有六義一曰興興者情與辭比者也情辭比神理具鏗鏘以爲音頓挫以爲節務有以宣其纏綿鬱積煩寃悱惻咄嗟不能已之情則詩之道畢矣先生嘗取自漢以來十一朝百七十一家之詩并無名氏以及樂府歌辭古歌謠之屬而第錄之凡得詩千一百十八首條述其旨義開雕以行世而撮序其大意如此先生既没曉華乃從先生仲子仲遠受讀之又得讀先生所著宛鄰集又先生配湯孺人之詩以逮仲遠姊弟諸人之論譔焉蓋惟東京班氏以叔皮爲父孟堅仲叔爲子惠班爲女爲古今之最著厥後晉之左氏宋之鮑氏一家僅得一二人他如江左王謝諸族雖號人人有集而女子之作鮮傳唐之河南劉氏扶風竇氏父子兄弟同時稱詩而門以內亦無聞張氏自茗柯宛鄰兩先生以降具有專集

聖世文治之隆積爲一門風雅述作之盛至於此極嗚呼豈第一家一州之私美而已哉曉華竊又以爲自今承學之士欲從事於詩者不可不讀先生所錄古人詩以得其情辭神理音節之所在卽又不可不讀先生一門之詩以得學古人者情辭神理音節之所在不知古則不得詩所從入不知今則不得詩所從出不得所從入則槃槃驂不得所從出則性

眞猶均之無與乎温柔敦厚之教者也先生遺稿數十萬言次第刊布與苕柯先生之書竝行而湯孺人及先生仲女緯青之詩亦皆付刻茲仲遠又將刻其伯姊孟緹夫人澹蘜軒詩四卷附以詞一卷屬曉華任校勘之役既又命爲序曉華固束髮授詩於先大父迄今未有成就者也不敢輕有所言乃即所聞先生論詩之緒言及私心所景慕者以復之如此云

道光庚子十一月朔武進劉曉華

序

蓋聞槎浮銀漢乞靈巧於天孫書讀瑯環探秘藏於仙史曲江巨製筆挾風霜燕國鴻章篇裁錦繡歷傳名宿於當時更見閨英於此日是知琪花瑤草呈奇於元圃丹邱和璧隋珠毓秀在名山大澤惟我孟緹賢姊清河華胄莒縣名門椿庭問字秉家學之淵源萱室傳經得國風之和雅幼嫻書禮穎悟無倫長習詩詞温柔有教紅桃纈面具璇閨明豔之姿青李揮毫仿筆陣縱橫之體共羨頌椒佳叶澄景青陽遠傳拜月新吟蛾眉鸞鏡裁花作骨蒐金粉於六朝鏤雪爲神弋英華於兩漢三影擅詞家清眞四愁寫美人贈答枕經葄史繡廚成翰墨之林摘豔薰香鏡檻即縹緗之所則親承有伏女

風徽績學亦曹姬流亞至如姊妹花前棣棠枝下綠鈞繪月紫笑含風烹雀舌於新磁清迴詩味爇龍涎於古鼎碧裊文心阿連刻燭扣霞水之舷纖素分題結蘭苕之社拈來紅豆曲譜雙聲界出烏闌詞裝七寶塤篪競奏兮換羽移宫花萼交輝兮珠圓玉潤則劉家羣從僉推不櫛書生宋氏連枝豔說掃眉學士迨夫結褵名族補袞深閨雲翹仙侶本異凡塵蕭史好逑詎讖天壤玉堂金馬比肩人氣吐長虹鐵畫銀鈎繞膝兒聲清雛鳳拔金釵而沽酒相敬如賓罥紅袖以添香終温且惠蘋蘩偶暇呼新婦以推敲花柳方妍借藥磁而討論倡予和汝百幅鸞箋選韻聯吟一螺翠墨織成鴛錦五絲皆交頸之文按到鵾笙雙調即同心之譜則篇章富麗雅勝

秦徐琴瑟和鳴直追趙管若乃隨親歷下侍宦陶山訪奠主
之粧臺覓蘇康之故壘濟河浩浩如倒詞源岱嶽蒼蒼另開
詩境搴衣賦惜別之篇清猿咽雨陟屺多望雲之作畫角哀
秋既而金臺遠至驪烟樹於薊門玉𬟽頻過玩露蕖於太液
連雲雉堞鳳闕崔巍映水鼇峯龍樓縹渺借皇都之壯麗抒
雅抱之宏深是以一編氷雪之詞又得千里江山之助剧憐
車躬挽桓少君應愧無文鴻案相莊孟德耀何知作賦及其
終天抱恨廢誦蓼莪遠道縈愁夢吟池草續杏殤之詠懷絶
生平塡梅落之詞香銷色相秋風蟋蟀易觸離懷春雨鴒原
難中別㶊晶簾乍捲摹瘦影於花枝畫榻頻欹遣病魔於繭
帙值雁憔蛩悴之天與月落雲停之感則玉瑲寄札倚清照

之曼聲錦字緘愁述令暉之蘊結今則編成甲乙壽彼棗梨
蒙索鄙言爲弁首欣瞻全集以輸心莢脊展讀盥露重繙詎
意今人獨彈古調恭以芬芳悱惻之懷寫離合悲歡之境性
靈結撰根孝弟以立言意匠經營萟古今而達意思深語雅
曾有千秋格雋調高目無餘子庾清鮑俊垂秋露於海苔柳
月秦雲播春風於瓊管此誠閨閣之仙才豈等箏琶之凡響
善寶抱書癡於陋室負詩癖於寒窗午夜搜吟未甘晝虎庚
晨涉獵辛苦雕蟲纔領輕離應被湖山笑我鳳城乍至何期
萍水逢君辱瓊珮之先臨三生快覩証苔岑之夙契五載交
深林鶯春喚每勞折柬以招遊稻蟹秋肥常約開尊而買醉
推袊送抱誼若雁行似漆投膠愛忘燕石詩敲粧閣清談欽
道韞之詞鋒譜重金蘭卓識羨憲英之敏慧選來奩豔遠過
擷芳緗輯然脂接踪正始同爲宦隱金門豈異夫鹿門耦愆
羈棲春月迥殊乎秋月茲值佩萸令節適逢錫嘏良辰長庚
與寶婺齊輝錦帨共珠縈共燦赤離叢菊香舒晚節之花北
沼芙蓉采奪芳春之色授長生之籙降王母於西池歌偕老
之章見仙翁於南極身榮象服羨福慧之雙修天錫龍章備
貨疇之五福同著文章而壽世日月升恒更看荻繇以承歡
履恭咸泰善寶不慙蠡測用祝鴻釐紀此月杖家稱慶得聽
九如都荔之歌待他年花甲開筵更叙一品和鳴之集道光
辛卯九月杭州沈善寶

澹蘜軒初稿題跋

余友張仲遠出其伯姊吳夫人澹蘜軒詩稿四卷詞稿一卷見示并屬爲之敘吾鄉素多名媛而工詩往余纂邑志錄藝文自

國朝以來閨秀之能詩者得三十四人其詩可誦者得二十餘人而近時則孫光祿室王夫人長離閣集崔觀察室錢恭人浣青詩草爲尤箸光祿以詩名當代而長離閣集幾與芳茂山人詩錄抗行爲閨閣僅見錢恭人詩學授之錢文敏公及竹初大令崔觀察亦夙有詩名故恭人淵源之學授於庭闈賡酬之歡聯以夫婿尤爲一時嘉話然皆未聞更有弟妹能詩者也今是編詩法詞學皆導源於翰風先生及皋文先

生與錢恭人之學文敏大令同及歸刑部吳君偉卿因以詞賦名京師者則與王夫人之於光祿錢恭人之於觀察又同而仲遠之詩復紹庭訓爲夫人弟更唱疊和又有章夫人孫夫人王夫人母湯太夫人有蓬室偶吟章夫人有緯青遺稿前皆已梓行均精殊旨合異曲同工則皆王夫人錢恭人所不能得者夫近代閨媛之盛推前明吳江葉氏小鸞姊妹與其母沈宛君並工詩詞然所傳午夢堂稿及反生香等詞多哀感噍殺之音少正始和平之什方之是編又未可同日語也余素未學詩顧與仲遠訂交久悉其閨閣多詩才爲連綴述之俾知是編出且於長離浣青二集外更推嘉話云同里薛子衡

昔吾友張宛鄰大令論詩以黃初爲宗所自爲五言詩之善者實能不愧於其言近讀其長女緗英孟緹澹蘜軒詩五古大有黃初之風七古及近體詩亦不失中晚唐賢格調求之閨閣中誠爲難得宛鄰四女皆能詩而孟緹工力尤至知有得於庭授者深矣道光二十年庚子五月宜興吳德旋

五古風格清逸七古步武整齊律詩有雋思而無費墨知其寢饋古人甚深詞則字字家珍詞和志雅而一種清麗芊綿之致尤覺耐人尋味眞此中高手也道光庚子季夏回舟白門推篷看雨書此志佩湘潭周貽樸讀并記

余未弱冠即從宛鄰先生遊見孟緹姊弟婉秀方雅吟諷有咏絮之風厥後奔走衣食浮沉仕宦相見不時忽忽將五十

載孟緹歸吳偉卿偉卿甚有文辭亦與余善偉卿官比部伉儷相莊酬唱自得燕臺邸族莫不望若神仙余去臘自涇川歸孟緹季弟仲遠以孟緹所箸澹蘜軒詩四卷屬爲點定繙閱數四契其淵淵雅音非巾幗中凡響分體而論則誠如仲倫所言過庭詩禮裕及閨門宛翁之澤長矣道光辛丑正月夫椒山人周儀暐識

昔先從祖孕軒先生序長離閣詩有偏識閨中之語畢秋帆尚書選吳會英才集遂列釆薇夫人詩於十五家之後釆薇詩學昌谷能脫去恒蹊允爲常州閨秀之冠淸才繼起代不乏人近時復有張孟緹夫人箸澹蘜軒詩四卷詞旨清深音節瀏亮無纖塵犯其筆端蓋夫人爲翰風明府之女少從宦

遊與諸弟妹學詩專力古選深得明府論詩之旨者也夫人弟仲遠茂才博疋好學克承門業今將爲夫人刊詩自常州寓書介王子梅上舍乞余題辭余未識仲遠嘗讀明府遺集及仲遠所爲詩欽其雅尙今觀夫人詩讀歎其能脫去恒徑力追前人爲閨中一作手也惟余將之京師不獲爲序以報仲遠爲可愧云道光辛丑孟春廿有八日曲阜孔憲彝

余中表孫子叔獻屢爲余言其內弟張仲遠之賢以爲敦篤孝友人也後余識仲遠與訂昆弟交仲遠館余於家屬課其子見其門內雍睦肫然藹然益信叔獻之言非虛美蓋仲遠鮮昆弟有姊四人其仲姊早世仲遠割宅與叔季兩姊同居欣戚相共緩急相助暇則以學行相勗讀書詠歌怡怡如也

其伯姊適今刑部員外郎常熟吳偉卿從宦京師常以不得同居爲恨故仲遠家居一二載必赴京師依之在京師一二載又必歸其歸也伯姊恒思之其在京師也叔季兩姊又思之故懷思感慨之作往來唱酬無虛歲余嘗謂同氣一也而姊妹之愛往往不及昆弟者迹遠而誼疎無急難禦侮激厲慰勉之責也然使篤於性情者引其迹而近之厚其誼而親之如屈平之於女嬃孟堅之於惠姬雖昆弟其何以過然則姊妹之愛不如昆弟者常人則然而仲遠之友愛不特仲遠之賢亦其諸姊之賢有以成之也今仲遠刻其伯姊孟緹夫人所箸澹菊軒詩稿示余余讀其詩大抵多與仲遠賡和之作樸直眞摯所以激勵慰勉其弟者備至乃嘆有眞性情斯有眞詩觀乎是編又可以知夫人之賢矣夫一門之內風疋相尙固爲世所艷稱而余獨欽其友愛之至爲能得性情之正而深有合於詩教者也因書數語於後以寄慕焉道光二十一年三月同里章沛

吳夫人孟緹著詩詞稾若干卷取司空表聖語名之曰澹菊軒許氏說文解字謂之日精以秋華本草或謂之女華明堂月令則著其色曰菊有黃花夫日陽也菊以冬牙應陽而生榮於夏而華於秋含陽體陰故其性甘以平黃中之色也在中有美含章可貞婦德之盛也故又名女華則菊也者兼陰陽之德合四氣之和味甘平之性備五采之絢而有中和之色而司空表聖乃以爲澹夫人又取以名詩何說歟蓋貴飾

也而易以爲無色爲其飾於外也雖極華飾之美君子以爲無色也性情足於中華飾達於外華飾也無非性情也則謂之澹可也詩之爲道亦如是已矣夫人爲翰風張先生女長歸刑部吳偉卿先生刑部與家君爲道義友往歲昌蔭游京師亦獲交令子吉甫今來毘陵又獲與張君仲遠交莫逆仲遠即夫人弟也出是編爲之辭者也宣城李昌蔭謹跋

敬承讀張丈宛鄰先生古詩錄千一百十八首嘆其醇而不雜簡而有要自郭茂倩樂府以來采選古詩者代有其人矣孰有去取適中若是者歟先生故吾鄉碩儒著書凡數十萬言所爲詩兼魏晉三唐之勝而上追古無名氏仲子仲遠善承先生之學女子子亦各以能詩善書著聞仲女緯靑已前

卒遺詩已刊刻行世茲仲遠復刊其伯姊孟緹夫人澹蘜軒詩四卷詞一卷劉子庶方為之序復不鄙而問序於敬承夫詩之道列朝各瞻厥勝矣若興觀羣怨事父事君雖聖人贊美三百篇之言未可擬後世言詩者然奚有外此而可以言詩即言之奚足信當時傳後世茲澹蘜軒詩前後二百餘首其中感時賦物咸有意乎言之骨肉閒唱和贈答之作尤誠摯婉切有常棣陟岵之遺音仲遠又言其伯姊幼隨太夫人操作並理中饋未暇專志詩書但凡汲炊烹飪洒掃浣濯鍼線刀尺皆置書其旁且讀且作即疾病亦未少離敬承讀范蔚宗漢列女傳或以孝義或以賢淑或以文詞大抵艱難貧困者多安常處順者少孟緹夫人所處所事於古人不必同

志行文詞則固有相方者歟夫人歸常熟吳君偉卿偉卿與余仲兄同舉進士由庶常歷刑曹慎刑獄勤政治而自安恬澹有古人明允式敬之風夫人賦詩相贈寓戒謹於莊敬柔婉中釆蘋雄雉女曰雞鳴之用心也敬承所見詩中之輼者如此其有當與否不敢知至宛鄰先生一門詩學之盛及此詩中情文音節神理前後兩序言之綦盡似可無庸更贅焉

道光二十一年四月同里吳敬承

從來閨閣之作大都繪寫花鳥流連景物而已求其宗尚風雅根柢性情者何可得哉故其所作恆不免蹈常襲故之譏獨今孟緹夫人之作則不然夫人為宛鄰先生之女仲遠上舍姊乇先生與伯兄皋文先生同以經術文章名天下皋文先生所著詞選宛鄰先生所著古詩錄宗尚之旨具見本書夫人幼秉庭訓長習篇章故其所作皆沖融大雅夷猶渙汗上規蘇李下擷唐宋贈答之篇懷遠之什仰慕劬勞勖勉弟妹勤相夫子恩教兒女真摯醇厚雖學士大夫尚不數數況閨閣之清才哉余向見先生手書陶山送別詩卷子固已心折夫人諸姊妹之文行矣茲仲遠較刊夫人詩詞稾既畢屬為覆勘得讀全帙因書數語以識傾倒道光辛丑吳江吳汝庚

先妣無女兄弟從女弟四皆親厚如同產外王父以經術名世而不親教子先妣幼好學而韜晦甚長益博覽書史以餘力事吟詠然未嘗闕詩禮也從外祖父宛鄰公晚得舅氏於

諸從母鍾愛至授以詩詞從外舅祖母湯孺人亦博學耽吟故諸從母悉工藻詠先太孺人常與諸從母譚議語思成曰是真能得舅祖父之傳者謹志之不敢忘三從母於學敏摯而早世從外祖父梓其緯青遺藁人傳誦焉四五兩從母從未一日離膝下所著皆精邃惟大從母同承指授而不喜屑屑介意蘊蓄深而泚筆少少作半皆散棄迨歸吾師吳偉卿先生仍依膝下居後數年偉卿先生以庶常改秋曹始迎大從母北上時方侍從外祖父於館陶以歌詠娛親所作較富洋灑為之長安居未久疊遭從外祖父母大故既奔赴而南復隨宦而北又生平手足之誼重舅氏南北聚散或生死契闊或遠隔不得見人事感觸輒託諸篇什以寫其鬱陶偉卿

先生曾司政劇遇休燕之際亦往往舉案唱酬于是所作愈多思誠頻歲以試事入都依庇最久時教勗周綏急視若已出暇日手稾本命之曰吾初不欲以此名且閨閣之筆不宜輕示人雖間有酬詠之作終不願人知子爲我錄之以存泥爪毋爲外人道也思誠受而錄竟不敢言心折而已今年大從毋年五十舅氏養疴里中裒輯澹蘜軒詩詞四卷付剞劂氏以爲壽命思誠綴以一言竊惟易隨之六二曰无攸遂在中饋無羊之詩亦曰惟酒食是議蓋言婦人之職在德不在言也雖然風始二南爲房中之奏漢以來如曹大家韋宣文謝道韞輩又何其德言兼備也大從毋之不輕作不自暴殆有合於易與詩之旨歟而是編之意識超遠情性篤摯其光

熊熊星玓雲縵抑亦揜之無可揜閟之無可閟者已爰歷溯平昔之所聞見者識於簡末其又安足導揚盛美於萬一乎

道光辛丑五月甥蔭思誠謹跋

[illegible]以經學文章世家者推張氏而宛鄰先生父子兼以詩名駿謨奉教仲遠先生讀其所著暨諸姊酬和之作莫不精邃淵雅擅漢魏作者之長常歎以爲不可及及讀孟緹夫人澹蘜軒集益知詩學自有家法而又非艱難數十年之功必不能成就如是世罔謂閨閫之篇易傳豈知言也哉偉卿先生故與先君子友善駿謨又與令嗣吉甫交熟聞夫人賢行今乃覩詩詞之全爰贅數語以誌景慕且以記張氏家學之盛云大興方駿謨元徵

吾師張宛鄰夫子有女子子四人皆賢而能詩長孟緹適常熟吳偉卿次緯青次婉紃次若綺緯青早卒先生爲刊其遺稿澹蘜軒詩詞則孟緹夫人之所著也嘉慶己卯金監年十二始納交於夫人弟仲遠仲遠爲言幼時恒得毋湯太孺人及諸姊口授故七歲能詩余見仲遠詩竊心好之時以短章相酬荅交日密因得盡讀諸姊所爲詩孟緹詩獨淵雅有深味而苦不多作厥後余依宛鄰夫子於館陶孟緹姊妹皆從宦夫子仕不廢學一家吟誦聲徹後堂後數年偉卿得京秩孟緹從宦入都余以丁酉至都而仲遠適先在乃復讀孟緹詩詞數百篇巳裒然成集矣竊意古今詩人或遭時明聖作樂象德被之朱絃薦之清廟或忠臣孝子履盛憂危微言幾

諫陳古刺今故得寫其哀樂之情得乎性情之正若夫女子足不出圭闥議不出酒食無羇旅勞役之感無江山景物之助欲其瓌詞逸韻上擬風騷蓋自古難之往見吾鄉惲珍浦太夫人集 國朝名媛數千家爲正始集粲乎備矣而求其麗歸於則者葢百不得一二焉孟緹之詩有爲而爲言不妄發意盡而止辭不害志集中與諸姊弟酬唱之什居多言簡意遠情深文明誦其詩而知其人庶有當乎幽閒貞靜之旨又可以見我宛鄰夫子與湯太孺人之教澤爲孔長也今年九月孟緹夫人五十壽辰仲遠編其初稾爲詩四卷詞一卷刊刻之寄京師爲姊壽而金監序之如此道光辛丑七月同里楊金監

受祺尠涉簡編未嫻聲韻竊謂吟詠之趣發乎自然以文勝者其詞支以質勝者其言盡譬之純錦千端不足以禦凉燠蕢桴一擊未足以協宮商是知編貝爲華中材勿倚因陋爲簡大雅羞稱矣近古以來名人輩出末流依附殆亦甚焉至若閨閣淑質妙解辭章刀尺餘閒兼長音律莫不馳芳翰壘之場流譽管彤之紀然而鏤花裁月組繪徒工寫鬱抒憂情辭易激或有才慙庭絮美溢乎縹緗製謝盤椒功妨乎蠶織不其惜乎嗚呼此澹蘜軒之集所以爲不可及也澹蘜軒集原本性情出入風雅其言舒以詳其音和以靜其節淸以亮其色麗以明雲山望遠不無悱惻之詞雷岸郵書半屬倡酬之什蓋自吾太夫子宛鄰先生以詩學爲藝林倡而著述之

盛萃於一庭若斯編者則又閨門之楷則彝常之鼓吹焉此則暖同布帛不以翦綴爲文燦若雲霞自得山川之秀者矣受祺備職春明獲窺全誥不揣檮昧僭爲一言至涉獵之深淵源之厚具於弁言無俟再說爾道光辛丑七月同里莊受祺謹跋

吾邑賢儁林立詩人代興凡懷鉛挾槧者莫不振勵體格辨尙宗風遠撫漢魏近追三唐下至閨閣中如錢浣靑王采薇莊盤珠惲珍浦等詩詞各集皆卓然可傳無愧作者然未有一門風雅人各有集如漢之班氏六朝之劉氏也有之自世丈宛鄰先生始先生著述等身淩踔百氏所作古詩錄及李杜詩錄莫不沿流泝源標衆塗轍沾溉六合上符四始而配

湯太孺人蓮室偶吟又復淳古淵懿希踪風詩故諸女子婦韞涵濡家規藻采飈發蒸彬彬乎典重高淡儷美扶風視六朝宮體不足言矣孟緹夫人先生之長女今刑部員外吳君偉卿之室也所著有澹蘜軒集哲弟仲遠付之梓而索序于余余惟夫人之詩其胚胎前光獨秀彤史諸君子言之詳矣而余所不能已于言者昔嘗纂輯志乘瀏覽往牒知淸河之盛有足振今轢古者固非特煒管之英譚實梓鄉之隆軌也爰誌欽佩且質之仲遠焉道光辛丑孟秋同里洪齮孫

近世論詩類以侔色揣聲爲工若其出於閨閣則羣訾以爲奇抑思國風所列半出婦女尼山刪詩以維世道夫豈以閨閣故絀而存之耶夫温柔敦厚詩教也微言相感以諭其志

詩法也循法以知敎其工初不係乎聲色漢魏旣遠南朝專取詞藻有唐力窮聲調故侔色揣聲之業以日盛下至以詩爲羔雁而聲色之外殆於無詩矣然而長言詠歌極之手舞足蹈而不自知依永和聲而言志之旨益明則侔色揣聲固亦詩道之所馴而必致志士多感女子善懷苟有能者必歸於此陽湖張宛鄰先生詩浸淫於漢氏而與余獨有筆謦之同者此也先生長女適昭文吳彥懷比部者爲孟緹恭人著有澹蘜軒詩集能紹家學而昌詩敎矣憶余以嘉慶庚申徒步數百里過訪先生恭人才齔齒其女弟緯靑婉紃若綺多在孩抱閒七八年則姊娣詩詞稿皆成帙緯靑幽討婉紃排界若綺和雅各得先生之一體恭人則纚綿排惻不失於融

屬辭比事必達其志節族膏澤多所自得被文采而能高翔者也比部詞壇之雄倡隨自爲知已尤藝林所希有道光辛丑恭人年五十矣其弟仲遠吾甥也梓行其集而屬序於余前序出劉君廉方手其言既至允而恭人之學成於堅苦窮困者若綺後序又備述之余故揭恭人之詩法以告觀者若徒見其詞藻之温麗聲調之悠揚而驚歎爲閨閣之傑是仍昧於詩教未足與論恭人詩也道光二十有一年仲冬月長至安吳包世臣

憶余庚子秋應試入都與江蘇李式齋孝廉同居孔誠甫水部齋中閒作月旦評耳熟吳偉卿比部張孟緹夫人之賢名其時式齋令姪升蘭孝廉與余同歲生張曉湖皆從學於比

部又爲余言夫人之德之才然余以爲近時人情多忌疏而媚親徃徃以一已之私愛而爲譽以一已之私憎而爲毀此求實際者之不敢以虛名定也故言者自言聽者自聽異一時則如未嘗聞誠無足怪卽余好稱人善要亦未能免也今年春自都旋里友人王秋垞以澹蘜軒詩詞見示云是稿爲陽湖張仲遠茂才曜孫代姊編刻囑徵題辭余受而讀之乃孟緹夫人作也其詩格正而調和境異而味清詞亦靜細諸暢無噍殺音回思前在都時孔李諸君爲予言夫人之賢名與德與才誠不吾欺也余過矣余以世俗例夫人幾失之矣異時重至都倘諸君爲余言某也賢某也才不敢復有疑矣然安得名實相副果盡如夫人也耶道光壬寅曲阜鄭憲銓

余性孤僻不能作時世周旋卽鄉先達之在家者多不過一見往往聞聲相思及覿面落落莫莫不能吐一情語故於世蹤跡最疎同年吳偉卿比部知其爲翰風先生之壻而不知張氏一門風雅如此及湯雨生都督以澹蘜軒集見示始知芝草醴泉根源有自而余之孤陋寡聞殊堪一笑也竊怪比部在都朝夕過從曾未嘗一語及之其意余爲素悉者耶抑以余爲不屑語也耶吾竊有感矣比部在庶常館時所作賦秀整不減唐人後數載同人有梓其館課者其人因以獲售今其夫人澹蘜軒詩刻不一二年大江南北題辭已徧文字之流傳亦若有命存焉或遲或速未可知也然余讀其夫人之作益思讀比部之作矣請置莫邪於案頭以還干將之至

道光壬寅二月荊溪任泰

澹蘜軒初稿題詞一

同里陸瓞恩紫峯

碧玉詞篇寫翠筠謝庭風趣固無倫一家姊妹兼師友入骨烟霞見性眞憶弟書來江上月思親句好夢中身左芬才調蘇卿筆不許東家强效顰

同里汪士進逸雲

早自華嚴法界來靈光一縷絕纖埃欲知諫果甘回處不數人間詠絮才

不其山外草猶新遠道看雲益愴神十幅清緗浣冰雪小同家學定無論

常熟屈茂曾小農

比部高才似謫仙閨中同調更清妍出山豈異梁家隱詠絮應居謝女前風雅一門傳盛事雲車千里播新篇題詩愧把枯腸索病臥空齋已十年

常熟邵淵耀環林

索居窮巷如空谷雲笈初開眼乍明詩答調琴常在御禮循舉案不稱卿一門風雅傳新詠卅載京華悵舊盟 尊甫先生忝爲同歲瓞佩清才天作合報章還望賁瑤瓊

無錫章簡芝楣

晝省咸推吳季子清才更有女相如閒裁繭紙書唐韻誰道長安不易居

百首新吟壓玉臺掃眉始信有奇才小樓風雨琴河夜讀罷然脂暝寫來

常熟邵淵穎實甫

詠絮承家學非誇月露妍高文薄丹粉清宦勝林泉鳳侶豪情在燕臺妙句傳唱酬休沐地肄雅愧彭宣

同里周儀暐伯恬

讀澹蘜軒詩集竟成長句一律即寄偉卿比部并示仲遠

左芬弱弟捧詩來棣鄂承跗蔚舊栽須女四星華象緯紫霞雙氣秀燕臺一家詞賦饒仙骨噴世鸞皇竝逸才悵絕太冲今宿草不能評騭共顏開

宜興儲慧良麗江

一代能詩手都歸 間氣才豈知閨閣裏當共古今推體出中

唐上源從老杜來薪傳兼叔夏八寶失樓臺

太倉王曦季旭

大雅今誰嗣新聲俗尙紛何期追正始此日有宣文衛玠姻初締譚公誼最殷百篇容我讀源想二南分

豈有師資益應知夙慧深蟲書常校勘蠹簡自搜尋却笑詩魔引何愁病豎侵一家詞賦好良慰屈要心 令弟妹均工詞翰得夫人之力爲多

京國棲雙鶴閒窗寫韻成思親宵夢短憶弟遠雲橫豈獨耽風雅相期達性情謝庭徒吟絮千載祗浮名

苦憶吾家姊才華迴絕倫別離經卅載相見各無因詩卷應增富文章不療貧何時携賸稿得與絳紗親 家姊鳳翔素工詩文

曲阜孔憲庚經之

聰明端底屬名媛脫口唫成至性存幾輩騷壇爭奪幟何人能溯古詩源

家學淵源入選樓一門風雅艷千秋儒林循吏傳人在棣鄂輝聯互唱酬夫人令伯阜文先生入國史儒林傳尊甫宛鄰先生爲山左循吏著述並稱宏富令弟仲遠茂才克承家學夫人諸妹並工詩故云

常熟姚福增湘坡

不屑雕瓊與畫脂性情懇摯是真詩蘭閨今又逢元白不櫛吟應讓女師不櫛吟汪年伯母虛白夫人所箸

隨宦迢迢十載餘懷人得句附魚書夢魂常逐南飛雁羨煞聯吟比屋居仲遠與叔季兩姊同居繪比屋聯吟圖

力崇正雅斥新聲瞑寫晨書勘校精却笑冬烘迷五色闈中玉尺自持平方選國朝名媛詩集

吟成蓬室母兼師蓬室偶吟母夫人湯箸瑟協琴調樂唱隨獨惜吳剛修月手只教判决白雲司

同里周儀顥叔程

紅閨清譽比三劉生小分編共唱酬第一仙人才更艷手攜花萼趁瓊樓

絳紗家學衍金泥湘管雲籤擅品題今日絮庭翻舊本更教人憶謝安西

列宿光芒照鹿車曾分藜彩到天家他年香吏持旄鉞爲頌椒芬介歲華

旌德汪棨曾景沂

名下多虛士夫人信軼羣圖靈心是月矯健筆凌雲選政推蕭統吟才敵左芬波斯寶先覩師事總情殷

涇包家丞興實

家學傳名父清才繼大家性情騷悱惻淵雅漢萌芽宛鄰書屋古詩錄託始西漢淑問宜鸞誥高風並鹿車琳瑯多贈答端不讓秦嘉

山左趨庭久京華攬勝偏白雲東岱夢春樹蓟門烟黼繡傳三絕珠璣落九天宣文羣弟子低首絳紗前

鸞鶴雙棲穩春深禁苑東譽傳金馬重韻鬥玉臺工紙貴皇都價花開蔣徑紅現居襄平相國舊墅彩豪揮素壁應有碧紗籠

江左稱王謝風流孰繼之金閨多絕業玉管播新詞虎繡空凡藻雞鳴發古思前身明月證詩夢向瑤池

長洲王大淮海門

文章本至性亦由夙慧資閱歷艱辛深蘊釀文史出閨閣有名作根氣儒之逸絕無纖麗習全從正始律事親操井臼相夫和琴瑟怡怡弟妹間孝友稱賢姑宰官女翰苑室紛華不染端以則發爲心聲無俗筆仲遠通詩兼通醫衣缽家傳吾儀佶澹蘜四卷爲集成一門文苑難爲匹燈前細讀益敬欽肅然如對古巾幗詩詞餘事女範超班鮑高風留湘帙

長洲王大堉秋垞

幼年井臼勞親心孝友原來至性愔姊妹燈前無別事推敲

一字五更深
家學淵源詩派超關雎古調讀深宵一庭詠絮都能手夫壻
蓬瀛賦早朝
不耐繁華耐坎坷少年閱歷幾經過人如秋菊霜前慣詩境
蕭然澹味多
長洲王鴻子梅
詩筆淸如此人還比菊淸璇閨推逸品夫壻上蓬瀛隨宦承
庭訓靑年有孝名浣薇三復誦恍見古先生
學與宣文竝才同班左倫況緣風骨正克發性情眞眉史兼
詩史鍼神又洛神（工女紅擅書法）四編冰雪似難弟校勤辛
同里孫曾開子成
健筆追風雅憑誰識古懷伏班傳絕業昭憲合同儕碧月三
秋色靑琴一曲諧正聲千古在眞足洗淫哇
澹蘜高軒敞秋來色正佳篆烟淸紙閣花氣潤詩牌星宿依
天闕笙簧奏女媧郎官聲譽羡酬唱樂無涯
古調同聲應宗風八代餘過庭親受法比屋樂閒居領袖才
尨絕揮毫意洒如尋源眞不遠即此溯黃初
世母劉家妹曾親侍玉臺一編新授我三絕嘆奇才風教更
生傳經綸博士材何時通末戚講幔許追陪
同里孫曾頤子期
椒花香茗總陳編獨闢靈源別有天皓月澄波深皎潔碧山
修竹娟嬋娟少陵憶弟身多病太白奇才骨自仙合與黃花

靜相對九秋淸景十分妍
同里李兆洛申耆
故人傳絕學嬌女亦知音乍展唫椒句彌傷宿草心雅懷淸
比玉仙侶靜調琴福慧前生業相期珠樹林
同里孫曾愈汝勝
一代璇閨秀都誇絕妙詞未除脂粉氣空詠副珈詩豈必全
憑肌要能善得師蘭臺標史筆團扇著歌辭柔梓傳風教葭
莩仰淑姿江東崇碩望日下播聲施定省傳書暇衿纓絜
時才華兼鮑謝倡和盡芬思手訂經箱富身常硯匣隨春山
兼畫本夜月夢瑤墀翦綵花爲骨裁冰玉是肌纖穠歸簡古
沖淡足雄奇典冊韓公賦新篇謝客池女媭居上國正則送
臨歧香還梅堪寄心殷雁過遲深情雲赴谷密緒蜆抽絲文
彩酬徐淑風神識濟尼一家如宋氏三絕擅吳姬秋色長安
好恩光　禁苑移鸞書承　寵命鶴筭值良期詩律應逾細
霜豪寫欲疲延齡千日菊珍餌萬年芝拜謁懷童丱披吟頌
母儀瓣香託遙訊願侍絳紗帷（是歲爲夫人五十壽日）
同里趙起于岡
讀澹蘜軒詩即和集中九日書懷韻
步障更相和翩然大雅流蘭芝香滿室花蕚詠高樓逸響逾
三鳳高情澹一鷗十年交哲弟多病女兄愁
一卷逾冰雪披吟我自嗟蒲編隨手散萍跡尙天涯馳夢北
山杳坐看南斗斜長安枉珍贈雙眼負看花（春試時曾承偉卿比部雅貺）

同里孫劼叔獻

十年甥館聽秦簫聯袂趨庭樂事饒宋氏一門俱學士劉家三妹擅風謡論才鄴下推吳質得婿江東屬大喬此日重披玉臺集舊遊回首隔雲霄

千秋香茗擷芳聲翟茀河山未足榮珠戶星明調昧旦蘭陔日遠賦中情琴調紙閣同心曲花滿東籬介壽觥我讀碩人思作頌譚公翻幸附微名（是歲爲夫人五十壽）

同里湯貽汾雨生董琬貞雙湖聯句

落落湘絃太古聲（貽汾）閨中博士舊知名奇書那自今生讀（琬貞）好句都如夙世成敢有鬚眉爭不朽（貽汾）直看氷玉與同清更知菊澹如人澹（琬貞）歷盡艱辛意氣平（貽汾）

原來詩虎是鍼神（琬貞）姓氏多應達紫宸相敬如賓天上宿（貽汾）一塵不染月中人吟毫但見揮珠玉（琬貞）病骨誰知困米薪一代風騷兼弟妹（貽汾）奇才自古出清貧（琬貞）

昭文潘慶文士安

東郡趨庭日西清入直年淵源香案吏倡和玉堂前別有靈蛇慧翩如獨鶴騫古人真可作左鮑許隨肩

憶昔遊京輦師門借一枝論文逢令弟貰酒訂新知每示看雲作因聞拜月詞全詩多展讀勝侍絳帷時

長洲孫麟趾月坡

新詩何幸得披吟譜入瑣牕盡雅音論古賢才齊斂手耽吟姊妹有同心他鄉寫韻仙緣合故里傳書夢境深繡出鴛鴦

容我看只愁未肯度金鍼

金陵江士鐸晉侯

郎官清福豔神仙繡閣才華萬口傳燕邸文章吳質重扶風家學惠姬賢公羊善斷春秋獄弋雁全刪月露篇早晚熊轓誇典郡采蘋新詠若爲編

白下侯雲松青甫

一門風雅得涵濡巾幗淹通亦宿儒鬥韻連篇和皮陸依聲追步雜辛蘇才名那擬誇飛絮世味曾經飽捋荼誰訂吾文工作傳弁言有妹古尤無（令妹若綺夫人有序）

金陵楊大堉疋侖

富媼毓靈奇擇才昇厥美雅宗起璇閨抗音騰流徵宛鄰金

匱紬燭龍珠雙峙（夫人父翰風先生著有古詩錄母湯太夫人著有蓬室偶吟）傳衣翩聯鳳（弟妹並工詩）過庭趨倅鯉脂粉喚眉妹章句鄙櫛士鍊字出千灌超心悟四始性澹脫畦封情摯識悲喜懿此日精華天芬蔚霜藹盥以三危漿供以七寶几齋心一編陳細參天龍指

金陵袁廷璜鶴潭

題澹蘜軒詩集即和集中仲遠先生編刻既成原韻

折楊里耳震新聲麟角牛毛孰有成近喜集編三妹續曾承家有一經橫別裁久奉風詩錄競爽爭傳月旦評更向前修緬援手龍山望古不勝情

雙修福慧澹能忘紙閣依然著孟光晝日同攜五色筆看雲時曲九迴腸鸞凰引嘯空凡響羅綺何心競豔陽我愧聆音

識賢弟一家機錦盍相章

天長崇家鑾海秋

宛鄰才筆九州橫愛女詩壇有繼聲淵雅傳家邁前古文章妙手本天成會將三百風人旨付與千秋月旦評最是聯吟諸弟妹看雲遙憶不勝情

冰曹夫婿綰銀章吟出雙聲具別腸京國風塵居不易蘭陵烟月夢難忘無煩錦字傳徐淑自有蘆簾著孟光生就慧心兼艷福好偕鳴鳳叶朝陽

華亭張鴻卓嘯峰

秣陵秋夜逢騷客貽儂女婿吟稿好句題椒新聲漱玉第一紅閨才調旅懷不少有岱月燕雲慣縈襟抱開到黃花江南幾度夢魂繞　全家並傳麗藻況刃蓬苑筆粧鏡眉掃日下思親涯邊憶弟不管錦囊塞飽瓊思杳眇也贏得璇璣一梭織巧讀罷西窗恁忘銀漢曉

澹蘜軒初稿題詞二

常熟季蘭韻湘娟

一編寫出墨香濃多少詞人拜下風不分湖山清淑氣都歸粧閣彩毫中

焚香三復想丰神惜我無緣一面親福慧雙修今古少惟君可繼管夫人

同里呂稠福祐甫

鎔金范玉刻羽換宮縟旨星稠綺思霞蔚惟疎排乎塵滓實杼軸於空明一門之秀擅此清芬盥薇三復辦香斯在

同里呂采芝壽華

蘭閨酬唱艷神仙福慧如君亦兩全獨有江南消息遠關心多在綺窗前

鮑左清才擅一家頻拈妙諦寄烟霞浣薇不厭千迴讀願寫烏絲護碧紗

吳趨蔣茜卿

深閨久願識仙才妙詠無慚號玉臺讀罷不知宵漏永滿窗月影伴寒梅

艷福清才集一門霓裳雲錦擅天孫他年願列青綾幛數卷新詞細品論

同里呂采芙擷芬

九秋芳信知何許新聲一卷爭覩雅韻珠流清辭玉瀉六代宗風堪泝深情似訴正三徑凝霜一枝含露淡極無言定應

消受錦囊貯　家風君自領取想詞壇競艷吟就飛絮聽雨聯床消寒剪燭酬唱蘭閨伴侶天涯日暮奈塞北風雲江南烟樹願寫烏闌好將紅豆數 齊天樂

吳縣徐比玉芝生

毘陵閨秀多風雅邑乘曾傳卅四人爭似一門誇競爽宛鄰蓬室有傳薪 夫人尊甫翰風先生有宛鄰詩文集母湯太夫人有蓬室偶吟皆刊行夫人與令弟仲遠茂才妹婉紃若綺皆承家學故云

曲阜孔韞輝[redacted]

唱酬偕弟妹學問紹庭闈妙翰風花擅高吟雪絮飛京華濟夢繞江國片帆歸夙慕蘭陵秀新編繼采薇 謂王采薇夫人

海鹽朱璵小陸

自紹趨庭學能吟正始篇春風蘭砌畔秋月玉臺前夢草饒眞樂拈花悟夙緣一門耽著作金薤集新編

京國停車久蘭陵放棹遲漫裏從宦地應觸憶鄉時錦繡囊偏富珊瑚網莫遺 君有閨秀詩選 芳鄰何日接竟夕起相思

同里趙綴珠慧媛

鸞乃鳳之族逍遙下層霓被服五色章光彩紛葳蕤雲霞共變化日月分光輝縹緲羣玉巔容裔翠水湄覽德倏來覿乃是君子儀璚佩頌德音雝歌中聲詩欽欽淑人止憲憲女士猶燕喜拜嘉慶彤管多令辭

論波溯雲濆頌山企宗岱君家盛文章闊學振當代仲君富辭翰奧學窮漢魏翔鴻江上來雲章欻下逮句重金千鈞光

麗珠百琲投璚愧無報紉蘐夙所佩曹姑本家學劉氏擅姊妹徘徊望北雲欲向春風拜 令妹婉紃前年以佳什辱貺

高秋澹鞠軒治蘠羅庭除繁英綴素枝綠葉承鄂跗此花秉中黃宜壽夙所譽遙知開瓊筵清酌酒百壺後堂雜歡笑前席鬬簪裾側聞一卷詩清唱同笙竽聆音識佳妙欲和慚喁于私祝惟千齡遠寄心區區 今歲爲夫人五十壽

同懷妹緰英

題澹鞠軒詩稿即壽孟緹姊五十

國風傳正聲漢晉乃其嗣五言祇數家婦人居其二藻麗多浮夸所貴求厥志善懷雜悱怨小雅有微意後來競喁吁誰復究大義千秋澹鞠軒竊欲繼斯誼筥筐業惟勤莪蓼感不

匱鳴鳩窈窕懷秣馬江漢治無邪蔽三百抱一衆長備鏡鸞寫離情紈扇寄秋思流徽倘相纘接武庶無愧抗懷正始音宗風猶未墜

文辭非婦言班氏貴庸行豈知擅風教本以淑明性昭質苟不渝繁華詎相勝英英連城寶光彩互暉映吾姊希古賢純美氷雪淨金璧厲修能巾槃守戒敬立誠以居業和順發詞詠以兹延諸福燕喜宜有慶緬此攬揆辰摘頌遍群姓令聞在人口門內庶相應述德非貢諛無慙遠道贈

長洲張絢霄

蘭陵毓秀早知名喜讀瑤章見性情絕世仙才誇道韞一生奇福屬雲英銅壺漏滴璇閨永寶鼎香飛畫閣清君本前身

是明月合隨夫壻住蓬瀛

姓氏常依列宿傍扶輪大雅仰天張一家花管雲霞染萬卷芸編玳瑁裝菊瘦臨風人並澹松高映日晝方長無緣鼓棹春明去剪燭論文醉鶴觴

鎮洋沈宗約

松節香濃眾心彩豔拈來著手輕圓不櫛書生欲將鐵硯磨穿經神選學承庭訓閑深閨好作詩儷吐珠璣氣味如蘭蘊藉如蓮　湖山勝景羅胸臆任眉侵冷月髩掠疎烟梁孟聯吟天成翰墨姻緣一家都擅生花管聚同懷鬬智爭妍漫咨嗟心似閒鷗身似寒蟬 高陽臺

鄂渚葉俊傑栢芳

班左承家學詩篇見典型燕臺今攬勝岱麓舊趨庭花月歸囊篋山川助性靈細參敦厚旨直欲繼葩經

上元朱景素淡如

才慧天鍾獨秀靈況兼家學本椿庭此中三昧傳心法巾幗從今有典型

果然冰雪淨聰明一卷琳瑯脫手成愧我未能嫻詠絮拈毫知否許同賡

同里惲湘岫雲

風華冲澹態偏妍西子湖光耀眼鮮寫景絕勝摩詰畫感懷恰似杜陵篇一行招隱眞情見數首和題淑德全更有塤篪聲疊奏猶如閬苑聚羣僊

金陵鄭蕙茗生

逸思天情不世姿爲君今夕更然脂玉臺再得尚書選總是千秋幼婦辭

筆底江花別有春芳心字字與傳神盥餘薇露循環讀如見春窗寫黛人

故里年年盼草生燕臺人去影傳傳平生也解離情苦恰被詩人喚夢醒

回首香閨境畧同膝前曾侍詠清風先君子任刑部主政時先母日課詩一首雲司自近絲綸閣鎮日名花相映紅

同里劉芷香

不櫛誰堪比後先香閨今得續瑤編才名自繼蘇家盛講授宜傳宋母賢字問鯉庭留玉軸詞成鴻案譜冰絃翰林本屬神僊侶倡和欣儕女謫仙

佳章端合號詩魁雛鳳聲名更獨推韻帙每從忙裏訂詞壇多自病中開塤篪一室傳清響巾幗聯芳集儁才展卷臨風三復誦清光豁目幾回來

長洲朱慧貞浣芳

詩源必自漢魏窮正法眼推宛鄰翁大家家學重壇坫不獨林下誇清風卷軸盈腹笥妙悟如有神譬如聽絲竹忘言見性眞明窗展讀三洲淨皓月當空澹相暎珠玉分明落九天龍鸞赫奕尊千乘東南文物數毘陵巾幗才人世所稱千秋班誠齊謨誥淑德知君副令名

錢塘袁嘉柔吉

花骨裁成幼婦詞襟懷想見澹於斯鯉庭學授紉鍼候鴻案眉齊待漏時搔首碧雲天末感懷人春草夢中詩吳門烟柳燕臺月吟瘦蘭閨筆一枝

錢塘袁青黛華

探鬟詠絮恰齊名眷屬神仙住玉京入夢詩情如月澹捲簾人影比花清奇文應合傳當代豔福修來定幾生我忝微才偏不偶數同掩卷感難平

上元吳星環吟僊

問字承家學拈花詠玉臺醉憑欄曲折吟共月徘徊王謝清風第秦徐大雅才毫端爭吐豔疑有妙蓮開

汪淑甫又雲

花鄂聯吟絕妙才全家鎮日住樓臺春痕穠豔秋痕澹都付詩人筆底裁

手把瑶編憶左芬詞壇大雅獨超羣趨朝夫壻歸來早檢點班香細細薰

上元王瑾潤如

紅磁茗椀落英收班馬濃薰致不侔怪底春人天性厚繡餘詩味澹於秋

西風料峭綺窗寒無限秋情在筆端窗裏詩人窗外菊憑君一樣撥簾看

澹鞠軒初稾目錄

凡詩詞二百六十五首附錄五十九首同懷弟曜孫取舊稿删其蕪雜編爲此册刻於常州宛鄰書屋道光二十一年七月刻既成記其後并系二詩

隔籬記聽讀書聲往日堂堂情不成鬢影相看俱老大詩篇差喜漸縱横升沈一世皆浮迹得失千秋有定評忍憶趨庭

同問業飄風寒月若爲情

三載春明夢未忘茂陵秋雨負流光文章知己推同氣離合中年總斷腸倚柱心情悲漆室縫裳針線愧雎陽他時東觀重編纂願續曹家女誡章

澹蘜軒詩初稾卷一

陽湖張女䌌英孟緹

舟行偶成

春水連天碧輕舟渡莫江林梢斜月上無事倚蓬窗

不識蓬萊路誰知海上僊雲山俱縹渺何處白雲顛

病中口占

代謝成今古人生悟網羅年華愁裏度花月病中過瘦去腰盈握梳來鬢似螺浮沈原是夢寂寞待如何

初夏

桐陰初轉午花影上回廊銀蒜猶深押金猊未盡香亂紅依石砌新綠漲池塘乍見呢喃燕爭飛過粉牆

九日

黃葉無聲點綠苔薄寒天氣強銜杯重陽慣下蕭蕭雨籬菊依然冒雨開

夏日苦雨驟寒

三伏才過半寒威若杪秋門前履迹絕堂上水衣浮霧氣沈炊火風聲促敝裘茅檐時漏盡不繫一漁舟

豈有商羊舞都無石燕飛積陰蒸百谷繁響撼雙扉下隰愁傷稼非時嘅授衣不知郵舍裏幾輩急鳴機

澤國資溝洫耕甿課最工轉輸千里潤生聚百年豐勢已江湖溢功虞浚鑿窮偏災偶然事誰識萬家空

雲破忽新霽虹橫喜夕陽震雷驚一瞬飛瀑下千行水氣浮空冷檐聲入夜長重重簾幕下欲炷辟寒香

郎事集唐人句

日轉華堂樹影偏玉池荷葉正田田翠屏閒掩垂珠箔羅幌微開動冷烟步月怕傷三徑蘚卷簾初聽一聲蟬櫻桃落盡春歸去風景依稀似去年

宮怨集唐人句

思量長自暗銷魂鸚鵡前頭不敢言明月自來還自去棃花滿地不開門

桺花如雪若爲看犀辟塵埃玉辟寒可惜亭臺閒度日更無人倚曲闌干

近園感詠 園爲楊青巖先生別墅百餘年屢易其主荒廢甚矣嘉慶庚午余家僦居其旁暇日覽觀賦此

樓閣攲斜倚夕陽廢池無復芰荷香地分城市難爲守劫比

滄桑覺尚長一代名流都闃寂百年喬木易蒼涼我來結宅增遐慨砌艸磚苔總斷腸

當年觴詠擅清遊泉石襟懷老未休麥秀乾坤原逆旅塵飛宮寢已荒邱春歸野客花前酒夢醒遺民海外舟一例興亡如轉轂不知烟月爲誰留

烟雲畫稾尚傳留賸有溪山識舊愁古樹籐花棲老鶴孤亭春水蕩閒鷗艸深漸沒留僊洞人去空餘望鶴樓最惜淮南招隱樹爨烟樵火弔殘秋

耽幽且喜遠塵囂深掩重門耐寂寥破壁詩無鸚鵡記空梁語聽燕雛嬌一春花桺眞如夢未盡風光覺尚饒他日更生桑下感赤闌青舫憶溪橋

送別集唐人句

酌酒與君君自寬舟船明日卽長安天涯已是銷魂別橫笛偏吹行路難

浮世本來多聚散人生何處不離羣疏燈自照孤帆宿惟有青山遠送君

遠懷集唐人句

塞雁春深歸已盡天涯去住淚沾巾玉璫緘札何由達暗擲金錢卜遠人

愁心一倍長離憂却羨雙溪解北流今夜月明何處宿寂寥燈下不勝愁

幾度閒眠却覺來鑪中香氣盡成灰多情只有春庭月常照

離人妝鏡臺

酬夫子以詩見寄集唐人句

雙鯉迢迢一紙書惟君才學似應徐謝家詠絮徒相比欲報瓊瑤愧不如

正是清和好時節落花飛絮入詩篇比於黃絹詞尤妙始信人間有謫仙

長覺風雷筆下生直應天授與詩情王楊盧駱當年體盡是人間第一聲

不知斜月下闌干蕙柱香銷燭影殘蘂裏關心詩總廢陽春一曲和皆難

高樓曲 錢氏從母表妹年二十三先子歸一月死傷其夭折為作長歌

高樓窈窕闌干曲東南日出垂珠箔南蘭舊族縉紳家中有人兮清似玉花模月範春無色一片流風飛白雪鸚鵡簾前書掩門枇杷花底秋聞笛十三學繡擬鍼神十五知書解屬文天上眉圖矜絕豔機中錦字日翻新幽蘭空谷何人識天生麗質難虛擲溫嶠親呈玉鏡臺一時嘉耦欣無匹離離梅實易愆期卜得良辰惜已遲錦納枉繡鴛鴦被綠綺空裁翡翠帷鵲橋準擬塡銀浦一夜罡風散僊侶畫閣猶餘碧玉簫赤繩虛繫同心縷廿番芳信葬流塵痛絕慈帷汝不聞一現曇紅竟何補欲呼靈魄話前因僊雲曾否歸瑤海絕世傾城渺何在僊掌風寒碎寶珠湘皋露冷埋清佩高樓重到最傷神零落飛花解戀人幻影誰悲遺掛在餘香膩有繡牀存樓

中歲月何堪數樓外煙雲自來去鶯燕空傳異日愁佩環應認銷魂處浮生禁得幾多憂江水無情日夜流一樣青青雙鬢影西風吹透鏡中秋此情堪續江淹賦短夢無憑本難駐為君譜作斷腸歌嘸鴞聲裏斜陽莫歌罷重招地下魂魂如念我亦傷情他年勒向曹娥石認取桃花少女墳

又輓詩四首

豈料榮枯轉瞬空苕華忽已萎霜風殘秋急景人難挽夜月香魂夢或通回首何堪思舊事傷心枉自泣飛紅名園十載常聯袂永訣無端頃刻中

清波碧月想丰神自是仙姿不染塵絮果終隨風影化曇紅肯駐鏡中春秪宜虛幌留遺照誰向瓊樓證宿因只我深閨

失良友此生何日復相親

慈闈弱息痛輕分巫峽哀猨不忍聞一樹枯梅成惡讖（卒之前數日窗外紅梅一株忽枯萎）滿郊荒艸葬釵嘌瓊樓空負棄鸞月碧漢誰招跨鳳雲未必廣寒徵女史也從天上學修文

評花煮茗總難忘一度追思一慘傷繫臂猶留慈母綫贈奩空打女兒箱無端噩警三秋夢虛約烏塡七夕梁不忍重過舊游處繐帷寥寂閉幽香

晚渡京江

雲水蒼茫際江山舊有名暝烟凝樹合秋氣入雲平岍闊雙峰峙波澄一練橫扁舟自容與駭浪莫頻驚

山行

曉日明衣袂巒光積翠浮腥風疑虎氣寒色逼貂裘徑狹纔通馬溪深少浴鷗故鄉忽千里回首思悠悠

古劒

百戰雄心在休誇七寶裝風霜凝殺氣神鬼泣寒芒電掣虛堂冷虹橫碧落長良才豈淪沒紫彩識干將

中秋家大人命賦

三五團圞夜清輝獨在茲平分秋景界一色碧琉璃酒祝椿萱壽才輸弟妹詩全家歡笑樂回首廿年時

九日書懷

又値題糕節驚心歲月流不堪雙鬢影卻抱九秋愁瘦骨憐幽鶴清懷羨野鷗登高頻望遠雁字過重樓

世事吾何有浮生祇自嗟滔滔傷逝水忽忽幻空花鏡裏顏將改樓頭日易斜秋風最蕭颯簾外卽天涯

秋夜偶成

殘燈明滅月娟娟瘦影臨風祇自憐曉鏡誰憐霜後影瑤琴猶整別時絃耽愁盡日占烏鵲久客無心問杜鵑零落秋光斷蟬裏微吟空對泬寥天

懷仲遠弟

人生聚散原無定客裏何堪更別離把酒君邀燕市月看雲我愧杜陵詩涼飈已逗高梧下憂思空嗟白日馳底事年來倍惆悵秋風蕭颯鬢成絲

和仲遠弟見寄原韻

月移虛幌影重重旅況蕭條孰與同離思自縈千里外詩情長在月明中秋高閶闔看飛隼春暖雷霆起蟄蟲暫別莫教頻悵望歸鞭猶趁北來鴻

附仲遠弟原作

雲山迢遞限千重幾許情懷兩地同客子夢魂燈影外高堂心緒雁聲中半窗風雨催殘夜一枕新涼逗艸蟲未卜尺書何日到天涯望斷去來鴻

秋夜有懷用仲遠弟韻

薊北迢遙路幾重迷離梁月夢應同秋光慘澹雲山外離思無端碪杵中清夜寂寥閒睡鴨空階幽咽感鳴蟲天涯尺素經年斷不信傳書有塞鴻

報罷爲彥惟兄仲遠弟作

廣寒又見桂枝新一度秋風慣誤人莫悵劉蕡偏下第青衫幸未染緇塵

對月

獨對中庭月離懷易感傷寂寥嗟遠道飄瞥惜流光星影沈烟淡寒暉共夜長江南遲驛使誰寄故園香

書家信後

索米年來氣浩然不將離思入詩篇清狂欲繼青蓮後也向長安枕石眠

雲樹迢迢費夢思當頭幾見月如規遙知薊北寒應早莫使金貂換酒巵

留別弟妹

聚首既云樂每憂分手時分手忽在即離思何可支堂上白髮親容顏日以衰大人雖強飯辛苦獨自持慈母況多病常藉藥餌資荏苒卌八年骨肉長相隨一旦欲暌隔戀戀不忍辭視彼投林鳥回翔繞故枝嗟余獨遠行何日重牽衣舉頭見明月啞啞慈烏啼溪流爲嗚咽花影亦離披弟妹設酒筵殷勤勸一巵舉觴屬弟妹揮淚重致詞遊子日以遠親心日以悲承歡慎朝夕步履謹持維親身日以康子心日以夷千里雖云遠魂夢常相依丁甯再三囑不必問歸期努力事高堂慎莫說相思

附婉紃妹贈別詩

涼風動高梧哀蛩響幽咽攲枕不成眠攬衣長歎息瞻彼連枝樹蘢葱多歲月覩彼林間鳥眾雛常比翼嗟我雁行違迢遙望薊北再拜送君行欲語心戚戚憶昔別姊時回腸幾碎裂馳驅二三載神魂日飛越幸得重聚會承歡兩無極倏忽數年間又當遠離別離別復何言泣涕沾胸臆君今六翮振翱翔自安適而我若梁燕秋至催歸急焉能避風塵穩住珊檐側身世等浮雲勞逸詎能測自今一揮手何時見顏色努力慰親心善保軀金石

又若綺妹贈別

秋風動簾帷皎月照離色中夜不成寐念此千里客離別亦恆有我心獨悽惻京國多風塵吾姊當遠適清霜被原

野道路苦間隔寒蟬號枯林蟋蟀鳴四壁相離一何速憂思徒脈脈

別情已紆結太息念我親育姊將卌載形影未忍分寒燠廑親慮咻噢勞親神一旦舍之去能不懷苦辛親鬢日以衰女髮日以新顧此遲莫年曾不侍晨昏我心尚如此親心顧可陳生女誠無益涕泣亦何云

骨肉本同根枝葉相連蜷吾生齒最稚諸姊皆嬋媛伯兄忽中折仲姊復棄捐死者長已矣生者宜盡歡人生瞬百歲欣戚有變遷覩彼同群鳥羽翼何翩翻

欲去不可挽心悲徒愴神今日且歡樂盡此酒一尊絲竹激清響殽核既具陳良會不易得驪駕況在門此行宜燕

樂琴瑟和且均離居誠足悲覯面亦有辰異地殊雲日遠
道多艱辛隱憂損玉體何以慰二親執手重徘徊語盡意
未申努力各自愛要我以陽春

秋夜與兩妹話別

滿目悲秋色西風折芰荷助愁蟲響急破夢雨聲多久病憐
予瘦耽憂柰爾何寂寥燈影下相對涕滂沱

婉紉妹將有山右之行作此贈之

絕壁幾千尺名山憶太行嗟予當遠道賴汝慰高堂那更重
分手相看欲斷腸誰憐雙鬢影一半點秋霜

留別弟婦包孟儀

臨風握君手相顧一沾巾各有傷心語同為遠道人溫柔本
情性婉順得天眞賴子侍晨昏曉承歡娛二親

己丑仲秋自館陶至京師途中阻水偶作

秋氣集百憂原野日蕭瑟西風帶霜威吹我一何烈去親遠
從宦千里適京邑忍念割親歡掩面離親膝庭闈日以遠離
思日以鬱征鴻呼其羣離獸索其匹中心摧以愴涕淚下還
咽行行重行行人馬苦飢渴微雨灑薄莫斜照忽西沒積水
浩縱橫道路失軌轍衝波愁雲濕陂阜欲顛躓我馬爲悲鳴
我僕爲戰慄夜深猶曠野昏月暗如漆蕭蕭空響動閃閃秋
燐出野鬼嘯林間鴟梟號木末模糊藉燈影閃熠乍明滅平
生處深閨未識世途仄坦夷尚如此險阻安可說何當賦歸
與偕隱結蓬室舉案樂自長娛親志堪悅山川契幽賞朱紫
那可及一任夷叱人磨碎輪蹏鐵

見道旁孤冢感懷

蕭蕭白楊裏薄莫亂栖鴉積水緣堤合殘碑逐路斜孤魂渺
何處荒冢屬誰家過客偏多感驚心歲月賒

男宗漢校字

澹菊軒詩初稾卷二

陽湖張女緗英孟緹

抵京後有懷

浮生本無定聚散惜悤悤顧影傷巢燕傳書盼塞鴻落花春寂寞流水思無窮願得高飛翼排雲向碧空

過金鼇玉蝀

落日滿城廓經過

御苑傍飛橋橫玉蝀曲沼隱紅牆遠岫千重翠流鶯一點黃歸鞭何太速不盡意傍徨

自是

宸遊地宮車幾度經雲霞含紫氣樓閣入青冥曲徑人稀到重門晝亦扃鶯聲徒百囀衹許隔牆聽

夜夢還家

夢裏關山近休歌行路難五更頻涉遠千里獨衝寒繞膝欣重聚牽衣不盡歡鐘聲忽驚斷敧枕淚闌干

上巳日家母壽辰不克歸祝因寄弟妹

此日趨庭樂應憐人未歸堂開金母宴觴舞老萊衣白髮春逾健青山夢欲飛渾忘修禊事悵望莫烟霏

歸雁

迢遞樓頭雁哀鳴定索羣回翔衝莫靄嘹唳入層雲歸去寒猶淺重來秋正分天涯有羈客腸斷不堪聞

春日書懷

寂莫遲遲日離懷可柰何鳥聲當戶細人語隔牆多青鏡驚華髮春花豔綺羅怕聽歸去雁偏向靜中過

大兒宗漢南歸就婚

六載相依慣臨岐未忍分風塵幾千里愁緒萬重雲薊北鶯初囀江南艸正薰離懷固無柰鄉思又紛紜

送汝欲無淚其如已滿襟蕭疏惜雙鬢寂寞衹長吟慰我勤魚雁宜家和瑟琴此行期自勉莫與俗浮沈

清明

新火初傳候輕烟甲第飛薄寒花斂灔侵曉雨霏微帶減一圍小愁深雙鬢稀何因覓萱艸結伴踏青歸

口占代柬啚夫子

失恃悲何極沾巾漬血痕當時悔輕別一度一銷魂

此日難爲別傷心異昔時椿庭遲莫景忍見淚如絲

慷慨君襄窆丁年事壯遊如何暫分手已覺不勝愁

自是疏頑性從來耐別離但教心似石未解問歸期

自館陶入都舟行雜咏

薄莫消殘暑扁舟路漸賒河聲催落日野色點明霞岸曲林容顯風回楫影斜沈憂銷未得憑眺獨咨嗟

一片長河水蒼茫接遠天我來經幾度繫纜綠楊邊野鳥煙中沒孤帆樹杪懸星光雜漁火迢遞滿前川

客行時已久離思入斜曛木落鳥啼樹風高雁入雲人家依岸仄雞犬隔籬聞指點西山近浮巒淨翠雯

舟次寄弟妹

黍稷高低綠滿疇拍隄新漲送歸舟年來無限傷心淚付與清波日夜流

挑燈獨自計歸程瑟瑟秋風蘆荻聲昨夜月明今夜雨助人離思夢難成

惜別雙羅淚尚存蓬窗悽絕一燈昏泝流西去陶邱路多恐驚濤阻夢魂

一抹垂楊鎖莫烟波聲時繞枕函邊轉蓬嗟我渾無定輸與閒鷗自在眠

舊路重經又一年不堪愁對泬寥天蓬窗鎮日無聊賴盡寫離愁寄惠連

別易深知會合難殷勤誰爲勸加餐臨書揮却千行淚祇恐開緘不忍看

哀懷

歸去空言願竟虛天涯贏有淚盈裾一身雖狂終無補再世能逢恐已疏此日傷心徒悵望當時輕別悔何如那堪病骨支離甚雙鬢經秋懶更梳

去住茫茫系我思可堪更對莫秋時驚弓斷雁懷征侶弔月啼烏戀舊枝衛女馳驅歸路隔曹娥哀怨大江知臨風便欲招鸞鶴只恐僊山去已遲

月夜

愧乏霜豪續楚詞一庭涼月思遲遲回腸細逐鑪烟裊瘦影愁從夜月窺不寐難將歸夢續傷離應有落花知朝來攬鏡驚元素始信當歌對酒詩

病中有懷弟妹

藥鑪不斷經年火誰爲維摩問疾來雙眼漸枯猶漬淚此心其奈不成灰

極目長天思悄然故園消息若爲傳無憑最是南來雁不管離人望眼穿

遊子空悲行路難長途誰念客衣單遙知旅泊繁霜夜冷透重衾夢亦寒

簾幕垂垂積暗塵烏啼夜月最傷神那堪素旆全家返獨向天涯滯此身

感懷

多病猶知歲月賒不堪回首問年華天涯飄泊惟餘我故里迢遙苦憶家轉眼桑榆悲莫景半生兒女幻空花傷心莫上樓頭望一抹斜陽噪晚鴉

久不得仲遠弟信

故園三徑今何似消息徒聞雁屢過歧路楊朱應慟哭工愁杜甫慣悲歌劇憐精衛塡滄海應惜蜘蛛誤網羅世事浮雲多變幻天涯遙憶涕滂沱

哭兄婦丁氏

浮生太促天何酷薄德難消我自傷今日痛心應猛省此生曾未識姑嫜

淑質偏教不永年榇前奉倩最堪憐十年灑盡傷心淚一現

曇紅總化烟
耿耿淸宵夢不成悲風蕭瑟斷魂驚糢糊月色悽涼夜那有歸來環佩聲
逝水年華迹易陳殘軀曾不戀浮塵何堪衰謝雙蓬鬢反向靈帷哭汝身

雜詩寄弟妹
耿耿不能寐起坐褰羅帷舉頭見明月憂思當告誰徘徊步空階形影鎭相隨豈無同心侶悵望祇自悲豈無骨肉親道遠何能追哀蛩鳴四壁離雁索羣蜚涼風侵我袂淸露沾我衣俯仰長嘆息不覺涕沾頤低頭還入戶悽惻莫我知恐覩西月墮形影生乖離

白日旣苦短相期秉燭遊柰何同心人道遠莫可求盈尊有旨酒誰與同傾甌賓朋雖盈坐誰與相爲謀人生猶夢寐天地若蜉蝣何如鴟夷子泛彼五湖舟

附仲遠弟畣詩
驚風搖獨樹羣鳥各分飛分飛隔南北哀鳴一何悲嗟我同衰人遠適在京師一別已三載魂夢常相依人事多困衡變故忽斯須倚廬痛銜恤弔影傷孤鸝風雨況飄蕭綢繆嗟已遲逡巡處戶牖拮据懷恩斯引吭激嘵音創深人未知旁徨念離別苦心當告誰豈無翔風翮一舉凌燕臺豈無千里志毛羽傷摧頹山川多阻深中路忽徘徊載瞻北鄉鴻淒惻令心哀

天屬本同命恩誼死不渝式好況吾家親愛與衆殊嗟予生也晚慈母精力癯提攜賴諸姊顧復同辛劬憂喜合寸心病癢同一軀荏苒廿八年悠悠歲月徂白日沈虞淵皋魚泣已枯乖離遂南北躑躅憐遺孤昔爲同母雛今作驚弓鳥昔爲連理木今作分荊株鮮民九死人心志嗜欲無煢煢鮮昆弟幸有兩姊俱吾姊獨遠離痛憶摧肌膚欲歸苦無因欲往阻中途窮居迫愁病引領徒區區少日樂不足及茲悲有餘舊歡誠可復爲樂恐已疏會棄東南風送我達　天衢相逢一握手悽慰當何如

又若綺妹畣詩
白日忽西墮歸鳥離羣飛倦羽何蕭蕭悲風强自支飄搖

歷霜雪哀鳴和者誰嗟我骨肉親三載若相違山川隔千里道遠心長依幽居思易沈入夢會猶稀撫時慮寒暄感事傷仳離北風送征鴻貽我一尺書上言平安字下勖箴規詞示我詠懷篇命我長相思君今事君子一舉靑雲期嗟我處蓬室窮年對寒機人事如浮雲茫茫安可持舊歡逐流塵弦望豈有時俯仰感今昔泣涕沾裳衣

懷翁大理心存室許淑人
一別竟千里相思空九秋古人重知己多病易離愁福慧君能並庭幃樂自稠南雲渺無際日莫獨登樓

柳枝詞
二月長安絮未飛玉關春色想依稀莫教思婦樓頭見萬里

征人猶未歸

底事長條管別離蘆溝斜日正遲遲二分烟雨三分絮多少
春人減鬢絲

隋堤春比白門多十里香風映綺羅略似娥眉也傾國至今
遺恨廣陵波

凝碧池頭翠色饒館娃宮裏不勝嬌於今寂寞空江渚莫向
春風逞舞腰

拂柴披紅錦繡圍臨風弄影亦依依如何竟日渾無主一任
東風作絮飛

聞道離宮幾樹垂旌旗低拂露華滋景陽寂寞臨妝候倦倚
瑣闌學畫眉

冬夜待仲遠弟不至

辛苦憐吾弟途窮强自持三年嗟遠別千里獨銜悲去住牽
塵網因循誤昔期關心風雪夜獨客歲寒時計日懷逾迫愁
深夢轉遲郵程應不誤何事滯天涯

得仲遠弟書聞已南歸悵然有作

刻期將北上改轍忽南征風雪關河道艱難客子情小齋空
設榻寓齋偏室夫子另築一室待之故里想歡迎遲爾三年久翻令計去程
只我猶從宦曰歸未卜年披心餘寸艸無淚到重泉夢逐征
塵遠心隨夜月懸蓼莪嗟已廢怕讀載馳篇

和夫子移寓將文恪公舊第養痾原韻

門無轍跡靜塵譁半畝溪陰蔽日華隔牖巒光青欲滴入簾
艸色綠難遮養痾爲愛山林僻避暑偏宜竹徑斜我是耽幽
杜陵婦不妨料檢便移家

附夫子原作

蔣徑重開靜不譁景宜長夏倍清華牆爲萬頃紅蓮繞庭
有千章綠樹遮閒坐恰當風北至倦眠常到日西斜此閒
不讓神仙樂小婢無知却憶家

過蔣園贈夫子

避俗才離市塵襟且暫開郎官新別墅丞相舊池臺槐影當
窗落荷香拂面來東山正高卧鳴騎恐相催
能詠霓裳後終輸祖逖鞭顏衰將畏鏡髮白漸盈顛高視非
輕俗虛心爲艸元新詩何俊逸璀璨滿雲箋

附和韻

高屋依雲住幽軒傍樹開清風動簾幕白日靜樓臺室有
琴書樂門無車馬來散人合閒處不畏簡書催
枯楊難作棟老馬豈禁鞭因病還詩債將狂學酒顛心灰
無復熱鬢白那重元才已江郎盡還勞惠錦箋

畣夫子雨後卽事

爲愛河魚索酒嘗雨餘新漲滿池塘拂雲樹老宜清晝侵簟
風多愜晚涼宅有醴泉堪愈疾坐無俗客足傾觴囘看名利
悠悠者何似君耽野趣長

附原作

夜雨連朝未放晴嫩涼却稱袷衣輕遠山似滴千重合新

水如潮幾尺生攤飯乍驚空簟冷鈔書聊就小窗明晚來
門外觀垂釣買得鮮鱗好作羹
又和作
野趣今番得飽嘗門前咫尺即橫塘池荷凝露初含濕岸
樹連雲午亦涼詩為消閒頻握管酒能養病偶飛觴老萊
有婦稱同志偕隱他年樂正長
和夫子雨夜不寐
愧乏瓊瑤作畣遲耽吟喜藉雨催詩無眠自覺清宵永高枕
多因就月移只少金釵鬪講幄最宜花氣潤書帷幽居始信
如蓬島門外輩公未許窺
附原作
正當煩暑鬱蒸時忽地清涼透薄帷庭為樹多風易覺窗
因荷近雨先知怕看蟲影吹燈早愛聽書聲入夢遲到曉
濃雲仍不散料應天意要催詩
和夫子新雨初霽清曉觀荷原韻
輸君饒逸興侵曉過溪橋露裊花光豔波涵日影搖為家雙
槳穩對面數峯遥寂寞蘭閨裏新詩昔見招
附原作
晨光開遠渚霽色上危橋雨過花如拭風來影自搖陰連
隄樹近聲隔寺鐘遥何日同攜手香車試一招
又和前贈詩韻
半月此中住蓬門常不開[illegible]有伴扶病一登臺影帶

烟痕沒香兼露氣來正堪娛永晝杜宇莫相催
君來何太早十里未停鞭忽聽佩搖動相迎衣倒顛削瓜
藉消暑煮茗助談元歸去添詩料吟香滿彩箋
新秋柬夫子
涼風拂庭樹初月靜簾帷新綠抽書帶輕黃坼露葵康成兼
課婢德曜愧齊眉偕隱他年願耕耘樂共隨
哭從姊孟倩
十載勞魂夢情親最憶君已傷離別久復作死生分禮式貽
彤管孤兒哭白雲無由奠尊酒一慟對斜曛
男宗漢校字

澹蘜軒詩初稾卷二

陽湖張女𦈡英孟緹

仲遠弟入都悲喜交集作此贈之

五載傷離別相逢各愴然鬢絲予漸減風骨爾猶堅喜極翻成淚來遲約屢遷可能長聚首聊以慰重泉

跋涉未經慣誰憐病裏身風塵顏色異歌嘯性情眞閱世空夷險浮名有屈伸不妨聊小隱寒谷自回春

此地欣重聚江鄉悵遠違池塘應有夢砧杵謾懷歸良會嗟難合前塵迹已非何時結茅屋相與共忘機

且莫悲生計相依共唱酬浮雲身世感明月古今愁白眼看流俗青山待壯遊淸時漫投筆何處覓封侯

附仲遠弟抵京見贈作

三年負約心長在五載傷離鬢已絲此日相逢惟一哭轉疑殘夢未醒時

瘦損文園病裏身秪餘健骨尚嶙峋閉庭一夜驚風雨話到艱難泣鬼神

如水年華惜已遲疏窗燈火共吟詩一簾香霧三更月恍憶垂髫入塾時

渺渺靈蹤隔玉京相依差足慰離情那堪千里雲山外幾日池塘句未成

歲莫口占示仲遠弟

日短愁偏永宵長夢轉遲千行伏枕淚惟有夜鐙知

一樣團圞月相看異昔時天涯吾與汝回首淚雙垂

長至日和仲遠弟

葭灰乍動氣猶藏消息微參未渺茫秉燭應憐寒日短耽吟最喜此宵長幾年別恨因君減一坐歌聲入酒狂漸覺陽和梅信早月明疏影半匡床

兒婦惲琴芬剪綵爲花嬌豔可玩夫子賦詩美之余續得四首

分得花工巧東風入剪中一時齊爛漫百樣總玲瓏銀甲皴深碧金絲簇豔紅隋宮懷舊事芳意倘相同

名花嗟易落乍發已生愁那得花常好相看樂未休豔超羣卉外春是一人留翻笑瑤池畔蜚紅散不收

斂香堪避俗獨立不隨時色相無眞假寒暄任轉移未須邀俊賞卽此是僊姿伴我深閨住休教蝶蜨知

舊事懷吾母曾工剪綵圖一鐙方寸地百物四時俱（先母少時曾作螢燈圍徑寸上爲剪綵山水人物樓閣花鳥數十事先府君作詩紀之）顧此奇堪並回頭迹已殊無因供一笑遺恨付啼烏

附仲遠弟同作

一笑拈花悟後身百花在手許常新奇思別著羣芳譜豔福能消不老春絕勝金針工刺繡較他綵筆更傳神星旛休畏風姨妒珍重淸姿莫染塵

剪綵白菊

傲骨於今始見眞肯隨桃李競芳春藉他金剪留餘韻好與梅花結比鄰

河陽縣裏空陳迹彭澤籬邊賸月明卻向重帷最深處幾枝
瘦影尚含英

紅梅

一樹紅霞色最佳羅浮夢醒又天涯入時小試胭脂頰比豔
宜簪玳瑁釵明月無言窺畫檻暗香和影護書齋朱顏謾惜
遭塵劫桃李如雲未許偕

料峭輕寒薄莫時靚妝猶識舊丰姿移從庾嶺無雙豔開向
春明第一枝東閣淸詞邀俊賞西州紅淚寄相思江南驛使
遲歸騎羌笛休敎任意吹

附汪太夫人潘虛白和作

漫天絢爛赤城霞踏雪難尋水一涯翠羽乍驚高士夢臙

脂宜上美人釵苔痕滿地迎珠履月影橫窗傍綺齋本是
孤高天上種春花五萬豈能偕

盟深松竹歲寒時染柳還同塞外枝嶺上郵知前度客門
中誤認昔年枝歌聲愁聽江城曲驛路難傳故國思不是
武陵溪畔路莫敎狼藉任風吹

弟婦包孟儀三十初度詩以壽之

三十華年鬢未絲佳辰正值好春時塵中儷侶雙淸福門內
芳徽七誡辭骨帶烟霞原絕俗心涵風雅是眞詩紛紛緯翟
皆凡質誰識翛然林下姿

佳耦千秋得幾人如君風格況无倫不逢逸士誰眞賞未負
淸才是宿因一曲雎鳩傳雅操九霄鸞鳳隔凡塵芳踪合繼
秦徐美身外浮華那足論

六載循陔潔酒漿斑衣宛轉樂高堂獨饒至性天應鑒難挽
春暉志已傷禮式能承眞不愧顯揚有願好相將一篇中壘
他年傳壽比瑤池寶籙長

辛苦宜家事坎軻空山風雨困烟蘿蕭蘭雜處芳難掩蟲鳥
無情氣亦和宛宛儷心瀛海月醰醰雅奧大江波[illegible][illegible]紙閣
淸幽甚兩字儀光定不磨 君自題臥室曰儀光閣

舊游回首最難忘連袂相依比雁行京國風塵憐遠別東山
絲竹換斜陽十年身世滄桑異千里離懷道路長便欲乘風
至君側碧桃花底爲稱觴

謾勞板屋賦離愁慷慨梁生尙遠遊天上神儷猶小別一家

姊妹足淸幽 孟儀與婉紃若綺兩妹同居 新詩合譜同聲曲餘事應傳寫
韻樓 工分隸書 遠道祝君無別語百年琴瑟永無憂

病中雜咏示仲遠弟

聞道琱闌畔桃花笑靨顰無端十日病負卻一番春處處紙
錢白家家麥飯新松楸無恙否相顧各沾巾

一病忘昏曉春風又禁烟無因修禊事祇許裹愁眠十載東
山樂初三上巳筵傷心當此日回首淚潸然

病裏思鄉切悠悠路幾千關心驚節物屈指感華年櫻筍當
春薦尊罏舊夢牽勞勞混塵俗深愧古名賢

短夢驚回擊柝聲模糊病眼對殘檠詩懷半向愁中減離思
都緣靜裏生萬刼易消情不盡一生相伴月常明升沈莫向

君平問隨分從教歲月更

月明簾隙重徘徊淸夜無眠枕自偎百卉誰如松栢茂三春空惜蕙蘭摧蹉跎白日餘衰鬢慷慨浮生信刦灰便欲齊心禮天竺可能一葦傍蓮臺

題名媛書幅寄孟儀

姑射仙人出世姿也隨時俗浣胭脂莫嫌冷淡孤山性消得紅羅絶豔詞 陸夫人韻梅紅梅

不向花時鬬好春姍姍別具瘦精神姮娥應爲憐幽獨分取天香伴美人 張夫人祥桂花海棠

閱遍炎涼眼倍青祇憐紅袖太伶俜可知絶豔宜清節百五春城夢易醒 焦夫人學濟秋柳海棠

命婦神僊品未同傍他玉樹倚春風不教竟體熏蘭澤誰識名花別樣紅 焦夫人希淑玉蘭海棠

送費印秋 靜儀 侍父耕亭太守官河南

五載常相聚蘭閨誼獨親與君形影合于我性情眞忽漫成離別相攜各愴神願爲堤畔草千里伴珊輪

勝地宜賢守全家奉板輿斑衣萊子養博議館甥書風物趣庭欒情懷愛日舒還應相憶否天末意何如

羨子重闈樂增余隔世悲半生眞倏忽九地未追隨輕別心猶悔還家夢亦癡良時非易得珍重白華詩

人海嗟從宦悠悠已十年有誰誇彩筆無恙守寒氈秋冷雲司月風清紙閣烟繁華吾可謝偕隱問林泉

秋氣最蕭瑟驪歌不可聽花前一樽酒門外短長亭知已天涯淚同心夢裏形尺書如惠我矯首望青冥

壽仲遠弟

童丱聲華已久邀卅年鬢影欲飄蕭青雲事業輕千古白雪詩名亞六朝肯向朱門輕曳履暫來燕市學吹簫英雄遇合原無定一賦登樓志莫消

傳家絶業守遺經李杜文章見性情傲骨難消豪士氣治容甘謝美人名冲霄自蓄干將器買櫝誰知照乘明一技能施皆利濟不妨藉手活蒼生

七夕雨

曝衣樓上晚涼生女伴空懷乞巧誠一陣蕭蕭飛淚雨雙星

依舊隔河明

散步

閒階散步獨徘徊霜信初傳菊向開好趁斜陽覽芳徑莫雲解事莫飛來

咏古四首

無鹽未必勝東施不遇齊王世豈知縱有奇才無所用傾城畢竟遜娥眉

默默承恩非選色恩恩辭輦欲回天素絲幸得藏深篋莫向秋風怨棄捐

終始恩誰驗淺深長門愁坐謾沈吟九天珠玉都無補何必虛糜買賦金

狼藉雙鬟損翠眉眞珠何用慰離思馬嵬坡下君恩重一幅親頒白練絲

書懷示仲遠弟

春來憔悴懶登樓草草離家悔遠遊三月鶯花辭病榻五湖烟水夢閒鷗因循薄宦猶雞肋慷慨雄心負虎頭汝未成名吾已老江鄉何日問扁舟

夜坐待仲遠弟未歸

疎窗靜對一燈清寒夜馳驅近二更屈子牢愁憐皓質范公心事繫蒼生一篇箋註傳靈册（弟有史記扁鵲倉公傳補注二卷）宿世淵源證玉京（先孺人嘗禮大士求子願得名醫弟童時即通方藥後有人扶乩言弟爲文摯後身）博濟固應忘況瘁只愁餘技掩才名（汪太夫人贈弟詩有莫教妙術掩詩名句）

夜坐

秋宵靜坐氣逾清天末風微落木聲病骨避寒兼避月幽花宜雨不宜晴閒情秋水春氷外妙悟靈臺寶樹明自爇沈檀消永夜不知霜色遍簾旌

劉節婦費氏殉夫家人勸免賦此贈之

病骨幸長存空房白日昏人生何至此天意護孤魂血淚沾雙袖哀聲徹九閽巫咸如可下一爲問沈寃（節婦久病未痊屢瀕危劇）

一死誠非易餘生更愴神氷霜催晚節風雨戀孤臣匪石嗟難轉高堂覺更親夜臺應痛絕去住兩難人

讀孫子瀟先生杏殤詩感而賦此即效其體

觸目驚心鼻不殊淚縱橫下已沾襦淒涼心事緣同病宛轉形容儼畫圖六載兩經魂欲斷（丁亥春殤子女二人壬辰冬復殤一子）全家一月眼爲枯早知順逆非虛語（俗謂痘症宜長者先幼者後爲順反此爲逆）姊妹同傾掌上珠（時隨侍先母寓濟南婉紃妹兩女亦以痘殤同一月也）

靈素無徵治未詳悔將鍼藥視尋常兒無夭相偏夭折人祝長生竟不長病劇似因投峻劑醫庸猶說有良方最傷慈母心尤切徹夜焚香禱上蒼

彌留時節忍思維似解依依不忍離喚母聲低神漸散看爺眼直淚猶滋此生已分無來日半世空名說育兒一十二年腸幾斷可堪更讀杏殤詩

病感仿天眞閣體并遲仲遠弟

死別生離不復哀此生悟徹劫餘灰有心學佛身仍累無福看書病卽來乍熱乍寒神已亂非烟非霧眼慵開欲憑靈藥扶衰骨更漏敲殘苦未回（仲遠爲人治疾常夜半不歸）

夜夢先慈相持而哭醒後泣賦

一別已八載哀哀千古情夜來頻入夢相見各吞聲欲語心難達驚疑境忽更迷離燈影外伏枕淚縱橫

有淚憑誰灑還尋夢裏親可堪長不寐何以話艱辛覿面終成幻牽衣認未眞誰知九泉下爲女劇傷神

昔我辭家日雙親已暮年那知成永訣不死重吾愆衣尙當時淚詩猶舊日箋（入都時先子親書陶山送別詩卷付之）此生徒飲恨願祝夢常圓

夜坐

泡影年華事事休碧城殘夢水東流半生贏得無窮淚斜月疏燈相對愁

舊侶分飛滯好音清遊如電杳難尋池塘草色年年綠夢裏詩成獨自吟

偶成

墮溷飄茵遇各殊難憑巧拙判榮枯可憐絕艷天孫錦盡作障泥不作襦

傾城何必盡名姝月範花模總過諛此意深知惟宋玉高唐賦後賦登徒

哭汪禮部本銓室呂宜人湘芙

日下同從宦論交恰五春辛勤相夫子純孝格天神聞翁病勤持齋百日晝夜焚香祈禱病果即愈一霎浮沈異三生夢幻真憑棺惟慟哭知否九原人

聞道彌留際丁寧老父辭欲將懷裏女暫作寄生枝悞我連宵雨遲君决別時悲懷誰與訴慷慨淚如絲

白日淒秋節霜風吹鬢絲去年當此日把酒醉東籬病藥花猶發疏窗月上遲舊詩重展讀便抵大招辭

聞說離塵樂憑誰問列僊百年原倏忽一病苦纏綿舊恨悲精衛新愁泣杜鵑最憐嬌小女也解淚潸然

遠嫁誠非計姑嫜况復違迢迢適京國黯黯戀庭闈辛苦終何補齎鹽有是非十年嗟盡瘁婢僕亦沾衣

往日情徒惜他生約更難無端形影拆空向畫圖看秋水丰神杳梅花夜月殘送君聽薤露清淚不勝彈

長至日

綵線無緣課女工曇花一現付殘紅怱怱四十六年過已是看花似霧中

男宗漢校字

澹鞠軒詩初稿卷四

陽湖張女䌌英孟緹

春日

寂寥徙倚曲闌干欲下重簾怯莫寒為愛雙棲新燕子恐教清夢又驚殘

贈沈才媛湘佩善寶

不學春華鬭靚妝謝家風格本清狂布衣椎髻原驚俗寥落千秋一孟光

牡丹

豔質偏宜富貴姿固應開向晚春時美人傾國名花老千古清平絕妙詞

題周保緒先生姬人佇素樓詞稾

深閨久式孝侯名餘事都成弟一聲（先生與先府君交善著有味雋齋詞）千古英雄得奇女好憑絕調寄深情

百鬫回環十斛珠神僊法曲付名姝最難宛轉璇璣錦豔絕翻疑一字無

語燕啼鶯總化烟清商誰復問湘弦易安老去風流絕寥落空閨七百年

此事吾家有正聲千秋詞苑闢榛荊（先府君著詞選二卷識者多宗之）傳書我愧中郎女卅載耽吟苦未成

哭從兄彥惟

聚首百五日分衿十二旬（兄去歲入都應試以五月到京十月赴登州幕二月赴至卒）然聞惡耗驚定轉傷神半世窮途淚三年海國塵一鐙猶照我

話舊更何人（兄嘗云四十年前舊事惟爾我知之弟妹俱不知也）丱角傷孤露艱難負米身壯心銷一第文譽動千人刧火摧荊璞風塵老爨薪天涯餘弟妹揮淚共酸辛

賴有兒隨侍堪扶旅櫬旋可憐身後事多仗主人賢[illegible]淹賦魂招宋玉篇尚餘多少恨無路問重泉（兄卒於登州府署英煥堂太守文爲殯斂）

記得瀕行際挑燈作篆書龍蛇猶滿壁猨鶴怨荒廬遺迹誰知重交親漸已疏古風今邈矣莫問巨卿車

未了生前事紛紛孰主持阿咸年未壯小宋力難支十口饑寒切雙棺窀穸遲（先伯父伯母俱未葬）經營三十載空使鬢成絲

幸有遺編在眞堪繼大儒元音還太古百代定奇書（兄著說文諧聲譜五十卷儀徵相國序云此書出韻學可定足見未有韻書已前之本來部居）賸稾嗟誰續（兄尚有學算草太元述虞周易虞氏義疏均未成）勞生願竟虛無由學班女展卷斅愁予

病中奉酬汪太夫人見贈即次原韻

微才也許附詞人伏枕成詩別有神藏拙未妨遲作畣耽吟且喜不辭頻空懷蔡女傳家學親拜宣文是夙因中饋勞勞還自笑却於病裏得閒身

當代名媛得幾人松筠氣味鶴精神大才如海詩能健小別經時夢已頻天與文章傳雅教身兼福壽豈前因郝鍾禮法班家訓珍重千秋不朽身

附原作

珍重吟詩病裏人莫因腰瘦轉傷神休教咏物還成癖却

羨煞鬟不厭頻傀儡妝成身外夢葫蘆參透箇中因原注適讀近作葫蘆詩及見和傀儡詩簪花移我前緣在那得烟霞共寄身原注時令姊婉紃夫人暨包孟儀夫人均以法書見贈

病中奩謝沈湘佩夫人枉視即步見贈原韻

效顰強自學塗鴉病裏雙眸霧裏花愧我年來憔悴甚清才濃福屬君家

附原作

宛轉蕉心久未舒得君佳咏興何如比他七發能療疾絶勝靈蘭玉册書

眉減青螺鬢墮鴉清癯標格似梅花我來繡閣聞名論多病文園屬内家

牙籤萬軸錦屏舒黃絹高才我不如爲避俗塵聊借病一簾花影半牀書

又和作

夕陽影裏逐歸鴉鴻集吟來筆有花昨夜夢中猶握手清談雅辨論詩家

一幅瑤華浣手舒鏤金錯采錦難如不慚倚馬塗秋蚓喜換簪花玉女書

沈湘佩夫人惠題拙集疊韻奉柬

部華回首已如流花管消磨孄倚樓潦草篇章唯破悶飄零鬢髮易生愁半生心事頻看鏡一日虛名類竊鉤敢向吟壇輕執役附庸未許列諸侯

闈閣清才弟一流蒼茫僊夢落瓊樓盛名已播千人口奇氣能消萬古愁玉井丹霞濡采筆寶鑪青火鍊純鉤策勳儻比從戎例娘子軍中萬戶侯

共指相如作女流清簫雅奏播秦樓隨風珠玉都無價大地鶯花黷欲愁一代才人歸玉稱百年閒氣出珊鉤即看鴻案消奇福坐擁書城拜素侯

齏鹽自愧溷庸流家法空傳文選樓先子著古詩錄十二卷絶藝讓君身後業新詩驅我病中愁殘秋風物催商聲鎮日簾櫳下玉鉤垂老無成嗟已矣升沈不必問靈侯

附原作

班香宋豔格風流展卷如登百尺樓詩到中年偏有味人

非絶代不工愁水邊亭榭峯三面花裏簾櫳月一鉤麟閣標名慚野戰論功可許到公侯原注時選本朝閨秀詩甚嚴

又和作

門對西山翠欲流秋風瑟瑟孄登樓欣從文苑窺三絶聊共騷人賦四愁駿馬超羣空冀市神龍小隱化吳鉤掃眉才調如君少不愧家聲博望侯

瀟灑丰神異俗流五銖衣薄月當樓同深寸草春暉感難遣秋聲夜雨愁道韞清才工七字茂猗淡墨重雙鉤原注頃承以令妹緯青夫人詩稾婉紃夫人法書見贈左圖右史祛煩襄何減神僊李鄴侯

妝臺何幸識名流妙手能修五鳳樓對酒難消才子氣讀

書常寫古人愁黃花寫影臨珠幌金鳧焚香掩翠鈿示疾
維摩耽淨業軟紅不到管城侯
滾滾詞源峽倒流難將寸木並岑樓綠波南浦江淹恨枯
樹西風庾信愁別夢不離邀月舫狂吟欲藉釣詩鉤鶺脊
一曲難賡和八咏虛傳愧隱侯

臥病無聊口占遣悶

也知身世等蜉蝣衰病何堪春復秋伏枕每愁清夜永呻吟
怕覩一燈幽黃花伴我同憔悴紫燕將雛亦遠遊碧蘚侵階
少行迹窺人賸有月如鉤

病中重九

登臨何地豁吟眸半月纏綿病未瘳覽鏡易驚雙鬢短擁衾

獨寫九秋愁簾前叢菊憐子瘦枕畔幽蛩為客留回首舊遊
都是夢百年天地一浮漚

盆中桂花歌

江南桂樹多如雲大者尋丈枝輪囷秋風一吹金粟遍濃麗
直欲驕陽春近園百樹更殊絕萬斛黃金飛作雪花時一邑
競喧傳寶馬香車紛絡繹我家僦屋居園傍隔牆終日飛濃
香偶攜弟妹就花下襟袖颯颯僊風涼轉眼名園忽無主喬
木荒涼鎖烟雨兒童攀折當柴薪坐使瑤華散荒土花事蕭
條人亦去全家從宦青齊住白雲隔斷故山秋殘夢猶尋舊
遊處草草流光付逝川飄飄宦迹又幽燕草堂（近園有西野草堂）一
別三千里不見天香十五年京國風塵莽如霧霜風慘淡秋
容莫竹枝憔悴菊花愁沙土凝寒易沈近主人愛客兼愛花
小園一畝羅群葩買花不惜費清俸宴客終日傾流霞吾憶
名花不可致肖形聊借隋宮製采綃金剪奪天工可惜無香
難快意（兒婦惲琴芬剪采作桂極似眞者）忽覩斯花我亦憐他鄉遇故最欣
然月中子落宜男兆（時侍姬順華有娠）天上枝攀弟一僊瓦盆數尺
苔痕繞骨幹清癯花朵小枝頭葉底總零星亦有幽香散清
曉太息浮生得地難樹猶如此劇悲酸踰淮枳橘形都化空
谷芝蘭氣自完日莫看花能幾度何當更覓江南路菌露空
褱屈子愁小山絕憶淮南賦華藕修陵事可哀浮踪我亦滯
天涯半生泥雪無餘爪一晌光陰付夕曛回首前塵渺何許
羈懷祇共名花語便欲相攜入廣寒青天碧海同千古

仲遠弟為陶制府所招忽遽南歸余適寢病不勝離索作此
寄之

三年欣聚首此別太怱怱未盡相依樂尤憐客況窮征程兼
日速離恨此宵同明發還惆悵蕭蕭正朔風
留滯嗟吾久翩然羨汝歸鶺鴒飛自急鴻雁意多違鄉思因
君切江梅到日肥何須苦相憶努力趁春暉
青眼今誰在應嗟行路難河山千載後辛苦一身單侵曉輪
蹏滑嚴冬日月寒萬金書一紙早為報平安
歲莫留難住關山風雪深畏寒常瘦骨多病易傷心囷乏晉
公粟囊空鮑叔金朱門恥彈鋏珍重莫悲吟

附仲遠弟和作

孤懷迫新歲離思正悾偬江水流難住燕雲目已窮松楸
遊子感節鎮古賢同愁看清宵月悲吟對朔風
此別情難遣經旬不當歸三人憐各瘦一室願猶違客館
寒暄變青春草木肥江山空勝迹默默對斜暉
賞音非易得薄技亦艱難身欲壺中隱方空肘後單時名
眞淺小入世慨孤寒辛苦慚梁鳥營巢未得安
風雪經旬久寒威入夜深一燈知瘦影百病損春心膠柱
空彈瑟披沙孰揀金未堪輕去住愁坐謾沈吟

寒夜不寐懷仲遠弟

不寐厭長夜挑燈計去程一簾霜月冷千里馬蹄輕强忍臨
歧淚終傷別後情曉寒風力勁莫向敝裘生

附仲遠弟病中次韻

十載罹憂患三年困客程浮沈生計拙貧賤此身輕衣賸
將枯骨心餘未死情翻懷莪王諦浩蕩說無生

雪夜懷仲遠弟

此夜長途客驅車不易行凍雲千里合積雪一堤平野曠寒
逾迫愁深夢易驚勞勞困名利何以慰平生

附仲遠弟不寐次韻

敧枕不能寐披衣繞室行膏盲愁欲入塊磊氣難平致此
誠多故追思轉自驚鬢膚無恙在未敢薄浮生

病中偶吟

犬吠雞聲攪睡魔迢迢清夜柰愁何流光怪底成虛擲賸有
蕭蕭兩鬢皤
賴有琴書破寂寥維摩一室淨塵囂新愁比似長江水早晚
波濤上下潮
閒咏陶公影問形莫教漁父笑偏醒楚騷一卷千秋業不是
愁人不耐聽
重帷深押漏聲長如豆殘燈接曙光一枕淸宵詩夢好不知
天上有參商

歲莫感懷寄仲遠弟

不定浮踪憶遠人病懷難遣轉傷神愁深自覺心尤窄懶極
翻嫌客至頻草草流光誠幻影匆匆聚散豈前因那堪終歲
還支枕化蝶何如夢裏身

寄弟妹

病久愈難速春來稍可支氣衰仍不寐腸斷已如絲望月依
虛幌看雲動遠思天涯有弟妹相見復何時

汪太夫人以買燈日購得牡丹詩見示依韻奉和

病來無計避塵譁魂夢長依道蘊家却羡高年詩轉富淸吟
自合對名花
靜掩疏窗怯夜寒別懷怕覩月團圝比來病骨支離甚多恐
相逢不忍看

附原作

一任兒童笑語譁燈殘爆竹响家家朝來蔬筍堪供食且
買街頭富貴花

料峭風多漸減寒可能竟日語團圞自憐老去光陰速也
作殘燈一例看

寄若綺妹卽壽四十初度兼示婉紉妹仲遠弟

吾家弱妹已四十恠底吾衰鬢蕭瑟半生舊事付雲烟歲月駸駸去何急憶昔垂髫侍親側四女娟娟最珍惜名花入檻盡駢枝嬌鳥能言皆比翼我年十四好讀書一編相與時伊唔讀書常苦識字少索解不得心煩紆是時家貧乏衣食窮巷蕭條鮮行迹嚴君挾策事壯遊慈母持門瘁心力午炊曉汲未覺勞得暇便欲拈柔豪就中三妹最精銳緯青晝日苦短常終宵我長頻年苦多病經月連旬廢妝鏡書卷縱橫列枕衾病裏耽吟覺心淨妹年最稚性尤敏漱玉含珠出靈性五齡解辯黃花詩妹侍母赴嘉興母得句云兩岸黃花送客行妹卽言此當是下句十歲能

工海棠咏深閨窈窕春日長軟塵不到瑤琴旁詩裹杳杳入霄漢幽夢瑟瑟飛瀟湘身世渾忘溷塵俗羅綺何染脂粉辱班宋長懷絕代才施嬙空陋千秋目轉眼倥傯人事勞告歸最苦烏辭巢六年秦館猶聯袂一去燕臺嘅繫匏哀樂中年苦相逼雁斷烏啼劇淒惻惡劫偏多兒女魔終天莫報劬勞德虞淵墮日不可探我處塞北君江南消沈心志各已久我困米鹽君井臼郎署委蛇守一官故鄉迢遞無千畝牽蘿補屋願已遲羨爾偕隱猶聯枝清貧絕稱孟光志比屋好咏靈均辭嬌嬌譚公振時器妹壻太倉王季旭曦骨性清醇似吾弟身外升沈未足論塵中契合嗟何易卽今燕婉和且平參昴蕭蕭瑤光明佳兒嬌女各爭秀相對便足怡吾情人生行樂苦不足況乃禨期饜膺福得失尋常付一人榮華變幻紛千族蘭陵三月東風香櫻筍味美瓊筵張弟歸千里姊同舍長歌短倡傾壺觴我望江鄉欲飛至夢裏雲山寄遐思萬緒俄生九折腸卌年最憶童時事願祝西池錫大年相將訂我玉臺編漢家十志長生錄劉氏全書不老丹太息吾衰事難竟簡策叢殘多未定考俗思陳列國風無邪欲正中閨行梱內非馮文字傳少時艱苦亦堪憐百齡擾擾終何補一世悠悠未足言我倡新詩爲子壽夙志應須早成就他日編書集一門白頭重與繩愆謬

昭君

莫怨丹青誤此身天教豔質若邊塵請看萬古輪臺月照盡長門絕代人
慷慨襟褱類請纓紅顏謾道總傾城未妨異域埋香骨贏得千秋不朽名

送董子遠甥穀試後出都

離思正無賴吾甥遠道來愁因隨病減笑欲逐顏開衰謝驚余早飛騰見汝才高秋奮逸翮取次到蓬萊
此會知難久仍將事遠遊衰年頻送別臥病又經秋搏擊應無失飢驅豈自由怱怱聽驪唱相顧淚盈眸

附子遠和作

京國瞻依久頻年去復來名園三徑闢廣厦一尊開護茂

垂濃蔭桐蕉惜菲才新瘥拈玉管眄睞及蒿萊
不舞羊公鶴飄零作遠遊鮮民徒假息思士況驚秋發篋
憐蘇季聯牀愧子由（原注時居家兄子詵刑部宅）來年如北轍當可慰
凝眸

和若綺妹秋懷韻

曾晤空嗟歲月更商飈已逗客心驚離愁悵觸難成寐可奈
秋窗不肯明
惠我新詩旅思寬隋珠和璧一時看挑燈不惜回環讀喜極
渾忘入夜寒
久抛刀尺怕閒磋又是黃花一徑深佳節定應憐遠客茱萸
徧插共聯吟

珍重文園病裏身莫因離思黯傷神悠悠名利非吾好不辱
還應葆性眞（謂仲遠弟）
遠道惟憑尺素書相攜未卜思何如遙知慈母兼師傅雛鳳
清聲最憶渠（謂宋蘋宋蘩兩甥女）
蕭疏籬菊可供餐幾度西風序欲闌却笑病餘詩轉拙吟成
北斗已闌干
久客天涯感鬢絲聯吟樂事記年時何當一棹秋江外綠酒
清燈共構思
荏苒流年半百過著書媿說已蹉跎名山事業吾何敢臆有
襟懷託嘯歌

附原作

枕冷方知節序更屋梁落月夢初驚相看一樣團圓影偏
向離人分外明
黛螺蹙損帶圍寬都付西堂夢裏看一夜霜風涼到骨不
知何似薊門寒
寂寂閒階何處砧蕭疏木葉雨中深定知剪燭幽窗下欲
寫秋懷只獨吟
憶弟難爲病裏身近來離思倍傷神昨宵喜得平安字多
恐平安字未眞
老去心情苦著書紅箋久薄女相如大家自有名山業一
代文章付石渠
近來能否勉加餐多恐看雲到夜闌此日秋光正明媚幾

人不負曲闌干
憔悴頻年鬢易絲消魂最是夕陽時舊愁新感都陳迹寥
落秋江繫我思（原注謂緯青先姊）
四十年華轉瞬過中郎世業竟蹉跎疏頑愧作劉家妹只
把名篇萬徧歌

懷汪太夫人卽以代柬

病久成吾懶因循問字車河山渺城闕魂夢戀安輿老去愁
逾迫心驚歲欲除還勞損雙鯉聊以慰離居
骨肉天涯遠交情老更親未能酬白雪祗自惜青春寒日易
爲莫離懷難具陳清吟多感慨珍重莫傷神

寒月寄懷仲遠弟

皎皎中天月星河影漸微何須惜遲莫倍覺有光輝永夜姮娥恨三秋客夢飛詩懷應未減底事尺書稀

對雪

漫空匝地太縱橫玉宇瓊樓入望成絕憶去年風雪裏長途有客尚南征

迢迢遠道遲鄉訊寂寂房櫳感客懷怪底夜來衾似鐵不知窗外雪盈階

幾日同雲黯不開爐香消盡臘寒灰袁安此日方高臥誰爲幽人掃徑來

長至日奉和盧白太夫人見示之作

老去偏驚節序遷灰飛葭管逼殘年故園迢遞音書杳一樣離懷鎮日牽

冬至後得仲遠弟書知服參後病體漸痊并及姊弟聯吟之樂喜而作此即寄題比屋聯吟圖卷

尺素來良訊平安倘不誣沈疴資上藥卻老勝靈符疾久神應瘁愁深氣轉紆形容想憔悴精力迫憂虞積弱嗟童丱頻年困道塗依居塡局促奔走嘅瘏痡忽作殘冬別相攜百感俱衝寒憐瘦鶴急驛敝轅駒涼燠關魂夢星霜切髮膚長途誰護惜一病更清癯淹滯將經歲傍徨各一隅慰情翻易課善禱問師巫戢翼同籠鳥纏心類網蛛目曾千里斷喜逐一陽蘇妙詠通池草華年感鬢鬚不雖宜返璞小隱好懸壺意氣原輕俗文章祗自娛浩歌追杜子著論準潛夫邱壑成高節冠裳付小儒暴腮終變化逸翮必搏扶骨肉推眞性門庭篤友于得歸誠可樂聚首興難孚卜宅承先志傳家守舊模聯吟還結社比屋已成圖清福償仙史閒情傲釣徒法書鍾衛後嘉耦孟梁輸獨客應憐我三荆羨合株十年何契闊此日劇嗟吁往事傷淇水言旋賦載驅北來惟贈鯉南返促唬鴣安得揮雙槳飄然泛五湖清歡寬稍遂舊約永無渝薄願徒瞻望羈懷付嘯呼翔風飛雪後梁月最糢糊

咏地炕

一夢陶然氣自舒不因犀玉冷全祛庭前積雪三冬徧室裏和風二月初暖透花磚春約畧香生梅萼影扶疏輸他分得天機巧預使青陽入敝廬

虛白太夫人屢以新詩見示作此奉柬

閨閣應稱老謫仙新詩揮灑墨痕鮮莫嫌塵事偏相擾清興依然在簡編

水月詩懷晚更清春風拂拂筆端生年來病眼糢糊甚但對名篇分外明

殘梅和虛白太夫人韻

得傍吟壇豈偶然殘香猶幸入詩篇縱教春盡朱顏改老幹尤勝鐵石堅

講幔春風拂絳紗幽香沁骨筆生花駐顏自有長生術不數神仙萼綠華

題外祖母楊太夫人吟鈫圖卷

比德連城寶安貞百鍊金毋儀光煒管手澤感遺簪矢節存
孤重投艱獨力任衰顏傷盡瘁故物激悲吟滄海飛烽燧蛟
鯨起沴祲黃雲摧戰壘碧血灑星鐔授命全忠孝
旌幽鑒悃忱
九天恩自渥一室痛難禁行館重洋隔危巢急雨淋飄飈餘
弱羽勤閔愴嘵音化石哀何極崩城哭欲瘖太山尊一死獨
木倚千尋勗志調熊膽傳經守蠹蟫韜鈐資虎豹磨錯出璆
琳遂使門閭大甯惟世俗欽戈矛雲奕奕旌旆馬駸駸八座
魚軒穩
三霄鳳誥臨瓊芝千葉茂慈竹滿庭陰鶴髮憐明鏡烏啼悵

莫磋閨匳驚玉碎攬鬢慨霜侵忍憶靡笄日難忘結帨箴毖
泉千載恨杯棬百年心軼事同縹袟新詩付雅琴畫圖留想
像風樹最蕭森功業能揚顯風猷振古今世官垂令甲祀典
肅林壬我亦離巢鳥猶慚反哺禽釵環仍在御衣線記親紝
愛日誠徒切春暉倏已沈有行尤闕絶陟望但霑襟顧此流
芳遠空嗟結念深揚芬兼歎逝載筆淚沾襟

男宗漢校字

澹蘜軒初稿後序

古之學者或優游而自得或艱苦而後成然皆處寬閒之時資講授之益故雖質有上下獲有難易而及其成功一也若吾伯姊孟緹之爲詩則不然姊幼時先府君恒遠游先孺人躬自操作姊六七歲即能分勞年及笄治中饋井井有法孺人極愛之然苦家貧且無暇未能使讀書也偶授唐人詩姊輒好之然不能時授乃與仲姊緯青私取唐人詩宋人詞讀之初不能辨識文字數日則恍然如宿習又數日則豁然通其義於是盡讀家藏書凡汲炊烹飪洒掃浣濯鍼線刀尺皆置書其旁且讀且作仲姊則盡治一日事俟孺人寢乃讀書達旦明日治事如故孺人雖呵禁之勿輟也後姊以過勞故

多疾病恒經月處床褥然猶伏枕讀書故鏡臺妝匳衾枕之畔皆簡册堆積至今以爲常姊嘗言讀書不得其解思之竟日夜倦極酣睡晨起輒能解不自知其所由嘗得句以爲詞也而不知於調何屬遍檢舊詞得一調適合則大喜因作成之初學爲詩數日乃成一篇後則一日可成數篇仲姊亦言凡讀詩則如身入詩中爲詩則如心游身外身所未歷之境心能歷之言所未達之情心能會之故其爲詩多有得之於夢寐者姊年二十三府君自中州歸姊及仲姊皆積稿成帙府君喟然曰是皆美才惜吾奔走風塵不能親爲指授負是才矣因爲講說大義姊乃竊喜自負學亦日進道光甲申府君官山東諸女皆隨侍定省之際常論說今古評騭詩詞以

爲樂而其時仲姊已前卒府君每以爲恨以故不敢時時請業恐觸府君悲日月不居府君孺人相繼棄養姊復從宦京師親理內政三舉子女皆不育姊弟分散南北相隔悲悼慷慨盛衰離合之感悉發之於詩於是詩乃益工而姊亦將老矣計自學詩以來井臼間之疾病間之死喪間之兒女間之處寬閒之日未能五六年而又無師友督課之助徒冥心潛索以幾于成誠使假以時日責以專心其所造詣又當何如惜乎其未能也明年爲姊五十初度仲遠弟取所爲詩删爲四卷詞一卷刊之姊之詩視世之爲詩者或工或否非余所敢知而其爲詩之艱苦勤困若此之甚恐亦非今之爲詩者所及知也嗟乎古有身處富貴而名没不彰者有貧賤窮困

而聲稱不泯者恒視人之自立爲詩詞雖小道其亦猶是耶獨嘆余之承學易於姊且數倍而質性愚暗功力淺薄因循歲月迄於無成展讀此編不禁愧恨交并不能自已也庚子冬十二月同懷妹紈英

澹菊軒詞卷一　　陽湖張女䌌英孟緹

菩薩蠻

雙雙胡蝶階前舞落紅亂逐東風去花影動斜陽隔簾風送香　卷簾芳艸綠燕語闌干曲池上柳棉飛畫屏香縷微

荒邨一帶垂楊陌斷橋曲岸無行客斜日片帆輕春風樵子聲　莫山青艸徧烟裏雙飛燕江上卷簾愁蘋開見水流

轉應曲

春半春半窗外落紅不斷空階獨立微吟雲掩重門院深深院深院繡閣畫簾高捲

隔溪梅

春風柳絮滿天涯望殘霞堪恨滿園春景莫雲遮閒行踏落

花　不知蝶去向誰家聽啼鴉寂寞階前人影倚窗紗徘徊月又斜

菩薩蠻　對月同緯青妹作

輕風吹落枝頭雪杜鵑啼徹枝頭月寶鴨暗香消閒簾花影搖　白雲流不盡一片橫斜影閒倚畫屏看更深翠袖寒

虞美人

去年燕子來無數不住呢喃語今年燕子恁無情知是病餘憔悴不堪聽　支離三月幽閨臥強自扶牀坐幾時散步倚闌干已是春花落盡未曾看

浪淘沙

無事捲簾旌微雨初晴牡丹才放已清明結伴踏青香滿路

風送花迎　隄柳密藏鶯時弄新聲歸來雙袖覺寒生聽得
玉籠鸚鵡喚何處吹笙
水龍吟瓶中桃花追和先伯父原韻
曉來無賴東風芳菲落盡春猶在幾枝半斂膽瓶深貯朱顏
未改銀䄷塵輕玉鑪香細怕他憔悴儘清明過了無情飛燕
銜不到秋千外　斜倚小窗欹側想嫣然不禁鉛淚一縷遊
絲數聲啼鴂離愁易碎凭遍闌干半規新月那堪無寐便春
歸處處殘紅却護得他飄墜
轉應曲
飛絮飛絮只解催將春去池塘芳艸芊芊燕子歸來卷簾簾
卷簾卷花影斜欹一半

菩薩蠻
年來憔悴慵臨鏡鬢華悉改當年影寂寞掩窗紗樓頭有落
花　素娥空皎潔有恨凭誰說何處白雲亭風回聽雁聲
南浦蘆花和夫子
秋意釀寒汀正蕭蕭響到連番淒切一片白雲深波心冷洗
出亭亭清潔濟江客去琵琶聲斷愁時節一幅輕帆斜卷處
洒作滿天晴雪　應憐鬢影摧殘感韶華好與愁人共說淸
影覆橫塘西風緊吹動澄波千尺歸鴻嘹唳一聲叫徹長天
闊望斷伊人何處也淒絕一規霜月
附原作
幾陣響蕭蕭悄西風做出秋聲淒切淨洗綺羅香梳妝淡

越見芳心孤潔亭亭玉瘦斜陽影裏愁時節滿地哀鴻和
淚聽一夜白頭如雪　年年孤負春光感飄零嬾與楊花
細說只恨不成綿征衣薄誤了寒砧刀尺霜華萬里殘荷
盡後烟波闊款乃漁舟歸去也獨對一湖明月
鳳皇臺上憶吹簫擬李易安
風暖雲屏春深翠幄博山香篆沈沈恁春光一霎愁入離亭
可奈韶華飛度西風緊又做秋聲江天遠微茫梁月約住離
魂　青青年時雙鬢却霜華一度半褪香雲任葯鑪茗椀鎖
日相親目斷天涯尺素征鴻過空聽哀鳴黃昏也小窗夢冷
數盡殘更
菩薩蠻二首有感

一庭殘月淒涼白紗窗掩映燈明滅欹枕不成眠起來欲曙
天　流光彈指誤何計教愁去強自學忘情柰何情轉生
買春春已無蹤迹榆錢滿地空狼籍不敢怨東風傷心泣斷
紅　浮生渾若寄一霎榮枯異淚眼漸朦朧醒來猶夢中
祝英臺近書夫容同若綺妹作
粉痕輕脂暈冷依約曉妝靚一樣含顰誰與伴孤另年時倒
影鏡妝盈盈笑靨正香暖波明掩映　應自省幾度闘徧炎
涼兜兜步遲遲一尺冰綃須取秋江影任他無賴西風無情
秋雨渾不是淒淸霜井
附同作
素秋涼廻記緣渺洲畔窺見妝靚避却春紅占了秋風亭

亭獨耐淒冷澄江九曲波如練經幾度月昏雲暝驀西風吹斷冰魂蕩却一痕香影　誰灑盡紅淚素綃點染處愁恨都凝夢裏盈盈笑靨歸來可認舊時青鏡江南回首空惆悵休更問斷蓬浮梗只尋他空外幽香消我一生酸哽

疏影 水仙同若綺妹作

蘭閨深窅正盡簾不卷烟篆低裊鎮日相看玉骨娉婷清絕小窗晴曉陳王曾識臨波步想一樣盈盈嬌小是誰將倩影移來化作一枝香艸　爲憶深宮舊事杜鵑啼血後幽恨多少洗淨鉛華展盡芳心祇有閒愁未了孤根已分隨冰雪莫更被東風吹老算幽香肯讓梅花耐得十分寒峭

附同作

鎖窗清冷有數枝綽約低傍妝鏡素靨盈盈越樣玲瓏嫣紅怎許相並冰魂算與瓊樓遠忍便入等閒花徑到夜闌明月飛來簾底暗窺纖影　還記當時憔悴翠鬟愁不整塵夢初醒故國雲迷洛水依然幽恨訴將誰省珊珊休憶凌波步怕前度佩環難認儘深深銀祘低垂不管曉來風勁

水調歌頭 歸燕和婉紃妹

涼風祛溽暑彈指惜流光竭來清夢正穩鎮日傍雕梁可柰金商暗逗一遞一番蕭瑟倦羽怯清霜歸去最無柰凝睇繞池塘　珠簾底明月下黯神傷主人莫問行客前路正茫茫惆悵天涯羈旅一樣淒涼裏哀相顧總彷徨惟願春光好依舊趁歸航

高陽臺 和若綺妹詠菊

澹月簾櫳輕陰籬角一枝欲擅秋光倩影攲風誰憐三徑幽芳繁英銷盡春如夢恰亭亭獨傲清霜記年時香裊雲鬟酒泛瑤觴　天涯回首空怊悵縱凭高凝睇雲樹蒼蒼卻羨清吟心情耐得淒涼秋深一例蕭蕭雨恐相逢錯認啼妝更消他幾度涼飈幾度斜陽

附若綺原作

雲護簾櫳霞烘庭院一枝獨倚斜曛淨洗鉛華西風展盡愁痕幽懷祇有姮娥識傍瓊臺避卻芳塵笑東風花信頻

番誤了春人　玉樓好伴難重省嚲疏枝夜月寒艸重門此日相看休辭頻倒芳尊碧闌干外秋如夢有幽香飛上羅巾願年年把酒疏籬伴我黃昏

又婉紃和作

春夢驚回槐陰盡捲簾前暗逗新秋雨細風疏廿番花信皆休叢殘已分同芳艸仗輕雲扶上瓊樓最堪憐淺笑輕顰還裊新愁　東皇應是嫌幽獨悵霜天寥迥穠豔都收容我清狂一般顧影離頭閒情陶令常相憶歎江梅沈夢汀洲好凭他丹桂清芬伴我忘憂

南浦 見雪和夫子

雲密釀重陰恰紛紛滿地驚看飛絮銀押正深深西風緊一

樣縈簾敧舞沾衣惹袖曲闌竟日愁凝竚只恐長空迷雁影
遠信莫教頻誤　應憐三徑蕭疏好憑他點綴瓊林玉樹瘦
影怯清寒低徊處依約南枝初吐新詞一闋朵豪妙擬梁園
賦幽怨重重和淚寫淒絶數聲杜宇

附原作

碎剪玉玲瓏當花看好是羅浮春曉樓閣淨鋪銀高寒處
記得舊時曾到東風一霎泥痕未許尋鴻爪瞥見西山明
練影猶似夢中瑤島　堪驚如水年華鬢星星羞被菱花知
道只合臥空山炊烟斷徑没階前衰艸休誇郢曲新謌爭
說幽蘭好差喜歲寒盟不負一片氷心同皎

賣花聲

病怯晚寒嚴休捲重簾穿窗無柰朔風尖人與梅花同瘦損
一晌厭厭　新月上茅檐眉影纖纖閒愁暗逐漏聲添回首
嶽雲千里外清淚空粘

身世等浮鷗欲住無由天涯幾見月如鉤想得新來簾不捲
一樣凝愁　雁字過重樓歸思悠悠春來準擬趁歸舟終日
尋春春不見何事遲留

菩薩蠻　落梅傷緯青亡妹

江南多少離人恨依稀記得年時影新月正如眉盈盈笑靨
開　巡檐曾索笑只道春長好開落任東風羅浮一夢中
西風吹滿空山雪氷姿自是神僊格小劫墮塵寰相逢一晌
閒　花旛誰解護悔殺當時誤倩影杳難尋幽香空外沈

壺中天慢　病中感懷

樓頭雁字卻迴風驚起哀鴻嘹唳不管離人腸易斷釀做一
天愁思扇已迎秋蟬還泣露一例添憔悴飄零倦客啼鵑省
得深意　堪歎夢影怱怱韶華易老雨濺飛花碎有恨祇應
和淚嚥回首舊遊難再隙月留輝殘燈戀影耿耿心如醉漏
聲聽徹獨憐敧枕无寐

疏影　題王孝廉憲成室婉卿夫人拈花圖照

花融月定正朵雲一朶扶下香影嫋嫋明霞吹綴羅衣花天
恰稱妝靚大羅舊侶同心夢早譜得霓裳仙詠看一枝入手
名花合與東風管領　咫尺蓬瀛未遠好相攜玉佩共住清
境縈管脂箱都入濃春豔絶芙蓉明鏡芳心已向幽蘭識算

書裏香盟堪證待相逢得傍瓊臺應有瑤華持贈

瑣窗寒　楊花

薄雨催花輕烟罥柳幾番春老疏窗靜掩晴雪一庭誰掃想
當時翠眉初展釀成幽恨知多少便東風不禁疏狂莫更和
伊傾倒　侵曉芳徑悄正遊絲易惹撲簾纖巧嬌憨未減不
礙重門深窅怎知他容易斜暉斷腸祇共鑪烟裊待凭闌試
覓遺蹤淚凝萍影小

高陽臺

雲斂層街鳩鳴屋角朝來又做輕陰雨雨風風攙將花信無
憑東風鎮日無聊賴蹴殘紅點綴空林怎消他燕掠鶯捎愁
損花魂　樓臺靜鎖沈沈院任湘雲低押怕說登臨容易斜

暘恩恩夢影難尋不堪更覩縈簾絮颺晴絲欲挽殘春最關情展盡丁香不展蕉心

疏影 新月

新凉庭院正綠陰搖曳花光初斂暝色籠烟樓角微明眉痕依約嬌倩迷離塵夢愁難醒算惟有清輝不減怎新來慵整殘妝錯認徐妃半面　千古興亡閱徧有誰堪記省幾許哀怨絕域孤蹤獨夜長門祇有素娥曾見相看永夜還惆悵待訴與碧天遼遠等甚時海上查回試問廣寒宮殿

菩薩蠻 月夜不寐憶亡妹緯青

瓊樓十二無消息返魂難覓鴻都術一卷篋中詩心情祇自知　十年餘涕淚忽忽成憔悴依舊月光寒誰教特地圓

夜深風勁侵肌骨清暉一院飛晴雪此度卷簾看誰憐雙袖寒　霜華飄鬢影往事空追省不敢怨宵長知君更斷腸

百字令 題清惠堂遺印

鸞迴鳳翥似連城返趙珠還合浦二百年來無恙在舊事前朝細數玉斧誰磨金甌易缺此物猶如故沈沙戟在鬼神應爲呵護　當日被黜歸山肚懷激烈起逐鳴雞舞耿耿孤忠懸日月百戰雄心最苦燕子窩邊鳳皇山上勳業嗟遲莫專祠清惠至今猶仰遺字

菩薩蠻

芭蕉初展青鸞小春光暗逐飛花老雙燕引雛歸湘簾特地開　陰晴看未準乍煖還輕冷一樣困人天惜春人自憐

沁園春 仲春獨步小園見風景蕭條感而賦此

春已將酣三逕蕭條小園乍窺儘蜂喧蝶鬧難尋香信燕忙鶯懶空負花期柳漸舒黃艸才萌綠春到貧家也自遲清明後是花風第幾未見桃枝　江南漫說芳菲便咫尺相看風景殊悵人間天上迢迢良晤雲階月地黯黯相思瀛海波迴雲司月冷一十三年心事違徘徊久願東風莫誤紅藥開時

男宗漢校字

詠雪樓詩存

甘立媃

詠雪樓稿

半偈齋藏板

宋序

嘉慶庚午之秋芸門以卓薦入
覲抵都門翼日卽來予邸蓋不相見者五稔矣語次因
論堂上起居並叩太夫人何爲芸門答以日寫武當元
帝垂訓文一道外吟小詩數首而已因出咏雪樓抄稿
四卷乞序而梓之謂老人家尚不之許也予昔爲安徽
監司時稔知夫人清風懿德已畧述于壽言序中夫豈
以詩鳴者哉今讀集中侍病哭母等什則孝女也答外
憶外及寫姑真容諸作則孝婦也梅花各咏及命薄分

當殉肩垂義難死之句則貞節賢媛也示兒各章暨喜
雪春興祈雨等篇則又敬姜之勤陶母之儉歐母之訓
廸雋母之平反合古昔賢母而萃于一身也而顧僅以
詩鳴乎哉雖然其人可傳其詩卽可傳矣及其禦內災
捍外患又語醫卜濟人利物諸行事皆不見于詩是又
得乎先賢不伐善之義蓋其積于學者深也吾觀古賢
媛才婦自曹大家宣文君而外求其端操有蹤清芬靡
忒者蓋尟今雪樓夫人生秉坤貞矜內行遇事能持大
體胸臆所抒時形諸著述其文章活人已鋟梨棗偕志

乘不朽行見道成德彰足昭管彤而垂女範玆編特其吉光之片羽歟夫人雖不欲以文自見而爲子者毅然梓行亦不失顯親揚名之意又何必拘拘于出告反面之虛文乎予故樂爲之序以與之秋七月既望通家侍生長洲宋鎔撰

王序

古人未嘗以詩傳而未嘗不以言傳人無論丈夫女子境無論安樂困窮凡志之所在發之於言不假穿鑿不事藻繢一本乎天籟之自然者則其言傳即其詩傳三百篇中興觀羣怨之旨即此志也懿夫

徐太師母甘太夫人之論詩也本之言志固已洞悉其原矣其曰婦有四德首爲德次爲言詩即言也閫謂有德者必有言詩即言仍即德也誦其詩而德可知矣自後之人欲求其詩之工而務修飾其辭以副之是固操其末遺其本甚且逾趨逾遠莫知其志之所在詩云乎哉若夫閨閤之詩性情柔淑精銳者難得未嘗無可傳可誦之篇然失之弱失之靡失之纖且巧者不尠是豈必志之未醇歟要亦由於有意工詩而非本於志之所不能已言之所必欲宜而自率其天眞也閫自束髮受書亦嘗聞先人之論詩必本諸性情之正不亟亟以辭語爲工而稍長即講求制藝未暇精於詩教迨弱冠後受知於我

芸門夫子得以通籍供職農曹洊歷蘭省出守專城案

牘日親吟哦久曠雖或即事言情間有所作而音節疎濶聲律未諧其有愧於風人者多矣今觀詠雪樓之詩分列四集自幼稚而老壽女德母儀無不聿臻醇備而且身歷多艱哀而不怨榮膺祿養自視欿然是蓋由於天性之純粹家學之淵源而言乎其所不得不言非有意求工而欲博人知者也而讀是集者亦可想見其志之卓越尋常而且知有本之言實足永垂不朽已豈僅以詩名乎哉

道光庚子仲春月門下晚學生王君閎頓首拜撰

自序

易曰在中饋詩曰無非無儀女子顧可以詩鳴乎然予幼從父受書聞先大夫訓詞以爲婦德首德次即言言非口舌出納之謂人各有心在心爲志發言爲詩則詩即婦言之見端也故詩無關雎無以見姒妃之德詩無柏舟無以見共姜之義孔聖刪詩列於風首詩顧可以女子廢乎憶予自髫而笄而于歸由女而婦而爲母習姆教正內位孳孳恐不及奚暇工翰墨第閱世久其間送往事居值骨肉變故離別死喪及身歷險阻困迍危

難不敢告人而實有不能已於言者一一寄諸謳吟寫我心已爾言我志已爾詩云乎哉今老矣且病目昏次兒辭官歸養因乘暇葺予稿本欲請付梓予令於膝下逐首誦一遍半從芟削可存則存不過留貽我後人開卷披讀時識吾志已爾體吾心已爾若以問世使比諸咏絮頌椒媲古才女之列則非所願也

嘉慶丙子孟冬咏雪老人自序

咏雪樓稿目錄

咏雪樓詩存　繡餘草

新吳女史徐室甘立媃如玉著　男心田校梓

咏圓月　七歲作

誰使吳剛斧分明削正圓如何望未久缺處又成弦

咏雪

清空彌天地潔白無與比對着太陽時此心只是水

恭和嚴親鴻雁來賓排律得賓字

三秋有陽鳥先後偶成賓幾日辭關塞聯行度水濱影疑來故國目欲送飛塵霜信傳嫌緩秋音報亦新南翔追舊侶北嚮記前因漫入雲中去高堂有主人

和季兄登滕王閣之作

江干建巍閣覽眺動徘徊帝子歸何處長江去不回人趨都督宴序顯子安才今日登臨客豪吟繼後來

侍慈親登養雲樓即景

繡閒隨母上層樓斗覺春殘燕語啁垂柳多情時起舞落花無語暗含愁青峯隱隱雲初散綠浦灣灣水自流布穀催耕農務急誰家桑葚重蠶謀

養雲樓望月

林杪初鶯掛玉鈎偶隨女伴望南樓重重畫閣連雲疊
面面晴山暎水浮隱約花村藏吠犬依稀極浦起眠鷗
凭欄小立吟方罷笑問嫦娥肯和不

和諸兄喜雨原韻

阿香駕霧急推輪好雨知時潤物勻絲柳低垂珠絡重
碧桃含吐水晶皴雲拖似亂迷芳樹風引如絲散遠津
池漲波紋浮客夢林飛花片貼禽身漁過移岸仍垂釣
鳥喚提壺欲飲醇乍隱蒼岑烟一抹驟添叢徑翠千巡
桑麻㲯㲯圍農圃禾稼芃芃暎水濱游馬不調金勒解

商羊旋舞白鷗瞋營巢乳燕啣泥速轉樹流鶯送韻頻
期擬曉霞明霽後亭皐景勝畫圖新

雨餘

雨歇花飛錦風旋柳帶烟叢篁新翠滴檐網細珠懸鳥
語牽詩思爐香繞瑟絃鄰鷄頻報午移景繪雲箋

夏夜雨後望月

迎涼風漸生退暑雨初止拂拂扶花魂微微逗窗紙雲
飛玉兎現霧散銀蟾徙蟲語促苔階空庭靜如水

悟題

懶臨粧鏡理鴉鬟自問胡生天地間髣髴聯羣排玉女
分明辭闕下靈山飄來塵世緣多隔墮入裙釵步亦艱
石上三生誰共語幾番回首五雲班

秋夜

霜鴻雲外唳深秋玉笛聲悲何處樓銀漢淡垂光耿耿
疎星散列夜悠悠遣懷強向窗邊倚却病難支月下游
幾度展書還伏几挑燈顧影數更籌

除夕和諸兄韻

今歲今宵盡明年明日來流梭人不覺覽鏡影相猜但

得團圞樂何妨節序催新詩成刻燭繡罷也同裁

題伯兄繪雪圖

巧寫生綃雪一圍吾兄妙手有神機撚毫不雜瓊花細
潑墨偏教玉屑霏四座清光浮畫壁一堂寒氣濕雲衣
留將炎夏來祛暑何必天山五月飛

和諸兄踏雪尋梅之作

天寒風急萬花飛一樹梅芳百樹非漫向東皇問消息
探香詞客雪中歸

元日偕諸兄姊弟侍兩親試筆

萬方愷樂頌昇平一室團圞繞膝親堂上椿萱階下桂
勝多迎歲早梅新

立春日裝成梅花一瓶口占

笑展鸞箋信手裁一瓶梅蘂霎時開誰言花信春風早
不待春風翦已來

和仲兄春江絕句

錦纜暗牽詞客興綠波遙接白雲隈滿船香送笙歌酒
載得過江春色來

諸兄春夜鼓曲口占羨之

飼來片片落梅花韻逐香風撲膩紗聽徹塤篪添漏永
陽春高曲屬吾家

和諸兄踏青原韻

黃鸝百囀弄春聲紅綠叢中聚蝶魂牽引游人詩酒興
一帘招入杏花村

春鶯

紅樹枝間巧托形金梭頻織柳絲青歌喉嚦嚦憑風送
多少遊人駐馬聽

春日聞笛

春花凝露碧桃開春草籠烟暗翠苔折柳誰家三弄笛
一聲聲送入簾來

春日病中聽雨

林花搖落付東風不管枝頭褪盡紅晝掩閨門惟伏枕
那堪春送雨聲中

春陰

可怪鳩呼泥滑滑隨風催送暮春寒况兼紅雨紛紛落
又入愁人眼裏看

春夜愁雨

深沉院宇覆雲稠零落花枝濕翠浮宿鳥音希春欲去
殘燈燭冷夜偏悠鳴風刺刺敲窗紙攪夢丁丁響幕鉤
永夕空階耳邊滴何人此際不添愁

暮春雨餘

柳絮低飛風乍起花含粉淚凝宿雨陰陰綠樹囀流鶯
十二欄杆人遍倚

送春同姊聯韻

飛片花陰落徑勻街泥燕子撲簾頻月娥無情弱柳千條
線偏繫愁思不繫春如玉

雨催鳩婦啼難歇風翦榆錢買已遲（如玉）蝴蝶不知春去
也雙雙猶自遶殘枝（月娥）
喚將春去是啼鵑催得殘枝速謝妍（月娥）笑對落花頻細
囑明年切勿似今年（如玉）

夏夜同姊玩月聯韻

日隱西沉暑氣收纖纖新月對層樓（月娥）侍兒忙把湘簾
捲笑指蟾宮借玉鉤（如玉）

夏曉

榴花爛漫映窗紅萱草芊綿弄曉風人倚鏡臺粧乍整

雙雙燕子撲簾櫳

夏夜紀夢

蒼岑翠澗白雲鄉偎侶舟移水有香正待採蓮呼女伴
數聲漁笛起滄浪

七夕

蘭堦小立望銀河女伴穿針發興多巧自心生休待乞
今宵織女亦停梭

和季兄秋樓眺景韻（四言）

峻閣巍峩空天寂靜葉翻遶林雁落岑嶺四壁琴書半

窗花影眼前賦料詩中畫景

祖母彭太夫人七旬慶辰恭賦

喜瞻寶婺拜
恩光
宸翰輝騰宮保堂（堂奉御書福字）大母古稀徵福壽女孫逢
吉祝康強建功佐享千鍾祿（祖母隨祖父任人稱內助）錫類褒施五
世昌（祖母以上封贈三代一品祖母封一品夫人又以子貴晉封一品太夫人）入座起居
承紫誥曾元膝繞晉霞觴

慈親張宜人五旬慶辰恭賦

百歲欣分半松齡祝備存添籌來海屋搢笏繼兒孫誠
奠重閨肅歡承大母尊遙知駕部宅獻瑞繞庭垣（時嚴親官
兵部母因侍養太夫人未隨入京）
仲子登瀛日（仲兄今秋成進士入翰林）慈闈設帨辰萱堂屏綴錦蘭
砌學傳薪閬苑家聲舊
皇都寵命新簪裾隨鞠跽願祝八千春

嚴親五旬慶辰恭賦寄祝（時官兵部車駕司主政）

端肅拜南天神馳到北燕七年離膝久兩地祝齡延晝
省春暉永華堂綵服鮮庭堦覰三鳳花炬燦雙蓮桃獻

靈椿歲筭添大衍年平安報慈竹呈寄博歡篇

秋日送仲兄太史入都

三千餘里路漫漫風送雲飛雁影寒誰促行人帆掛急
馮川橋外即長安

屈指經年別未天此行重赴步花磚玉京多少金門客
盼到清書太史船兄在詞館派習國書

疊入征裝綵服輕送行人轉問歸程岐峯高處容回雁
莫唱陽關第四聲

南鴻翮健入雲深頻託秋風報好音兄妹離懷休相思律

切繫記將堂北倚閭心

讀諸兄九日登高詩有作

登高兄弟氣凌雲採菊詩新香共聞慙我難如太冲妹
三都請覓學論文

秋夜聞笛

橫笛誰吹霜月中清音入雁逗秋空囑風莫向高堂送
恐惹離愁感母衷

中秋偕姊侍母玩月承命品簫

承歡對月綺筵排清管聯吹雲自開簫韻如傳天上去

鳳臺玉女可飛來

和季兄秋夕韻

霜天雁迴夙宵晴疎影簾風映月明四壁蟲吟人語寂
詞人別有一般情

月夜

朔雁宵征秋氣清砧聲斷續起初更月移斜映芙蓉砌
半在芙蓉缺處明

秋夜雨餘見月讀慈親手示

雨歇風微菊吐妍沐薰細讀示兒篇涼宵深院秋聲寂
人倚欄干月倚天

月夜侍母接仲兄太史京信

清光炯炯照窻臺驀見慈顏笑口開喜道三千餘里外
天教明月送書來

啓函一字一思鄉細報平安祝壽康料得揮毫憑几夜
玉堂夢已到萱堂

和季兄琵琶亭懷古韻

亭立千秋恨並悠鳥啼花落草含愁誰將司馬青衫淚
洒入長江不盡流

塞上曲

荒宵苦雨徧邊城風打三更刁斗鳴羌笛數聲吹折柳
滿營離恨一時生

恭和嚴親咏美人圖八首

曲曲欄杆繞綠陰柔肢嬌怯倚芳林偶來花下逡廵立
花自無心人有心 花下美人

輕盈體態自嬋娟眼轉秋波睡更妍一枕黑甜春晝永
夢魂遙斷楚雲邊 睡美人

弱肢無力費神描絶勝迎風細柳腰可惜漢宮趙飛燕

當年保護掌中嬌 歌舞美人

綠窗開處捲湘簾玉笋頻將綵線拈才繡鴛鴦猶未就
又看雙燕繞朱檐 刺繡美人

笑掉蘭舟泊錦川蓮心杏臉兩爭妍歌聲未動天將夕
欲摘圓荷當卜錢 採蓮美人

纖手憑絃翠袖寛寸懷含處寫來難分明欲託瑤琴訴
怕有人聽未敢彈 撫琴美人

湘裙斜墜露金蓮小鳳釵橫雲鬢偏那管春光過幾許
牡丹花下戲鞦韆 鞦韆美人

巫山一片墨雲光脂粉慵施面襯香只有鏡中知己在
世人怎肯學儂粧 對鏡美人

咏雁

南來秋徑晚花開北去春園落盡梅兩度隨風知有信
遠人爭上望鄉臺

纔過衡陽又漢陽紛紛呼侶度三湘羣中獨恤爲奴苦
夜夜沙灘警自傷

月夜理琴

遣懷一曲韻將殘侍女添香請再彈月姊愛聽流素影

徐徐獨自下闌干

憶五姑母

欲寄離情滿紙愁慈容違別幾春秋分明咫尺無多地
如隔蓬山第十洲

重陽漸近菊花妍葉捲西風雁自聯料得南樓憑檻望
回頭驚看月同圓 姑母居畫樂樓下余家養雲樓在其北相離半里許

惜梅

朔風吹雨打疎林落地梅花香欲沉多少灞橋驢背客
負他踏雪幾回尋

除夕侍母偕諸兄弟分韻得杯字

桃符新換綺筵開柏酒頻呈暖玉杯送臘寒隨殘歲去
迎年春帶舊容來松盆圍坐依親膝花蕚聯詩分韻裁
爆竹聲中添暮景燭搖紅影煥粧臺

迎春

北斗霜杓轉東郊淑氣新土牛初出地綵燕欲迎人圍
柳隨風變盆梅着色勻街頭簫鼓鬧同樂太平春

人日立春同姊聯句

昨宵冬去無人問月娥今日春來忽喚人人盡逢春多未

覺如玉閨中人古鏡中春草迎人意春添色月娥梅點春粧
日映新願報春暉人愛日如玉宜春字貼稱人身月娥

春半同姊聯韻

風翦殘紅帶蝶飛春寒尚怯懶添衣月娥爭如小鳥枝頭
喚喚得春光一半歸如玉

睡起

不覺吟春倦恬然向午眠是誰驚夢醒獨坐撫冰絃

和伯兄咏牡丹原韻

莫怪花遲放紅芳一捻盈天香和露下國色帶星明三

賦清平調千秋富貴名上林身價重憐汝冠羣英

題劉阮入天台圖

神仙知匪遠近在畫圖中轉恐將圖捲天台路不通

夏日即事

棋子敲枰落蠅兒撲屧來隔簾諸女伴笑指石榴開

咏霜葉

秋高天欲老山靜氣偏華青女何時降金風是處賒千
林惟有葉二月恐無花誰寫郊原畫丹楓醉暮霞

咏秋柳

青青自結絲寂寂空飛絮不復迓春來又送殘秋去

素梅

玉質經年瘦孤標傲歲寒幽林誰是伴雪夜月同看

和伯兄夜泊金山詩

古岸停帆夜掩篷熒熒漁火映江紅月侵蘆荻羣鷗睡
天半遙傳古寺鐘

宮詞

溫風潛送採菱歌微雨新添太液波蓮子有心誰識苦
碧臺房裏已多多

杜鵑

去國離鄉果幾秋聲聲歸去韻長留終宵啼血驚殘夢
不是愁人也動愁

月季花

誰似天工巧名葩處處栽有花能應候無月不爭開豈
共堯蓂落何須羯鼓催傲他梅信早必待雪時來

九日偕諸兄姊弟登養雲樓分韻得秋字

佳節同懷共登高上小樓風兼千葉下雲湧萬峯浮野
菊催觴把征鴻盼信投肩隨兄姊弟天地一家秋

玩新月同姊聯句

一線寒光出碧霄 月娥 銀弓遙掛密林梢廣寒仙子開粧
閣 如玉 鏡匣參差半不交 月娥

和季兄琵琶亭懷古二絕句

惆悵琵琶亭畔秋征鴻橫影遶雲浮江聲到此應添恨
曾繫天涯流落舟

送客江頭事已休四絃音杳韻難留只今惟有亭前月
常照離人來去愁

春夜同姊聯句

一雙姊妹喚春隨 月娥 坐對銀釭話別離話到夜深更漏
靜 如玉 月和梅影上窗遲 月娥

憶別仲兄同姊聯韻

刺鳳雙雙倚繡帷停針頻話送兄時 月娥 別離話半舟如
箭一半留將憶別離 如玉

花枝依舊對欄干一樣春光兩樣看 月娥 遙托琴心憑雁
送曲中惟解憶長安 如玉

輕風細雨翦榆錢買送春歸三月天 月娥 添買離愁無處
遣不堪入夜又聞鵑 如玉

古意

梁燕春從紫塞來盼書人對遠天涯臨粧羞覩愁眉影
鏡裏偏排雙鳳釵

春午睡起

滿苑瓊芳映日明茶烟一縷午風輕仙姬笑打黃鶯起
嚦嚦猶聞枕畔鳴

夏暮偕姊聯韻

日下山腰餘赤景月穿檐角恰黃昏 月娥 侍兒揮扇茶烟
裊又撲流螢向小園 如玉

偕姊穿茉莉花聯句

緩華移許近妝匳月娥雪瓣銀絲襯指尖如玉一段清香心獨愛月娥幾回穿去又停拈如玉

夏夜喜雨

暑退風生晚篆香庭階驟雨送宵涼何來萬點收聲急滴向芭蕉響更長

長夏偕姊聯韻

呢喃乳燕撲簾櫳綠樹陰濃罩碧叢月娥臨帖不知長日午忽驚竹影上墻東如玉

和諸兄弟夏夜即事韻

珠簾向晚捲殘陽庭院塵消夜色涼茉莉流馨嫣白雪石榴吐火妬紅粧和風送響檐鳴馬皎月臨空地有霜烹茗傳杯起吟興捧箋欲續棣華章

鳳仙花

金鳳花開血色鮮摘來喜近指頭邊撫琴漫奏南薰曲十點紅光遶七絃

秋夜

月照槐窻秋影移小鬟癡倚竹簾窺扶床欲覓南柯夢怕說南柯夢醒時

七夕聞笛

銀漢懸秋未見橋可其牛女會今宵不知何處吹長笛飛送離聲上碧霄

中秋侍母望月

笑問嫦娥夜若何香飄桂子落銀河良宵玩月欣依膝秋思還應讓母多

秋興

驀來秋影到簾前為欲吟秋寫玉箋獨坐憑誰動秋興

却愁辜負好秋天

哭仲兄淡泉太史公兄於乾隆壬申成進士入詞林己卯奉使典試陝甘卒於闈中時年二十九

喜啣
天語試西秦報國文章取士眞今日忽成千古恨玉階無復謝
恩臣
衡文心苦出
皇圻一夜西風慘棘闈西望函關秋影斷塞鴻何事不

南飛
荆樹花開競鬭妍一枝先斷陝雲邊遥天寂寂文星墜
忍看雙親淚湧泉
苦思兄妹析羣時牽袂依依悵遠離豈料生離成死別
關心骨肉兩情知

再成長句一首

一自分羣上
帝京春秋幾度悵離情喜聞星使遴才典快報
天恩繼祖名滿擬趨朝香惹袖不堪鎖院病潛生四千

里外魂何寄深夜歸來夢裏迎

初冬同姊聯韻

冷風凜凜欲寒天往事傷心寫玉箋月娥詩思欲隨殘菊
墜離情偏共斷鴻連如玉

冬夜對新月同姊聯韻

相對悲談死別傷忍驚梅影映書窗月娥舉頭怕看纖纖
月恐惹銀鈎挂斷腸如玉
繡閣同懷棠棣悲拈毫欲訴玉蟾知月娥侍兒不解愁人
意認作尋常咏月詩如玉

月夜理琴

倚窗小立整冰絃漫捲湘簾放篆烟閒靜夜沉人籟寂
寒空皎皎月當天

對雪

寒風陣陣透重幃蔽日漫天玉屑霏遠近樓臺銀海裏
萬花飛處絕禽飛

題姊手中團扇

清風生素手寒暑一時變夜來皎月懸掩映如花面

古意

長宵眠未穩一夢到遼陽不怕遼陽遠只愁秋葉黃

恭和嚴親咏望夫石二絕句

夫去絕消息妾心難轉移一朝化作石千古恨長遺

其二

芳草壓山青杜鵑啼血碧明知望不來獨立千年石

病起

雨滯鳩慵與花低蝶倦飛朝來扶病起未敢問春歸

白燕

王謝誰家是舊交畫梁朱閣懶營巢水晶簾下銜風蕊

肯逐黃鶯栁外捎

哭姊

痛問佳人何所之音容頓盡冷屏帷籠中鸚鵡猶呼姐
堂上嚴慈屢哭兒琴訴長離分手恨箋裁半幅斷腸詩
朝昏泣向封姨囑爲我傳情地下知

清宵猶憶靜談時生恐羣分相聚稀閨閣那知有死別
心情只管盼來歸聯詩姊妹同良友隨伴朝昏共繡幃
對鏡驚看人獨立撲簾偏見燕雙飛

含悲欲吐轉聲希每避雙親淚暗揮月下魂還應有夢

天邊雁失竟無歸塵封銀管空書閣絲落金梭斷錦機
泉路欲隨知未許留將寸草報春暉

又絕句十首

結伴深閨十七年繡餘教學大家篇如何天上修文去
不肯人間秘畫傳

承歡對對問安時膝下晨昏總未離今日九原雖隔絕
孝魂應返奠肩隨

同懷骨肉最關心摧折荆枝悲獨深（仲兄卒於陝閩凶問至姊悲痛欲絕）
豈料閨中花自落泉臺兄妹好追尋

鍼黹功餘筆自隨手抄名媛百家詩茂漪書法傳眞格
滿篋珠璣欲付誰

談詩風雅愛唐音不取香奩體近淫讀到釆蘭羞贈答
玉閨常欲廢謳吟

粧臺絕少粉脂陳雅淡丰姿對女賓常說婦容須本色
古來花貌幾全人

寂寂紗窻靜捲簾淒淒草色綠依然秖憐玉貌人何處
戶外春光空自妍

癡情重會有歸期果爾芳魂入夢時攜手偕行渾似昨

醒來悔不手堅持

阿娘雙眼淚成斑相對無言一室間慟極轉愁添母慮
強陳溫語解慈顏

描鸞刺鳳總成空二十年來一夢中女子有才天亦忌
欲將此事問蒼穹

送姊出殯感賦

同作閨中女肩隨十七秋那堪離繡閣一旦置荒邱寂寂
寂空生世冥冥何所求孤山魂暫寄天暗暮蟲啾

其二

最慘無如死况經常聚人英雄猶墮淚何論女兒身再世休同出此生空自親迷離還冷閣淚盡欲拋巾

暮春東郊迎仲兄淡泉公靈輀

可怪今春至傷心事獨多荒郊重駐足萬里又聞歌輀重遲遲進旛輕拂拂過哭聲哀震地不復識誰何

其二

萬里扶孤柩經年至自秦本為天子使頓作夜臺人有恨應遺命含悲忍背親不堪英偉貌只見一芻靈

病起遣懷

近來多病不勝衣兄復連經死別離摧折荊花無計護含悲忍對膽瓶枝

病中口號

懶看柳線舞牽風一任殘花落地紅橫卷枕邊不成夢又聞鸚鵡喚開籠

初夏病起

春來春去病中過忽覺溫風拂袖羅扶倚鏡臺憐小婢問儂瘦削幾多多

悼三嫂潘夫人

粧臺香冷鏡生塵寂寞房幃最慘神忍棄呱呱才襁褓那堪乳哺仰他人

玉佩佳人返月宮都門才客赴春風遙憐旅舍孤燈夜應有悲魂入夢中（時三兄在京會試）

七夕

金風拂袖乍驚秋對月穿針倚小樓不願天孫多賜巧只須消減近來愁

秋日登樓有感

無邊秋色上眉頭天迴風高雲亂浮寄語征鴻休與侶

有人惆悵獨凭樓

中秋憶亡姊

秋月團團照繡幃每逢佳節避親悲許多離恨憑誰寄訴向嫦娥報姊知

恭和嚴親咏桂絕句

高咏秋花馥暗催桂林休比等閒開一枝分得蟾宮種四十年前早折來

恭和嚴親咏菊絕句

不隨桃李鬬芳春獨傲清秋霜氣新晚節長應留老圃

何須籬下喚高人

中秋玩月

中秋有月秋光爽中秋對月誰不賞須知賞月趁中秋莫待秋過空怏怏昨夜望月月未圓已射寒芒照霄壤今宵玩月月滿天一片清光懸萬丈金杯玉茗瓜菓陳殷勤拜請嫦娥享更聞桂子散天香鼻觀潛通首重仰放眼澄懷萬象空獨看欄杆花影上

九日懷亡姊

風風雨雨鬧重陽佳節懷人神倍傷翻怪唐詩摩詰句

思親何必在他鄉

初冬月夜

皎潔霜天月寒宵入牖明幽閨長作伴莫促報更聲

恭和嚴親詠瓶梅韻

玉蕊冰姿冠眾芳膽瓶新插一枝長格高詎肯山中老先吐奇芬到畫堂

雪夜奉侍母病

淹纏母病記連宵雪沁肝脾佐水澆弱女不知醫藥事祇求病在雪前消 母患熱症醫者令以雪水煎藥

禮佛焚香嚀佛經願除己算益慈親侍兒那識儂心事頻報天公戲玉塵

深院沉沉雪暗盈寒宵寂寂漏無聲爐鐺扇罷方嘗藥不覺窗雞已亂鳴

更殘燈𤇆倦飛蛾侍病人都着睡魔獨傍床幃聽母息潸然淚落悵如何

哭母

眼傾淚血染麻衣寸斷兒腸母怎知百叩繐帷求示訓奈無一語似生時

侍膝無期想有期偶然假寐即相隨無端鐵馬檐前響膝下翻成天一涯

強置殘機握玉梭思親此際淚尤多女紅指點絲絲續盡在慈親手下過

撫卷摩抄手澤全訓兒細示大家篇祇今莫盡閨中秘欲乞靈釭一點傳

思親悲切夢相逢夢裏原愁是夢中牽袂隨行毋釋手醒驚失恃手仍空

連年風折桂蘭枝驚得靈萱帶草萎賸有柔軀如弱柳

雖無雨打總低垂
北堂無色黯春暉獨倚閨門失所依恠煞哺雛梁上燕
啣泥仍向舊巢歸
淚滴紅冰不盡彈滿腔愁結寫來難縱然寫到箋千幅
莫博長瞑眼一看

春曉哭母

春色鬧芳林鵑啼添恨深哭親惟淚血喚女那聞音懶
照重封鏡慵疏倒插簪臨風腸共轉不斷更傷心

夏暮哭母

蟬噪千林暮蛙鳴萬感牽昔年呼母聽此日動兒憐琴
閣宮商寂粧樓釵鈿懸憂懷無處訴握筆問蒼天

秋夜哭母

燕去宅如曠葉飛山欲貧良辰愁對景好夢轉淒神匣
鏡光全匿帷燈影漸淪那堪砧響急到耳益悲辛

除夕哭母

轉瞬催年盡驚心守歲人椒花空獻頌萱草不長春梅
蘂和愁吐桃符換戶新殷勤斟栢酒忍淚祝靈椿

述懷詩

嗚呼噫天罔極地忽頹星朝隕烏夜啼梁鷰墮雛失棲
母已逝兒曷依男隨父女隨母膝同侍時獨久生我恩
一般厚感親慈母居首訓女戒傳我口習女紅執我手
母有言兒遵受今日女他日婦婦道難女事易做女時
須知備生宦家勿習侈綺羅繻休長繫錦繡鞋宜自製
勤機杼薄珠翠少讀書多識字賦于歸佐夫壻敬翁姑
謹中饋操井臼服荊布古賢媛兒當慕兒吟詩喜覽之
恐耽詠轉非宜旣稱譽旋見咄我有心母已知亦不問
但窺眉本無恙若有疑姊及妹常肩隨入母房侍牀幃

問安否請訓辭謂多聚勿少離奈昨是而今非淒者風
冷者雪壽萱萎夭桃折世事茫茫纔一瞥長日沉沉夜
難徹閨中踽踽孤身孑淚滴盡愁空絕思返親魂無計
設除把女僵易母活

春晚有感

弱羽初試失樹依殘紅無語帶愁飛年年一樣春風送
那管人間萬事非

奉母殯于東郊觀山隨匶後行泣占

荒郊慘望路迢迢功布銘旌風亂飄萬種哀情誰與訴

子規啼斷碧天遙

五尺低檐四尺牆慈魂何遽此中藏空山闃寂無人伴
兒願朝朝侍曉粧

春日有感

寂寂春庭風自旋深閨繡倦枕書眠花香鳥語渾如舊
獨有離愁勝去年

對落花口號

不禁嬌嫩乍離枝誰倩封姨着意吹知否有人倍惆悵
無言獨自立堦墀

夏日理琴

繡倦無聊佐線長整絃欲訴九迴腸簾前蛺蝶殊多事
飛去飛來撲篆香

題畫

雲溪曲曲小樓斜兩岸疎林夾道遮征雁一行橫夕照
閒鷗數點咏蘆花

七夕感咏

滿簾蟾影拂秋烟七夕偏教百慮煎何事慈闈人去後
不偕牛女會年年

無心乞巧覓鍼穿感事題詩展素箋題到筆尖還擱下
終宵苦咏不成篇

月照殘荷和季兄作

螿蚷殘枝秋氣涼荷花零落不聞香採菱人散歌聲寂
明月偏來照恨長 時三嫂潘夫人棄世

中秋夜哭母

傷懷昨歲人何在忍看今宵月又圓從此庭幃空露冷
任他秋色一年年
幽明路隔形難見母女心通哭自知哭向廣寒宮裏去

素娥見我淚同垂

養雲樓秋望

峯如螺髻樹如囊曲水長橋夕照間雲送雁飛辭遠浦
月隨天闊洗秋山仙壇鳥隔鐘聲外閭閻人從燭影還
欲學淸閒知未得幾多心事繞眉彎

冬夜哭母

朔風逗窻紙寒雞隔烟水阿母通夢魂歡言昔相似魂
來一何親魂去長已矣

悼婢鳳鳴

掃地焚香識性情捧書烹茗亦經營秖今吟倦誰磨墨
夢裏依稀與鳳鳴

雪夜感懷

穿牖尖風四壁鳴終宵飄瞥落無聲夜臺此際寒應甚
誰共圍爐侍五更

先母忌日

紙蝶千條動爐烟萬縷長前年逢此日同室拜萱堂改
歲驚星易陳盤空酒嘗那堪除夕近孤女坐闈房

咏紅梅

姑射神人脫俗情冰姿玉骨本天成無端誤落花塵界
縱染時妝豔亦清

春雨絕句

空堦冷透苔痕濕孤夢敲殘鐵馬驚花瓣貼泥珠有點
柳條垂淚雨無聲

空宅

門掩春風謝海棠碧窻紅影冷韶光榆錢落地無人拾
柳外鶯聲懶過牆

初夏即事

綠樹濃陰日漸長座分蘭蕙送風香深閨午夢人初倦
窻外聲聲布穀忙

夏曉 六言

幕垂鈎帶初鳴香燼爐烟猶裊疎星殘月橫空夢斷亮
鐘啼鳥

觀季兄鼓琴

窻閉几淨篆香斜山水情縈引伯牙正待手揮還目送
未秋雁已落平沙

聞笛

夏晝長如許笛聲來小齋夢回呼侍婢枕畔拾金釵

二十初度

謫下塵寰二十春雙親擎作掌中珍而今已作孤雛鳥
怯向瑤臺問夙因

秋暮

數行征雁唳西風蟬曳楓林葉半紅檻外海棠看欲睡
忽驚花底起吟蟲

咏喜鵲

諳雨占風並識時人家有喜報先知靈禽詎解工諛媚

只為無欺性未漓

夏夜

浴罷蘭香入吟清竹影浮蛾眉彎月上恰照晚粧樓

望月

堪羨嫦娥最耐寒碧天如水影團團長依桂樹無榮落一任千秋萬眼看

秋興

誰扶秋影到簾前未必悲秋情亦牽秋興却從何處發賦秋心欲問秋天

秋聲 六言

冷雨灑窗點點涼颸吹葉飄飄催機促織方急呼侶征鴻漸遙

奉和嚴親皓月照秋池韻

秋高一池月萬象盡澄清影入天心正光浮水面平渾含一太極相對兩空明妙趣誰能悟高堂吟興生

九日有感

不覺逢佳節無心上小樓西風何太急又送暮秋愁

秋夜理琴

疎星灼爍雨餘秋簾捲西風響玉鈎一樹拒霜天寂寂半窗篩月夜悠悠爐薰寶鴨輕烟裊水映晶壺濕影浮幾度素心絃外寫雁聲飛過養雲樓

冬日對雪

六出花飛亂撲簷熱爐癡婢火頻添看書恰好招光入偏為祛寒又下簾

春感

柳絮穿鶯背花香撲蝶鬚人間春色好可到九泉無

偶題

月映湘簾早更催玉漏遲徘徊掩團扇未解意何為

繪圖

曾聞舜妹畫嫘工強學塗鴉自笑慵小婢夜來催染翰燭搖紅影寫芙蓉

臨帖

繡窗幽靜爇蘭薰凭几臨摹字入神研墨侍兒痴解事笑儂貪學衛夫人小婢曾侍先宜人見教子臨帖謂今日學書爲夫人也

芙蓉花

臨風似舞影頻搖殢露紅深濕絳綃作態競芳描不盡

問渠歲歲爲誰嬌

茉莉花

來從毘舍綴晶毬南海香爭第一流可惜寶珠慳照夜
只侵曉上麗人頭

冬夜

凛凛寒風夜正長疎疎梅影透簾香枕肱欲覓羅浮夢
忽聽鐘聲到几傍

于歸留別四首

別父

生我恩深比昊天椿庭拜罷淚漣漣自憐失恃于歸女
母命還從父命傳

別兄

授經正始誦關雎棣萼欄前幼奉師今日更申歸妹義
贈行何止悼離詩

別弟

承歡侍膝每肩隨從此晨昏定省疎爲囑趨庭聞訓日
平安替姊問何如

別長嫂

羞凭粧鏡整雙眉寸寸離腸嫂氏知此後相思莫相棄
記將初抱小姑時

催粧

珠冠象服驟加身出閤辭家別所親女道告終婦道始
奈無親手結縭人

升輿

臨行新沐上臺初誰抱登輿強使離邑俗嫁孃升轎足不履地擇年尊福備者扶抱而入獨坐掩屏私飲泣如何鼓樂反相隨嘗讀禮經昏禮不用樂今鼓吹而行亦從俗也

卷一終

咏雪樓詩存　饋餘草

新吳女史徐室甘立媃如玉著　男心田校梓

初見舅姑

棗栗初呈將意深上堂肅拜斂衣襟尊前便是嚴慈樣佐餕何殊侍膳心

姑領見祖姑封母趙太孺人

錦爛萱堂壽鬢皤膝前遞拜訓詞多宜家禮法覘新嫂新婦俗稱新嫂爲婦須知效阿婆二句祖姑訓語

入厨

三日操勤諸未諳先來厨下作羹湯舅姑食性將心揣平淡無奇味總長

曉粧對鏡口號

曉起臨粧鏡分明我並肩祇宜與君對休要受人憐鬢薄承華鑷釵横斂翠鈿未能學椎髻深愧孟光賢

春夜覩夫子讀書

讀破青箱卷若干書聲燈影壓春寒光芒不羡燈花豔文筆生花更耐看

春夜聞笛

娉婷瘦影伴銀釭習習和風透小窗簾捲花香籠月淡不知何處送新腔

春曉憶外

離緒盈腔悵遠岐懶窺粧鏡夢醒時無端風動簾鈎響可送江城客館吹

寒食有感

傷懷寒食日禁火賣餳天清酒澆泥隴輕風旋紙錢摧殘萱草雨黯淡棣華烟那更荒林暮聲聲泣杜鵑

寄慰長嫂李夫人

聞道菱花減玉容幾回覓羽送緘封近來香閣何消遣吟咏多寛錦繡胸

憶父

遥憶高堂鬢髮蒼裁箋欲寄九迴腸如何簾外啣泥燕不解傳書只自忙

春景

碧草芊芊鳥亂啼融風細雨豔花畦晝長閨裏鍼停處到眼春光不盡題

村居即景

茅屋蓬牕護短垣綠溪碧水繞柴門菜黃秧翠塍如繡時有農謳出古村

春夜憶外

列宿森羅拱北辰遥憐旅館讀雞晨青雲有路鞭先着早作蓬山頂上人

病中感占

病魔纏繞枕頻挨燈暗更沉夢怯猜偏有深宵空院月故移花影上窻來

春閨

日烘花發換晴陰舞蝶雙飛撲繡鍼正欲拋愁尋靜悟又傳鳥語出芳林

春晴

風捲游絲軟未齊泥滋芳徑草萋萋呼晴小鳥穿珠箔來去窺人宛轉啼

答外

花開花落送春寒懷遠修書織欲殘遥念客窻思毋切爲君上覆報平安

柳線牽風花吐金春光休攬讀書心期君莫負簷前鵲日日淩晨報好音

村居卽景憶外却寄

秧苗催綠菜花黃寓目停梭憶遠方却囑東風需隱忍莫傳離思到君傍

春懷

子規啼血倩人憐綠樹籠烟欲雨天遠近迎眸渾似畫予懷渺渺爲誰牽

惜春

風雨姤韶華堦前飛落花倚欄看蝶去春色在誰家

咏萍

乍離乍合跡難尋無蔕無花不有心出世浮生惟鑒水質輕那肯逐波沉

夏日觀雲

千重萬疊出奇兵道子拈毫畫不成何待從龍纔變化天山高處任縱橫

送夫子客外

不是經年別其如暗慮長君行投野店妾獨奉高堂婉娩聽慈命殷勤侍膝旁嘻嘻小兒女未解話離腸

劉阮入天台歌

攜手入天台紫雲迷路曲仙花通碧水洞口人如玉

春陰

啼鳥喚殘夢綠陰凝曉寒香浮花影匿烟淡柳絲攢

暮春

片片飛花雨垂垂鎖柳烟榆錢隨處是不解買春還

其二

風和寒氣薄雨歇棠花開莫漫催春去禽聲送夢回

初夏即景

亂紅落盡桃林寂嫩綠抽長麥隴勻蛙鼓新鳴催日暮

燕泥覆壘趐初晨

宮怨

晚粧慵整獨彷徨欲捲珠簾怯夜凉纖手擎將團扇掩

怕看月色在昭陽

夏景

隔竹歌鶯風送聲稻花香裏午初晴一溪濃碧鋪如錦

未許深閨繡得成

哭翁太史公

罔極恩深等昊天克家事業託遺編燈前佐讀思庭訓

黃卷青氈是祖傳

每拜丹青像宛然清風吹去玉堂仙酉將報國文章在

付與兒孫作寶田

初秋夜吹笛

斗覺金風落葉初又驚玉露滴銅壺倚樓學弄桓伊調

吹得銀蟾淡欲無

咏蟬

織女機絲乙乙抽新蟬入耳一般柔清音遠近隨風送

深院斜陽何處樓

憶外家

屈指于歸定省違幾回惆悵怨睽離遥知庭訓論文暇

掩卷臨風說女兒

鄉園一望隔高岐邑城南山名岐嶺無語停鍼憶別時記得粧

臺傳好句弟兄相贈冠笄詩

月夜憶外

月浸高樓夜氣深料君對影亦沉吟闌干十二敲應遍

難遣秋懷一寸心

清夜偶吟

看書慵剪燭枕卷夢將成無奈穿窗月難禁敗葉聲銅壺催別恨玉笛度離情滌慮方歸靜鄰雞又已鳴

覆四弟見寄原韻

同氣睽離歲月移思親十里等天涯悵違甘旨誰分咎看步青雲自得時雁陣遠排呼舊侶烏巢反哺戀高枝因風還寄平安字爲報椿庭免繫思

昭君怨

塞上胡笳急琵琶恨正長自憐恩命薄未敢說君王

題卜扇美人

嬌怯倚湘幃金錢暗卜期無言看團扇未識憶伊誰

對雨

花凝濕淚鶯聲斷柳壓寒烟燕尾斜更有低飛迷徑蝶欲尋春色到誰家

暮春雨夜

重閨夜氣暗侵帷草綠昏黃觸夢思細點打窗簾影動繁聲滴霤漏音遲寒光閃閃殘燈焰䬟息呼呼懶婢癡獨對怕聽終夕雨那堪又值暮春時

送春答外

留春不住強凭欄接奉新詩子細看料得客窗停筆後燈挑漏盡夢難安

去年聯韻將春送今隔江城各送春若使春歸招客返時時願作送春人

初夏久雨在外家哭母

屈指歸安兩月餘情懷無處訴親知傷心苦雨淚垂日回首慈雲腸斷時有夢賜兒仍繞膝靡依望母悵褰帷曩時槃盥都成幻獨撫幽琴怨別離

對月憶外

團月流輝對室楹昨朝赵曉送君行素娥情與儂心合去照行舟分外明

憑川流水細如絲楊柳風飄莫繫羈客裏休愁厨粟乏傳家幸有硯田遺

謝長嫂李夫人惠茉莉花

因風傳到縵華香恰好新添出浴粧爲謝美人纖手摘是花是玉覆筠筐

多感殷勤遠寄將勝他一騎荔枝香絲絲穿向鐙窗下

雲鬟光疑月色藏

初冬對雨

秋去冬來雨接連凉颸暗透冷青氊寒衣未卜何時製
風入貧家却占先

雨夜憶外

隔窻永夕滴無休兩地愁霖一樣愁安得風師離合手
吹開不使落心頭
暗灑芸窻燈夜燃書聲遙共雨聲聯擬君應有思親賦
預祝春暉享大年

不睡

侍兒催寢展芙蓉枕冷香寒鬢影鬆誰道睡魔偏遠匿
愁魔轉近繞眉峯

題畫

生綃尺幅寫瀟湘雁襯秋雲蓼半黃夕照啣林舟似葉
遠山重疊鎖高唐

感吟

欲襲燕山桂（三兒一弟俱登榜甲）裙釵志枉然凌雲連雁序期結
再生緣

送夫子省試

佐讀卷思破挑燈宵每長休矜蘭臭味願把桂枝香和
璧終成器毛錐詎處囊倚閭看望久報捷慰高堂

夏日偶成

晝長織倦不勝懷翠帳籠烟午夢諧誰識封姨輒相妒
幾回枕畔覓荆釵

寄外

期君遠到達楓宸老母慈懷賤妾心莫謂相思隔烟水
夢魂百里遠層岑

立春日感懷

條風送暖入簾帷閨閣人知律應時憶昔繡窻聯女伴
紅羅剪綵上花枝

中秋拜月

一年最好今宵月四序無如此夕秋偏使閨人多下拜
素娥應笑問何求

月下吹笛

一庭秋影夜光沉玉笛橫吹寫素心欲學霓裳奏新曲
廣寒宮裏覓知音

秋雨

秋空冷雨細濛濛也落池塘也灑叢自入愁人雙耳裏
盡收點滴到心中

咏秋風

碧天涼氣釀秋陰颯颯清商出遠林漸逗衣襟催斗尺
亂飄木葉助謳吟伴愁無影燈舒燄驚夢遊空雁有音
偏是不諳離緒結傳鐘送笛惹思尋

雨夜答外和見寄原韻

展函靜對短燈檠愁聽沿階咽雨聲躍鯉波沉遲點額

摶鵬風逆阻登瀛漫嘲衣鉢傳偏誤休怨冰壺照未明
耐學雕龍真手段錦標奪取定君擎

秋閨

傳情征雁唳西風斷恨寒蟬落葉紅誰識个人無限意
倚欄低首不言中
鏡掩容光何所求自憐消瘦匪關秋拈毫正欲將愁遣
又惹愁魔上筆頭

輓三嫂毛夫人

玉容屢欲攜襟晤雅意曾從便羽通今日天孫機忽斷
嘗羨手只好書空
太息狂飈太不仁鴛鴦重散等飛塵（夫人為兄繼室）可憐入室
悲遺掛吞淚潛傷奉倩神
弱羽孤雛不住啼黃泉忍聽亦增悽如何未護堦前草
先使萱花委土泥
未上靈前一炷香病軀夢遶繐帷旁素箋寫獻傷心句
便作招魂促返鄉（夫人歿於新昌外氏）

冬日即事

小春時好種青蔬指點園丁子細鋤地厚根深添土護

不愁蔓草費芟除

春興

莘莘芳草帶輕烟洎雨花枝色更妍料得五陵游客醉
馬嘶頻過柳橋邊

暮春

到處殘花落地深幾番憐惜又思尋留春春去仍無語
辜負長吟與短吟

初夏喜雨

郊原澤霈潤如酥繡陌秧鍼水面鋪忙殺隔林求友鳥

聲聲雨外喚提壺

咏新月

一綫天光漏纖纖素影流無心驚鳥夢有恨掛人愁玉
鏡參差露冰槃反側浮銀河如躍鯉應亦畏吞鈎

答外和見寄之作

臨風遙怯客衣單夾褐新縫欲寄難昨夜雁傳新咏至
貪看兩字是平安

秋雨聞雁憶外

秋草離離秋菊黃雁聲淒切雨聲狂遙憐孤館書燈畔

獨聽江城夜漏長

九日

征雁遙天唳黃花特地開高吟隨處可何必上樓臺

大雪

梨花萬片攪空飛莫辨南東北與西豈特人蹤禽語絶
高天也覺四圍低

咏芙蓉

錦藥隨風已自芳更逢青女染朱裳豐肌弱骨天然態
肯並佳人闘豔粧

嚴親入都之任兵部賦呈恭送

東風欵報北燕遊香閤新生陟岵愁遠岫雲籠岐路柳
長江浪送部公舟矢懷報國趨朝急違膝承歡託夢求
十里言歸偏見阻别親如隔萬山郵

送舅翁柩出殯

腰絰麻鞋哭柩傍天飛白雪亦悲傷是日大雪珠光偏使沉
滄海魂返重應入玉堂舅以進士入翰林赴都散館中途病還卒於家
送到山邱足不前痛隨杖屨拜黃泉齊衰孫稚環輀跽
遙巷寒林泣杜鵑

淚洒失風滴九泉愁腸寸斷總徒然天寒歲暮魂何處
千仞空招已五年

靈座哀扶帶雪歸冰凝血淚染麻衣孤村烟冷千林白
回首山頭霽色微

夏日憶夢

寂寥亭院日偏長綠樹陰濃護苑牆入枕瑤琴詩思倦
風穿花幕夢魂香分明金碧飛千騎恍惚元靈響八琅
可怪西鄰雞喚午起看日影上東廂

答外

柴門寂靜掩斜扉小別相思兩地詩幾夕月圓人獨坐
金風又報早秋時

秋夜吹笛

小軒寂寂月初斜橫笛飛聲貫斗槎新製天高攀桂曲
不教誤聽落梅花

中秋有懷

銀蟾皎皎漏初遲秋色平分景未移却怪昔年諸女伴
此宵隨月別天涯

雪夜

遠鐘敲落積雲低香冷流蘇夢懶隨尋計醫貧惟理織
遣懷呵凍且吟詩斷羣沙雁人千里伴影瓶花雪一枝
靜坐深宵羣籟寂玉光冰潔照心知

寄京呈父

朔南雲樹望蒼茫千里音容入鏡粧遙憶退朝嘗獨坐
修書寄女到家鄉

屢欲呈書問起居未知安否近何如昨宵夢裏欣依膝
親見懽顏未改初

祝祖姑趙太孺人八十

羣褒燕翼子登瀛天錫遐齡慰壽貞八十春深尙綠鬢
三千桃熟獻朱櫻五花誥敕榮褕翟四世簪纓耀珮珩
我並孫行隨肅拜期頤齊祝晉霞觥

送伯兄純齋儀部入京

忽報春過半高林鳥語遲雨餘荊樹茂風細柳絲垂國
士長行日椿庭永晝時問安乞傳語未覺隔天涯

咏古名媛即用其名輯成一律

夭夭桃葉護牆頭密隱黃鸝囀莫愁浥露綠珠光蕩漾
驅塵紅拂態輕柔暖香惹夢朝雲襯逸韻徵歌子夜悠

燕燕鶯鶯相對舞蹁躚花蕊似拋毬

送長嫂李夫人赴京

花香鳥語遍前途催送蓮輿赴
帝都離緒滿腔書不盡可能留待片時無
空賦言歸意慘然關情嫂氏最相憐何時告別驚千里
此後相思各一天

春光截句

紅桃經雨芳心綻綠柳牽風翠帶勻添得鶯簧和蝶板
併成歌舞太平春

春曉聽鷓鴣

懊惱何來格磔聲驚殘夢透窗櫺叮嚀莫向岐亭唤
多少行人不耐聽

春感

清明惹恨梨花雨寒食關心楊柳風誰把青青原上草
都教染作杜鵑紅

嚴親宦京師恭逢周甲之辰敬賦排律寄呈奉祝時伯兄亦以京宦侍養

京國三千里高堂六十翁頻年瞻岵屺此日祝華嵩遍

待趨朝早公勤退食同起居占雁羽安否問郵筒綵想
堦前舞歡言夢裏通未隨環膝拜獻酒託秋風

元夕觀燈

弦管聲中起暗塵千重彩耀別遊人天公亦愛韶光好
星月交輝大地春

桃花

芳林一望燦春光惹得蜂忙蝶又忙恰似太真扶醉立
汗沾粉臉洗紅粧

夏日迴文

晴窗晝倚獨凝眸綠樹濃陰覆小樓清瘦貌看非病酒
情懷暗結鬱離愁

夏日看燈

火樹銀花不復陳籠燈忽見一番新添來蛙鼓鶯簧鬧
應勝笙歌元夕春

月夜答外

玉鏡懸空照獨吟涼颸退暑豁塵襟遙知旅舍思親夜
萬里清光一片心

天河耿耿懸秋水列宿疎疎弄夜晴驚夢蛙聲鳴陣陣

牽懷燈穗落輕輕

夏曉

翠帳暗穿殘月影素衾斜覆小軀兒起扶明鏡窗開半
又被空梁雙燕窺

秋夕伴讀和夫子韻

涼透西風長夜初燈前佐讀冷書帷女流未解窮經義
愛誦雞鳴昧旦詩

金爐香裊報更初一盞青燈萬卷書此夕家修備廷獻
上林賦要邁相如

秋曉

風翦金梧葉落初殘更入夢展家書晨雞喚醒成惆悵
北雁空翔音信疎

秋夜

簾白月如霜亭虛落葉黃莎雞催玉杼征雁度銀塘香
裊爐烟暖風飄杵韻忙倚窗琴靜理竟夕漏初長

月夜憶外

含情錢漫卜兒女笑牽衣落葉迎風響游雲襯雁飛竊
思分袂夜有月煥柴扉此夕重相照疑將送客歸

咏燈花寄外

紅影搖風金粟勻玉釭呈瑞暗傳神月枝同折占先兆
翦取燈花報遠人

初冬有感

秋光一度又成虛亭院香收冷桂枝老樹蕭疏飛木葉
賓鴻嘹唳悵江湄玉簫流韻堪傾耳銀管揮毫慰蹙眉
待聘江都終獻策殷勤重下董生帷

憶外

烏怨花愁為阿誰傷春心事物先知撫琴怕撥離羣調
恐惹高堂顰兩眉

春日感懷

芳景撩人日漸長一簾小雨送花香東風不識離愁苦
偏送春陰冷北堂

暮春夜寄外

細雨生寒近麥秋瓶花香冷韻悠悠多情弱影隨揮筆
尋夢香幃自掛鈎風送遠鐘驚繡閣燈銷殘漏怯更籌
高堂念子常無寐始信經書戒遠遊

涼夜感懷

拂袂風清夏似秋銀河耿耿夜悠悠偶瞻北斗心如寄
靜倚南窗願執酧世態趨炎何足道遠書畏暑未曾修
獨愁却向東軒望綠影重重伴月收

秋夜

深院金風響碧梧滿階落葉暗驚秋窗虛偏掛如鈎月
鈎起新愁與舊愁

春日寄別季兒之官黔省

長風破萬里發軔在斯行
聖世徵循吏賢才應策名馬嘶山鳥喚皂旆岸花迎南

望峯高處難爲兄妹情貴州省會城北有山名南望峯最高

雨中送春

已怪飛簾向日奔那堪屏翳又臨門野塘新漲堆浮綠林塢殘花濕淚痕怕聽棲禽鳴暗樹懶看倦蝶撲低垣好春送去留霪雨不是愁人也斷魂

中秋玩月

試問嫦娥夜若何一輪香桂影婆娑誰人不玩今宵月畢竟誰人秋思多

輓弟婦彭夫人用西園弟悼亡原韻

奉倩神傷恨莫消罡風吹送玉人遙靜閑魂定歸君室不待靈均賦大招

理琴迴文

明窗繡倦思悠悠晝永彈琴倚小樓鳴鳳和凰求德配清音送景遠凝眸

賀幼弟惟理七夕新婚

雲護雙星照綺筵絲牽五綵結良緣人間天上佳期共荇菜桃夭好句傳大道要知本夫婦多情方不愧神仙曾聞博議書成日定有新詩乞巧篇

中秋待月

金爐香細漏聲微幾度停盃盼素輝想是嫦娥粧未整不教鏡影出雲飛

村景

雲吐遙岑散彩霞溪塍如繡繞田家牽牛踏碎王孫草布穀啼殘帝女花

哭父

三千里外眼常瞠驀地書來胆忽驚急讀兩行心拆裂痛拋一紙淚縱橫終天長恨分南北永訣無言問死生

安得身同雲裏雁一時飛共到燕京

五載睽離夢裏尋平安屢問報佳音居官常秉丹心苦好學渾忘白髮侵三世科名誇海內一生心力困瓊林雍正丙午科先父偕曾祖封尚書岐山公叔祖雨亭公三代同榜九上公車不第補職兵曹如何鶴引騎箕去天上文星黯黯沉

一紀纔過四慘神分飛骨肉等埃塵不堪日落悲風木況復山頹殞大椿忌日天哀真在卯數時星阨怕逢辰己卯八月仲兄太史公卒於陝闈庚辰正月姊氏繼亡十二月又遭母喪今復丁此大故時辛卯之八月也而今永絕歸安願空賸號天苦病身

春曉對雨

永夕空堦滴到心淩晨簷霤帶愁音年年春雨尋常過
不似今春惹恨深

送春

九十春光一擲梭老紅落盡綠陰多心思不放春歸去
春去無言奈若何

立秋夜登樓賦呈長嫂李夫人

月朗層霄逸興多迎秋水氣溢銀河凭欄欲學登樓賦
豈爲時移感逝波

再呈一律

清宵隨伴上層樓笑倚欄干望斗牛數點紅燈懸里巷
半天涼露濕林邱商聲初動時猶伏大火西流夜乍秋
對月傳杯吟興集封姨休速報更籌

重陽

文峯一曲韻悠悠誰復風流繼舊遊佳節抗懷閨閣事
善歌尹氏獨千秋

寄懷長嫂李夫人

爲念同心侶長宵夢不安傳情憑尺素寄興在毫端懷
遠登層閣看花倚曲欄幾時重把袂相慰各加餐

夏日

呢喃燕掠畫梁西瓶插榴花開欲齊臨帖忽驚紅日午
炊烟風裏聽雞啼

仲秋雨夜答外

風動垂簾響玉鈎滿天涼雨夜悠悠伴琴香鼎篆烟細
呈瑞銀燈花影浮雁過高樓傳尺素蛩鳴冷砌應更籌
漫因寂寞增惆悵正是才人折桂秋

中秋聞笛憶外

一輪桂影煥簾櫳香裊金爐瑞氣融風送遠聲飛玉笛
秋光兩地定相同

有感

時移人不覺鏡影暗關神祇羨閒花草年年一樣春

中秋對月有感

一輪仙桂影婆娑蕩漾圓光湧碧波未滿意人當此夕
却教秋思引愁多

灌瓶梅

梅入瓶中瘦花開香暗霏莫隨燈穗落留待遠人歸珍

護頻添水徘徊獨倚幃遙思孤館夜夢覔此芳菲

和夫子見贈韻 此下俱和詩

翦燭拈題詩興饒商期遠大話深宵願停此夜村雞唱
畱與他年報早朝

落花

柔枝弱蘂不禁風未競繁華已墮紅寄語封姨休任妒
來春看早出芳叢

春日有感

椿庭回首隔高岑侍膝羣分離限深一陣花香驚蝶夢

五更鳥語亂琴心環溪雲氣連烟樹繞屋風聲動竹林
幾度停機懷往事感君解慰贈佳吟

久雨

紫燕雙飛繞翠幃似憐春色逐時移不堪梅雨連朝滴
那更槐風永夕吹繡閣停鍼驚梦幻芸窻揮筆寫愁思
遣懷擬待天開霽鳥語花香又和詩

初夏喜晴

雨送春歸九十程天移新序放新晴韻藏隔竹鳩聲脆
樹密環林翠色橫拂幕微風如有意映檐夕照似畱情

芸窻應足三餘子錦句清新落筆成

暑中遣興

蟬聲驚午夢暑氣未徂東當牖半規日穿簾五兩風茗
香青玉案蓮捲碧荷筒欲覔迎涼草期從鳳苑通

夏夜再叠前韻

暮雲籠岫遠淡月映樓東溪水生涼意林蟬曳晚風琴
横凴素几韻叠入詩筒野寺頻敲磬芸窻夢怎通

賦得好雨知時節和韻

和風多應節好雨更知時落絮沾難起游絲罥復垂濕

雲迷嶺岫膏澤潤花枝村郭韶光豔江山秀色奇蝶慵
嫌翅重鳥倦弄聲遲慶叶農夫望祥徵詞客詩

和夫子遊百花洲原韻

百卉芬芳馥錦洲樓臺倒影挾鷗浮碧林紅樹晴烟裏
幾个啼鶯引客游

夏夜獨坐

遠籬犬吠夢難成獨坐沉吟對短檠正是詩情無着處
添來遠近水蛙聲

清宵岑寂漏將殘倚枕徘徊覔友難架上有書長是伴

幾回欲睡又尋看

承夫子遺甘露一枚並綴以詩依韻奉答

清晨遺甘露吸去儼天漿露味雖然美那如詩味長

其二

承露蕉如扇分來實一窠同甘原有誓何必在多多

早梅和夫子原韻 此下俱和韻

送臘幽梅報早春淡粧玉質具天真月移瘦影臨窗悄
風度清香出谷新雅趣每添吟客韻冰心常結歲寒盟
折歸書閣瓷瓶貯伴讀三冬比德鄰

迎歲早梅新

鳳紀初更歲江梅獻瑞新暖風開素蕚愛日點丹脣嫩
蘂依枝綻清芬入座頻人間花第一先報上林春

人日對雨

東風拂拂逗紗窗細雨淒淒冷玉釭人日莫教愁裏度
也將綵勝翦成雙

咏春鶯

迎風整翅小身輕愛向花間送巧音更有解人諳鳥語
一聲入耳便高吟

秋花七首

朵朵秋葩滿苑栽淡紅深白逐風開叮嚀素女須珍重
留住幽香並雪梅 菊花

金粟枝枝玉露滋天香陣陣透書帷蟾宮那許平人入
看取文郎折一枝 桂花

露沾紅日欲流芳日映丹紗鬬豔妝偏向牆東凝望眼
獨標醉態拒秋霜 木芙蓉

風搖纖葉翠瀾翻雨過嬌花滿苑繁千畝渭川分一種
此君別業住桃源 夾竹桃

圍繞雕欄色色鮮九苞散彩任蹁躚珍珠雜珮多相識
偶向佳人指上妍 鳳仙花

紛紛蜂蝶暗相猜對立鴛鴦錦繡堆日午烟籠真似鬬
不知誰帶胄纓來 雞冠花

誰落金錢繞徑尋又傳買笑稱花心果堪買得愁人笑
一朶應須値萬金 金錢花

夜雨滴空堦

永夕雨聲同淒淒一院中歇來時復滴落處響疑空階
淨消泥滑庭虛隱霧籠銀床甜夢黑紙閣冷燈紅久客

腸愁斷幽人眼望窮會看天曉霽萬象悉開通

雨夜感懷

雨滴庭階夜及晨望雲瞻岵夢難真愁和淚積常霑袂心似車旋頻轉輪花倚膽瓶誰解語燈飛紅穗不勝春闕情詞客題新句慰勉終天抱恨人

和夫子春日登滕王閣懷古原韻

花裏鶯聲出碧叢如聞帝子曲三終西山春樹斜陽裏南浦遊人淺草中蛺蝶圖開傳妙筆馬當神巧助征篷江干此日登高客雲路應乘破浪風

繡閣梅莊見亦稀膽瓶新養喜相依歲寒賴與君為友浥盡清芬尚掩扉

和夫子咏瓶梅原韻

和夫子咏蘭原韻

澹影參差孕素胎垂垂長葉襯英開韻傳繡閣同心契香拂羅幃入夢來隔浦美人搖玉佩過庭良友醉金罍離騷讀罷循陔采九畹新移處士栽

曉粧偕夫子聯韻 此下俱聯韻聯句

如蓮出水絕纖塵對影菱花照好春 拜璜 眉淡不勞京兆畫眉將椽筆掃千人 如玉

觀燕

于飛新燕入春郊 拜璜 對語喃喃兩意交 如玉 似說主人高誼在 拜璜 急銜泥向舊梁巢 如玉

六溪暴雨

黑雲擁樹晝同昏 拜璜 急雨如珠跳短垣 如玉 掣電驅雷天肆怒 拜璜 飛泉傾壑水狂奔 如玉 戰林密葉逐歸鳥 拜璜 穿屋尖風驚夢魂 如玉 忽見西山凝夕霽 拜璜 遙瞻越嶺隱烟村 如玉 老農荷鍤草簑立 拜璜 稚子騎牛竹笛捫 如玉 新漲滿溪

鷗集浴 拜璜 綠蕪添出錦乾坤 如玉

春晴

春芳著暖回繡錦風增倍溪漲緩緩過嶺雲遙遙待 拜璜 柳徑見禽飛桑陰隱女採花落復花開韶光不輕改 如玉

階前春草生

春從何處到芳草滿階生 拜璜 葱蒨隨風舞芊綿向露盈 如玉 色青當牖媚痕綠入簾橫 拜璜 好句西塘夢新歌南浦聲 如玉 尋芳騷客意拾翠美人情 拜璜 移植堯庭下應同蓂莢榮 如玉

春夜理琴

一簾香捲綠窗前（拜璜）並坐春宵奏七絃（如玉）相友王鳩嶶上舞（拜璜）風生清韻繞爐烟（如玉）

春雨

春來萬物暢（拜璜）春雨一何多（如玉）春意生芳草（拜璜）春情託女蘿（如玉）春花呈錦綺（拜璜）春鳥協笙歌（如玉）春興休成夢（拜璜）春愁要逐魔（如玉）

春曉

窗間曙色影朦朧几上銀釭金粟紅（拜璜）試問春光何處好花含宿雨笑東風（如玉）

春日即景

飛紅鬬紫豔陽天蝶舞蜂忙趁物妍（拜璜）縱使韶光莫虛擲已輸梅占在春先（如玉）

明月照高樓

月滿天全朗（拜璜）樓高壁四明（如玉）銀蟾臨戶冷玉兎搗霜輕（拜璜）光近穿簾影雲低度柝聲（如玉）金波隨漏轉桂魄應潮生（拜璜）騷客添詩與佳人怯夢驚（如玉）一輪輝四海（拜璜）照徹世間情（如玉）

春雨即霽

融風吹雨灑窗紗含笑含香欲吐花（拜璜）蝴蝶雙雙飛小院報來春色在吾家（如玉）

春色

風和雨乍停（拜璜）垂柳一番青（如玉）芳草凝眸碧（拜璜）嬌鶯耐細聽（如玉）

題畫美人

杏臉凝春欺衆妍（拜璜）柳腰嬌怯倩誰憐（如玉）恐人驚醒高唐夢（拜璜）獨倚牙床枕卷眠（如玉）

明月照窗中

衆星懸入柱海角吐金精（拜璜）玉鏡推雲上銀蟾過隙呈（如玉）一輪光乍轉四面魄都盈（拜璜）豈爲宵燈掩還同晝景生（如玉）臨池雙璧白入戶半珠明（拜璜）舉案論文夜天人心共清（如玉）

賦得遠水兼天淨

四瀆清如許茫茫接遠天（拜璜）藍光澄碧落黛色媚晴漣雲淨波濤逈烟消日月懸（如玉）乍凝秋已至轉望海無邊遐邇渾難辨高低斷欲連（拜璜）乘風期萬里翹首鳳池前

如玉

送春 六言

忘了今朝春去 拜璜 驀見落花飛絮 如玉 黄鸝䌷罵東風 拜璜 杜鵑啼血不住 如玉

咏紅魚

瓶清水亦清中好養紅鱗 拜璜 潛伏何嫌小龍門此問津 如玉

觀水月

入夜溪塘靜綠漪寒光蕩漾玉蟾移 拜璜 色空空色天心現魚躍鳶飛宛在玆 如玉

對月

皎皎金波湧亭亭桂魄盈流光棲鳥怯移影睡鷗驚 拜璜 玉女天開鏡銀蟾水吐晶 如玉 夜闌庭院寂 拜璜 相對兩心清 如玉

新秋

瑟瑟金風動昭昭銀漢流 拜璜 雁書猶未至梧葉已傳秋 如玉 山月當窻掛溪泉入石流 拜璜 憐人是何處蟲語夜啾啾 如玉

繪圖

意淡經營在筆先拈來纖手繪銀箋 拜璜 爲憐花謝留光減寫出陽春不老天 如玉

中秋侍姑玩月

萬里秋澄絕點埃 拜璜 冰輪如湧漾瓊臺 如玉 清風莫漫移蟾影 拜璜 留映萱堂送玉杯 如玉

問梅

不識孤山上寒梅吐幾枝 拜璜 風前憐瘦影雪裏隱冰姿 如玉 玉蘂迎春未瓊芳待月遲 拜璜 生花詞客筆拈韻寫新詩 如玉

題畫

山接遙嵐野色昏陰陰綠樹護孤村 拜璜 小橋斷續浮溪漲茅屋蕭條半掩門 如玉

蠟梅

檀心更勝衆妍芳磬口盈盈色染黃 拜璜 真蠟國來花信早孤山未到已傳香 如玉

閨夜

芳情傳翰墨良友擅詩詞 拜璜 琴瑟鳴香韻琳瑯捧玉姿

如玉鐘聲敲竹靜月影上簾遲拜璜欲竟千秋業深宵未寐
時如玉

題畫卜扇美人

半掩雕窗春寂寥拜璜黃鸝無語立花梢癡情難掩輕羅
扇如玉靜倚欄干看六爻拜璜

蓮花

亭亭翠蓋自搖風浴水佳人香粉融拜璜恰引吳姬來過
訪采蓮歌出綠波中如玉

秋夜四言

秋風細細秋氣清清拜璜窗前月影窗裏書聲如玉

雪霽

侍兒烹雪報風停捲幔欣看淡月侵拜璜此際天心清到
骨清心人對動清吟如玉

登樓即景

春山芳樹畫中看春日登高興自寬拜璜鶯織綠楊花影
射蝶迷紫陌夢魂安如玉酒旗飄蕩風聲暖烟霧朦朧暮
色寒拜璜猶喜下樓梯未盡忽瞻玉鏡掛雲端如玉

夏夜

涼生團扇夏如秋夕照西沉暮靄幽拜璜宵夢宵燈縈意
緒對吟對酌解悶愁濛濛香縷噴金鼎細細風聲響玉
鉤如玉賦罷笑擕看夜色半輪淡月照層樓拜璜

深夜

雁過霜鋪地蛩鳴月在天拜璜高卑交動靜此意與誰傳
如玉

九日截句

正好東籬把酒巵拜璜冷香初放兩三枝如玉登高客喜題
糕字拜璜得意人逢賜橘時如玉

迎歲早梅新

寒逐殘冬去年迎梅萼新拜璜一枝凝白雪數朶綴朱唇
如玉雅態增詩思清香入座頻拜璜上林開更早試取待芳
春如玉

夏夜喜雨

爐烟一縷晚香清電閃連番撲牖明拜璜斜拂燈花風影
亂急敲檐瓦雨珠驚如玉千塍苗黍需膏溥百室倉箱獻
賦盈拜璜況乃新涼衣欲透殘機重理葛衫輕如玉

咏桂花

昨夜風生上界涼 拜璜 圓亭丹桂正芬芳 如玉 [illegible]家分得蟾
宮種 拜璜 浥取天香學寶郎 如玉

初日映芙蓉

豔朶環塘滿朝暉出海初一輪光尚淡千葉影逾疎 拜璜
嫋嫋含風嫩依依傍水舒 如玉 參差陰不定掩映色相如
微露凝猶滴輕烟罩漸虛 拜璜 天然真可愛日下看芙蕖
如玉

溪邊桃花

灼灼溪邊樹夭夭媚仲春無言迎舞蝶似笑引遊人 拜璜

紅雨飄沙岸香風度水濱武陵在何處此去問仙津 如玉

秋柳鳴蟬

飲露居高樹嘲風弄午陰 拜璜 枝頭嘶最急葉底影難尋
默守三緘口清傳一片心 如玉 春鶯何處去讓汝短長吟
拜璜

題美人圖

粉臉生春唇點朱柳腰嬝娜倩人扶 拜璜 臨題欲問丹青
手能把芳心寫出無 如玉

夏暮

小窻迎暮靄斜月掛雲端蛙鼓欣同聽瓶花笑共看 拜璜
聯吟嫌漏短擱筆怪燈殘翦燭添龍麝冰絃試一彈 如玉

漁樵四時樂九絕句

春樂二首

飄然一葉逐潮飛 拜璜 撐破蘼蕪入翠微 如玉 兩岸桃花看
不厭 拜璜 隨波上下得魚歸 如玉
一曲吳謳驚鹿夢半枰松奕遇仙翁 拜璜 徑幽行到花稠
處恍入秦人古洞中 如玉

夏樂二首

蓮塘風過水生紋日旰炎銷樹拂雲 拜璜 釣得戲魚堪換
酒藕花深處醉斜曛 如玉
嘯雲枕石入層峯濯足清流碧澗通 拜璜 晝入山中不知
暑竹風引到又松風 如玉

秋樂二首

秋水澄清一鏡平舟飄如葉往來頻 拜璜 芙蓉夾岸江天
淨掩映紅波出錦鱗 如玉
滿林秋色伴山翁紅葉黃花襯澗虹 拜璜 竹杖挑雲隨意
採丁丁幽響答金風 如玉

冬樂二首

兩岸梅花兩岸雪半江寒水半江風拜璜其間漁火參差照一幅乾坤畫艇中如玉

山深寒到便知冬弛擔尋梅踏雪峯拜璜歸坐圍爐煨榾柮又添野燒火雲重如玉

尾文一首

聯吟裁句咏漁樵深羨披裘曳杖高如玉臨水登山隨地樂就中多少匿賢豪拜璜

春日觀雲

綠遍苔痕春色深化工舊跡費思尋拜璜生憎圃草和蔬長如玉堪愛瓶花伴醉吟林鳥弄聲求好友拜璜竹風捲霧釀重陰橫空靉靆遙天望如玉片刻氤氳掩翠岑拜璜

新月照蓮花

隱隱臨池皎拜璜亭亭出水紅鴛鴦棲葉底如玉夢醒怯張弓拜璜

咏水月

皓月高臨照鑑塘拜璜瓊輪上下共流光如玉銀蟾入水游鱗動拜璜碧沼寒承碧落涼如玉

皎皎冰輪射碧流拜璜溶溶印破海宮秋如玉卧龍驚起馳魚使拜璜亂湧金波舞玉毬如玉

新得梅一枝養瓶中

感君踏雪把花招折取新梅伴寂寥如玉花倚膽瓶人倚几昨朝春到六溪橋拜璜

清夜即景

琴瑟調清夜宮商韻最悠如玉閒階微月過疎影曲欄留拜璜香縷噴金獸風簾響玉鈎如玉劍藏光暫斂花謝葉將稠壺滴漏聲脆盃傳酒味柔拜璜綠窗銀燭畔吟罷數更籌如玉

九日對雨

濛濛秋雨灑庭階拜璜應為淵明菊未開誰共題糕先索句如玉不聞落帽且啣杯漫將玉笛歌新曲拜璜恐惹金風翦翠苔詞客登高清興阻如玉蘭閨良友韻同裁拜璜

秋夜雨餘

簾鈎風急韻錚錚雲斂秋空襯雁鳴如玉落葉敲窗驚閣夢橫斜月影夜初晴拜璜

元宵

珠樹金花春富貴盤龍舞鳳影蹁躚 拜璜 笙歌聲裏溶溶
月光引人游不夜天 如玉

麗春花

倚欄婀娜帶朝酲薄臉凝風態又情 拜璜 素奈丹葩難比
麗讓君嬌占一春晴 如玉

雪霽

雲斂尖風息寒空冷日懸 拜璜 蒼山流素練白屋吐青烟
如玉

送春

蝶撲殘花遶樹飛風牽柳綫繫鶯啼春來春去渾無迹
偏使詞人費品題

楊花

無香無片任風拋飛絮渾如白雪飄愛汝落池花轉翠
不隨流水逐波消

秋夜

熠燿銀釭臏冷光滴階雨歇月如霜遠鐘獨入愁人耳
不是聲長是夜長

宮怨

百花流媚鬬宮粧柳葉牽風春限長靜撥薰爐簾不捲
怕看紅日映昭陽

聞雁憶外

何日征車降錦茵碧空嘹嘹雁來賓叮嚀好繪平安字
代妾殷勤報遠人

畫菊

黃花時節待秋來爲寫毫端頃刻開佳色不教香並吐
故令蜂蝶暗相猜

清明有感

參差紅樹泣春鵑風雨淒淒寒食天不見黃泉呑冷酒
空看黑瓦起新煙

夏夜

薰風頻拂幕晧月急移窻螢火童見扇蛙聲水調腔

嘲榴花

寄語榴花休索句一回照眼一彷徨豔嬌多惹紅裙妬
何似幽蘭擅國香

秋夜雨餘

風敲鐵馬夢初回雨滴黃花幾朶開遠近蟲聲無計遣

那堪蓮漏又相催

秋雨

滴滴送風涼聲聲訴夜長梧桐葉半落難遣是愁腸

春柳

繫馬藏鶯樹幾行綠條垂蔭徧康莊柔條折處看將盡
不盡東風別恨長

夏日

綠槐陰處坐花茵小鳥枝頭暗與人幾度摘將梅子打
牽衣幼女問緣因

秋雨

凄凄誰使夢難安陰雨連朝送暮寒爲惜黃花頻掃徑
那堪一夕又闌珊

孤雁

片影入雲收征鴻去自由寒空萬里極關塞一天秋豈
不思羣侶其如擇匹儔隨陽行就日獨傍
帝王州

春寒

春寒日日補春衣一任庭階春草肥林際無端與春鳥
又傳春思入簾幃

嫁婢

夭桃葉正蓁摽梅實將墜有女年已笄與言擇良壻呼
婢來且前一一爲告語汝初事予時汝年方九歲汝髮
我作髻汝飽我爲髢汝食我加餐汝眠我添被汝稱我
姑娘我視汝姊妹我無別鴉鬟汝亦頗靈慧我妝汝捧
匜我沐汝執帨我書汝研墨我吟汝問字我繡汝穿鍼
我織汝絡緯我琴汝焚香我繪汝鋪素坐起常相依未
肯須臾離亦有疎頑時不束慮其肆欲撻且復止忍自

扑其臂恐汝負痛深先將身嘗試汝亦尋改悛舊過我
不記從我于歸後聽訓更子細迄茲又九年婉娩仍一
致展如之人兮汝長增我慮豈以臧獲老速爲宜室計
毋久居卑賤女終婦道始家道正夫妻不復儕妾婢香
縭爲汝結嫁衣爲汝製我爲汝主母與親母無異送至
門一言切無違夫子

卷二終

詠雪樓詩存　未亡草

新吳女史徐室甘立媃如玉著　男心田校梓

哭夫

痛君壽太促三十便永訣萬事盡棄捐毋子忍死別不顧室中嫠淚盡流無血豈敢怨君家命慳緣自絕掩淚叩彼蒼何世遺夙孽生妾禍郎君何如弗生妾

其二

自作君家婦歲星才一紀遠大空與期一朝付流水考終自古然君豈能逃此盖棺目不瞑含恨意有指堂上白髮親膝前總角子俯仰誰爲依付託焉敢委命薄分當殉肩重義難死酬君未了願事成同穴矣

又絕句六首

寂寂深閨靜掩扉撲簾愁見燕低飛可憐無主梁空繞
獨自啣泥帶子歸

壽比顏賢減二春名傳孝友遍鄉鄰一生淸白無銖積
惟有書倉貽後人

晨昏忍慟侍姑幃百結憂懷只自知君在重泉應念母
歸魂入夢有同悲

芸窗筆硯漸塵侵冷閣囊琴久絕音爭奈嬌癡小兒女
喚爺不見苦相尋

愁對雙雛代痛傷嗟君赴召太悤忙他年詩禮憑誰問
寂寞空庭月落梁

文在人亡繫我思一番檢點一番悲鴻才椽筆垂模範
和淚珍藏付兩兒

憶昔

憶昔辭親赴試時萱堂回顧淚潸垂而今堂上空垂淚
忍報重泉孝子知

憶昔君游鹿洞時燈前攜手說歸期而今小別成長逝
悔不山房早下帷

憶昔更深伴讀書幾回攜手問寒無而今燈畔書聲絕
忍聽蘭音入夢呼

憶昔高堂慶祝年捧觴同獻讓君前而今獨自調羹進
怕看姑顏涕已漣

憶昔看花後圃時雨餘草徑笑相扶而今全敗尋春興
圃老泥深徑任蕪

憶昔歸安數月餘詩箋重疊寫睽離而今再賦歸安日

舊紙都成決別詞

憶昔重陽秋菊開君曾笑折數枝回而今怕遇重陽節
人與花俱不見來

憶昔聯吟風雪夜鳳鳴鸞噦耐更寒而今獨自歌黃鵠
惟對孤燈掩淚看

憶昔焚香倚几時瑤琴同撫調關雎而今絃斷琴猶掛
報與泉臺子敬知

憶昔收枰決局時君將棋子笑推移而今大局全更變
怎覓從前對手棋

憶昔臨池習右軍攜儂手授寫蘭亭而今夢裏猶傳筆
怎奈拈毫夢又醒

憶昔紗窗夜雨涼研丹教寫錦鴛鴦而今變作離鸞看
飛到溪邊恐不雙

述懷

少小疾病多服食半丹藥學繡漸及笄偕姊藏蘭閣傷哉姊早逝閨房頓蕭索十八母棄兒著天胡太惡廿一事良人長願諧琴瑟叶十載黃鵠歌敢怨君情薄妾思隨君行老幼無所託東園桃李花鮮豔易彫落松栢在高岡春濃甘淡泊歲冬萬卉彫高岡青自若願言告君子斯懷常皭皭

又歌一首

將欲黃昏兮寒侵凱空房寂寞兮不勝悲倚閨凝望兮盼君歸出步庭階兮淒風吹重入中堂兮倚靈幃孤兒幼女兮泣牽衣抱攜歸房兮燈影微含悲伏枕兮淚暗垂恍惚夢君兮如昔時醒賦雞鳴兮奚不聞昧旦詞

追寫夫子真容

君逝拋兒早幼孤認父難苦儂揩淚眼寫與後人看

又題一絕句

秉性忠誠主傳家孝友箴他人但識面妾爲繪君心

自遣

自作未亡人姑前吞淚落茶羹勉兒飧機杼佐兒學富貴原無定窮通當悟覺貧孤人縱欺天意總無薄

其二

絕促是君壽緣薄是賤妾侍姑低淚臉不忍看圓月幼子問阿爺腸斷無言答夜來盼魂歸悄把燈吹滅

孤雁

失侶哀鳴永夕悲守更尋誓恨凄凄祇緣秉性多貞義不忍成雙願獨棲

九日有感示兩兒

觸景頻嗟處世艱每逢佳節轉悲酸心如落葉乾難起望到春陽恐尙寒

季秋病中感懷長歌一首

西風瑟瑟兮動素簾吹入幽閨兮萬感牽病骨強支兮拂玉㡛追思前事兮淚潸然慟君抛母兮赴九泉自外昇歸兮僅周一天含恨長逝兮乏片言子弱無知兮髮

隨肩妾身無主兮心如煎空房謹守兮坐針氊朝夕課兒兮學聖賢侍奉高堂兮子職兼刻刻防患兮如臨淵痛我父母兮早棄捐弟兄遠宦兮書難傳安知生樂兮并死憐仰視冥冥兮彼蒼者天

感懷

慟殺英才赴召忙凄風吹斷九迴腸夢來攜手聯清韻魂返無言下大荒悵別愁從絃上訴吟懷心向句中藏千重意緒抽難盡惟對雙孤望眼長

檢夫子遺篇

伴讀聯吟夕僅圖遠大期祇今成夢幻盈篋卷空遺詩負青雲志文成大雅章爲君留手澤付與兩兒郞

愁雨

霏霏連日雨花落逐流水何處子規啼雨止啼不止

月夜感懷連環體

明月照空房空房人斷腸斷腸更無語無語淚千行千行誰見得明月在空房

七夕月下

強隨稚子對嫦娥遙望天孫已渡河知否世間多死別

年年今夕待如何

金風高拂月光新照垂雙星天漢津塵世君如天上會重泉縱隔不傷神

秋日感懷

聞道芙蓉昨夜開惜花人去幾時回癡情每向寒空望怎得書從朔雁來

瑟瑟西風老碧梧塞鴻聲到耗音無未亡骨在魂銷盡化石何時慰我軀

口吟示二孤

課勉讀遺編欲兒遵聖賢成名伸父志代毋慰黃泉

秋暮

門掩黃昏盼不回空階落葉積成堆忍看宿鳥穿軒去
懶捲重簾待月來世態炎涼還自省遠書沉匿倩誰催
秋花色好情偏薄故向愁人得得開

雪中松

黛色無端賸六侵愁人相對費思尋風前偃蹇根株老
雪裏婆娑歲月深此日冰霜誰愛護向時桃李久銷沉
陽和有待收飛絮依舊青青千丈陰

寒夜

冷閉重門靜理機侍姑呵凍請添衣封姨如恤貧孀苦
莫遣寒威破竹扉

送春

理織更殘淚雨多朝來斑點染寒梭一年春又辭人去
畫荻無能奐奈何

雨夜口號 六言

滴滴落向階前聲聲飛入窻裏殘燈乍暗乍明幽夢時
眠時起

七夕

銀漢橫空月出皓一年一會秋期好鵲橋飛散各西東
轉怪天雞啼故早

亡夫靈牌入祀宗祠 鄉例三年服滿請牌入祠至是命兩兒捧入從祀

慟君辭世已三年腸轉如輪共歲遷雪夜侍姑含淚織
雞晨課子抱愁眠夢回幾度春風燕魂去空啼月夜鵑
此日捧靈登祖廟來歆來享件羞籩

寄四弟西園

離亭分袂易三春遙望京華暗動神幾度臨風看朔雁
行行聯序總相親

送春

燕語呢喃暗送春殘紅落盡杜鵑魂不知春向何方去
細雨斜風偏到門

夏夜感悼

更殘織罷思悠悠君在重泉念妾不素影隨人嗟綠鬢
銀釭吐穗妬紅榴流蘇映月尋宵夢角枕侵涼怯曉籌
獨自起吟殘漏盡幾回擱筆淚難收

聞四弟西園館選誌喜二律

京華三載坐書軒兄弟怡怡沐
聖恩（戊戌會卷薦而未售時長兄官儀部留弟京寓三載今得登第）舊喜瓊林聯後起新從玉署繼先昆（先仲兄淡泉壬申館選）彩雲光煥鳴珂里靈鵲聲喧通德門北院花塼留日影多應迎待尚書孫堂輝宮保燦紅箋又見同懷到木天騰翅天街三鳳舉振鱗瀛島二龍聯（同懷三進士兩翰林）遙知秘院添詞伯佇看台階續祖賢（先王父莊恪公官冢宰國史有傳）漫道勞神今快慰天涯姊弟兩情牽（榜前寄詩有天涯姊弟共勞神之語）

中秋玩月

寒空雲淨燦銀輝一色平分翠四垂微引風聲穿戶牖輕含露氣濕花枝天憐冷閣光恒久月到貧家夜不虧幼女牽衣階下拜宛迎秋思繞雙眉

自遣

孀姑漸老弱諸孤百計謀生死復蘇窮阨自邀天地憫顛危應仗鬼神扶險艱歷盡神還豫辛苦嘗多味轉腴自叩上蒼如有應怪雲散後見真吾

小瓶畜細金魚四枚日來忽斃其三僅存一尾詩以唁之

游泳誰爲伴浮沉只自知也如生死別彼此共心期

村景

嘉穎芃芃翠滿村菜花藹藹映柴門牧童牛背歌聲遠桑婦林間笑語喧布穀鳥忙啼暮雨荷鋤人起負朝暾相逢只問年豐兆纔罷耘田又灌園

九日寄示兩兒

作客逢佳節登高動所思萸囊香作佩雁序羽同馳休學陶潛醉無爲宋玉悲弟兄需努力莫負菊花時

爲念兒製綿衣寄遠

西風瑟瑟逗窗寒遊子衣單母力殫深恐客中寒更重萬鍼欲併一鍼鑽

輓宋親母趙孺人

太息名花不耐霜一朝風折遽凋傷憑君陰護孤芳桂挺秀琳東備棟梁（孺人一子爲余女婿尚未迎親）詩當生芻弔玉人含毫揮淚訴婚姻他時定囑于歸子佐讀成名慰苦辛

月夜寄贈表妹帥夫人

門掩黃昏玉鏡寒滿亭花影覆欄杆料將伴讀紅燈掩

並倚瑤窻帶笑看

和外姪壻歐陽孝廉獅山冬眺

數峯突兀聳烟鬟登眺凝眸千畝間曲曲長城連碧水
紛紛落葉點蒼山松枝傲雪冬逾秀梅萼含香春欲還
寄語詞人頻眺玩須知此地勝仙寰

清夜

柴門靜掩又黃昏一盞青燈一卷經梵唄寂時空意想
坐看淡月照中庭

晚梅

高格由來異衆芳肯趨時艷鬬宮妝不經霜雪欺凌甚
怎見幽姿徹骨香

述夢

分明一棹入仙鄉手採菱荷滿袖香藕節玲瓏欺玉佩
蓮心清苦破銀囊虬龍老樹流蟬抱玳瑁雕梁海燕藏
欸乃一聲驚夢醒彩雲飛散動徬徨

夢先慈有感

銀釭掩映夜將殘春雨淒鳴發曉寒夢裏分明依膝下
驚回枕畔淚空彈

夏午夢回卽景

朦朧晃影睡方甜欸報融風響竹簾牽恨禽忙聲不斷
織愁蛛細網頻添隔林雲霧遮晴岫穿牖芭蕉拂畫檐
正是幽懷無處遣又來癡蝶撲粧蟾

四十初度感懷

逝水驚過四十春撫懷還自說緣因淒酸吟咏雨風夕
冷落循環日月輪積恨忍藏三尺劍擔愁未死百年身
憶言在耳思先訓勉督階前繼志人

中秋玩月

推雲玉兎立東隅吐出寒光煥四維萬里澄清天一色
却忘身住碧玻璃

咏影

愁多夢難成觸緒便牽繞覽鏡誰相憐憂思暗悄悄嗟
儂寡閨友惟影稱相好遣懷臨墨池深情寄詩草他人
那能見祇有卿知早秉燭理瑤琴汝亦來撫抱據地畫
荻灰汝亦將塵掃頻問默無言徘徊伴煩惱抛棄背燈
眠夢魂全傾倒

送春日占寄諸女伴索和

鶯聲嚦嚦似啼春蝶使悤悤展畫輪料得倚窻詩思倦
子規催促最傷神

夏夜述懷

空房映月倩誰親賴有琴書伴此身無語瓶花自呈色
有聲匣劍漫生嗔惱人白鳥迎紈扇凝睡嬰兒問嚮晨
內外親恩酬未得和丸智拙負芳春

念兒呈秋雨有感詩即用其韻書以示之

揮毫答韻勉孤兒兄弟怡怡達大期鄴架經書是師友
蘭亭翰墨寓箴規成名圖繼祖先志努力須乘少壯時

匆遣秋光等閒度雞鳴風雨下書帷

憶菊書示兩兒

久識淩霜晚節芳數枝香拂讀書堂清芬合伴芸窻客
秋色先開翰墨塲堦棣定應同氣茂堂萱亦覺釋憂忘
白衣送酒高風邈莫漫貪杯任興狂

寄適宋長女

飄飄黃葉繞霜天爲憶吾兒展玉箋揮筆書愁添別緒
臨風攬羽寄詩篇挑燈伴讀如賓敬握算持家繼祖賢
更囑宜男階草茂螽斯喜賦第三篇

咏白梅

天生一種玉無瑕冷色差同六出花九十春光君早占
肯隨天豔鬬繁華

春雨喜晴

千畝新秧一望青烘開霽色弄春晴穿林乍引尋芳蝶
織柳欣來出谷鶯叱犢花間泥尚滑釣鮮澤畔水初平
雨暘
聖世徵時若滿耳農家笑語聲

撿先夫詩槀感吟

一夕九迴腸伭徊撿綺章聯吟人不見空見字千行

咏淵明菊

菊媚高人色愈鮮高人名若藉花傳高人已邈花仍發
轉爲秋花憶昔賢

田兒呈催牡丹絕句用原韻答之

瓊島移來小苑栽深春結蕊未經開花中富貴無難得
也恁遲來不早來
桃紅李白鬬芬芳獨怪花王隱國香豈謂君門真萬里
天顏不易見垂裳

天香國色頌名花自古詞人嘖嘖誇休說情卒高調杳
到今唫興總豪奢

為語兒曹漫急催春風到處應時開待遊上苑簪花日
袖惹天香得意回

愛月夜眠遲

時值季秋寒風蕭颯暮景淒涼閨坐房中攜稺
兒弱女啼愁相對悄悄于懷既含意莫申亦有
衷誰訴懊懣甚矣消遣未由忽見皎月溶溶照
窗入牖于是迎光接影與為委蛇不覺清氣沁

人鬱情頓釋始信嫦娥有解悶之力蟾魄有滌
慮之方真可謂知心良友足以承今宵而機聲
書聲將對之忘倦矣爰吟六絕句愛月夜眠遲
三首問月三首聊以答昊蒼嘉貺兼寫孀壼幽
懷云爾

黃昏寂寂掩柴扉正是愁人納悶時欸見清光如解釋
兩情脈脈結相知

執扶蟾魄上庭階漸入窗櫺影暗催不待舉頭眸已豁
天心人意共徘徊

漫道無情劇有情特臨冷閣伴深更似憐幽閣無由顯
來照澄懷徹骨清

問月

弄梭相對夜眠遲織罷重拈問月詩識否更殘留戀意
湘簾高捲為伊誰

深感清輝慰妾思尤期夜夜照如斯癡情月姊多方便
莫到圓時又漸虧

嫦娥應笑妾貪心課勉孤兒用意深卜兆幾回牀下拜
為何不語默沉沉

雨夜感懷

夜臺音杳總書空咫尺離魂夢不通百結柔腸千萬轉
一宵斷盡雨聲中

薄命嘆

傷哉岐路一佳人眼星眉黛鬢烏雲流麗堪追越西子
端莊不減漢昭君雙眸含淚凝秋水一點朱唇囀鶯語
我輿過此偶見之呼前問是誰家女為何憔悴泣路岐
不將心緒告人知女郎回頭細覷說妾乃紅塵薄命姬
祇緣少小臉如蓮痛哉爺娘即棄捐阿兄忙把女身鬻

不愛骨肉惟貪錢可憐事主遭主酷凌虐橫加焉敢哭
幽錮猶防主君窺夜不許眠朝不沐無依郤似浪推萍
盼睞知誰眼獨青多感殷勤垂問意幽懷畧訴告娘聽
言罷趨步向高岡令我目送空相望欲再追呼問名姓
無奈蒼山隱夕陽驟雨紛紛濕烟落暮雲慘慘狂風惡
還家太息筆忙揮為賦紅顏多命薄

古意

太息兮孤鳳雛振羽兮學奮飛欲棲兮借庭樹翹足兮
對朝暉和鳴兮失厥侶遊翺兮安所依求友兮羣未遇

呼宿兮蒼桐枝何時兮翔千仞戾天兮莫窮所之

展夫子遺篇有感

顧影暗淒惶燈前覓錦囊展文示孤子不忍讀終行

春日聽鶯感懷

黃鳥嚶嚶窻外吟閨中人聽欲停鍼勞伊百囀笙簧調
難解愁懷一寸心

初夏

漸覺薰風襲素衣怯看梅雨晝霏霏空庭更有關心事
雛燕歸來人未歸

送春

頻窺菱鏡影如何看取眉間皺許多忽聽鵑啼春欲去
又添愁緒壓雙蛾

初秋示兩兒

乍聞蟬噪夕陽初風送新涼好讀書須識農功今已穫
筆耕要把當春鋤

冬暮即景憶兒

金烏啣岫暮雲環斜掛冰輪月一彎碧落雁過星點點
平林風簸葉斑斑料兒逺館思家切憶母寒梭暗淚潸

貧事舌耕疏定省更闌應有夢魂還

次兒奉和伯父贈行閏七夕赴省秋試絕句予見
之亦用其韻書以示勉

七夕重逢月煥庭囑兒對景好談經文心妙奪天工巧
豈學孳孳拜兩星
兒讀先翁太史書好從此去出蓬廬大羅天引雲梯路
早有催程雨洗車（起程時值微雨）
天開文運又星輝靈鵲填橋翅再飛好助秋風一鶚上
月中折取桂枝歸

自遣

匣鏡纔開復掩匳遣愁不去亦何嫌人間萬種千重恨
分到儂眉僅兩尖

八月十六日宋外孫晬盤之辰口占誌喜

弱女于歸兩易秋瑟琴和叶樂鸞儔更欣秋色平分後
丹桂香飄子試週
喜憶前年賦好逑熊羆入夢趁中秋新秋賀客傳嘉話
子滿週時毋再週

重陽日雨

欲隨佳節解愁圍爭奈淒風故拂衣糕字強題羞句拙
茱囊懶佩悵羣違黃花耐冷經霜吐紅葉驚秋繞樹飛
更有阻人清興處年年今日雨霏霏

追寫先姑眞容

跪捧丹青筆乞姑神降臨描容儼然在請訓聽無音

自嘲

勞人多夙慼觸景生煩惱顧影自徘徊臨風嘆枯槁琴
調弦急斷鏡破容催老遣悶漫揮毫積憂難竟草慚愧
少小時酷愛塗吟稾句拙笑大方女子無詩好待將弱
管拋爭奈詩魔吵催寫轉添愁愁多字顛倒血淚染紫
箋楮生那知道

暮秋感懷

一望楓林葉盡紅環溪流水任西東感時日暮兼秋暮
懷遠書空又酒空新月掛枝歸宿鳥落霞烘嶺度飛鴻
無端新咏都陳迹難入蘇家錦字中

夜坐

瘦影多情伴漏沉燈花無語落更深寒宵獨坐聲塵滅
何處遙傳鐘磬音

冬夜遣懷

新愁舊恨積般般怎值燈殘漏又殘幸有琴書爲益友
每尋茶藥作靈丹不如意事姑拋却無奈何時且放寬
履薄臨深心惕若聽天順命夢常安

次兒往省教書詩以示之

舌耕初事忍睽離細寫箴言囑阿兒書足三餘無暇晷
座陳四友莫傾庢硯田承祖勤共穫衣鉢傳人要勿欺
教學曾聞共相長莫矜年少已爲師 時兒年十九

小園月下書勉次兒

竹籬斜映月玲瓏曲徑荒開翠滿叢映讀小窻書有味
思酧老母望無窮星排淡漢光收霧濤響疎林葉舞風
董子下帷兒可效三年窺不到園中

夏夜對新月

退暑風清夜色悠碧天如水洗銀鈎倚窻欲向嫦娥問
怎不袪愁偏掛愁

花下聞鶯寄長安兄弟

頻年灌溉養根荄幾度春風吹未開睍睆雛鶯思出谷
瞻依老樹憶循陔振翮爭向雲霄上吐豔偕承雨露培

他日上林棲鳥集香分同蒂顯喬枝

輓長嫂李夫人

蘭質形長杳蕙心芳永傳女宗留淑範剌史斷鳴弦音
問殊泉壤儀容遠夢緣底今嘆零落憶昔感纏綿鹿挽
蘋蘩潔雞鳴滫瀡虔尸饔勤錡釜覽鏡薄釵鈿忽痛慈
萱隕誰爲弱柳牽覩憐孤女瘦禮學大家全鍼黹教添
綫冠笄計及年嫁衣勤代製姆誡語常宣出閣襟初判
歸安袂再聯一朝風燭迫十里夢魂還嗟我違三載他
時晤九泉粧臺空在望拭目淚漣漣

繪圖有懷長兄純齋太守

憶昔承歡親膝前孟兄曾授寫雲烟研朱滴露風生壁
下筆神行月在天玉笛閒吹音有律瑤簫靜弄韻如弦
底今遠隔頻惆悵夢繞黃堂到九邊兄出守宣化郡地屬九邊

臨帖有感哭仲兄淡泉太史

阿兄運筆大如椽入法深蒙腕下傳一旦夢驚闕塞雨
兩羣影悵別離天名登太史留千古人赴修文逝卅年
此日臨池懷往事淚和墨瀋灑雲箋

理琴有感哭季兄謹軒大令

撫琴感憶季兄賢授我雲和奏七弦慘見入黔亡子敬
空教望海泣成連絲桐久付囊中貯操縵思從夢裏傳
幾度拂塵成悵悵玉爐香爐斷浮烟

檢詩有懷四弟西園太史

兩地離愁託素箋幾回檢點思綿綿幽懷每倩南鴻寄
雅韻遙從北雁傳姊隱烟蘿書冷荻弟趨瀛島耀金蓮
頻勞詩慰殷勤意何日能成宅相賢

惜春悵別時念兒遊燕

織雪題霜已積憂聞兒遠涉更增愁臨風欲訴留春意

爲怯花飛怕倚樓
骨肉初離夢亦驚況兼春去促人行封姨漫把殘紅掃
留伴孤兒賦遠征
詩留膝下怨睽違自數長程萬里餘從此着鞭須努力
遊塵莫負好居諸

送春絕句

前送念兒北征聞鶯啼別苦燕語離愁俱是留春哀韻因感吟惜春悵別絕句三首又見濃陰在望春已辭人嘆瞬息韶華偏惹無限憂慮難

爲消釋且殘花含雨弱柳牽風振觸情懷益動酸楚況遇母男子北骨肉遠離當此之時怎得不淒其淚下惆悵前途徘徊晚望怯夕陽西隱驚皎月東昇和影挑燈抱愁停織枕琴小閣夢遠天涯奈銅壺漏盡風送曉鐘強起臨池又吟送春絕句四首聊以消遣離愁云爾

東風送客兼春送獨剩離愁戀翠眉滿紙啼痕新韻濕
難爲情處夢醒時
春去如飛無計留送春人苦替春愁東風若肯連愁送
縱不留春亦不憂
不解春歸何所之落花啼鳥盡相隨多情惟有空庭月
春去光同春在時
今年今日送春去明年此日春早來春還自有常期日
不識行人何日回

有感

愁緒纏綿省夙愆自盟心迹倩神憐鸞儔永隔幽明路
雁序分飛南北天佐餕慚無唐氏乳和丸愧乏柳家賢
極應謫困紅塵界回首瑤臺繞紫烟

端陽前二日至遊聖門瞻謁文廟因登青雲樓有作用壁間原韻

香飄襟帶引風颸瞻仰黌宮上綺樓小艇炊烟籠午日
赤雲銜嶺黯離愁是春念兒遊學長安沙堤睡鴨驚飛鳥草徑歌
童懶放牛蒲酒欲沽帘影遠提壺喚醒醉鄉侯

夏旱寓六溪感懷

日曝田疇稻吐烟官民朝夕乞天憐農夫懸耒犁無措
牧豎停鞭犢不前六月焦枯腸亦熱半年愁病慮同煎
吟成七字思沽酒却笑詩難當一錢

靜對秋山欲送窮婆娑晴樹蘊蟲蟲火烘赤葉迎朝日
霞映疎林送晚風空盼雲霓心望澤杳無雷電雨難從
感時養拙惟閒卷又愧和丸道未通

病中憶念兒 時遊學入京

晨望北直兒遊遠夜入南柯兒到家病裏歡逢疑是夢
醒回果尙隔天涯

秋陰

蕭疎涼氣繞軒櫺暗送秋陰到後庭烟鎖愁城天混碧
雲封別浦樹拋青飄師有信摧楓葉遊子無書到竹扃

最惱憐雞啼罷午簷鈴又與夢魂醒

秋夜即事感懷

嘹嚦羣鴻過草廬不傳遊子一行書遙憐旅舍穿窻月
仍照行人作客初

雨夜

秋聲不可聽冷雨夜瀟瀟隨漏催銀箭牽風度玉簫窻
前黃葉落几上紫烟銷枕夢初驚覺窺燈鼠意驕

秋風

爲怯商飆秋暗殘倚門目接是長安料知客裏砧聲急
應對征衣念母寒
秋聲無賴不堪聞已警離懷夢未眞鴻羽疾難傳遠信
飛過偏對倚閭人

春夜課勉次兒

深院春風入蕉窻燈影移停梭懷往事握管咏新詩郵
落雞鳴夜儒生驥伏時添膏忘漏盡相對母兼兒

暮春雨夜偶吟

坐久漏聲稀瓶花香暗霏雨中春欲盡心下事多違雁
序隔千里鵬程遲一飛爐烟寒共駐片縷伴殘機

次兒雪夜訪友不遇呈詩即用原韻答之

鱗鱗白屋連樹樹寒烟鎖玉筋百千條瓊花萬億朶阿
兒出門去蹇驢淳道左覓友悵空回呈詩博歡我

雪霽小園即事示二子

長空雪霽破寒烟萬點冰光石徑邊好鳥弄晴聲嚦嚦
嘉蔬向暖葉芊芊鄰家草圃知開懇世業書田敢棄捐
莫把三餘付遊賞窻前綠滿又新年

空院月

飄飄柳綫隨風起寂寂雲天清似水花影遲遲窻上橫

欄杆曲曲無人倚

五十初度示二子

白髮暗添絲如梭日月移春秋五十度感嘆百篇詩晝
荻漸于拙連茹慮汝遲弟兄須努力好慰九泉期

聞笛

孤鴻日日悵離羣望斷音書隔塞雲誰送笛聲轉悽切
更無人共此時聞

月夜

天心一片月清氣沁人寒偶立西窗下凝眸獨自看

冬日感懷

霜壓松林翠暫離朝暾東上照房帷妝臺知己鏡爲友
紙閣消懷書是師瘦影有情隨弱質冷風無力解愁眉
不堪又送寒侵袖織手頻呵凍自支

悼次媳李氏

玉碎香埋鏡掩塵可憐弱柳負芳春空來簾外呢喃燕
似覓投懷夢裏人
室勞五載即云亡不見厨中健婦忙忍對淒神傷奉倩
斷琴何日續絃張

冬日感吟

凜凜寒風拂素襟漫揮弱管寫冰心一腔幽恨憑誰訴
兩袖啼痕苦自禁歲月易遷催我老文章早達望兒深
階前雛鳳養毛羽何日雙飛到上林

感吟示長兒必念

愁聽松聲入夢酸癡兒那解北方寒十分味苦嘗來熟
一片心慈着處難愧乏陳平謀宅智深欽孟母擇鄰安
何時得慰和丸願兒弟怡怡創畫欄

哭伯兄純齋太守

痛哉卅載恨終天悲哉伯兄殞大年父兮母兮慘九泉
弟兮妹兮泣涕漣二十春秋羣不聯一紙音書情渺綿
鴻雁南飛燕北還翹首長安望眼穿遙遙上谷當窮邊
六年出守銷烽烟清貧未改夙志堅宦囊羞澁空無錢
況聞上游推大賢朱輪轉盼賀鶯遷文翁之化方無前
詎料五馬竟墮淵憶昔唱和共承歡研丹頻授繪事傳
今驚永訣見無緣回首椿萱淚潸然雙袖揮淚拜桐棺
一幡捲霧引魂旋英靈聽囑小妹言乞天賜佑幼弟官
承先報國身名全歸捧鳳詔酹親恩

春日對花憮然有作

浮世榮枯誰復知爭穠鬭豔各枝枝儂家自有蓬萊種
結藥流馨且待時

野草閑花空占春勞他造化也分神何如移此吹噓力
添助良苗濟兆民

寄懷宋小外孫女 孫女五歲余寓女家攜回撫養半載始返

彈指分離兩月餘更闌入夢手常攜覺時頻憶嬌癡態
不忍回家絮絮啼

幾度停鍼思悄然憶兒婉語動人憐自從歸後如相失

忍對呢喃乳燕翩

書葛玉貞女史淡香樓詩冊後

飛瓊只合侍飛仙何事吹簫降洞天塵土未能供一顧
香樓止許住三年幻身證就人天果彈指參來水月禪
惆悵上元書莫達秦嘉何處覓回箋

寶匣詩藏字字情一編珍重等瓊瑩如何十索殷殷語
只作三生惓惓盟桃葉影隨銀海渡柘枝歌唱玉京城
司花此事關何急勞動諸仙展轉迎

樊素離塵棄樂天月華沉匿舊樓前紅綃枉結宜男佩
錦瑟從拋續姊弦空色色空非易悟去來來去為誰牽
漫傷應識西湖夢只別青元十九年

中元節感吟

地官校籍中元節淚眼溶溶望祖靈處處紙錢飛蛺蝶
未知幾个到幽冥

秋日有感

日照楓林葉似丹砧聲斷續入心寒催人髮白醫無藥
只好臨梳掩鏡看

雪樓觀雪

天印冰心兩有期偶緣覺乘上樓時爐熏一縷楞嚴字
花散千番空色姿豈為懷清高處望獨涵虛白箇中窺
侍兒捧試新烹茗自汲寒香入雪脾

擬牡丹盛開預賦一律

綠葉盈盈聲價殊清華堪並月中株燕知香處頻依檻
蝶欲眠時懶捲鬚萬卉自應尊國色一枝端合伴名姝
詞人漫笑胭脂染姚魏芬芳德不孤

述懷

已遣詩魔學禮禪任他花柳換流年祇因慰勉兒曹志

又寫幽懷寄素箋

自嘲

頻年織漏伴銀釭羸得容憔鬢欲霜夜禮慈雲瞻北斗朝迎旭日問東皇索居深愧巢梁燕顧影驚看失侶鴦五十餘年徒碌碌瑤臺下視笑空忙

仲秋夜書懷寄四弟西園太史

流香甁桂傍高檠伴我書懷達帝城斑鬢課兒愚守拙丹忱繩祖弟揚名西風永夜人千里南雁孤飛秋一聲何事金雞啼夢斷故教魂不到

燕京

戊午九月榜發接田兒鄉錄之報奉告先夫靈次

靈鵲連朝噪招鳴報子鉦（報喜人呼為報子鳴鑼而入）寒窗二十載今日始成名（諺云十年窗下無人問一舉成名天下知）棘闈曾三黜地下赴修文有子代伸志重泉報慰君

感懷寄西園四弟

羨烏反哺每潸然痛背慈闈四十年南北同情惟姊弟夢魂常哭饗堂前

連接四弟京信催田兒北上奉答

雁函頻到慰同懷遣報春風拶自來猶恐渠來言不盡臨行又把素箋裁

季冬田兒赴部會試口吟勉囑

此去長安路數千征途寒暑慎拳拳斂帆月朗休貪飲宿店雞鳴早着鞭挾策遠投都下獻執經還仗渭陽傳風雲有遇揚歸棹須念門閭望眼懸

臨行又囑

吾心自消遣兒心勿暗煩兒身務去疾珍重記親言

喜燈花

花燦宵光耀草廬伴機照讀勝良師勞君卜吉殷勤報轉報公車遊子知

夏晚觀灌園

陰濃綠樹護儒家門對青山駐暮霞小圃未荒秋欲到豎兒趁月學鋤瓜

田兒下第南旋詩以慰之

文章憑據問伊誰若要人知先自知休怨試官糠眯目待看自作試官時

犖思拾芥等功名爭奈芙蓉鏡未明雲路不嫌程暫阻

看花馬疾亦防傾

泰和李大令聘田兒爲泰和書院山長赴館時詩以勖之

毦毦歸來又據鞍擔囊不棄舊氈寒皐比擁處談經古絳帳懸時問字難須守書田勤筆耒漫矜錦幟樹文壇觀摩游息燈窗暇頻報家言説吉安泰和隸吉安府赴縣道經郡治

偶吟

闃靜亭軒晝掩扉華胥覺後燕初飛茸茸草色侵階綠蘭藥猶含遲吐葩

庚申冬田兒計偕再上口號囑勉時四弟官給諫

又售和璧到燕京舅氏尊前請訓誠代母傳言無別囑欲成宅相繼家聲東風爲我送公車重件孤兒上帝識走馬長安雖快事休鳴得意夜忘歸

接田兒登第喜信

開函愛對竹窗晴老眼忙看分外明喜是文鋒新入彀遥知雁塔早題名頻聞靈鵲噪柴扉爲報泥金喜信歸半載離家書屢達那知此紙筆花飛

田兒蒙

旨擢入詞垣謹望闕叩頭恭謝天恩即寄囑勉

捧香百叩謝堯天孤子名成繼祖先再世承恩趨鎖苑囑兒勤直記花塼汝父騎箕三十年拙予晝荻愧前賢料知今日幽泉慰

庭訓猶應夢裏傳

恭展先夫真容以次子登第館選奉告

佳音來自三千里鬱志申經廿八秋君見盈門多賀客可容噩住共談不想然地下歡心洽宛若生前笑口開忘是丹青相對久欲攜君手下圖來

夏暮登樓寄勉次兒

殘機理罷倚樓頻靜對溪山暮景新霞映水田嘉稻秀鵲鳴高樹好音臻孤兒玉署欣初入孀母冰懷忽已伸

期汝文章報
天子荼蘗有味樂吾貧

述病

忽被沉痾擾胸煩氣亂旋耳中鳴蟋蟀眼下起雲烟飲
食如仇敵琴書盡棄捐扶床驚地震伏枕覺頭懸對影
崔家瘦尋方岐伯憐閒愁拚遣去勿藥自然痊

六十生日述懷

曾聞產予有兆觸母夢玩月星化玉阿爺吁嗟寢地卑
阿兄嘆未聯手足五齡習字母執手七歲學吟妳口授

內則女戒膝前傳諸兄又教瑤琴撫撥弦方竟續手談
繡罷揮毫繪蘭竹蔦傳塞雁斷歸雲內外荆花兩枝委
忍淚強歡解親鬱歲換星移觸景物簫笛聲悲曲怕吹
琴書几冷塵慵拂那堪惡風連夜起又隕金萱傷凍雨
恨抱終天痛碎心哀號揮淚血盈指服除女身要為婦
廿一于歸命遵父牢記雞鳴戒旦篇伴讀深宵下四鼓
佐餕重幃幸免罪大母翁姑恩似海祇恨狂波接夕來
翻瀾世事連朝改騎箕翁赴九天府棄養父辭六官部
貧弱書生雲路迍泮池水困車轍鮒三年大比闈門開
挾策赴貢豫章材豈期病阻天衢返轉使修文地下催
霎時天傾地復裂一夕昇回便永訣彌留對母執手時
覩我指兒難盡說時予魂散昏仆地遙見金神喝勿誤
彼既緣乖棄老親汝應順逆消天怒醒彈血淚吞聲哭
猶恐姑傷顏強肅送死事終禮無愆養生心苦機聲促
高堂康泰邀天福兒女依依遵教育閉戶潛身課幼孤
謹言慎行避欺辱事姑竊博姑心喜侍膝常常慰藉語
清白傳家世守貧硯田督耕全賴汝訓兒未冠游膠庠
奉我揣心進甘旨媳兼子職十四春為婦如汝無所愧

勉諭諄諄猶在耳哀哉又痛姑長逝經營馬鬣安窀穸
想像螽斯擇昏配二子牽絲有室家兩娃結帨宜夫壻
穿籬竹筍成林易倚砌蘭芽遲徵瑞自嗟幼小遭磨折
骨肉摧殘腸百結內外尊親久凋零僅存一弟官京闕
北南羽信情親切三千里外書連接今朝壽予週甲子
去歲喜兒拜
聖主名繼祖翁徐太史志申赴召玉樓父表予課子功
畧就泥金帖子光生牑將昔愁魔漸掃訖握卷頻看輿
多逸或閉雙扉理七弦或拱雙手誦千佛供花瓶几吐

芳馥映草庭階搖影綠一片山光列竹窗四時村景環
松屋閑敲棋譜尋靜局偶繪雲箋寫幽菊心如井水絕
塵滓好向三光滋浥注焚香歛衽酹天恩喜慶今朝蒙
錫付得慰先人泉下志予欣謝罪將懷訴

其二

前朝中元節愁度今日予週花甲數次子斑衣祝
帝京寵光漸表桑榆暮使予志展忘勤苦倚几揮毫書
往事假寐曾經悟夙因緣萌凡念離仙部降生侯門多
病痾父母珍憐參藥護吟魂偶伴製詩歌愁魔潛入傷

今古同懷兄弟四鄉舉芸閣蘭臺雙鳳倚予恨裙釵難
附尾況悲黃鵠成幽女追思鴛伴難趨步回憶仙羣惟
自悟記得夢逢二女使逡巡引入威儀府峩冠王者遙
點首舉手招予坐西廡一吏鞠躬呈厚册千家名姓書
盈紙予心默悟輪迴簿思閱今生祿命註再展如石展
不開忽驚墮落尋無處階前吏笑私相語堂上王呼送
回去鬱鬱出門烟迷霧悄悄回盼女童至追來攜手低
言論諷困塵寰須穩步諸艱歷試當順受能修證果期
仍晤霎時霧散女騰空望去驚知是夢中無何鼓樂又
前導觀者紛紛如擁蜂都說天街今掛榜予思竊聽潛
相從遙聞官長喝馳逐勅命莫教彼聽讀二七年間當
親目刼消自可來多福鳥用窺探泄天局予聽此語恍
驚撲醒來汗落枕仍伏回頭細憶胸懷觸前生愆咎今
思贖雖落深淵困眇躬幸逢覺岸開冰玉我生遭遇須
知足稻到秋天自然熟兩盌莽芽清心腹三餐隨分淡
漿粥四幅安眠青布衾半爐檀屑薰烟馥茅檐掛月堪
爲燭斗室攤書時一讀南天瑞靄睇初歸北闕
覃恩待新沐無他欲無他欲答慰先靈領誥軸今因辰

日更回顧常羨孝烏能反哺齒落難拋生我恩親亡恩
報惟餐素竊欣孤子能繩武製錦調琴作民父切莫厭
貧誇衣紫期俟假旋營奠墓焚黃三獻酹清酒

卷三終

咏雪樓詩存　就養草

新吳女史徐室甘立媃如玉著　男心田校梓

癸亥八月初九日起程赴南陵署

版輿遠送出鄉閭收雨金風送後車料得衙齋秋色共望雲應是計程初

適宋女領外孫輩入舟送行

撥棹向南陵風帆秋氣清孫行羣一送別意若爲情相對無他語憑鴻寄好聲更攜阿女手第一報安平

舟行口號

晴波蕩漾送行舟四面雲山枕碧流霞是錦光川是鏡乾坤畫出淺深秋

月夜舟中

一輪朗月伴舟行萬象澄空鏡失明遙對素娥心似我天邊水底一般清

風夜挂江停舟

望見吳城萬瓦臨忽掀巨浪阻江心（舟子欲泊吳城相去僅里許風阻不能進）舟輕幸載天恩重永夕風濤未敢侵

秋曉放船

天開風正曉雲飛奴子鳴鉦岸忽移未食人看帆腹飽好山無數向西馳

中秋前一日薄暮行鄱湖

秋光迎棹入湖來人倚篷牕面面開月近中秋天近水一輪波上早徘徊

舟過南康望廬山

江行連日對烟鬟五老如親指顧間名嶽欲登曾入梦果然眞面見廬山

泊大姑塘

片帆東下度闗津郤訝塘名似姊名（先姊小字大姑）憶昔肩隨如夢裏臨風回首不勝情

阻風

西風變作北風寒下水船如上水難天阻行人偏慰我緩移山色教詳看

舟中感懷

舟行無那觸愁紛默叩蒼天香再焚二子授經承祖澤五齡失怙慘孤雲傳家世業詩書在拜

國新恩撫字勤獨我遠存來就養空留淸酌奠高墳

舟中對月

風過水皺縠紋旋雲斂天高玉鏡懸上下淸光看不厭
倚篷吟到五更眠

中秋日舟中得桂花喜賦

自離家圃別芳姿忽得金英展笑眉下界分從天上種
水中供出小山枝揭來令序秋剛半看到他鄉色更奇
今夕香宜月輪滿淸吟不數許棠詩

舟中即事

夫挈風帆婦搖櫓水中男女盡當家小兒未解扶松柁
學把輕篙也替爺

小姑山

江心屹立向青蒼前並鞋山後馬當狂浪千年撼不動
如何傳說嫁彭郎山上有神女廟對彭浪磯諺有小姑嫁彭郎之語見通志

銅陵縣泊舟

邑郭好停舟誰家勝蹟留冰霜憑一寸坊表自千秋岸傍有節孝坊一座松老雲長護苔深水共幽尋懷頓振觸未敢問
前修

泊荻港

浮舟竟日泊江濱蘆荻長洲花似銀鷄喚午風帆近港
鴉爭晚樹岸迎人幾家臨水朱門舊兩市平臺粉堞新
漏永更闌喧未已五方音語聽難眞

舟中對月書此先寄次兒

阿兒望母官閣開汝母對月心徘徊淸光載得滿船去
休迓板輿花裏來

凌晨登轎赴署途中即事

迎輿官燭影高籠曙色依稀四望中野店雞鳴星拱北

遙岑雲斂日升東鈴聲箇箇催前騎秋色村村入古風
默請先靈同赴署佑兒撫字答
宸衷
礮送金風遠近聲阿兒乘馬導輿行鄉童解讓官橋畔
村嫗爭呈野茗淸日煥旌旗應鳳草雲飛城郭慶昇平
欣看百里豐盈象我願冰衙啜菜羹

重陽前一日月下觀菊命兒邀內戚小飲

月入雕欄卍字移官齋重九菊先知鶴翎菊名欲展凌
霜翅鳳尾菊名新裁壓鬢枝佳色待添微雨潤淡香應

借好風吹詞人對此增詩興先晉羣英酒一卮

九日登內署可遠亭

登高偶步小亭西秋色迎人索句題林樹欲飛寒葉落煙嵐如畫遠山低碧池水淨羣凫戲驛路風清匹馬嘶亭東為縣驛四望城闉環署爽勉修嘉德逮黔黎

長至前一日曉起喜雪

夜半封姨着意催曉看六出雪花開一陽動處天增色兼賜豐年瑞兆來

官齋爐火圍猶冷閭巷貧家寒更嚴却願窮鄉天速霽

盡教釋凍着黃綿

謝周沅芷夫人贈桂花露

貽來佳製見芳心深感賢閨雅意深料得天衆調玉手天香早自馥頭簪

聞道書傳蓮幕新請從秋賦意諄諄寄言好護蟾宮種留奉丁年折桂人夫人以外在兒署幕中致書請歸應試

紅梅

裝成艷曲開香界占早繁華趁曉風獻賦鳳皇池上客梅花變吐杏花紅

甲子元日　田兒呈試筆詩即用其韻賦成一律

重逢甲子喜眉揚爲祝青蒼降百祥六二老人欣國泰萬千黎庶樂時康公庭日日辭無獄比戶家家粟滿倉四境歡騰餘慶及芳芽吐馥到蘭堂

戲題自製翦綵明角燈

金粟纍纍翦綵籠芙蕖色弄淺深紅堪憐玉兔花前立顧影渾如在月中

鳳凰飛舞向朝陽蛺蝶斜穿玉瓣香寄語春風漫搖曳水晶毬護燭龍光

春興

東風旖旎拂瓶花爲語居官早放衙第一業民勤穡事滿郊春雨種桑麻

偶向園亭玩物華層城遶署色光奢遊蜂細細採春味咀徧桃花又菜花

鶯度新黃柳影斜踏青人倚小林椏傳呼園叟勤培植翦棘還須護落花

撿點盤中淡菜瓜食貧未改舊儒家看書倦倚雕欄畔一縷清香顧渚茶

春夜雨餘

清明節近正春深雨過亭軒暮靄侵弦月韜光傳靜思瓶花吐馥伴閒吟風聲似馬檐敲鐵燈穗如錢夜落金願得公庭無些事膝前宓子聽調琴

理琴

中庭月白映窻紗香繞爐烟一縷斜指度玉徽商調急依稀羣雁落平沙

倣帖

柳衙清淨效臨池憶衛夫人得意時揻管渾忘紅日午任他花影向東移

譜棋

簾外風清鳥弄晴日長催影織初成偶凭棐几翻棋譜參透神機刼不驚

畫菊

黃英秋至未經開幾度吟哦代鼓催詩竟無功偏上畫甌香新帶筆花來

謝歐陽外甥女餽畫扇並題以詩

寶箑遺來勝異珍閨中詩畫得傳薪女母爲予季兄女能詩善丹青才高謝女詞無敵技學畫螺筆有神老眼幾番頻愛玩香奩何日復相親睽違千里叮嚀語善慰慈心見性真

春鶯

睍睆幽谷擇芳林喬木棲猶厭薄陰惟有灞橋風景好綠楊深處弄新音

初夏

燕子呢喃日漸長清和風入透衣涼一簾綠影初驚夢半卷殘書空在床

初伏夜

暑消深院素心清迴伏箕星灼灼明欲奏南薰香吐篆漫塡北調筆描情遣懷雖覓迎涼草牽思飛來畫角聲伴影倚欄吟未已更搖團扇引風輕

素心蘭

凡花皆艷心斯蘭心獨素自非同心人那得知其故

清夜

燈窻織暇漏聲催偶取冰絃理一回四壁蟲吟人語寂怡當明月上堦來

焚香

旦夕焚香表志誠對天跪祝訴衷情祇求四海臻仁壽
屬望千邦頌太平盜賊革心歸正務士農安業息紛爭
官能清正民同樂我自甘貧織五更

祈雨

官吏朝朝禱雨神我來稽首禮觀音楊枝一灑慈悲水
豈止人間十日霖

夏夜喜雨

溽暑濃陰暮色呈風生庭院溼烟橫自吟自和詞無調
同坐同行影有情冰簟依人牽夢思銀釭落穗怯更聲

中宵喜聽傾盆雨天爲蒼生報歲成

夏日雨餘

雨過亭臺畢霽雲涼生長夏氣清氛茶烹雀舌沈霞脚
簾捲蝦鬚隱浪紋芳草綠無愁黛色榴花紅不妒湘裙
風聲欲斷書聲續捧卷凭欄避夕曛

初秋即事疊韻五絕句

理琴

冰絃香繞弄秋初捲袖扶琴枕素書手撥平沙如雁落
數聲嘹喨影蕭疎

譜棋

風動庭梧葉落初好翻棋譜校兵書是誰叅透枰中刼
不涉迷津入網疎

繪圖

漫揮銀管展箋初潑墨游龍勝草書欲寫靈枝無着處
恰來竹影入簾疎

讀書

爲喜金風退暑初夢回頻索枕邊書解愁無過開編好
心入神清萬慮疎

閱簡

翠袖涼生睡起初日移秋影印琴書不知何處吹寒笛
遠送天邊雁影疎

秋眺

不見飛鴻度遠山署亭屏障石城環新苔過雨添青蘚
夕靄收嵐壓翠鬟漫訪林花新改色却看籬竹舊成斑
金風拂拂吹衣袂目極遙天共月還

鋤內署菊圃

蕭疎老圃淡秋容小立庭堦整菊叢指點花奴勤護葉

扶持鶴羽菊名待凌空老君眉展增佳色宓子堂開引瑞風漫比陶公三徑隱倚欄翹望出墻紅出墻紅老君眉俱菊名

中秋

宵逢令節景清奇天上人間共有之纔送金風來署苑又垂玉露下階墀吟詩莫負秋剛盛對酒欣看月未虧更語爲官要勤政西成省歛重農時

中秋對月

片雲收盡鏡初磨銀漢光凝水不波忽聽賓鴻天外至應驚佳節異鄉過桂林花溼無聲露官閣風傳有韻歌

若使素娥能解語不教秋思引愁多

又絶句一首

更闌憑几撥餘香欲理瑤琴緩解囊却想廣寒奏仙樂天香深處舞霓裳

十六夜看月

官舍風清夜色奇漏聲點點應更遲有情月姊仍相顧未忍今宵便遠離

暮秋夜有感

銀釭光引漏聲殘靜對琴書意共閒搦管遣懷吟句拙臨箋適興墨痕斑片雲澹澹移簷彩秋思重重繞黛灣北雁不傳霜後信數行空自度關山

題海景圖

翠黛蒼嵐四望連洋洋巨浸若無邊就中飄泊扁舟客何日收帆得穩眠

紀夢

昨夜分明入廣寒桂花香遶步虛壇水晶宮殿遊方倦女伴攜憑七寶欄

秋興

何處寒風至無端昨夜涼楓非因雨老葉不爲秋黃青女如傳意丹花尙歛香砧聲來遠近刀尺倩誰忙

秋夜雨餘聞笛

驚鴻飛去笛聲留雨過庭階風弄秋音響入雲星朗朗餘音招月夜悠悠伴吟雪盌茶香繞襯筆花箋墨影浮坐久小鬟眠欲穩頻頻翦燭報更籌

隔簾花影

斜月如弓驚去雁晚風似箭觸棲鴉不知戶外何來影只見簾移不見花

金錢花
日晝粧初就無花竝汝妍名居三品上貫在五銖前不
用陰陽鑄還從子午遷何當風雨夜吹落買秋錢
待月
素娥修潔本無埃偶被浮雲掩鏡臺賴有封姨解人意
恰擡頭處便吹開
月下
碧落絕塵滓清輝懸太空波光金的皪蟾影玉玲瓏夜
氣消羣籟秋香度杵風乾坤多闃寂惆悵思無窮

白蓮花
冰姿退暑粉初勻馥有清香鷺夢醒捧出翠盤承曉露
金莖掌合換銀莖
七夕
耿耿銀河淡欲流疎疎列宿麗清秋縷絲五色聯鍼綫
詞賦千年咏女牛鵲架星橋催曉渡蟾輝夜魄促更籌
侍兒乞罷無多巧笑下湘簾向夢求
題睡美人圖
朦朧鳳眼細深藏爪露蓮鉤壓繡床知否羅敷夫自有
休從夢裏覓襄王
題畫
松翠森森罩小齋山翁扶杖立蒼苔斜陽半下紅橋夕
童子攜琴欲過來
玩菊
趣淡味同永香幽人弗退豈曾矜晚節秋色勝春華
漁父詞春夏秋冬四絕句
水調歌喉鶴侶稀雨蓑烟笠鱖初肥數聲橫笛花飛片
一點漁燈古渡歸

小艇飄飄一葉輕夕陽收暑晚風清醉歌移近荷塘岸
萬朶花中臥月明
蘆葦蕭蕭欲暮天一篙撐破夕陽烟鷗汀鳧渚歸何處
清月照舷人未眠
天連寒水飛銀練岸拂尖風起玉沙一夜雪飛帆影重
網疎漏出有梅花
讀史
靜對明如鏡相尋韻勝琴朝朝頻展讀弔古更懷今
又

明闕兩般主忠奸二種臣乾坤聽旋轉遺恨後來人

憶家園牡丹

東苑春三月花王瑞草呈風生香馥郁日映影豐盈富
貴休貪得鄉園獨有情此邦無國色誰復冠羣英

七夕

銀河仙路兩迢迢深護雙星度鵲橋永夕誰傳消息到
嚮明天色淡雲飄

咏蝶

翩翩對舞掠花魂冉冉穿林訪綠筠未解入迷莊叟夢

先來牽引踏青人

玉簪花

白露初凝秋氣涼玉簪斜綴試銀粧天工巧琢無人買
未插雲鬟鬢已香

水仙花

凌波神會飲仙漿金盞銀盤引興長亙友素蘭能解意
醒君醉夢助清香

菊

西風頻簸發幽香冷透金英滿逕黃秋色不隨秋共老
傲霜枝早壓羣芳

虞美人花

繁葩含吐愛呈奇廣葉蹁躚舞態癡不敢楚宮妖艷色
春風千載恨長遺

題美人抱貓圖

鳳眼凝情眉翠長烏雲高髻稱新粧爲嫌陌上牽春思
願抱猧兒不採桑

寄祝西園四弟暨夏夫人六十

酒熟茱萸壽宇寬筵開兩地

寵恩須傳家清白承先志歷宦勤勞答
聖顏案上眉齊金誥紫階前膝繞綵衣斑回思咏雪情
如昨六十年來轉瞬間
同氣猶欣有二人天涯姊弟夢常親論年周甲先三度
會面重睽又四春拙我平反頭漸白喜君展布績猶新
承
恩未艾休稱老努力朝端報
紫宸

和宋壻紀常看牡丹

蓬島分移冰署栽春深新艷兩枝開騷人莫訝花王各貴品從來早占魁

暮春

庭院風輕落海棠暗憐細雨溼紅粧雙雙蛺蝶穿花底也怕春歸興倍忙

征婦詞

掩袖愁凝懶整粧裁衣迫欲寄遼陽殷勤憑雁傳回信莫說遼陽是遠鄉

答吳渭南孝廉見贈即用其韻

訪梅偶作客遊人寫出新詩筆有神海底珠藏搜寶出秋深桂發茁枝新（孝廉爲田兒分校所得士卷謨落他房最後查出力薦獲雋今來陵修謁僅見公出先入內署請予見之）久欽治譜遺庭訓（孝廉父曾官陝西有政聲）好借長風接要津今日絳帷暫虛侍喜揩老眼見儒珍

就養陵陽歲月忙素心期可格蒼蒼緣珍物力安荆布爲恤民膏嗜水漿校閱莫教迷五色平反時勗凜三章隔紗樂話通家舊敢擬宣文坐講堂

看竹

每引清涼沁骨清更袪炎暑避餘曛湘簾風入蘭閨靜

何獨王郎愛此君

老馬吟

久著勳勞在戰場忽驚衰老自傍徨天寒歲暮誰憐爾獨向尖風嘶恨長

春眺

睇望芃芃芳草堤橫橋浮水夕陽低暖風薰得遊人醉紫燕黃鶯恰恰啼

立春

北斗霜杓轉東郊淑氣新年年當此日官吏喜迎春

迎喜神

喜神不立廟迎春後便迎休尋方道去歡樂徧鄉城（陵俗于迎春次日官吏出郊迎喜以時憲書所載是日喜神方道迎之）

咏瓶蘭

膽瓶貯水供官齋護插幽蘭次第開逸興勝於籬畔菊清芬應邁嶺頭梅一枝相對消炎暑數蕊連芳絕俗埃長伴琴書同臭味主人留詠勝新栽

春興迴文

峯峯碧草綠陰稠適興憑琴調景幽紅日映簾垂小閣

風驚午夢思悠悠

元夜觀龍燈

彩紅箋護竹編勻　樺燭光搖龍燦新　竟是火中能變化
天酣月色助陽春

春日登籍山樓賦贈張贊府

城為屏障石為梯　高閣平臺印小溪　倚檻人家屯玉壘
當筵尊酒列金樽　圖書靜對官同隱　琴瑟音諧福自齊
紅杏枝頭春爛漫　看投玉燕到香閨（贊府尚待弄璋夫人年纔二十八歲）

紙鳶

愛屬韶光倚碧空　凌雲志壯趁長風　竹箋裁就飛騰勢
月夜曾成韓信功

得甌蘭喜賦

採得甌蘭帶馥來　新枝恰好供琴臺　露凝長葉珠千串
風動尖莖翠一堆　花報春光迎社吐　蕊萌秋後待時開
芳葩珍重高人佩　素質長應伴素梅

即事

對天常稽首　祈福萬民叨　從者逍遙樂　官心日夜勞　獄
辭聽不盡　驛使疊相撓　五斗何堪戀　卿

恩敢學陶

送宋太夫人旋里

遙從宦海仰慈航　鐵石梅花映北堂　淑慎持躬欽母德
廉明出治勗官常　賑金江左人全活　繡佛樓中意坐忘（夫人持齋奉佛歲荒出奩資助賑）
八座起居珂里福　簪纓環繞祝康強
正欣小子附門牆　百里慈雲水一方（宋觀察任安徽道為予田兒保薦上司夫人就養關署時觀察遷官黔省夫人不願遠行率眷旋里）
三載恩深同怙冒　詰朝
軒舉倍徬徨　望轅無計留高幰　問訊常懷託短章　欲近
鸞軿慚未得　他年重晉九霞觴

塞上曲

霜冷胡笳急　風寒古木飛　無功報天子　鄉淚溼征衣

咏新月

天上嫦娥理晚粧　參差鏡匣掩星釭　只將一隻蛾眉露
不似人間畫必雙

暮春

忍聽啼鵑到耳哀　殘花滯雨點蒼苔　留春欲把榆錢買
待取榆錢落不回

題辭淡香樓詩集

玉梅質本占花魁更勝夭桃過眼開何事羅浮山嶺寂
只容春到兩三回

大雅才偏匿小星結盟爭奈姊叮嚀（姬繼姊室）可憐地下相
逢日不道桃根夢遽醒

殷勤斑管寫嬋娟入畫人唫料比肩宋玉若將春夢訴
三年猶是舊生緣（聞秦公未娶姬時曾畫十美圖姬即其近侍也）

秦家門第儘堪容怎羨青元返舊宮空色色空今日悟
淡香樓外夕陽紅

再題集唐二絕句

蕊珠宮裏神仙謫擾擾紅塵寄此身窈窕年華方十九
若爲天畔獨歸秦（徐寅　吉皎　羅虬　劉長卿）

雪點寒梅小院春水能生月即離塵此時才子吟應苦
不忍回看寫舊真（溫庭筠　李涉　方干　鄭谷）

夜雨滴空階

永夕雨驚風淒鳴石徑中電光搖几席燈影動簾櫳點
點催蓮漏蕭蕭灑草叢高城涼墜露遠寺失疎鐘織罷
人無語詩成韻不窮官齋饒夜景聽任滴階空

寄念兒

千里傳書意暗懸期兒慎行效前賢芸窗映雪裁新句
紙閣囊螢繹舊篇分羽脊令詩恐負陟高岵嶺夢應牽
更期汝妾徵蘭信慰我含飴望眼穿

清夜撫琴

素心惟共素琴盟每夜調絃未忍停侍婢傳杯更漏盡
香茶當酒讀元經

書節烈顧陳氏傳後

殉志捐軀劇可憐遺編一讀一潸然孤臣嫠婦地雖易
烈性丹心義各全香骨長存拚委地貞魂不朽自歸天

藁砧我亦同君遇愧未亡人命尚延

瓶梅

侍兒採折一枝新插入甆瓶意自親磬口含情清似玉
檀心吐韻淨無塵畫中松竹爲神友几上琴書是德鄰
朝夕臨池頻對汝占他門外許多春

長夏

清肅官齋晝掩屏畫堂時見燕飛飛琴鳴教鼓南薰曲
慍解人爭樂土歸

夏夜

薰風拂拂透紗帷月色微茫淡綴枝小立迎涼憑曲檻
撲螢凝婢扇頻移

鴻雁來賓

本是隨陽鳥疑從作客回聯羣從北返呼伴向南來嘹
唳依紅蓼聯翩度碧隈觀光投水國宿草近沙堆繪字
同文友傳書稱使才深秋先後至賓主不須猜

夢回口號

金風送雨灑秋花一枕羅浮近斗槎幾到廣寒忽驚覺
笛聲月色透窗紗

書靜完遺草後

靜完姓賈氏汴之修武人前明謝某簉室著作甚富身後皆散佚二百年後有同郡進士范井亭搜訂遺稿梓而傳之

謝盡幽梅葉已殘林逋追寫舊枝蟠香心寄託風煙杳
慧眼搜羅識力殫二百餘年久埋沒一篇相對動興觀
不逢進士范明府誰識才姬賈靜完

再題集唐三首

天星墜地能為石上徹雲梯却會還零落梅花過殘臘
藥窗誰伴酒開顏　張籍　司空圖　李頻　韓渥

百年恩愛無終始可惜芳華委逝波神女生涯原是夢
教人無奈別離何　羅隱　舒元輿　李商隱　張謂
一自仙娥歸碧落已拚名利不相關芳魂艷骨知何處
詩卷長留天地間　劉滄　封敖　白居易　杜甫

秋葵花

獨立挺枝翠高冠擎頂黃丹心長向日那復畏風霜

宮詞

上苑芬芳花弄晴內門香繞麗人盈笑將梅子連枝擿
輕打風前織柳鶯

秋夜

淡月出墻陰寒蛩響石底涼風送雁聲秋色自千里

九日登可遠亭

佳節重來上小亭無邊秋色望中陳風高遠落疎林葉
霧薄輕籠近郭津糕字未題緣學淺菊花遲放為官貧
倚欄貪看秋塍麥播種應勞撫字人

數名體　七言律頭限肴敲蛟郊交以數目字裝頭內藏一二三四五六七八九十百千萬兩雙分尺寸丈

一盃清水當嘉肴八句詩分七字敲百尺桐花藏兩鳳

萬巡壘浪起雙蛟九秋六合雲千丈五夜三更月四郊
十二欄杆都倚徧數枝蘭臭寸心交

題范井亭明府柳枝詞卷

風流張緒後來誰今見鍾情范柳枝繡口錦心如少女
柳絲抽出色絲詞
二月青黃細葉圓三春搖曳拂晴烟嫚嬝旖旎長條弱
曾護陶門伴隱賢
春繞西泠蘇小家遊人立馬倚林花小蠻休比腰肢瘦
歲歲風前舞態斜

春城麗景鬭繁華一縣河陽滿目花添詠柳衙千萬縷
好同棠樹蔭家家
舞榭歌樓處處青誰傳婀娜又娉婷當年夢得酬佳句
（唐劉禹錫有楊柳枝詞十數首）此日新詩羨井亭

壽范井亭明府五十暨夫人同慶

萊蕪滿縣祝華封玉液樽開燕喜容舉案伯鸞斑綵舞
遠階雛鳳羽儀從平分百歲歌仁壽報最三年領要衝
聖世賢臣今有頌勗兒努力協寅恭（范名照藜河南河內縣進士任安徽五河知縣調首邑懷寧與田兒最相友善）

范明府妾舉生兩子索詩于予書此答賀

瓊函遠賁勝琳瑯老眼開緘分外光天上石麟雙獻瑞
謝家玉樹並成行早知德澤羣黎徧應卜詩書奕葉香
休辨二難繫臂足階前三鳳已呈祥
潘輿迎養喜康強堂上含飴樂未央闈內夙推樛木化
閨中久識小星良鯉魚待賜鱗雙躍蘭夢先徵帶並芳
慚我貽謀猶未善襁衣預製盼孫行

題扇面美人踏雪尋梅圖

紈扇團團點染新一般皎潔色全真天然絕景誰傳出
雪裏花間一美人

嬌態新從便面開暗香疑自指頭來筆花奪得天花巧
姑射神人未許裁

鄉民獻虎于大堂田兒祀以詩用原韻成二律

里正凌晨報山中虎被擾風如生曠野文已蔚官城吏
役排衙肅村民獻意誠欣聞德政語除暴保蒼生

其二

黎民遵治化猛物擊應宜急問人曾咥爭思寢爾皮山
深休任慝天遠豈同窺但願來仁獸先徵渡虎奇

偶吟

閒披牙軸啟窻扉捧卷臨風對夕暉放眼看來天地小
回頭認到昨今非理禪始覺心無垢書葉方知筆有機
萬籟寂時人意靜月移清影上屏幃

秋日過周少府內署觀菊即席偶成

冰衙佳色滿秋臺天為安排面面開隱士高懷難契合
醉妃嬌態易低徊（花名醉楊妃）老君成道長眉展（花名老君眉）佛
印逃禪赤腳回（花名僧鞋菊）少府平章花事巧清香繞座送
新醅

咏琵琶亭

江水滔滔去不聞江邊亭子足千秋誰知司馬當年淚
未聽琵琶已自流

冬日招宋壻紀常內署對雪小飲

遣寒暖酒酌官齋坐對瑤堦白玉臺懸鏡無人爭雀角
憑軒有客醉螺杯瓊花騰舞呈豐兆梅蕊呈芳映席開
煎茗侍兒頻捧雪紅爐骸送暮光來

愁詩

到來難遣更難遣心上眉頭每暗隨恩重欲酧時在念
志高期展夢空追學禪清影琴書伴佐政虛懷神鬼知
攬鏡慙添銀鬢縷培桐補瑟灌孫枝

花中十友詩（用曾端伯語附七律題詞一首尾文一首）

人間好友莫如花不擇貧家與富家酌酒對之真莫逆
吟詩贈去亦非誇合多連理同心契久謝翻雲覆雨加
記取曾公花十友一花一詠稱名嘉

桂花仙友

金英玉蕊鬬秋妍香在山中別有天分得廣寒宮裏種
至今巖客總稱仙

荷花淨友

淩波仙子妙丰姿艷質常生濁水池辱在泥塗偏不染
相知正在出塵時

梅花清友

贈春猶戀隴頭人索笑難逢東閣賓認得冰魂偕雪魄
與君交處在通神

菊花佳友

誰識花同隱士心平章秋色等閒吟柴桑籬下供晨夕
早有高人結契深

海棠名友

依風無力暗含情一笑嫣然桃李驚不屑貢香引迷蝶
碧雞坊裏早揚名

酴醾韻友

雅艷宜春獨晚芳綠衣郎待舞霓裳飛英會上多賓客
誰挹香風帶醉狂

瑞香殊友

錦簇熏籠轉紫毬骨香誰與共風流試教翻盡羣芳譜
再有名呈上瑞不

梔子禪友

素質孤芳悟夙緣枝封霜雪節尤堅何當瞻(薝)蔔林中坐
一結同心靜會禪

蘭花芳友

一卷離騷讀未終每懷九畹浥香風幽閨絕少清談客
賴汝相依臭味同

蠟梅奇友

來從香國已稱奇况復先春結舊知縱遜嶺頭花信早
獨標正色在高枝

尾文

解纜有意弄芳妍恰比人間益友賢半世吟魂資伴侶
百年心事寄詩篇愁城樂土紛開謝月夕風晨見性天
願得萬花都入譜廣交四海得忘年

梅花絕句三十首　用上下平韻

早梅

陽氣初生山意銜梅開昨夜應黃鍾隔年先識春風面
花信初傳第一封

晚梅

姑射仙人澹素粧高標本自冠羣芳却嫌獨把花魁占
讓與他園自晚香

春梅

南華封拜寄春君為汝清芬逈出羣不解爭妍夸艷事
東皇消息特先聞

寒梅

傲骨知難與俗諧自甘淡泊作生涯劇憐深夜孤山影
只有清霜冷月偕

雪梅

只知看雪梅方笑單認爲梅雪又欺雪是空花花是色
色空空色本無疑

月梅

蝴蝶魂銷夢不眞用句人間天上一般春誰驚夜半花
枝舞疑是霓裳曲裏人

紅梅

何來絳雪映紗窻合伴佳人醉玉釭休比杏花同色相
冰心玉骨究無雙

綠梅

同是花神親注冊却教仙子入芳圖自從蕚綠華來後
碧海瓊林色又殊

嶺梅

數枝斜聳插雲窩千樹花開總後他不是嶺頭靈種異
由來高處占春多

谿梅

幾度尋芳路未迷斷橋疎影入淸谿落花水面無人問
莫作桃源洞品題

官梅

宰相風流待作羹神仙小吏昔傳名相看官閣花初放
古色今香一樣淸

野梅

幽性淸標識本稀荒村野徑偶相依花開花謝渾閒事
春雨春風無是非

盆梅

一株移向小盆安瘦骨偏能耐歲寒笑我淸癯花更甚
霜晨月夕怕常看

瓶梅

修到梅花不計年膽瓶相對亦前緣夜闌倩引羅浮夢
重會瑤臺舊列仙

老梅

洗盡鉛華骨健存山中甲子不須論年年開與人間看
雪裏精神月下魂

新梅

三冬雨雪百花摧誰與消愁泛綠醅日暮天寒正岑寂
縞衣素袂美人來

灌梅

主人抱甕入園林日日澆時力不禁我有瓶花依佛座
楊枝水灑伏觀音

尋梅

欲覓高枝力未能不知庾嶺幾時登忽聞後苑傳芳信
報道花香到朗陵

觀梅

陣陣寒香撲畫簾不嫌索笑日巡簷侍兒癡會看花意
欲試梅粧捧鏡奩

折梅

老看花事已闌珊一到梅前情獨閑手未拈花香襲袖
幾回欲折又停攀

落梅

妒花風雨恨難消嬾向花前伴寂寥月落空山仙路遠
香魂惟有夢中招

簪梅

臘寒已逐東風去香韻初隨暖氣浮昨夜芳林春有信
新從鏡影上釵頭

嗅梅

梅子酸時味有餘不知花味更何如拈來嘗試唫花口
直沁詩脾香未除

醉梅

江北江南春興豪詞人相對泛蒲萄笑余不飲常如醉
只為花間看萬遭

友梅

閨中無友共推敲每向花前乞解嘲除卻青松與翠竹
祇君來訂素心交

畫梅

惆悵寒林樹欄青春風無主任飄零孤山冷落清香杳
留得冰魂在畫屏

憶梅

江程千里路何賒不見山園手種花記得綠窗吟咏處
春風簾外一枝斜

寄梅

清寂衙齋興自酣一枝初放到江南故園春色今同否
鄉信還從花信探

問梅

欲謁花神自署銜幾生修得植靈巖散花天女仙槎過
可許人間共挂帆

咏梅

咏梅自昔壓詩筒三十詩成愧未工鄒似花神來告語
香風吹滿雪樓中

花朝日即景自嘲

春至花朝日漸長新鶯嚦嚦弄笙簧杏林似錦紅兼白
柳葉如絲絲間黃微雨濇雲含影潤遊蜂舞蝶探香忙
慚儂即景無佳句欲學詩狂未敢狂

春社大風吟

夜半東皇忽點兵使人聞戰夢魂驚更深那覺塵霾布
曉後方知沙霧盈可怪風師施猛力幸逢社伯領權名
定求大士楊枝水次日乃觀音大士聖誕普洒田園慶有成

壽宋太夫人九十

八座太夫人與居近
紫宸對
君稱壽母有子是名臣堂上延年日增前報
國身期願獻人瑞方慰孝思純

賜賚
天家疊宋悅研大京兆迎養太夫人生日上賜匾額暨綵匹陳設多件徽音動
至尊兩朝恩命婦五世吉祥門羨母神常健愁予目病
昏昨年寄雙壽不盡口陳言

壽胡中丞老太夫人仿周雅體八章

明明造物曰陰與陽陽孕于陰得主有常天降大德有
開必先有命自上生太夫人

其二

太夫人之德柔和維則以靜以直女戒是力姆訓是式
威儀是若凡百閫職視茲準的

其三

維太夫人式茲彤史相我夫子經義是剖宜闡孔訓孔
之木鐸章水有文瀾漪汋汋

其四

天助盛德乃生達人迺俊迺傑迺子迺臣天錫中丞奉
太夫人太夫人弗有以報
天子

其五

帝命中丞撫此皖邦綏爾吏民畀爾封疆矢忠
北闕矢孝北堂
帝曰順爾將母是遑

其六

巍巍皖城瞰江之滸淮水在左彭蠡在右維昔楚越俾
遠伊邇太夫人永懷近桑與梓

其七

芝山之松洪崖之柏既蒼且碩太夫人是懌皖人有言
如山如陵壽考且寧以保我中丞

其八

阿孤作宰蚤夜在公頌茲懿懺羞莫與同氏也作歌高
山景行其辭孔質以贈太夫人

立春日喜晴

金烏吐燄凍雲開積雪消融暖氣回官吏鞭牛農事始
天雞高唱送春來

初夏赴周少府夫人看花之約

聞道名葩四本開喜尋蘭約到香階芍藥罌粟薔薇玫瑰徘徊買
笑依王近玫瑰名徘徊花買笑薔薇名宋人芍藥詩已過花王候方聞近侍香又云要與牡丹為近

侍嬌艷將離與婢回芍藥名將離又芍藥以罌粟為婢宋人罌粟詩含烟帶雨呈嬌態傳
粉凝脂逞艷粧燦似錦屏排閬苑舞如仙子立瑤臺看花恰趁
清和候面面濃芬入座來

悼四弟西園給諫

驚聞荆折禁垣邊千里書來涕泪漣六載重分南北地
弟任京官廿餘年因省墓假旋得相聚首假滿入都余亦就養南陵今又六載矣一朝永訣別
離天名酉天憲風霜肅官凜家聲清白傳七子同懷惟
賸我他年相見在重泉

先夫謝世歷今三十有六年矣嘉慶己巳以次兒

官縣令恭遇
覃恩敕贈文林郎安徽寧國府南陵縣知縣將舊容儒
巾襴衫更繪朝冠朝服於恭領
敕軸時謹捧新容北嚮長跪望
闕叩謝
天恩畢爰賦長句奉告

潦倒諸生近十年那堪壽促減顏負（賢）負才賫志早
辭世啟後邀榮惟靠天七品冠裳新上畫五花
綸綍遠傳宣扶君叩謝

皇恩厚未逮生前淚轉漣

夏至夜雨以雨過夏如秋爲題吟五律一首

沛然迎至雨暑退夏如秋繞砌蟲聲細穿軒螢火流電光時一澗樹影暗中浮民謠官衙肅風清夜色悠

七夕微雨

應節生涼雨及時俗傳灑淚語眞癡一年一會秋期好牛女何曾感别離

中秋待月

謫下人寰七十年一番回首一番憐魂隨仙侶孤燈夜

夢斷塵緣曉角天老病暗催頭漸白中秋難得月長圓鐘聲遠度笙歌寂獨對銀釭寫玉箋

瑞雪

爲民求瑞雪誠念達蒼穹霏屑憑天戲堆鹽兆歲豐梅梢難辨色柳絮任隨風不厭寒威重歡聲四境同

立春日雪和熊澹園參軍作

六花飛灑值艮辰斗柄推移物候新東郭隨輿先種玉南枝迎歲早傳春鞭牛催出勸農事祈穀崇禋爲邑民接讀新詩慚和拙郤欣詞客故鄉人

玩蘭

老去看花惱眼矇甌蘭吐馥慰幽衷朝昏倚玩紗窗畔王者香清送暖風

聞德中重姪悼亡妾喻氏詩甚慘因作長句慰之兼以誌悼

桃月新吳墮小星傳來春穀亦驚人斷絃割愛遊蹤冷（時德中在南陵署中）撫櫬含悲老母嗔（謂氏生母）淑慎芳魂歸地府哀號兒女哭慈親堪嗟焦尾聲重絕（得中嫡妻早故今一妾又亡）奉倩如何不慘神

予歸外氏衆稱卿勤儉溫良最可人侍讀燈窗欣采藻調和中饋善支賓其如弱柳難禁病將爲摧花又買春聞道階蘭正葱翠好爲培護趁靈辰

七十生日自賦並謝贈詩諸君子

問予受生初胡爲入巾幗造物非無心冥冥誰復測聞說猥地時母夢星成璧總角未笄年愛同掌珍惜十三始云字蚤歲事多阨十七仲兄亡十八姊氏歿哀哉母復背孤女淚潸拭廿一歸徐門嚴命惟四德纔事太史翁遽作修文客女爲婦八年嚴君痛易簀夫子遠大期

諸生運屯厄卌二遭蹇來所天驚崩壖彌留執手時託
以代子職膝前日猶黃堂上頭將白殉身良匪難忍活
順其逆雙膳日并饔一燈分半織課兒慮兒飢煮粥留
粥液蕎地災夜生屋上烏飛赤亟扶老姑身未痊亡夫
骨豈竟同灰燼叩頭血涔滴乞天焚予身須臾騰燄息
一棺盼黃泉倉遽營窀穸無端瀕婦來中庭自跳躑或
笑或哭詈呼名肆呵斥僞疾予當眞狾大避惟亟懦夫
憐弗拘假魔閧自息睚眦門內生委曲彌間隙四十教
益勤兩子游頖辟耤博適姑歡慘知風木迫制成婦道

終喪葬循古則五十駛流光昏嫁事繁賾壻家多宜男
孫枝猶遲茁次子彈績紘幼女傷截髮幸際秋風高雛
鳥出林翮六十看綵衣黃甲新通籍玉堂克繩武文章
期報
國
命作親民官就養來青弋誠盡父母心視予撫兒日愼
獄重死生節用謹出入汝母自君帬布甕糲乃慣習愼勿
進甘旨易我貧家食歲旱修禱祈爲宰形戚戚官事予
弗聞天澤求可得疏上
神鑒茲霖降衆憂釋九邑樂盈

寧寸心恒兢惕萬苦與千艱嘗盡轉安適自今數從頭
七十年歷歷
恩敕初倖邀光陰恐虛擲多謝諸詩人贈言表心迹予
欲向彼蒼長歌道平昔

冬暮對新月書懷

廣寒宮闕隱雲間留見雲間月一彎垂苑繁星光閃閃
篩林黃葉影斑斑南來鴻雁聲蕭瑟西望鄉關夢往還
稍喜歲終更正朔天邊
恩命待新頒

己巳仲秋起程回里

承
恩就養六秋春勉政平反夜及晨幸免幽囚驚獄卒慚
稱衆母徧鄉民我將
寵命焚黃牒兒奉
綸音拜
紫宸（時田兒以卓薦卻篆入覲予暫歸里展奠內外先塋）
父老挽輿官吏送睽
離珍重囑頻頻

十六日出江走風

捧呈
恩詔轉鄉閭好慰先靈地下思連日揚帆風順送關心
從者報程期

十九日早發華陽鎮

夕陽促棹艤華陽五鼓雞忙舵亦忙風似轆轤舟似箭
小姑山射大姑塘

泊吳城家丁周燿呈五言律一首予始知其能吟
覽而喜之有作

挂席忽千里吳山又泊舟鄉關今始入閶闔望中浮隨

有知詩僕意來出水條老人耽詠句喜汝助吟謳

八月二十九日抵家次日為先嚴百歲冥辰即至
外家率姪輩於祖龕眞容前行祭祀禮

秋露思常切江程路豈賒百年冥誕算千里女還家祭
祝容如在孫曾語欲譁獨憐同氣盡孤奠起悲嗟

悼長兒必念

挑盡孤燈課汝書豈期汝命竟如荼遊庠廿載名空棄
滿腹文章有亦無
血痢侵纏已三春細訛緣因自喪身嗜酒沉酣神漸困
竟忘教誨母艱辛
汝弟承
恩上
帝都芃芃瑞麥引前途時田兒以卓薦入覲那知家苑荆枝損
遠隔山河有夢無
名場自罷誤春秋兒三次未應鄉試只為難忘內顧憂兒呈述懷詩云
云今日長辭能顧否九原應悔失良謀

再赴南陵舟中作

余就養南陵六載矣已巳秋田兒奉文以保薦卓異送部引見部篆余亦旋里庚午冬兒自

京請假繞道至家躬親迎侍之任舟中感而賦古詩

還家歎年餘世事堪太息主器顛淵傷懷憂淚潸拭循
瞻先隴墳拜奠稍舒鬱內外骨肉親見面手難釋喜聞
遊宦子風吹來自北觀
君恩正深思母念逾亟捧檄假道旋星奔達里宅相見
憶相離一日如千日告言還有期今且供舊職躬親迓
板輿再趨朗陵驛買舟帆即揚入艙身恒仄寢興共晨
昏兒床僅咫尺恍如乳哺時朝夕不離膝此境若久嘗
豈不悅無斁特恐趨公忙安能常侍側民事重家事揭

誠圖報國爲語居官人忠孝難兩得

聞捕蝗事畢喜賦

兒出捕蝗毋墨心墨民更甚墨官情喜聞淨盡官民樂
四境人歌穀順成

偶吟示田兒

作宦真同涉險津平反不啻浪中行尸狂見早收帆索
免得隨波受覆傾

中秋對月寄周畹芝女史

天香桂子正含馨喜伴嫦娥有小星時畹芝爲外新納姬人遙想

粧臺看月夜應憐病眼幾時醒

圓月

孫女階前拜圓月今宵月比舊年明也憐老眼昏偏甚
指向天中看否清

田兒因予老年病目乞解任終養奉准即賦

老眼昏蒙心若盲暗催衰鬢病魔生故鄉音隔雲千里
傳舍魂牽夢五更祿養十年承澤厚官辭兩袖擁風清
天恩許告歸依膝母子含哺頌太平

留別署齋

就養衙齋已十秋慮民凍餒代官憂祇求足國忘家計
未敢隨流任艇浮苑小菊園三徑種墻卑竹蔭四時修
嗟予老病從茲別期汝長逢褒德侯

乙亥元日陵陽館寓

老眼重矇指幾番年新人舊盼家團幸離宦海成予願
尚卜僑居獻客樽堂外不聞衙鼓噪床前頼有火爐溫
聲聲添歲小兒語笑把男冠戴女孫
辭官退食戀庭闈似汝迂愚世所希湯藥調勤余病減
茶羹味永夢魂依目昏世事久看透年老人家應賦歸

莫患買舟錢未有囊空且典舊時衣

寄懷周畹芝女史

睽離屈指六秋春爲憶芳容入夢頻却恐重逢相見日
眼昏不及夢中真

喜君僑寓皖城東帶水盈盈一葦通待泊歸舟重握手
先將離緒託秋風

誦金剛經敬占

佛自何來出世真雖從天降孕全身我今誦懺無他願
祇爲先靈證淨因

鼎香篆結有來因漫說空王無着親須識經中千萬語
不離一點寸心真

重陽四不詩 并序

故事重九登高採菊飲酒賦詩屆節兒輩樂爲
之雪樓老人吟咏外無他及也乙歲兒子辭官
後專侍膝前不出戶庭呈詩于予予因成四絕
句即以示誡匪曰解嘲

仲尼登岱非重九桓景避災徒自勞曲禮有言兒記否
爲人子者不登高 不登高

不爲酒困聖言詳九日杯中切戒狂醉眼何如醒眼好
今朝無酒亦重陽 不飲酒

九日黃花處處開無人不插鬢邊釵獨予未欲輕攀折
只爲憐渠晚節佳 不採菊

詩到秋來興有餘搜尋糕字太迂拘即將四不爲題咏
那問前人有此無 不題糕

月蝕

羅猴今夜侵蟾兔愧我難爲救護情安得眼昏如月食
霎時耗退復光明

斫桂清光應更多杜陵此語自非訛何當移取吳剛斧
芟我目中翳障窠

春夜

春來冬去催霜鬢旅館思家夜正長何事鄰雞來報曉
還從故里達陵陽

丁丑八月廿日起身回里

旅雁作鶂鳴金風送我行堂前無宓子膝下有淵明八
載重於外三秋又返程 庚午自家再來甯陵計今又八年矣 從茲離宦海
溪水味長清

歸舟過皖周畹芝夫人入艙叙舊詩以留別

屈指睽違倏八年每將離緒繪雲箋悔教聚日無多住
却喜歸途續會緣異地重逢忙握手兩心同怯速開船
風前各道殷勤意百語思憑片刻傳

年衰兼奈目昏何見面人如未見過乞藥勞君頻禱佛
醫愁笑我未除魔屢占膝下寧馨信欣說閨中嫡庶和
一得夢熊好消息快遣雙鯉託江波

舟經吳城適宋氏長女攜眷之杭兩船相値湖中
繫纜過艙晤語片時而別時壻以分司需次浙中

帆轉吳城飽急揚忽逢去艇水中央笑儂母女行藏異
汝往他鄉我返鄉

又囑四語

順水船行好收帆早免驚記供庶下案莫召異鄉魂

舟抵章門

歸舟喜抵豫章城宦海風波自此平第一茅墳吾故土
免兒匍匐淚中行

僑寓外家致道齋書屋

里人仍作客遊人斗大書齋暫憩身好是牀前兒膝接

不勞幼女喚爺頻

喜晤四弟婦夏夫人

睽離已久面重親一見談深夜及晨憶似少年姑嫂樣
兩忘俱是白頭人

謁外家祖龕

一千餘里舟歸岸七十五齡人到家喜向雙親靈下拜
眼矇今日較明些

夏仲由省寓回六溪留別夏夫人

又從僑寓似歸裝章水馮川一葦杭兩地波流三百里
那如阿嫂繫情長

舟行至朱埠阻陂不得進

梭古船如坐小箕村溪渡近到猶遲誰知宦海餘波在
不阻江風阻水陂

戊寅四月十九日到家

鳧鳥尋壘巢元駒封穴戸睇彼禽蟲微尚思固厥圉曾
是宦遊人可弗懷故土自從就陵養歲星逾一紀兩度
揚江帆去來五千里歷涉風濤險不待聽衙鼓人趨官
貌熱我悉官況苦民富官益貧官勞民得所如駕舸廬

況如御車恐阻棗屐足猶絆望鄉目幾瞽浮舟今幸停
敝廬堪入處

君羨既已嘗我茶仍可茹祖堂勤祭饗孫謀待哺乳奉
先並起後見力遲應努

幽閨賦 并序

葢聞曹姬文號大家謝女詩吟佳句妹亦生長名門幼即性耽閒靜女紅之暇時弄翰墨或學吟香閣或習繪雲箋或受琴於父兄或對奕於姊妹凡古名媛貞婦韻事芳聲力雖未逮心竊嚮往焉年十八痛母見背含悲侍父凜承庭訓四德三從聞於耳者銘諸心矣年二十一賦于歸奉翁姑脂膏滫瀡事夫子佐讀挑燈鼓瑟鼓琴弄璋弄瓦則韶華九十齊景三五時也痛哉甲午凜秋嗟我良人溘先朝露惟遺清白硯田弱婦幼孤懼危如臨幽壑防險如蹈春冰侍高堂曲承色笑課孤兒徹夜機聲橫逆則感之以誠風波則鎮之以靜守艱已歷五週終歲未遭一眚居無何有佃人負租以山質償因乘間言山有穴可備窀穸欲售於我術者往視則砂礫耳遂止佃失其利其妻悍而才僞以與夫鬪狀訌於予門避不之校久之夫匿而妻益肆甚竟入室毀器物詬誶囂陵洶洶莫遏葢有使之者然也不得已倩繫鈴人解鈴而繫鈴者不知何往矣予將質劵給還亦不問其值閧漸息嗟嗟以事勢若此以人情若彼敧釁有人弭

患無人而謂可無長太息乎爰倣楚騷賦幽閨一篇以寄慨且以勉勵兩兒用繼大父已顯之名並申亡父未揚之志使予他日無慙見先人於地下焉至規橅未工辭多舛鄙觀者應爲閨閤諒之更當爲斥鉛膏廢翰墨者諒之也

惟太清之昭昭兮含衆生而無私遣金神以周歷兮促朱光而早馳發桃李之豔春兮留菊梅於霜雪匹冬青之不彫兮勵此君之堅節胡造化之莫測兮倐易康樂而顛連嘆破鏡之飛天兮何易缺而難圓嗟逝者之不返兮使慈萱欲萎於北堂苦弱息之失所依兮偏垂涕環侍於未亡怯闇室之陰凝兮怪斜陽之西匿紛衆鳥之歸林兮剔孤燈而影熄風淒淒其滿院兮月淡淡而當窻耿天兮列宿鳴砌兮寒蛩憂心兮悄悄欲訴兮茫茫閉重闈兮伏几曲兩肱兮枕囊恍接晤兮疑夢儼君子兮在傍驚寤覺兮無見魂飄返兮何鄉夜曼曼兮未艾情脉脉兮若忘無何金烏翔而東方欲曙兮靈鵲噪而柴扉乍啟炊廚煙以供晨膳兮進姑側而手先盥洗熬糜粥以療兒飢兮澄粥液而自啜水漿課丸墨與紡

車共轉兮分一燈而同光羌無鐵井之招尤兮謂可坦然而莫予侮夫何橫逆之突加兮幾不解其所始類猘犬之狂噬兮乃弄鐍之所使思孔子之受匡圍兮緬姬公之東避彼大聖尚難殄此小慍兮矧闒闟之弱植蘭經雨而逾秀兮蓮出汚而不染苟余情其信芳兮彼將自化而知自撿棲予神於澹泊兮滌予懷於澄清對甁花以寄傲兮搦銀管以寫心焚名香以熏同氣兮洗寶瑟而叩知音託丹青以遣興兮繪松竹而藉盤桓陳方郢以適性兮參勝負而透機關晨稽首而誦佛兮暮默

坐而理元袪塵慮而消衆魔兮豁青眼以見天

寄次兒書

自汝起身後連接中途及到京共四信畧為放懷然總眼瞠榜發之一信爲懸懸也前二十日早起焚香問卜得巽之坤為升卦玩卦辭用見大人大人指君其爲見君之兆歟至次日二十一清晨果京脚至知汝得中榜列第一百六名問報人來何早答云昨晚可到因跑滑歇縣城店故稽一宿耳因悟升字爲廿上加一畫報日與卦名適符知文王之先有以告我也可慰也可喜也雖然有可慮者二一起快樂心見壯年登第自加暢快

然所謂快心者成讀書名耳繼先人志耳此外而尋樂地則將玩遊遊不已必至淫蕩汝前歲在鎮送卷拜客曾偕友人飲酒妓樓一次余已切責之都中爲靡麗之區最易陷人汝尚未生子稍一失足花錢事小喪身事大即爲不孝此可慮者一汝切記之二生驕傲心凡讀書人自以爲是好說人短乃第一毛病汝向來尚少此習氣但既得功名不必自誇笑人爲驕即坐作往來間稍露快意積于中爲滿形諸外便是驕對失意人尤宜謙損若不謙損在我不過自鳴得意在彼實無以自容

試問汝上届下第時過此等人能無厭惡乎此可慮者二汝切戒之此時在寓惟有看書寫字以圖　殿試朝考一取爲慰又寓舅父宅中諸事須加恭敬上請指示汝帶京資斧無多此時一切所需缺乏亦不得向舅告借伊京宦清苦難以應酧況在舅宅飲食教誨已足感荷須在外相好處挪貸接濟予現將食餘穀十多石指積之項湊齊計可得四十金俟下年同縣公車進京妥交帶來清償可也此後兒有家書頭一行即寫平安二字須知惟疾之憂毋心切切前二者乃真疾切不可患

至囑至囑辛酉四月二十四日母書

寄次兒第二書

四月二十四日寄汝一信定已到京茲于五月十六日午刻京報子數人到家族人隨至觀看者蜂擁而入上下兩廳幾不能容而報人不遽令知何銜官爵口稱非尋常之喜必須先議喜錢方出喜條而觀者索條益急促予許以銀數予在房內傳語報人若係鼎甲便應早報如係翰林則我家故物令看門額金匾即爲今進士之祖父無足驚異下此則非所望便不出喜條何妨及條出果係奉

旨欽點翰林院庶吉士由是予攜汝婦親至竈下手辦廚饌供客報人諭知而彼婪取喜錢之心盡索然矣越日予諏吉淩晨沐手燃香燭于祖先神座前告謝因代汝亡父向北九叩首恭謝

天恩畢正在檢取紅柬作信與汝適接汝四月十三日中後之信覽之欣慰歡悉放榜後二日恭値

皇上雩祭禮成回宫大總裁帶領全榜新進士俱于東安門外跪迎

聖駕纔登蘂榜即

覲
天顏其光寵榮幸爲歷科所罕有予前用見大人之占
於茲已驗可爲汝告慰也又聞新翰林多告假回家者
汝切不可蹈此況明年即散館正須摩厲館課工夫以
圖散館實授編檢補汝祖父因病未散館之缺憾授職
後方請假旋到家謁祖掃墓家中一切我自先爲料理
汝途經揚州稍有張羅不須買衣料食物以獻于我務
留意購一小鬟須採正人家子女相貌端正不取嬌艷
身價亦廉攜歸備作庶妾以汝婦身體欠調胎孕恐難

速就予慮之久矣切記切記寄去律詩一首絕句四首
中有朂汝文章報
天子恭羨有咏樂吾貧之句可時常記誦之餘不盡五
月二十六日母書

慰次女書

前聞汝夫病不勝驚愕比使往問以疾間復然猶刻縈
念慮又値汝伯兄外出吾欲往視因聞信驟發心氣雖
興至不果行惟耿耿於懷耳昨暮忽訃至不禁涕零痛
哉天喪斯人何速至此并聞汝哀痛毀傷至形頭面僅
存微息此亦貞烈之性使然又以防救急得不死雖然
死易耳不死乃難汝當爲其難是惟順變忍逆嚙指刺
心以圖終養生慰死大事但苦險吾已歷盡不料今汝
而亦遭此天也命也聽天順命無他法孀居祇有奉姑

兼盡子職教子當全父嚴續書香守先業如是焉則可
也汝夫係過房爲人後承有遺產遇有急切勿售賣須
知老姑繼汝夫婦原爲奉養祭祀不幸汝夫故未克終
子職責全付於汝汝若能乃成節孝不能雖節不得爲
孝也今汝夫喪葬所需自有汝夫生父暨諸父昆等爲
之措置不至遽動田產必將承產執劵命汝收藏斷不
使孤兒寡婦度日艱難然此等情事亦吾過慮料汝尊
輩掤擋已就不俟贅言汝當修身自重操作爾加勤日
用彌加儉謹閨壼愼言語切勿蚤夜悲啼時嘆時哭啟

人誚笑不似官家閨媛且恐因憂召疾儻有不測老姑未能奉終幼子未能撫大節孝未能成全豈不枉作未亡人耶茲字示吾兒遇事百忍千耐爲長久計強歡顏以事姑視本生翁姑養雖稍減尊禮亦當如之幼子漸長大教讀不可姑息心雖十分愛憐口要十分嚴緊能如此可陶養成人慰夫亡魂俾汝苦志汝遇憂鬱難解時將吾此書讀一過自當醒釋也汝長兒在家因料理京報不克抽身次兒在京獲中固喜但貲囊已罄榜後用費俱屬稱貸於人若得官必分俸佽助接汝此凶信

定有慰書到即送覽茲着人送來輓句及祭奠各物可代薦靈几尊翁處前亦爲致唁臨書灑淚筆不盡言

寄次兒第三書

自去夏四五兩月連接喜報後平安家書疊至並知汝移寓北館與畱京公車德姪等合爨晨夕論文以兄弟兼朋友切偲怡怡洵可樂也家中淸吉予體亦安泰意謂散館後去畱消息待汝書到自分曉不望報報亦弗至端節後五日天氣陰涼予方掩戶焚香誦觀音經咒突有族子多人喧于庭曰翰林作縣官矣已赴任去矣可解窮矣而報人高軒昂首意氣揚揚索燒刀要餑餑猝無以應衆皆紛紛稱賀而予則甚不樂也噫知縣之

難予早知之且稔聞之某令清儉謹慎任黔省爲解鉛交部中途乏銀接濟溺河獲救不死後竟卒以虧公項奉追查抄家產階平云又某某縣衙中官親鬧事累官降調家人鬧事累官受辱若輩吸官皮血飢則附飽則颺有事管則縱貪婪無事管則生怨懟官雖明難察其壞心官雖廉難禁其弄錢吾嘗親歷代官擔愁亦莫之制故囑德兒若挑一等斷要改二等也四伯伯云又聞有官親激言致官自戕者有家人得賍害官革審者至罷官或故後因任內虧賠監追及追及子孫者往往而

有知縣之不可做斷斷然已汝可禀求老師彭大人請改別品京職不能請改教官又不許若棄職而歸汝又不願則有一焉惟效予大父家宰莊恪公爲之公以進士留京教習三年期滿補直隷淶水令不十年擢至巡撫予不及見嘗聞之大母曰汝公公爲人忠孝仁義加之以勇做官清愼勤出之以眞辦案情理法全之以恕我隨宦二十年見其愛民甚于愛子利物急于利己除惡如滌身穢旌善如獲異寶不積財不好色不尙奢華署中無閒坐門牌官親無年少華服家人到一任同寅

莫不欽敬百姓不忍舍離誠如是也則知縣可做矣即難于知縣者也可做矣汝其能效之乎今之人動曰做官解窮想解窮必貪財貪財必受贓必扯虧空受贓必枉屈百姓扯虧必貽累子孫不知作官乃理民事以報國恩乃揚名聲以顯父母若如彼者是殃民而誤國也是敗名而辱親也汝其凜之戒之汝赴任後必迎予養汝若不遵予言予不至聽予言而不效莊恪公亦不至汝選遠省予不至選近地而寄呈衣飾多耗盤川亦不至總之汝做此官家中度日妻孥衣食如未做官時一般精神要比未做官時加倍保固心思要比未做官時加倍精細行爲要比未做官時加倍謹愼須是刻刻兢惕恐懼切毋稍稍孟浪糊塗至立法除弊鞫案愼刑各條件有吏治懸鏡洗冤錄等書爲官者當自詳覽之毋俟予之贅言抑尤有告者純陽祖師垂訓文云人而人乃所以爲人予釋而續之曰官而官乃所以爲官若官而不知所以爲官是人而不知所以爲人矣可危哉可畏哉

改次子榜名說

予次子幼名思上必字則譜派也已登戊午題名錄矣庚申冬檢閱宗譜七世祖諱思聰爲義坊遷祖志昌公之所自出是可不避之乎閒見古有改名者否曰有漢司馬長卿幼名犬子長慕藺相如之爲人改名相如予曰昔人慕名改名爲師賢今茲避諱改名爲尊祖事同而意較切雖然兒名父命也禮曰已孤不更名今犯祖諱不改弗可凜父命逕改弗可惟雖改仍如未改乃可爰命改爲心田二字既釋冒諱之咎仍存原名之形因

呼而告之曰汝太母趙孺人嘗言人若心田好福多禍自少又嘗讀我大父莊恪公祭大母　旌節熊太婆文云留汝子孫以種福之心田斯二言也宛若爲今日樹之嚆矢且豫訂以箴銘也汝其識之哉兒唯唯退旋呈部准行　殿榜卽今之名也與舊名一而二二而一也

祈雨疏 有引

余次子宰陵陽五載年穀頗順成邑人安之歲丁卯夏四月不雨六月又不雨田禾將槁人心惶惶高鄉農民望澤尤亟宰下令邑中禁屠殺省刑罰齋戒召巫設壇日偕寅僚領邑父老子弟步赴各廟叩禱數日罔應兒予每疾首蹙額誓將暴身於市予驚懼甚夜不成寐弗以告家祀

大士像十年扶以來陵守奉齋日祈請輒驗爰五鼓興沐浴燃燭燒香匍伏堦下含毫吮墨疏狀以

聞疏曰

維民有命上繫夫天心維神有靈下應夫人事嗟此陵民膺茲災患五載以來晏若未必民生不辰一夏之中皇然何來旱魃爲虐赫赫乎咸畏斯日昫昫者將安有秋或以爲災之流行適逢其會予則恐吏之失職獲罪於天民男才本疏庸政復拙懦或聽訟之未公或催科之孔亟或圜扉有纍紲之苦或倉廩有碩鼠之虞蹈此類情動干神怒然而男之不德罪及其躬應當民則何辜殃貽於縣胡忍茲者悔身修行冀返天和希鞲鞠臚

哀求甘澤而雲行而雨不施久愆十日之期豈人願而天弗從竟乏一誠之感洪惟我 神觀此世如掌中㵎衆生如赤子救苦救難茲方之苦難正深大慈大悲今日之慈悲立發矧氏之一家倘蒙 神庇豈陵之百姓不沐 神庥伏祈現竹林之身慈雲普降灑楊枝之水法雨宏垂會諸神之澤於陵之千畝苗則浡然興移合邑之災於男之一身氏亦默爾息蓋爲子求福者慈毋之恒情爲民請命者宰官之急務苟甦民困男之福其在斯乎假靳 神恩氏之生無以爲矣濟衆菩薩心知

神明之力無弗屆呼天哀籲狀豈婦人之言不可聽謹疏

補注○此疏一上即得雨後二年邑士夫重修縣志載入藝文門併加跋語時全稿尚未付梓跋語有文章能活人比諸紡績之勤封蓄之儉有加美焉等語詳南陵縣志

祭先夫文

維嘉慶十四年歲次己巳二月初九日未亡人甘氏謹于南陵官署率次子心田敬備清酌庶饈之奠再拜稽首敢昭祭于亡夫今奉

敕贈文林郎安徽寧國府南陵縣知縣徐渭崖先生之靈嗚呼以君之孝歡承色笑時在親前如嬰兒抱以君之友大被同覆讓產推財弟肥兄瘦以君之公人謀必忠遇人欺侮大量包容以君之勤世業儒珍讀父遺書月夕雞晨君文至精宜享大名如何及壯止博一衿君

心至厚宜享大壽何遽辭世比顏減二噫嘻天道難知哲人其萎賫志長逝申志待時盛德之後達人必有不于其身當于其子果也次男科甲連登入選玉堂出爲

宰官今蒙

恩眷

贈君知縣

敕命煌煌庭輝燦爛君父爲官未及受

封今叨

貤贈足慰冥衷自君之逝卅有六歲待當焚黃墓表攺

竪屆茲寅辰瀝酒告情悲生喜中君其來歆尚饗

捕蝗誡

前月汝一接地保報蝗呈詞恩（忽）漏夜赴鄉昨晚衙役回問知馬家灘最多係蕪湖地方而我南邑小河灘亦復不少與蕪連界彼官尚未至聞張公不肯即來汝宜設法急切撲滅不可存疆界心一面專役請張公速臨不得稍延恐遲則蝻子日大飛散田隴食苗即成蟲災也廠中需錢散用今着役挑來錢一百千文備用不敷再送陳師爺云若撲捕不及祇有買之一法此捕蝗章程本内第三條予思此事在汝務祛害安農毋憚勞惜

費切記切記署中平安無事不必罣念

二次寄囑

昨接汝信知本府得稟即至該處府又請本道亦至而蕪邑張公不得不至并聞道府俱捐出錢文以爲買蝗之用楊觀察鍾太守本是好官如此盡心破費辦公不患蝻孽之不除也又聞馬家灘長七里餘延蔓草暢藏蟲不可數計今兩日之間草全芟去灘爲之禿而蝗多撲捕不及現用錢買該處男婦老幼爭先恐後捉蟲以獻自辰至午積至百餘石缸隨滿隨傾入土坑焚燒蟲

烟散天見者稱快而孽可殲盡不能爲災矣但何日可以畢事汝信未提及予心懸懸若倘未撲盡必得多住幾日不必急急回署予體氣安康署中無事亦無報案儘可放心也

次日又寄囑

今早衙役回署裝些捕蝗器具口稱蝗已打完及觀汝書云道府已回仍留汝同張公兩官在彼搜捕遺孽卓哉上官見識真大而且詳慎爲可敬可倣也聞此時經大捕之後蟲蠹無幾售者一枚要錢三四文此亦毋怪

須知此日捉十餘枚即抵前日之捉數十串蟲愈少搜捉愈難而在官則蟲雖少搜捕更要緊務須親至該灘率領該土人等細加搜尋添價售買總要殲除淨盡不留一孽而後已聞觀察公有句云百萬生靈同日死予爲易之曰億萬賊蟲殲乃止予記得書有云爲山九仞功虧一簣此時一簣之功更不宜惜小費憚小勞也

捐大祠祭田記

予年及笄于歸徐門翁即辭世夫君攻舉業家素貧予鬻簪珥典服飾稍獲値侍姑養外置買良田數十畝佐夫課讀膏火資遊縣庠不幸壯年不祿遺二孤茹苦教讀叨蒙　祖先庇蔭次子得繩祖武成進士入詞林出宰南陵迎予就養十載於茲矣長兒亦爲諸生惜不永年遺産媳孫居家衣食可無缺予愧莫以報先人恩因聞祠堂向乏公項近年冬至元日祀事缺如爲官者清貧多累苦無餘俸予用惄然焉今將予手置田業除分

撥子媳外尚有存予養田十四畝零獻於公祠以助歲祀之資區區之物無足當數想我族中必有好義君子相率捐輸共成善舉俾歲時籩豆有供永遠弗廢而小孫婦一得之誠得附升厥馨於列代宗祖感甚幸甚至經理其事尤望各房族長擇老成人輸管庶無解散之虞號畝佃名租數具列於冊

助徐雅望山清明上墳楮錢貲記

立婇同懷七人昆季五姊妹二姊早歿　父母覡婇如掌上珠年方笄而　母見背服除後歸徐氏又六年父以京宦官駕部卒於任先後歸葬於徐雅望山之原時羈婦職未克遠隨執紼常耿耿於懷嘉慶間予就養次男南陵署中歲己巳男以卓薦入覲赴都後予返里門爲先駕部公百歲冥辰行奠祝禮因登山展墓瞻謁表阡隆且美矣宜乎後嗣之克昌也時猶子愼止在旁謂之曰昔莊恪公詩云負郭多先塋

時時一省矚此語自必識之予老矣兩親罔極之恩涓埃未報春霜秋露思念徒殷茲有齒積白鏹四十金並非兒子官物汝可代予購田數畝入其值爲每歲清明上冢楮錢之貲戔戔之意藉達九原我兩大人有知當亦慰幸七子之中尚有此生存出嫁之女子子相對如在膝前也至於籩豆之具牲醴之供則有外家之祀田在正無需於此愼止唯唯而退遂置田租坐落南門外馮田圍六石赤郭圍二石土堠佃戶詳載祀田冊茲不錄

示諭家人

吾來署近將兩載未敢稍從奢侈內衙食用日不過三百文爾等共見共知亦緣上珍國物下恤民膏老爺爲官淸苦上憲皆知宦囊淡薄理應節省支持無知差務騷驛兩號耗費極多又難節省帳房時形拮据不得不檢點差務等帳目忖度帳內浮開之數量爲駁除若浮帳些微亦不駁減爾等不捫心自愧反懷怨忿眞喪盡天良也凡衆家人自今以後宜守禮法以體上情爲念以派辦事爲業不可以事之大

小比較難易而移其心蓋人生飢寒難受飽煖難求今居署者無辱無苦有食有榮亦人生之不易遇也若不盡心辦事護主祇求肥己飽囊天豈宥乎爾等有義勿謂人不知而懈之也當思積而久之福必厚矣爾等弄弊勿謂人不知而肆之也當思積而久之禍必烈矣禍福無門惟人自召若不警省而徒怨於人其必自取其咎戾哉茲春立定章程特諭爾等易知易曉者爲之訓勉爾等革故從新有人心者當猛省焉各盡天良咸遵行之

四卷終

詩餘小序

詞始于李謫仙有菩薩蠻憶秦娥二闋今按其語意景生于情情深于文非尙纖穠逞閨豔冶自後詞家爭爲新艷靡曼甚且流于穢媟入于幽怨閨閣中如斷腸集雖詞也非正也予幼隨嚴君涖咏之暇學爲倚聲素不嫻音律不過拈題會意隨取一調填之蘄不悖清真之旨積歲得若干首次兒請並存之未敢稱詞謂之詩餘云爾咏雪老人自識

咏雪樓詩餘

新吳女史徐室甘立媃如玉著　男心田校梓

鷓鴣天

元夕觀燈

火樹參差接碧空金花璀燦玉玲瓏樓臺水鏡溶溶月院落鞦韆淡淡風　珠箔捲絳紗籠嬌聲宛轉曲難終却愁銅漏和絃管催出烏輪又向東

調笑令

初春

春到春到最喜梅花早報千條柳弄青黃漸引風和日長長日長日除却吟哦無術

春曉曲

咏牡丹

西子巧粧初睡起楊妃醉臉臙脂膩凝風襯月多情趣掩映雕欄斜共倚　葉舒新翠雙沾雨花吐猩紅一捻美檀心含笑呈金縷錦萼留春分魏紫

宴桃源

暮春

風送花香雖好又寒食清明到綺閣夢驚殘正是黃鸝
啼後強起強起無語暗拋紅豆

其二

簾外呢喃新燕花底鶯簧百囀人正不勝情睡起強拈
針線繡倦繡倦一任落紅飛片

清平樂

端午

榴花紅吐節中天端午遙聽馮川古渡鬪勝龍舟無數
鬢攢艾虎靈符嬉遊姨妹相扶彩袖笑招綠袖鵁鶄
頻喚鵁鶄

蝶戀花

戲贈女伴

繡閒斜把欄杆倚笑卜金錢嬌態真無比欲捲珠簾還
又止為怯殘紅映簾底　靠檻臨池對碧水荷葉田田
蓮花初睡起水照芳姿私自喜錯認芙蓉又開矣

深院月

吹笛

深院靜笛聲奢調得銀釭喜吐花梅落風前空覓影龍
鳴石裂起江沙

十六字令

秋夜

清院落沉沉秋月明驚殘夢敗葉打窗聲

一葉落

落葉曲

東飄飄西片片木葉鳴秋寒淺淺金風逗小窗繡閣簾
慵捲簾慵捲疎影侵階冷

長相思

送仲兄淡泉北上

山青青柳青青兩岸青青相送迎那知離別情　兄淚
盈妹淚盈車馬催行不暫停陽關調怕聽

太常引

秋夜感懷

滿庭夜色月初明疎影繡簾盈永夕夢頻驚被落葉鳴
風弄聲　無端惹恨又傳鐘韻離緒向誰論低語問封
姨何故教人恠薄情

西江月

對雪

香送梅花清瘦風飄柳絮狂霏嚴寒陣陣逗重圍頭刻
瓊樓千里　暖閣有人裁句長空沒鳥爭飛生憎小婢
掩屏扉遮却天公玉戲

傳言玉女

春日哭姊

春本凝愁爭奈風催無歇飄花颭柳引離懷長結纔晴
又雨更兼乍寒乍熱增悶韶光是清明節　更有關情
撲簾鈎怕折鈌呢喃細細怪玉人長別銜到紅泥疑似

子規啼血怎傳此恨向重泉說

南鄉子

其二

楊柳弄芳柔故向離人結翠毬情緒重重無着處含憂
愁壓眉頭不自由　無力倚粧樓怕見花飛凝淚眸綉
戸書窻人獨坐寂寥懶捲珠簾空玉鈎

解蹀躞

清明哭仲兄淡泉太史

霧掩文星光悄赤烏離塵早彼岡難陟愁向眉峯繞徙
倚頻上高樓驚望百二秦關化成蓬島（兒奉命典試陝西八月卒于闈中）
清明候杜宇聲聲歸好越增人悲惱雁羣拆後狂
風故逆導擬待吹返英魂便期夢裏相逢把傷心道

臨江仙

述懷

開遍妍花似去年教人對景生憐臨風吟咏且留連花
凋開有日髮白黑無緣　最是關情無語月照人離別
娟娟幾番稽首叩蒼天望雁羣長聚幷蟾窟長圓

闌干萬里心

月夜彈琵琶

深沉庭院月娟娟繡倦憑窻正懶眠小婢添香裊淡烟
茗頻煎催撥雲和調四絃

憶君王

送春

殷勤澆酒送春歸老綠殘紅襯夕暉門外賣花聲已稀
蝶分飛低與小鬟掩繡屏

深院月

調笙

簾半捲繡窻明對鏡消閒奏鳳笙春透梅花凝舞鶴繞梁竹韻脆音清

雨中花

咏海棠

迎風恰似楊妃醉浥露真如西子媚無力凝烟柔膩窈窕初驚睡　紅腮托暈含嬌趣綠萼呈芳舒薄翠掩映弄秋橫斜着雨滯盈盈粉淚

臨江仙

九日感吟

沐露芙蓉半吐秋飄風柳翠滑收登高目極動離愁落霞沉錦綺初月掛簾鉤　回首仙羣何處覓幾多新恨難消侍親強笑奉金甌佩茱悲雁序隨伴暫憑樓

踏莎行

咏雪

冷氣蕭蕭凍雲疊疊寒空盡日霏銀屑冬風弄巧剪梅花又那管有人不悅　真是無情更添淒切紛紛故把離愁結飄飄凝望雲時閒高低樓閣成銀闕

闌干萬里心

哭母

廻腸寸斷淚頻彈麻袖斑斑血積寒香爐燈殘夜已闌欲承歡無夢難通夢亦難

雙調南鄉子

春曉

窻外囀黃鸝窻裏哀兒入夢悲輕喚侍鬟推繡戶相追分付流鶯別院啼　離恨最難祛況復春愁壓翠眉強倚鏡臺梳懶覓低垂無語瓶花笑我癡

雙調江神子

清明哭母

清明節促為誰忙恨偏長日偏長淚眼迎風惱殺是春光憶昔萱堂同示訓環膝聽總雙雙　一朝萱委遠彤傷神彷徨影彷徨獨侍靈牀徙倚竟無方蝴蝶鉄飛何處去香一瓣淚千行

長相思

夜雨

滴一聲敂一聲窻外空堦窻裏人無分兩種情　雨淒清夜淒清漏永更深盼到明夢成又被驚

漁家傲

送春

雙燕呢喃如告語今朝春去無留意滿徑殘紅兼落絮飛不起倩誰縛住春遲去　塵世那知春去路踏青鬬草人何處蝴蝶蹁躚仍自舞增愁思杜鵑啼徧傷心樹

漁家傲

春日哭母

抱哺驚看雙乳燕依人相對增幽怨草色入簾簾懶捲渾不管任他牆外鶯千囀　牽恨烟籠颺柳線觸愁風

起花飛片塵積文房抛筆硯書半卷欲開旋掩神先倦

畫堂春

春晴

楊花飄蕩水平池閒晴蜂蝶爭飛怪他無賴子規啼珠箔低垂　屏掩人增離緒窗虛風度游絲瑤琴懶整篆烟微裊鎖雙眉

醉春風

題畫美人

悄立花枝畔冷落鞦韆院低徊無語却思誰怨怨怨手撚金釵懶拈香瓣忍操柔翰　凝露桃花面眉翠輕如線腰支嫋娜動人憐悶悶悶終日懨懨憑誰相勸怎分伊恨

鷓鴣天

病起

枕上拋春春已深黃鸝喚起惜花心桐舒碧葉添蔥翠柳拂晴烟疊綠陰　推小牖望芳林柔軀怯怯倚瑤琴離懷萬斛憑將遣又怕新愁着不禁

虞美人

送春

青林綠綺重重處欲勸韶華住莫因花落點莓苔說是可能春去早些回　小心愁重擔難起無計將愁洗但期閨友細論文任你一天風雨沒朝昏

浣溪沙

初夏

新燕穿簾巧語忙殘紅點點襯泥香繡窗漸覺日初長　堤柳愛迎金勒馬石榴笑綻絳紗囊深閨乍試薄羅裳

惜分飛

秋曉哭母

夢斷魂銷天欲曉又被幽思纏繞慟慈親棄後終天恨
大心兒小　枕上淚痕揩不了窻映曙光悄悄強起嗔
啼鳥愁添眉上峯峯遶

豆葉黄

對雪

寒威凝重壓離愁呵筆書懷慰寂寥小婢褰簾指凍浮
報風飄開偏瓊花何處樓

一葉落

暮春即事

琴欲抱嗔啼鳥綠樹枝頭紅悄悄楊花帶蝶飛碧草含
幽懊舍幽懊那識愁心小

搗練子

夏曉

人乍起小窻中薄薄衫兒怯曉風忽聽啼鵑催月落怕
看雛燕撲簾櫳

深院月

畫蓮花

囑女伴把朱研輕展生綃繪瑞蓮仙向火中開頃刻儂
從筆底吐芳妍

如夢令

初夏咏懷

轉瞬韶光即週贏得啼鵑斗瘦對景羨痴人不管花殘
春老真好真好學把愁城推倒

深院月

春夜伴讀唱和

頻捧卷拜璜奉君看烹茗挑燈伴夜闌如玉小婢夢醒雞忘
唱拜璜細嗔忘寢爲何緣如玉

如夢令

感懷寄呈嚴親

遥膝正春深候暗繫離懷風遶書寄沒鴻投入夢趨庭
恰到心惱心惱驚散啼雞偏早

合歡帶

代夫子賀友新婚

九秋天恰似三春錦閣內繡幃溫青縷生花熊夢卜賦

催粧不費評論畫屏射雀藍田種玉天配乾坤喜今朝合卺優揚鼓樂客醉金罇　珠簾掩映彩幔騰翻花燈遍照朱門寶鼎烟籠鸞鳳影香風沸輕颺湘裙紅蓮燭底才郎美女暈透眉痕間何緣眞遇嬋娟羨人間勝桃源

雙紅豆

咏雪和夫子韻

白盈盈光盈盈風翦鵞毛一望平梅梢滿玉英　君詩評妾詞評舉案和吟韻各呈侍兒掃雪烹

賣花聲

初春月夜伴讀

凭几翦燈花捧卷烹茶笑看蟾影透窗紗天遣嫦娥陪舉案筆下光華　星斗貫仙槎月色逾縣十分美景兆儒家桂窟儲香秋一到折取天葩

一翦梅

寄呈嚴親

屈指于歸離膝邊已是前年悄又明年起居欲侍思綿綿纔望雲天復隔霜天　蕭瑟金風朔鴈旋急覓新箋恐達空箋墨濃和淚送親前兒寄堪憐父悶生憐

如夢令

祈雨

忽見雲濃電溷光射破窗紙皺農正望恩膏競說皇天公道哀告哀告休把秧苗乾瘦

南鄉子

喜雨

稽首展眉尖爲喜甘霖瀉畫檐長晝塡詞針線倦甜甜魂戀黃粱手枕函　夢覺整羅衫試看腮痕倚鏡奩可

恠癡雲嗔雨甚懨懨說甚花殘怕捲簾

霜天曉角

午日學塡小令呈夫子

蒲黃美酒慶良辰端午笑捧芳罇侍奉兼有獻長命縷波面看競渡釵頭懸艾虎他日宮衣細葛進新詩追老杜

步虛詞

春雨寄外

雨灑殘梅清瘦風驚小閣簾鈎又教人悶壓眉頭攬鏡

心恒悄悄　況值仲春時候林稠枝嫩香浮千紅萬紫
嬾相招獨對文房四寶

闌干萬里心

送外應試

文章命達此呈才兒女情私勿罣懷墨瀋多渟少舉杯
月華開好折蟾宫一桂回

繪蘭寄外　深院月

機杼暇展湘紈墨飲纖毫寫蕙蘭寫到花心誰識得只
憑君子好同看

白蘋香

對雪憶外

冰壓瓊花香冷風飄柳絮紛飛北堂高處最寒威忙捧
圍鑪環侍　白屋有人憶遠空天無鳥思歸停針幾度
倚闌闌拼擋將衣封寄

憶王孫

初夏憶外

榴花灼灼笑迎風䕶草茸茸襯落紅繡倦凴欄小院東
問蒼穹旅舍韶光同不同

豆葉黃

中秋隨夫子奉姑玩月

金風拂院桂流香秋色平分夜未央煎茗呈肴奉北堂
對蟾光默祝春暉較更長

吳山青

咏雪和夫子韻

風有聲雪無聲檐挂冰條映水晶海天一色明　高處
盈低處盈萬片寒梅鋪地平無香韻更清

減字木蘭花

暮春晚眺

後圃花謝飛盡殘英枝不挂歌舞融風百囀笙簧鳥語
中　柳條無數難把韶光繩繫住留得春不薄暮誰家
人倚樓

望江梅

品簫唱和

蘭閨樂如玉良友訂詩盟兼擅品簫師弄玉調分雅頌韻
輕清拜璜恍似鳳和鳴如玉

深院月

手談唱和

如賓敬(如玉)師孟光對奕春宵樂未央(拜璜)國士自應稱國手解圍轉欲仗玉郎(如玉)

宴桃源

送春唱和

雨洗殘花紅酒(拜璜)日映苔痕綠皺(如玉)燕語雜鶯啼(拜璜)風向繡窗送透(如玉)春去春去(拜璜)贏得惜春人瘦(如玉)

深院月

臨帖唱和

呼小婢展窗欞揮筆臨池墨送馨(拜璜)教學右軍修稧帖憶前曾學衛夫人(如玉)

吳山青

祈雨唱和

風易來雨難來可憫農夫日夜猜焚香叩祭臺(拜璜)天勿災人自災人若心誠天意回甘霖處處皆(如玉)

憶仙姿

冬日憶外

凝望冰條光灑繡閣停針眉皺攜翦獨凭臺惆悵窄寬裁稧煩惱煩惱只恐客窗寒早

憶秦娥

惜春唱和

鵑啼咽鵑啼正是春三月春三月不堪情處楊花飛雪(如玉)採紅訪綠從風蝶翩翩對舞朝天闕朝天闕採香上苑杏花時節(拜璜)

卜算子

送春

含笑吟春來含悶吟春去試看游絲網落花多少留春

意 幾日怨狂風幾夜怨狂雨回首芳華成綠林新燕呢喃語

搗練子

初夏

垂繡幕恨啼鵑歸樂聲聲百慮牽蝴蝶不知春已去仍來亭院撲晴烟

謁金門

秋夜

風料峭吹遍蕭蕭秋草月映芙蓉清韻繞隔簾看更好

嘹唳征鴻狂叫似怨世情顛倒休乞耆宵除懊惱怕
人還自討

憶君王

中秋有感

嫦娥移影伴清宵人對金風韻獨敲桂子香從雲外飄
月輪高辜負中秋夜寂寥

百字令

夏日感懷

徘徊倚几拂瑤琴懶理金爐香爇不捲湘簾窗半啟任

乳燕呢喃聒惟恠蒲風吹殘木槿故引離愁疊淒鳴梅
雨似傷長日如月　握筆欲畫迴腸憑欄惆悵思向封
姨說又猛見榴花飛片草徑綠凝紅雪夢蝶驚翔多情
布穀聲裏傳時節送寒迎暖子規朝夕啼血

如夢令

暮秋

風過茱萸香繞又近重陽時候可怪玉簫聲牽惹秋懷
多少羞道羞道人比黃花更瘦

更漏子

描柳

拂銀箋描金縷趣被詩魔引起枝嫋娜怯風披攏烟鎖
翠眉　生柔靡綠陰裏燕翦鶯梭來去連復斷皴仍垂
牽情贈別離

柳梢青

冬日咏風憶外

無端聲猛檐鈴頻拂幽音如怨匿影吹梅留形皴葉叢
林搜遍　使人怯怯沉吟繡屏掩圍爐捧卷幾度叮嚀
莫將寒觸書窗人面

臨江仙

月夜有感

月映書窗悵別離塵生筆硯簾垂去年月底笑聯詩欄
杆同倚處今夜影空移　堂上承歡儂獨侍偷彈血淚
傷悲理機課讀苦誰知悶天常默默聽漏故遲遲

惜分釵

感懷

徘徊無語暗銷魂素袖淚斑盈歸鴻嘹唳送秋聲故將
宵夢驚　思昔日訂詩盟書窗韻細評此時獨對一燈

青吟成字不成

北調寄生草

醒世詞

天上風雲易散人間富貴難眞費精神衹把名韁利鎖羈身暗使人向南北東西碌碌奔一瞬時把朱顏憔悴霜侵鬢幾曾見勢餘人入無常陣能求得鐵面閻羅饒了命　富貴似風輪天公旋轉原無定旣降生爲人當留下忠孝全名愛親敬長憫老憐貧扶危救急順理推情更需記世事如夢易醒多做些善果良緣好登天上蓬瀛

一翦梅

冬日寄季兒 時官黔中

屈指舉分五暑寒幾歷春殘怕過冬殘舉頭遙望更心酸山已孱顏雲又孱顏　天不教人容易安千里居官萬里居官睽離骨肉會時難花下眉攢月底眉攢

如夢令

早春

欲識今年春早試看如烟苔草偏遇別離人暗怨東風顛倒難道難道眞不知儂煩惱

祈雨

風翦林花紅溜秧倚黃泥乾瘦低首立庭階忍看滿天星斗請禱請禱玉女披衣快到

風中柳

感悼

萬轉千回誰把離腸縈結驚麻袖何來斑血鴛鴦羽折關山重疊聲聲杜宇魂淒絕　燈窗紙閣可惜空磨硯鐵論文章大雅豪傑豈期才立驚風猛烈一朝吹作霓裳閱

北調玉交枝

秋夜

窻虛月透故移孤影光浮猛然舉目魂銷星遍斗牛雲覩晶毬庭空景幽正飄寒落葉悲秋悵封姨拆散鸞儔論知音筆硯同愁論傷心琴劍同憂

虞美人

春雨感懷

無端滴滴驚愁耳恨在聲聲裏低呼兒女掩柴門怕見

殘紅帶淚送黃昏　幽閨寂寞朝和暮惟寫傷心句挑燈課子倚瓶花不管春光無數在誰家

臨江仙

冬夜感懷

課讀深宵憐子幼怪尖風動簾鈎煎茶當酒㬉瓷甌素箋凝凍筆愁寫不成愁　侍奉姑幃衾枕暖背燈獨數更籌思親惆悵夢中求承歡才倚膝驚醒淚頻流

吳山青

夏旱

日東來月東來不改清輝怎動雷風雲何處霆　祭壇開醮壇開祈雨官民頂禮該莫言天降災

憶王孫

夢回有感

半輪殘月映窗明一枕愁魂夢乍成擬到清虛仙樂聽被誰驚空院秋風葉落聲

夏初臨

送春

九十光流一年春盡東君恁地虧心拋別芳華空教鶯囀嬌音何來鵲噪層林殘紅飛片夏初臨慈姑將老萱花香碎杏葉成陰　鬖鬢蘂碎鶯嘴泥乾鴛籠夢斷雁羽書沉增人離緒眉間心上逡巡愁近黃昏夕陽偏易隱西岑更傷情穿窗風猛燈影飛飄

鷓鴣天

夏日憶夢

燕語空梁梅雨天幽閨織倦茗初煎淡雲舒捲斜陽現晚引薰風拂柳烟　回首處繡窗前夢魂昨夜並君肩凭臺聯韻君纔唱奈惹晨雞報曉天

豆葉黃

感悼

追思共紙閣燈窗伴讀聯吟剔夜釭玩月看花影一雙怪風狂驀地吹開天各方

菩薩蠻

冬夜述夢

殘燈掩映陪孤寢流蘇圍夢寒侵枕相對淚盈盈似傷生死情　同心原永結攜手愁驚別驚夢醒尤驚寒林風攪聲

北調那吒令

述懷

嘆緣乖運乖抱些些兒鄙才對花猜鶴猜感些些兒幽懷傍琴臺鏡臺動些些兒徘徊慟親尊忍不住珠淚飾願孤兒繩武快步金堦休辜負宵殘漏盡筆去梭來

西溪子

夏夜月下

月朗星稀暑退有萬般清意味小窗前人無語惜蟾光偏遇孤鸞相對那堪追隻影隨

北調鎖窗寒

感懷三首

問天使我落凡塵何事蹉跎秋復春既生爲女子莫令不辰

其二

探天青鳥降何辰故使孤鸞伴此身炎涼俱歷盡滿目悲辛

其三

憶天憐我墮釵裙彷彿仙風示轉輪待清消夙業仍返崑崙

北調夜雨打梧桐

示二子

論芸窗功課時敏戒慵惰(平聲)雞晨起溫習最清和攤書飽食尤多廣搜羅講時文精深在揣摩若夕陽西隱無他瞎把一日工夫思索(去聲)或吟哦或挑燈靜坐楷帖書堪作(去聲)　叮嚀須記着筆潤助文波摛毫拨藻玉律金科文字訂真訛汝可知麽讀書人功積名方大若不向閒時入魔到臨場空喚奈何方知錯追悔真無那枉自縂蹉跎

北調傍宮桂

秋日述懷

時景最撩人寒扉添雨暗素袖透涼新嘆琴音早寂靜頻展詩書細溫深把聖賢欽敬欲學乘風飛入雲鵬摶羊角鯉躍龍門怎奈註生南斗誤安排个女兒身

憶江南

對雪月感懷

人間事如意總無多雪積茅檐添浩月送來隻影伴吟

哦天意又如何

一翦梅

春雨感懷

春雨沉沉似暮秋朝也難休暮也無休教人終日不勝愁半上眉頭半積心頭　隻影幽棲似繫囚歌已無由笑又何由問天奚事遣銅鳥驚散鸞儔永絕良儔

醉東風

午日有感

憶昔端陽近喜團圝相慶豈期今日度良辰悶悶悶狂

性蒲風薄情梅雨偏傳佳韻　寶鴨檀烟燼午夢尋才穩被龍舟鼓樂頻驚恨恨恨看取簾前靈符艾虎影移幾寸

北調秋夜月

聞促織

促織鳴苦機婦寸腸挑盡那管幽閨夙夜勤偏吟玉露啾啾使人忍聞淚滴錦迴文淚滴錦迴文

北調玉交枝

示勉兩兒

世情看透汝儒家學問宜優展詩書勤讀待風雲際會好出人頭念孀慈苦度春秋鏡中孤影梭中瘦竭兒曹早下鼇鈎望兒曹快步瀛洲

臨江仙

詠燈花誌喜次兒入泮

四壁琴書留影照一軒雅韻悠悠漫言涼夜易生愁銀釭含穗簇相對已忘憂　報兆龍門終躍鯉細鱗泮水先游（時兒年十六歲）天憐荻宇志初酧願移花上苑待步瀛洲

小庭花

送長男遊學北直

離緒重重說不窮要言緘貯枕囊中客途夜夜記開封遊子蹤忙初踏露孀慈髮白怯臨風望雲切勿滯歸蓬

虞美人

暮春遣興（時移居）

城南曲巷無喧處恰喜遷鶯住落紅片片點蒼苔紫燕黃鸝蜂蝶暗相猜　書聲未了機聲起一任封姨飄柳絮郊招松竹映蓬門漫道鵑催春色去三分

憶王孫

初夏

榴花似火葉將烘燕尾穿林剪老紅杜宇聲聲烟雨中
意難窮夢斷魂銷午寺鐘

憶多嬌

秋夜

秋風淸秋月明寥唳宵征孤雁鳴無邊秋思生　夢將
成被誰驚窻外梧桐葉落聲隔窻人獨聽

南鄉子

秋暮喜雨

纖罷捲新嫌憑几臨風香再拈禱謝甘霖環四境均霑
料得農氓喜色添　大有樂書年更引淸風拂暑檐獨
笑侍兒聞滴滴生嫌說甚秋涼快下簾

一翦梅

春夜鼓琴

靜剔銀釭映翠奩几上書拈鑪上香添倚窻凝望思懨
懨月透湘簾風透松檐　庭階草色似鋪藍睡正甜甜
夢正酣酣有人獨自撫冰絃指影纖纖燈影淹淹

宴桃源

示次兒詞

愁是官尊祿厚怕得吏肥民瘦忝竊食
君羹恐把
聖恩辜負今後今後休要使予眉皺

卷五終

歸舟安侍圖

歸舟圖　一

歸舟圖　二

一官飄然棄猶敝屣半艙琹書滿架甘旨天淨風清輕帆如駛中有僊人此母此子

晴芬顧皋謹題

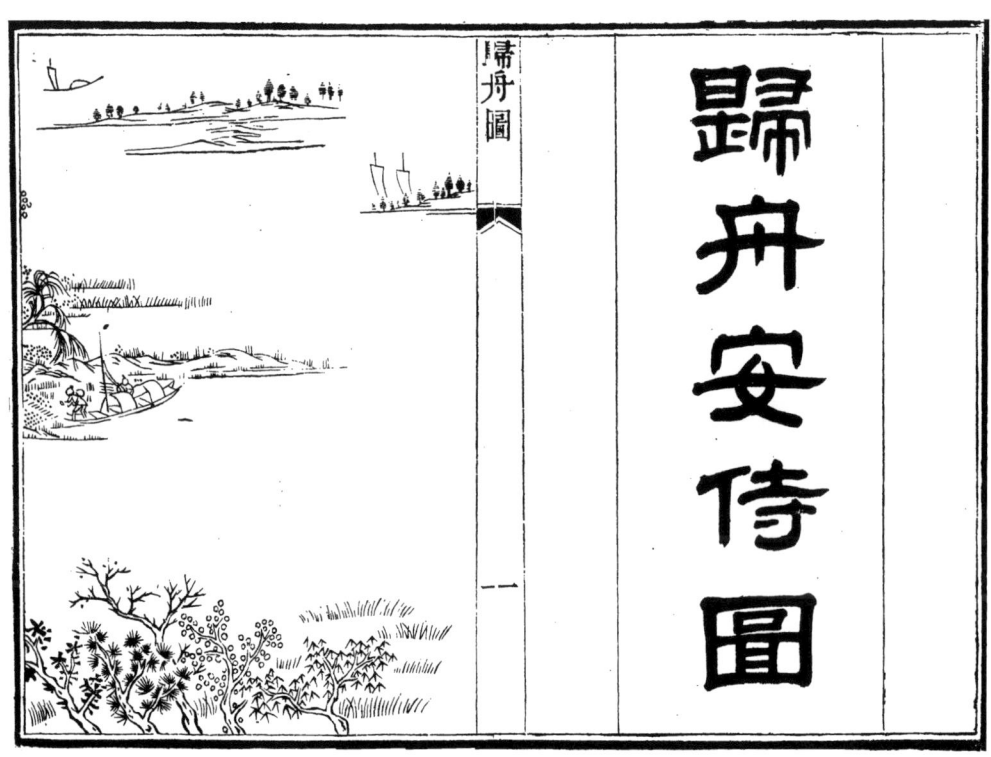

憶兒總角日慟父驕箕年讀書撫手澤通籍繩祖先自來作陵宰予心日憂煎百里寄一身負重難仔肩不惮官況苦惟期民命全神倉無碩鼠野田無饑鳶不動一絲賦輸貢批連餘未決一死囚獄卒晨安眠十載觀政刑于茲兔罪慼嗟予病目闇與汝歸心堅只依母眷戀頓將官弃捐一身汝輕矣萬事予恬然宦海息風波林園汨溪泉樂我茹茶味拙汝耘硯田幸有杜暹書而無劉寵錢官窮遠物忌人老招天憐秋風一船滿穩月一家圓三年故鄉念千里片雲還孝鳥鳥於止忠葵花尚妍

國恩報未艾守分以聽天

丁丑秋仲兒子買舟侍予旋里因賦長句寫懷卽以示勉　新吳厓雪老人口占稿

心田陳情乞養郎官三載今秋始得奉

親旋里　家大人賦詩一章心田讀之不能釋手因作歸舟安侍圖敬錄詩於圖後並乞

覽圖諸君子賜以題辭榮甚幸甚徐心田謹識

歸舟圖詩徵

照原圖冊隨到隨登不分卷次

陳士楨 號雲儒江蘇通州人嘉慶甲戌進士郎用知縣補授南陵

步韻

當君政成日正余筮仕年拾級步其後方軌導以先幸際夷吾割勉事縣朋煎郎陵苦銜劇來者思息肩循吏得慈母惠義稱兩全桑田有馴雉棘林無嚇鳶饞少胡威絹道多何隨綿訟庭日羅雀吏閒常晏眠譬彼胡太傅十年政無愆遺愛方競頌歸志胡太堅斑衣期長着塵纓於茲捐西望香爐峯樂志神卣然春暉百年駐板輿歸林泉朝辭栽花縣夕耕種秫田不載鬱林石焉取

廬江錢遮道集士女依依慈母憐養親樂未艾作吏功已圓自嘆泉水濁盍羨飛鳥還魚池羨早卸柴桑蘭初妍我比鷦集樊君如鵠摩天

鄭承吉 字雉皐江蘇如皋人諸生

前題

匡廬秀出彭蠡旁西南靈氣鍾潯陽流徽彤史多賢母封鮓畫荻垂名芳郎陵仙吏南州產舊侍玉皇蓬萊殿豈風吹墮下瑤京一麾出守來花縣天人眉宇瓊芝姿

樹遍甘棠毋是師絳紗受業策韋遷燕寢平反勵不疑
十年春穀循聲著慈父神君蜚令譽方期出谷賀鶯遷
胡爲舟逐蓴鱸去萱幃鄉思觸秋鴻桑梓依依有夢通
歸裝不載鬱林石歸心還趁馬當風布颿無恙人安枕
筆奏蘭陔榮晝錦板輿竊喜慈顏溫回憶和熊猶懔懔

前題

張同晸 號隆泉安徽桐城人諸生

絳紗垂訓重文宣膝下人龍躍紫淵鸞掖翔霄班列玉
花封飛鳥吏稱仙孟仁魚稅多慈蔭仲郢熊丸賴母賢

不爲秋高蓴菜美板輿怡養樂歸田
門第西江第一流舊傳懸榻下南州書成筆格嫻歐荻
樹芾棠陰接謝樓此去快隨彭蠡雁歸裝香壓蓼花秋
故圍蘭膳分甘日笑口常開樂孰儔
蘆葦蕭蕭楓欲丹蒲帆十幅趁秋湍宦能養志名俱淡
親獲怡顏夢亦安還賸青蚨遺父老清酉黃犢勵同官
投簪拄笏尋常事手滌中裙自古難
六載宣州慶識荆 晸於辛未歲館宣城曹栞軒夫子幕中始獲識荆 家通瀛譜
重鴻名 家燮濤三兄辛酉同館選 超羣白鶴瞻天表反哺慈烏戀里
桁寸草有心江水闊片帆無恙暮雲平小人方切門閭
望夢逐歸舟過皖城

劉彬士 號雲圃湖北黃陂人辛酉榜眼刑部侍郎

前題

十年倦吏戀春暉來去輕舟一綵衣謝朓城空鳧舃遠
陶潛里近板輿歸人知政譜皆慈訓天與 恩綸著德
徽豚雪樓中清晝永朗陵赤子望依依

祥泰 號次履滿州鑲黃旗人安徽寧池太廣道

前題

秋風江上碧雲遲正是歸舟侍母時一掬廉泉供菽水
田園長茂壽萱枝

徐寶翰 江蘇崑山人諸生

前題

道出花封識政良風清俗美式康莊纔從下里瞻溫霽
恰値陳情拜假裝十載鳴琴多化雨片帆返棹聽甘棠
板輿奉養扳輿送毋德官聲異地揚
秋江浪碧水如油疋練橫空淡不收兩岸蕭蕭蘆影淨
一輪炯炯月光浮青天到處皆膏澤赤子於今孰保求

若過陵陽重小憩口碑應聽祝賢侯

熊蘊和 號瀞園新建人歲貢生安徽試用直隸州州判

前題

江水長天一色秋揚舲千里侍安舟老親就道仍依膝
仙吏還鄉未白頭明月半窗留畫稿清風兩袖載詩籌
人生樂事如公少想見當年咏雪樓

讀竟萱堂壓卷詩題圖我亦動鄉思船如天上神仙坐
伴是人間眷屬隨百歲承歡歸未老三年乞養去偏遲
從今得遂烏哺願南浦西山望卽離

黃喬桂 號香巖江蘇鎭洋人貢生

前題

十年政績皖江濱此日陳情有老親彩舞堪娛歸志切
布帆無恙孝思伸客途菽水承歡樂宦海風波謝苦辛
荻葦蕭蕭盈兩岸慈幃應憶畫沙辰

劉汝霖 字惠農南陵人諸生 及門

前題

江平水闊泛輕航迓返潘輿秋正長種得滿庭花事茂
載來一艇桂輪香循聲報最名先紀養志承歡樂未央
德政口碑傳驛路慈陰感仰舊甘棠

俗美風淳仗母儀共欽巾幗女中師化行蔀屋機聲急
儉嗇蔬園菜色宜案牘平反更漏永官衙寂靜梵音垂
心存淡泊淸於水涖釜高風孰可追

早識淸華舊第門山川秀繞六溪村已看 鳳誥榮珂
里佇聽 龍章錫壽萱烏鳥囘時寬歲月淸風兩袖送
家園何當負笈隨仙擬慈膝同親色笑溫

絳紗不隔侍歐公蓮幕三年化雨中鶯谷未能同振翼
羽毛猶短怯飄風執經愧乏裁衣布請業徒殷立雪衷

堪悵師門從此遠依依南浦盼飛鴻

劉汝棟 字浦雲南陵人諸生

前題

南昌門第推東海奕葉聲華首六溪底是皖江民社福
移來仙吏駐旌蜺
十年化雨沐陵陽冰署空餘棠蔭長恰喜循良沾母德
何期色養叙歸裝
一帆穩泛碧秋天紅蓼花香月桂妍江上春風嬴滿載
廉聲早向豫章傳

自此陳情歸梓里羡他清福占人間杜陵詩律淵明菊
博得慈幃一笑顏

何彤文 南陵人副貢

前題

百花洲畔起慈雲仰讀懿徽有至文韋氏傳經堪比範
歐家畫荻定同羣千秋嘏祝歌賢母三載烏私感
聖君此去安瀾隨侍穩秋風江上樂誾誾
曾經宇下識歡顏無限綢繆樂意關德望久懸霄漢外
政聲多溢皖湖間胸融芥蒂心常坦學有淵源道自閑

今日黎情同奉侍欣看轍卧又轅扳

吳鳴鳳 號竹庵直隸寧津人乾隆壬子舉人嘉慶戊辰大挑一等分發江西以知縣用歷署東鄉都昌補授德化陞任饒州府景德鎮同知歷署瑞州撫州建昌饒州九江府知府著有此君山房文集竹庵隨筆等稿

戊寅秋月攝篆新吳適
芸門先生陳情歸養延主馮川書院講席相見甚
懽蒙惠所修南陵縣志及同門卷燕喜徵言數種
并出歸舟安侍圖見示知
先生幼承

[illegible]訓荻字熊丸玉成有自因作小詩以誌景慕且以
應不棄之囑云

大江東去客西歸急流勇退侍庭幃千里非思蓴羹味
三年初遂老萊衣 芸門先生宰南陵教養口碑
在蒲鞭示儆古遺愛螭坳珥筆昔煥彩 君與歐陽作
後身畫荻亦承 太夫人至今高堂供菽水猶藉推敲
娛晨昏扁舟歸來爲奉養披圖舟橫江波上吁嗟乎歸
舟安侍人子心此樂南面不肯讓

夏修恕 號森圃新建人嘉慶戊午舉人壬戌進士廣東糧儲道山西按察使貴州思州府知府

前題

漫道尋常繫一官得非容易去尤難江南兩岸多山色
誰向中流自在觀
看花早已到瀛洲愜意春風縱馬遊此日扁舟閒誰識
望中端合擬仙流
寸心安得報春暉雞黍殷勤志不違我亦征帆過閭里
讀君圖畫淚沾衣
佛鼎頻添萬字香故園風景最悠長丹青好爲深描寫
歲歲南陔進壽觴

徐麗生 號石谿浙江武康人舉人江西新城縣知縣

前題

驛路秋風發仙郎盡室行慈航千里穩宦槖十年清浦樹遙相送江花欲笑迎團圝助吟興詎擬賦東征

其二

一部迴飆鼓聲聲故自遲綠陰深繫纜白髮坐吟詩乞養剛中歲辭官遇盛時宦情兼至性濃淡雪鷗知

其三

昔聞彭澤宰長揖早歸田亦有河陽縣扶輿奉母賢君

今兼令譽眷屬總神仙說與垂綸客休疑泛宅船

其四

家住西山下歸來日正長山川收畫卷樓閣映湖光宦海帆無恙兒時荻未荒我家苕水曲欵欵欲懷鄉

傅紫綬 號雪岡南城人嘉慶戊午舉人奉新縣教諭

前題

憶昔賢書上獻時弟兄同列桂林枝君今乞養歸帆穩喜近萱闈謁母儀

綵衣戲就錦衣新一室團圝笑語親料得故園萱簷好秋風珍重百年身

買舟隨侍皖江東四座逢開面面風一路烟波山水綠閒教收入畫圖中

松菊猶存徑未荒盡攜書畫到家鄉硯田耕種年年熟好釀廉泉佐壽觴

起居八座笑顏開宦海安恬得意回母志歡愉民觖望聲聲猶祝冠公來

瑯陵十載吏稱廉封鮓都由慈訓嚴報國養親情未已春暉仰答兩能兼

黃錫寶 號西園江蘇鎮洋人嘉慶丁卯舉人戊辰進士廣東化州知州○及門

前題

龍門喜托姓名揚未謁慈暉到後堂學道兩言新教澤陳情一表舊行藏歐親畫荻吟懷苦潘令扶輿歸路長此後棠陰隨處滿不知問字在何方

詹　璧 號藕香安義人舉人歷任浙江上虞甘肅渭源知縣

前題

仙吏清風繫去思皖江一棹故遲遲蘆花搖曳扁舟穩猶記當年畫荻時

南浦慈雲曉欲飛波光蕩漾近春暉埋錢久已殷期望
書畫船移侍母歸
朱方增號愼庵浙江海鹽人嘉慶辛酉進士翰林院侍講學士
甲申秋仲芸門同年終養居艱服闋赴　部相見
於都門出前歸舟安侍圖索題感而賦此以應
別君二十載循謦時相聞長安忽再見話舊增悲辛君
昔奉板輿來看江花春江花足怡悅豈若甘棠芬霖雨
遍嵜屋驟作還山雲緊惟承母志歸帆沿江濱愛日方
臚歡太息虞淵淪憶予使粤嶠畫舸迎慈親荏苒未三

載雪涕哀昏晨君猶侍生旋我悲違道頻今日展君圖
同愴鮮民身讀母勗君詩益重君拊循復作出山泉倍
思遺訓遵努力崇明德建此千秋勲
王若閎號可愚安徽含山縣人嘉慶丁卯舉人戊辰進士由員外郎擢御史授湖北荊州府知府
丁卯鄉錄若閎　出芸門夫子之門是冬趨赴南陵
修謁師禮并爲　太師母稱壽後逾年夫子膺卓
薦將遷擢因　太夫人思歸卽棄官奉親旋里作
歸舟安侍圖一時士大夫題贈成帙若閎　敬用
太夫人寫懷原韻倣五言古體賦詩一章呈上

伯生受書日虞母傳經年孤窮啟士行宏通成孝先蓬
山本仙人世慮安能煎爲揚慈母心遂荷蒼生肩朗陵
十萬戶一一蒙生全仁風化雀鼠妙道察魚鳶端居但
鳴琴大被如披緜獄敞虛無人戶開夜可眠方當晉車
服奚翅免尤愆迺以養志切遂令歸心堅三公不能易
萬事何難捐安車奉起居白髮爲怡然載詠還山詩流
歠滿風泉養以魯公米種由顏氏田甘旨備百物無一
民間錢憶昔拜北堂樗材偏見憐曾與瑤池宴千秋蟾
月圓別來忽幾時蘭橈江上還滿船詩卷載一幅畫圖

姸拜手歌純孝窮通不問天
王懷曾號君耜四川大竹人舉人山東安邱縣知縣○王若閎及門
道光四年九月曾需次都門謁
芸門太老夫子於邸寓出歸舟安侍圖命題敬用
老太師母太夫人寫懷原韻恭賦
憶授范滂傳倏忽三十年所聞賢孝人大率皆古先頗
疑江日下但見塵相煎西河幸登堂孔牆非及肩淵源
溯母顏懿哉靡不全曠世見鸞鳳餘風變鴟鳶大賢何
赫赫民生益緜緜善承慈母意安護諸孫眠十年朗陵

政遵法信不愆業有南陔存心瘉北門堅一朝奉親去
軒冕當塗捐敝屣何足道歸舟長浩然萱堂爲賦詩珢
琅若清泉遂着萊氏衣終安緜上田人生養親足買山
何用錢擧絶世所無曾也竊自憐太行望雲起他鄉空
月圓祿養當何時遠游猶未還孝經縱私淑唯者難爲
妍歎恨自不力豈得怨彼天

錢　駿 號小坰浙江上虞人嘉慶辛未進士翰林院編修九江府知府

芸門前輩以辛酉館選出宰朗陵母老終養迨終
喪後改就冷官來潯陽時予守此邦相見恨晚讀

歸舟安侍圖始知有此母乃有此子也謹題絶句
四首以志企慕云

寸截花封冰雪心知憑慈訓播循聲輕軒周覽棠陰下
歎母扶將壽母行

仙鳧飛到皖公山捧檄當年喜動顔底事政成歸計決
老人心在舊鄉關

篷窻四面拓清虛風軟帆輕適起居檢點歸裝無長物
一船行李半船書

我亦隨君到木天揭來廬阜話前緣一麾至竟非吾土
東望白雲何處邊

張　寅 號子畏安徽桐城人道光壬午進士九江府知府

前題

遺珠珍惜比瓊琳辛苦門閭直到今夜度金鍼都是淚
手栽玉樹早成陰報恩已遂銜書願侍養先輸愛日心
詠雪樓中遺澤在管彤應補女師箴

翁心存 號遂盦江蘇常熟人道光壬午進士國子監祭酒江西學政

道光癸巳暮春奉題

先生壯年登玉堂宮袍歸省含爐香先生中年宰花縣

日奉潘輿侍蘭膳揭來東隱潯陽城濂溪一勺分餘清
仙衣化蝶朝飜砌雲母籠燈夜擁槃先生五十年未老
急流何事投簪早示我歸舟養志圖十年風雨傷懷抱
秋月秋風解纜時白頭老母坐吟詩迷津況味閒鷗覺
永日瞻妍寸草知夕陽奄忽慈顔改高樓冰雪聲何在
樓上孤雲一縷飛忍教重出鋪成海曩時宦游祇爲親
親亡聊自全其眞君不見圖中二百年慈訓便是當年
誓墓文

許乃普 號滇生浙江錢塘人嘉慶庚辰榜眼詹事府詹事江西學政

道光丁酉四月十四日九江試院率題即用

太夫人寫懷原韻

安陽有賢令駛歷當盛年揮手謝玉堂祿養誠所先春暉苟未報撫心百慮煎青雲在指顧中道何息肩諒非薄軒冕所貴形神全憶昔宰朗陵訟庭無鳥鳶平反母色喜德意何纏綿訟清盜歛迹萬戶咸安眠公餘侍蘭膳所幸無尤愆百年尚苦短將母志已堅萊衣有眞樂爵祿何難捐扁舟載琴鶴行李仍蕭然嗟嗟蓼莪痛往事如流泉秪今匡山下何異耕春田職不薄學官囊亦

餘俸錢繞膝佳子弟依依亦堪憐堂前種白朮階下養鳥圓諸生日載酒問字相往還回思膝下身圖畫何清妍誦芬永無斁感君完性天

楊光祖 字鐵嶺漢軍人

步韻

使君辭蓬島風塵宦十年循名得母訓淸德足承先民隱日在抱心慮無苦煎囊空鮮長物琴書可一肩因嘆道旁李何用嗟生全父老問豐歉兒童戲紙鳶官民同袍親愛戴自緜緜勤民兼奉養問寢敢安眠政聲聞大吏薦牘褒無愆使君曾膺卓異之薦乞養體親意解組一心堅拳轂任黎庶名利兩棄捐皖江侍歸棹慈意何怡然春暉寸草心得遂返林泉報國文章手仍耕舊硯田緬懷彼劉公臨行受一錢歸來布親串相敬尤相憐鄉里樂家庭秋初月正圓孤雲偶出岫倦鳥早知還桑榆娛暮景松菊俱爭妍披圖慰仰止天性本從天

黃景福 號武陵浙江錢塘人副貢瑞昌縣知縣

前題

讀書萬卷不讀律坡公有詩笑無術九官四岳堯舜臣

不問申韓之學所自出吾輩讀書少年時文章有約綸扉施卑視俗吏不掛齒簿書錢穀何心知豈風吹落蘂珠院不秉國鈞來治縣區區百里治何難最難堪者上官面自憐生長在西湖六橋三竺詩酒娛詎今欲歸歸未得坐令桃李嗔人愚披圖豔羨圖中狀歸舟人坐帆風暢勇退之意已邁羣況有高堂歡侍養詎今一十有九年復官外翰潯江邊潯陽識君強人意聆君言論風雲騫冰廳花月從此得宦海波濤從此息不失爲官不失儒先生獨具精明識君不見暮鞫案朝催租公堂

擊鼓寃聲呼

游淩翰 號筠麯臨川人道光甲午解元德化縣教諭

步韻

西清佳三載南陵官十年扁舟奉母返忠孝撰後先士夫尙華膴中熱同膏煎忍絕承歡裾工脅媚要肩但冀遷轉速那圖孝養全盜泉飽渴驥腐鼠甘飢鳶先生意獨否天性何纒綿朝厨謦母膳夕枕扇母眠晨昏依母側倘恐定省愆策乘身外物敢戀肥與堅古人輕萬乘時或敝屣捐母歸兒亦歸理得心安然躍我冰下鯉烹

我山中泉已叨頫谷肉安棲綠上田來去兩不捨依依子母錢反哺烏知孝撲啖蟲可憐先生人倫範行方而智圓母逝哀愈瞻出攺冷官還十載鐸濤浦景羨桑榆妍獨我覽斯冊抱恨增終天 淩翰幼失恃壯歲官崇義半載甫欲迎養而先君子又見背矣

奉題歸舟安侍圖錄寄呈請

外姑老太夫人誨正 子壻宋九勳 味菘

掛帆正是爽秋天舊史陳情安侍旋兩岸歡呼來士女滿船眷屬盡神仙十年春穀著循聲堂北奉反巢廬駕不獨格天傳一疏許多隱德莫能名

嫁衣代作愧無成親爲樗材計畫精今日兩江千里隔感恩知己總縈縈 勳在南署襄司出納七載時聆懿訓至是需次浙中不及趨送

獅山馮水快相迎想見慈顏目自明綵服奉親歸故里太夫人最重鄉情

甘太孺人像贊　吏部左侍郎癸酉科江南正考官　茹　棻　甲辰狀元

天道無私惟與善人至於貞壽食報如神惟我徐母撫孤食貧丸熊畫荻嘗膽卧薪一燈課讀其書等身看花上苑入與詞臣出宰百里范甑生塵今者癸酉筆硯同親褸逝母德陶媲孟鄰載瞻母像冰節霜筠懿哉老福松栢長春宜爾子孫瓜瓞振振

皇清敕封太孺人徐母甘太孺人墓誌銘

賜進士及第
誥授資政大夫大理寺卿加三級湖南學政辛巳科江西鄉試正考官年愚姪劉彬士頓首拜譔文
賜進士及第
誥授榮祿大夫戶部右侍郎兼管錢法堂事務加二級山東學政前翰林院修撰年愚姪顧皐頓首拜書丹

嘉慶二十四年歲己卯夏四月十有六日我友芸門徐君母太孺人卒於里第越二載芸門以書及狀來請曰願疏太孺人行誼勒諸石以示後人余知太孺人甚悉重以芸門之請不敢辭謹按狀太孺人姓甘氏江西奉新望族祖諱汝來康熙癸巳進士官吏部尚書謚莊恪父諱禾雍正丙午舉人官兵部車駕司主事母張太恭人夢星化白璧而生太孺人幼穎慧承父母教嫺內則習經史能詩年二十一歸贈君渭崖先生先是贈君父蕙畮公以甲戌進士入翰林官京師聞太孺人賢遂爲贈君訂聘焉蕙畮公不樂仕進假歸侍養慈闈課贈君兄弟舉業淸門盛德罕與比儔太孺人之來歸也蕙畮

公喜曰得賢孝婦家之福也逾年蕙畮公卒太孺人佐贈君治喪事如禮贈君服除補博士弟子員歲甲午肄業白鹿洞書院旋赴省秋試驟患暑疾舁歸遂捐館年僅三十太孺人念姑老子幼忍死拼擋喪事悉鬻衣飾奩具奉姑甘旨而自食蔬粥每夜課二子讀督女鍼黹漏下數十刻不絕家嘗不戒于火時贈君柩停中廳太孺人先扶姑出避自伏家奉大士龕前叩頭流血須臾火滅柩無恙人咸謂至誠所感姑歿營喪事如喪蕙畮公時既葬命子奉贈君柩祔兆焉家無恒產屢遭大故

益困窘撫諸子女為授室出閣蓋所為極難矣芸門既成進士入詞館太孺人以詩勗之及改官南陵迎板輿至署乃謂芸門曰予此來非就若養蓋觀若政也每決獄必問所平反親撿食物棉薦給禁囚邑有水旱輙齋戒手自為疏禱於內署芸門出捕蝗太孺人書務祛害安農毋憚勞惜費十字昜之蝗隨滅嘗出貲錢撫孤貧瘞露骸邑人德之紀其事于志乘長男卒無子以季父孫為嗣太孺人痛之遂患目疾芸門以親老乞養解官太孺人歸里第居二載乃卒太孺人性仁孝恭儉奉先

祀蘋藻必潔見人困施與無稍吝請醫卜鄰婦有疑為占天罡六壬輒奇中凡問病者告之良方或贈以藥料俱驗御下嚴而有恩嫁婢勿令為妾婢夫貧仍賙郵之生平喜吟咏前後六十年所歷艱苦備形諸篇章有咏雪樓集五卷嗚呼太孺人豈徒以節著哉婦職母儀皆足為世楷則雖古禮宗昜讓焉芸門官十餘年著循聲列薦剡承其家法以裕後人太孺人之流澤孔長矣距生於乾隆八年七月十七日壽七十有七以子官敕封太孺人子二長必念郡庠生先卒次卽芸門名心

田嘉慶辛酉進士官安徽南陵縣知縣卓異候陞充甲子丁卯戊辰癸酉四科江南鄉試同考官前翰林院庶吉士女二長適宋氏次適熊氏孫男二盛林盛嶸孫女五俱幼以嘉慶二十四年九月初三日祔贈君渭崖先生墓合葬于村後祖塋之次銘曰

壽其遇豐其德昌其詩顯其節如星之明璧之潔石有銘兮永不泐

後跋

先太孺人所作詩文均出於鍼黹炊爨織紝督課之餘生平極矜惜物力輒取禿毫殘楮隨手拈錄又喜刪改故稿多散佚就養時存者較多心田釐輯編次請付開雕氏而不之許迫侍歸逾年奉諱後家事冗沓欲梓又未果行旋攜稿赴潯陽任所已謀諸棗梨復以鋟工蠢劣而中止遷延至今始得成書則小子遲緩之罪之由也惟是

太孺人懿德慈範夙著鄉閭及皖省寅僚陵邑士民咸相欽重已見陵志同燕喜徵言集中原不必以詩文自顯而先人心聲手澤增美前賢詒謀後裔若令其湮沒不傳不將罪戾山積無可解免乎茲遵原編分五卷末附歸舟圖詩並載像贊墓銘亦用稍答三春之慈暉上慰九京之苦志焉爾道光癸卯孟秋月次男心田謹識